I0647146

# MEINE DOMS

## DIE MASTER DER SHADOWLANDS-REIHE
### BUCH 8

## CHERISE SINCLAIR

VanScoy Publishing Group

@ Deutsche Ausgabe: FP Translations; 2023

ISBN: 978-1-947219-48-9

@ Originalausgabe: *If Only* by Cherise Sinclair; 2013

Lektorat: Christian Popp

# ANMERKUNG DER AUTORIN

An meine Leser/Leserinnen,

dieses Buch ist reine Fiktion. Und wie in den meisten Romanen wird die Liebesgeschichte in eine sehr, sehr kurze Zeitspanne hineingepresst.

Ihr, meine Lieben, lebt in der wirklichen Welt. Ihr werdet mehr Zeit brauchen als die Romanfiguren. Gute Doms wachsen nicht auf Bäumen und es gibt ein paar sehr seltsame Menschen dort draußen. Wenn ihr auf der Suche nach eurem eigenen Dom seid, hört auf euer Bauchgefühl und seid bitte vorsichtig.

Und wenn ihr ihn findet, dann nehmt zur Kenntnis, dass er nicht eure Gedanken lesen kann. Ja, so beängstigend das auch sein mag, ihr werdet euch ihm öffnen, mit ihm reden und auch ihm zuhören müssen. Teilt eure Hoffnungen und Ängste miteinander. Erzählt ihm, was ihr euch von ihm wünscht und wovor ihr abgrundtiefe Angst habt. Okay, er wird eure Grenzen etwas austesten – er ist schließlich ein Dom –, aber ihr habt ja euer Safeword. Nicht das Safeword vergessen, okay? Und passt auf euch auf. Verhütet. Vertraut euch einer Person in eurem Freundeskreis an. Teilt euch mit, kommuniziert.

Denkt dran: Safe, sane, consensual. (Sicher, vernünftig, einvernehmlich.)

Ich wünsche mir für euch, dass ihr diese besondere Person findet, die euch liebt, die eure Bedürfnisse versteht und euch im Herzen trägt.

Während ihr nach diesem besonderen Menschen Ausschau haltet, könnt ihr Zeit mit den Shadowlands-Mastern verbringen.

Fühlt euch gedrückt,
 Cherise

# KAPITEL EINS

**W**enn nur der Versuch, ein Held zu sein, nicht so ekelhaft wäre.

In der Polizeistation von Tampa stank es nach Schweiß, Angst und Blut. Und Tod. Wie gesagt: ekelhaft. Sally Hart hielt den Atem an und durchquerte den lauten Raum zur Ermittlungsabteilung.

Im ruhigen Flur lief sie langsamer und gab ihrem Magen Zeit, wieder aus ihrer Hose nach oben zu kriechen. Als sie in der Uni angefangen hatte, IT-Forensik zu studieren – näher kam ein Nerd dem Heldenstatus nicht –, hatte niemand diese kleinen Details erwähnt.

Mal ehrlich, Blut und Körperausscheidungen sollten im Körper bleiben und nicht nach draußen treten. Sie schüttelte sich und fasste neuen Mut. *Weiter geht's.*

Dan Sawyers Bürotür stand offen. Der Detective saß an seinem Schreibtisch und winkte sie herein.

„Hey, Dan." Sally übertrat die Türschwelle. „Der Leutnant meinte, dass du meine Hilfe brauchst."

Bevor Dan sprechen konnte, entdeckte Sally den Besitzer von Tampas exklusivem BDSM-Club. „Mas –" *Du kannst ihn doch hier nicht Master Z nennen!* „Äh, es ist eine Überraschung, dich hier zu sehen. Sir."

Mit schwarzen Haaren, grauen Augen und Mitte vierzig war Master Z einer der wunderschönsten Männer, denen sie jemals begegnet war. Im Shadowlands trug er stets Schwarz, und sie war etwas empört, dass er heute in einem weißen Hemd und einer dunklen Krawatte vor ihr stand. Aber nicht einmal normale Businesskleidung konnte das Gefühl der Macht, das er ausstrahlte, mindern.

Sie bezweifelte, dass ihre Jeans und ihr Poloshirt etwas vermittelten – außer vielleicht, dass sie saubere Kleidung trug.

„Sally." Master Z streckte ihr seine Hand entgegen. Als ihre Finger mit seinen in Kontakt kamen, zog er sie einen Schritt näher und musterte sie stirnrunzelnd. „Wie geht's dir?"

*Ich bin einsam und will wieder ins Shadowlands kommen. Nachhause.* „Es geht mir gut." *Gott,* sie war so eine Lügnerin.

Und er wusste es. Eine Augenbraue zog sich hoch.

„Eigentlich", sagte sie eilig, „wollte ich mit dir reden. Ich habe mit Frank Schluss gemacht und ..." Sie schaffte es einfach nicht, die Bitte zu äußern. Sie war nicht in der Lage gewesen, im Shadowlands anzurufen und zu fragen, und jetzt da sie vor ihm stand, blieben ihr die Worte im Hals stecken.

„Es tut mir leid, dass es nicht geklappt hat, Kleine", sagte er.

„Oh, na ja." Sie senkte den Blick, so erleichtert, dass genug Zeit vergangen war und ihr Gesicht mittlerweile verheilt war. Warum fühlte sich immer die Frau wie eine Verliererin, wenn sie sich einen Widerling als Freund wählte? Wie konnte sie Master Z bitten ...

„Möchtest du ins Auszubildendenprogramm zurückkehren?", fragte er sanft.

Sie spannte den Kiefer an, kämpfte gegen die Tränen und nickte dann.

„Ich freue mich schon, dich wieder bei uns zu haben, Sally. Ich werde dich gleich für Samstag auf den Plan setzen."

Freude quoll in ihr hoch. Sie könnte zu ihren Freunden zurückkehren, könnte noch einmal versuchen, jemanden für sich zu finden ... jemand Besonderes. Einen Dom für sie allein. „Danke, Sir." Und dann fand sie ihr Lächeln wieder.

„Gern geschehen."

*Gott*, sie liebte Master Z. Nicht als potenziellen Master für sich. Nein, auf keinen Fall. Sie war erfreut gewesen, als er Jessica geheiratet hatte. Aber er gab ihr immer das Gefühl, dass auch sie ... besonders war – als fände er sie außerordentlich entzückend.

Nachdem sie Frank aus ihrem Leben geworfen hatte, war sie sich so entzückend vorgekommen wie der ausgekotzte Haarballen einer Katze.

Dan warf seinen Stift auf einen Stapel Papiere und lehnte sich lächelnd in seinem Stuhl zurück. „Auch ich freue mich darauf, dich wieder im Club zu sehen."

„Danke, Dan." Auf seinem Schreibtisch stand ein Foto seiner Frau und seines Sohnes. „Wie niedlich." War das strahlende schwarzhaarige Baby jetzt wirklich schon über sieben Monate alt? „Zane sieht bezaubernd aus – und Kari müde. Wie geht's ihr?"

Obwohl er mit *Gut* antwortete, presste er gleich darauf die Lippen fest aufeinander. Wie es schien, stimmte etwas nicht – was seltsam war, da er Kari und sein Baby abgöttisch liebte.

Sally runzelte die Stirn. Sobald sie mit der Uni fertig war, würde sie sich bei ihren Freunden melden. Kari und Dan wohnten nur ein paar Blocks von ihr entfernt. Da sollte ein spontaner Besuch doch kein Problem sein.

In der Zwischenzeit ... „Leutnant Hoffman meinte, dass du einen Laptop für mich hast, den ich mir mal anschauen soll?"

Dan nickte. „Das habe ich. Einer der Männer hat sein Passwort vergessen und wir brauchen die Dateien von der Festplatte. Hast du gerade etwas Zeit?"

„Darauf kannst du wetten." In Computer einzubrechen, war eine ihrer Lieblingsbeschäftigungen.

Ihr Telefon klingelte und sie sah auf das Display. *Argh.* Frank.

Seit der Trennung rief er sie alle paar Tage an. Lächerlich. Sie lehnte den eingehenden Anruf ab.

„Also ... wo ist der Laptop?" Auf Dans Schreibtisch stand nur ein normaler Flachbildschirm. Neben dem Monitor lag ein offener Ordner mit der Bezeichnung *Harvest Association*. Oh, sie kannte diesen Namen. Das war die Organisation, die Frauen entführt und aus ihnen Sklaven gemacht hatte. Sie lehnte sich vor und las beiläufig die auf dem Kopf stehende Lektüre, und ... *Augenblick mal!* „Warum steht da mein Name drin?"

Dan runzelte die Stirn und schob den Ordner aus ihrem Blickfeld.

*Spielverderber.*

Hinter ihr gluckste Master Z. „Erspare dir die nächsten Minuten, Daniel, und stille ihre Neugier."

„Ich schätze, es sind keine vertraulichen Informationen mehr." Dan sah zu ihr auf. „Im letzten Herbst hatten sie dich für eine Entführung ins Visier genommen." Ein Mundwinkel zog sich hoch. „Anscheinend dachten sie, du wärst perfekt für die Auktion mit den rebellischen Sklaven."

„Ich?" Ein Schauer überkam sie, als ihr bewusst wurde, dass sie jetzt eine Sklavin sein könnte, hätte Master Z sie nicht weggeschickt. Linda und Kim hatten durch die Sklavenhändler so viel Leid erfahren. „Haben diese dämlichen Agents es immer noch nicht geschafft, die *Association* zu zerschlagen?"

„Nur der nordöstliche Abschnitt fehlt noch." Dan drehte sich im Stuhl und deutete auf einen Tisch an der Wand. „Da ist der Laptop. Nachdem ich Z hinausbegleitet habe, komme ich zurück, um dir ein paar Hinweise auf Brendans mögliches Passwort zu geben."

*Oh bitte, wann habe ich jemals Hilfe gebraucht?* „Sicher." Als die beiden Männer gingen, lief Sally zum Laptop ... und hielt inne, als ihr Blick erneut auf die Akte fiel, in der ihr Name vermerkt war. Sie könnte schwören, dass das Teil nach ihr rief. *Saaaaally!* Was hatten die Arschloch-Entführer über sie gesagt?

Neugierde juckte schlimmer als jeder Mückenstich. Und na ja, ihr Handy – komplett mit Kamera – lag bereits in ihrer Hand. Sie ignorierte ihre Zweifel und machte Fotos von den Berichten, die auf Dans Schreibtisch verstreut lagen.

*Gott, ich bin ein böses, böses Mädchen.*

Nachdem sie ihr Handy in die Tasche geschoben hatte, setzte sie sich artig an den Tisch mit dem Laptop.

Ein schlechtes Gewissen bewirkte Wunder, denn sie war mit ihrer Aufgabe fertig, noch bevor Dan wieder ins Büro trat. Nicht, dass es schwer gewesen war, den Laptop zu hacken. *Ernsthaft, was für ein Idiot muss man sein, um den Namen seines Haustiers als Passwort zu benutzen?*

---

**Am Wochenende stellte** Sally im Shadowlands schmutzige Gläser von einem Tisch auf ihr Tablett. Ein Lied von *Nine Inch Nails* dröhnte von der Tanzfläche und übertönte ihren schweren Seufzer. *Ich bin müde. Meine nackten Füße tun weh. Ich will nachhause.*

Als sie sich streckte, sah sie sich um. Links bereitete ein neuer Dom eine Suspension-Session vor.

Auf der rechten Seite peitschte Mistress Anne einen dürren Sub aus.

Vor nicht allzu langer Zeit hätte Sally zugesehen und die Technik der schlanken Brünetten bewundert.

Vor nicht allzu langer Zeit hätte es Sally auch genossen, im Shadowlands zu sein.

Aber irgendwie war die Magie verblasst. *Verflucht seist du, Frank.* Sie wollte die Magie zurück. Vielleicht könnte sie einen Tinkerbell-Zauberstab mit sich herumtragen. Magie mit einer Handbewegung. Oder vielleicht so einen Stock wie aus Harry Potter. Nein, Tinkerbells Zauberstab war hübscher und erforderte weniger Aufwand.

„Hier." Ein mürrisch aussehender Dom reichte ihr beim Vorbeigehen ein schmutziges Glas.

„Vielen Dank, Sir", sagte Sally in einem süßen Ton. Jemand hatte dringend einen Glückseligkeitszauber nötig. Was würde er tun, wenn sie ihn mit einem Zauberstab antippte? Nein, der glitzernde Staub könnte sich in seinen reichlich vorhandenen Brusthaaren verfangen und an gefesselte Sterne erinnern.

Sie schüttelte den Kopf und wischte mit einem nassen Lappen über den Tisch. *Meine Güte*, sie war im Shadowlands. Warum fühlte sie sich so miserabel?

Der BDSM-Club hatte sich nicht verändert. Die Geräusche waren vertraut – die Musik, das Knallen von Peitschen, die Laute von Floggern und den Händen, die auf zartes Fleisch trafen, das Weinen und Stöhnen nur unterbrochen von hohen Schreien. Der Raum im Erdgeschoss des Herrenhauses hielt ein Andreaskreuz, Spanking-Bänke, Käfige, Spinnennetze, Pranger und Kettenstationen bereit. In der Mitte, an einer glänzenden, ovalen Bar aus Holz, unterhielten sich die Mitglieder mit dem geselligen Barkeeper.

Wenn sich das Shadowlands also nicht verändert hatte, lag das Problem wohl bei ihr. Was für ein erschütternder Gedanke.

Sie lief zur Bar, um das Leergut abzuladen, und passierte dabei einige Doms, die damit beschäftigt waren, die ungebundenen Subs ins Auge zu nehmen.

Sally kannte die Doms. Mit den meisten von ihnen hatte sie gespielt. Und sie hatte die Männer verärgert. Mit keinem von ihnen hatte es geklickt. Was für ein dämlicher Ausdruck, oder? *Geklickt.* Sollte das bedeuten, wenn man die richtige Person traf, würde etwas im Inneren ein Geräusch machen, als würde man einen Knopf auf einer Maus drücken? *Auswahltaste. Dieser Mann.*

*Bin ich die Einzige, die das merkwürdig findet?*

Sie seufzte. Was sie nicht alles geben würde, um ein paar Klicks zu haben. Jedoch musste sie sich eingestehen, dass ihre *Ich will dich*-Taste kaputt war. Keine ihrer Sessions hatte sie jemals umgehauen, und sie war es leid, mit furchtbaren Doms zu spielen.

Sie nickte den Männern zu und ging wieder auf die Fläche, um mehr Tische abzuräumen, und Bestellungen entgegenzunehmen. *Bleib fair.* Die meisten Männer hier waren nicht inkompetent. Sie war zu wählerisch. Und ... und zu reserviert. Selbst vor talentierten Doms hielt sie ihre wahren Gefühle zurück, verstaut an einem dunklen Ort, wo sie niemand erreichen konnte ... wahrscheinlich befand sich dort auch ihre kaputte Taste.

Bei ihren idiotischen Gedanken entließ sie ein verärgertes Schnauben. Sie stoppte, um Master Marcus dabei zuzusehen, wie er Gabi an einen Pranger fesselte und sie dann mit seinen Händen neckte, bis ihre Wangen erröteten.

Bei Gabi und Marcus hatte es sofort geklickt.

Warum fiel es allen so leicht, einen guten Dom zu finden?

Eine Weile dachte sie, sie hätte jemanden gefunden. Sie hatte sogar das Azubiprogramm des Clubs aufgegeben und sich als seine Sklavin angeboten. Ja, Frank war klug gewesen. Ein wahrer Master. So unfassbar perfekt.

Aber ... Frank hatte sich als Frankenstein herausgestellt.

„Hey, es ist schön, dich zu sehen, Sally. Wo bist du gewesen?" Ein stämmiger, älterer Dom lächelte sie an.

„I-Ich habe mir nur eine Weile eine Auszeit genommen." *Ich dachte, ich hätte den Dom meiner Träume gefunden.*

Ihr Lächeln war so unglaubwürdig, dass sich die Augen in seinem Bulldoggengesicht verengten. „Ah ja. Mir ist zu Ohren gekommen, dass du dich auf –"

Bevor er den Satz beenden konnte, gab sie vor, jemanden gesehen zu haben, und eilte davon. Sie spürte die Hitze in ihren Wangen. Die arme Sub konnte keinen Dom finden, obwohl sie schon seit hundert Jahren als Auszubildende im Club unterwegs war. Master Z hatte Mitleid mit ihr, da sie sich in einen Verlierer verguckt hatte. Vielleicht empfanden die anderen Doms genauso.

*Entschuldigung, aber habe ich um die Tüten voller Mitleid gebeten?* Sie war die einzige Person, die Mitleid mit sich haben durfte.

„Oh, Süße, was ist los?" Rainie kam mit einem Tablett in einer Hand auf sie zu. Das Bellydancer-Kostüm der Auszubildenden setzte die üppigen Kurven so perfekt in Szene, dass sich Sally regelrecht unterentwickelt vorkam. „Du siehst aus, als wärst du gerade auf deine Schildkröte getreten."

Sally erschauderte. „Igitt! Ekliger Gedanke." Sie konnte fast das Knacken des winzigen Panzers hören.

„Stimmt schon, aber so siehst du eben aus." Rainie stieß mit einer Hüfte gegen Sallys. „Du solltest überglücklich sein, wieder bei uns zu sein. Stattdessen bist du auffällig ruhig."

*Lebhafte Sally, das bin ich. Lässt sich auf alle Sessions ein und fickt gern. Je mehr, desto besser.* Warum hatte sie gedacht, dass sie einen Dom finden würde, wenn sie sich mit jedem einließ? „Ich schätze, ich muss mich erst wieder eingewöhnen."

„Ich weiß, was du brauchst – ein bisschen Spaß. Es ist an der Zeit, die Nackenhaare aufzustellen und ein paar Master zu verärgern. Was hältst du davon, Mistress Anne zu reizen? Niemand hat es jemals geschafft, sie auf die Palme zu bringen."

„Nun ja." Auf den durchschnittlichen Doms herumzuhacken, stellte keine Herausforderung dar. Dies bei den erfahrenen Shadowlands-Mastern und -Mistresses zu versuchen, war eine andere Sache. Das erforderte Geschick. Mut. Vermessenheit.

Fasziniert lehnte Sally eine Hüfte gegen eine unbesetzte Ledercouch. Mistress Anne an ihre Grenzen zu treiben, wäre ungefähr so sicher wie einen Football mit Nitroglycerin zu füllen. Gefährliche Streiche – ein todsicherer Weg, um ihre Stimmung zu heben. „Die Bestrafung wird uns wahrscheinlich umbringen, aber das wäre mir die Sache wert. Hast du eine Idee, was wir machen können?"

„Du kennst ihren Sub? Joey?"

„Sicher."

„Er hat mir verraten, sie hätte vor großen Käfern Angst. Egal welche."

„Ist das so?" Die Idee war furchtbar verlockend. „Als Auszubildende sollten wir ihr helfen, eine solch unangemessene Angst zu überwinden."

„Genau mein Gedanke."

„Uzuri wird uns garantiert helfen wollen." Wer sonst? Sally sah Maxie im hinteren Teil des Clubs und schüttelte den Kopf. „Nicht Maxie oder Tanner. Viel zu nett."

Niemand nannte Sally nett. Allerdings hatte sie eine solche Bezeichnung auch nie angestrebt ... bis Frank. Dann hatte sie es versucht, hatte ihre Persönlichkeit niedergerungen und ihr Bestes gegeben, seine süße Sklavin zu sein. Und war kläglich gescheitert.

Rainie klopfte mit den Fingern auf ihr Tablett. „Ich könnte an Spinnen rankommen. Kakerlaken. Jede Art von Käfer ..."

Sally konzentrierte sich wieder auf den Plan. „Die Käfer müssen unecht sein, sonst wird uns Master Z dazu zwingen, sie einzufangen und den gesamten Raum mit Zahnbürsten zu reinigen."

Rainie zog eine Grimasse. „Keine gute Arbeit für mich – meine Titten würden auf dem Boden schleifen. Unechte Insekten. Alles klar!"

„Mal sehen, was ich alles finde. Du und Uzuri macht dasselbe. Dann suchen wir uns den perfekten Tag für die Nacht der monströsen Zombiekäfer."

„Das klingt doch schon eher nach meiner Sally. Es war wirklich langweilig hier ohne dein verdrehtes Gehirn." Rainie warf einen Blick auf die vordere Wanduhr. „Wir sind in ein paar Minuten mit unserer Schicht fertig. Der neue Dom Saxon will den Poly-Raum für Furry-Play beschlagnahmen. Willst du ein Kätzchen oder ein Welpe sein?"

Sie fühlte sich überhaupt nicht schwungvoll und süß ... eher wie ein Dachs. Ein sehr übel gelaunter Dachs, der baumelnde

Weichteile von Männern abbeißen würde. *Stell dir das Chaos vor!* „Heute nicht."

„Na gut, dann bis später." Nach einer kurzen Umarmung lief Rainie erwartungsvoll zum Flur im hinteren Bereich des Raumes. Sogar die Tattoos, die ihren Rücken bedeckten, sahen glücklich aus.

Sally spürte das Brennen der herannahenden Tränen in ihren Augen. Wäre sie ehrlich mit sich selbst, müsste sie zugeben, dass sie nur ins Shadowlands zurückgekehrt war, weil sie ihre Freunde vermisst hatte. Nicht, um einen Dom zu finden.

Als sie ihr Tablett wieder füllte, sackten ihre Schultern nach unten. Ziemlich traurig zu bemerken, dass ein Traum gestorben war. Vor vielen Jahren hatte ihre Mama Seifenblasen erzeugt und die schillernden Kugeln über den grünen Rasen geschickt. Sally hatte nach jeder einzelnen mit ihren Händen geschnappt. Immer wieder hatte sie Blasen zum Platzen gebracht und nur einen nassen Fleck auf ihren kleinen Händen hinterlassen.

Es gab eine schmutzige Analogie in der Geschichte, das wusste sie. Nasse Flecken und Dinge, die zu früh explodierten und sich ergossen. Aber sie war nicht in ungezogener Stimmung. Eher in einer *Alle meine Blasen sind entkommen*-Stimmung.

*Wieder war sie am Jammern. Meine Güte.* Sie stellte ihr Tablett mit einem verärgerten Knall auf die Bar und bemerkte zu spät, dass Master Dan neben ihr stand.

„Du siehst müde aus, Süße." Er trug die schwarze Lederweste mit den goldenen Akzenten, die andeuteten, dass er als Kerkeraufseher unterwegs war, und doch konnte er nicht verbergen, dass er außerhalb des Clubs als Detective Verbrechern auf der Spur war.

Beängstigender Gedanke, da sie ein schlechtes Gewissen hatte, das so groß war wie Master Cullen. „Meine Abschlussfeier steht vor der Tür. Ist Kari heute Abend hier?"

„Nein. Sie ist zuhause bei Zane."

„Zuhause? Aber ..." Kari liebte das Shadowlands. Sally hielt ihre Antwort zurück. Sie hatte sich so auf ihre Studien konzentriert, sodass sie nicht mehr auf dem Laufenden war. Ihre Freundin hatte jetzt ein Baby; vielleicht hatte sich ihre Vorstellung davon, was Spaß machte, geändert.

Anstatt wie erhofft zu verschwinden, lehnte Dan einen Ellbogen auf die Bar. „Überarbeitet Hoffman dich?"

„Nein, nein." Das Ausgraben von Informationen aus Computern war weitaus unterhaltsamer als ihre Online-Kriegsspiele. „Der Leutnant ist ein guter Kerl. Habe ich mich schon bei dir bedankt?" Dan hatte die Fäden gezogen, um ihr das Praktikum in seiner Abteilung zu beschaffen.

Sie schuldete ihm etwas ... und stattdessen hatte sie sich mal wieder von ihrer Neugier leiten lassen. Bei dem schlechten Gewissen spannte sie die Schultern an.

„Kein Problem. Er meinte bereits, dass du kompetenter bist als jeder andere IT-Spezialist, mit dem er jemals zusammengearbeitet hat." Ein Lächeln erhellte seinen von Sorgenfalten durchzogenen Ausdruck. „Wirst du nach deinem Abschluss dort bleiben?"

„Ich denke darüber nach." Dann verschlimmerte sich ihre Reue und sie konnte nicht anders, als ihr Gewicht zu verlagern und einen Schritt zurückzutreten.

Seine Augen verengten sich. „Sally, was hast du –"

„Sir." Ein junger, männlicher Sub kam neben ihnen zum Stehen. „Wir brauchen hinten einen Aufseher."

„Ich komme." Master Dan nickte Sally zu und folgte dem Sub zu den Themenräumen.

*Oje, gerettet von dem Sub. Ich bin eine böse Sally.* Wenn er wüsste, dass sie Fotos von der Akte gemacht hatte – oder noch schlimmer: was sie mit den Informationen vorhatte –, würde er ihr Handschellen anlegen, und sexy wäre das in diesem Fall nicht. Aber wirklich, diese Liste von E-Mail-Adressen war ein gottgegebenes Zeichen, zu helfen.

Diese dämlichen Agents brauchten einen guten Streber in ihrer Ecke.

„Wie geht's dir, Sub?"

Sally blinzelte und tauchte aus dem IT-Land auf. Ihr Blick landete auf Master Cullen, der sie mit zusammengezogenen Augenbrauen musterte. Er schien besorgt. „Ähm. Ganz gut." Sie zwang sich zu einem Lächeln. „Ich bin mit dem Aufräumen meines Bereiches fertig." Sie schob das Tablett nach vorne.

Er sah zu seiner Sub Andrea. „Kannst du das nehmen, Liebes?"

Andrea lächelte. *„Si, Señor."* Bevor sie nach dem Tablett griff, tätschelte die braunhaarige Frau Sallys Hand. „Alles okay bei dir?"

*Christus an einer Krücke*, sah sie so schlimm aus? „Alles gut. Ich bin nur müde." Und frustriert und einsam und drauf und dran eine traurige Wahrheit zu akzeptieren. Obwohl sie vor ihrem Masterabschluss stand und sich ihre Unizeit dem Ende zuneigte, hatte sich in den letzten Jahren nichts in ihrem Liebesleben getan. Rein gar nichts.

„Die erste Schicht der Auszubildenden kann jetzt spielen gehen. Hat Nolan dich schon mit jemandem zusammengebracht?", fragte Cullen.

Sie zuckte mit den Schultern. Der Gedanke, eine Session zu spielen, schlug ihr auf den Magen. Sie war nicht gerade in einer verspielten Stimmung. Auch sexy fühlte sie sich nicht. Sie fühlte sich nach nichts. „Nein."

Sie lehnte sich mit den Unterarmen auf die Theke und ließ die Schultern hängen. Ebenso gut könnte sie nachhause gehen. Sie sah sich nach Master Nolan um. Er war heute Abend für die Auszubildenden zuständig und wäre wenig begeistert, wenn sie ohne Erlaubnis verschwand. Master Nolan zu verärgern, war nicht unbedingt die beste Idee für eine Sub. Obwohl es seine Sub Beth gelegentlich wagte, ihn ein bisschen zu ärgern, nur um zu sehen, wie sein Gesicht einen noch finsteren Ausdruck annahm.

*Ich wünschte, ich hätte jemanden zum Necken.* Sie dachte, Frank wäre dieser Dom, doch seine Reaktion darauf, geneckt zu werden, war schrecklich gewesen. Sein Gebrüll hatte sie nicht besonders gestört, aber als er ihr das erste Mal ins Gesicht geschlagen hatte? Das hatte das Fass schließlich zum Überlaufen gebracht.

Wie demütigend, dass sie sich für einen Mann entschieden hatte, der sie verdächtig an ihren Vater erinnerte.

„Sally."

Sie wandte sich dem Klang von Nolans rauer Stimme zu.

*Oh Gott.* Bei dem Anblick von Galen Kouros gleich neben dem Dom zuckte Sally kaum merklich zusammen. Der FBI-Agent hatte doch wohl nicht herausgefunden, was sie mit Dans Aufzeichnungen vorhatte, oder? Sie machte einen hastigen Schritt zurück und stieß dabei gegen die Person auf einem Barhocker. „Tut mir leid", sagte sie und warf einen entschuldigenden Blick über ihre Schulter. Ihr Herz setzte aus.

Der große Mann hinter ihr war Vance Buchanan, Galens Partner. Er packte ihren Arm mit einer kräftigen Hand und wartete, bis sie ihr Gleichgewicht wiederfand. „Ganz ruhig, Süße." Als er sie anlächelte, hielten seine klugen blauen Augen sowohl Humor inne als auch etwas, das nichts mit möglichen kriminellen Aktivitäten zu tun hatte – es handelte sich um die potente Aufmerksamkeit eines Mannes.

Als sie den Blick von Vance abwandte, stellte sie fest, dass Galen näher gekommen war. Auf seine intensiven dunklen Augen zu treffen, war wie in einen schwarzen Wirbel eines Flusses gesaugt zu werden ... und zu ertrinken.

„Atme, Mädchen", flüsterte Vance in ihr Ohr und diesmal zuckte sie *sichtlich* zusammen.

*Gott, diese beiden!* Er hatte immer noch seine Hand um ihren Oberarm gewickelt. Sie warf einen Blick über ihre Schulter. „Lass mich los."

Vances Lippen zuckten und so wurde ihre Aufmerksamkeit auf sein Gesicht gelenkt. Quadratischer Kiefer, die Wangenknochen eines keltischen Kriegers. Blonde Haare, gerade lang genug, um mit einem Lederband zusammengebunden zu werden. Ja, sie

13

könnte sich gut vorstellen, wie er mit einem Breitschwert und Liam Neeson an seiner Seite durch die Highlands rannte.

Und alles, was nicht bei drei auf den Bäumen war, ins Bett zog. Schließlich waren er und Galen Frauenhelden. An einer Beziehung hatten sie kein Interesse; sie wollten nur Spaß haben und ficken. Normalerweise bevorzugte sie so ihre Männer, aber diese beiden waren ... beängstigend. „Bitte lass mich los."

Nach einem kurzen Nicken ließ er sie los. Der Verlust seiner warmen Hand verursachte tief im Inneren einen beunruhigenden Schmerz. Wenigstens konnte sie nun wieder atmen. Die FBI-Agents ignorierend wandte sie sich an Master Nolan. „Master Nolan, ich möchte gehen."

„Ich habe für dich einer Session mit Master Galen und Master Vance zugestimmt", sagte Nolan und legte mit seiner Stimme ihren Untergang dar.

Ihr Mund trocknete aus. Wie hatte sie vergessen können, dass die Agents jetzt Master waren? Im Shadowlands wurde der Titel nur erfahrenen, mächtigen und gewissenhaften Doms verliehen. Als Gegenleistung für Lehr- und Aufsehertätigkeiten erhielten die Master zusätzliche Privilegien, insbesondere mit den Auszubildenden.

Mit anderen Worten: Sie war am Arsch.

Die kaum merkliche Vertiefung der Falten um Galens Augen bewies, dass er ihren Gedankengang erahnen konnte. „Zeig uns deine Handfesseln." Seine Stimme war tiefer als die von Vance, mit einem stark ausgeprägten Maine-Dialekt.

Wortlos streckte sie ihre Arme aus.

„Gelbe, blaue, grüne Bänder bedeuten, dass du leichte Schmerzen, Bondage und Sex genießt. Ist das richtig?"

*Der aufdringliche Idiot.* Mit Sicherheit hatte er bereits ihre Akte gelesen und ihre Liste mit den harten Grenzen studiert. Jeder Master würde das tun. Also war seine Frage eine reine Masche, um sexuelle Vorfreude – und Nervosität – zu schüren. Somit hatten die beiden bei ihr einen großen Spielraum, und ja, sie beide, denn sie arbeiteten *und* spielten zusammen. Das Kribbeln, das ihre Wirbelsäule hinaufkroch, sagte, dass seine Technik funktionierte, ob ihr das nun gefiel oder nicht. Sie nickte.

Ein sanftes Ziehen an ihren Haaren weckte ihre Aufmerksamkeit und sie blickte ... hoch und hoch zu Vance. „Du hattest noch nie ein Problem damit, etwas zu verbalisieren, Süße. Fang jetzt nicht damit an."

Wieso ließ sie die beiden damit durchkommen, sie auf diese Weise aus dem Konzept zu bringen? Sie drückte die Schultern durch. „Ja, Sir. Das ist sehr clever von dir, Sir", sagte sie zu Galen in einem trotzigen Ton, bevor sie zu dem heutigen Ausbilder sah. „Master Nolan, ich habe nicht vor zu bleiben. Ich fühle mich nicht gut. Kein bisschen. Ich brauche –"

„Bist du krank, Sally?" Bei Master Zs opulenter Stimme schloss sie die Augen. Eine Kombination aus Hoffnung und Verzweiflung breitete sich in ihr aus. Es war schwer zu sagen, was der Besitzer des Shadowlands entscheiden würde. Er könnte Nolan überstimmen. Aber er wusste zweifellos, dass sie nicht krank war. Niemand war in der Lage, Master Z erfolgreich anzulügen.

*Scheiße, scheiße, scheiße, scheiße.*

Der skeptische Ausdruck auf Galens Gesicht deutete darauf hin, dass auch er ihre Ausrede anzweifelte. Oh ja, er glaubte ihr kein bisschen.

„Ich bin ziemlich müde, Master Z", sagte sie wahrheitsgemäß.

Master Z lächelte sanft und drückte ihre Schulter. „Das bist du in der Tat. Aber ich würde es eher als emotionale Erschöpfung bezeichnen." Seine Augenbrauen zogen sich zusammen. „Ich weiß nicht, was in deinem Leben gerade vor sich geht, Kleine, aber wenn du nicht etwas Stress abbaust, wirst du bald wirklich krank."

„Ich muss nur Schlaf aufholen", protestierte sie.

„Und schläfst du auch, wenn du ins Bett gehst?"

Schritt für Schritt drängte er sie in die Enge. Sie schüttelte den Kopf.

„Das dachte ich mir. Nach deinem Abschluss werden wir ein langes Gespräch führen. Für den Moment ..." Seine Aufmerksamkeit richtete sich auf die FBI-Agents. „Sie ist nicht in ihrer üblichen Verfassung, also geht behutsam vor", sagte er leise. „Ich denke jedoch, dass es gut für sie sein wird, ein wenig abzuschalten."

Sie funkelte Z wütend an und öffnete dann den Mund: „Habe ich denn kein Mitspracherecht?"

Sein Gesicht nahm einen ... nicht kalt, aber einen unnachgiebigen Ausdruck an. „Im Shadowlands verfügen die Subs mindestens über ein Safeword. Als Auszubildende hast du nichts anderes. Deshalb wolltest du ins Programm ... um die Kontrolle abzugeben." Sanft berührte er ihre Wange. „Und genau das wird heute Abend passieren."

Er nickte Galen und Vance zu und verschwand mit Nolan.

Sallys Blick wanderte von Galen zu Vance. Obwohl es nur zwei Männer waren, fühlte sie sich umzingelt. „Okay, ihr habt gewonnen. Was nun?"

Galen betrachtete sie eine Minute lang, sein Gesichtsausdruck war unleserlich, und ihre schnippischen Worte prallten von ihm ab, als ob er eine Rüstung trug. Er trat vor und drang in ihren persönlichen Bereich ein, kam ihr so nah, dass seine Körperwärme in sie sickerte.

Bei ihrem Rückzug krachte sie gegen die Betonwand namens Vance. Er packte ihre Schultern so fest, dass er ihr jegliche Chance nahm, zu entkommen. Ohne ein Seil oder Ketten hatte er sie fixiert.

Bei dem erregenden Gefühl rauschte ein Lustschauer durch ihren Körper. *Verdammt.* „Ist all dieses in die Enge treiben wirklich notwendig?"

Galen nahm ihr Kinn zwischen Daumen und Zeigefinger und sein Blick hielt ihren mühelos gefangen. „Ich weiß, dass wir dir

Angst machen, hübsche kleine Sub." Sein rechter Mundwinkel zuckte. „In deinem Fall ist das eine gute Sache. Aber lass dich nicht von Angst dazu leiten, respektlos zu sein, verstanden?"

Er hielt ihren Blick, hielt ihn und hielt ihn, und mit jeder Sekunde akzeptierte sie die Situation mehr und entspannte sich.

Eine Minute später murmelte er: „Sehr gut."

Als er seine Hand von ihrem Gesicht nahm, wäre sie wahrscheinlich nach vorn gefallen, wenn Vance sich mit seinem Körper nicht an ihren pressen würde.

„Bondage-Tisch?", fragte Vance.

Galen nickte und durchquerte den Raum. In einer schwarzen Stoffhose, einem Hemd und in seinen Anzugschuhen gekleidet, kam er schicker daher als Vance. Beide trugen sie schwarz, aber Vance hatte eine Jeans, ein enganliegendes T-Shirt, einen Ledergürtel und Stiefel gewählt. Entschieden versus entspannt; schlank, aber muskulös versus die Größe eines Footballspielers; dunkler Grieche versus schottischer Krieger; geschmeidig versus robust. Sie sollten nicht in der Lage sein, bei der Arbeit eine gemeinsame Basis zu finden, geschweige denn als Co-Tops zu agieren, aber genau das taten sie – und es sah so einfach aus.

Vance zog sie an seine Seite und sein Arm hinter ihr ließ ihr keine andere Wahl, als ihm zu folgen.

Ihr Herz hämmerte bereits so heftig, dass sie sich fühlte, als würde sie ersticken.

Wie schafften sie das? Mit den anderen Mastern war ihr das noch nie passiert. Sicher, jeder der Master konnte und hatte sie dazu gebracht, sich zu unterwerfen, aber mit ihnen war sie nie nervös geworden. Vielleicht waren die beiden beängstigender, weil sie sich gegen sie verbündeten? Immer, wenn sie versuchte, Stellung zu beziehen, trieb einer sie an ihre Grenzen und der andere brachte sie ins Straucheln.

Und sie mochte es nicht, eingeschüchtert zu werden. Nicht von ihnen. „Also, ich weiß nicht …"

Galen drehte sich zu ihr um und die Worte blieben ihr im Hals stecken. War er immer schon so ... intensiv?

„Stell dich hier hin, Sally." Seine schwarze Kleidung ließ seine Augen noch dunkler und bedrohlicher erscheinen. Er fuhr mit einem Finger über den Saum ihres Neckholder-Tops, folgte der Kurve einer Brust. „Das hier entfernen, Vance."

Vance löste die Bänder und warf ihr Oberteil auf einen Stuhl.

Zum ersten Mal seit einer halben Ewigkeit wollte sie sich bedecken. Ihre Hände hoben sich. Dann landete ihr Blick auf Galen und sie senkte schnell die Arme. Galen betrachtete sie, seine Augen verweilten auf ihrem Bikinislip.

Ihr Atem stockte, als sich die Wärme tief in ihrem Bauch sammelte. *Verdammt*, sie wollte mit keinem der beiden Sex ... und doch sehnte sie sich verzweifelt danach. Bei seinem Schmunzeln stieg ihr die Hitze in die Wangen.

„Heute nicht, Sub", sagte er. Sein Lächeln verwandelte sein Gesicht von furchterregend zu wunderschön. Zu verlockend. „Irgendwann werden wir deinen Körper genießen; der heutige Abend ist jedoch nur für dich."

Sie starrte ihn an. Wirklich? Aber sie mochten Sex. Die anderen Subs redeten darüber, wie *sehr* sie Sex mochten. Stimmte etwas nicht mit ihr, dass sie sie nicht begehrten?

Galen klopfte auf den Bondage-Tisch und wandte sich ab, ohne zu sehen, ob sie gehorchte.

Dann erkannte sie, warum er nicht besorgt war. Vance packte sie um die Taille und setzte sie wie eine Puppe auf den Tisch. Unter seinem engen schwarzen T-Shirt waren seine Schultern riesig, sein Bizeps erinnerte an Felsbrocken. Er gab ihr das Gefühl, winzig zu sein.

„Runter mit dir." Er drückte sie auf ihren Rücken.

Es war ihr unangenehm, dass ihre nackten Brüste zeigten, wie erregt sie war, denn ihre Nippel waren noch nie so hart gewesen. Verlegen wandte sie den Blick ab.

„Entspann dich, Sally." Er neigte ihr Kinn, lehnte sich vor und küsste sie. Seine Lippen fühlten sich stark und entschlossen an. Sanft versuchte er, ihr eine Reaktion zu entlocken. Als sein Mund ihren verließ, folgte sie ihm und er gluckste amüsiert. Im nächsten Moment lag seine Hand auf ihrer Wange, sein Mund schwebte über ihrem und dann küsste er sie erneut. Leidenschaftlicher, brutaler. Alles in ihr kribbelte und mit Sicherheit sahen auch die beiden Männer die Lustwelle, die durch ihren Körper jagte.

Bevor sie wieder zu Atem kommen konnte, bediente er sich an den Riemen, um ihre Arme an ihren Seiten festzuschnallen. Er legte ihr einen weiteren über die Taille.

„Ist dir bewusst, wie sehr ich es mag, ungezogene Subs zu fesseln?" Der Hunger in Vances Blick bestätigte seine Worte. Seine Hände waren unnachgiebig, als er erst ihre Oberschenkel und dann ihre Knöchel mit Seilen zusammenschnürte. Ein Riemen legte sich um ihre Knie.

Als er fertig war, verschränkte er die Arme und begutachtete seine Arbeit.

Sie hob den Kopf und sah die Seile und Riemen, die ihren Körper schmückten. *Mein Gott.*

„Einen vergessen." Vance schob sie nach unten und zog einen weiteren Riemen über ihre Stirn, sodass es ihr unmöglich war, den Kopf zu heben. Sie konnte sich kein bisschen bewegen. Sie fühlte sich unbeweglicher, als sie es je erlebt hatte. Instinktiv testete sie die Einschränkungen, versuchte, sich zu befreien.

Ihr Körper verstand, dass sie gefesselt – gefangen – war und der Tisch unter ihr schien zu beben.

Vances rechter Mundwinkel zuckte. „Sehr hübsch", sagte er, bevor er ihr einen sanften Kuss auf den Mund gab. „Sie ist bereit, mein Freund."

Beide Doms gingen um den Tisch herum, zerrten und überprüften die Riemen.

„Taubheitsgefühl, Kribbeln? Ist dir kalt?", fragte Galen, wobei sein Neuenglanddialekt seine tiefe Baritonstimme noch einschüchternder machte.

Ihr Versuch, den Kopf zu schütteln, blieb erfolglos. Sofort spürte sie ein wildes Flattern in ihrer Magengrube.

Sie wusste nicht, was Vance auf ihrem Gesicht sah, aber sein Lächeln wurde breiter. Obwohl er einen ungezwungeneren Eindruck machte als Galen, war es doch verstörend, was sie in seinen dunkelblauen Tiefen sah.

„Nun?", hakte Galen nach und lenkte damit ihre Aufmerksamkeit zurück auf ihn.

Sie runzelte die Stirn und flüsterte: „Nein, Sir." *Wo ist mein Rückgrat abgeblieben?* „Mir geht es wirklich sehr gut. Danke der Nachfrage, Master Galen. Wie geht es dir heute?"

„Wirst du bei uns auch so viel plaudern, wie wir es mit anderen Doms beobachten mussten?", fragte Galen.

„Na logisch."

Mit einem Nicken zog er einen Lederriemen aus der Spielzeugtasche und warf ihn zu Vance. „Knebel sie."

„Hey, ich mag keine Knebel." Sie fing an, sich zu wehren. Was, wenn sie Worte gebrauchen müsste?

Galen zog zwei kleine Gummikugeln heraus und drückte sie zusammen, um ein Quietschen zu erzeugen. „Die kannst du anstelle deines Safewords benutzen." Eine Kugel legte er ihr in die linke Hand, die andere in die rechte. „Zeig mir, dass du weißt, wie du sie zu benutzen hast."

Ihr Herz hämmerte gegen ihre Rippen. Sie rieb die Kugeln gegeneinander und brachte sie zum Quietschen. Sie machte weiter, bis es klang, als würde jemand eine Schar Babyvögel ermorden.

„Sally." Nur ein Wort in Galens bodenloser Stimme und Sally konnte ihre Finger nicht dazu bringen, weiterzumachen. Die quietschenden Spielzeuge verstummten, während das Blut in ihren Ohren nun umso lauter rauschte.

„Aufmachen, Süße." Vance hob den Lederriemen und schnaubte, als sie stattdessen die Lippen fest aufeinanderpresste. Um ihren Mund zu öffnen, legte er die Finger auf die

Gelenke ihres Kiefers. Als er den Knebel an ihren Lippen vorbei bekam und festschnallte, schloss sich ihre Hand krampfhaft um einen der Gummibälle und ein sanftes Quietschen war zu hören.

Vance lehnte sich mit einem Unterarm neben sie und lächelte sie an, sein dunkelblondes Haar fiel ihm in die Stirn. „Zu eng?"

„Mmmmhmmm."

„Du bist so niedlich." Sein Grinsen war verheerend gut aussehend und völlig beängstigend, denn er schien ihre Antwort kein bisschen besorgniserregend zu finden. „Ein Blinzeln bedeutet *Ja*. Kein Blinzeln bedeutet *Nein*. Ist der Knebel zu eng?"

Alles in ihr schrie und wies sie an, zu blinzeln, aber der Riemen war nicht unbequem. Was ihr Angst machte, war, dass sie nicht ausdrücken konnte, was sie dachte und ihnen nicht sagen konnte, was sie wollte. Sie hatten ihr einfach den Mund verboten. Wütend funkelte sie ihn an.

Sein Lächeln wurde breiter. „Wir haben die kleine Sub wütend gemacht, Galen", sagte er.

„Oh, verdammt." Bei der Belustigung in Galens Antwort würde Sally ihn am liebsten gegen das Schienbein treten. Er legte seine Hand auf ihre Wange. „Wir werden dir nicht wehtun, Sub. Deine Pussy wird heute unberührt bleiben. Wir wollen nur ein bisschen mit dir spielen und dich dann freilassen."

Ihre Muskeln lockerten sich ... ein wenig. Aber warum hatte er das nicht früher gesagt? Sie kniff die Augen zusammen.

„Warum ich das nicht schon früher gesagt habe?" Galen strich mit einem Finger über ihre Wange und unter ihrem Ohr entlang. Sie sah kein Erbarmen in seinem Gesicht. „Ich wollte es nicht sagen."

Seine Stimme war nicht grausam ... nur sachlich. Sie würden tun, was sie wollten. Sally wusste, dass sie nicht unvorsichtig waren, wie das bei anderen Doms der Fall war, aber sie waren zweifellos dominant. Warum erregte sie dieser Gedanke?

Mit einem sanften Lächeln ging Galen an das Ende des

Tisches und umfasste ihren linken Fuß. Er rieb und massierte sie mit seinen talentierten Händen.

*Oh Gott*, es fühlte sich gut an. Ihre Füße taten nach ein paar Stunden ohne Schuhe immer weh. Sie konnte den vergnüglichen Seufzer nicht zurückhalten.

Als Galen fortfuhr, glitt etwas ihren Bauch nach oben und bewegte sich langsam auf ihre Brüste zu. Ihre Augen sprangen auf.

Vance lehnte sich auf einen Arm und zog direkt über den Riemen einen Finger über ihren Bauch. Er zog Kreise. Kreuze. Mit jedem Muster wanderte er höher. Sein Gesicht war nicht mit Erregung oder Lust gefüllt; es machte ihm einfach Freude, sie zu berühren.

Seine leichte Berührung auf ihrem Bauch war so anders als Galens starke Hände an ihrem Fuß. Es war verwirrend.

Galen wechselte zu ihrem anderen Bein, und *oh Gott*, es fühlte sich himmlisch an! Warum gingen sie so liebevoll vor?

Bevor sie sich an Galens Verwöhnprogramm gewöhnen konnte, fuhr Vance mit einem Finger an der extrem empfindlichen Unterseite ihrer Brust entlang. Ihr Rücken versuchte, sich zu wölben, doch die Riemen hielten sie auf der Bank. *Mein Gott!*

Sie hob den Kopf und sah, dass er ihr Gesicht musterte und jede ihrer Reaktionen deutete. Zweifellos speicherte er sich diese Stelle in der Kategorie *Interessant* ab. Sein Finger umkreiste ihre linke Brust, dann ihre rechte.

Sie starrte ihn mit einem unterkühlten Blick an. Er war einfach umwerfend. Durch seine Größe und seine große Nase war er nicht zu hübsch, aber vielleicht fand sie ihn gerade deswegen so anziehend. Die Lachfalten neben seinen Augen standen im starken Kontrast zu seinem angespannten Kiefer und den Lippen, die er fest aufeinanderpresste. Eine Warnung, dass er ihr gefährlich werden konnte.

Sie spürte, wie sich ihre Nippel aufrichteten, als er sich den Knospen näherte.

Dann massierte Galen ihre Wade, hart genug, dass es ein

wenig schmerzte. Und er nahm sich Zeit. Als er schließlich zu ihrer linken Wade wechselte, war die rechte herrlich entspannt und glücklich.

Vances Finger schlossen sich indessen um ihre linke Brustwarze. Er neckte sie und das bemerkte auch ihre Klitoris. Galen hatte gemeint, sie würden heute nicht mit ihrer Pussy spielen, aber ihr Körper wollte Sex. Jetzt und hier und auf der Stelle.

Vance bewegte sich zu ihren Beinen.

Galen nahm seinen Platz ein. Er legte die Hände auf ihre Brüste und zwickte in ihre Nippel. Kontrolliert, aber hart. Ihr Rücken versuchte erneut, sich zu wölben. Elektrisierende Empfindungen schossen direkt zu ihrer Mitte.

Vances selbstbewusste Hände streichelten über ihre gefesselten Beine, die Oberschenkel hinauf, wieder nach unten.

Nässe sickerte in ihr Höschen. Wie eine Droge pulsierte die Lust durch ihren Blutkreislauf. Was stellten sie mit ihr an?

Galen wechselte zu ihrer rechten Brust und als er grausam in ihre Knospe zwickte, ergab sich erneut ein starker Kontrast zu Vances sanfter Massage. Galen rollte ihre Brustwarzen zwischen Daumen und Zeigefinger, erst eine und dann die andere, so unerbittlich, dass sie sich unter den Männern wand und an den Einschränkungen riss. Nichts gab nach.

Trotz des Knebels entließ sie einen verzweifelten Laut.

Galens Lächeln blitzte weiß auf, verwandelte sein strenges Gesicht in reine Sexualität und verstärkte so ihre Nervosität. Sie konnte nicht auf Sarkasmus zurückgreifen. Sie war völlig zur Stille verdonnert worden. Ein Schauer schoss durch sie, als die letzte Hoffnung, die Doms zu manipulieren, aus ihrem Körper sickerte.

„So ein braves Mädchen", murmelte Galen. „Gib dich uns hin." Er schloss seine Hände um ihre Brüste, knetete sie so hart, dass es an Schmerz grenzte. Sie spürte regelrecht, wie sie anschwollen, wie die Haut sich straffte und die Empfindlichkeit zunahm.

Vance hatte das obere Ende ihrer Oberschenkel erreicht und

platzierte die Hände zu beiden Seiten ihrer Pussy, um sie über ihrem Höschen zu berühren.

Ihre Klitoris flehte darum, berührt zu werden, doch ihre instinktive Reaktion, sich ihm zu öffnen, schlug fehl; die Einschränkungen hielten ihre Beine fest zusammen. Eine Falte zeigte sich auf Vances Wange, als er neben dem Riemen mit dem Finger an ihrem Bauch über ihre Haut fuhr und sich dann wieder nach unten aufmachte.

Ihr Körper spannte sich an – *bitte, berühre mich ... tiefer.* Im nächsten Moment legte Galen seine Hand um ihre Kehle. Er übte keinen Druck aus und doch verstand sie es als Warnung. Ihr Blick schoss zu seinem unleserlichen Gesicht. Seine dunklen Tiefen waren auf sie gerichtet und sie schaffte es nicht, die Augen von ihm abzuwenden.

Vance kratzte mit den Fingernägeln über ihren Bauch, direkt über ihrem tiefsitzenden Höschen. Zurück ließ er einen kribbelnden Pfad.

„Hübsche Sally", murmelte Galen, „kann sich nicht bewegen, kann nicht schreien." Seine Lippen krümmten sich leicht. „Kann nicht kommen." Seine Hand ruhte immer noch bedrohlich und sanft an ihrem Hals.

Dann küsste er sie auf die Wange, seine Lippen streiften ihren Kiefer und wanderten seitlich über ihren Hals. Sein Duft war würzig mit einer subtilen Stärke, und sie atmete ihn ein.

Vance leckte über ihren linken Nippel.

Ihr Gehirn setzte aus und schüttelte ihre Gedanken durch. Sanft und schmerzhaft, süß und grausam.

Ihre Brüste schmerzten, ihre Pussy pochte. Brannte. Gierte. Vance knabberte leicht an ihrer nackten Schulter und die Innenseite ihres Armes hinunter. Seine Lippen waren warm, unerbittlich und so samtweich, vor allem im Vergleich zu dem Gefühl, das seine Stoppeln auf ihrer Haut hinterließ.

Galen biss sanft in ihre rechte Brustwarze und schickte ein Flammenmeer aus Empfindungen zu ihrer Klitoris.

*Oh Gott!* Sie konnte keinen klaren Gedanken fassen!

Als Vance einen Kuss in ihre Handfläche drückte, beschäftigte sich Galen mit ihren Knospen und benetzte sie mit seinem Speichel.

Vances Lippen schlossen sich um ihren Daumen. Er saugte sanft daran und es fühlte sich an, als hätte er ihre Klitoris zwischen die Lippen genommen. Ihre Oberschenkelmuskeln spannten sich an, als könnte sie ihn so auf ihr vernachlässigtes Nervenbündel verweisen.

Stattdessen bewegte er sich zu ihrem Zeigefinger. Und saugte.

Galen blies über ihre Nippel, sodass sie sich weiter aufrichteten und brachte dann seine Zähne zum Einsatz, knabberte und neckte beide Knospen. Rauer, seine Bisse härter, bis sie wimmernd am Abgrund des Schmerzes wandelte. Sie wollte mehr. So viel mehr.

Als er sich aufrichtete, waren ihre Brüste geschwollen. „Sieh mich an, Sub."

Ihre Augenlider senkten sich auf halbmast und sie gehorchte. Ihr Körper fühlte sich wie ein Kokon an.

Seine Augen waren schwarz, ohne ein Zeichen von Sanftheit, als er sie anstarrte und abwesend ihre Brüste streichelte. Seine Puppe zum Spielen.

Vance legte seine Handfläche auf ihre Pussy und der Druck in ihr baute sich auf.

Ihr Körper pulsierte vor Erregung und bettelte um mehr, gierte danach, zu kommen. Sie schaffte es, ihren Blick von Galens zu nehmen, nur um von Vances glühenden blauen Augen eingefangen zu werden. Der Tisch unter ihr schien an Höhe zu verlieren.

Nichts existierte, außer Vances Augen und seiner Hand auf ihrer Pussy, der Hitze, die ihren Körper erfasst hatte und Galens fordernder Berührung auf ihren Brüsten. Ihr Atem verlangsamte sich ... die ganze Welt schien in ihrer Drehung innezuhalten.

· · ·

**Galen lächelte, als** Sallys Augen glasig wurden und die Spannung aus ihrem süßen kleinen Körper entwich. Wie empfänglich sie doch auf Berührungen reagierte ... Es machte Spaß, mit ihr zu spielen. Genauso hatte er es sich immer vorgestellt.

Definitiv eine Sub mit einem großen Mundwerk – nervig für manche Doms. Aber nicht für ihn. Eine freche Sub, solange es mit Intelligenz einherging, konnte jede Szene beleben.

Diese kleine Sub jedoch hatte mehr an sich. Sie verbarg ihre fürsorgliche Natur. Aber er hatte gesehen, wie sie neue Subs an die Hand nahm und im nächsten Moment Chaos stiftete.

Er sah zu Vance und genoss es, wie sein Partner das Mädchen mit einem Blick in seinen Bann zog.

Galen ließ den Moment abklingen und streichelte untätig ihre wunderschönen geschwollenen Brüste mit den süßen Nippeln. Es wäre ihm eine Freude, sie abends vor dem Fernseher auf dem Schoß sitzen zu haben und mit ihr zu spielen. Wenn sie dann ihre Haare offen trüge, würden sich ihre exquisiten Wellen aus glänzender brauner Seide über ihre Schultern ergießen.

Nach einer Weile ließ Vance von Sally ab. Sie blinzelte und schien Schwierigkeiten damit zu haben, ihren Weg zurück in die Realität zu finden. Er grinste Galen an, als die Sub zittrig einatmete.

Galen seufzte und bewegte seine Hände. Seit Monaten beobachteten sie die kleine Elfe bereits. Niemals still, niemals zurückhaltend. Sie gab sich nicht anmutig hin. Sowohl er als auch Vance wollten es mit ihr aufnehmen. Nichts Ernstes – an ernsten Beziehungen hatten sie kein Interesse –, aber die Herausforderung war zu verlockend.

Jetzt hatten sie Sally vor sich, und er war versucht, ihr das Höschen vom Leib zu reißen und sie auf jede erdenkliche Weise zu nehmen, in der das zwei Männern möglich war. Aber das war nicht das, was sie im Moment brauchte. Einen Monat war sie nicht hier gewesen und ... sie war nicht mehr das Mädchen von damals. Ihre sprudelnde Begeisterung für das Leben war verschwunden, und er fühlte den Verlust aufs Schmerzlichste. Was war passiert? Warum wirkte sie so niedergeschlagen? Woher kam der verwundete Ausdruck in ihren Augen?

Aber dies war nicht die Zeit, um solche Dinge ans Licht zu bringen. Sie hatte noch nie eine Session mit ihnen gespielt. Kannte sie nicht wirklich. Aus dem Grund würde dies nur eine kurze, sinnliche Session werden.

Er nahm ein Feuchttuch aus der Spielzeugtasche, entfernte ihren Knebel und reinigte ihr das Gesicht.

Ihre braunen Augen konzentrierten sich auf ihn und es formte sich eine Sorgenfalte zwischen ihren Augenbrauen. Sie war verwirrt. *Ausgezeichnet.*

Ihre Oberlippe war etwas kürzer und geformt wie ein Bogen. Die Form lud zum Küssen ein. Er lehnte sich vor und wollte testen, ob er Recht behalten würde. Unter seinen Lippen verhielt sich ihr Mund zögerlich. Als Strafe knabberte er an ihrer Unterlippe und fühlte, wie sie sich entspannte.

Und dann ergab sie sich seinem fordernden Kuss auf so entzückende Weise, dass sein Schwanz so hart zuckte, dass es an Folter grenzte. Der Kuss einer Frau enthüllte viel über sie, und Sallys Kuss war neckend. Ein bisschen unverschämt. Und verdammt süß.

*Zur Hölle nochmal*, er wollte sie. So sehr.

*Nicht jetzt, Kouros.* Er hob den Kopf und holte tief Luft.

Sie sah zu ihm auf und ihre großen Augen hielten einen Hauch von Sorge bereit. Als hätte sie ihm mehr gegeben, als sie wollte. Dass sie nicht frech wurde, war erstaunlich.

„Sag mir, wie du dich fühlst", verlangte er. Dabei verriet er nicht, dass er dies schon wusste. Erregt, sie war verdammt erregt.

Sie schluckte schwer. „Ich fühle mich gut." Ihre Stimme kam heiser heraus, als hätte sie bereits ihren Höhepunkt erreicht. Der Laut schaffte es nicht gerade, sein Unbehagen zu mindern. Sie schüttelte den Kopf und er konnte beobachten, wie sie in die Realität zurückkehrte.

*Kommen wir zum Ende.* Vance und er handelten abgestimmt, als sie die Riemen einen nach dem anderen entfernten und ihr dann halfen, sich aufzusetzen.

Er schloss seine Finger um ihre Schulter, sodass sie ihr Gleichgewicht finden konnte. Unter seiner Hand war ihre Haut warm, etwas nass und unglaublich weich. Die Sonne hatte ihre Haut geküsst, und nur ihre Brüste waren schneeweiß und schienen ihn regelrecht um seine Aufmerksamkeit anzuflehen.

Aber ... nein.

Sie sah sich um, hob den Blick zu Vance und runzelte die Stirn. Als ob die kleine Miss Besserwisserin nicht wusste, was sie tun sollte. Am Ende versuchte sie, aufzustehen.

Vance packte ihren Arm. „Bleib sitzen, Süße."

Wie es schien, ging sie auf Rückzug, wenn eine Situation sie ratlos machte. Galen legte seine Hand an ihren Hinterkopf und musste etwas Druck ausüben, damit sie ihn ansah. *Verdammt*, er liebte es, wenn sie versuchte, zu widerstehen. „Möchtest du uns sagen, was dich beunruhigt?"

Sie erstarrte und zuckte dann mit den Schultern. „Nichts. Ich bin nur müde."

Blödsinn. Er hörte Vances genervtes Knurren. Galen hielt ihren Blick gefangen und sagte: „Du bist eine furchtbare Lügnerin, Sub."

Sie versuchte, sich zurückzuziehen, kam aber nicht weit. Ihr rundlicher Kiefer spannte sich an. „Okay, wie wäre es dann mit: Das geht euch nichts an."

*Nun ja.* Galen tauschte einen Blick mit Vance aus und ihm entging nicht, wie resigniert er wirkte. Das Mädchen hatte das Recht, diese Karte zu spielen. Dies war eine leichte Session gewesen, da sie zuvor noch nie miteinander gespielt hatten. Sally kannte sie nicht. Das war ein Fakt. Sie mochte eine Auszubildende sein, aber sie hatten nicht das Recht, nach ihren Geheimnissen zu tauchen.

Nichtsdestotrotz hatte er das starke Verlangen genau dies zu tun.

---

**Vance hörte Schritte** im ruhigen Haus. Er drehte sich um und sah, wie sein Partner im unfertigen Esszimmer einem Stapel Farbdosen und Malerrollen auswich, und in die Küche humpelte. Die Umbauarbeiten hatten den Boden in einen Hindernislauf verwandelt. Aber sie hatten zumindest die Küche fast fertiggestellt und das Ergebnis war die Arbeit wert gewesen.

Als Vance die Müdigkeit auf Galens Gesicht sah, schob er die Packung Kekse mit Cremefüllung über die Granitoberfläche der Kücheninsel. „Iss etwas."

„Guter Plan." Mit offensichtlich steifen Muskeln nahm Galen auf einem der lederbezogenen Barhocker Platz.

Vance runzelte die Stirn. Ihr derzeitiger Fall schien immer komplizierter zu werden. Nach dem Besuch im Shadowlands war der Idiot erneut ins Büro gefahren und hatte sich eine weitere Stunde an die Arbeit gesetzt. „Tut dein Bein weh?"

„Ein bisschen."

Ein Geständnis, das darauf hindeutete, dass es höllisch weh tat. Vance holte das Ibuprofen aus dem Schrank, schüttelte ein paar Tabletten heraus und reichte sie Galen mit einem Glas Wasser.

„Danke, Mom", sagte Galen verstimmt. Aber er nahm die Pillen, schluckte sie und griff dann nach einem Keks.

Vance belohnte ihn mit einem Whiskey Soda und schenkte sich selbst einen Schuss Wodka ein. „Nicht der beste Tag."

Mit seinem Bein auf einem der rückenfreien Hocker ruhend, stützte Galen einen Ellbogen auf die Insel, sein Glas in der Hand.

„Der Abend hat es wieder gut gemacht." Er grinste. „Sie ist ein hübsches, kleines Ding, oder?"

Vance grinste zurück. „Am liebsten hätte ich weitergemacht. Aufzuhören war nicht einfach." Er nahm einen Schluck und der Russian Standard lief seine Kehle herunter. „Ich frage mich nur, wo ihr freches Mundwerk geblieben ist." Seltsam, wie sehr ihn das gestört hatte, aber eine gebändigte Sally war wie ein Vogel mit einem gebrochenen Flügel.

„Der Monat, den sie nicht im Club war, hatte keine gute Auswirkung auf sie."

Die Gerüchteküche im Shadowlands hatte angedeutet, dass Sally außerhalb des Clubs einen Dom gefunden hatte. Er war der Grund, warum Vance einen Monat darauf hatte verzichten müssen, sie durch den Club springen zu sehen und ihr ansteckendes Lachen zu hören. Ja, er und Galen waren froh, dass sie zurück war. „Wenigstens haben wir es geschafft, dass sie für eine Weile ihr Gehirn ausschaltet. Ich würde gerne wissen, warum sie so unglücklich ist."

„Ja, ich auch." Galen rieb sich mit den Händen übers Gesicht. „Es wäre eine Abwechslung, etwas zu haben, das wir tatsächlich reparieren können."

„Wohl wahr." Die Dunkelheit rückte in Vances gute Laune vor. In New York war Leutnant Tillmans Haus niedergebrannt worden. Der Brandstifter hatte nicht versucht, zu verbergen, was er getan hatte, und es war hässlich gewesen. Die *Harvest Association* hatte damit nicht nur einen Polizisten eliminiert. Tillman war mit seiner Familie im Haus gestorben, gefesselt an ihre Betten. Somit hatte die *Association* ein Zeichen gesetzt. Wenn ein Polizist nicht sicher wäre, war das auch keiner in der normalen Bevölkerung.

Er wusste, dass Galen seinen Gedanken folgen würde, und sagte: „Wir konnten nichts tun."

„Das wird seinen Kindern nicht helfen, sich besser zu fühlen. Sie sind erwachsen, aber trotzdem ..."

Vance runzelte bei dem Ton seines Partners die Stirn. Tillmans Tod würde Galen noch lange verfolgen. Seine Frau war durch die Hände von Kriminellen gestorben, gegen die er ermittelt hatte, und die Wunde, sie auf so grausame Weise zu verlieren, war nicht so verheilt, wie sein Partner es allen glauben machen wollte.

„Denkst du, dass Sally morgen in den Club kommen wird?", fragte Vance.

Galen schaute zu ihm. Er hatte seine schlechte Laune erfolgreich entgleist. „Tut sie das, werden wir sie diesmal weiter treiben."

„Wenn sie zustimmt." Vance tauchte seinen Keks in seinen Drink, bevor er einen Bissen nahm. Ein mit Wodka durchtränkter Schokoladenkeks mit Cremefüllung. Nicht schlecht. „Glaubst du, dass ihr Verhalten daher rührt, weil sie mit diesem Kerl Schluss gemacht hat?"

„Bezweifle ich. Sie schien nicht der Typ zu sein, der sich bindet."

„Auch wahr." Ihm war zu Ohren gekommen, dass sie mit den meisten Shadowlands-Doms gespielt hatte. Nicht anders als das, was er und Galen taten – sie testeten die Subs. „Vielleicht wollte er mehr und sie hat ihn abgeschossen. Das hätte ich gerne gesehen. Sogar Geld hätte ich dafür bezahlt."

Galen zeigte ein seltenes Grinsen und antwortete in seinem Maine-Slang, was so viel bedeutete wie *Ja*: „Ayuh."

Ein eindeutiges *Ja*. Gott wusste, dass sie Subs bevorzugten, die kein Interesse an einer festen Bindung hatten. Die Zeit, sich niederzulassen, war noch nicht gekommen ... obwohl er manchmal seine verheirateten Freunde beneidete. Aber noch nicht genug.

Vance nahm einen Schluck von seinem Wodka und erinnerte sich an die hübsche Blondine von vor einem Monat. Wunderschön. Voll und ganz daran interessiert seinen Bedürfnissen gerecht zu werden. Aber nach zwei Sessions hatte sie bereits einen Heiratsantrag verlangt. Sally war nicht der Typ dafür. „Sie zu knebeln, war eine gute Idee gewesen. Scheint, als würde sie diesen Mund wie ein Schwert und einen Schild benutzen."

„Und wir machten sie wehrlos. Sie könnte es auch so sehen. Hat ihr wahrscheinlich nicht gefallen, wie sie sich uns hingegeben hat." Galen rieb sich über den Kiefer. „Interessante, kleine Sub. Ich wette, sie verstärkt jetzt den Wall. Möglich, dass sie nicht nochmal mit uns spielen möchte."

Vance schüttelte den Kopf. Die Chemie zwischen ihnen war greifbar gewesen. Sie war ihm wirklich ein Rätsel. „Nach der Art, wie wir sie zurückgelassen haben? Sie hat so verzweifelt einen Orgasmus nötig gehabt, dass ihr ganzer Körper gebebt hat. Ich wette fünfzig Mäuse, dass sie sofort auf die Chance anspringt, erneut mit uns zu spielen." *Verdammt*, aber er wollte sie wieder in seinen Seilen sehen. Er wollte diese süßen, verletzlichen Augen auf ihn gerichtet wissen.

„Ich nehme die Wette an."

# KAPITEL ZWEI

*Ich bin die Größte!* Sally vollführte auf ihrem Stuhl einen Siegestanz, der die Blicke der anderen Gäste im Café auf sich zog. Sie ignorierte sie und grinste ihren Laptop an. Mit jeder E-Mail füllte sich ihr Ordner über die *Harvest Association* weiter.

Ein Ordner mit dem Namen *Abschaum*, zu Ehren von Kim, die zu einem unfreiwilligen Gast bei der *Association* geworden war. *Verdammte Sklavenhändler. Ihr werdet es bereuen, mich ins Visier genommen zu haben.* Und Dan würde es leidtun, so einen unaufgeräumten Schreibtisch zu haben. Die Fotos, die sie gemacht hatte, enthielten eine Liste mit E-Mail-Adressen von Verdächtigen. Mitglieder der *Harvest Association*. Die Versuchung, sie ein wenig zu verarschen, war zu groß gewesen. Letzte Woche hatte sie, angeheizt von etwas zu viel Alkohol, E-Mails mit ihrem speziellen Computerwurm an jede dieser Adressen geschickt.

Sally trank von ihrem Mocha und genoss das gesellige Treiben im Café. Andere um sich zu haben, war beruhigend, wenn man bedachte, dass sie in der Höhle eines sehr großen Bären herumschnüffelte. Es wäre besser, wenn der Bär – aka die *Harvest Association* – niemals ihre Fußspuren entdeckte.

*Harvest Association. Meine Güte.* Die Mittelwestlerin in ihr

33

fühlte sich von dem Namen angegriffen. *Harvest* – Ernte – bedeutete Feldfrüchte wie Mais und Bohnen. Gute Dinge. Ernte sollte sich nicht auf Menschen beziehen, geschweige denn auf die Versklavung von Frauen hinauslaufen.

Sie mussten alle weggesperrt werden, aber Galens und Vances Team hatte es bisher nicht geschafft, die hochrangigen Arschgeigen zu identifizieren. *Für mich ist das kein Problem.*

*Und tada!* E-Mails füllten nun den Abschaum-Ordner und zeigten, dass sich ihr hinterhältiger Computervirus Zugriff auf einige Mailsysteme verschafft hatte. *Ich bin die Größte!* Jede E-Mail, die diese Männer erhielten oder schickten, würde nun auch bei Sally landen.

Vollkommen außer sich vor Freude sprang sie auf dem Stuhl herum und öffnete den Ordner. Aber die erste E-Mail enthielt nichts Interessantes. Auch nicht die zweite. Oder die dritte. *Hach, verdammt nochmal.* Dann spielte es zumindest keine Rolle, dass sie bis heute zu beschäftigt gewesen war, um den Ordner zu checken. Die vierte enthüllte, dass ein Mann seine Frau betrog. Sally blinzelte bei dem anzüglichen Austausch mit seiner Geliebten. *Ist es wirklich möglich, dass zwei Körper diese Positionen einnehmen können?*

Die nächste E-Mail jedoch ... war an einen der Mitarbeiter der *Association* geschickt worden, den sie im allgemeinen Aufseher nannten. Schon besser. *Um genau zu sein: Perfekt.* Langsam arbeitete sich Sally durch den Abschaum-Ordner und fügte mit ihrem Wurm neue Leute hinzu. Da dem Empfänger die Adresse bekannt war, wurden ihre E-Mails geöffnet.

Fast am Ende wurde in der E-Mail eines anderen Aufsehers erwähnt, dass mehrere ... Lieferungen aus New York unterwegs waren. Ein kalter Schauer jagte über ihren Rücken und setzte sich in ihrem Magen fest. Bei den Lieferungen handelte es sich um Frauen, die entführt werden sollten. Allzu bald würde die arschgesichtige *Association* die Frauen an sadistische Käufer versteigern.

Was nun? Letzte Woche hatte sie den Wurm aus so vielen Gründen losgeschickt. Zum einen als Rache für das, was die

Bastarde Linda und Kim angetan hatten, und ja, sie fühlte sich immer noch schuldig, da Linda fast gestorben wäre. Und auch, weil sie herausgefunden hatte, dass die *Association* sie hatte entführen wollen. Das hatte Sally wirklich auf die Palme gebracht! Und – *okay, gib es zu, Sally* – sie wollte schon immer ein Held sein.

Sie hatte nicht erwartet, herauszufinden, dass die Bastarde eine weitere Auktion planten. Die Frage war: Was sollte sie mit diesen Informationen nun machen?

Sie nahm einen Schluck von ihrem Kaffee, um sich von innen zu wärmen. Da ihr klar war, wie sehr Kim und Linda gelitten hatten, musste sie die Ziele irgendwie warnen.

Vielleicht wäre es dem FBI sogar möglich, einen Köder zu platzieren. Galen und Vance waren sehr clever, das wusste sie. Letztes Jahr hatten sie Gabi als Göre und Auszubildende in den Club geschleust, woraufhin sie doch tatsächlich entführt wurde. *Gott*, Gabi war so überzeugend gewesen, dass sie jeden getäuscht hatte.

Erst als Linda dem Shadowlands beigetreten war, hatte Sally erfahren, wie nah der Schrecken des Menschenhandels ihnen allen gekommen war. Linda war älter als Sallys übliche Freundinnen, aber zu jung, um für sie eine Mutterfigur zu sein, obwohl sie die mütterlichste Person war, die Sally jemals kennengelernt hatte. Erst im Januar hatte Linda im Club die Stimme eines Sklaven-händlers wiedererkannt. Dummerweise hatte sie nicht gewusst, wie er aussah.

Sally trank von ihrem Kaffee und zwang die Flüssigkeit ihre Kehle hinunter, während sie sich an ihre eigene Dummheit erin-nerte. Getrieben von Naivität hatte sie vorgeschlagen, dass Linda sich den Auszubildenden anschloss, um bei der Suche nach dem Sklavenhändler zu helfen.

*Wirklich ein toller Vorschlag, Sally.* Natürlich hatte der psychopa-thische Sklavenhändler Linda in die Finger bekommen. Sally knirschte mit den Zähnen. In der einen Minute war Linda noch im Shadowlands gewesen, in der nächsten war sie plötzlich wie vom Erdboden verschluckt. Genau wie bei ihrer Mutter war Sally nicht in der Lage gewesen, zu helfen. Wäre Linda gestorben, hätte Sally die Schuld an ihrem Tod getragen. Obwohl Linda so tat, als hätte Sally nichts, wofür sie sich entschuldigen müsste, wusste sie doch, dass sie sich das niemals verzeihen würde.

Galen und Vance waren an dem Abend nicht im Club gewesen. Sie hatten sich um ein Problem im Nordosten kümmern müssen. Linda hatte jedoch erwähnt, dass sich die beiden Männer auch verantwortlich fühlten. Was für ein furchtbares Gefühl das doch war! Wie ertrugen sie es, solche Entscheidungen zu treffen?

Sie starrte auf ihr Getränk und erinnerte sich an die harten Linien in Galens Gesicht. Manchmal schien er so motiviert, dass es beängstigend war. Zumindest wusste sie, dass Vance stets seinen Rücken stärkte. Interessant, wie nah sich die beiden waren. Ein sanftes Lächeln zierte ihre Lippen. Sie hatte die anderen Subs gefragt, ob die Jungs schwul waren. Das waren sie nicht – sie teilten sich nur gerne eine Frau.

Als sich Sally an das vergangene Wochenende erinnerte, schaffte es ein Schwall Begierde, die letzte Kälte in ihr zu vernichten. Ja, sie wussten genau, was sie taten, wenn sie eine Frau gemeinsam dominierten. Sie hatte sich noch nie so ratlos gefühlt, wissend, dass sie nicht in der Lage gewesen war, sie zu ... Okay, manipulieren klang etwas extrem, aber ... Sie hatte es nicht geschafft, die Entscheidungen der Doms zu beeinflussen. Sie hatten nicht nachgegeben.

Und wie die Männer sie beobachtet und berührt hatten. Sanft und doch an grausam grenzend.

Als die Wände ihres Geschlechts bei den Erinnerungen pulsierten, rutschte sie höchst erregt auf ihrem Stuhl herum. War es nicht seltsam, dass sie sich geradezu verzweifelt danach sehnte, wieder mit ihnen zu spielen? Seltsam daran war, dass der Gedanke auch eine unbehagliche Auswirkung auf sie hatte.

Darüber hinaus wusste sie nicht so recht, was sie davon halten sollte, dass die Agents überhaupt ins Shadowlands kamen. Wenn sie jemals herausfanden, dass sie sich in die E-Mail-Systeme der bösen Jungs gehackt hatte, wären die beiden sicher wenig begeistert.

Unglückliche Doms waren nicht gut für die Gesundheit einer Sub; zumal Galen den Eindruck machte, dass ein Sadist in ihm schlummerte. Sie seufzte. Es wäre wohl klug, wenn sie sich von ihnen fernhielt.

Die Entscheidung stellte eine Erleichterung dar, worauf sofort Enttäuschung folgte. *Sally Hart, du bist wahnsinnig.*

Na ja, sie hatte kein Mitspracherecht, wenn es um neue Mitglieder ging, also sollte sie besser vorsichtig sein.

Sie zuckte mit den Schultern und trank ihren Kaffee. Auf ihrem Laptop wechselte sie zum Bildschirmschoner und damit zu dem Kampf zwischen Obi-Wan und Darth Vader. Sie grinste. Zu einem Held wie Luke Skywalker würde sie nie werden; R2-D2 kam sie wohl am nächsten.

Aber sie war ein erstaunlicher Droide. Sie hackte sich in Computer, seit sie ein Teenager war, und niemand hatte sie bisher erwischt. Auf keinen Fall würde sie erlauben, dass noch mehr Frauen entführt wurden. Nicht, wenn sie in der Lage war, etwas zu unternehmen. Außerdem war dies eine gute Praxis für ihre Karriere als forensischer Computerspezialist, oder? Abgesehen davon, dass es illegal war natürlich.

An sich war sie wie ein digitaler Robin Hood. Die Informationen von den reichen Sklavenhändlern stehlen und sie den armen Cops geben. *Hört sich das nicht schön an?*

Fest entschlossen klickte Sally auf die Tastatur und las die E-Mails weiter. Zumeist Werbung, bis sie auf eine Warn-E-Mail stieß, die von einem Aufseher an jemanden in der nächsten Instanz gesendet wurde. Genannt *Manager*. In den E-Mails hieß es, ein Polizist, Leutnant Tillman, der mit dem FBI arbeitete, habe die Überwachung eines privaten Ermittlers der *Harvest Association* angeordnet.

Und ... Sally schnappte nach Luft. Der Manager hatte geantwortet. *Mega!* Sie hatte ihren ersten Treffer bei jemandem in den oberen Rängen.

Sorgfältig las sie den Rest der E-Mail und runzelte die Stirn. Wirklich ein sarkastischer Sack. Die E-Mail endete damit, dass der sarkastische Trottel den Aufseher anwies, heute Abend die Nachrichten zu schauen. Warum erwartete der Kerl, dass etwas Bedeutendes in den Nachrichten kommen würde? Sally hob ihre Hände von der Tastatur. Sie hatte kein gutes Gefühl dabei. Sie konnte jedoch nichts gegen etwas unternehmen, was bereits passiert war; die E-Mails stammten von letzter Woche.

Sie biss sich auf die Lippe und tippte in die Suchmaschine *Leutnant Tillman* ein. Artikel füllten den Bildschirm. Ihre Hände bebten. Nach einem Schluck Kaffee, den sie nicht wirklich schmeckte, stellte sie das Getränk vorsichtig auf den Tisch. Die Nachrichtenberichte führten zu Bildern und Videos: Das Haus des Polizisten, vom Feuer zerstört, schwarz und noch immer qualmend, bedeckte Transportliegen, die zu den Krankenwagen getragen wurden, und Nachbarn, die bei dem Anblick weinten.

Tillman, seine Frau und ihre Mutter waren gefesselt und dem Feuer überlassen worden. *Oh Gott!*

„Alles okay, Miss?" Die Stimme eines Mannes durchbrach Sallys Dämmerzustand.

Sie hob den Kopf.

Dunkelbraunes Haar, grüne Augen. Jake aus dem Shadowlands. Er blieb diskret, so wie es die Clubregeln verlangten, gab nicht den Anschein, dass er sie erkannte. Er benahm sich einfach wie jeder Kerl, der nach einer Frau sah, die nicht ganz bei sich schien.

Es summte in ihren Ohren und ihr war so übel, dass sie dieses Gefühl wahrscheinlich nach außen trug. „Es geht mir gut. Ähm, eine schlechte Nachricht." Sie holte tief Luft und nickte ihm dann nonchalant zu. *Du kannst jetzt gehen.*

Er bewegte sich nicht. Innerlich seufzte sie. *Doms.* Sie zeigten diese übermäßige Schutzbereitschaft rund um die Uhr. Er musterte sie für eine Sekunde. „Vielleicht sollte ich Sie nachhause bringen. Wohnen Sie hier in der Gegend?"

„Äh, nein. Ich bin auf dem Weg zu einem Termin und hab nur für einen Kaffee eine Pause eingelegt." An sich keine Lüge. Sie hatte beschlossen, niemals E-Mails der *Harvest Association* von zuhause zu versenden, also hatte sie auf dem Rückweg von Orlando die Ausfahrt in der Nähe von Plant City genommen, um einen Blick auf den Fortschritt zu werfen. Sicher, sie konnte ihre IP-Adresse herumhüpfen lassen, aber die Verwendung des kostenlosen WLANs in einem Geschäft bot in diesem Fall mehr Sicherheit. „Sie brauchen sich keine Sorgen zu machen."

Seine Augen verengten sich. Er war gerade erst zu einem Master ernannt worden und etwas jünger als die anderen, aber an Instinkten schien es ihm nicht zu fehlen. Zu ihrer Erleichterung beharrte er nicht auf seinen Vorschlag. „Ich sitze gleich dort drüben mit ein paar Freunden. Rufen Sie mich, wenn sich Ihr Zustand verschlimmern sollte, dann bringe ich Sie gerne nachhause."

„Das werde ich. Ehrlich, es geht mir gut." Bald jedenfalls. Vielleicht. „Aber ... ähm, danke."

Als Jake sich entfernte, seufzte sie. Auch Galen und Vance waren so – alle machten sich ständig Sorgen um sie. Na ja, nicht alle Doms. Frank hatte sie mit seinem dominanten Verhalten glauben lassen, dass er so fürsorglich sein würde wie die Shadowlands-Master. Junge, hatte sie sich in dem Punkt geirrt.

Also hatte sie den Traum vergraben, einen Dom für sich zu finden. Es ist viel sicherer, sich an leichte Sessions im Club zu halten.

*Sicherer.* Das Wort schickte ihren Blick auf den Laptop, auf jemanden, dessen Welt niemals wieder sicher wäre. Mit einem Tastendruck brachte sie die Berichte über das Feuer erneut zum Vorschein. Sogar als ein Angstschauer sie erfasste, drückte sie die Schultern entschlossen durch. *Nehmt euch in Acht – ich bin euch auf der Spur, ihr Bastarde!*

# KAPITEL DREI

„**ey, Ben.**" **Zusammen** mit Vance betrat Galen das Shadowlands. „Wie läuft's?"

Der übergroße Türsteher nickte zur Begrüßung. „Es läuft gut. Ihr zwei seid spät dran."

„Denkst du, dass wir noch eine Sub für uns finden?", fragte Vance.

„Für euch beide? Mit Sicherheit." Ben grinste. „Hey, hat sich Nolan jemals bei euch darüber beschwert, wie viel Arbeit es ist, Shadowlands-Sub zu sagen?"

„Na ja, Nolan meckert über alles, was mehr als ein Grunzen beinhaltet", sagte Galen.

„Hm, Cullen hat angefangen, die Subs Shadowkittens zu nennen. Er meinte, dass sogar Nolan den Ausdruck benutzt."

„Shadowkittens?" Galen tauschte einen amüsierten Blick mit Vance aus. Der Begriff passte auf jeden Fall zu einer bestimmten frechen Sub.

„Gefällt mir", sagte Vance.

„Dann wollen wir mal sehen, ob wir uns ein Shadowkitten einfangen können, oder?" Galen verabschiedete sich von Ben und öffnete die Tür in den Clubraum. Seine Ohren wurden von

41

Kerkermusik und dem verlockenden Geräusch der Impact-Spiel-zeuge, die ihr Ziel trafen, verwöhnt. Der Raum hielt die unver-wechselbaren Sex- und Schmerzdüfte eines BDSM-Clubs einschließlich dem von Leder bereit. Z hatte eine Vorliebe für teure Geräte. Das Ambiente des Shadowlands schwappte über Galen und drängte ihn in eine andere Dimension. Nicht länger FBI-Agent, sondern Dom.

In der Nähe des Eingangs entdeckte er Nolan. Seine Sub – aka seine Ehefrau – stand vor ihm, als er sie in einem komplizierten Bondagedesign mit Seilen fesselte. Das dunkelblaue Seil war ein deutlicher Kontrast zu ihrer hellen Haut. Ihre Augen waren geschlossen und ihr Gesicht zeigte einen friedvollen Ausdruck. Galen schüttelte den Kopf. Obwohl viele Subs sagten, dass sich das Fesseln mit Seilen anfühlte, wie in eine warme, kuschelige Decke eingewickelt zu werden, hatte er nicht die Geduld für lange Bondage-Sitzungen.

Z saß auf einem Barhocker. Galen und Vance schlossen sich ihm an.

Zs Frau Jessica saß auf dem Bartresen. Die Handgelenksfes-seln der Sub hatte er seitlich an einem Taillengürtel befestigt. Der tiefe Ausschnitt ihres Strickkleides war weit genug herunterge-zogen worden, um ihre vollen Brüste freizulegen. Die Augen-brauen hatte sie zusammengezogen. In ihren Tiefen loderte ein Feuer. Sie war verdammt wütend.

Galen war dankbar, dass sie einen Knebel trug.

Außerhalb der Reichweite ihrer Füße genoss Z einen Drink. „Ich habe euch beide früher erwartet. Gibt's ein Problem?"

„Die gute Art von Problem, aber zeitaufwendig", sagte Galen. Mit der Hüfte lehnte er sich an einen Barhocker und flüsterte: „Eine New Yorker Polizeistation erhielt einen anonymen E-Mail-Tipp mit dem Namen einer jungen Frau, die entführt werden soll."

„Interessant. Warum ging es nicht ans FBI?", fragte Z.

Vance blickte finster drein. „Der Polizist, der an dem Fall gearbeitet hatte, starb Anfang dieser Woche bei einem Brandanschlag. Die E-Mail war an Tillmans Captain adressiert und der Absender hat sich erhebliche Mühe gegeben, um sicherzustellen, dass er nicht zurückverfolgt werden kann."

„Glaubst du, dass der Informant jemand aus der *Association* ist?" Z stellte sein Glas auf die Bar.

„Möglich. Die Informationen scheinen korrekt zu sein – die benannte Frau passt auf ihre Zielparameter." Galen rieb sich das Kinn. „Ein Special Agent aus New York wird zu ihr gehen und sehen, ob sie Hilfe möchte. Falls nicht können wir vielleicht herausfinden, ob jemand Nachforschungen über sie angestellt hat." Jedes Rädchen im Getriebe namens *Harvest Association* brachte weitere Informationen. Galen war entschlossen, auch die Spitze der Organisation dingfest zu machen. Er wollte die Bastarde alle hinter Gittern wissen.

„Gut." Z betrachtete die Agents. „Während ihr hier seid, solltet ihr versuchen, den Kopf frei zu bekommen. Keine Arbeit. Welche Sub es am Ende auch wird, sie verdient eure volle Aufmerksamkeit. Und ihr braucht beide die Pause."

Vance schnaubte. „Ich wette, sie nennen dich hier Mama, oder liege ich falsch?"

„Nicht, wenn ich in der Nähe bin." Z stand auf und zog seine Frau von der Bar. „Erinnerst du dich wieder daran, was es bedeutet, höflich zu sein, Kätzchen?"

Als sie ihn wütend anfunkelte, gluckste er und streichelte ihre Brüste. Die Farbe in ihren Wangen zeigte eine charmante Mischung aus Verlegenheit, Wut und Erregung.

Ein lautes Lachen erregte Galens Aufmerksamkeit.

„Da sind ja unsere liebsten Agents." Grinsend stand Cullen hinter der Bar. „Was darf's sein, meine Herren? Spielen oder trinken?"

„Zuerst wird gespielt", machte Galen klar. „Hoffentlich mit einer kleinen Brünetten."

„Ist Sally heute hier?", fragte Vance.

„Vorhin habe ich gesehen, dass sie eine Session mit Casey verhandelt hat", sagte Cullen. „Ihr solltet im Kerker nachsehen."

*Zum Teufel nochmal.* Er hatte sich darauf gefreut, heute Abend noch einen Schritt weiter mit ihr zu gehen. „Ihre Begeisterung, eine Session mit uns zu spielen, hält sich anscheinend in Grenzen. Du schuldest mir fünfzig Mäuse", sagte er zu Vance.

„Fuck. Du hast die Seele eines Kredithais." Vance rieb sich über das Gesicht. „Wir könnten zusehen."

„Ayuh." Galen drehte sich um. Jessica kniete und entschuldigte sich aufrichtig bei Z. *Sehr hübsch.*

Vance grinste. „Sind Hitzköpfe nicht einfach bezaubernd?"

Im Flur mit den Themenräumen sah Galen einen Dom mit der lieblichen Uzuri, die gemeinsam das Arztzimmer reinigten. Auf der anderen Seite warf das Licht des Violettstabs im abgedunkelten Bürothemenraum faszinierende Schatten. Der Kerker war der letzte Raum auf der rechten Seite.

Vance trat neben ihn und lehnte sich an die Wand. Nach ein paar Minuten murmelte er: „Verdammt."

*Ja, das war auch sein Gedanke.* Sally hatte ihre Arme über dem Kopf, gefesselt an die Ketten, die von den Dachsparren hingen, und ihre Beine waren gespreizt. Zwischen den Sets mit dem Flogger fickte der Dom sie mit seinen Fingern. Sein Gesicht sprach von Erregung, und der Ständer in seiner Jeans führte zu einer Beule.

Sally schien wenig erregt. Sehr wenig, eigentlich gar nicht. Schlimmer noch, das Flogging bereitete ihr offenbar Schmerzen. In den letzten Monaten hatte Galen beobachten können, dass das Mädchen keine Masochistin war. Um Schmerzen zu genießen, brauchte sie eine erotische Komponente. Und im Moment fehlte es genau daran.

Er sah, wie sie ihren Mund öffnete, zweifellos für eine ihrer unpassenden – schließlich war sie eine Sub – Anweisungen, aber ... sie sagte nichts. Überdruss zeigte sich auf ihrem Gesicht und löste sich auf.

Der Dom steckte seine Finger in ihre Pussy und schnellte über ihre Klitoris. Ihre Bewegungen – die der Dom zweifellos als erregend empfand – wirkten auf Galen eher wie Unbehagen.

„Dürfen wir als Master in dieses Debakel eingreifen?", fragte Vance leise.

„Ich würde es bevorzugen, wenn du das mir überlässt, es sei denn, es ist ein Notfall." Der Besitzer des Shadowlands stand in der Tür, sein Gesicht angespannt. „Aber es sollte –"

Ein Schrei unterbrach seine Worte, als Sally einen lautstarken Orgasmus hatte.

Einen vorgetäuschten Orgasmus. *Verdammt.* Von der Art, wie der Dom reagierte, war ihm dieses Detail entgangen.

Z knurrte vor sich hin. „Das wollte ich nun wirklich nicht sehen."

„Hast du vor, sie mit diesem Schwachsinn davonkommen zu lassen?" Vance presste die Lippen fest aufeinander. Galen wusste, dass Unehrlichkeit so ziemlich das Einzige war, das seinen von Natur aus entspannten Partner auf die Palme bringen konnte. Nur gut, dass Sally während ihrer Session keinen Orgasmus vorgetäuscht hatte, sonst hätte sie eine Woche nicht sitzen können.

„Nein." Z seufzte. „Aber ich bevorzuge es, wenn die neueren Doms ihre Schwächen nicht auf eine solch öffentliche Weise entdecken ... vor allem nicht durch eine Auszubildende."

Ja, das musste wehtun.

Der grinsende Dom löste Sallys Einschränkungen und fuhr mit seinen Händen über ihren Körper. Ihre Lippen zierte ein süßes Lächeln. Ihr freches Mundwerk blieb unbenutzt. Was war mit dem Mädchen los?

Z ging einen Schritt nach vorn. „Casey, ich fürchte, wir haben ein Problem."

Galen lehnte sich mit einer Schulter an die Wand.

Als Casey sich umdrehte, entdeckte Sally den Besitzer und ihr Gesicht verlor jegliche Farbe.

„Sally, sag dem Dom, was du getan hast, und entschuldige dich bei ihm." Wie gelähmt starrte sie Z an, sodass er in einem kalten Ton hinzufügte: „Auf die Knie, Auszubildende."

Sie fiel auf die Knie und sah verschämt zu Boden. Ihre Stimme zitterte, als sie sagte: „Ich bin nicht gekommen. Ich habe den Orgasmus vorgetäuscht. Es tut mir wirklich leid."

Caseys Kinnlade klappte herunter. Die Erregung verschwand aus seinem Gesicht und zeigte stattdessen eine Grimasse, als hätte er einen Schlag einstecken müssen.

Galen empfand Mitgefühl für ihn. Sie waren alle einmal unerfahren gewesen, und es dauerte eine Weile, bis der Schwanz eines Mannes nicht mehr die Führung an sich riss. Er hatte schlampig agiert, hatte nicht aufgepasst. Auch Sally hatte ihre Rolle nicht zufriedenstellend ausgefüllt. Als Sub konnte sie ihm sagen, dass seine Berührungen nichts bei ihr auslösten.

Seltsam, dass sie das nicht getan hatte. Er war Zeuge davon geworden, wie sie Doms in aller Öffentlichkeit fertiggemacht hatte, wenn sie das Fesseln, Auspeitschen oder andere BDSM-Techniken verpfuschten. Dennoch konnte er sich nicht daran erinnern, dass sie sich über sexuelle Techniken beschwerte oder sagte, dass sie nicht erregt war. Galen runzelte die Stirn. Hatte sie jemals mit jemandem geteilt, wie sie sich fühlte?

Sie war so vorlaut und frech, dass er diese Momente vielleicht verpasst hatte. Nachdenklich rieb er sich das Kinn.

Casey wollte etwas sagen, stoppte sich aber und ließ sich die Worte erst durch den Kopf gehen. Zwei Bienchen für den Jungen. „Ich bin enttäuscht von dir, Sally. Anstatt mir zu sagen, dass etwas nicht nach deinen Wünschen geht, hast du einen Orgasmus vorgetäuscht. Sei ehrlich: dein Körper war hier, aber mit den Gedanken warst du weit weg." Zu Z sagte er: „Es ist auch meine Schuld, da ich nicht auf ihre Reaktionen achtgegeben habe."

„Lass uns das gleich näher besprechen." Zs Stimme kühlte ab. „Sally, bleib hier. Ich möchte keinen Mucks hören, bis jemand zu dir kommt und sich dem Problem annimmt."

Die einzige Reaktion von ihr waren ihre sackenden Schultern.

Als der Dom die Ausrüstung reinigte, schloss sich Z wieder Galen und Vance an. „Master Galen, Master Vance, ich denke, es ist an der Zeit, euch einzusetzen. Habt ihr Interesse daran, eine Lektion zu geben? *Wie erkenne ich, ob eine Frau einen Orgasmus vortäuscht?*"

Vance zuckte mit den Schultern. „Sicher. Sag uns wann und wo und wir werden da sein."

Ein Schmunzeln erschien auf Zs Gesicht. „Das Wann ist jetzt. Das Arztzimmer hat die beste Beleuchtung."

*Ein Themenzimmer?* Galen erstarrte. „Gehe ich richtig in der Annahme, dass es sich dabei nicht um die Art Lektion mit einem Whiteboard und einem Seminarraum handelt?"

„Richtig erkannt. Eine Vorführung." Z sah zu Sally. „Benutzt sie."

Vances Lächeln breitete sich auf seinem ganzen Gesicht aus. „Das lässt sich einrichten."

---

„**Sally.**"

**Sally hob** den Blick und entdeckte Uzuri. Sie wusste nicht, wie lange sie bereits im Kerkerraum kniete. Nach ein paar Minuten war das Elend über ihr eingebrochen und hatte sie begraben. Einen Orgasmus vorzutäuschen, war etwas, dass Master Z unter keinen Umständen duldete. Als Andrea dies versucht hatte, war sie gezwungen worden, die verdammte Fickmaschine zu reiten.

Dummerweise wusste Master Z, dass diese Maschine keine große Strafe für Sally darstellen würde. „Hey. Was hat Master Z beschlossen, mit mir zu machen? Auspeitschen?"

Uzuris sanfte braunen Augen zeigten Mitleid. „Das würde dir zu sehr gefallen." Die Auszubildende streckte ihre Hand aus.

Sally verzog das Gesicht zu einer Grimasse, als Uzuri sie hochzog. Ihre Knie taten höllisch weh. Sie streckte sich, kämpfte gegen die steifen Muskeln an und wünschte, sie könnte einfach nachhause gehen. Vor nicht allzu langer Zeit wäre sie gleichzeitig aufgeregt und verängstigt gewesen. Mittlerweile jedoch war eine Bestrafung nur etwas, das man erdulden musste.

Damit hatte sie die Bestätigung, dass ihre Zeit als Auszubildende zu einem Ende kam. Die Shadowlands-Master waren so ziemlich die einzigen, die ihr geben konnten, was sie brauchte – nur sie zeigten die Dominanz, die ihre Hingabe heraufbeschwor. Doch sie hatten alle ihre eigenen Subs. Jede Hoffnung, die Sally im Herzen getragen hatte, war dahin.

Die Agents waren nicht in einer Beziehung. Natürlich nicht. Sie bezweifelte, dass sie es je sein würden, wenn man bedachte, was die anderen Subs über sie zu sagen hatten. Weiberhelden. Sie entließ ein jämmerliches Lachen. Zumindest waren sie neu genug, sodass Master Z sie nicht bitten würde, die Bestrafung vorzunehmen.

Sie zog sich ihr dehnbares Minikleid an – für ein ausgefalleneres Outfit hatte sie heute keine Begeisterung finden können – und folgte Uzuri in den Flur.

Uzuri stoppte vor dem Arztzimmer.

Überrascht krachte Sally in sie. „Hier?"

Die Perlen in Uzuris Zöpfen klapperten leise, als sie nickte. „Viel Glück."

Das sah wirklich nicht gut aus. Vor dem überdimensionalen Schaufenster hatte sich bereits eine Menschenmenge versammelt. Und das Fenster war geöffnet worden, sodass mitgehört werden konnte. Sally schob sich an allen vorbei, lief zwei Schritte in den Raum und blieb abrupt stehen. Sie spürte die Augen der Master auf sich, noch bevor sie die beiden sah. *Nein. Nein, nein, nein!* Das war nicht fair.

Vance und Galen warteten auf sie.

Instinktiv trat sie einen Schritt zurück.

Galen schüttelte den Kopf und streckte die Hand nach ihr

aus. „Komm her, Azubine." Sein Blick war ... direkt. Fordernd. Aber sie sah auch Mitgefühl in seinen Augen.

In Vances Augen jedoch sah sie die Tiefen eines zugefrorenen Sees. Noch nie hatte er sie so angesehen, und dieser Gedanke schmerzte. „Ich habe mehr von dir erwartet", sagte er.

Zittrig holte sie Luft. Am liebsten würde sie wegrennen. Natürlich wusste sie, dass sie es nicht tun würde. Eine Auszubildende kannte die Regeln. Sie hatte einen Dom belogen; egal, wie fies die Bestrafung der Agents auch ausfallen würde, sie verdiente es.

Ihre Füße führten sie nach vorn und sie legte ihr Handgelenk in Galens Griff.

Mit einer Hand an ihrem Kinn betrachtete er stirnrunzelnd ihr Gesicht. „Ich weiß nicht, was dir so viele Sorgen bereitet, aber du hättest das mit deinem Dom besprechen sollen. Auch hättest du die Session verweigern können. Zu lügen – verbal oder körperlich –, ist jedoch keine Option."

Ihre Schultern sackten nach unten. „Ich weiß. Es tut mir leid."

„Mir auch." Sie konnte es sich nicht erklären, aber seine Worte – so sanft er sie auch ausgesprochen hatte – fühlten sich wie ein Schlag ins Gesicht an. Er zog ihr das Kleid über den Kopf und klopfte auf den Tisch. „Parke deinen nackten Arsch genau hier."

*Ich will nicht.* Mit gesenktem Blick kletterte sie auf den Tisch. *Verdammt*, sie spielte ständig Sessions in der Öffentlichkeit. Sie mochte den Nervenkitzel, beobachtet zu werden, und nahm gerne, was ein Dom zu geben hatte. Und im Shadowlands sorgte sie sich nicht um ihre Sicherheit. Warum fiel es ihr also so schwer, sich auf diese Bestrafung einzulassen?

„Kopf aus den Wolken ziehen", sagte Vance. Seine rumpelnde Baritonstimme war so autoritär wie Galens volltönende. „Lege dich auf den Rücken."

Sie fügte sich, und er positionierte sie mit ihrem Hintern an die Tischkante. Anschließend stellte er ihre Füße auf die Stützen und fesselte ihre Beine.

Vance spreizte die Beinstützen weit auseinander, teilte ihre Pussy und schob die Bügel nach oben, sodass ihr Becken in die Luft ragte. Zweifellos wollten sie ihr Arschloch in Position bringen.

Sie warf einen nervösen Blick auf die Beistelltische. Keine Nadeln. Nicht mal Harnröhrendilatatoren. *Gott sei Dank.* Sie würde viel lieber ausgepeitscht werden, als es mit Nadeln und Dilatatoren zu tun zu bekommen. Aber auch Flogger, Peitschen oder Rohrstöcke sah sie nicht. Was hatten sie vor?

Vance schnallte einen Riemen über ihre Taille, hob das Kopfende des Tisches leicht an und befestigte dort ihre Handgelenksfesseln. Er band ihr eine elastische Satinaugenbinde um den Kopf und schob sie dann auf ihre Stirn. Noch benutzte er die Binde nicht, aber ... offensichtlich hatte er es vor.

Galen wandte sich durch das Fenster an die Zuschauer. „Wie ihr zweifellos gehört habt, bat Master Z uns, einen kurzen Vortrag darüber zu halten, wie man feststellen kann, ob eine Frau ihren Orgasmus vortäuscht. Ich sehe keine Notwendigkeit dafür, Subs hier zu haben, also bittet sie, dass sie woanders auf euch warten, oder kettet sie im Sub-Bereich an."

Mehrere Subs, darunter Rainie und Jessica, gingen. Ein paar Doms führten ihre angeleinten Sklaven weg. Die meisten der verbliebenen Beobachter waren männlich, unter die sich auch einige wenige Dominas mischten.

Sallys Magen rebellierte. Es gab nur einen Grund, warum die Agents sie an diesen Tisch geschnallt hatten.

„Sally, du wirst ihnen zeigen, wie eine Sub einen Orgasmus vortäuscht."

*Was ist das bitte für eine Bestrafung?* Ein wütender Funke hüpfte über ihre Haut. „Gerne doch. Es ist nicht so, als ob es schwierig wäre, einen Dom zu täuschen." *Du Arschloch.*

Galen grinste sie doch tatsächlich an. „Du hast also alle zum Narren gehalten?"

„Na sicher. Ja, okay, Master Z sieht den Unterschied, aber die anderen ...?" Ihr Achselzucken verlor durch die Position ihrer Arme seine Wirksamkeit.

„Um genau zu sein, Sub, sind Master Galen und Master Vance deine Unehrlichkeit noch vor mir bewusst geworden", sagte Master Z von der Tür aus. Seine Arme kreuzten sich über seiner Brust, sein Blick war weniger missbilligend als enttäuscht, und sie spürte, wie sich die Tränen in ihren Augen sammelten. „Danke, meine Herren, dass ihr euch bereit erklärt habt, diesen Kurs zu geben", sagte er.

Gemurmelter Dank war von den anderen Doms zu hören.

Vances Nicken nervte sie. Verfluchte Agents. Als wären sie alle so klug und mächtig ... Was würden sie tun, wenn Sally die Session zu einer Farce machte? Ein Orgasmus, der dem aus dem Film *Harry und Sally* in den Schatten stellen würde, war von Nöten. *Oh ja!* Ihr Mundwinkel zuckte.

Galen trat in Sallys Blickfeld. „Auszubildende, wenn deine Leistung nicht überzeugend ist, bekommst du eine zweite Chance. Aber zuvor werden wir die Spielzeuge in den Schubladen benutzen, um dich zu motivieren. Habe ich mich da klar ausgedrückt?"

Bei der Bedeutung hinter seinen Worten schrumpelte ihr Impuls zu einem winzigen schreienden Ball zusammen. Die Ausrüstung in den Schubladen dieses Themenraumes bestand aus grässlichen Nadeln, Harnröhrenplugs und Einlaufkits. Der Bastard musste ihren ängstlichen Blick auf die Instrumente bemerkt haben. Sie wusste jedoch, dass er gerne mit dem Verstand der Subs spielte. „Ja", *du verdammter*, „Sir."

„Gut." Galen fuhr mit einem Finger über ihre Wange, sanft genug, dass es für sie überraschend kam. „Ich würde gerne betonen, dass wir es nicht genießen, Subs zu demütigen, auch nicht als Bestrafung. Es tut mir wirklich leid, dass du dir das eingehandelt hast, Sub. Wir hatten uns für heute Abend eine andere Art des Spiels erhofft."

Ihre Unterlippe bebte. Das Mitgefühl in seiner leisen Stimme war viel schwieriger zu ertragen als sein kompromissloser Ton.

Er trat einen Schritt zurück, seine Gesichtszüge nun wieder unlesbar. „Für den Realismus werden wir kurz mit dir spielen. Deine Aufgabe ist es, unter allen Umständen Erregung vorzutäuschen. Wenn du mich *Jetzt* sagen siehst, zeigst du den Zuschauern, wie wunderbar du Erregung und einen Orgasmus vortäuschen kannst."

*Ihn sagen sehen?* Das ergab überhaupt keinen Si ...

Vance setzte ihr geräuschunterdrückende Kopfhörer auf. Das weiße Rauschen, das sie ausstießen, übertönte alles.

Galen wandte sich von ihr ab und sprach zum Publikum.

Sie konnte kein Wort von dem hören, was er sagte. Und langsam fühlte sie sich wie ein ... Objekt. Ein Nichts.

Dies war so anders als die letzte Session mit den beiden Doms. Sie waren süß zu ihr gewesen. Ganz anders als heute. Ihr Blut gefror zu Eis.

Mehr Tränen sammelten sich in ihren Augen. Sie schloss die Lider und legte ihren Kopf auf die Lederpolsterung.

Hände fuhren über ihren Körper, umschlossen ihre Brüste und zwickten sanft in ihre Nippel. Ein Finger stieß vorsichtig in sie hinein. Sie war recht trocken, und unter der Last von Vances und Galens Missbilligung konnten nicht einmal die Hände dieser Doms sie dazu bringen, feucht zu werden.

Ihr Mund spannte sich an, und sie stellte sich darauf ein, zu leiden. Der Moment erinnerte sie sehr an ihre Zeit mit Casey.

Die Finger glitten in sie und wieder raus. Dann packte ein Dom – Vance? – eine Pobacke und drückte sie zur Seite, sodass sich ihr Arschloch noch entblößter zeigte.

Bei einem Tippen gegen ihre Wange öffnete sie die Augen. Sie starrte Galen ins Gesicht.

Seine Lippen formten das Wort *Jetzt*.

Lieber würde sie ihn schlagen, als für ihn eine Vorstellung zu geben, aber ihr blieb keine andere Wahl. Sie selbst formte mit den Lippen: *Ich hasse dich.*

Sein Ausdruck wurde sanfter. Dann zog er die Augenbinde von ihrer Stirn über ihre Augen.

*Sehe nichts. Höre nichts.* Ein Schauer jagte durch ihren Körper. Aber sie hatte eine Aufgabe zu erfüllen. Sie nahm sich eine Sekunde Zeit, um ihre Gedanken zu sammeln, und stieß dann ein leises, erregtes Stöhnen aus.


**Vance presste die** Lippen fest aufeinander, als er beobachtete, wie die hübsche Sub eine Darbietung gab. *Fuck*, er hasste Lügner. Seine Ex-Frau war ein Meister darin gewesen. Und er war damals noch zu jung und leichtgläubig, um zu erkennen, was sie tat. Selbst die Scheidung von ihr hatte den Schaden nicht mehr verhindern können. Am Ende hatte sie seinen besten Freund davon überzeugt, dass sie es mit einem Missbrauchstäter zutun hatten. Irgendwann war sein Kumpel hinter die Wahrheit gekommen, aber ihre Freundschaft hatte die Anschuldigung nicht überlebt.

*Mach deinen Job, Buchanan.*

„Erregte Frauen sind in der Regel errötet. Ihre Lippen verdunkeln sich und können anschwellen", sagte Galen von seiner Position am Kopfende des Tisches. „Seht ihr ihre Nippel? Nicht hart, wie sie das bei einem wahren Orgasmus wären."

„Sie ist kaum feucht", berichtete Vance, „obwohl es sein kann, dass die Vagina einer Frau aus reinem Selbstschutz etwas feucht wird." Er teilte ihre Schamlippen und legte ihre Klitoris frei. „Immer noch versteckt in der Vorhaut."

Und dann gab Sally bei ihrem Orgasmus einfach alles.

Vance spannte den Kiefer an. *Alles fake.* Wäre er nicht so wütend, das musste er zugeben, würden ihn diese Laute hart machen.

„Ihr Stöhnen ist glaubhaft", sagte Galen. „Die Art und Weise, wie sie ihren Nacken und Rücken wölbt, ist typisch für einen Orgasmus – obwohl ihr Gesicht wenig Regung zeigt." Er grinste. „Denkt an eure Orgasmen. Die Gesichtsmuskeln spannen sich an – tatsächlich sehen die meisten von uns aus, als würden wir sterben."

Gelächter raunte durch die Menge.

Vance bemerkte Galens Blick und übernahm: „Das Pumpen ihrer Hüften ist üblich für einen Höhepunkt. Ihre Pussy und ihr Arschloch würden pulsieren. Da sie eine sehr kluge, aber auch hinterhältige Frau ist, zieht Sally absichtlich die Wände ihres Geschlechts zusammen – aber eher so, wie es bei Kegelübungen der Fall ist." Er zog seine leicht benetzten Finger aus ihr heraus und hielt sie hoch. „Zu diesem Zeitpunkt sollte sie jedoch extrem feucht sein."

„Ihre Nippel haben sich nie aufgerichtet", bemerkte Galen, während Sally zur Ruhe kam. „Die Schlaffheit nach einem Orgasmus hat sie gut drauf. Aber … seht ihr irgendwo, dass ihr vor Befriedigung die Hitze in die Haut tritt?"

Gemurmel kam aus der Menge.

Vance sagte: „Normal finden sich Rötungen an Brustbein, Wangen, Oberschenkeln, Unterbauch und Arsch. Ihre Schamlippen und Klitoris wären zudem geschwollen und pink."

„Zur Hölle", murmelte ein Daddy-Dom. „Ich denke, mein Baby und ich müssen uns mal ernsthaft unterhalten."

„Okay", sagte Galen. „Die zweite Hälfte dieser Demonstration soll euch zeigen, wie sie aussieht, wenn sie wirklich kommt." Er drehte sich um, streichelte Sally und fuhr mit den Händen über ihre Brüste.

Vance lächelte, als sie sich anspannte. *Noch nicht bereit, erregt zu werden, oder, Süße?*

„Denkt daran", sagte Vance zu der Menge. „Alle Frauen sind anders. Es mag nicht jedes Zeichen vorhanden sein, aber einige davon solltet ihr stets erkennen."

Er lehnte sich vor und leckte über ihre Pussy. Dabei ging es nicht um Finesse, auch necken wollte er sie nicht. Ein Teil der Bestrafung bestand darin, ihr beizubringen, dass ihr Körper gegen sie verwendet werden konnte ... trotz ihrer Wut. Manche Frauen wären in der Lage, zu widerstehen, aber diese Kleine war es gewohnt, sich öffentlich zu unterwerfen.

Und sie reagierte verdammt schnell, ob ihr das nun gefiel oder nicht.

Unter seinen Lippen schwoll ihre Klitoris an und trat aus ihrer Vorhaut. Er nahm einen Schritt zurück, um den Doms seine Arbeit zu zeigen. „Das ist eine erregte Klitoris. Könnt ihr sehen, wie ihre inneren Schamlippen angeschwollen sind und sich mit Blut füllen?"

Galen deutete auf ihr Gesicht. „Ihre Lippen sind nun dunkler, die Wangen rosa. Und auch ohne direkte Stimulation haben sich ihre Nippel aufgerichtet. Sie ist erregt" – er gluckste – „obwohl sie es nicht sein will."

Normalerweise genoss Vance eine solche Herausforderung, aber wie sein Partner hatte auch er begonnen, Mitleid mit ihr zu haben. Sicher, Zs Wahl der Strafe war angemessen, jedoch war Sally eine bezaubernde kleine Sub. Es wäre gut, wenn sie aus ihr herausbekämen, warum sie das Bedürfnis hatte, ihre Orgasmen vorzutäuschen.

Er und Galen hatten beschlossen, die Lektion nicht in die Länge zu ziehen. Vance sagte zu den Doms: „Wir wollen euch nicht zu lange aufhalten, also werden wir die Lektion jetzt zu Ende bringen." Er zog einen von einem Kondom bedeckten Bullet-Vibrator aus seiner Tasche und legte ihn an Sallys Klitoris.

Nur zu seinem eigenen Vergnügen neckte er sie ein bisschen. Indessen hörte er, wie Galen auf die Veränderungen in ihrer Atmung und auf die Anspannung in ihrer Oberschenkel- und Bauchmuskulatur hinwies.

Eine Sekunde später erreichte sie ihren Höhepunkt.

„Ihre Pupillen sollten jetzt geweitet sein, auch wenn wir das unter der Augenbinde jetzt nicht sehen können", unterrichtete Galen die Zuschauer.

Sie wölbte sich so bezaubernd. Pflichtbewusst wies Vance auf die sichtbaren Kontraktionen ihres Eingangs und ihres Arschlochs und wie sich ihre Oberschenkel und ihr Bauch rot färbten. Als Vance seine Finger in ihre Pussy schob, zuckte sie zusammen und ihre Wände pulsierten um ihn. Er hob seine Hand, um die Nässe an seinen Fingern zu präsentieren.

„Gibt es Fragen?", sprach Galen zu den Zuschauern.

Der Applaus war leise, um andere Sessions nicht zu stören, und dann löste sich das Publikum auf.

Vance rieb seine Hand über Sallys Schenkelinnenseite. „Das lief ganz gut." Er warf einen Blick auf ihr Gesicht und sah trotz des anhaltenden Glühens ihres Orgasmus die Wut und das Leid. Er seufzte.

Galen warf ihm einen eindeutigen Blick zu. „Ich glaube nicht, dass wir sie mit dieser Bestrafung für uns gewinnen konnten."

„Und die Standpauke gleich wird uns auch nicht helfen." Sally konnte einen ganzen Raum mit ihrer lebensfrohen Art erhellen; ihr Licht zu dämpfen, fühlte sich falsch an. „Fuck, ich hasse es, Subs zum Weinen zu bringen."

„Als Strafe, ja." Galen legte den Kopf auf die Seite. „Haben wir sie jemals weinen sehen?"

Vance hielt inne und überlegte. „Ich denke nicht. Ich weiß jedoch mit Sicherheit, dass sie uns jetzt hasst."

„Ayuh", sagte Galen. „Also sollten wir die Session mit einem Höhepunkt beenden."

**Unbeweglich lag Sally** auf dem Tisch und wartete darauf, dass die Doms sie losbanden. Warum brauchten sie so ewig? Verflucht seien sie.

Das war nicht ihre erste Vorführung gewesen, aber als Bestrafung hatte sie etwas Derartiges noch nie erlebt. Sie musste zugeben: Sie hatte die Strafe verdient, und es hatte sie erregt.

Trotzdem waren sie Arschlöcher, dass sie an ihr ein Exempel statuiert hatten – um allen zu zeigen, was sie getan hat. Auch Doms, mit denen sie in der Vergangenheit gespielt hatte, waren anwesend gewesen, und sie hatten ... desillusioniert gewirkt.

Eine Seite der Kopfhörer wurde entfernt und sie hörte Galens gedämpfte New England-Stimme. „Das Publikum ist weg und die Vorhänge sind geschlossen, Sub. Dieser Orgasmus ist nur für dich, weil du deine Strafe wie ein braves Mädchen ertragen hast."

Was? Ihr ganzer Körper erstarrte. „Nein. Nein, ich habe genug." Sie knurrte und versuchte, ihre Hände herunterzunehmen. Dummerweise waren die noch immer über ihrem Kopf gefesselt. Auch ihre Beine waren eingeschränkt, sodass ihre Pussy entblößt vor ihnen lag. „Macht mich –"

Ein anspruchsvoller Mund legte sich um ihre linke Brustwarze; ein anderer über ihre rechte. Zwei Zungen umkreisten ihre Nippel. Damit hatten es die Männer auf eine ihrer erogensten Zonen abgezielt. Als sie rhythmisch saugten, wölbte sich ihr Rücken, sodass es den Anschein erweckte, dass sie sich ihnen entgegenhob und nach mehr flehte.

Mit den Händen streichelten sie ihren Bauch, ihre Taille und ihre Oberschenkel. Das war nichts im Vergleich zu eben, als sie Sally geneckt hatten. Dieses Mal trieben die beiden sie auf direktem Weg zu einem Höhepunkt. *Gehen Sie nicht über Los ...* Ihre Entschlossenheit und Zielstrebigkeit waren erschreckend erotisch.

Ihr Körper schien in den Tisch zu sinken, als sich ein Dom nach unten bewegte. Der andere spielte mit ihren Brüsten. Gnadenlos zwickte er in ihre Nippel, leckte sanft, fuhr mit der Zunge darüber und wandte sich der rechten Knospe zu. *Gott!*

Stoff – wahrscheinlich von einem Hosenbein – strich über ihre Schenkelinnenseiten, und dann fanden starke Hände ihre Pobacken und kneteten ihre Schenkel. Sie konnte nichts kontrollieren, was die Doms taten. Kein Bewegungsfreiraum. Sie konnte nicht mal etwas hören. Hitze schwappte über ihre Haut, als würde sie in eine Badewanne mit heißem Wasser sinken.

Entschlossene Finger teilten ihre Schamlippen. Seine Lippen schlossen sich um ihre Klitoris, heiß und nass, und seine geschickte Zunge war rücksichtslos.

*Da, nein da. Viel besser.* Der Druck wuchs in ihr und trieb sie zu einem Orgasmus, und sie hasste es, wie einfach es ihnen fiel, sie zu manipulieren. Vor ein paar Minuten wurde sie zu einem Höhepunkt gezwungen. Sie musste aber zugeben, dass das Gefühl jetzt damit nicht zu vergleichen war: Die Hände der beiden fühlten sich sanft und betörend an. Die Kälte in ihr war verschwunden. Sie hatte beinahe das Gefühl, als würden Vance und Galen sie belohnen.

Die Spirale in ihrem Bauch zog sich zusammen, ihre Begierde offensichtlich.

Jemand zog ihr die Kopfhörer ab, riss ihr die Augenbinde herunter. Galen stand über ihr.

Sie versuchte, ihre Augen zu schließen, aber er packte ihr Kinn. „Sieh mich an, Sub."

Vances Zunge betörte ihre Klitoris und er schob zwei Finger in sie. Drei Finger. Er dehnte und presste. Rein und raus. Immer weiter dem Gipfel entgegen. Seine Zunge ließ nicht nach.

Ihr Atem stockte, als Galens glühende Augen sie in den Bann zogen, und sie spürte die Woge, als sich der Druck löste und der Höhepunkt wie eine Flutwelle durch sie schwappte.

Irgendwie schaffte es Galen, sich an ihren Schutzmauern vorbeizudrängen, und in dem Moment befürchtete sie, dass er genau sah, wer sie wirklich war.

Sie erschauerte und als sie von ihrem Höhepunkt runterkam, versuchte sie, den Kopf wegzudrehen.

„Noch nicht, Süße", murmelte Galen und streichelte mit dem Daumen über ihre Wange. „Mir gefällt, dass du dich gerade nicht vor uns verstecken kannst. Nicht, wenn du kommst."

Sie konnte nicht wegschauen, wurde von seinem Blick, seiner Stimme, seiner Hand fixiert, als sie innerlich dahinschmolz.

„Ganz ruhig." Die kleinen Falten neben seinen Augen vertieften sich durch sein Lächeln. „Entspann dich für eine Minute." Er küsste sie sanft. Verharrte. Sein würziger, maskuliner Duft umhüllte sie.

Er entfernte sich von ihr, und sie konnte fühlen, wie entschlossen er war, nicht zu weit zu gehen.

Als Galen die Riemen löste, nahm Vance seinen Platz ein und er legte eine große Hand auf ihre Wange. Seine himmelblauen Augen hatten sich verdunkelt. Sein dunkelblondes Haar reichte an seinen breiten Wangenknochen vorbei und endete oberhalb seines Kragens. „Hübsche Sally", murmelte er. Ein Atemzug später küsste er sie. Langsam und gemächlich entlockte er ihr eine Reaktion, die sie nicht hatte geben wollen.

Sanft zog Vance sie in eine sitzende Position. Die Riemen waren weg. Mit einem Arm stützte er sie, während er mit der Hand des anderen geistesabwesend ihre Brüste streichelte. „Decke?", sagte er zu Galen.

*Decke.* Wie bei einer Nachsorge? Sie schüttelte den Kopf. „Nein. Ich brauche das nicht. Mein Kleid liegt dort. Ich muss wieder an die Arbeit." Sie wussten doch nicht, dass sie ihre Schicht bereits beendet hatte, oder?

Galen zog eine Decke aus dem weißen Schrank über dem Waschbecken. Sein unzufriedener Blick brachte sie zum Schweigen. „Du hast deine Schicht bereits hinter dich gebracht, und ich muss wirklich sagen: Ich finde an deinen Ausflüchten keinerlei gefallen."

*Oh, Kacke und Scheiße und so.* Sie hob ihr Kinn. Wirklich dumm – für ihn –, dass sie ihn verärgert hatte. „Ich brauche keine Nachsorge. Nicht für diese Art von Session. Und ich möchte nicht, dass ihr mich anfasst." Sie packte Vance am Handgelenk und versuchte, ihn wegzustoßen.

„Ich mag es, dich zu berühren, und da ich der Dom bin und du die Azubine, rate mal, wer bekommt, was er will?" Vance bewegte sich keinen Millimeter. „Du bist gerade mit uns in diesem Raum, weil du Mist gebaut hast, Sally. Ja, die Clubmitglieder haben dadurch eine nette Demonstration gesehen, die aber nur stattgefunden hat, weil Z der Meinung war, dass du eine Lektion brauchst."

Sie wartete, bis sie ihre Stimme unter Kontrolle hatte, sodass sie beim Sprechen nicht zitterte. „Ich verstehe. Lektion gelernt. Es tut mir leid, Sir, und ich werde es nicht wieder tun."

„Gut zu wissen." Vance schien der ausgeglichenere der beiden zu sein, aber Junge, wenn er sauer war, veränderte sich seine gesamte Körpersprache. Sein quadratisches Kinn erinnerte an ein Stück Granit. Zudem hatte er sich immer noch nicht bewegt.

Stattdessen stellte sich Galen vor sie. Obwohl sich das Mitgefühl, das er ihr zuvor gezeigt hatte, in Luft aufgelöst hatte, war er nicht wütend wie Vance. Er sah aus, als wäre nichts in der Lage, sein Selbstvertrauen zu zerschlagen. Sein schwarzes Haar in einem konservativen Schnitt war nicht zerwühlt. Jede Strähne saß. In seinem schwarzen Hemd und seiner Hose war keine einzige Falte zu sehen. Er hatte die Kontrolle.

Die Arschlöcher. Sie hatte nie Probleme bei Sessions gehabt – bis die FBI-Agents aufgetaucht waren. Sie gaben ihr das Gefühl, dumm zu sein. Als hätte sie kein Mitspracherecht. Was seltsam schien, schließlich wollte sie die Kontrolle aufgeben – aber nicht für sie. Für die anderen Master, ja, aber nicht für diese beiden.

Zwei. Mit einem würde sie vielleicht klarkommen – obwohl sie das mit jeder Sekunde mehr anzweifelte –, aber mit beiden? Sie schloss die Augen und versuchte, ihren Verstand in die richtigen Bahnen zu lenken.

Gregorianische Gesänge drifteten aus dem Clubraum in den Flur und zu ihnen in das Zimmer. Der Schweiß auf ihrer Haut kühlte ihren Körper, und sie spürte, wie sich ein Rinnsal über ihren Rücken nach unten bewegte. Vance stand nah genug, sodass sie sein Aftershave in die Nase bekam. Old Spice vielleicht. Die

Sorte, die nach Natur roch. Natur und Sex. Er sollte nicht so gut riechen; ein weiterer Punkt gegen ihn.

Gegen beide. Galen hatte etwas Luxuriöses aufgetragen. Johanniskraut und Sandelholz. *Verflucht seien sie.*

*Okay.* Zittrig atmete sie ein. „Ich habe mich bei Casey und euch entschuldigt. Ich habe getan, was ihr von mir verlangt habt." Ihre Stimme war gleichmäßig und vernünftig. Ihr Kiefer spannte sich vor und nach ihren Worten an, was sie nicht unterdrücken konnte.

„Du bist keine neue Auszubildende, Sub", sagte Galen. „Sicherlich hast du gelernt, dass Ehrlichkeit ein wesentlicher Bestandteil einer BDSM-Session ist."

„Ja. Das weiß ich. Ich habe es verbockt."

Erneut kam er mit diesen dunklen Augen und nagelte sie an Ort und Stelle fest. „Ich würde gerne hören, warum du nicht ehrlich warst."

Die beiden versuchten immer wieder, sie in die Enge zu treiben, und sie gab alles, um einen Fluchtweg zu finden. Es kam ihr ein Ausweg in den Sinn: *Gehe auf Konfrontation.* „Du bist nicht mein Dom. Keiner von euch. Ich habe nicht mit euch über eine Session verhandelt und ich hätte auch kein Interesse gehabt, dies zu tun."

Vance kniff die Augen zusammen. „Hast du das Gefühl, dass du die Strafe nicht verdient hast?"

„Ich habe sie sehr wohl verdient, aber die Strafe ist jetzt vorbei. Ich kenne euch nicht und ich vertraue euch nicht genug, um mit euch über meine Probleme sprechen zu wollen." *Treffer.* Als neue Master würden sie wahrscheinlich keinen Auszubildenden drängen. Es war beängstigend, wie tief sie sich bei ihr vorwagten – tiefer, als es die anderen jemals getan hatten. „Ich habe ein gewisses Mitspracherecht, wenn es darum geht, mit wem ich arbeiten möchte." *Auf eine Weise.* Es sei denn, Master Z war gegenteiliger Meinung und entschied, einzugreifen.

„Sally –"

Sie sprang vom Tisch. „Danke für die Lektion. *Sirs.*"

---

**In seinem New** Yorker Büro runzelte Drew Somerfeld die Stirn über die E-Mail von einem seiner Manager. *Was zum Teufel?* Zwei der Frauen, die für seine Sommerauktion ausgewählt wurden, waren von der Bildfläche verschwunden, bevor sie entführt werden konnten.

Von einem Tag auf den anderen. Ohne vorher die Familie oder den Arbeitgeber zu informieren.

Wurden sie gewarnt?

Er entspannte seine Finger und zwang sie flach auf den schwarzen Schreibtisch, während er verschiedene Möglichkeiten in Betracht zog. Komplikationen. Wie sollte er seinen nächsten Schritt gestalten ...

Vielleicht hatte einer der Manager geredet oder wurde kompromittiert. Schließlich heuerten die Aufseher nicht immer die verlässlichsten Leute an. Entführer waren nicht gerade die charakterstärksten Menschen.

Er müsste erst mal abwarten. In der Zwischenzeit hatte er eine Bestellung bei einem anderen Manager aufgegeben. Er brauchte zum einen mehr Frauen für die Auktion, und auch jemand Neues für Ellis, der seine letzte Sklavin – die Belohnung für den Mord an dem Cop – bereits ... kaputt gemacht hatte. Sein Zwillingsbruder musste für seine ausgezeichnete Arbeit belohnt werden – und sein liebster Bonus war eine neue Schlampe zum Spielen.

Eine Schande, dass Ellis sie so schnell aufbrauchte.

# KAPITEL VIER

**S**ally **parkte am** Seitentor des Shadowlands, stellte den Motor ab und lehnte ihren Kopf mit einem müden Seufzer zurück gegen den Sitz. Vielleicht hätte sie nicht zustimmen sollen, sich mit Jessica und ein paar anderen am Nachmittag zu treffen. Eigentlich bräuchte sie ein Nickerchen.

Sie konnte sich nicht erklären, warum ihr die Bestrafung schon die ganze Woche Albträume bereitete. Vielleicht lag es auch an dem armen Polizisten, den die *Harvest Association* getötet hatte? Sich die Beerdigung für ihn, seine Frau und ihre Mutter anzusehen, war hart gewesen. Wenigstens hatte er keine kleinen Kinder zurückgelassen – sein Sohn und seine Tochter waren etwa in Sallys Alter. Schlimm genug.

*Verflucht sei die* Association. Laut ihren E-Mails planten sie immer noch eine Auktion. Sie hatte der New Yorker Polizei eine Warnung über eine andere Frau geschickt, die auch entführt werden sollte. Hoffentlich hatten die Cops ihre Informationen ernst genommen.

Diese Robin-Hood-Sache war nichts für schwache Nerven.

Da sie heute Abend als Auszubildende im Club arbeiten

müsste, nahm sie ihre koffeinhaltige Limo und leerte sie. *Komm schon, Koffein.*

Ihr Handy klingelte und sie erschreckte sich. Nach einem Blick auf das Display nahm sie den Anruf an. „Hallo, Vater."

So steif das Wort. Vater. Es hatte eine Zeit gegeben, in der sie ihn Dad genannt hatte. Als sie zehn war, starb jedoch ihre Mutter und die Welt geriet aus den Fugen. Der Himmel hatte sich verfinstert.

Bei dem mürrischen Gedanken schüttelte sie den Kopf. *Suhlst du dich gerade in Selbstmitleid?* Aber ... es stimmte. In diesem Jahr schien sich der Himmel über den Maisfeldern in Iowa von einem Königsblau zu einem kalten Grau verwandelt zu haben.

„Sally." Die Stimme ihres Vaters war wie gewohnt unterkühlt. „Ich habe die Nachricht zu deinem Abschluss erhalten. Ich werde zu der Zeremonie kommen."

Sehr pflichtbewusst. *Gott*, aber es tat weh, zu wissen, dass er nur kam, weil seine Abwesenheit für die Menschen in ihrer kleinen Stadt in Iowa schlecht aussehen würde. Sie hatten ihm zweifellos aufgetragen, viele Fotos zu schießen.

Alle anderen in der Stadt mochten sie. Nur nicht ihr Vater. Weil sie nicht hätte geboren werden sollen. Weil es ihre Schuld war, dass Mom gestorben war. Sally schloss die Augen und atmete langsam ein. „Brauchst du eine Wegbeschreibung zu –"

„Nicht nötig. Ich komme schon klar."

Sie waren sich überhaupt nicht ähnlich; sie verlief sich bereits bei einer Runde um den Block. Gott sei Dank für GPS und Smartphones.

„Dann sehen wir uns dort." Sie beendete den Anruf. Mit einer Hand öffnete sie ihre Autotür und stieg aus. Der Chinesische Sternjasmin am Zaun blühte. Die weißen Blumen füllten die Luft mit Süße und zerstreuten die bittere Nachwirkung des Gesprächs.

Hinter dem Tor, im privaten Garten von Master Z, zögerte sie. Niemand war auf der Veranda. Waren sie alle im zweiten Obergeschoss, wo Z und Jessica wohnten, oder ...

Lachen trat aus der anderen Richtung an ihre Ohren. Irgendwo in den weitläufigen Gärten. Sally drehte sich um und folgte den Lauten.

Unter einem riesigen Sonnenschirm saßen drei Frauen – alle Subs des Shadowlands – um einen Terrassentisch. Jessica: blond, kurz und kurvig. Kim: schwarzhaarig und schlank mit einem Halsband. Linda: wahrscheinlich in ihren Vierzigern, hellhäutig, mit roten Haaren und silbernen Strähnen an ihren Schläfen.

„Da ist sie ja!" Jessica hielt ein Glas hoch. „Endlich!"

„Tut mir leid, dass ich zu spät bin."

„Kleine, du siehst überhitzt und müde aus." Jessica zeigte auf den Pool. „Spring kurz rein, bevor du dich zu uns setzt."

Jessica kannte sie zu gut. Sally ging zum Pool, entledigte sich ihrem T-Shirt und der Shorts und ließ BH und Tanga an. Dann tauchte sie ein. Klar und kühl – nicht die Badewannentemperatur, die der Pool später im Sommer erreichen würde. So perfekt. Der Freudenschrei, den sie beim Auftauchen von sich gab, vertrieb das beklemmende Gefühl, das stets mit ihrem Vater einherging. *Vergiss ihn, Sally.* Sie schwamm ein paar Runden, um all die Albträume, die Traurigkeit und die Wut wegzuspülen.

Vielleicht könnte sie sich, nachdem sie ihren Abschluss gemacht und einen guten Job an Land gezogen hatte, eine Wohnung mit Pool leisten. Ein kleiner wäre schon toll. Als sie rausgeklettert war, drückte sie das Wasser aus ihren Haaren und warf es so wie es war über ihre Schulter.

Auf dem Tisch stand ein gekühlter Glaskrug, an dem Tropfen nach unten glitten. Sie betrachtete den Inhalt argwöhnisch. Jessica war bei Getränken recht kreativ und experimentierfreudig. „Was trinken wir?"

Jessica schenkte etwas ein und reichte ihr das Glas. „Das, mein Kind, ist ein Screaming Orgasm. Z gab mir die Warnung, nüchtern im Shadowlands aufzutauchen. Ich habe gehört, wie er Ben eine Nachricht hinterlassen hat, dass er uns nicht reinlassen soll, wenn er an unserer Nüchternheit zweifelt."

„Nur Master Z kann das sagen, ohne auch nur eine Miene zu verziehen." Zu durstig, um nur einen kleinen Schluck zu nehmen, trank Sally etwa die Hälfte, bevor sie sich etwas zurücknahm und die Aromen genoss. *Lecker.* „Ich schmecke Kahlúa und Amaretto und ...?"

„Baileys und Wodka. Sei gewarnt – der Drink hat's in sich", sagte Linda.

„Sehr gut." Sally setzte sich auf einen Stuhl und betrachtete die ältere Frau.

Lindas cremefarbenes Sommerkleid war die perfekte Kulisse für ihr dickes, schulterlanges Haar. Ihre Zehnägel waren in einer funkelnden Himbeerfarbe bemalt, die ihr vor Glück strahlendes Gesicht repräsentierte.

„Ich denke, dass das Zusammenleben mit Sam mit dir übereinstimmt. Wie das möglich ist, verstehe ich allerdings nicht. Sadisten sind einfach nur beängstigend." Ungläubig schüttelte Sally den Kopf.

„Ich mag seine Art von beängstigend." Linda schmunzelte. „Außerdem wollte ich schon immer einen Cowboy, auch wenn mein Rancher sich selbst als Farmer betrachtet."

„Ich verzichte. Ich bin auf einer Farm aufgewachsen." Sally lehnte sich vor und füllte ihren Drink nach. „Maisfelder und Bohnen und Schweine."

Kim stieß mit ihr an. „Und jetzt bist du ein Stadtmädchen, das schon bald einen Masterabschluss in der Tasche hat."

„In was?", fragte Linda.

Der Alkohol zeigte bereits seine Wirkung – vielleicht, weil sie kein Mittagessen hatte. Dumm von ihr, aber sie genoss das Gefühl für ein paar Minuten, bevor sie sich eines der Sandwiches schnappte. „Computer. Digitale Forensik, um genau zu sein. Klingt sexy, oder?"

„Also ... kriminelles Zeug?" Linda legte den Kopf auf die Seite.

„Auf eine Weise. Wenn jemand tot ist, unternehme ich eine Autopsie an seiner Festplatte statt an seinem Körper. So viel hygienischer, denkt ihr nicht auch?" Aber sie konnte immer noch Gutes tun. Ein Held sein, auch wenn sie ein Nerd war.

Jessica kicherte. „Gott, ja. Ich kümmere mich lieber um einen Haufen Belege als um eine stinkende Leiche. Aber Computer ... Ist das wie legales Hacken?"

„Ist es." Sally kippte den Kopf zurück und genoss den milden Abend. Und den Alkohol. Sie fühlte sich zum ersten Mal seit Ewigkeiten entspannt. „Ich war mal ein Hacker. Snoopy Sally, die Streberin."

„Wirklich?" Linda kniff die Augen zusammen. „Das hätte ich nun wirklich nicht erwartet."

*Juhu, ich bin so gut!* „Meine Schwestern in der Sorority haben mir beigebracht, mich nicht wie ein Depp anzuziehen oder zu verhalten. Gesegnet seien sie."

„Okay. Dass du nicht dumm bist, war mir gleich klar, aber ein jugendlicher Hacker ist eine ganz andere Geschichte." Kim schwenkte ihren Drink und beäugte Sally. „Ich versuche, mir das vorzustellen. Hast du Computerviren gemacht oder so?"

„Nun ..." Sally stellte ihr leeres Glas auf den Tisch. Vielleicht sollte sie etwas essen. *Nö.* Sie schenkte sich nach. *Screaming Orgasm. Großartiger Name.* „Nicht ganz. Ähm, eher in die Richtung von ... Einmal hat ein College-Sportler eine Studentin angegriffen, nur weil sie schwarz war." Sally runzelte die Stirn und erinnerte sich, wie wütend sie gewesen war. „Sie wollte keine Anzeige erstatten. Also kopierte ich seine rassistischen, sexistischen und pornogeplagten E-Mails und schickte sie an die Fakultät und den Dekan des Colleges. Eine Woche später war er weg." *Das Arschloch.* „Seither habe ich das Programm verbessert."

*Und gerade kommt es bei den Arschlöchern zum Einsatz.* Durch den Alkoholnebel warnte Sally sich selbst, und so konnte sie rechtzeitig verhindern, etwas von ihrem derzeitigen Projekt auszuplaudern. „Verratet es niemandem, okay?"

Die Frauen nickten und Sally lächelte sie aufrichtig an.

Linda tätschelte ihre Hand. „Du, meine Liebe, bist bereits

besoffen. Iss etwas, sonst lässt dich Z heute Abend nicht in den Club."

„Aber es fühlt sich gut an", murmelte Sally. Wie lange war es her, dass sie sich so ... befreit gefühlt hatte? Mit einem Seufzer akzeptierte sie gehorsam das Sandwich, das Jessica ihr reichte. „Hey, hat in letzter Zeit jemand mit Kari gesprochen?"

Jessica schüttelte den Kopf. „Eine Lehrerin ist in den Mutter-schaftsurlaub gegangen, und Kari springt regelmäßig ein. Durch die Überstunden und das Baby ist ihr nicht viel Freizeit vergönnt."

„Oh. Kein Wunder, dass sie in letzter Zeit nicht im Club war." Vielleicht sollte sie mit ihrem Überraschungsbesuch warten, bis die Grundschulen in Hillsborough im Juni in die Sommerferien gingen.

„Ich schätze", sagte Jessica. „Jedoch vermisse ich es, sie hier zu haben, und wie zufrieden Dan aussieht, wenn er mit ihr spielt."

Sally lächelte. „Ja, das tut er wirklich." Auf der Polizeiwache sah sie viele zynische Polizisten. Master Dan war auch auf dem Weg gewesen, doch dann war Kari in sein Leben getreten. Niemand konnte in der Nähe der liebreizenden Lehrerin lange verbittert bleiben.

„Apropos, Club. Was ist letzte Woche mit den Agents vorge-fallen?", fragte Kim. „Jessica meinte, dass du bestraft wurdest."

„Christus auf einer Krücke, es war schrecklich." Sally kicherte und freute sich, dass der Schmerz der Erinnerung so fern schien. „Ich habe einen Orgasmus vorgetäuscht und wurde erwischt."

---

**Galen ging die** Außentreppe vom zweiten Obergeschoss zur Veranda hinunter und lehnte sich auf das Geländer, um seinem schmerzenden Bein eine Pause zu gönnen. *Verdammtes Knie.* Obwohl die Schusswunde lange verheilt war, konnte der Schaden nicht mehr rückgängig gemacht werden. Älter zu werden, half auch nicht. Irgendwann müsste er seinen Mut zusammennehmen und sich operieren lassen. Vielleicht hätte er die Zeit, wenn der Fall abgeschlossen war – insofern es jemals dazu käme.

„Nett von Z, uns zu helfen", sagte Vance, als sie das Erdgeschoss erreichten.

„Ayuh." Sie hatten den Psychologen gebeten, eine gerettete Sklavin zu behandeln – ein Mädchen, so jung, dass Galen nicht an ihre Entführung denken konnte, ohne die Wut in ihm brodeln zu spüren. Sie war so traumatisiert, dass sie nicht länger redete, und Z war auf nonverbale Kommunikation spezialisiert. Gott wusste, dass der Dom in die Seelen von Sklaven blicken konnte, ob er das nun wollte oder nicht.

Galen und Vance waren vorbeigekommen, um die Informationen über das Mädchen sowie eine Flasche Aberfeldy 21 Single Malt als Dank abzugeben, die Galen während einer Schottlandreise gekauft hatte.

In der Nähe des Gartentors hielt Vance inne. „Hör doch."

Frauen lachten irgendwo in den Gärten. Ein Kichern klang wie Wasser, das über ein steiniges Bachbett plätscherte. „Ist das Sally?"

„So habe ich sie noch nie gehört." Vance lief den fröhlichen Geräuschen entgegen.

Galen folgte ihm lautlos über einen Pfad durch die Gärten und war sogleich ans Jagen erinnert. Sie pirschten sich an die Beute an.

Die Gespräche waren nun deutlicher zu vernehmen und so blieb Vance stehen.

Galen lehnte sich an einen Baum und lauschte. *An einen Gentleman erinnert dein Verhalten gerade nicht, Kouros.* Aber wie konnte ein Dom widerstehen? Nach einer Minute gluckste er, hob eine unsichtbare Flasche an seine Lippen und kippte den Kopf nach hinten. Die Damen tranken und waren schon eine Weile dabei.

Vance nickte. Er verschränkte die Arme vor der Brust und schien so bald nicht verschwinden zu wollen.

„Ich war so wütend", sagte Sally zu den Frauen. „Ich meine, ja, es war falsch von mir, aber heilige Scheiße an einem Pogo-Stick, warum mussten sie vor allen lautstark verkünden, dass ich einen Orgasmus vorgetäuscht habe?"

Ja, er konnte nachvollziehen, dass sie das gestört hatte. Die Frage war: Warum hatte sie das Bedürfnis verspürt, ihre Lust vorzuspielen? Und es war nicht das erste Mal gewesen. Er und Vance hatten mit Z über genau diese Angelegenheit gesprochen.

„Du und die Agents?" Galen erkannte Kims Stimme. „Was hältst du von ihnen?"

*Interessante Frage.* Er lehnte sich vor, während sich die Stille in die Länge zog.

„Nun ja ... in einer Minute denke ich, dass sie nett sind, und in der nächsten denke ich, dass sie totale Arschgeigen sind. Manipulative Bastarde."

Galen musste ein Lachen zurückhalten.

Jessica tat das nicht und lachte laut los. „Klingt nach der Definition eines Doms, oder nicht?"

„Ja, vielleicht. Und ihre Mann-Frau-Mann-Sache ist ..."

Galen seufzte und nickte seinem Partner zu. Egal wie interessant das Gespräch auch war – zu lauschen, war nicht richtig. Aber Sallys offenes Lachen war unwiderstehlich. Er tippte Vance an und wies mit dem Daumen über seine Schulter.

Vance sah verärgert und dann reumütig aus, bevor sie sich gemeinsam vom Schauplatz entfernten.

„Du anständiger Bastard. Es wurde gerade interessant", sagte Vance und hielt das Tor zum Parkplatz auf.

„Das stimmt." Galen lächelte. „Allerdings halte ich uns für ehrenhaft – Arschgeigen oder nicht."

„Ziemlich sicher, dass sie nur dich damit meinte." Vance runzelte die Stirn. „Sie klang anders."

„Ja, das stimmt." Galen humpelte über den Asphalt und ärgerte sich, dass sein Partner sich seinem Tempo anpasste. „Sie hat über ihre Gefühle gesprochen. Ist dir das aufgefallen?"

„Weil sie betrunken war."

„Genau. Sonst teilt sie nie etwas." Galen runzelte die Stirn. „Welchen Grund hat diese reizende Frau, Schutzmauern um sich zu errichten?" Und wieso vermochte es der verletzliche Gesichtsausdruck von letzter Woche noch immer, sein Herz zu erweichen?

„Gute Frage." Vance setzte sich hinter das Steuer. „Finden wir es heraus."

---

**Oje, sie hätte** schon viel früher mit dem Trinken aufhören sollen. Nachdem sie sich im Gästezimmer von Jessica und Z geduscht und umgezogen hatte, nahm sie deren private Treppe in das Shadowlands. Vorsichtig und mit Bedacht. Screaming Orgasm – das Getränk, das sie in einem berauschten Zustand hielt, denn nüchtern war sie ganz sicher nicht. Hätte sie heute den Haupteingang benutzt, wäre sie von Ben wahrscheinlich nachhause geschickt worden.

Ein langer Gazerock und ein provisorischer Schal, der als Oberteil diente, war heute ihr Outfit. Gott sei Dank bevorzugte Z die Auszubildenden barfuß; in High Heels hätte sie sich heute bestimmt einen Knöchel gebrochen.

Sie hatte die Inspektion der Auszubildenden verpasst. Master Cullen gefiel das sicher wenig. Zumindest begann ihre Schicht an der Bar erst später. Ihre Verspätung würde also die geölte Maschine nicht zum Stocken bringen.

Der Raum war mit Mitgliedern vollgestopft. Für ihr vernebeltes Gehirn klangen die Musik und die Gespräche unangenehm laut, und die Leute bewegten sich zu schnell.

An der Bar wartete sie darauf, dass Cullen sie bemerkte. Zu ihrer Linken plauderte eine Domina in einer Motorradjacke, einer schwarzen Latexhose und Stiefeln mit ein paar neueren unterwürfigen Frauen. Rechts von ihr diskutierte eine Gruppe älterer Doms über Benimmregeln.

„Wird auch Zeit, dass du kommst." Master Cullen in seinem braunen Leder ließ den Blick prüfend über sie schweifen. „Dir bleibt noch eine Stunde für eine Session, bevor deine Schicht beginnt. Hast du einen Dom im Sinn?"

Sally zuckte zusammen. Wie viele von den Doms würden denken − oder wissen −, dass sie einen Orgasmus vorgetäuscht hatte? „Ich −"

„Sie hat getrunken und kann nicht einmal in einer geraden Linie laufen, Cullen."

Beim Klang von Galens Dialekt erstarrte Sally zunächst, bevor sie sich zu ihm umdrehte.

Wie üblich trug er eine schwarze Hose und ein ebenso farbenes Hemd − ähnlich wie Master Z −, aber Galens Oberteil bestand aus Baumwolle und nicht Seide. Kouros war nicht der Typ für Seide.

Er fuhr fort: „Vielleicht kann sie jetzt kellnern und die zweite Schicht frei nehmen."

Vances große Hand fiel auf ihre Schulter. „Galen und ich würden gerne mit ihr spielen. Aber erst, wenn sie nüchtern ist."

„Ich bin nicht −" Sally schlug Vances Hand weg und drehte sich wieder zu Cullen. „Es geht mir prima."

„Fuck, ich hasse es, wenn sie lügt", knurrte Vance. Er packte ein Bündel ihrer Haare und riss ihren Kopf nach hinten. Seine Augen waren kalt. „Willst du Cullen wirklich verkaufen, dass du nüchtern bist?"

„Ich ..." Sie konnte nicht lügen. „Nein. Ich bin nicht ganz nüchtern."

„Niemand spielt eine Session, wenn er alkoholisiert ist." Stirnrunzelnd legte Cullen einen muskulösen Arm auf die Bar. Zu Galen sagte er: „Danke für die Vorwarnung. Sally, räume und wische die Tische ab. Schau in einer Stunde wieder bei mir vorbei."

*Blöde, sich einmischende Besserwisser vom FBI.* Als sie Galen wütend anfunkelte, erschien ein Grübchen in seiner rechten

Wange, das seine Belustigung zeigte. Er schien sich heute nicht rasiert zu haben, denn die Stoppeln waren auf jeden Fall länger, als sie nach einem Arbeitstag sein sollten.

Andrea, Cullens Sub, die zugehört hatte, stellte vor Sally eine große Tasse Kaffee ab und zwinkerte ihr zu.

„Und für später, Sally", fuhr Master Cullen fort. „Ich weiß, was die Mitglieder davon halten, wenn eine Auszubildende sie zum Narren hält. Es wird keine weiteren Bestrafungen geben, Sub, aber gegen deinen Ruf, den du dir dadurch bei den Doms erworben hast, kann ich nichts unternehmen."

Master Cullen hatte normalerweise immer ein Lächeln für jemanden übrig – heute schien das nicht der Fall zu sein. Er meinte seine Worte und war nicht gerade ... glücklich über ihr Verhalten. Alle waren sauer auf sie. Wie im Film *Der Zauberer von Oz*, als Dorothy merkte, dass sie nichts richtig machen konnte.

Sally starrte auf die Bar. *Warum bin ich nicht einfach zuhause geblieben?* „Ich verstehe."

„Heute Abend bist du Master Galen und Master Vance zugeteilt. Sie können mit dir an deiner Ehrlichkeit arbeiten." Master Cullen wirkte besorgt. „Ich weiß, dass du mit keinem der Master einen Orgasmus vorgetäuscht hast, Liebes, aber wir haben dich auch nie zu mehr als leichter Unterwerfung gedrängt. Das tun wir selten, da emotionale Verwundbarkeit einem langfristigen Dom vorbehalten ist. Wir hätten aber wissen müssen, wie viel du vor uns versteckst."

Das Brennen in ihren Augen veranlasste sie dazu, wieder den Kopf zu senken. Sie hatte alle enttäuscht.

Cullen stellte neben die Tasse Kaffee ein Tablett. „Trink den Kaffee aus und mach dich dann an die Arbeit."

Vance fuhr mit seinen Fingerknöcheln über ihre Wange. „So schlimm ist das alles nicht, Süße. Das geht vorbei." Mitgefühl wärmte seine Augen. „In einer Stunde werden wir hier an der Bar auf dich warten."

Obwohl die Berührung etwas in ihr auslöste, konnte sie den Blick auf die Tür nicht unterdrücken.

Seine Hand legte sich um ihr Kinn und er neigte ihr Gesicht nach oben. „Sally, versuch nicht, früher zu gehen."

Herrischer Dom. „Nein, Sir. Nicht im Traum würde mir das einfallen, Sir."

Als Galen eine Augenbraue hob, errötete sie. *Verdammt*, er würde sie wahrscheinlich wieder knebeln.

---

**Galen saß in** der Mitte des Clubraums und lächelte, als ihm die entzückende Auszubildende mit der dunklen Haut eine Flasche Wasser reichte. „Danke, Uzuri."

„Gern geschehen, Sir." Er beobachtete ihren Abgang und schüttelte den Kopf. Ihr Lächeln war eines der süßesten, das er jemals gesehen hatte, aber in ihren dunklen Augen stand der Schalk.

Er freute sich auf die bevorstehende Session mit ihrer ebenso verschmitzten Kollegin, dem Kobold namens Sally. Mit den Beinen auf dem Couchtisch beobachtete er, wie Vance einem neueren Dom zeigte, was es beim Rope-Bondage für Knoten gab. In der letzten Stunde waren sie durch den Hauptraum spaziert, hatten geholfen, Fragen beantwortet und sogar eine kleine Vorführung gegeben. Für Z war es wichtig, dass das Shadowlands eine bildende Funktion hatte, und von den Mastern wurde erwartet, dass sie sich dafür Zeit nahmen und sich einbrachten. Nächsten Monat würden Vance und er als Kerkeraufseher anfangen.

Er sah auf die Uhr. Sally sollte mit ihrer Schicht gleich fertig sein. Galen fing Vances Blick ein und wies mit dem Kopf zur Bar.

Sein Partner beendete seine Lektion und kam zu ihm. „Zeit, eine freche Brünette zu ärgern?"

„Das ist der Plan. Fang sie für uns ein. In der Zwischenzeit hole ich meine Spielzeugtasche aus der Umkleide. Wir sehen uns hinten." Erregende Vorfreude jagte durch Galens Adern.

„Klingt gut." Vance grinste.

Ein paar Minuten später lief Galen durch den Hauptraum. Leise Gespräche, Sexlaute, der Aufprall von einer Hand auf Fleisch übertönten die Musik. Hohe Behälter mit Pflanzen unterteilten die Sitzbereiche in abgelegene Nischen für die Nachsorge und private Unterhaltungen.

Es war, als würde man durch ein Labyrinth wandern.

Vances raue Stimme führte Galen in die richtige Richtung.

Sein Partner hatte einen unbesetzten Bereich mit einer Ledercouch und zwei bequemen Sesseln sichern können. Auf den Knien wartete Sally, ihre Hände auf den Oberschenkeln, ihr Rücken gerade, Blick nach unten. Vance saß auf einem der Sessel.

„Sehr nett", sagte Galen.

Sally zuckte zusammen, entspannte sich aber schnell. Ihre Lippen pressten sich nicht länger fest aufeinander – zurückzuführen auf das tief verwurzelte Bedürfnis einer Sub nach Anerkennung.

*Bei Gott*, sie war hinreißend. Er lehnte sich vor, neigte ihr Kinn nach oben und nahm ihre Lippen. Es war kein fordernder Kuss; er wollte einfach ihre einzigartige Süße auf seinen Lippen schmecken.

Und Sally kam seinem Wunsch nach.

Galen entfernte sich und stellte die Tasche ab. Sie erwarteten nicht, Spielzeug zum Einsatz zu bringen, allerdings fanden sich in der Tasche auch Wasser, Schokolade und eine Decke.

„Dann wollen wir mal", sagte Vance. „Zieh dich aus, Sally."

„Ähm." Sie schaute sich um, als würde sie erwarten, dass sie gleich jemand mit einem Fingerschnippen fesseln würde. „Wir sind nicht in einem Sessionbereich."

Galen setzte sich auf die Couch. „Nein, sind wir nicht", sagte er zustimmend.

Sie erhob sich und trat einen Schritt zurück, sodass sie beide ansehen konnte. Konfrontativ? Oder defensiv?

„Ich ziehe es vor, in den regulären Bereichen zu spielen", sagte sie.

Galen tauschte einen Blick mit Vance aus. Es war wirklich ein Vergnügen, diese kleine Miss Vorlaut, die stets über andere Doms diktierte, aus dem Gleichgewicht zu bringen.

„Für das, was wir im Sinn haben, ist dieser Ort perfekt geeignet", sagte Vance zu ihr.

Sie kniff die Augen zusammen. Sie überlegte offensichtlich, wie weit sie mit ihnen gehen konnte. *Verdammt*, er wollte wissen, was genau ihr durch den Kopf ging. Trotz ihres unverschämten Verhaltens war sie unterwürfig. Wenn sie keine Wahl hatte, entspannte sie sich und gab die Kontrolle ab.

„Zieh dich aus, Sally. Sofort. Nicht erst nächste Woche." Galen lehnte sich zurück und streckte die Beine aus.

Nach langem Zögern entledigte sie sich dem fast durchsichtigen Rock und dem Schal, den sie um ihre hübschen Brüste gewickelt hatte. Sie war keine große Frau und war solide gebaut. Reichlich gepolstert mit einem hinreißenden Arsch und cremeweißen Oberschenkeln, die unter der Haut Muskeln versprachen. Er lächelte, als sie sich vorbeugte und ihre Kleidung aufhob. Saftiger Arsch – Vances Favorit.

Was Galen anging: Er fand generell Gefallen am Frauenkörper. Dünn oder üppig, muskulös oder weich. Volle Brüste und auch die kleinen.

Nackt – wundervoll nackt – stemmte Sally ihre Hände in die Hüften und runzelte die Stirn.

„Ist das eine Position, die Master Z den Auszubildenden beibringt?", fragte Galen gepresst.

Sie errötete und ihre Arme senkten sich. „Nein, Sir."

„Das ist eine Erleichterung", sagte Vance.

Galen musste bei der Wut in ihren Augen ein Lachen unterdrücken. „Komm und setz dich auf meinen Schoß."

Sie presste die Lippen fest aufeinander. Sally mochte sie wirklich nicht, oder? Nichtsdestotrotz bezweifelte er, dass ihre Gefühle etwas mit ihnen zu tun hatten. Sie würde niemanden mögen, der sie so bestraft hatte, wie sie es tun mussten – und sie würde auch die Pläne für den heutigen Abend nicht genießen.

Widerwillig setzte sie sich auf seine Schenkel. Er tat nichts, ließ sie einfach schmoren. Wie eine Katze, die gerade ihre fünf Minuten hatte. Wahrscheinlich war Sally genauso gefährlich.

„Und jetzt?", fragte sie.

„Wir werden ein bisschen reden, Sally." Vance zog seinen Sessel näher. „Nichts Schmerzhaftes."

„Lehne dich bitte an mich", sagte Galen. Er genoss es, sie dazu zu bringen, sich allein an seine Stimme zu halten.

Ohne auch nur einen Muskel in ihrem Körper zu entspannen, bewegte sie sich, bis ihre Schulter auf seine Brust traf.

„Du riechst gut, Sub. Nach Frühling." Er legte seinen Arm um ihren Rücken und hielt sie still, damit er mit dem Kiefer über ihren Hals reiben und den sauberen Duft einatmen konnte. Erinnerte an grüne Äpfel. „Wie heißt dein Parfüm?"

„*Be Delicious*", murmelte sie.

Er gluckste. „Klingt ganz nach einer Einladung." Als er an ihrer Schulter knabberte, zuckte sie zusammen.

Vance hob ihre Beine auf die Couch und schob den Sessel nah genug, um seine Hand auf ihren Oberschenkel zu legen. Sie würden sie nicht fesseln, aber sie war eine kleine Frau und sie waren beide groß. Das und ihre Positionen gaben ihr das Gefühl, eingesperrt zu sein.

Nun würden sie zu dem wahren Grund für diese Nicht-Session kommen. „Ich habe gehört, dass du bald deinen Masterabschluss machen wirst. In was?"

Ihr ungläubiger Blick entlockte ihm ein Schmunzeln. Sie verhielt sich wie eine Maus, die von einer Katze in die Ecke gedrängt wurde und nicht gleich angriff.

Galen wartete.

„Ähm. Computer."

„Ein Master in Computer?", hakte Vance nach. „Das ist vage."

Ihre Wangen erröteten leicht. „Digitale Forensik."

Galen blinzelte bei der unerwarteten Antwort. Die Frau war nicht nur schlau, sie könnte sogar, wenn sie das wollte, in der Kriminologie arbeiten. „Warum ausgerechnet diese Richtung?"

„Es ist interessant."

„Was genau interessiert dich daran?", fragte Vance.

„Oh bitte, ich werde nicht mit jemandem in eurem Alter über Computer reden. Ihr denkt wahrscheinlich, dass in der Maus ein Nagetier lebt." Sie blickte ihn und Vance finster an. „Was ist das hier? Ein Bewerbungsgespräch, oder was?"

Galen schaffte es kaum, sein Lachen zurückzuhalten. „Nein, es ist ein Gespräch zwischen zwei Doms und einer unhöflichen Sub", sagte er.

Sie erstarrte, als wäre sie schockiert, wegen ihres Verhaltens ermahnt worden zu sein. Nach einer Sekunde senkte sie den Kopf und flüsterte: „Es tut mir leid."


**Sally spürte, wie** Galens warme Hand über ihre Schulter streichelte. Sie hatte ihn verärgert, und doch waren seine Berührungen sanft.

Und ihr Körper reagierte auf eine Weise, wie sie dies von anderen Doms noch nie erlebt hatte. Zu ihrem Unbehagen bewegte Vance ihre Beine auseinander, bevor er seine Handfläche außen über ihren Schenkel wandern ließ.

Zwei Männer auf einmal. In der Vergangenheit hatte sie Dreier genossen, aber ... nicht mit diesen beiden. Sie waren –

„Also, Auszubildende, nach was für einer Art Dom suchst du?", fragte Galen, als wäre er nicht besonders interessiert an ihrer Antwort. Seine Konzentration lag eher auf dem Finger, mit dem er ihr Schlüsselbein nachzeichnete. Ihre Nippel richteten sich auf, als beschwerten sie sich, vernachlässigt zu werden.

Vance bewegte seine Hand höher auf ihrem Schenkel, bis seine Finger in die Nässe – *verdammt* – ihrer Pussy eintauchten. Er streifte ihre Klitoris und sie zuckte. Sie versuchte, ihm auszuweichen.

„Halt still, Sub", warnte Vance, als er mit einem Finger in sie drang. Sein Daumen ruhte neben ihrer Klitoris.

Sie biss sich auf die Lippe, bewegte keinen Muskel, obwohl ihre Mitte bebte, als würde sich das Kraftfeld um sie herum auflösen. *Schutzschilde hoch, Scotty.*

„Das ist ein gutes Mädchen", sagte Galen. Seine Anerkennung ließ seine Stimme samtweich erklingen.

Als er ihre Brust umfasste, erkannte sie, dass die Doms sie auf unglaublich intime Weise gefesselt hatten.

„Sieh mich an, Süße." Vances saphirfarbene Augen trafen auf ihre, hielten ihre gefangen, als er langsam seine Finger aus ihrer Pussy zog und dann tiefer in sie stieß.

Trotz Sallys Wut auf die beiden blühte die Hitze in ihrer Mitte auf.

„Galen hat eine Frage gestellt. Antworte ihm."

Frage? Oh ... richtig. Vances Daumen drückte in das Fleisch über ihrer Klitoris, so nah an dem Ort, wo es sich wirklich gut anfühlen würde. *Frage.* „Ähm, ich will keinen Master." *Ich will gar keinen Dom. Nicht mehr.* „Nicht, wenn er eine Sklavin will. Ich mag es, zu spielen."

„Einen Dom nur für das Schlafzimmer? Jemand, der dich fesselt und fickt, aber nicht auf andere Weise dominiert?" Galen zwickte in ihren Nippel und legte die Hand auf ihre Brust, während er auf ihre Antwort wartete.

Ihr Körper schimmerte vor Hitze. *Verdammt*, sie taten es schon wieder. Sally versuchte, sich daran zu erinnern, was sie sich einmal von einem Partner gewünscht hatte. Vor Frank. Es spielte aber keine Rolle. Sie konnte sagen, was auch immer sie wollte. „Nur für das Schlafzimmer."

Vance schob seine Finger in ihre Hitze. Rein und raus, rein

und raus. „Seltsam. Ihr Pussy-Lügendetektor sagt, dass sie lügt."

Sally starrte ihn an. „Du kannst doch nicht – nein, so kannst du das nicht beurteilen."

„Die Technik ist keine, die wir erforschen dürfen." Vance lächelte. „Aber sie funktioniert sehr gut."

Auf keinen Fall wusste er dadurch, dass sie gelogen hatte. Oder doch? „Lass mich los!"

„Nein." Galen spielte mit ihren Brüsten. Seine Handfläche war schwieliger als die von Vance. Wegen des Gehstocks?

Sie erkannte, dass ihr nicht unerhebliches Gewicht auf seinen Beinen lastete. „Lass mich hoch." Als er die Augenbraue hochzog, flüsterte sie: „Dein Bein. Ich werde dir noch weh tun."

Seine Hand erstarrte und dann schüttelte er den Kopf. „Keine Bange, das wirst du nicht. Der Schaden ist bereits da – schlimmer kannst du es nicht machen." Er lächelte und berührte ihre Wange. „Es freut mich jedoch, dass du dich um mich sorgst."

„Tu ich nicht." Sie war wütend auf sich selbst, so wütend auf ihre Dummheit. Instinktiv versuchte sie, seine Hand wegzustoßen. Einen ein Meter achtzig großen Wookiee zu schubsen, wäre einfacher.

„Hast du dir noch nie gewünscht, einen Dom zu haben, der sich um dich sorgt, der sich um dich kümmert?", fragte Vance. „Jemand, der dir ein Spanking verpasst, weil du dein Handy nicht bei dir hattest? Jemand, der dich dazu motiviert, deine Träume zu erfüllen? Jemand, der dich zwingt, mit ihm zu teilen, was dich bedrückt?"

Ja. Das war mal der Fall gewesen. Damals, als sie noch naiv war. Mittlerweile hatte sie darauf keine Lust mehr. „Nein."

„Z hat bei deiner Ausbildung einen furchtbaren Job gemacht. Ich hatte eine Frau, die ständig gelogen hat, und ich habe eine geringe Toleranz dafür", sagte Vance angewidert. „Was verstehst du an dem Konzept Ehrlichkeit nicht?"

Ihr Kinn hob sich. „Nein, ich möchte deine Fragen *ehrlich* nicht beantworten."

„*Nein* ist nicht die Antwort, die wir suchen." Galen zwickte ihr in den Nippel – eine kleine, schmerzhafte Rüge.

Sie zuckte zusammen.

„Du fühlst dich offensichtlich wohl mit körperlicher Intimität." Galen fuhr mit der Hand über ihre Haut und bewies seinen Standpunkt. „Warum bist du also so zurückhaltend mit deinen Gedanken?"

„Ich sorge mich und fühle mich ausgeschlossen, wenn du mir nicht sagst, was du empfindest", sagte Vance und zeigte damit, wie man Gefühle teilte.

„Ich mag dich, Sally", flüsterte Galen. „Wir haben dich beobachtet. Wir wollten schon eine ganze Weile mit dir spielen. Aber wir beunruhigen dich. Warum ist das so?"

„So ein Blödsinn", schnauzte Sally. „Ich habe nichts, das ich teilen muss."

„Lüge", sagte Vance leise. Als sein Daumen über ihre Klitoris strich, konnte sie nicht anders, als sich zu winden.

„Ich habe mit den anderen Mastern über die Sessions gesprochen, die sie mit dir gespielt haben", sagte Galen. „Ihnen ist bewusst, dass sie, obwohl du dich körperlich hingegeben hast, nie an deinen emotionalen Schutzmauern vorbeigekommen sind. Sie haben nie deine Emotionen freilegen können. Normalerweise ist das kein Problem, da tiefere Emotionen von einem langfristigen Dom erforscht werden sollten."

„So ist es. Und ihr seid das nicht, oder?", murmelte sie. Wie können sie es wagen, mit Cullen und Nolan und Dan und Raoul zu reden? Der Gedanke, dass sie über sie sprachen, war ... demütigend. Es war erschreckend.

„Nein, das sind wir nicht." Galen schob ihr die Haare aus der Stirn und legte dann seine Hand auf ihre Wange, um sie davon abzuhalten, ihr Gesicht abzuwenden. „Jedoch hast du ein Problem, das andere Subs nicht haben. Du bist nicht ehrlich, enthüllst vor keinem Mann deine wahren Gefühle. Das ist beunruhigend, Sub."

„Ich denke, dass du überreagierst", sagte sie. „Ja, vielleicht breche ich nach einer Session nicht zusammen wie ein Teenager ohne Date zum Abschlussball, aber das bedeutet nicht, dass mit mir etwas nicht stimmt. Ich spiele gerne. Was wollt ihr denn no _"

„Du genießt es?" Galen nagelte sie wieder mit seinen dunklen Augen fest. „Warum hast du dann letzte Woche Casey nicht gesagt, dass seine Berührungen nirgendwo hinführen?"

Die Frage traf sie unerwartet. Sie erstarrte.

„Wir werden dich nicht verurteilen, Süße", sagte Vance. Er klang so ... besorgt. „Sag uns einfach den Grund."

„Ich weiß es nicht." Sie blinzelte die Nässe in ihren Augen weg und versuchte, zu ignorieren, wie ihr Magen sich drehte. Was lief nur falsch mit ihr? „Ich konnte es einfach nicht tun."

„In Ordnung, Sub", sagte Galen in einem tröstenden Ton. „Vielleicht kannst du ein paar Vermutungen anstellen?"

Keiner von ihnen würde das Thema fallen lassen.

Warum hatte sie Casey weitermachen lassen? Normalerweise, wenn eine Session nicht gut lief, nervte sie den Dom, bis er die Session vorzeitig beendete. Aber an diesem Abend ... „Ich schätze, dass ich ... ich war einfach zu müde, um zu kämpfen."

Galens Augen verengten sich. „Zu kämpfen? Warum sollte es ein Kampf sein, einem Dom zu sagen, dass dir die Session nichts gibt?"

Ihr Mund öffnete sich, schloss sich wieder.

„Du sagst ihnen nie, dass eine Session nichts für dich ist, oder?", fragte Vance. „Stattdessen nervst du sie, bis der Dom die Schnauze voll hat und dich gehen lässt."

Ihre Wangen fühlten sich zu heiß an.

„Warum, Sally?" Galen hatte sich nicht bewegt, und doch hatte sie das Gefühl, als wäre er ihr niemals näher gewesen. „Wir sind hier, um dir zuzuhören. Wir möchten wissen, was du denkst, was du zu sagen hast."

Seine Aussage zerquetschte sie innerlich, sodass sie kaum

noch Luft bekam. Sie konnte nichts richtig machen. Nach so langer Zeit schaffte sie es nicht mal, eine gute Sub zu sein. Sie fing an, sich gegen Galens Griff zu wehren und als er sie nicht losließ, funkelte sie ihn wütend an. „Rot! Rot, rot, rot! Lass mich los!"

Galen hob die Hände. Vance zog sich zurück.

Sally sprang auf und schnappte sich ihre Kleidung.

Bevor sie rennen konnte, packte Galen ihren Arm. „Du hast dein Safeword benutzt, also lasse ich dich gehen, aber, Süße, das Problem, das du hast, wird sich dadurch nicht in Luft auflösen. Rede mit jemandem darüber. Master Z, wenn dir das angenehmer ist."

*Niemals.* „Halte dich von mir fern. Ich mag dich nicht." Sie starrte Vance an. „Und dich auch nicht. Ist das ehrlich genug für euch?" Sie riss sich von Galen los und nahm Reißaus.

# KAPITEL FÜNF

Sally tippte mit dem Daumen auf den Kontakt des Shadowlands. Als ihr Blick dabei auf ihre Nägel fiel, zuckte sie zusammen und runzelte die Stirn. Jeden Einzelnen hatte sie abgeknabbert. *Ätzende Angewohnheit.*

In der Nähe des spiegelnden Teichs der University of Central Florida saß sie im Schatten und versuchte, sich von dem sprudelnden Brunnen trösten zu lassen. Funktionierte nicht. Sogar das dumme, stummelige Gras nervte sie. Im Kindergarten waren ihre beste Freundin und sie immer den Hügel auf dem Spielplatz runtergerollt. Aber seidenweiche Nordgräser hielten es in Florida nicht lange aus. Auf diesem Mist hier würde niemand rollen.

Sie glitt mit ihrem Zeigefinger über den Handybildschirm. Zumindest erleichterten kurze Nägel die Handhabung. Nichtsdestotrotz musste sie das Fingernägelkauen endlich unterlassen. Sie dachte, sie hätte die nervöse Angewohnheit bereits im College überwunden. Verkauften sie noch das eklige Zeug, das man auf die Nägel auftragen musste?

„Ich habe mir Sorgen um dich gemacht." Die Stimme am anderen Ende war tief, geschmeidig und kraftvoll.

Verflucht sei die Anruferkennung. Und warum war nicht der

Anrufbeantworter angesprungen? Sally rollte mit den Augen. Typischer konnte ein Montag gar nicht mehr sein. Ein Montag in einem total beschissenen Monat. Um genau zu sein, bewies sich die gesamte Jahreszeit als beschissen. „Master Z, ich weiß es zu schätzen, dass du mich zu den Auszubildenden zurückkehren hast lassen, aber ich bin zurzeit einfach zu beschäftigt für den Club. Tut mir leid, dass ich das tun muss, aber hiermit kündige ich meine Mitgliedschaft. Schon wieder." *Für immer.*

Die Pause schien viel zu lang. „Vertraust du mir genug, um dich mit mir zu treffen und darüber zu reden? Ich würde es als einen Gefallen betrachten."

Oh, was für eine hinterhältige Frage mit Schuldgefühlcharakter. Sagte sie *Nein*, implizierte sie, dass sie ihm nicht vertraute. „Nicht nötig." Sie zwang sich zu einem gelassenen Ton: „Ich bin in den letzten Zügen des Semesters und habe gerade so viel um die Ohren. Nach meinem Abschluss werde ich den Staat wahrscheinlich verlassen – je nach dem, wo mich die Jobsuche hinführt. Da kann ich genauso gut jetzt die Mitgliedschaft beenden."

„Kleine, haben Galen und Vance –"

„Nein. Meine Entscheidung hat nichts mit ihnen zu tun." *Gott*, wie viele Menschen wollte sie noch anlügen? Sie blinzelte Tränen zurück und vermisste das Shadowlands bereits jetzt. „Danke für alles, was du im Laufe der Jahre für mich getan hast, Sir. Gib Jessica eine Umarmung von mir." Es bedurfte all ihrer Entschlossenheit, den roten Knopf zu drücken und den Anruf zu beenden.

Nachdem sie eine Minute lang auf den leeren Bildschirm gestarrt hatte, schaltete sie das Telefon vollständig aus. Nur für den Fall.

Er wusste, dass sie wegen der Agents ging. Würde er es den Männern schwer machen? Master Z hatte stets das Beste für seine Subs im Sinn – besonders bei den Auszubildenden war er überfürsorglich.

Die Brise wehte durch ihre Haare. Der Wind war in einem schwülen Klima wirklich nötig ... na ja, bis er sich zu einem Hurrikan umwandelte und alles auf seinem Weg zerstörte. Ähnlich wie Master Z.

Sie schüttelte den Kopf. Mit Sicherheit hatte auch Galen ein feuriges Temperament. Sie seufzte. Nein, er und Vance hatten nichts Schreckliches getan. Sie hatten ihr nur ein paar Fragen gestellt.

Schwere Fragen. Komplizierte Fragen.

Mit dem Kinn auf den Knien schlang sie ihre Arme um die Beine. Sie hatte nicht gewusst, wie sie die Fragen beantworten sollte und ... der Gedanke, ihre Gefühle zu teilen, machte ihr Angst.

Mit Frank hatte sie nie über ihre Gefühle gesprochen. Wie auch ihr Vater hatte er kein Interesse an ihren Emotionen gezeigt.

Sie runzelte die Stirn. Hatten Vance und Galen wirklich erwartet, dass sie jeden Gedanken rausließ? Ist doch langweilig. Ruinierte das nicht den ganzen Spaß an einer Session?

Ihre Augenbrauen zogen sich zusammen. Wäre das wirklich so? Andere Subs sprachen mit ihren Doms über ihre Eindrücke – wenn auch nicht zum Zeitpunkt der Session, so doch zumindest danach. Aber – Sally runzelte die Stirn – warum konnte sie nicht offen sein und einem Dom sagen: *Ich bevorzuge es, zuerst mit den Fingern gefickt zu werden, dass du zunächst behutsam vorgehst.* Während der Nachsorge wollte sie kuscheln und nicht reden, selbst, wenn die Doms die Session besprechen wollten. Und das war zumeist der Fall gewesen.

Sie runzelte die Stirn. Frank hatte nie gefragt. Er hatte nie viel nach dem Sex getan. Er hatte immer nur große Reden geschwungen.

In dem Punkt lagen die Agents eindeutig vorn. Sie waren so liebevoll. Fürsorglich. Sie schienen wirklich Interesse an ihr als Person zu haben. Nur, dass sie sich weigerte, ihre verborgensten Gedanken mit ihnen zu teilen, hatten sie an ihr nicht gemocht.

Was hatten die beiden für ein Problem? Männer sollten es nicht mögen, Seelen zu entblößen. Wahrscheinlich war das auch der Grund, warum sich vorher kein Dom bei ihr beschwert hatte. Aber die Agents waren bei Sallys Ausweichmanövern über sie hergefallen.

*Meine Güte.*

Na ja, im Moment konnte sie sich nicht damit auseinandersetzen. Sie hatte noch ein paar Seminararbeiten abzugeben, dann der Testlauf für die Abschlussfeier, und sie musste dringend ihre ersten Bewerbungen verschicken.

Jobsuche. An sich war es nicht gelogen, was sie zu Master Z gesagt hatte. Es war gut möglich, dass sie Tampa schon bald verließ.

Zunächst hatte sie geplant, sich einen Job in der Nähe zu suchen. Nach der Sache mit dem vorgetäuschten Orgasmus wäre es wohl klüger, die Gegend zu verlassen. Die BDSM-Gemeinde war klein genug, sodass die lokalen Doms rasch davon Wind bekommen würden. Oder sie könnte Frank über den Weg laufen. Wie unangenehm wäre das bitte?

Sie drückte die Schultern durch. *In drei einfachen Schritten ... Abschluss machen. Einen Job finden. Umziehen.*

*Aber ich mag Florida.* Sie schüttelte den Kopf. *Kein Gejammer.* Miami könnte Spaß machen. Oder noch besser: New Orleans.

Aber dann müsste sie alle ihre Freunde aus dem Shadowlands verlassen. Tränen sammelten sich in ihren Augen und sie musste sich auf die Lippe beißen, um die Kontrolle zu behalten.

*Ich schaffe das.* Sie war zu allem fähig. Sie hatte den Verlust ihrer Mutter überlebt. Sie überlebte die Wut ihres Vaters. Sie stand kurz vor ihrem Masterabschluss. Einsam zu sein ... Na ja, sie würde neue Freunde finden.

Mit ihr hatte jeder eine lustige Zeit. Niemand hatte jemals mehr von ihr gewollt als Stille oder ... Sex.

Bis plötzlich die Agents ins Shadowlands getreten waren.

# KAPITEL SECHS

Es war **Dienstagabend** und Kari saß mit ihrem Sohn Zane auf dem Wohnzimmerboden. Sein herzallerliebstes Gesicht verzog sich zu einem breiten Grinsen. Seine Augen erinnerten sie so dermaßen an Dan. Niemals hätte sie gedacht, dass ihr Körper so viel Liebe in sich tragen könnte.

Ihr Ehemann saß hinter ihr auf seinem Lieblingssessel. Auf dem Sofa rechts von ihm streichelte Dans FBI-Freund ihren Deutschen Schäferhund. Prince schien im Hundehimmel angekommen zu sein und lehnte sich an die langen Beine des Mannes, um zu zeigen, dass er mehr von den Streicheleinheiten wollte.

Als die Männer leise redeten, bedeckte Kari ein schwarz-weißes Plastiktier mit einer Serviette. „Wo ist die Kuh, Zane? Wo ist sie hin?"

Zane sah sich um, bevor ihm hörbar ein Licht aufging. Mit einem freudigen Quietschen zog er die Serviette vom Spielzeug.

„Oh, du bist ja so klug! Du bist der klügste und hübscheste Junge auf der ganzen Welt!" Sie hob ihr schwarzhaariges Baby hoch und prustete mit dem Mund gegen seinen Bauch. Das Babylachen ließ ihr Herz singen.

Vance grinste sie an.

Sie lächelte nicht zurück. Der Agent war ein gut aussehender Mann. Und charmant war er auch. Aber nachdem sie von Jessica gehört hatte, dass Sally bei einer Session mit ihm ihr Safeword benutzt und dann ihre Mitgliedschaft gekündigt hatte, fühlte sich Kari ihm gegenüber nicht sehr freundlich gesinnt. Sally war eine erfahrene Sub und so bezaubernd, wie man nur sein konnte. Wie hatte Master Marcus es ausgedrückt? So voller Unfug wie ein Korb mit Kätzchen. Die beiden Agents mussten also etwas Schreckliches getan haben.

Vance balancierte ein Bier auf dem Bauch und streckte die Beine aus. „Aus Loyalität muss ich leider sagen, dass meine drei Neffen natürlich den Preis für die Klügsten und Entzückendsten Kinder bekommen, aber Zane folgt gleich auf dem vierten Platz."

Dan lachte, und wie immer schaffte es dieser Klang, dass es sich anfühlte, als würde sich eine flauschige Decke um sie legen. Er konnte sie stets dazu bringen, sich nach ihm zu sehnen. Hätte sie doch nur die gleiche Wirkung auf ihn.

Sie hob Zane auf ihren Schoß und küsste seine babyweiche Wange. Sie fühlte sich ungeschickt und zu dick und ... hässlich. Sie sah auf ihre Kleidung hinunter. Plump und langweilig. Aber nachdem sie Zane bekommen hatte, war sie emotional so erschöpft gewesen – depressiv, wenn sie ehrlich war –, dass sie alle Mühe hatte, nicht ihr Neugeborenes zu vergessen. Attraktiv zu sein, stand weit unten auf der Liste. Sex zu haben noch niedriger.

Obwohl ihre Depression sich nach einer Weile wie ein Sturm mit seinen dunklen Wolken verzogen hatte, fühlte sie sich immer noch hässlich. Das Gewicht, das sie während ihrer Schwangerschaft zugenommen hatte, war nicht verschwunden, ihr Bauch war zu weich und zeigte feine Dehnungsstreifen.

Dan hingegen verbrachte seine Tage in einer gefährlichen Welt mit schönen, intelligenten Frauen. Sie verbrachte ihre Tage damit, mit einem Baby zu plappern.

Sie wusste, dass er auf der Arbeit gerade viel zu tun hatte; sie sollte nicht das Gefühl haben, dass er sie vernachlässigte. Aber ...

manchmal fragte sie sich, ob er öfter zuhause wäre, wenn sie attraktiver oder sexier wäre.

„Er sieht aus wie eine Miniaturversion von dir, Dan", sagte Vance. „Gute Arbeit."

„Kari hat die ganze Arbeit gemacht", reagierte Dan. „Ich habe mich einfach nur auf den Beifahrersitz gesetzt und bin mitgefahren."

Sie schaffte es, ihm ein süßes Lächeln zu schenken, bevor sie Blöcke stapelte, damit Zane die Türme umstoßen konnte. „Ich werde Zane nach oben bringen, wenn das Spiel losgeht. Ich will nicht, dass er von euren Ausdrücken korrumpiert wird, sobald ein armer Spieler einen Wurf versemmelt."

Dan schnaubte und fragte Vance: „Gesellt sich Kouros zu uns?"

„Gleich. Er fliest gerade die Küchenrückwand und wollte fertig werden."

„Ihr habt euch mit dem Haus viel Arbeit aufgeladen."

Kari stimmte zu. Nachdem die beiden Agents das Haus im vergangenen Februar gekauft hatten, waren Dan und sie zu ihnen gegangen. Dan hatte mit seiner Meinung nicht zurückgehalten und war direkt gewesen: *Was für eine Müllhalde.* Aber vielleicht hatten sie das verdient.

„Stimmt wohl", sagte Vance. „Aber an manchen Tagen mag ich es, etwas zum Niederreißen zu haben."

„Ja", sagte Dan leise. Er verstand sehr gut, das wusste sie. Offiziell hatte er mit der Ermittlung rund um die Menschenhändler nichts zu tun, jedoch erkundigte er sich regelmäßig bei den Agents und half, wo er konnte.

Als Dan zusah, wie Kari die Blöcke neu stapelte, runzelte er die Stirn. „Du siehst müde aus, Süße."

„Es geht mir gut." Um Dans Aufmerksamkeit von sich abzulenken – und weil sie nicht offen unhöflich zu dem Gast ihres Mannes sein konnte –, sagte sie zu Vance: „Ich weiß nicht, ob dich das interessiert, aber ist dir klar, dass Sally ihre Mitgliedschaft im

Shadowlands gekündigt hat?" *Und du bist einer der Idioten, der sie vertrieben hat.*

„Gekündigt?" Vance starrte sie an, bevor er sich zu Dan drehte. „Das ist doch ein Scherz, oder?"

„Nein. Z hat gestern Abend angerufen. Heute habe ich Sally bei der Arbeit angetroffen und –"

„Auf der Arbeit? Warum?"

„Sie macht auf der Wache ein Praktikum in der Cyber-Abteilung. Betrug ist ihr Spezialgebiet. Sie ist wirklich gut."

Vance nickte. „Sie erwähnte ihr Studienfach. Was hat sie also gesagt, als du sie auf das Shadowlands angesprochen hast?"

„Irgendeinen Schwachsinn darüber, dass sie gerade zu beschäftigt sei. Und dass sie nicht vorhat, nach ihrem Abschluss in der Gegend zu bleiben."

„Zur Hölle nochmal. Wir haben sie zu schnell zu weit getrieben." Vances besorgter Ausdruck erweichte Kari das Herz. Ein wenig. „Das haben wir danach auch zu Z gesagt. Er hätte mit ihr arbeiten sollen. Oder jemand, der sie besser kennt."

„Vielleicht. Aber ihr wart es, die ihre Schutzmauern entdeckt haben. Schien logisch, dass ihr es versucht." Dan nahm einen langen Schluck von seinem Bier. „Eure Fragen hätten keine so extreme Reaktion hervorrufen sollen."

Kari runzelte die Stirn, während sie Zanes Hand führte, sodass er mit ihrer Hilfe einen Block auf den Turm stellte. Sie würde einfach nur hier sitzen und lauschen, was der Dom zu sagen hatte.

**Vance beobachtete schweigend** Dans Frau mit ihrem Sohn. Vielleicht war es wahr, was Dan sagte. Die Schuldgefühle aber blieben. Sie hatten nur helfen wollen; stattdessen hatten sie das Problem verschlimmert.

Er spürte, wie sich sein Kiefer anspannte und er mit den Zähnen knirschte. Bei dem Gedanken, dass sie diese kluge, temperamentvolle Sub so gebrochen hatten, dass sie aus dem Shadowlands geflohen war, würde er am liebsten seine Faust in die nächste Wand jagen. Ja, er wollte nur kurzweilige Beziehungen, aber für die Zeitspanne einer Session gehörte die Sub ihm. Und er und Galen hatten es vermasselt.

„Nach meiner Unterhaltung mit ihr habe ich mit Z gesprochen", sagte Dan. „Er fühlt sich selbst verdammt schuldig. Er meint, er wird ihre Abschlussfeier abwarten und sich danach mit ihr unterhalten."

Vance war sich nicht sicher, ob er so viel Geduld hatte. Er und Galen waren es, die es vermasselt hatten; er wollte es wieder gut machen.

Bestand die Gefahr, dass sie es noch schlimmer machten, wenn sie Sally aufsuchten?

*Fuck.*

---

**Sally nahm eine** lange, kochend heiße Dusche, schrubbte und shampoonierte sich, um den Gestank nach gewaltsamem Tod loszuwerden. Was für ein ätzender Tag.

Zuerst war Dan in ihrer Abteilung aufgetaucht und hatte gefragt, warum sie ihre Shadowlands-Mitgliedschaft gekündigt hatte. Trotz dessen, was sie für eine vollkommen akzeptable Antwort gehalten hatte, sagte sein Gesichtsausdruck, dass er wusste, dass sie nur Müll redete. Er hatte sie angesehen, als vertraute er ihr nicht mehr, die Wahrheit zu sagen. In dem Moment war er wirklich ein Cop gewesen und sie eine Kriminelle.

Blöd für ihn. Er hatte kein Recht, sie zu befragen; sie war nicht länger eine Auszubildende im Club.

Nächste Woche nach ihrer Abschlussfeier hatte sie dennoch vor, Kari zu besuchen. Ihr Haus war mit einem kleinen Spaziergang zu erreichen. Nach dem heutigen Tag würde sie aber sicherstellen, dass Dan nicht zuhause war.

Als er gegangen war, hatten einige Ermittler sie um Hilfe in einem Mordfall gebeten. Das Opfer hatte ein kompliziertes Computer-Setup, das demontiert und zur Station zurückgebracht werden musste. Wenn sie ehrlich war, hatte sie vor ihrer Tätigkeit hier immer gedacht, dass ihr die Computer, Laufwerke oder Speichersticks auf der Polizeiwache übergeben werden würden. Ihre Pläne hatten nicht beinhaltet, in einem Raum zu arbeiten, in dem Leichen herumlagen. Überall war Blut gewesen. Überall!

Die Erinnerung allein führte dazu, dass es ihr hochkam. Nach ein paar tiefen Atemzügen trocknete sie sich ab und zog ihren liebsten dunkelroten Seidenpyjama an, darüber ihren flauschigen blauen Morgenmantel. Das knöchellange, schäbige Kleidungsstück brachte ihr Komfort, und genau das brauchte sie heute Abend. Ihre winzige Wohnung schien viel zu leer.

Andererseits war leer besser, als den Bereich mit einem Idioten zu teilen. Frank rauszuschmeißen war eine sehr gute Entscheidung gewesen.

*Trotzdem wünschte ich, dass ich jemanden in meinem Leben hätte. Und wenn es nur ein Haustier wäre.*

Mit Mühe unterdrückte sie die Erinnerung an Vances Arme um ihren Körper, an Galen, der ihr Haar streichelte. Arschlöcher. Sie hatten die Session mit ihren dummen Fragen ruiniert ... und jetzt ruinierten sie ihr den Abend, indem die beiden sie dazu brachten, sich nach ihnen zu sehnen. Sie runzelte die Stirn und versuchte zu vergessen, wie die Männer auf jede ihrer Reaktionen geachtet hatten.

Sie schüttelte sich. *Komm darüber hinweg.*

Im Wohnzimmer zögerte sie. Normalerweise würde sie jetzt *World of Warcraft* spielen und sich kämpfend abreagieren. Indem sie das Böse besiegte. Wenn sie niemand tötete, könnte sie siegreich und gut gelaunt in die Realität zurückkehren. Eine Stadt heldenhaft vor dem Untergang zu bewahren, war das beste Gefühl der Welt.

Aber nicht heute. Kein Blut. Kein Tod. Sie hatte genug.

Stattdessen kochte sie sich eine Kanne Kamillentee und ließ sich mit ihrem Kindle in einer Ecke der Couch nieder. Auf dem Bildschirmschoner war ein langweiliges Bild irgendeines Autors. Vielleicht sollte sie es mit einem süßen Kätzchen ersetzen. Sie könnte sich in die Software hacken und dafür sorgen, dass das Kätzchen beim Start des Geräts miaute. Ein virtuelles Haustier wäre besser als gar kein Haustier.

Langsam kamen die Geräusche ihrer Wohnung zu einem Stillstand. Das Summen des alten Kühlschranks in der gegenüberliegenden Ecke, der tropfende Wasserhahn im Badezimmer. Von der Wohnung oben driftete klassische Musik zu ihr. Beethoven. Eher ruhig, aber schonender für die Ohren als der Heavy Metal vom Vormieter. Die dünnen Wände bedeuteten, dass sie Joannas launisches Baby auf der einen Seite und das Tuckern von Harveys Geschirrspüler auf der anderen Seite hören konnte. War es nicht seltsam, wie die Geräusche an einem Tag nervig und am nächsten so beruhigend sein konnten?

Sie seufzte. Als sie das letzte Mal zu Dans Haus gegangen war, da hatte sie mit Baby Zane gespielt, während Kari die Küche aufgeräumt hatte. Das Klirren von Geschirr hatte sie so sehr an ihre Mutter erinnert, dass das aufkommende Heimweh sie innerlich zerrissen hatte. Nach dem Tod ihrer Mutter war dieses Gefühl der ... Sicherheit? ... Liebe? ... für immer verschwunden.

Sie nippte an ihrem Tee und öffnete eine historische Romanze zum Lesen. Morgen könnte sie sich um die beiden Jobangebote kümmern, die sie erhalten hatte, und sich der nächsten Runde E-Mails von der *Harvest Association* zuwenden. Heute Abend entschied sie sich für eine fiktive Welt in der Vergangenheit. Mit einem zufriedenen Gähnen entspannte sie sich und begann zu lesen.

„Sally."

Die Stimme sickerte durch ihre Träume und sie blinzelte. *Mein Gott*, sie war eingeschlafen. Sie hob den Kopf und sah, dass ihr E-Reader auf den Boden gefallen war. Über dem Fernseher zeigte die Uhr, dass es kurz vor elf Uhr nachts war. Sie schob sich die Haare aus dem Gesicht, als sie sich aufsetzte und ... erstarrte.

Frank stand am anderen Ende der Couch und starrte sie an.

„Was machst du denn hier?" Der Ärger löschte die Erschöpfung aus. Sie sprang auf. „Wie bist du reingekommen?"

„Ich habe einen Ersatzschlüssel anfertigen lassen." Er wackelte verhöhnend mit einem Schlüssel, bevor er ihn in seine Jeanstasche steckte. „Ich muss mit dir reden."

*Mein Leben ist scheiße.* „Es ist spät, Frank. Gib mir meinen Schlüssel und geh nachhause." Sie blieb vor ihm stehen und streckte ihre Hand aus.

Er ignorierte ihre Worte und stampfte auf die winzige Küchenzeile in der hinteren Ecke zu. „Hast du etwas zu trinken?"

„Hey!" Hatte sie sein aufdringliches Benehmen wirklich mal für sexy gehalten? „Es gibt nichts zu bereden. Es ist vorbei. Ich bin müde." Sie öffnete die Wohnungstür und wies ihn an, zu verschwinden.

Sein Gesicht färbte sich dunkelrot. „Beweg deinen Arsch zu mir, Schlampe."

*Gott*, sie hatte sich vollkommen von ihm blenden lassen. Wie hatte sie ihm nur erlauben können, dass er so mit ihr sprach? Dass er sie wie Dreck behandelte? Master Z wäre so enttäuscht, wenn er erfuhr, dass sie den Unterschied zwischen einem fürsorglichen Dom und einem gemeingefährlichen Kontrollfreak nicht erkennen konnte. Na ja, besser spät als nie. „Nein. Geh einfach, verdammt."

Er bewegte sich schneller, als erwartet, packte ein Bündel ihrer Haare, zog sie von der Tür weg und trat sie zu.

Mit ihren Fingernägeln kratzte sie über sein Gesicht und atmete tief ein, um nach Hilfe zu schreien. Bevor sie das tun konnte, ohrfeigte er sie.

Sie fühlte den Schmerz und sofort formten sich Tränen in ihren Augen, was ihr Sichtfeld einschränkte. Das Schlimmste: Der Schock lähmte sie.

„Jetzt, wo ich deine Aufmerksamkeit habe ..." Das Grinsen auf seinem Gesicht verriet ihn. Er hatte getrunken. Im nächsten Moment schubste er sie zur Couch.

Sie bebte am ganzen Körper. Frank gehörte zu der Kategorie *Gemeiner Säufer*. In der Verhandlungsphase, bevor er eingezogen war, hatte sie darauf bestanden, dass er, wenn er trank, woanders übernachtete. Sie hatte nicht gedacht, dass Alkohol zu einem Problem werden würde ... aber dann hatte er seinen Job verloren.

Sie berührte ihre brennende Wange und fühlte Nässe. Blut. Sein Ring hatte die Haut eingerissen.

Ihr Herz hämmerte in ihrer Brust. *Okay, Klugscheißer, wie kommst du aus der Sache raus?* Sie knirschte mit den Zähnen und drückte ihre Gefühle nach unten, ein Talent, das sie als Kind gemeistert und nie verloren hatte. Männer wollten keine emotionale Frau, egal, was diese dämlichen Agents sagten. „Was wolltest du mir sagen?", fragte sie höflich.

Und warum zum Teufel hatte sie nicht etwas Nützliches wie einen Baseballschläger oder einen Elektroschocker in ihrem Wohnzimmer? Nicht besonders intelligent von ihr.

„Na bitte. Das ist mein sonniges Mädchen." Er lächelte sie an, stolz darauf, dass er sie dazu gebracht hatte, zu tun, was er wollte.

Und das hatte er. Könnte sie ihn mit der Lampe schlagen? Nein, das Kabel würde sie bremsen. Ihr Handy war in ihrer Handtasche.

„Nicht bewegen." Auf dem Weg zur Küchenzeile stieß er gegen den Sessel – und das machte ihn wieder wütend.

Sally zuckte zusammen, als er den Stuhl quer durch den Raum trat. „Hör auf damit!"

Er schien sie nicht einmal zu hören. Der Couchtisch folgte und krachte gegen die Wand. Ein Holzbein brach. Neben der Couch lagen ihre Tasse und ihr Kindle auf dem Teppich. Frank starrte den E-Reader an. „Dieses Drecksding. Es hat dir immer mehr bedeutet als ich." Er hob den Fuß, um drauf zu stampfen.

*Nicht meine Bücher!* „Nein!" Sie schubste ihn weg.

Er verlor das Gleichgewicht, taumelte und stolperte über den umgestürzten Couchtisch. Seine Landung erschütterte den Boden.

*Oh Mist.*

Mit ihrem Fuß schob sie ihren Kindle unter die Couch. „Frank, du musst gehen, bevor du dir noch Schwierigkeiten einhandelst. Erinnerst du dich, wo ich arbeite?"

Er setzte sich auf. „Du hast deinen Master geschlagen."

Ihr Vater nahm diese violette Farbe an, wenn er wütend war, aber körperlich wehgetan hatte er ihr nie. *Na ja, nicht sehr.* Frank jedoch ... Panische Angst machte sich in ihr breit. Wenn ihre Zeit mit ihrem Vater und ihrem Bruder ihr irgendetwas gelehrt hatte, dann, niemals zu zeigen, wie verängstigt sie tatsächlich war. Ihre Stimme kam gelassen über ihre Lippen: „Es tut mir leid, aber du bist nicht mehr mein Master. Oder hast du das vergessen?"

Bedrohlich leise erhob er sich vom Boden. Er stand zwischen ihr und der Tür und blockierte so ihren Fluchtweg. „Du musst lernen ... musst lernen, dass ..."

Sie trat zurück. Was blieb ihr schon für eine Wahl? Er war einen Kopf größer und wog mindestens fünfzig Kilo mehr als sie. Warum zum Teufel hatte sie als Wahlfach nicht Selbstverteidigung genommen?

Wie ein Grizzlybär in einem schwarzen T-Shirt humpelte er auf sie zu und hinterließ Zerstörung. Die Fotos auf dem Fernsehschrank, Kerzenständer ... Für all das hatte sie ihr Geld gespart und eine sorgfältige Auswahl getroffen.

Sie würde er als Nächstes brechen.

Nicht genug Platz, um an ihm vorbei zur Tür zu kommen. Keine Chance, ihr Handy zu erreichen. Ihr Herz klopfte wild und versuchte, dem Käfig ihrer Rippen zu entkommen. Sie hatte ihn falsch eingeschätzt – er würde nicht aufhören, bis er sie verletzt hatte. Sie hatte Nachbarn. Vielleicht ...

Aus voller Lunge brüllte sie: „Geh weg von mir! Hilfe!" Und dann entließ sie einen hohen und verzweifelten Schrei.

Er sprang auf sie zu, und sie wich aus. Und wieder. *Zeit schinden.*

„Frank, hör mir zu. Wir müssen darüber reden." Sie klang heiser. Verängstigt.

Keuchend blieb er stehen und starrte sie an. „Nein, das denke ich nicht."

Wenn sie es klug anstellte, könnte sie vielleicht die Tür erreichen. Das Blut rauschte in ihren Ohren, als sie in die Richtung ihres Bettes trat.

Wieder wagte er einen Versuch und streckte seine Arme nach ihr aus. Ihr Fernseher krachte auf den Boden und der Aufprall ließ sie innehalten. Eine Sekunde zu lang.

Sie wich einem Schlag aus, der auf ihr Gesicht zielte. Als Antwort trat sie vor, holte aus und versuchte, seine Kehle zu treffen. Zu kurze Arme. Er packte ihre Hand und jagte seine Faust in ihren Bauch. Der Schock traf sie zuerst – sie bekam keine Luft – und dann explodierte der Schmerz.

Sie stolperte zurück und er packte sie. *Nein!* Von Tränen geblendet, schlug sie um sich. Sie traf ihn an der Schulter. Dann holte sie mit dem Knie aus.

Anstatt seine Weichteile zu erreichen, landete ihr Knie gegen seinen Oberschenkel. Laut brüllend warf er sie durch den Raum. Sie versuchte, sich abzufangen. Bei der Landung knickte ihr Knöchel weg. *Aua.* Sie fiel und prallte mit dem Rücken gegen den Schreibtisch.

Schnell setzte sie sich auf und schüttelte ihren vernebelten Kopf. Keine Vögel wie in Cartoons; sie hörte nur ein Rauschen in ihren Ohren.

Er marschierte auf sie zu, seine Hände öffneten und schlossen sich zu Fäusten. „Die Cops werden nicht rechtzeitig hier sein –"

Das Klopfen an ihrer Tür stoppte seinen Vormarsch.

„Sally? Sally! Alles okay bei dir?" Harveys Stimme trat vom Flur an ihre Ohren.

„Hol den Verwalter. Er hat einen Schlüssel." Johannas Stimme klang hoch und verängstigt.

Die alte Dame in der Wohnung gegenüber von ihr sagte: „Ich habe die Polizei gerufen. Sie meinten –"

„Fuck!" Frank holte mit dem rechten Fuß aus.

Sie drehte sich, sodass sein Stiefel ihre Hüfte und nicht ihre Rippen traf. Schluchzend vor Schmerzen rollte sie blindlings von ihm weg. *Muss hier weg. Weg von ihm.*

Stimmen strömten in den Raum. Frank packte die Lampe vom Beistelltisch und warnte ihre Nachbarn davor, die Wohnung zu betreten. Keiner von ihnen könnte es mit diesem Bastard aufnehmen.

Schreien und brüllen. Hin und her. Durch die Tür. Eine ausweglose Situation. Frank schien immer mehr die Kontrolle zu verlieren.

Sie musste etwas tun, bevor ihre Freunde verletzt wurden. „Nicht reink –" Sie versuchte aufzustehen. Ihr Knöchel fühlte sich an, als hätte sie jemand mit einem Messer erwischt, und ihr Bein gab nach. Sie landete so hart auf ihrer rechten Seite, dass ihr schlecht wurde.

„Lasst mich durch." Die unbekannte Stimme kam mit Einfluss.

Plötzlich herrschte Stille.

Sally hob den Kopf.

Ein uniformierter Polizist stand in der Tür und konfrontierte Frank. Ihre Nachbarn hatten sich zurückgezogen. „Sir, Sie müssen –"

„Verschwinde von hier!", brüllte Frank und wedelte mit ihrer schweren Lampe. „Meine Freundin und ich unterhalten uns nur."

*Er lügt. Geh nicht. Lass mich nicht mit ihm allein.* „Nein." Ihre Stimme kam nur als Flüstern über ihre Lippen.

Der Polizist hob seine Hand. „Es tut mir leid, Sir, aber Sie –"

„Scheiß auf Diplomatie." Dan schob sich an dem Polizisten vorbei und trat in den Raum. Frank schwang die Lampe wie einen Baseballschläger.

Dan blockte den Angriff, packte die Lampe und benutzte sie, um Frank in die Richtung der beiden Männer zu schubsen, die gerade reingekommen waren.

Der Mann mit den dunklen Haaren wich aus.

Der andere – Vance – packte Frank, drehte sich anmutig und schlug ihn mit dem Gesicht voran so heftig gegen die Wand, dass die Bilder klapperten. Die Lampe fiel mit einem dumpfen Schlag zu Boden.

„Gut gemacht, Buchanan", sagte Dan und zog Handschellen heraus.

Sallys Atmung stockte, als ihr bewusst wurde, dass sie in Sicherheit war.

Trotz seiner Position, mit dem Gesicht gegen die Wand gepresst, brüllte Frank: „Fick dich! Sie gehört mir! Verdammte Bullen!"

Beim Zuhören jagte ein Angstschauer durch ihren Körper. Gleichzeitig versuchte sie, ihre Kraft zu bündeln, um sich zu bewegen.

Galen durchquerte den Raum direkt auf sie zu, seine Iris vor Wut schwarz.

War er wütend auf sie? Sie unternahm den Versuch, sich aufzusetzen. In dem Moment meldete sich ihre schmerzende Hüfte sowie ihre Schulter. Eigentlich tat ihr alles weh. Sie stöhnte.

„Ganz ruhig, Sally." Neben ihr fiel er auf die Knie. „Bleib liegen, damit ich nachsehen kann, wie schwer du verletzt bist."

*Zu nah.* Auf ihrem Rücken konnte sie sich nicht verteidigen, konnte nichts ... tun. „Nein." Sie gab alles, um aus der verletzlichen Liegeposition herauszukommen.

„Ah." Seine Augen verloren an Härte. „Ganz ruhig, Babygirl.

Lass mich dir helfen." Er schob einen Arm unter ihren Rücken und hob sie in eine sitzende Position.

Das Stöhnen, das zwischen ihren zusammengepressten Zähnen entfleuchte, war demütigend. Allmählich verschwand der Funkenregen und ihre Sicht klarte auf, sodass sie Galens Gesicht klar erkennen konnte.

„Warum bist du –" Sie zog sich von ihm zurück. Sie hatte ihn doch nicht angerufen, oder? Nein, sie hatte seine Nummer nicht. Dan musste es gewesen sein. Jetzt dachte Galen wahrscheinlich, sie wäre egoistisch. Er wirkte so wütend. „Es tut mir leid. Ich habe nicht gefr –"

„Alles gut. Ich bin nicht wütend auf dich, Sally." Er ließ sie nicht los, schloss nur die Augen und atmete langsam ein. Die Wut verschwand aus seinem Gesicht.

Sie entspannte sich leicht und lehnte sich gegen das Bein des Schreibtisches.

„Bleib einfach für eine Minute still sitzen, damit ich abschätzen kann, wie schwer du verletzt bist." Er benutzte eine Ecke ihres Pyjamas, um Druck auf die Wunde an ihrer Wange auszuüben. Gleichzeitig stellte er auf diese Weise sicher, dass sie sich nicht zurückziehen konnte. „Irgendetwas gebrochen?"

„Nein."

„Wie wäre es, wenn ich mich selbst davon überzeuge, Süße?" Vance kniete sich neben sie. Seine durchdringenden blauen Augen sahen sie ruhig und besänftigend an. Er fuhr mit den Händen über ihren Schädel, dann über ihren Nacken und Rücken. Sein Blick verließ nie ihr Gesicht. Er überprüfte ihre Schultern und Arme und stoppte auch nicht, wenn sie zusammenzuckte. „Rechte Schulter ein wenig wund, aber so weit, so gut."

Als seine Finger zu ihrem Bauch gelangten, atmete sie zittrig ein.

„Du hast einen Schlag in den Bauch abbekommen?"

„Es ist schon besser", sagte sie. Und das war es auch. Sie konnte wieder atmen.

Langsam konnte sie sich entspannen. Frank schrie nicht länger. Das half. Galen und Vance an ihrer Seite zu haben, half noch mehr. Selbst wenn die Männer wütend auf sie wären, würden sie nie zulassen, dass ihr jemand wehtat. Das wusste sie.

Vance tastete ihre rechte Hüfte ab, dann ihre linke. Wieder zuckte sie zusammen, doch er hörte nicht auf.

„Prellungen – nichts gebrochen, soweit ich das beurteilen kann." Vance bewegte seine Hände über ihre Beine.

Bei dem Schmerz, als er ihren linken Knöchel drückte, gelang es ihr geradeso, nicht zu schreien.

„Hier auch." Vance erkundete die Stelle genauer. „Es schwillt bereits an."

„Ihr Gesicht hat er auch mehr als einmal erwischt", murmelte Galen. Er hob die Ecke ihres Pyjamaoberteils an, um Vance die Wunde an ihrer Wange zu zeigen.

„Die Blutung scheint nachgelassen zu haben", sagte Vance.

„Ayuh."

„Na komm, ich helfe dir vom Boden hoch, Süße." Ohne auf ihre Antwort zu warten, hob Vance sie in seine Arme.

Ihr wurde kurz schwindelig und der Schmerz war überwältigend. Anstatt zu protestieren, vergrub sie ihr Gesicht an seiner Schulter. Sein weißes T-Shirt war abgetragen und weich. Jeder Atemzug brachte ihr den sauberen Duft von Waschmittel und einen Hauch seines Aftershaves.

Er trug sie mit Leichtigkeit, und seine Stärke war noch beruhigender als die Anwesenheit des Polizisten. Nach einer Weile hob sie den Kopf.

Mit den Händen hinter dem Rücken gefesselt, sprach Frank lautstark mit Dan und dem Polizisten. „Ja, mein Name ist Frank Borup. Es steht doch da auf meinem Führerschein. Nein, ich wurde noch nie verhaftet." Er schenkte Dan ein charmantes Lächeln. „Es tut mir leid, dass ich überreagiert habe. Das ist alles ein großes Missverständnis."

Wäre er in der Lage, sich mit seinem Charme aus der Sache

herauszuwinden? Sie erschauerte. Frank konnte furchtbar überzeugend sein. Das hatte er bei ihr bewiesen. Sie musste etwas ...
sagen.

„Nein. Es war kein Missverständnis", sagte Sally entschlossen.
„Mit einem Schlüssel, den er ohne mein Wissen anfertigen ließ,
hat er sich Zugang zu meiner Wohnung verschafft."

Dans Augen verengten sich. Er murmelte zu dem anderen
Polizisten: „Stellen Sie sicher, dass wir den Schlüssel an uns
nehmen."

„Er schlug mich und trat mich und brach ..." Als sie ihre
Stimme zittern hörte, machte sie eine Pause. Vances Arme um sie
festigten sich und verliehen ihr Kraft. Mit fester Stimme sagte sie:
„Nehmen Sie ihn fest. Ich werde Anzeige erstatten."

„Sally! Sei nicht albern", sagte Frank. „Du –"

Dan wies mit dem Kinn zu dem Officer. „Na dann mal los.
Bringen Sie ihn hier weg."

„Jawohl, Sir."

Unter Protest wurde Frank den Flur entlang eskortiert.

„Brauchen wir einen Krankenwagen für sie?", fragte Dan.

Sally meldete sich zu Wort: „Nein. Es geht mir gut."

„Ich lasse sie in der Notaufnahme durchchecken", sagte
Vance.

Dan nickte. „Stelle sicher, dass sie alles dokumentieren und
Beweismittel sicherstellen. Ich schicke jemanden, der ihre
Aussage aufnimmt."

„Geht klar."

„Ich will nicht ins Krankenhaus."

Vance sah auf sie herunter. „Du kannst den Krankenwagen
überspringen, aber nicht die Notaufnahme. Ich möchte, dass sich
jemand deinen Knöchel ansieht."

„Und was passiert danach?", fragte Dan.

*Danach* würde sie wieder nachhause gehen. Sally drehte den
Kopf und begutachtete die Zerstörung ihrer gemütlichen
Wohnung. Tränen sammelten sich in ihren Augen und ihr Sicht-

feld verschwamm bei den zerbrochenen Möbeln und den glitzernden Glasscherben auf dem Teppich. Kein Zufluchtsort mehr. Nicht sicher.

Sie müsste den Verwalter bitten, das Schloss zu wechseln – wer wusste schon, wie viele Kopien Frank gemacht hatte. Sie erschauderte. Was, wenn sie ihn rausließen und er sofort zurückkam?

Sie könnte woanders übernachten. Aber ihre Freunde hatten Verpflichtungen – Arbeit, Familien – und sie bei sich aufzunehmen, wäre eine schreckliche Zumutung. Und was, wenn er ihr zu dem Haus einer Freundin folgte?

Nein, sie konnte nicht das Risiko eingehen, dass jemand anderes verletzt wurde.

Wenn sie nur Familie hätte, die sie anrufen könnte, aber ... das war nicht der Fall. Sie fühlte sich hoffnungslos und das Gefühl glitt in ihr Herz wie ein eisiges Messer.

Kein Problem, sie käme schon klar. Das war sie schon immer. Sie blinzelte mehrere Male und hob dann entschlossen ihr Kinn. „Ich komme klar. Macht euch keine Sorgen um mich."

**Die kleine Sub** verhielt sich wie ein in die Enge getriebenes, wildes Kätzchen, dachte Galen. Obwohl sie wie Espenlaub zitterte, gab sie ihr trotziges Benehmen nicht auf. Doch ihre großen Augen zeigten sich so verloren, dass er sie einfach halten und ihr versprechen wollte, dass ihr nie wieder jemand wehtun würde.

„Ganz ruhig." Galen konnte nicht aufhören, sie zu berühren. Als er ihr die Haare aus dem Gesicht strich, wurde der blaue Fleck auf ihrem Wangenknochen sichtbar. Sein Blick traf Vances und in seinen Augen sah er, dass er gleichermaßen wütend war. „Du wirst jemanden brauchen, der sich für ein oder zwei Tage um dich kümmert, Sally."

„Nein, ich –"

„Du hast zwei Möglichkeiten", sagte Vance zu ihr. „Nach der Notaufnahme setze ich dich entweder bei einem deiner Freunde ab oder du übernachtest bei uns." Er lächelte sie an. „Nur zum Schlafen und dass du zur Ruhe kommst."

„Wähle, Kleine", befahl Galen. Wenn sie eine Freundin wählte, würde er sie anrufen und ihr sagen, was sich zugetragen hatte.

Vances Gesichtsausdruck war so sanft wie nie zuvor. „Sally, du kannst uns vertrauen."

Sie nahm sich Zeit und musterte ihn und Vance. „Ihr werdet mich nicht ... unter Druck setzen?"

Galen wollte mit den Fäusten auf etwas eindreschen. Sie hatten es sich bei der Session wirklich mit ihr versaut. „Nein, Babygirl. Das werden wir nicht, versprochen."

Sie warf einen Blick auf die Tür, durch die der Täter abgeführt wurde, und dass sie noch immer bebte, löste bei Galen den Drang aus, den Bastard zu töten. Aber ihr zustimmendes Nicken war das beste Geschenk, das Galen jemals erhalten hatte. Auch wenn sie vor ihnen geflohen war, gab es doch weiterhin ein Quäntchen Vertrauen.

Vance küsste sie auf die Stirn. „Danke dir, Süße." Er warf einen Blick zu Galen. „Wirst du die Sache hier zu Ende bringen?"

„Ayuh." Er hatte genau zugehört, als Frank Borup seinen Blödsinn verbreitet hatte. Möglicherweise war etwas Schadensbegrenzung erforderlich.

„Du kannst mich jetzt runterlassen", sagte Sally zu Vance.

*So unabhängig.* Sie zitterte und krallte sich mit einem Todesgriff an Vances T-Shirt fest und trotzdem verlangte sie, auf eigenen Beinen zu stehen. *Bei Gott*, sie war etwas Besonderes.

Vance, der geduldige Mistkerl, lächelte nur. „Ich werde dich beim Auto runterlassen. Galen wird für dich abschließen, sobald alle raus sind."

Ihr geflüstertes *Danke* war herzzerreißend.

Vance strich mit den Lippen über ihr Haar und trug sie hinaus.

Als der Polizist den Bastard Borup zurück in die Wohnung brachte, drängten sich die Nachbarn um die offene Tür.

In Anbetracht der Tatsache, dass sie alle bereit gewesen waren, es für Sally mit dem Arschloch aufzunehmen, war es Galen scheißegal, falls ihnen diese Situation einen Kick gab. Mit einem Seufzer lehnte er sich an die Wand. Sein Knie tat heute verdammt weh, aber er wollte das durchziehen.

Inmitten der Zerstörung prüfte der Polizist, ob es in der Vergangenheit andere Delikte gegeben hatte.

Dan saß an dem kleinen Küchentisch und nahm die Aussage des Bastards auf. Der Blick des Detectives verwandelte sich in Granit.

Galens Aufmerksamkeit schärfte sich.

„Ja, ich weiß, dass es nicht gut aussieht. Aber hey, wir haben nur ein wenig Spaß gehabt und es wurde eben ein bisschen brutaler." Borups Gesichtsausdruck war so aufrichtig, dass Galen nach Kotzen war. „Meine Freundin mag das, fleht mich darum an."

Zeit, ihn zum Schweigen zu bringen, bevor er den Ruf der kleinen Sub bei ihren Nachbarn beschädigte. Dies war Dans Stadt und er hatte Regeln zu befolgen, aber Bastard Borup hatte nichts mit Galens Fällen am Hut. Er schlenderte hinüber und gesellte sich zu Dan.

Die Hände immer noch in Handschellen saß Borup seitlich auf einem Küchenstuhl. Recht gut aussehend, muskulös und ein komplettes Arschloch. Was hatte Sally sich bei ihm nur gedacht?

„Sie ist meine Sklavin", protestierte Borup. „Sie möchte, dass ich sie so beh −"

Durch Galens angeekeltes Schnauben gewann er sich die Aufmerksamkeit des Mannes. „Ich habe eine ganze Reihe von Frauen kennengelernt, die sich gerne als *Sklavin* bezeichnet haben − besonders seit dem Fifty-Shades-Mist. Das macht Frauen oft unwillkürlich zu einer Zielscheibe. Richter sind sich all dem bewusst. Es gibt kein Gesetz, das verbietet, jemandem dienen zu wollen." Galen verschränkte die Arme vor der Brust. „Dumm nur für Sie, dass es Gesetze gegen Sklaverei gibt. Und noch mehr Gesetze, die es verbieten, jemanden zu verprügeln, wenn man betrunken ist. Besonders ein Mädchen, das halb so groß ist wie man selbst. Zumal Sally mit Ihnen Schluss gemacht hat", – *was hat Z gesagt?* – „vor über einem Monat."

„Das hat sie nic –"

„Du Scheißkerl, jeder im Gebäude hat gehört, wie sie dich rausgeworfen hat", rief ein Mann vom Flur.

„Ja, weil du viel zu grob warst!", betonte eine junge Frau.

*Ausgezeichnet.* Galen grinste. „Zeugen, sehr gut."

„Oh ja." Dan erregte die Aufmerksamkeit des uniformierten Polizisten und wies mit dem Kopf zur Tür. „Holen Sie sich ihre Aussagen. Die Information, warum Miss Hart ihn verlassen hat, nicht vergessen."

„Ja, Sir", sagte der Polizist zufrieden.

„Wer zum Teufel sind Sie denn?" Borup stand auf und funkelte Galen wütend an.

„FBI." Galen zeigte seinen Ausweis. „Menschenhandel ist mein Spezialgebiet. Ich würde gerne mehr darüber erfahren, wie Miss Hart zu Ihrer *Sklavin* geworden ist."

Das Gesicht des Mannes verlor jegliche Farbe. „I-Ich –" Er trat einen Schritt zurück. „Wir haben uns nur ein bisschen amüsiert; es war nie ernst."

„Also haben Sie sich betrunken, sind zu ihr gegangen und haben sie verprügelt", hakte Galen nach. „Das hatte rein gar nichts mit einer Master/Sklaven-Beziehung zu tun?"

„Nein. Ich meine, das ist richtig. Das hatte nichts damit zu tun."

Dan drehte den Kopf und zwinkerte Galen zu.

**Nachdem er neben** Galens schwarzer Sportlimousine geparkt hatte, sprang Vance aus seinem Pick-up und lief auf die Beifahrerseite. Gut, dass sie für das Spiel getrennt zu Dans Haus gefahren waren. Gut war auch, dass Dan seine Dispatcher bestochen hatte, sodass sie ihn darüber informierten, wenn es bei den Unterkünften der Auszubildenden zu Problemen kam. Die Sache hätte sonst hässlich enden können.

Er öffnete die Autotür und hob Sally in seine Arme. Auch im Shadowlands hatte er sie in den Armen gehalten – heute wirkte sie so viel leichter. So zerbrechlich. Sie trug einen flauschigen Bademantel und es fühlte sich an, als hielte er ein Kätzchen.

Sie schlug ihm auf den Arm und zappelte. „Hey, ich kann laufen. Ich bin nicht kaputt, okay?"

Er schnaubte und lächelte dann. In vielerlei Hinsicht waren Subs wie sie noch taffer als die Doms. „Nein, du bist ganz sicher nicht kaputt."

Trotz ihrer Proteste trug er die dickköpfige kleine Sub ins Haus. Vielleicht konnte sie laufen, aber er hatte das Bedürfnis, sie zu tragen. Widerwillig setzte er sie auf Galens Lieblingsplatz – den Fernsehsessel.

Mit einem Kissen in der Hand kam Galen ins Wohnzimmer und lief direkt zu Sally. „Fühlst du dich besser?"

Sie ignorierte seine Frage, lehnte sich vor und legte die Hand auf den Bauch. „Was ist mit Frank? Der Mann in der Notaufnahme meinte, sie würden ihn verhaften. Werden sie das? Oder muss ich dorthin gehen und –"

„Ganz ruhig, Sub. Er sitzt im Gefängnis." Er reichte ihr einen Schlüssel. „Das ist der Schlüssel, mit dem er sich Zugang verschafft hat. Ich habe mit dem Verwalter gesprochen. Er wird das Schloss morgen austauschen."

„Oh Gott, danke."

Bei Sallys Lächeln spürte Vance, wie sich seine Brust verengte. Das war das erste Mal an diesem Abend, dass er ihr Strahlen sah.

„Kein Problem." Galen runzelte die Stirn. „Dann kannst du ja jetzt ein wenig zur Ruhe kommen, okay?"

„Okay." Sie lehnte sich auf dem Sessel zurück.

Gut genug. Sie war in seinem und Galens gemeinsamen Haus. Ein Schritt in die richtige Richtung. Er warf einen Blick auf Galen. „Die Ärzte meinten, dass keine Knochen gebrochen sind. Der Knöchel ist verstaucht, aber es ist nicht schlimm. Blutergüsse heilen."

Galen nickte.

„Wenn du dich um sie kümmerst und es ihr bequem machst, hole ich ihre Krücken und mache dann Tee", sagte Vance zu Galen.

„Geht klar." Galen krempelte bereits die Ärmel seines Hemdes hoch.

Bis Vance mit einem Teetablett zurückkam, hatte Galen die Blutreste von ihrem Gesicht gereinigt, ihr linkes Bein auf ein Kissen gestützt und einen Beutel gefrorener Erbsen auf ihren Knöchel gelegt.

Auf dem Ecksofa neben Sally sitzend warf Galen einen Blick auf das Tablett und machte Platz auf der flachen Armlehne. „Vance kocht immer Tee, wenn jemand einen schlechten Tag hatte."

„Es ist das Heilmittel meiner Mutter. Für alles", sagte Vance.

Vance sah den Schatten, der sich über Galens Gesicht legte. Mrs. Kouros war eine unterkühlte Frau. Sehr zweifelhaft, dass sie ihrem Sohn jemals kleine Hausmittelchen zubereitet hatte. Oder ihm viel Liebe entgegengebracht hatte.

In dem Bereich hatte Vance mehr Glück gehabt. Er stellte das Tablett ab.

„Du musst mich nicht bedienen", protestierte Sally und versuchte gleichzeitig, sich aufzusetzen.

„Still halten." Zusammen mit dem Befehl richtete Galen einen strengen Blick auf sie.

Sie erwiderte den Blick und lehnte sich einen Herzschlag später wieder nach hinten.

„Du darfst es nicht übereilen, Süße." Vance nahm ihre Hand und rieb mit dem Daumen über die weiche Haut. So kleine Hände. Er reichte ihr die Tasse und setzte sich dann vor ihr auf den Couchtisch.

Sie blies über die dampfende Flüssigkeit, nahm einen Schluck und entließ ein Schnauben, das auch ein Lachen sein könnte. „Ich mag Kamillentee, aber wie viele Teelöffel Zucker hast du da reingemacht?"

„Sehr viele." Nichts brachte einen schneller auf die Beine, als den Blutzucker anzuheizen.

Die Bestätigung seiner Aussage folgte sogleich, als er beobachtete, wie Farbe in ihre Wangen zurückkehrte.

„Also gut. Lass uns zusammenfassen, wo genau es wehtut." Galen lehnte sich mit einer Hüfte an die Armlehne der Couch.

„Es geht mir gut."

Galen grunzte genervt. „Versuch's nochmal."

„Ich – okay, is' ja gut. Mein Kopf fühlt sich an, als würde ihn jemand mit einem Baseballschläger bearbeiten. Mein Bauch und meine Hüfte schmerzen, und jedes Mal, wenn ich mich bewege, machen sich tausend Klingen an meinem Knöchel zu schaffen. Meine rechte Seite tut auch weh." Ihr trotziger Blick verblasste zu einem entzückend reumütigen Lächeln. „Ich schätze, ich habe mich nicht sehr gut verteidigt."

„Du bist am Leben – das ist gut genug." Galen runzelte die Stirn. „Wir haben keine Schmerzmittel hier."

„Ich will eh keine Tabletten – und das habe ich auch dem Notarzt gesagt." Sie schüttelte den Kopf. „Es jetzt auch noch mit einem vernebelten Verstand zu tun zu haben, würde mich mehr stören, als es die schmerzenden Stellen tun."

Weil sie den Angriff wahrscheinlich noch einmal durchleben würde. Vance wusste genau, wie sich das anfühlte. „Ich ... mag nach derartigen Situationen auch keine Medikamente."

Ohne etwas zu sagen, verschwand Galen in die Küche. Als er zurückkam, reichte er ihr zwei Ibuprofen. „Sie werden helfen, die Schwellung zu reduzieren, ohne dich zu betäuben."

Als sie die Tabletten schluckte, füllten sich ihre Augen mit Tränen.

Bevor Vance sich bewegen konnte, lehnte sich Galen nach vorne und nahm ihr Kinn in seine Hand. „Was ist los, Babygirl? Wie kann ich helfen?"

Sie blinzelte hart, als könnte sie so den Schmerz in ihren Augen vor ihnen verbergen. *Ganz sicher nicht.*

„Sally?" Galens Augenbrauen zogen sich zusammen.

„Es geht mir gut."

„Nein", knurrte Galen. „Nichts ist gut." Er ließ sie gehen und marschierte durch den Raum.

*Herrgott, Galen.*

Sein Freund reagierte nicht gut darauf, wenn er nicht in der Lage war, *alles* in Ordnung zu bringen. Insbesondere, wenn ihm die Person am Herz lag. Das würde sie schnell verstehen, wenn sie lange genug bei ihnen blieb.

„Sally." Vance wartete, bis sich ihre wässrigen, braunen Augen zu ihm hoben. „Nur eine Idiotin würde ihre Gefühle offenbaren, wenn doch jeder darauf herumstampfen kann. Es gibt jedoch Zeiten, in denen du teilen musst, wie du dich fühlst. Zum Beispiel, um sagen zu können: *Ich bin traurig, weil mein Chef mich angeschrien hat, und ich brauche eine Umarmung.*"

„Ich —"

„Nein, nicht jetzt. Du hast viel durchgemacht." Er schob ihr das Haar hinter ihr rechtes Ohr. Gerne würde er ihr die Umarmung geben. Sie brauchte eine, aber wahrscheinlich nicht von einem Mann. Nicht jetzt.

Er fuhr fort: „Denk darüber nach, was ich gesagt habe, Süße. Wenn du nicht teilen kannst, was dich bedrückt, beraubst du dich selbst der Unterstützung und Liebe eines potenziellen Partners.

Vor allem, wenn es sich um einen Dom handelt. Ich mag es, nützlich und hilfreich zu sein."

Ihre Lippen teilten sich; dann klappte sie den Mund wieder zu
und schüttelte den Kopf. Zumindest hatte sie seine Worte nicht
sofort von sich gestoßen. Sie konzentrierte sich auf ihren Tee und
nahm einen großen Schluck.

Nach ein paar Minuten zog er sie vorsichtig auf die Beine und
half ihr, ihr Gleichgewicht zu finden. „Es ist Zeit fürs Bett."

Als sie erstarrte, wusste er, dass er sie richtig gedeutet hatte.
Sie fühlte sich verletzlich, war allein mit zwei Männern, nachdem
sie von einem angegriffen wurde.

Ihre kleinen Hände ballten sich zu Fäusten. „Ich ... ich bin
nicht müde. Ich kann wieder –"

„Sally." Galen drehte sich mit unleserlichem Gesicht zu ihr. „Du
kannst im Gästezimmer schlafen. Allein. Wir sind hier. Wenn du
etwas brauchst, ruf einfach nach uns." Er hielt inne und fügte hinzu:
„Wenn du möchtest, dass ich eine Freundin von dir anrufe oder dich
zu jemandem bringe, musst du das nur sagen und ich werde es tun."

Überrascht und erleichtert sah sie ihn an. „Danke." Nach
einer Sekunde sagte sie: „Ich denke, es wird gehen."

Vance nickte zufrieden, als er sie in seine Arme hob. Trotz
allem, was ihr heute Abend passiert war, hatte sie Galen
aufmerksam zugehört – und ihm geglaubt. Interessant, wie viel
Hoffnung ihm dieser Fortschritt brachte.

---

**Im Gästezimmer kuschelte** sich Sally unter die Decke und
entspannte sich schließlich. Das Manövrieren mit den Krücken
war anstrengend, aber sie hatte es geschafft, sich fürs Bett fertig
zu machen. Nachdem sie sich ihrem blutbefleckten Pyjama und
dem Morgenmantel entledigt hatte, zog sie sich das riesige T-
Shirt von Vance an und kroch in das Kingsize-Bett.

Die Stimmen der Männer wehten leise an ihre Ohren und der Laut war beruhigender als jeder Geräuschgenerator.

Das Kissen war wundervoll weich ...

*In der Stille hörte sie die Tür. Ihr Kindle fiel ihr aus der Hand und zerbrach auf dem Boden in eine Million Stücke. Ihr Herz klopfte, als sie sich aufsetzte. Frank stand nicht weit von ihr und starrte sie an. Seine Augen hatten eine seltsame Farbe. Einfach falsch. Sein Gesicht war zu lang und verdrehte sich zu grausamen Fratzen, als würde er im Feuer dahinschmelzen. Aber seine Hände taten das nicht und dann schlug er auf sie ein. Schlag um Schlag. Sie konnte sich nicht bewegen, konnte nicht schreien ... konnte nicht schreien. Dieses Mal würde sie niemand retten.*

„Wach auf, Babygirl."

Frank packte ihre Schulter und sie schlug so hart um sich, wie sie konnte. „Nein!"

Unnachgiebige Finger schlossen sich um ihr Handgelenk.

Sie schnappte nach Luft. Und öffnete ihre Augen.

Das Licht im Schlafzimmer war an. Nirgends auch nur ein Schatten. Kein Monster. Galen saß auf dem Bett und hielt immer noch ihren Arm. Vance lehnte am Türrahmen.

Zu liegen, schien viel zu verletzlich und so versuchte sie, sich hinzusetzen. Sie stöhnte, als sich der Schmerz in ihrem Bauch ankündigte, dann an ihrer Hüfte.

Galen legte seinen freien Arm um ihren Rücken und half ihr hoch. „Nur ein Albtraum, Babygirl", sagte er in seinem geschmeidigen Bariton und schob ihr das Haar aus ihrem schweißbedeckten Gesicht. „Nicht überraschend, wenn man bedenkt, was du heute durchgemacht hast."

„Ich hätte dich fast geschlagen."

Sein rechter Mundwinkel zuckte. „Mein armer Ruf, wenn es eine Sub schaffen würde, mich k. o. zu schlagen."

Sie funkelte ihn aufgebracht an.

„Na bitte, da haben wir unsere Sally ja wieder." Er küsste sie auf den Mund und schockierte sie damit so sehr, dass sie ihr Stirnrunzeln verlor.

Vance verschwand im Badezimmer und kehrte mit einem feuchten Waschlappen zurück. Nachdem er auf der anderen Seite des Bettes Platz genommen hatte, wischte er ihr sanft über das Gesicht. „Besser?"

Die Kühle schaffte es, auch die letzten Reste des Albtraumes zu verscheuchen. Als sie nickte, streichelte er mit den Fingerknöcheln über ihre Wange. „Kein guter Tag heute, hmm?"

„Möchtest du darüber reden?", fragte Galen.

„Nein." Ihre Stimme kam heiser heraus. Hatte sie geschrien?

„Okay." Galen entfernte die Finger von ihrem Handgelenk und nahm ihre Hand in seine. Würde sie gerade ertrinken, wäre es ein Griff wie dieser, der sie retten könnte. „Kannst du wieder einschlafen?"

„Ich denke." Ihr Körper war erschöpft, aber der Gedanke, allein im Dunkeln zu sein, war erschreckend. *Verlasst mich nicht. Bitte nicht.* Sie starrte auf die Bettdecke. Eine Sekunde später bemerkte sie, dass sie Galens Hand so fest umklammerte, dass ihre Finger schmerzten.

„Babygirl, du machst es uns wirklich nicht leicht." Galen schüttelte den Kopf. „Da du nicht fragen willst, lass mich dir ein Angebot machen: Möchtest du, dass einer von uns oder gar wir beide heute Nacht bei dir schlafen? Nur schlafen."

Sie würden bei ihr bleiben. Noch nie in ihrem Leben hatte sie etwas mehr gewollt. „Ja", flüsterte sie. Eine doppelte Dosis Sicherheit. „Beide."

Sanft berührte Galen ihre Nase mit einem Finger. „Das ist doch ein Anfang."

Sie hatte das Gefühl, dass er damit nicht darauf anspielte, es endlich in ihr Bett geschafft zu haben.

Vance grinste. „Willst du nochmal auf die Toilette, bevor du zwischen uns feststeckst?"

Das überraschte Lachen, das ihr entrang, ließ ihr verletztes Gesicht aufheulen. „Ja."

Unter Schmerzen kroch sie aus dem Bett. Zu ihrer Erleichterung reichte ihr Galen lediglich die Krücken.

Als sie zurückkam, hatten sich beide Männer bis auf ihre Jeanshosen ausgezogen. Sie stoppte und erkannte, dass sie die zwei noch nie ohne Oberteil gesehen hatte. Vances Brust zeigte eine Muskelwand bedeckt mit goldbraunem Haar. Im Gegensatz dazu war Galen schlanker und definierter gebaut, seine Haut ein wunderschöner Olivton. Seine schwarzen Brusthaare bildeten ein Dreieck, das sich einen Pfad zu dem Bund seiner Jeans bahnte.

Nach einer Sekunde blinzelte sie und bewegte sich aufs Bett zu. Es war bedauerlich, dass sie zu müde war, um die Aussicht wirklich zu schätzen.

Auf der anderen Seite des Bettes stieg Vance ein und hielt die Bettdecke für sie hoch. „Bevorzugst du es auf dem Bauch, dem Rücken oder der Seite zu schlafen?"

Sie erstarrte und die Angst schwappte zurück, noch schockierender, da sie so unerwartet über ihr einbrach.

Vance rutschte aus dem Bett und näherte sich ihr mit sanften Augen. „Mit kalten Füßen kann man am besten umgehen, indem man sie von jemandem wärmen lässt. Komm schon, Süße." Er nahm ihre Krücken, lehnte sie an das Fußende des Bettes und wartete dann auf ihr Nicken.

Das war nicht richtig. Diese Feigheit war so untypisch für sie. Jedoch zeigte er Geduld, und als sie seinen Blick traf, sein Ausdruck so kontrolliert, wusste sie, dass er nicht wie Frank war. Sie presste die Lippen aufeinander und ... nickte.

Er fuhr ihr mit den Fingerknöcheln über die Wange. „Danke für dein Vertrauen, Sally." Dann hob er sie mit erwarteter Leichtigkeit in die Arme und legte sie ins Bett.

Man mochte es kaum glauben, aber sie hatte noch nie mit zwei Männern in einem Bett ... geschlafen. Sie hatte zumeist immer nur im Club gespielt. Und abgesehen von Frank hatte sie stets an etwas Kontrolle festgehalten. Galen und Vance hatten ihr diese Kontrolle genommen, gestatteten ihr jedoch hin und wieder eine Auswahl – wahrscheinlich, weil sie nicht den besten Tag hatte. Die Erkenntnis war besorgniserregend und erregend zugleich.

Er folgte ihr ins Bett und legte sich neben sie.

Oh, richtig, er wollte wissen, wie sie am liebsten schlief. „Auf meiner Seite."

„Okay." Er rollte auf seinen Rücken und zog sie an sich, bis ihr Kopf auf seiner Schulter ruhte und sich ihr Bauch gegen seine Seite presste. Mit seinen Augen auf sie gerichtet, hob er ihr linkes Bein sanft über seine Oberschenkel. Ihre verletzte Hüfte und ihr verstauchter Knöchel meldeten sich, doch der Schmerz ließ schnell nach. „Bequem?", fragte er.

„Ja", hauchte sie. Zu bequem. Sie legte ihre Hand flach auf seine breite Brust. So groß und muskulös. Er roch nach Seife.

Sie hatte den Gedanken noch nicht beendet, da rutschte Galen ins Bett und positionierte sich direkt hinter ihr, presste sich an ihren Rücken. Sie spannte sich an, als seine Hand ihre wunde Hüfte streifte, aber er verweilte nicht, sondern wanderte weiter nach oben.

Wärme umgab sie zusammen mit seinem reichhaltigen, maskulinen Duft. Sie entließ einen sanften Seufzer. „Danke."

„Gern geschehen, Sub."

„Und jetzt schlaf." Vance streichelte ihre Haare.

Obwohl ihr Körper sich wohlfühlte, schaffte sie es nicht, ihren Verstand abzustellen. Vances Worte wirbelten immer wieder durch ihr Gehirn. „... *es gibt jedoch Zeiten, in denen du teilen musst, wie du dich fühlst.*"

Sie stimmte zu. Warum war es ihr nicht möglich gewesen, die beiden zu bitten, bei ihr zu bleiben? Andere Subs – andere Frauen sogar – hatten keine Probleme damit, um Umarmungen, um Hilfe, um eine Schulter zu bitten, an der sie sich ausweinen konnten. Wenn sie ehrlich war: Bis dahin war es ihr nicht mal aufgefallen, dass sie damit ein Problem hatte.

Unter ihrer Hand hob und senkte sich Vances Brust langsam

und beständig, und die Härchen kitzelten ihre Finger. Er hatte genau die richtige Menge, die ihn noch männlicher erscheinen ließ.

Er würde sie umarmen, wenn sie ihn darum bitten würde. Aber bei dem Gedanken, dies tatsächlich zu tun, hielt ihr Gehirn einfach ... an. Ihr ganzer Körper geriet in höchste Alarmbereitschaft, wenn sie nur daran dachte.

Galen legte seinen Arm um ihre Taille und zog sie fest an seine Vorderseite, obwohl sie bei der ersten Berührung zusammenzuckte. Seine Worte kamen als Knurren bei ihr an und wehten durch ihre Haare: „Schlaf, Sally. Du hast morgen noch genug Zeit, um dir Gedanken zu machen."

Eingekuschelt in Mitgefühl, umarmt von Sicherheit erlaubte sie sich, vom Schlaf mitgetragen zu werden.

# KAPITEL SIEBEN

Nachdem er sich geduscht und gekleidet hatte, ging Galen zum Gästezimmer.

Sally lag noch immer unter den Decken vergraben, ihr Körper unnatürlich still, sodass er sich sicher war, dass sie wach war. Er wollte mit ihr reden, wollte von ihren Lippen hören, dass es ihr gut ging, aber er hatte ihr versprochen, ihr Zeit zu lassen. Er würde ihr ein paar Minuten mehr geben.

In der Küche saß Vance an der langen Granitinsel mit einer Tasse Kaffee und der Morgenzeitung. „Morgen. Nimmst du dir auch den Tag frei?"

„Klang nach einem guten Plan." Galen hatte so viele Überstunden angesammelt, dass er sich nicht schuldig fühlte, dafür zum Ausgleich ein paar Stunden frei zu nehmen. „Glaubst du, dass sie uns erlaubt, einen Reinigungsservice zu ihrer Wohnung zu schicken?" Er goss sich eine Tasse Kaffee ein, fügte Milch und Zucker hinzu und schnappte sich die vernachlässigte Titelseite der Tageszeitung, bevor er sich auf einen der breiten Hocker setzte.

„Ich wage es zu bezweifeln. Sie würde es wahrscheinlich als

Verletzung ihrer Privatsphäre oder ihrer Rechte oder so betrachten."

„Sie ist ein dickköpfiges kleines Ding, oder?" Und die Art und Weise, in der sie sich in seinem Verstand eingenistet hatte, seit sie ihr Safeword zur Anwendung gebracht hatte und aus dem Shadowlands gestürmt war, konnte man nur als beunruhigend bezeichnen. Er hatte noch nie ein Problem damit gehabt, eine Sub zu vergessen. Noch nie hatte eine Sub ihn wach gehalten. Nicht mehr, seit dem Tod seiner Frau.

„Zu dickköpfig. Nach dem, was sie durchgemacht hat, hätte ich erwartet, dass sie ... weint."

Galen warf einen Blick auf die Treppe, als die Dusche anging. „Das wird sie schon bald nachholen – du bist mit dem Kochen dran."

Vance reagierte nicht auf die Spitze, sondern wandte sich wieder seiner Zeitung zu.

Als Galen den letzten Schluck Kaffee nahm, humpelte Sally in die Küche. Sie trug die Kleidung – die Jeans und das pinke T-Shirt – die er aus ihrer Wohnung mitgenommen und für sie im Badezimmer hinterlassen hatte. Das T-Shirt war gefaltet gewesen und so sah er jetzt das erste Mal den Druck. Ein Dalek aus der Serie *Dr. Who* sagte: *Vernichte alle Männer*.

*Mein Gott.* Er grinste. Sie war wirklich eine der interessantesten Frauen, die er seit langer, langer Zeit kennenlernen durfte.

Dann fiel sein Blick auf die lilafarbene Prellung an ihrer linken Wange und sein Lächeln erlosch. Wäre ihm ein Vergnügen, dem Bastard die Eier abzureißen, sie ihm in seinen dreckigen Mund zu stopfen und ... Galen nahm sich zusammen. Der Kobold brauchte heute Zuwendung und keine wütenden Doms. „Krücken?"

„Der Arzt meinte, dass ich sie nicht brauche, wenn ich die Knöchelorthese trage."

Ihr nasses Haar ergoss sich über ihren Rücken. Kein Make-up. Barfuß. Sie sah viel zu jung für ihn oder Vance aus, aber in ihrer Shadowlands-Akte stand, dass sie sechsundzwanzig war. Das bedeutete, dass sie wahrscheinlich ein paar Jahre gearbeitet hatte, bevor sie sich für das Masterprogramm eingeschrieben hatte.

Dass sie jünger schien, kam auch von ihrer Körpersprache. Unbeholfen und ohne jegliches Selbstvertrauen stand sie vor ihnen. Instinktiv wollte er sie heilen – ihre Schmerzen, ihre Probleme –, und er hatte keine Ahnung, wo er anfangen sollte.

„Hungrig?" Vances Augen verengten sich, als er ihre defensive Haltung wahrnahm.

„Nein." Sie biss sich auf die Lippe. „Ich meine, ja, aber zuerst … würde ich gerne reden."

„Natürlich", sagte Vance. Mit dem Fuß schob er für sie einen Stuhl zurück. „Was ist los?"

Anstatt sich hinzusetzen, stellte sie sich hinter den Stuhl und packte mit den Händen die lederbezogene Rückenlehne. „Ich habe nachgedacht."

*Ayuh*, das hatte sie. „Okay", sagte Galen. Jetzt würde sie ihnen von Borup und dem Übergriff erzählen.

„Ihr meintet, dass ich meine Gefühle nicht teile. Auch bitte ich nicht darum, wenn ich etwas brauche." Ihr Blick fiel auf ihre Hände.

Also wollte sie doch nicht über den Bastard sprechen. Was ihm auffiel: Normalerweise sah sie einem Dom direkt in die Augen. Was beunruhigte sie? „Lagen wir falsch, Sally?"

„Nein." Sie schluckte, und ihre Fingerknöchel färbten sich weiß. „Es ist nur, dass … mir das zuvor nicht aufgefallen ist. Es ist ein Problem, das ich nicht …"

„Dir ist nicht aufgefallen, dass du es vermeidest, über deine Gefühle zu sprechen?", fasste Vance zusammen.

Sie nickte. „Aber ich will es versuchen." Sie warf ihnen einen traurigen Blick zu. „Es ist nicht einfach."

Sie brach ihm das Herz. Galen klopfte auf seinen Schenkel. Er wollte sie sowohl spüren als auch hören. Und wenn er ehrlich war, hatte er das starke Bedürfnis, Trost zu spenden. Nur das konnte er im Moment anbieten. „Komm her."

Sie kam, und er verfrachtete ihren angespannten kleinen Körper auf seinen Schoß und schlang seine Arme um sie. Langsam entspannte sie sich an seiner Brust, und dass sie es nach gestern schaffte, ihm auf diese Weise zu vertrauen, war das süßeste aller Komplimente.

Er sah zu Vance, der ihm zunickte, womit er sagte, dass er die Richtung des Gesprächs Galen überließ. Also küsste er ihre Schläfe. „Sag uns, was du brauchst."

„Ich weiß nicht, wie ich dieses Problem lösen soll. Ich weiß nicht, wie ich um Hilfe bitten soll, oder wie ich teilen soll, was ich fühle." Ihr Blick war auf ihren Schoß gerichtet, ihre geflüsterten Worte kaum zu hören.

Vance lehnte sich vor und stützte sich mit den Ellbogen auf der Kücheninsel ab. „Willst du, dass wir dir helfen?"

Sie nickte kaum merklich.

„Sieh mich an." Vance wartete, bis Sally ihren Kopf hob. „Jetzt sprich die Frage aus."

Ihr Körper spannte sich wieder an.

Warm, frisch von der Dusche, weich an den richtigen Stellen und so verdammt verängstigt. „Na komm, du schaffst das", spornte er sie an.


*Gott*, **warum war** das so schwierig? Sally fühlte sich, als hätte sich ihr Körper in Granit verwandelt. Trotz des Komforts, den Galen mit seinen starken Armen um sie bot, waren ihre Hände kalt. *Ich schaffe das.*

„Helft mir?", flüsterte sie.

Galens Arme festigten sich um sie. „Braves Mädchen", murmelte er an ihren Haaren.

„Natürlich werden wir das." Vances Lächeln war zum Niederknien und ließ ihr Herz höher schlagen. „So ein mutiges Mädchen. Du hast den ersten Schritt gewagt."

Sie schloss für einen Moment die Augen; die Anerkennung der

Männer durchdrang sie wie die Wärme der Sonne an einem bitterkalten Tag.

Galen gluckste. „Und jetzt fühlst du dich, als wärst du gerade zwei Kilometer gejoggt?"

„Eher zehn", murmelte sie. *Christus auf einer Krücke*, sie hatte nur um einen winzigen Gefallen gebeten.

Vance stand auf, umfasste ihr Kinn und neigte ihr Gesicht nach oben. Seine klugen Augen blickten direkt in ihre Seele. „Ich muss wissen, warum du dieses Problem hast, Sally, aber das kann noch warten."

*Oh, Gott sei Dank!*

„Für den Moment ist es deine Aufgabe, uns zu sagen, dass du etwas brauchst, wenn du es brauchst."

Und das sollte einfacher sein?

Vance wartete, bis sie nickte, und ließ dann von ihrem Kinn ab.

„Darüber hinaus wirst du uns ehrlich mitteilen, was du fühlst, wenn du gefragt wirst", fügte Galen hinzu. „Sei gewarnt, Sub: Ich werde dich oft befragen."

Wollte sie das wirklich tun? Ja, das wollte sie. In all den Jahren hatte sie keinen Dom für sich gefunden. Was, wenn das Problem nicht bei den Doms lag? Was, wenn sie die Schuld trug? „Ich werde es versuchen."

„Mehr verlangen wir nicht, Süße."

Vances Lächeln sorgte dafür, dass sich ihr bebender Körper beruhigte.

Da sie dachte, sie wären fertig, wollte sie von Galens Schoß rutschen.

„Noch nicht." Galen spannte seinen Arm um ihre Taille an und hielt sie auf seinem Schoß, während er mit der Hand des anderen ihre steifen Schultern massierte. Er rieb über ihren Arm, zog sanft an ihren nassen Strähnen, legte die Hand in ihren Nacken.

Als sie ihren Kopf an seine Schulter lehnte, erkannte sie, dass er sie auf die gleiche Weise streichelte, wie sie es bei verängstigten Kätzchen in der Scheune getan hatte. Dann zog er sie näher an seine Brust und sie schmiegte sich an ihn. Sie wehrte sich nicht länger, ließ ihn einfach machen.

Im nächsten Leben wollte sie eine Katze sein.

„Schon besser", sagte er. Nachdem er ihr einen sanften Kuss gegeben hatte, stellte er sie schließlich auf die Füße. „Obwohl ich es genießen würde, dich länger in den Armen zu halten, brauchst du etwas zu essen."

„Pancakes oder Eier?", fragte Vance. Er stand auf und zog eine Pfanne aus dem Schrank.

Sally hatte sich nicht bewegt und starrte verwirrt ins Nichts. Frank hatte sie immer gezwungen, zu kochen. „Ähm, ich kann kochen."

„Früher oder später wirst du das. In diesem Haus teilen wir uns die Aufgaben. Also ...?" Vance hob fragend die Augenbrauen.

Ein Zuckerrausch wäre wunderbar. Um die Kalorien würde sie sich ein andermal sorgen. „Pancakes."

„Wird erledigt."

Etwas streifte ihr Bein, und sie quietschte, sprang nach hinten und hätte fast ihr Gleichgewicht verloren. Ihren pochenden Knöchel ignorierend, sah sie nach unten.

Eine verärgerte stahlgraue Katze starrte sie aus gelb-grünen Augen an.

Galen lachte und bei dem tiefen Laut zuckte ihr Mundwinkel. Hatte sie ihn jemals zuvor wirklich lachen hören? „Glock regiert das Haus. Stören dich Katzen?"

„Nein." Sally beugte sich vor und streckte dem Kater einen Finger hin. Das Tier reckte seinen Hals, schnüffelte an ihrem Finger und lehnte sich dann vor, sodass es Sallys Hand mit dem Kopf anstoßen konnte. Sein Fell war kurz und dick, komplett grau, bis auf einen helleren Streifen, der von der Oberseite seines Kopfes bis zur Nase führte. „Oh, du bist so weich", schnurrte Sally. „So süß."

„Er war hier, als wir einzogen. Halb verhungert", sagte Vance. „Er kam durch ein kaputtes Fenster in der Cabana. Seine ganz persönliche Katzentür."

„Halb verhungert ist er jetzt nicht mehr." Sallys Körper tat an zu vielen Stellen weh, sodass sie entschied, sich hinzusetzen. Mit einem Grunzen nahm sie auf dem Fliesenboden Platz. Anschließend hob sie den schnurrenden Katzenkörper in ihre Arme. *Oh ja.*

Als Sally aufblickte, erkannte sie, dass sie sich mit der Schulter an Galens Beine gelehnt hatte.

Mit dem Ellbogen auf der Kücheninsel stützte er den Kopf auf seiner Handfläche ab und strich mit dem Daumen über seine Lippen, während er sie tief in Gedanken versunken betrachtete. Sofort fiel ihr auf, dass seine schwarzen Augen an Härte verloren hatten. „Du magst Katzen, ja?"

Als Glock seinen Kopf an ihrer Wange rieb, atmete Sally zittrig ein. „Ich vermisse es, Haustiere zu haben." Haustiere liebten bedingungslos, ließen sie nie im Stich, wandten sich niemals von −

„Woran denkst du?" Seine Frage riss sie aus ihren Erinnerungen.

„Ich − an nichts."

„Versuch's noch mal, Sub." Galens Stimme war gleichmäßig und entschieden. Der Befehl eines Doms.

Eine Frage und sie hatte es bereits vermasselt. Sie erstarrte und wartete auf den Sarkasmus, die Kälte.

Stattdessen war Vance mit dem Frühstück beschäftigt.

Galen hatte sich nicht bewegt. Er wirkte nicht wütend oder verärgert. Er wartete nur darauf, dass sie ... dass sie sich zusammenriss.

Die schnurrende Katze in ihren Armen war wie eine Sicherheitsdecke. *Stärke mir den Rücken, Glock. Okay, los geht's.* „In Iowa schlich ich mich immer in die Scheune, brachte den Katzen und Hunden Leckerlis und ... verbrachte einfach Zeit mit ihnen."

Blackie, der Labrador, hatte stets versucht, in ihren Schoß zu klettern, während die Scheunenkatzen ihre Füße bevölkert hatten.

Galen runzelte die Stirn. „Warum musstest du dich rausschleichen?"

„Mein Vater hält nichts von Haustieren. Er meinte, dass es sie verweichlicht und er die Hunde nicht länger bei der Jagd einsetzen könnte. Sie mussten in der Scheune bleiben."

Vance drehte sich um und sah ihr tief in die Augen. Eine Sekunde später tauschten die Männer untereinander Blicke aus. Das Mitleid in ihren Augen war unerträglich.

Sally drückte die Schultern durch und hob stolz ihr Kinn. „Es war keine große Sache. Ich liebe Tiere."

„Ja, ich auch." Vance zog Eier, Milch und Bacon aus dem Kühlschrank. „Wir hatten immer ein paar Hunde und ein oder zwei Katzen. Meine Schwestern zogen ihnen Puppenkleider an. Die Tiere waren froh, als die Mädchen zu alt wurden, um mit Puppen zu spielen."

„Gut, dass du ihr älterer Bruder bist. Andererseits ... hättest du sicher bezaubernd mit einer Babyhaube ausgesehen." Galen ignorierte Vances finsteres Gesicht und grinste Sally an. „Seine Schwestern sind wie ein Rudel Pudel."

Vance schnaubte. „Große Klappe und nichts dahinter." Seine Liebe zu ihnen kam deutlich zum Ausdruck. Er legte die Zutaten für die Pancakes auf die Kücheninsel und reichte Galen eine Schüssel und einen Löffel. „Du mischst, Kumpel. Hast du Brüder oder Schwestern, Sally?"

Sie zog die Katze näher an ihre Brust. „Einen Bruder. Halbbruder." Sie fügte die Spezifikation hinzu, so wie es Tate immer getan hatte. Er hatte sie nicht gehasst. *Nicht sehr.* Jedoch hatte er ihr stets gesagt, dass ihre Mutter sie nicht hätte bekommen sollen, dass Vater keine Kinder mehr wollte – vor allem kein Mädchen. „Wir stehen uns nicht nahe. Er kommt nicht zu meiner Abschlussfeier." Ihr Vater aber schon.

„Das nenne ich mal ein beeindruckendes Stirnrunzeln." Galen

lehnte sich vor und zeichnete mit dem Finger über ihre hängenden Mundwinkel.

Sie schaute in durchdringende Augen, die wie geschmolzene Lava brannten. Ihre Sorge, ihren Vater bei der Abschlussfeier zu haben, löste sich unter seiner Berührung auf. Galen mochte ein sehr kontrollierter Mann sein, aber in seinen Tiefen konnte sie sehen, dass er sie wollte. *Gott,* sie wollte ihn auch, wollte seine dunkle Stimme in ihren Ohren, wenn er sie hart nahm.

Seine Lippen krümmten sich leicht; dann lehnte er sich zurück. „Du freust dich nicht gerade auf die Zeremonie – oder ist die Emotion auf deine Familie zurückzuführen?"

*Verfluchter, scharfsinniger Dom.* Sie zuckte mit den Schultern. „Keine große Sache."

„Sally." Diesmal kam die Warnung von Vance.

„M-Mir gefällt das nicht", platzte es aus ihr heraus. „Ich fühle mich nackt."

Vances Grinsen war wie Sonnenlicht, das durch Sturmwolken brach. „Genauso solltest du dich fühlen. Gewöhn dich dran, kleines Mädchen."

Sein Grinsen täuschte, denn seine Stimme bewies, wie entschlossen er war, und es war diese Erkenntnis, die einen Schauer in ihr auslöste.

„Jetzt erklär es uns." Er drehte sich wieder der Pfanne zu und legte den Bacon hinein.

*Aufdringliche Idioten.* Wie es aussah, sollte sie wohl besser damit anfangen, auch emotional zu strippen.

Mit einem Seufzer ließ sie den Kater gehen. Als sie beim Aufstehen ihre Schwierigkeiten hatte, erhob sich Galen von seinem Hocker. Er half ihr auf die Füße und setzte sich wieder. „Danke", murmelte sie.

„Kein Problem, Sub."

Am Waschbecken wusch sie sich die Hände. Sie nahm sich Zeit und wagte es nicht, den Blick zu heben. Im Club machte sie es ähnlich; sie wandte beim Ausziehen den Doms den Rücken zu.

Weniger beunruhigend. Weniger intim. Sie sprach laut genug, um über das fließende Wasser gehört zu werden. „Die Abschlussfeier ist nichts Besonderes. Danach jedoch veranstalten die Eltern eines Kommilitonen einen Empfang für unsere Freunde und Familien. Ich weiß nicht, ob mein Vater wirklich kommen wird."

Alle anderen würden mit einer Horde Familie und Freunden auftauchen.

„Und du fühlst ...", fragte Galen leise.

Sie starrte auf ihre seifigen Hände, um keine freche Antwort zu geben. Sie hatte darum gebeten, von ihnen unter Druck gesetzt zu werden. Warum nahm sie es ihnen also übel? *Das entbehrt jeder Logik, Sally. Sei mutig.* Die Worte kamen ihr langsam über die Lippen, als ob sie aus einem tiefen Brunnen hochgezogen werden mussten. „Ich fühle mich wie der dürre, räudige Hund, der im Tierheim abgegeben und dann nie adoptiert wird."

„Armer Welpe." Vance schlang seine Arme um sie und zog sie an seine Brust. „Wir werden kommen. Zu deiner Abschlussfeier und der Party danach."

„Wirklich?"

„Ayuh", stimmte Galen zu.

All ihre unausgesprochenen Emotionen schnürten ihr die Kehle zu. Schließlich schaffte sie es, zu sprechen, und die Worte kamen heiser über ihre Lippen: „Danke."

---

**Vance beobachtete, wie** Sally plötzlich in ihrer Einraumwohnung zum Stehen kam. *Das arme Mädchen.*

„Christus in einer Höhle", flüsterte sie.

Er legte seinen Arm um sie und betrachtete das Chaos. Sie war letzte Nacht zweifellos zu aufgebracht gewesen, um den ganzen Schaden zu verarbeiten, den der Kerl in ihrer Wohnung hinterlassen hatte. Überall glitzerten Glasscherben, auch auf dem Bett und dem Teppich. Verschüttete Flüssigkeiten, die Wände und der Teppich mit Blut befleckt. Zerbrochene Möbel. „Was für ein Durcheinander, Süße."

Seufzend lehnte sie sich an ihn, und das gefiel ihm über alle Maßen.

Woran lag es, dass das Bedürfnis einer Frau, sich anzulehnen, bei ihm das Bedürfnis auslöste, sich gerader hinzustellen und ihre beständige Mauer zu sein? „Wir können das Schlimmste beseitigen, aber die Flecken an den Wänden und auf dem Teppich müssen professionell behandelt werden."

„Aber –"

Er warf ihr einen eindeutigen Blick zu. „Galen und ich werden uns darum kümmern. Vielleicht statten wir Borup sogar einen Besuch ab und bringen ihn dazu, die Rechnung zu begleichen." Galen hatte gemeint, dass der Kerl keine Vorstrafen hatte, also würde er nicht lange sitzen. Er vermutete, dass es auf Bewährung, Entzug und Aggressionstherapie hinauslief.

Ja, ein kurzer Besuch nach der Freilassung des Arschloches würde ihm Spaß machen.

„Vance, ich kann das allein regeln."

„Ich weiß, dass du das kannst." Er fuhr mit den Fingern durch ihr seidiges, braunes Haar. *Verdammt*, er liebte lange Haare. Und schon war er hart. Widerwillig ließ er von ihr ab und beobachtete, wie sie in die Wohnung hinkte. „Ich werde trotzdem helfen."

„Okay." Unbeholfen und mit gerunzelter Stirn drehte sie sich im Kreis, um den Raum zu begutachten.

Er wartete. Wahrscheinlich brauchte sie etwas Zeit, um die Situation auf sich wirken zu lassen. In Anbetracht dessen, wie die sinnlose Zerstörung ihn empörte, konnte er sich nicht mal annähernd vorstellen, was sie fühlen musste. Trotz der geringen Größe der Wohnung und des Ausmaßes des Schadens konnte er sehen, dass sie sich einen gemütlichen, farbenfrohen Ort geschaffen hatte. Die Wohnung hatte die typischen cremefarbenen Wände und einen beigen Teppich, aber ihre Couch war dunkelrot, die Stühle schwarz. Florale Kissen brachten die Farben zusammen, ebenso wie die verstreuten, kleineren Teppiche und die schwarz gerahmten Bilder.

Kühn und doch warm, ähnlich wie Sally.

„Okay", wiederholte sie, nun entschlossener. „Ich habe am Ende des Flurs eine Kiste in einer guten Größe gesehen. Dort kann ich das zerbrochene Zeug und das Glas hineinwerfen, während du die Möbel wieder an ihren Platz bringst. Nachdem ich das grobe Chaos beseitigt habe, kommt der Staubsauger zum Einsatz, und solange ich daran denke, nicht barfuß durch die Wohnung zu rennen, sollte es gehen."

Er hatte angenommen, dass sie ihre Wohnung betrauert hatte, als sie so still gewesen war. Stattdessen hatte sie einen Plan geschmiedet. Wie kam es, dass er sie immer wieder unterschätzte?

Aber glaubte sie ernsthaft, dass Galen und er sie hier wohnen lassen würden? „Sally, dir ist schon klar, dass wir dir nach dem Aufräumen ein paar Sachen zusammenpacken und du wieder mit zu uns kommst, oder?"

Ihre Kinnlade klappte herunter. „Wie bitte? Nein, auf keinen Fall."

*Guter Gott*, sie nahm doch tatsächlich an, dass er sie hergebracht hatte, um sie wie einen ungewollten Hund im Tierheim abzugeben. „Süße, wenn wir mit dir arbeiten sollen, brauchen wir dich in unserer Nähe." Er lehnte eine Schulter an die Wand und musterte ihr Gesicht.

Eine Gewitterfront zog darüber hinweg. „Ich kann nicht bei euch wohnen."

Sie würde eine lausige Pokerspielerin abgeben. Wenn sie die kleine Sub endlich in ihr Bett holten, würde ihnen dieser ungefilterte Ausdruck sehr viel Freude bringen. „Warum nicht? Machen wir dich so nervös?"

Sie drückte die Schultern durch. „Natürlich nicht."

*Lügner.* „Versuch's nochmal."

„Ich ..." Sie biss sich auf die Lippe. „Vielleicht, ein bisschen. Es wäre doch sicherlich lästig, mich in eurem Bereich zu haben."

Sie war wirklich süß. Und so viel verletzlicher, als ihnen klar war. Er und Galen müssten behutsam mit ihr sein. Seltsamerweise störte ihn der Gedanke kein bisschen. Er zog sie in seine Arme und legte sein Kinn auf ihren Kopf. „Denkst du, dass Galen und ich zu der Art von Doms gehören, die etwas tun würden, was ihnen nicht zusagt?"

„Um ehrlich zu sein: Ja." Sie rieb ihre Stirn an seiner Brust. „Ich denke sogar, dass ihr euch viel zu viele Dinge aufladet."

Hhm. Sehr scharfsinnig. „Mit Frauen ist das anders."

Um genau zu sein, hatten sie strikt darauf geachtet, immer nur Frauen zu wählen, die lediglich an Spaß für einen Abend Interesse hatten. Er zog sie enger an sich und genoss ihre weichen Kurven an seinem Körper. „Du wirst uns eine Weile beschäftigen, Süße, aber wir werden dir Befehle geben, um es fair zu gestalten."

„Sex."

Er gluckste bei ihrem sachlichen Tonfall. Dann, ohne Vorwarnung, packte er ein Bündel ihrer Haare und riss ihren Kopf nach hinten, um ihr ins Gesicht sehen zu können. Als er eine Brust umfasste, fühlte er ihren harten Nippel an seiner Handfläche. Ihre Wangen erröteten und ihre Pupillen weiteten sich. Als er langsam ihre Brust streichelte und die Hitze an seiner Handfläche genoss, sagte er leise: „Würden wir nicht denken, dass Sex für uns alle in einer wahren Ekstase enden würde, hätten wir erst gar nicht mit dir gespielt. Denkst du nicht auch?"

Er hielt sie an Ort und Stelle, obwohl sie den Blick senkte und versuchte, sich aus seinem Griff zu befreien. Oh nein, sie würde ihr Gesicht nicht vor ihm verbergen. „Augen zu mir." Er wartete, bis ihr Blick auf seinen traf. „Beantworte meine Frage."

„Ich ... ja, ich glaube dir."

„Magst du es, wenn ich dich berühre?"

Das Rosa in ihren Wangen verdunkelte sich zu einem verführerischen Rot. „Ja", hauchte sie.

*Verdammt*, er mochte es, sie aus dem Gleichgewicht zu bringen. „Gute Antwort. Als Ausgleich für ein Zimmer und die Verpflegung wollte Galen, dass du eine Festplatte wiederherstellst, die von einem Virus zerstört wurde."

Sie blinzelte und war so überrascht, dass er lachen musste. „Oh. Okay, sicher. Das kann ich machen", sagte sie.

„Sehr gut. Jetzt lass uns hier ein wenig aufräumen und dann kannst du deinen Koffer packen." Er wartete, bis sie ein paar Schritte in den Raum gegangen war, bevor er hinzufügte: „Ich werde dir natürlich helfen, zu entscheiden, welche Kleidung du einpacken sollst."

Ihre Reaktion bewies einmal mehr, dass sie kein Pokerspieler war.

---

**Am Abend folgte** Sally Galen in ein Zimmer, das sie bisher noch nicht kannte. Sie blieb stehen und sah sich mit weit aufgerissenen Augen um. *Wow*. Das ganze Haus war ein Patchwork-Projekt. Einige Zimmer waren ein unvollständiges Durcheinander, das noch viel Arbeit brauchte, andere wieder waren bereits spektakulär. Dieses Büro war fantastisch – maskulin mit Hartholzboden und hellen Holzvertäfelungen. Lederstühle. Ein Aktenschrank aus dunklem Holz und ein Bücherregal teilten sich eine Wand. Zumindest der orientalische Teppich und die Rundbogenfenster nahmen etwas von dem Testosteron. Aber nur ein bisschen.

Zwei antike Schreibtische hielten Computer bereit. Ihrer Meinung nach sah dieses Zusammenwürfeln aus Altem und Neuem nie ganz richtig aus.

Ein massiver runder Tisch füllte die Mitte des Raumes; die polierte Holzoberfläche war so groß, dass sich eine Erwachsene drauflegen könnte. Ein ... interessanter Gedanke. Als Galen am Tisch anhielt und auf die Oberfläche klopfte, kroch ihr die Hitze in die Wangen.

Eine seiner Augenbrauen hob sich. Gott sei Dank kommentierte er ihr zweifellos rotes Gesicht nicht und sagte einfach: „Du kannst deinen Laptop hier aufstellen. Im mittleren Fach befinden sich die Steckdosen."

*Steckdosen.* Sie konnte es sich nicht erklären, aber sie musste an Plugs denken. Ihr war zu Ohren gekommen, dass die Jungs sehr großen Gefallen an allem fanden, was mit anal zu tun hatte. *Oh Gott*, sicher, dreckige Gedanken waren nichts Neues für sie, aber die beiden ... Sie dachte an seine langen, rücksichtslosen Finger und wie sie einen Plug in ihren Arsch drückten, und schon sprudelten ihre Hormone über. Mittlerweile war ihr Gesicht feuerrot, das spürte sie. Hastig wandte sie sich von ihm ab. „Ihr seid gut ausgerüstet. Wirklich beeindruckend. In Anbetracht deines Alters nahm ich an, dass eine Festplatte für dich eine ... feste Platte ist."

Seine Finger packten ihr Kinn und er drehte ihren Kopf zu sich. Er warf ihr einen eindeutigen Blick zu. „Ja, ich bin ein Jahrzehnt älter als du. Damit bin ich alt genug, um zu wissen, dass eine kleine Sub Beleidigungen in die Richtung eines Doms wirft, wenn sie ihre Nervosität überspielen will."

*Oh Mist.* Sie konnte regelrecht fühlen, wie ihre roten Wangen eine fluoreszierende Farbe annahmen.

Und sie konnte auf seine direkten Worte mit keiner Antwort aufwarten. Nicht eine. Sie zog sich zurück, versuchte, auf Abstand zu gehen und antwortete stattdessen mit einer – wie sie hoffte – süßen Geste: Sie rümpfte die Nase wie ein Häschen. „Ihr habt wirklich das Büro vor dem Esszimmer renoviert?"

„Natürlich." Bei seinem seltenen Grinsen bebte ihr Inneres wie Wackelpudding. „Allerdings hat Vance darauf bestanden, dass wir zuerst das Wohnzimmer machen, damit wir den Fernseher anschließen können. Kein Spiel der Buckeyes darf verpasst werden."

Sie lachte, gleichermaßen erleichtert und amüsiert. Nachdem sie aus ihrer Wohnung zurückgekehrt waren, hatte Vance auf die

Uhr gesehen und war sofort für sein Basketballspiel in besagtes Zimmer verschwunden. „Gut zu wissen. Ich werde nicht vergessen, mit Respekt von ihnen zu sprechen."

„Ausgezeichneter Plan. Das Ohio-State-Team zu beleidigen, würde dir ein Spanking einhandeln." Er neigte den Kopf und beobachtete sie. „Natürlich würde er dich für eine Bestrafung an mich weitergeben. Er hat ein weiches Herz."

Sein dunkler Blick löste Funken zwischen ihnen aus, die es schafften, ihre Mitte in helle Aufregung zu versetzen. Sie schluckte schwer. „Und du nicht? Du hast kein weiches Herz?"

„Nein, Sub." Er kam näher und fuhr mit dem Daumen über ihre Lippen. Im Sonnenlicht, das durch die Fenster strömte, waren seine Augen nicht ganz schwarz: Sie erkannte ein bisschen Dunkelbraun, und dann, je näher sie ihm kam, ging die Regenbogenhaut über in ein warmes Karamell. *Faszinierend* ... Sein Mundwinkel zuckte. „Ich freue mich darauf, deinen hübschen Arsch rot zu färben – auf die Tränen in deinen Augen. Darauf, dass du so laut kommst, dass dich die Nachbarn unsere Namen schreien hören."

Die Nachbarn waren ihnen nicht besonders nah.

Es war plötzlich sehr heiß im Zimmer; die Klimaanlage musste aufgedreht werden. „Ah, ähm, okay." Sie trat einen vorsichtigen Schritt zurück und stellte ihren Laptop auf den Tisch.

An die Arbeit. Sie musste zig Nachrichten beantworten. Und wie es schien, hatten die Shadowkittens von Franks Angriff erfahren.

Und na ja, auch *die* E-Mails durfte sie nicht vergessen. Die E-Mails der *Harvest Association*. Durch diesen Abfall zu waten, machte sie jedes Mal krank, aber sie konnte ... *durfte* nicht aufhören. Nicht, solange sie helfen konnte. Helden gaben nicht auf.

Belustigung funkelte in seinen Augen. „Brauchst du Hilfe beim Einrichten?"

Sie erstarrte. Ihr E-Mail-Programm öffnete sich zuerst. Es war möglich, dass Galen die Namen der bösen Jungs erkannte. „Nein, nein. Ich komme schon klar."

Seine Augen verengten sich. *Verfluchte Agents.* Sie bemerkten einfach alles, das kleinste Anzeichen auf Schuldgefühle.

„Kann ich euer WLAN-Passwort haben?", fragte sie eilends.

Nach einer einschüchternden Pause ging er zum Schreibtisch an der linken Wand und schrieb das Passwort auf einen Zettel.

„Danke." *Jetzt geh. Verschwinde. Mach schon.* Das Erste, was sie tun würde, war, diese E-Mails zu lesen und das Programm zu verstecken.

„Wenn du uns brauchst, findest du uns im Wohnzimmer." Er kam ihren mentalen Befehlen tatsächlich nach und verschwand, und so konnte sie sich ein wenig entspannen, bis ... er sich an der Tür erneut zu ihr drehte und ihr einen langen Blick zuwarf. „Wenn wir uns dazu entscheiden, dich auf dem Tisch zu ficken, musst du deine Sachen bewegen. Lass es also nicht zu unordentlich werden, verstanden?"

*Oh. Mein. Gott!* Er hatte wirklich ausgesprochen, was ihr bei dem ersten Blick auf den Tisch durch den Kopf gegangen war.

Sie konnte nicht anders und sah zu dem Tisch, stellte sich vor, was er beschrieb. Ausgebreitet wie ein Festmahl, entblößt für die Hände und Münder der Männer. Zittrig atmete sie ein und dann wagte sie es, sich wieder dem Ausgang zuzuwenden. Galen war verschwunden. Jetzt musste sie sich mit ihrer lebhaften Fantasie und einem feuchten Tanga an diesen Tisch setzen.

***

**Eine Stunde später** erschien Sally. Galen runzelte die Stirn. Sie war so kreidebleich wie letzte Nacht und das ließ die Blutergüsse auf ihrem Gesicht noch mehr hervorstechen. „Gibt es ein Problem?"

Ihr Versuch, zu lächeln, schlug fehl. „Nein. Ich bin nur müde."

„Blödsinn", sagte Vance von seinem Platz auf dem Sofa. Er nahm die Fernbedienung und schaltete den Fernseher aus.

Am anderen Ende der Couch auf seinem Liegesessel bemerkte Galen, dass das Spiel noch nicht vorbei war. Die kleine Sub sollte sich besser vorsehen.

Nach einem nervösen Blick auf den schwarzen Fernsehbildschirm fügte sie hinzu: „Einige ... Bekannte ... sind verärgert, weil sie etwas ... Geld verloren haben. Und ich hasse es, Obszönitäten zu lesen. Aber es ist nichts, was ihr reparieren könnt – oder was ich teilen kann." Ihr Kinn hob sich und sie entgegnete mit einem temperamentvollen Blick: „Okay, Sirs?"

Galens Lippen zuckten und er gab alles, sein Lächeln zu unterdrücken. Er sorgte dafür, dass die Lehne seines Fernsehsessels hochfuhr, warf ein schweres Kissen zu seinen Füßen auf den Boden und zeigte darauf.

Ihre Hände bildeten kleine Fäuste. Sofort stellte er sich vor, wie sich ihre Hände auf seinen Schultern anfühlen würden ... oder an seinem Schwanz. Dann beobachtete er, wie sie seinem Befehl Folge leistete.

Neben ihm kniete sie sich hin. Sie bewegte sich schon wieder besser. Nicht mehr so steif, und auch ihr Mund schien weniger angespannt. Sie war clever und benutzte eine Hand, mit der sie sich auf dem Couchtisch abstützte, um das Gleichgewicht zu halten, und schonte so ihren verstauchten Knöchel. Das Kissen war hoch genug, sodass der Knöchel nicht in Mitleidenschaft geriet. *Gut.*

Galen nickte Vance zu. Sie mussten ein paar Grundregeln festlegen, und Vance war dafür besser geeignet. Er ging behutsamer vor.

Vance akzeptierte die Übergabe. „Wir haben noch nicht über deinen Platz im Haushalt gesprochen."

Sie blinzelte, als wäre er mit diesen Worten einem Streit aus dem Weg gegangen. „Ähm. Richtig. Ich hätte gern etwas Klarheit darüber, was von mir erwartet wird. Verhandeln wir." Eine Spur von Sarkasmus hatte sich in ihre Antwort geschlichen.

Wertschätzung blitzte in den Augen seines Partners auf. Die letzte Sub, die sie mit nachhause gebracht hatten, war süß, aber nicht besonders schlau gewesen, und sie hatte eine Menge Subtext verpasst. Er und Vance bevorzugten die Klugen, auch wenn sie mehr Ärger machten.

Von verschiedenen Bemerkungen im Shadowlands, ihrer dokumentierten Geschichte und seinen eigenen Beobachtungen begann er zu erkennen, dass der Kobold sehr, sehr intelligent war.

„Wir können verhandeln", stimmte Vance zu. „Normalerweise lassen wir uns nicht auf Vollzeit-D/s-Beziehungen ein. Wir haben kein Interesse daran, die Kleidung einer Sub auszuwählen. Jedenfalls nicht für den Alltag. Bei Sessions ist das ein anderes Thema. Ich schätze französische Dienstmädchenkostüme, vor allem solche mit kurzen Röckchen. Und ohne Unterwäsche."

Sallys Wangen gewannen wieder an Farbe.

Es wäre interessant, sie mit Worten zu erregen und sie den ganzen Abend auf einem bestimmten Level zu halten. Aber nicht heute. Galen seufzte. „Konzentrier dich, Buchanan."

Vance warf ihm ein Grinsen zu, bevor er Galens Anweisung folgte. „Wir brauchen weder ein Dienstmädchen noch eine Köchin. Wir möchten nur, dass du deinen Teil zum Haushalt beiträgst." Vance schob den Couchtisch weiter weg, lehnte sich näher zu Sally und legte seine Unterarme auf seine Oberschenkel. „Jedoch hast du uns gebeten, dir bei einem Problem zu helfen, und die Lösung dafür wird sich nicht mit ein paar Sessions lösen lassen. Stimmt doch, oder?"

Sie schnappte hörbar nach Luft. „Ja, Sir."

„Ich werde dir jetzt sagen, wie wir vorgehen werden: Wenn wir dir während eines gewöhnlichen Gesprächs eine Frage stellen, erwarten wir eine ehrliche, unverblümte Antwort. Wenn du uns keine geben kannst, gehen wir über in eine D/s-Dynamik, bis wir die Antwort erhalten."

Ihr Gesicht verlor jegliche Farbe.

„Diese D/s-Dynamik ist jedoch nicht auf die Augenblicke beschränkt, in denen wir dich dabei erwischen, unseren Fragen auszuweichen, Sub", bekräftigte Galen. „Wir entscheiden, wann und wo."

„Du kannst so ein verdammter Anwalt sein", murmelte Vance und wandte sich dann wieder Sally zu. „Was er sagt. Gibt es so weit etwas, das du kommentieren möchtest?"

Sie schüttelte den Kopf.

„Antworte bitte laut", sagte Galen in einem sanften Ton. Seinen Partner kümmerte es nicht, aber Galen genoss es, die Veränderungen im Tonfall und in der Wortwahl einer Sub zu hören.

So wie jetzt, als Sally murmelte: „Nein, Sir." Der Sarkasmus war verschwunden; die Härte war verschwunden. Von ihrem Ausdruck und ihrer Haltung zu urteilen, war sie bereits in ihre unterwürfige Denkweise abgerutscht. *Guter Gott*, er genoss es so sehr, ihre Antworten zu hören.

„Sehr gut. Zum nächsten Punkt: Wir genießen sexuell orientiertes Spielen", sagte Vance.

Als sie sich leicht anspannte, fügte Galen hinzu: „Sally, auch wenn du dich damit unwohl fühlst, kannst du trotzdem bei uns wohnen bleiben. Sex oder nicht, wir werden mit dir zusammenarbeiten, aber wir müssen es ... im Voraus wissen."

Vance nickte. „Im Club scheinst du Sessions mit Sex zu genießen. Aber Dinge ändern sich. Wie auch immer du dich entscheidest, wir werden es dir nicht übel nehmen. Du bist es, die in dem Punkt das letzte Wort hat, Süße. Sex oder kein Sex."

Ihr Blick fiel auf ihre Hände, und Galens Respekt ihr gegenüber wuchs, als sie ihnen wieder in die Augen sah und entschlossen zum Ausdruck brachte: „Sex." Sie gab nicht vor, zu der Antwort gedrängt worden zu sein, bestritt nicht die sexuelle Anziehung zwischen ihnen.

„Nun, ich kann nicht abstreiten, wie glücklich mich das macht", sagte Vance leichthin. „Nimmst du die Pille?"

„Ja."

Es war nicht gerade sexy, sich mit diesen Themen befassen zu mussen, aber was musste, das musste.

„Während du bei uns wohnst, wirst du unsere einzige Partnerin sein, und wir erwarten dasselbe von dir. Und wir bevorzugen Sex ohne Barriere", sagte Vance. „Galen und ich haben keine Krankheiten, und als Mitglieder des Clubs werden wir alle regelmäßig getestet. Nichtsdestotrotz werden mir morgen zu einem Arzt gehen und uns erneut durchchecken lassen."

Sie nickte. „Frank schien nicht zu wissen, was Monogamie bedeutet, also hatten wir nie ungeschützten Sex." Ihr stolzes Kinn zeigte, dass es deswegen zu Reibereien gekommen war. *Gut für sie.* „Ich bin gesund, aber ich denke, zusätzliche Tests sind eine gute Idee. Danke."

„Zu deinen harten Grenzen: Die Liste, die du ausgefüllt hast, bezog sich auf den Club. Wir werden selten an einem öffentlichen Ort mit dir spielen. Ich frage dich also: Möchtest du die Liste einschränken oder etwas hinzufügen?"

Sie dachte eine Sekunde nach und schüttelte den Kopf. Dann fiel ihr Blick zu Galen und sie sagte: „Nein, Sir."

*Da war es.* Ihr Widerstand löste sich auf. Der Titel *Sir* konnte auf vielerlei Weise gebraucht werden, aber sobald es einer Sub so leicht über die Lippen kam, dass sie nicht mal darüber nachdenken musste, verwandelte sich dieser simple Ausdruck zu einem der schönsten Wörter im Sprachgebrauch. Es von dem kleinen Kobold zu hören, machte es umso einzigartiger.

„Danke, Sally", sagte er und zeigte damit, dass er ihre Kapitulation erkannte. Und schätzte.

Sie versuchte es mit einem gleichgültigen Achselzucken, aber das erregende Rosa auf ihren Wangen sagte, dass sie gleichermaßen seine anerkennenden Worte schätzte.

Ihm und Vance war sehr wohl bewusst, dass sie sich gelegentlich auflehnen würde – vor allem, da sie vorhatten, Sally an ihre emotionalen Grenzen zu bringen, da sie nur so ihre Barrieren durchbrechen konnten. Apropos ... „Wir wissen nicht, wo der Ursprung deines Problems liegt, und wir werden daran arbeiten, dir dabei zu helfen, es zu überwinden, aber wir empfehlen zusätzlich auch eine Therapie in Erwägung zu ziehen. Wenn das finanziell für dich nicht machbar ist, sind wir gerne dazu bereit, auszuhelfen."

Überrascht sah sie ihn an. „Ich –" Ihr Gesichtsausdruck änderte sich, als sie über seinen Vorschlag nachdachte. Zeuge ihres Gedankenprozesses zu werden, war interessant anzusehen. Es sah aus, als würde sie Musik hören, die nur für sie spielte.

Eine Minute später schüttelte sie den Kopf. „Ich würde gerne vorerst nur mit euch zusammenarbeiten. Sobald ich meine Meinung ändere, werde ich es euch sagen."

„Okay, damit können wir arbeiten", sagte Vance. „Zu den Schlafarrangements: Das Gästezimmer – dein Zimmer – verfügt über das größte Bett. Mache einfach die Tür zu, wenn du nachts keine Gesellschaft willst."

Vance nickte Galen zu und gab ihm die Zügel zurück.

„Zieh dein T-Shirt aus, Sub", befahl Galen.

Sie riss die Augen weit auf, aber sie gehorchte. Nachdem sie ihr rosa T-Shirt über den Kopf gezogen hatte, zögerte sie mit den Händen an ihrem Spitzen-BH.

Galen nickte.

Der BH folgte. Sie hatte wirklich hübsche Brüste. Recht groß und mit rosa-braunen Nippeln. Ihr Bauch war leicht gerundet und somit perfekt, um daran zu knabbern.

Sie faltete ihre Kleidung und legte sie fein säuberlich auf den Couchtisch. „Sirs", sagte sie leise. „Bevorzugt ihr eine bestimmte Anrede?"

„Solange du höflich bist, sind wir nicht wählerisch", antwortete Vance.

„Steh bitte auf und ziehe auch den Rest aus", befahl Galen

leise. Er lehnte sich vor und bot ihr die Hand an, sodass sie sich abstützen konnte.

Ihre Hände waren kalt, ihr Griff stark, als sie ihm erlaubte, ihr auf die Beine zu helfen. Mit der freien Hand warf er das Kissen wieder auf die Couch.

Als sie sich daran machte, ihren silbernen Gürtel zu öffnen, kroch die Hitze von ihren Brüsten in ihr Gesicht.

„Stopp." Vance lächelte, als ihre Hände erstarrten. „Du wirst rot, Süße. Warum?"

Ihre Kinnlade klappte auf, als wollte sie sagen: *Du willst mich verhören? Jetzt?* „Ähm. Es ist peinlich. Das ist der Grund."

„Ach?" Mit dem Ellbogen abgestützt auf der Armlehne ruhte Galen sein Kinn auf der Handfläche. „Ich habe gesehen, wie du dich im Shadowlands ausgezogen hast, ohne rot zu werden."

Ihre Wangen nahmen ein noch tieferes Rot an.


*Echt jetzt?* **Sally** war ... genervt. Sie war bereit für Sex. Vance und Galen mochten ihren Körper, wollten sie. Das wusste sie. Aber warum stoppte er sie und fragte sie gerade jetzt nach ihren Gefühlen? Als Vance auf ihre geballten Hände blickte, zwang sie sich, diese zu lockern.

Okay, ja, sie machten nur, um was sie die Männer gebeten hatte. Warum musste sie sich das immer wieder in Erinnerung rufen? Warum zum Teufel war es ihr unangenehm? „Ich –"

Bei dem ernsten Ausdruck auf Vances Gesicht brach sie den Satz ab. Er hasste ihre Ausweichmanöver. Sie biss sich auf die Lippe und überlegte. Er hatte Recht; es machte ihr nichts aus, im Shadowlands nackt umherzurennen. Andererseits versuchten die Master dort auch nicht, ihre Emotionen an die Oberfläche zu bringen; sie wollten nicht ihre verletzliche Seite sehen, und die jüngeren Doms waren dazu ohnehin nicht in der Lage.

„Bei euch fühle ich mich ... entblößt. Mehr als nur nackt."

„Ausziehen." Galen musterte sie, als sie ihre Jeans nach unten schob. „Wir wollen, dass du dich entblößt fühlst. Innen und außen."

Ihre Nippel richteten sich auf und Vances Blick landete auf ihren Brüsten. „Du hast hübsche Brüste, Sally, und ich mag Brüste."

Das nervöse Flattern in ihrem Magen ließ ein wenig nach. Zumindest bis Galen sagte: „Präsentiere dich uns. Stehend. Die Handgelenke hinter deinem Rücken kreuzen. Und lass es mich wissen, wenn dir etwas unangenehm ist oder wenn dein Knöchel zu schmerzen beginnt."

Ihre Beine zitterten, als sie die gewünschte Position einnahm, die Schultern durchdrückte und die Arme hinter ihren Rücken nahm.

„Es würde Vance gefallen, wenn du deinen Rücken noch mehr wölbst", schlug Galen vor.

Selbst als sie dem Vorschlag nachkam, erkannte sie die manipulative Taktik. Er trieb sie dazu, ihn und Vance zufriedenzustellen.

„Na sieh mal einer an. Es scheint, als würdest du ihn gerne glücklich machen", bemerkte Galen.

Sie stoppte ihr automatisches Nicken und sagte stattdessen: „Ich schätze."

Galen lächelte sie an, und seine mitternachtsschwarzen Augen verloren an Härte. „Eine verbale Antwort. Heißt das, dass du auch mir gefallen möchtest?"

Sie zögerte.

Vance stand auf und packte ihre Handgelenke so fest mit seiner Pranke, dass es ihr unmöglich war, ihre Arme zu bewegen. Mit seiner freien Hand umfasste er ihre linke Brust. „Antworte Galen."

Sie spürte, wie seine schwielige Handfläche über die empfindliche Unterseite ihrer Brust kratzte. „Ja, das möchte ich." Als sie es schaffte, sich von Galens durchdringendem, dunklem Blick loszureißen, fügte sie leise hinzu: „Ich weiß nicht warum."

„Abgesehen davon, dass du unterwürfig bist und Doms gerne zufriedenstellst?", fragte Vance.

Sie nickte.

Er zwickte in ihren Nippel. „Wahrscheinlich gibt es mehr als einen Grund. Du vertraust uns. Sonst wärst du gerade nicht hier und hättest uns auch nicht gebeten, dir zu helfen." Während er seinen Griff an ihren Handgelenken verstärkte, hob er ihren Kopf zu sich und presste seine Lippen auf ihre.

Sein Kuss ... reflektierte seine Persönlichkeit. Beherzt und direkt. Sanft, obwohl er sie einschränkte, sodass sie keine andere Wahl hatte, als zu akzeptieren, was er ihr geben wollte. „Und da ist etwas zwischen uns, Süße. Du bist uns sofort ins Auge gefallen, und wenn man bedenkt, wie schnell du immer auf Abstand gegangen bist, sobald wir aufgetaucht sind, fühlst du es auch."

Seine scharfsinnigen Augen fingen ihre ein und sie hatte das Gefühl, von Treibsand erfasst worden zu sein.

Er küsste sie erneut. Tiefer. Feuchter.

Dann trat Galen vor sie, und eine Lustwelle baute sich in ihr auf. Vance war unkompliziert. Galen war ... unberechenbar. Seine unlesbaren Augen beobachteten sie, als Vance ihre Handgelenke losließ.

„Vance stellt gerne sicher, dass du dich nicht bewegen kannst. Ich möchte, dass du dich selbst einschränkst." Galen schmunzelte. „Es würde mir gefallen, wenn du diese Position beibehältst, bis ich etwas anderes sage."

*Oh Gott!* Sie schluckte schwer, ihre Kehle vollkommen ausgetrocknet. „Ja, Sir."

„Jetzt wollen wir mal sehen, wo deine Grenze liegt. Sag mir, wenn etwas wehtut. Nicht der spaßige Schmerz, sondern wenn es wirklich schmerzt, verstanden?"

Sie zitterte, und das Flattern in ihrem Bauch breitete sich aus. Ihre Haut fühlte sich heiß an, ihr Inneres kalt.

Galen lief wie bei der Inspektion der Auszubildenden um sie

herum. Sie schwieg und spürte, wie sie weiter in den glücklichen Zustand ohne Kontrolle sank.

Er fuhr mit einem Finger über ihren Arm, streichelte über ihre Schultern und tanzte über ihren Hintern. Entschlossene Finger, starke Hand. „Sehr hübsch."

Vor ihr blieb er stehen, packte ihre Brüste und rieb mit den Daumen über ihre Brustwarzen. Ein Lächeln umspielte seine Lippen, als er erst in einen Nippel und dann in den anderen zwickte. Das Gefühl war berauschend.

Schließlich erhöhte er den Druck und der Schmerz kam.

Ein Quietschen entrang ihr.

Er ließ nicht locker. „Tut das weh, Sally?"

Sie nickte. Ihre Augen füllten sich mit Tränen.

„Warum sagst du dann nichts?"

Sie starrte ihn an. Zugeben, dass etwas wehtat? Das tat sie einfach nicht. *Und wie dumm ist das?* „Es tut weh", flüsterte sie.

„Na bitte." Er rieb über ihre Nippel und linderte damit den Schmerz. „Glaubst du, die Welt wird untergehen, wenn du sagst, dass es wehtut?"

„Nein." Aber sie fühlte sich seltsam. Angespannt. Als erwartete sie, dass er – jetzt, wo er es wusste – grausamer mit ihr umgehen würde.

„Körperlich oder emotional?" Seine Augen verengten sich und wurden dunkler, nahmen einen strengen Ausdruck an. „Wer hat dir wehgetan, Sub? Wer hat dafür gesorgt, dass du nicht zugeben kannst, wenn es wehtut?"

Sie konnte nicht antworten. Ihr Gehirn funktionierte nicht mehr – als hätte jemand den Stecker gezogen und den Prozessor heruntergefahren.

„Zur Hölle", sagte Galen leise. Er nahm ihre Handgelenke, holte ihre Arme nach vorn und zog sie an seine Brust.

Bebend sackte sie an ihn. Kalte Strömungen wirbelten durch sie, aber in seinen Armen, das wusste sie, würde sie nicht die Fassung verlieren. Er hielt sie zusammen. Als seine Körperwärme in sie sickerte, entließ sie einen Seufzer und legte ihre Wange gegen die beständige Wand seiner Brust.

„Vance?", murmelte Galen. „Hast du eine Idee?"

„Es ist offensichtlich, dass du keine Geschwister hast, mein Freund", antwortete Vance. „Sally, denk zurück. Hast du jemals zu jemandem gesagt: *Du kannst mich nicht verletzen.*" Seine Stimme klang hoch. Jung. Trotzig.

*Vertraut.*

„I-Ich habe das zu meinem Bruder gesagt." Ihre Stimme kam zögerlich heraus. Zu ihrem Vater hatte sie es nie gesagt, nie laut ausgesprochen, immer nur gedacht.

„Sprich weiter." Galen legte seine Hände auf ihren Rücken und drückte sie noch enger an sich.

Sie schwieg.

Eine Berührung an ihrer Wange brachte sie in die Realität zurück. Sie öffnete die Augen und fand Vance neben sich. „Du wolltest nicht, dass dein Bruder weiß, wie sehr er dir wehtut?" Sein Blick war verständnisvoll. „Oder dass er dich weinen sieht?"

Sie nickte. „Er hat sich über mich lustig gemacht, wenn ich geweint habe." Seine Sticheleien waren oftmals schlimmer gewesen als die zugefügten Schmerzen. In diesen Momenten war ihr immer bewusst geworden, wie sehr der Tod ihrer Mutter ihre Familie zerstört hatte.

„Was hat er getan, um dich zum Weinen zu bringen, Süße?" Vances Hand lag sanft auf ihrer Wange.

„Er hat mich manchmal geschubst, wenn ich ihm im Weg war", flüsterte sie. Kalte Winter in Iowa. Eis auf dem Bürgersteig. Ein schmaler, geschaufelter Weg zwischen Haus und Scheune. Zwei konnten problemlos nebeneinander laufen, aber er entschied, sie aus dem Weg zu schubsen.

„Hat er dich geschlagen?" Galens Frage könnte als Knurren durchgehen.

„Nicht wirklich." Nicht Tate. Ein Schlag auf den Rücken in der Schule, als er vorgab, ihr zu ihren Testergebnissen zu gratulieren, aber dafür hatte die Stelle danach zu lange gebrannt. „Tate ... mochte mich einfach nicht."

„Und dein Vater?", fragte Vance leise.

Sie schloss die Augen, unfähig, seinen allwissenden Blick zu ertragen. Denn ... in den seltenen Fällen, in denen sie zu viel geredet, ihn um etwas gebeten oder sich beschwert hatte, brachte ihr Vater die Fäuste zum Einsatz. Weil er sie hasste. *Er hasst mich.* Sie bemerkte, dass sie zitterte, und gab ihr Bestes, Galen von sich zu stoßen. „Lass mich los!"

„Ganz ruhig", sagte Galen. „Wir hören jetzt auf, Babygirl." Er trat einen Schritt zurück, setzte sich auf die Couch und zog sie mit sich.

Als er ihre Position auf seinem Schoß anpasste, erkannte sie, wie vorsichtig er mit ihrem angeschlagenen Körper umging. Und doch ... „Lass mich los", wiederholte sie. „Ich will nic –"

„Beruhige dich, Sub." Er rieb sein Kinn über ihre Haare und festigte seinen stahlharten Arm um ihre Taille. „Keine weiteren Fragen. Es reicht für heute."

*Beruhigen.* Sie wollte sich nicht beruhigen! Sie wollte sich nicht erinnern!

Er sprach leise mit Vance und endete mit: „Ich habe sie getriggert. Ich werde sie halten, bis wir uns beide besser fühlen."

Eine Hand wuschelte durch ihre Haare und sie konnte es nicht erklären, aber sie wusste sofort, dass es Vance war. „Ich komme gleich zurück."

Seine Schritte verstummten. Galen bewegte sich nicht, und seine Sorge um sie sickerte durch ihre kalte Schale und in das Eis, das ihr Inneres füllte. Muskel für Muskel entspannte sie sich langsam in seinen Armen.

„Das ist besser", murmelte er. Er schmiegte sie noch enger an sich. „Es tut mir leid, Sally. Es ist nicht einfach, sich dem zu stellen, was in der Vergangenheit passiert ist. Eines kann ich dir jedoch versichern: Was auch immer passieren mag, während wir mit dir arbeiten, danach werde ich für dich da sein und dich in meinen Armen halten." Er küsste sanft ihre Schläfe. „Ob du es nun willst oder nicht."

*Doms. Dämonische Doms.* Wie konnte er in einer Minute so streng und in der nächsten so liebevoll sein? Sie entließ einen sanften Seufzer und legte ihren Arm um seine Taille. Unter ihrer Wange nahm sie seinen tröstenden Herzschlag wahr, so maßvoll wie die gregorianischen Gesänge im Club, und jeder dumpfe Schlag verdrängte eine weitere Erinnerung von ihr.

Er rieb sein Kinn über ihren Kopf und neckte sie mit dem Duft seines luxuriösen Aftershaves. Sofort wurde sie an eine andere Gelegenheit erinnert, bei der sie ihm nah genug war, um in den Genuss von diesem Lavendelduft zu kommen – als sie im Shadowlands an den Tisch gefesselt gewesen war. Er hatte sie berührt. Sein Blick hatte ihren festgehalten, als sie zum Orgasmus gefunden hatte.

*Gott*, sie war noch nie so hart gekommen. Noch nie hatte sie sich so entblößt gefühlt.

Ein Lustschauer schoss bei der Erinnerung durch sie … und dann erinnerte sie sich, dass sie immer noch nackt war. Auf seinem Schoß.

Sie fuhr mit den Fingern über sein Hemd, zeichnete die Berge und Täler seiner Muskeln darunter nach. *Gott*, er erinnerte sie an einen schwarzen Leoparden – geschmeidig und kraftvoll. Jedes Mal, wenn Galen sich bewegte, spürte sie, wie sich die Muskeln unter der Haut anspannten. Sie streichelte über seine Brust nach oben, fasziniert von dem Tal zwischen seinen Brustmuskeln, der Kuhle unter seiner Kehle, und wie sich seine Deltamuskeln in einen steinharten Bizeps verwandelten. Enger und immer enger schmiegte sie sich an ihn.

Sein Arm festigte sich um sie und sie spürte seinen intensiven Blick auf ihrem Gesicht. Die Stille von ihm schien sich auszubreiten, ein greifbares Gewicht zwischen ihnen. „Gib mir einen Kuss, Sally."

*Ein Kuss? Ein Kuss mit Galen?* Bei seiner Anweisung wurde ihr plötzlich bewusst, dass sich ihre Brüste gegen seinen Oberkörper pressten und dass seine Hand auf ihrem nackten Po lag. Seine Hände waren schwielig ... und sie wollte diese Hände auch woanders spüren. Auf ihrer Pussy. Seine Finger in ihrer feuchten Hitze.

*Ein Kuss.* Sie legte eine Hand auf seinen Nacken, neckte dort sein dickes Haar mit ihren Fingern. Dann neigte sie den Kopf und fand seinen Mund mit ihrem.

Sofort riss er die Kontrolle an sich. *Mein Gott*, der Mann konnte küssen. Tief und heiß. Leidenschaftlich. Sie spürte, wie sie feucht wurde. Und es gab kein Höschen, dass ihren Nektar auffing.

Seine Zunge duellierte sich mit ihrer, drang tief in ihren Mund vor, zog sich zurück und lockte sie damit näher. Als er an ihrer Unterlippe saugte, spürte sie dies in ihrer Mitte. Er ergötzte sich an ihr, änderte den Winkel, nahm sich Zeit, schien sie nie wieder loslassen zu wollen.

Und wo Eis vorgeherrscht hatte, begann sich ein Feuer zu bilden. Eine Dringlichkeit. Sie war nackt; er sollte es auch sein.

Mit einer Hand versuchte sie, sein Hemd aufzuknöpfen. Sie war mit dem zweiten Knopf beschäftigt, bevor er bemerkte, was sie tat.

Er sah nach unten, entließ ein Schnauben und murmelte: „Du bist definitiv ein kleiner Kobold." Nachdem er sie auf die Füße gestellt hatte, hielt er sie, bis sie ihr Gleichgewicht gefunden hatte, und stand dann selbst auf. Lauter als normal rief er: „Vance!"

Bevor sie sich bewegen konnte, packte er ihre Handgelenke und brachte ihre Arme hinter ihren Rücken. Durch die Position wölbte sie ihm ihre Brüste entgegen. Ohne sie loszulassen, küsste er sie erneut, während er seinen Oberkörper an ihren Brüsten rieb. Das raue Material kratzte über ihre harten Nippel, und die Nässe zwischen ihren Schenkeln vervielfältigte sich.

Nach einer Weile entriss er ihr seine Lippen und blickte über ihre Schulter. Und lächelte.

Vances große Hand ersetzte die von Galen, als er sich gegen ihren Rücken presste und ihre Haut mit seinem Körper wärmte. Mit der freien Hand griff er um sie herum und fand ihre Brust. Seine Berührung schickte elektrisierende Empfindungen durch ihren ganzen Körper.

Galen nahm ihr Gesicht zwischen seine Handflächen, vorsichtig, sodass er ihre Wunde nicht berührte. Schließlich gönnte er sich einen weiteren Kuss, fordernd und dominant, während Vance dafür sorgte, dass sie dem Ansturm nicht entkommen konnte.

*Gott, Gott, Gott!* Die unnachgiebigen Hände an ihren Handgelenken, der Kuss, der alle anderen in den Schatten stellte – ihre Pussy konnte nicht feuchter sein und sie schmolz wie Butter in der Sommersonne dahin.

Vance neckte ihre empfindlichen Brustwarzen.

Dann knickten ihre Knie ein.

Lachend packte Galen sie an der Hüfte und hielt sie hoch, bis sie wieder sicher stand. „Du küsst wie ein feuchter Traum", sagte er. „Genieße sie für eine Weile, Vance."

Ohne von ihren Handgelenken abzulassen, griff Vance nach einem Bündel ihrer Haare, riss ihr Gesicht zu sich und plünderte dann ihre Lippen mit seinen.

Das Einzige, was ihr in den Sinn kam, war das Wort *anders*. Galen ... nahm, forderte, dominierte, aber Vance konnte sie nur als überwältigend beschreiben; er überwältigte sie mit Empfindungen.

Sie stand auf einem Bein; die Zehen ihres verletzten Beines berührten kaum den Boden, aber genug, sodass sie ihr Gleichgewicht nicht verlor.

Nun ergriff Galens Hand ihre Wade und schob ihr verletztes Bein vorsichtig zur Seite, wo er sie fixierte und ... weit spreizte. Bei ihrem unsicheren Wackeln festigte Vance seinen Griff und fuhr einfach damit fort, sie zu küssen.

Ihr Kopf drehte sich.

Dann spürte sie, wie Galen über ihren Schenkel nach oben

streichelte, bis er ihre Pussy erreichte. Hitze brodelte in ihr, als er in Kontakt mit ihren Schamlippen kam. Ein Finger umkreiste rücksichtslos ihre Klitoris, bis es zu viel wurde und sie ein Stöhnen entließ. Sie war so feucht; das konnte sie daran erkennen, wie problemlos er durch ihre Spalte glitt.

„Wie wund bist du, Baby?", fragte Galen und berührte sanft ihre angeschlagene Hüfte. „Willst du mehr, oder sollen wir aufhören?"

Vance knabberte an ihrer Unterlippe und erlaubte ihr dann, auf Galens Frage zu antworten.

*Aufhören? Jetzt?* „Es geht mir gut." Die Stille erinnerte sie daran, dass Vance und Galen ihren Worten nicht immer Glauben schenken konnten. „Wirklich. Es geht mir gut." Sie wollte die Doms bitten, weiterzumachen. So verzweifelt wollte sie fragen und ... schaffte es nicht. „Ich ... Mehr wäre gut."

Vance schnaubte, lachte, und doch erkannte sie, dass er sie genau beobachtete, um sicherzugehen. „Na gut, Süße. Mehr also."

**Und es würde** ihm die größte Freude bereiten, ihr so viel zu geben, wie sie aushalten konnte, dachte Vance.

Das Grinsen auf Galens Gesicht sagte, dass er mit dieser Idee einverstanden war. Aber sie war nicht bereit für die übliche Art, in der sie Sex hatten ... und wenn er ehrlich war, sollten sie wohl mit einem Hands-on-Ansatz beginnen. Die erste Session mit ihr hatte ihm eine gute Vorstellung davon gegeben, wo ihre erogenen Zonen lagen. Bis sie heute mit Sally fertig waren, würde er noch mehr von diesen Stellen verinnerlicht haben.

Er warf einen Blick zu Galen. Sein angespanntes Gesicht zeigte, dass sein Knie schmerzte. Und Sally war schwer misshandelt worden – sie müssten heute sehr vorsichtig sein. „Wie wäre es mit einer Decke auf der Bar? Ich bin in der Stimmung für ein Festmahl."

Galens Augen verengten sich – er hasste es, wenn Sessions auf seine Verletzung abgestimmt wurden. Dann jedoch berührte er mit seinem Finger wieder den blauen Fleck an Sallys Hüfte. „Guter Plan."

„Ein Festmahl?", fragte Sally.

„Richtig gehört. Galen und ich sind hungrig – nach dir." Mit einem Lächeln hob Vance sie in seine Arme. Was für ein Glück, dass er die Schubladen an der Kücheninsel mit spaßigen Artikeln gefüllt hat, nachdem die Küche fertiggestellt worden war.

Galen schnappte sich eine flauschige Decke von der Couch und führte den Weg in die Küche. Dann breitete er die Decke auf der Granitinsel aus und Vance legte Sally mit den Füßen zu den Barhockern auf den Rücken.

Als sich ihr welliges braunes Haar auf dem blaugrünen Stoff ausbreitete, nahm Vance eine seidenweiche Strähne zwischen Daumen und Zeigefinger. „Sie passt farblich zu den Schränken."

Galen warf einen Blick auf die braunen Walnussschränke und schnaubte. Er nahm auf einem Barhocker Platz und sagte: „Dann können wir das Farbschema genauso gut fortsetzen. Hast du die blauen Oberschenkelriemen in die Schubladen gelegt?"

*Riemen?* Vances Schwanz wurde so schnell hart, dass ihn das Gefühl beinahe in die Knie gezwungen hätte. „Verdammt, natürlich." Er lächelte Sally an, die ihn besorgt – und erregt – betrachtete. „Sag dein Safeword."

„Rot."

„Sehr gut. Benutze es, wenn du es brauchst, Süße." In einem Privathaus zu spielen, musste beängstigender sein als in einem Club, in dem Kerkeraufseher eingreifen konnten. Er musste den Mut von Subs respektieren, die sich von anderen fesseln ließen. Er lehnte sich vor, um die Riemen aus der unteren Schublade der Insel zu holen. Hinzu kamen Kondome und ein Päckchen Gleitgel.

Galen sah das Gel und grinste.

Vance legte einen Riemen direkt über ihr linkes Knie und musste aufpassen, dass er nicht abgelenkt wurde; die Schenkel von Frauen waren so unfassbar weich. „Zieh sie nach unten, Galen."

Galen packte ihre Oberschenkel und riss sie auf der Decke zu sich, bis ihr Arsch an der Kante zur Ruhe kam. Für Galen die perfekte Position zum Spielen.

Der Riemen verfügte über eine kurze Leine, die in einem Karabiner endete. Vance befestigte diesen an einen der Bolzen, die in regelmäßigen Abständen an der Unterseite der Insel zu finden waren. Er grinste sie an. „Du hast die Ehre, die Insel einzuweihen."

„Ich Glückspilz." Ihre atemlose Stimme wies sich durch ein leichtes Zittern aus. Sehr nett.

Er machte sich zu ihrer linken Seite auf, fuhr mit seiner Hand über ihre Schamlippen und genoss es, wie sie nach Luft schnappte. Ja, sie war bereit für mehr. Vorsichtig schnallte er ihren anderen Oberschenkel fest und befestigte ihn auf eine Weise, sodass ihre Knie gespreizt blieben. „Tut deine Hüfte weh?"

Sie bewegte sich, testete und schüttelte den Kopf. „Nein, Sir."

„Perfekt." Nur zum Spaß legte er einen weiteren Riemen über ihren Unterbauch und schnallte ihn fest. Mit dem Finger fuhr er um den lila Bluterguss weit über dem Riemen und wünschte, er könnte ein paar Minuten mit dem Bastard verbringen, der ihr das angetan hatte.

Galen wartete geduldig, eine Handfläche streichelte die Innenseite ihrer rechten Wade. „Handgelenksfesseln?", fragte er und brachte Vance damit zurück in die Gegenwart.

Handgelenke ... *Hmmm. Sollte er?*

„Nein, ich bevorzuge es, ihr eine symbolische Menge an Freiheit zu geben, obwohl wir alle wissen, dass es ihr in beiden Fällen nicht möglich ist, ihre Pussy vor den Empfindungen zu bewahren, die du in ihr auslösen willst."

Als wollte sie seine Aussage testen, spannte sie ihre Beine auf eine Art und Weise an, die Galen zum Lachen brachte.

„Zudem möchte ich ihre Hände in meinen Haaren spüren."

Mit einem Grinsen presste Vance einen Kuss auf Sallys kleine Handflächen, bevor er ihre Arme um seinen Hals legte. Da sie eine kluge Sub war, fuhr sie mit den Fingern in seine Haare, als er sich vorlehnte und über ihre rechte Brust leckte. Ihre Finger zerrten reflexartig an seinen Strähnen und ihr Körper zuckte.

Empfindliche Brüste. *Fuck*, möglich, dass ihn seine Zeit mit ihr ins Grab bringen würde. Und im Gegensatz zu der sinnlichen Session, die sie im Shadowlands mit ihr gespielt hatten, konnte er sich diesmal Zeit lassen und sich so lange an ihr erfreuen, wie er wollte.

Er gab ihr einen langen Kuss — wie der zeremonielle Wurf eines Balls, um das Spiel ins Rollen zu bringen. Nach einer Weile bahnte er sich einen Weg nach unten, knabberte an ihrem Hals, leckte über die Kuhle an ihrer Kehle. Ihre Brüste waren voll, die Nippel wiesen die Farbe ihrer Lippen auf und salutierten ihm zu. Die kleinen Noppen auf ihrem Brustwarzenvorhof neckten seine Zunge. Mit seinen Lippen, seinen Zähnen, seiner Zunge betörte er zuerst eine Brustwarze, dann die andere, bevor er ihre hinreißenden Brüste mit seinen Händen bedeckte. Als er sie knetete und massierte, genoss er die Art und Weise, wie sich die Haut straffte und ihre Brüste anschwollen. Er schob die Hügel zusammen, sodass er beide Nippel gleichzeitig liebkosen konnte.

Ausgehend von der Art, wie sich ihr Rücken wölbte und sie ihre Knospen zwischen seine Lippen schob, sehnte sie sich verzweifelt danach, dass er an ihnen saugte.

Noch nicht.

Er sah in ihre flehenden Augen.

Der letzte Rest von Angst war verschwunden.

„Wir fangen gerade erst an, Süße." Und in der Küche war es verdammt heiß. Er zog sein T-Shirt aus und genoss die aufblitzende Begierde in ihren Tiefen, bevor er sich wieder vorlehnte und ihren weichen Bauch küsste. Ein sanftes Knabbern entlockte ihr ein Quietschen. Als er mit der Zunge nach unten zu ihrer

Pussy fuhr, spannten sich ihre Muskeln an. Er spürte, wie sie versuchte, ihm ihr Becken entgegen zu heben – erfolglos.

*Das wird nicht passieren, Süße.* Sie hatte ihnen gezeigt, wie leicht sie zum Orgasmus fand – und Vance wollte testen, wie weit er sie zuvor treiben konnte.

Ein Blick auf Galen zeigte die Belustigung und die Lust, die er dabei empfand, ihn mit Sally zu beobachten. Aber Galen würde es Sally nicht erlauben, zu schnell zu kommen. Er wusste genau, wann es Zeit war, sich zurückzuziehen – besser als Vance. Er nahm an, dass es an der gesunden Portion Sadismus lag, die Galen in sich trug.

Galen lehnte sich vor und küsste sie direkt über dem Riemen auf die Innenseite ihres Schenkels. Scharf sog sie den Atem ein. Ein verlockendes Geräusch. Und Vance beschloss, sich für ein paar Minuten zurückzuhalten und den Anblick zu genießen, wie sein Partner Sally in den Wahnsinn trieb.


**Sallys Brüste waren** so geschwollen, dass jeder ihrer Herzschläge in ihrem ganzen Körper zu spüren war. Ihre Nippel schmerzten und sehnten sich verzweifelt nach mehr Aufmerksamkeit. Ihrer Pussy erging es noch schlimmer. Ohne an dieser Stelle berührt worden zu sein, waren die Schamlippen geschwollen und pochten.

Mit angewinkelten Knien war sie weit offen für das, was Galen mit ihr vorhatte. Nur ... tat er nichts, der nervige Arsch.

Auf seinem Barhocker lehnte er sich vor. Seine Ellbogen waren auf der Kante platziert, seine Unterarme pressten sich gegen die Außenseite ihres Gesäßes und er übte einen beunruhigenden Druck aus, nur nicht dort, wo sie es brauchte. *Berühre mich, berühre mich, berühre mich.*

Anstatt ihrer stillen Bitte nachzukommen, strich er mit den Lippen über ihre rechte Schenkelinnenseite, dann die linke. Nach einer Minute der Folter bemerkte sie, dass er sich recht gemächlich auf ihre Mitte zubewegte. Sie rotierte ihre Hüfte und versuchte, ihn zu sich zu bringen, zu der Stelle, wo sie ihn –

*Schlag.*

Der unerwartete Schmerz an ihrer Schenkelinnenseite schoss durch sie. „Autsch!" Und doch verwandelte sich das Kribbeln schon bald zu einem erotischen Brennen, das sich der Empfindung in ihrer Pussy anpasste.

Galen hob nicht einmal den Kopf, und so suchte sie den Blick von Vance.

Er gluckste. „Er hat es noch nie geschätzt, wenn sich seine Opfergaben bewegen. Das macht ihn mürrisch."

*Mürrisch?* Ein Dom, der nicht überwältigender, kontrollierender oder dominanter sein konnte, wurde mürrisch? Ein Kichern entrang ihr.

Dann erstickte sie an ihrem Lachen, als Galens gnadenlose Finger ihre Schamlippen spreizten.

Die kühle Brise an ihrem Eingang und ihrer geschwollenen Klitoris brachte sie zum Stöhnen. *Da, ja, genau da!*

Nichts geschah.

Sie hob den Kopf leicht an. Galen betrachtete ihre Pussy auf diese bestimmte Weise, in der es ein Dom tat, der etwas sah, das er für seins hielt.

Vor Verlegenheit errötete sie und sie ließ sich auf das Inferno ein, das über ihren Körper rollte, bis auch ihre Wangen glühten. Hoffentlich merkte er es nicht ...

In dem Moment hob er den Kopf; seine aufmerksamen Augen betrachteten ihr Gesicht für eine Weile, bevor er ihren Blick mit seinem einfing. Sie sah die Belustigung, den Hunger und ... mehr. Als wäre er an ihren Gefühlen wahrhaftig interessiert.

Sie spürte Vances Hände auf ihren Brüsten ... aber Galen ließ sie nicht los, hielt sie in seinem Bann.

Noch immer von Galen weit gespreizt, umkreiste er mit dem Zeigefinger seiner anderen Hand ihren Eingang und glitt dann langsam, so verdammt langsam zu ihrer Klitoris hinauf.

Ihre Augen begannen, sich zu schließen, als der Druck in ihrer Mitte wuchs und sie –

„Augen zu mir, Sally."

Bei Galens sanft ausgesprochenem Befehl zwang sie ihre Augen auf. Ohne den Blick von ihrem Gesicht zu nehmen, fuhr er seitlich an ihrer Klitoris vorbei und benetzte sie mit ihrem eigenen Nektar. Ihre Muskeln spannten sich an, wollten instinktiv die Beine vor diesem Ansturm schließen, aber seine Finger waren unerbittlich, hielten sie offen und für sich zugänglich. Als er mit dem Finger über die Vorhaut rieb, die ihre Klitoris bedeckte, fühlte es sich so intensiv an, so überwältigend, seine schwieligen Finger an ihrem Fleisch zu spüren.

Seine Berührungen wurden wieder sanfter und er glitt mit der Fingerspitze die andere Seite ihrer Klitoris entlang. Elektrizität schien unter der Haut zu brutzeln.

Sie bemerkte, wie sein Finger nach unten wanderte, und am liebsten würde sie einen frustrierten Laut entlassen. Der Finger glitt ein winziges Stück in sie und weckte neue Nervenenden. Er zog sich zurück, nur um mit zwei Fingern in sie zu stoßen. Es fühlte sich an, als würde er ihre Pussy erkunden, ohne jemals ... den Blick von ihrem Gesicht zu nehmen. Rein und raus. Wieder rein.

*Oh Gott*, es fühlte sich so gut an! Ein Lustschauer brach über ihr ein, und sie spürte, wie sich die Erregung in ihr aufbaute.

Mit beharrlichen Fingerspitzen fand er eine Stelle in ihr, über die er immer und immer wieder rieb. Er schüttelte den Kopf und wechselte den Winkel.

Sie zuckte zusammen, zappelte unter ihm und ließ ihn so wissen, dass er den richtigen Punkt getroffen hatte, aber ... *Nein, Sally, dieser Dom schätzt es nicht, wenn sich die Sub bewegt.* Irgendwie schaffte sie es, sich zum Stillhalten zu zwingen.

Er hatte Lachfältchen um die Augen, und ohne ein sichtbares Lächeln vertieften sie sich, als er sie beobachtete. Dann rieb er über eine Stelle, bei der sich die Wände ihres Geschlechts ruckartig anspannten und sich um die Härte seiner Finger zusammenzogen.

„Nun, das ist ein leicht zu erreichbarer Punkt", murmelte er. Anschließend glitt er mit dem Finger aus ihr heraus.

*Nein!* Ein Stöhnen entrang ihr.

Glucksend sah er zu Vance. Als sich Galens Blick von ihr losriss, fühlte sie sich, als hätte sie jemand auf einer Streckbank lang gezogen und dann plötzlich den Druck herausgenommen.

Nachdem er Vance zugenickt hatte, schenkte ihr Galen ein Lächeln. Ein ... beunruhigendes Lächeln.

„Halte durch, Süße." Vance drückte ihre Brüste zusammen, seine Hände nun rauer als zuvor. Keine sanften, neckenden Berührungen mehr von ihm.

Galen senkte den Kopf und seine Zunge leckte über ihre äußeren Schamlippen bis zu ihrer Klitoris, umkreiste das Nervenbündel und dann schnellte er mit seiner talentierten Zunge darüber hinweg. Seinen freien Arm schlang er um ihren Schenkel, sodass er die Hand auf ihren Venushügel legen konnte. Daraufhin übte er Druck aus und zog, bis die Vorhaut ihre Klitoris freigab.

Gleichzeitig schob er zwei Finger in sie, um rücksichtslos über diese empfindliche Stelle in ihr zu reiben. Augenblicklich zogen sich die Muskeln in ihr um die Eindringlinge zusammen, was ihm ein Lächeln entlockte. Er berührte, streichelte, rieb diesen bestimmten Punkt immer und immer wieder.

Als die Wände ihres Geschlechts um seine Finger pulsierten, verlangsamte er sein Tempo, ließ aber nicht nach, um sicherzustellen, dass ihre Pussy wach blieb.

Sie schwoll innerlich an, und hatte das Gefühl, aufs Klo zu müssen, sodass sie sich unter den Männern wand. Der Druck nahm zu, als sein Mund direkt über ihrer Klitoris pausierte. Sie spürte seinen Atem an ihrer entblößten Perle.

„Sag *Bitte*, Sally." Galens Stimme brach durch ihren Lustnebel.

Sie presste den Mund zu. *Kann ich nicht.*

„Du kannst es, Süße", murmelte Vance. Er nahm einen ihrer Nippel in seinen Mund und leckte über die Knospe.

Gleichzeitig umkreiste Galen mit der Zunge ihre Klitoris, rundherum, während sein Finger ihren G-Punkt betörte. Das Bedürfnis zu kommen, war wie die unvermeidliche Woge des Ozeans, wie Brecher, die aus dem Meer aufstiegen und in Richtung ...

Alles stoppte. Vance, Galen, Zungen, Finger.

Ein protestierendes Stöhnen brach aus ihr heraus.

Vances Lippen schlossen sich sanft um ihre andere Brust-warze, doch seine Zunge rührte sich nicht.

„Sag *Bitte*, Sally", flüsterte Galen. „Sonst nichts. Nur das eine Wort, Sub."

Ihr Mund bewegte sich, aber ... sie schaffte es nicht. *Kann nicht.*

Er blies gegen ihre entsetzlich empfindliche Klitoris.

Kälte traf auf das überhitzte Gewebe; ihre Hüfte zuckte nach oben, zuckte der Erlösung entgegen. „Bitte!"

„Braves Mädchen." Seine Stimme war ein Schnurren der Aner-kennung, die ihr Herz in Wärme hüllte.

Vance nahm ihre Nippel zwischen die Lippen und ... saugte. Hart.

Galens Mund schloss sich um ihre Klitoris – die plötzliche Nässe zwischen ihren Schenkeln schockierend –, und er trieb sie direkt auf einen Orgasmus zu. *Oh Gott*, er saugte gierig an ihrer Klitoris, glitt rechts und links mit seiner Zunge entlang.

*Hoch, hoch, hoch.*

Ihr Körper spannte sich an. Ihr Atem stockte. Ihre Hände hoben sich, fanden Vances Haare und sie zog ihn näher an ihre Brüste. Alles in ihr bereitete sich auf den kommenden Moment ihrer ...

Mit einem Rauschen, das sie eher fühlte, als hörte, bündelte sich alles zu einem glühenden, glorreichen kosmischen Ball zusammen, der sich in einer gewaltigen Explosion entlud. Das ekstatische Gefühl raubte ihr den Atem, den Verstand, die Kontrolle über ihren Körper, während sie die Wellen des Orgasmus ritt. Die Schwärze des Weltraums erfüllte ihre Welt, Meteore streiften durch ihr Sichtfeld, und eine Empfindung nach der anderen funkelte durch sie wie neugeborene Galaxien.

Schließlich nahm das Rauschen in ihren Ohren ab, und sie hörte Vances leises Lachen und Galens zufriedenes Grummeln.

Als sie schlaff und unbeweglich auf der Kücheninsel lag, wild nach Luft schnappend, löste Vance ihre Beine. Bevor sie sich bewegen konnte, hob er sie in seine Arme. Galen faltete die riesige Decke in ein Rechteck. Nachdem er zwei Hocker zusammengeschoben hatte, arrangierte er die umfunktionierte Decke auf den Sitzen.

Vance legte sie mit dem Bauch nach unten auf die Hocker. „Tut das deinem Bauch weh?"

Eine Federkernmatratze war es nicht, aber ... „Nein, Sir."

Als ihre Zehen den Boden berührten, beugte Vance ihr linkes Bein und wickelte ein Seil um ihren Ober- und Unterschenkel, um sicherzustellen, dass ihr Knie gebeugt blieb. „Nicht belasten, erinnerst du dich?"

Richtig. Nur ließ sie das noch hilfloser zurück, erkannte sie begleitet von einem Lustschauer.

„Sally." Galens Stimme.

Sie schaffte es, sich mit den Händen abzustützen und den Kopf zu heben. „Ja, Sir?"

„Ich will deinen Mund um mich spüren, Sub." Vor ihr öffnete Galen seine Jeans und sein Schwanz sprang heraus. Wie der Rest seines Körpers war er perfekt geformt, lang und mit einer pflaumenförmigen Eichel.

Oh, das wollte sie, sie wollte ihn befriedigen. Zu hören, wie sich seine Stimme vertiefte und wie er summte, wenn sie etwas tat, um ihm zu gefallen.

Sie atmete seinen moschusartigen Duft ein und leckte sich über die Lippen. Dann öffnete sie den Mund, sodass er zwischen ihre Lippen gleiten konnte. Samtweiche Haut spannte sich über eine stahlharte Erektion. „Mhm."

Er schnaubte amüsiert. „Mach dich an die Arbeit, Sally." Er schob ihr die Haare aus dem Gesicht und fuhr mit den Fingern in ihre Wellen, um ihre Bewegungen zu lenken. Das Gefühl, kontrolliert zu werden, hilflos zu sein, sorgte dafür, dass der Druck erneut in ihr wuchs.

Sie gab alles, leckte und saugte, liebte die Chance zu geben, liebte die wertschätzenden Laute, die er von sich gab.

„Wie ich gehört habe, hast du ein Talent dafür", sagte er und sie lächelte um seinen Schwanz.

Sie spürte, wie ihre Beine geteilt wurden und sich muskulöse Oberschenkel dazwischen einfanden. Vances große Hand testete ihre Nässe und etwas drückte sich gegen ihren Eingang – ein extrem dicker Schwanz. Beinahe zu groß. Aber sie war so bereit und feucht, dass Vance ohne Probleme in sie gleiten konnte.

Nur nicht so problemlos, wie sie vermutet hatte. Ein Lustschauer rann durch sie, als sein Schaft sie dehnte und pulsierende Nachbeben in ihr auslöste. Er hielt nicht inne, presste rücksichtslos in sie, bis er tief in ihr war und sein Schambein mit ihrem Po kollidierte.

*Gott*, sie fühlte sich voll, oben und unten. Benutzt. Genommen. Kontrolliert.

Sie wollte alles. Wollte diese beiden Männer.

Vance glitt langsam aus ihr heraus und die Reibung entfachte jedes Nervenende wieder zum Leben, entzündete ihre Klitoris wie ein Streichholz. Als er sich über sie lehnte, wanderte seine große Hand unter ihren Bauch, um ihren Arsch anzuheben. Sein Griff an ihrer rechten Hüfte festigte sich und dann drang er wieder in sie. Zufrieden, dass sie ihn aufnehmen konnte, zog er das Tempo an, sodass sie bei jedem seiner harten Stöße auf Galens Schwanz geschoben wurde.

. . .

**Galen grinste, obwohl** sich der Orgasmus in seinem Körper bereits aufbaute. Er würde ihre Grenzen heute nicht überschreiten. Zuerst wollte er sehen, wie sie sich mit Oralsex machte, aber bei Gott, sie fühlte sich gut an. Als er sich aus ihr zurückzog, traf die kalte Luft auf seinen nassen Schwanz. Dann stieß er wieder in ihren heißen, feuchten Mund. Ihre Zunge liebkoste seine Länge. Mit jedem Stoß vergrub er sich tiefer in ihre Wärme und tauchte in ihre Weichheit.

Vances Blick begegnete seinem. Diese kleine Sub war ein Genuss, in dem Punkt waren sie sich einig – und auch er musste zugeben, dass sie besonders war. *Mein Gott.* Er musste gut darüber nachdenken, in welche Richtung er diese Sache mit ihr treiben wollte. Aber ... später.

Langsam beschleunigte er, achtete darauf, nicht zu tief oder zu kraftvoll in sie zu stoßen. Indessen stellte er jedoch sicher, dass sie wusste, wer die Kontrolle hatte. Er allein. Er beobachtete, wie sie die Finger um die Beine des Hockers legte und fest zudrückte. Wie es aussah, stand die kleine Sub kurz vor ihrem nächsten Orgasmus. Ausgezeichnet.

Hoffentlich nachdem er gekommen war, da Cullen erwähnt hatte, dass der kleine Kobold dafür bekannt war, ihre Zähne ins Spiel zu bringen, wenn sie kam. Warum überraschte ihn das nicht?

Als sie an seiner Eichel saugte und ihn mit ihrer Zunge bearbeitete, schwor er, dass die Raumtemperatur auf ein sauna-ähnliches Niveau anstieg. Sie war großzügig, die Kleine.

Erfreut streichelte er ihr die Haare. „Du machst mich sehr glücklich, Sally. Und jetzt werde ich kommen, bevor du das tust. Bist du einverstanden mit schlucken?"

Ihr Kopf hob sich leicht, die Augen überrascht aufgerissen. Überrascht, dass er gefragt hatte? Aber sie nickte und ihre Lippen legten sich fester um seinen Schwanz. Der atemberaubendste Anblick seit einer sehr langen Zeit.

*Dann mal los.* Mit einem genussvollen Stöhnen pumpte er

härter, schneller, tiefer in ihren süßen Mund und spürte, wie das unverwechselbare Gefühl eines herannahenden Orgasmus über seine Wirbelsäule kribbelte. Seine Eier zogen sich zusammen und dann schoss die Erlösung aus seinem Schwanz. Er packte ihr Haar fester, während er stets sicherstellte, dass sie Luft bekam.

Ihre Kehle fing die Eichel seines empfindlichen Schwanzes ein, als sie schluckte und schluckte und schluckte.

*Fuck*, das fühlte sich gut an.

Dann atmete er aus, bewegte sich sonst keinen Millimeter, um die Wärme ihres Mundes noch für ein paar Sekunden genießen zu können. Ihre Zunge zog träge Kreise, als sein Schaft erschlaffte.

Schließlich zog er sich zurück und lehnte sich anschließend vor, um ihr einen Kuss auf den Kopf zu geben. „Danke, Sally. Du warst wundervoll."

Ihre roten Wangen zeigten, wie glücklich sie seine Worte machten – dass sie ihren Dom befriedigt hatte. Und das hatte sie.

Kleine Hexe. Mit jedem Anflug von Süße, die sie offenbarte, zog sie ihn weiter in ihren Bann.

Sanft streichelte er über ihre Haare und nickte Vance zu, der langsamer geworden war, sodass sich Sally auf den Blowjob konzentrieren konnte.

„Jetzt ich." Vance nahm das Gleitgel, das er auf einen unbenutzten Stuhl gelegt hatte. Nachdem er das Päckchen aufgerissen hatte, spreizte er Sallys Pobacken und tropfte den Inhalt auf ihr Arschloch.


**Kühle Flüssigkeit tropfte** auf ihr überhitztes Fleisch. Auf ihr Arschloch. *Was zum Teufel?* Sallys Kopf kam so schnell hoch, dass sie fast ein Schleudertrauma erlitten hätte. „Was machst du denn?"

Galen lachte, seine Hand ruhte immer noch auf tröstende Weise auf ihrem Kopf. „Dieses Mal neckt er dich nur. Für mehr bist du noch nicht bereit."

*Mehr? Verdammt,* sie wusste, dass sie das mit ihr machen wollten. Die anderen Subs hatten mit der Information nicht hinterm Berg gehalten. Die Vorliebe der FBI-Agents für Analsex war nur einer der Gründe, warum sie sich ihnen nicht in die Arme geworfen hatte. Anal stand nicht gerade oben auf ihrer Favoritenliste. Zumindest nicht, wenn man bedachte, wie groß die Schwänze der Männer waren. Jedes Mal, wenn sie den Akt zugelassen hatte, hatte sie es bereut, dem Druck eines Doms nachgegeben zu haben.

Aber, *oh Gott,* wie würde es sich mit Vance und Galen anfühlen? Sie waren ... anders, immer so vorsichtig. Sie behandelten sie wie etwas Besonderes.

Und doch ... selbst, als sich die Doms um sie kümmerten, nahmen sie von ihr, was sie brauchten. Und sie sehnte sich nach dem Gefühl von ihnen überwältigt zu werden – emotional und körperlich. *Das brauchte sie.*

Ein Schauer durchlief sie, als sich Vance mit seinem Schwanz langsam und doch unerbittlich in ihrer Pussy vergrub.

Seine starke Hand packte ihre rechte Pobacke, trennte sie von der linken, sodass ...

Sie wand sich unter ihm, als sein dicker Finger ihren Anus umkreiste, sich sanft in sie schob und wieder raus. Jedes Mal, wenn sein Schwanz aus ihr herausglitt, drückte Vance seinen Finger in ihr Loch und arbeitete sich langsam aber sicher tiefer.

Ein Nervenende nach dem nächsten erwachte zum Leben – wie Geburtstagskerzen, die angezündet wurden, bis die gesamte Region hell leuchtete.

„Sehr gut, Süße. Mehr wird es heute nicht", sagte er und rieb besänftigend über ihren Hintern, während er noch immer tief in ihr vergraben war und sie füllte. „Ich hoffe, du genießt Analplugs, denn du wirst jeden Tag einen tragen, bis du mich aufnehmen kannst."

Sie erschauerte bei seinen Worten – und sie war sich nicht sicher, ob es aus Angst oder sexueller Vorfreude war.

Er lachte und packte ihre rechte Hüfte in einem rücksichtslosen Griff. „Bereit?"

*Nein!*

Ein Stöhnen entrang ihr, als er einen überwältigenden Rhythmus vorlegte, indem er abwechselnd ihren Anus mit seinem Finger und ihre Pussy mit seinem Schwanz füllte. Die doppelte Penetration verwirrte ihre Sinne, und ihr Körper reagierte, der Druck in ihrer Mitte baute sich auf. Ihre Atmung kam gepresst heraus. Sie wusste, dass sie kurz vor ihrem nächsten Höhepunkt stand. Seine Stöße wurden kraftvoller, trieben sie den Berg hinauf zum Gipfel. An der Klippe zum Abgrund fixierte er sie.

Sie hob den Arsch hoch, bettelte wortlos um mehr … um noch einen Orgasmus, nur einen.

„Na gut, Süße", murmelte er. Als er mit seinem Schwanz in sie hämmerte, zog sich ihr Geschlecht um ihn zusammen, und dieses Mal glitt er nicht aus ihr heraus. Stattdessen stieß er mit dem Finger in ihr Arschloch, tief und tiefer und füllte sie vollständig. Und so schubste er sie in den Abgrund.

„Oh, oh, oh!" Die Funken sprühende Ekstase kam der Wildheit eines Waldbrandes gleich, ihr Körper in Hitze getaucht, sodass sie die Kontrolle verlor und sich schreiend und wimmernd unter ihm aufbäumte. Die Empfindungen zerrissen sie, das Vergnügen, das er ihr bereitete, fast unerträglich. Sie packte die Beine des Stuhls, wimmerte, bebte, unfähig, seinem Griff, seinem erregenden Finger, seinem Schwanz zu entkommen.

Sie hörte ihn lachen und Galen tat es ihm gleich. Dann ließ Vance jegliche Kontrolle fallen und hämmerte auf der Suche nach Erlösung hart in sie. Er fühlte sich jetzt noch größer an. Riesig. Während sie weiterhin von dem intensiven Orgasmus durchgeschüttelt wurde, drang er ein letztes Mal tief in ihre Hitze und entließ ein befriedigtes Stöhnen, als er sich in ihr ergoss.

Und … *Oh Gott*, sie liebte dieses Gefühl, das Wissen, dass sie, Sally, ihm dieses Vergnügen bereitet hatte.

# KAPITEL ACHT

**D**as **Gute an** den Schotterstraßen in den *Catskill Mountains* war, dass er leicht erkennen konnte, ob ihm jemand folgte. Drew Somerfeld hielt auf einer Anhöhe an, stieg aus seinem Fahrzeug und überprüfte die Spur, die er hinterlassen hatte. Der aufgewirbelte Dreck von den Reifen hing in der Luft und der recht starke Wind zeigte sich in Fichten und Tannen, während ein Bach über die Felsen plätscherte. Alles ruhig – abgesehen vom Wimmern der Frau im Kofferraum. Die holprige Fahrt musste sie geweckt haben.

Er schlug auf das Metall, um sie zum Schweigen zu bringen, und stieg wieder in sein Auto.

Eine halbe Stunde später hielt er vor der abgelegenen Hütte an, die er für seinen Zwillingsbruder gekauft hatte. Die beste Entscheidung seines Lebens. Sein Bruder kam mit Menschen nicht gut klar; besser funktionierte er, wenn Interaktionen nur auf ein oder zwei Personen beschränkt waren. Kein Lärm, keine Ablenkungen.

In dem Getümmel einer Großstadt – oder einer Heilanstalt – kam Ellis nicht zurecht. Hier draußen machte er sich gut, mit einem gelegentlichen Ausflug, um seine Besessenheit zu befriedigen.

Drews Lippen kräuselten sich. Es war ziemlich klug von ihm gewesen, Ellis zum privaten Henker der *Association* zu machen.

Auf der baufälligen Veranda erhob sich sein Bruder von dem hässlichen Stuhl, den er überall mit hinnahm. Brandspuren bedeckten die hölzernen Armlehnen des Stuhls.

*Zur Hölle*, sein Bruder sah auch nicht gerade besser aus. Weiße Brandnarben zeigten sich auf Ellis' linker Wange und seinem Kiefer, und sein Augenlid war runzelig, auf eine Weise verzogen, die ihm ein monsterartiges Aussehen verlieh. Zu fasziniert davon, deren Vater im Feuer sterben zu sehen, hatte Ellis zu lange verharrt. Fast wäre er unter dem einstürzenden Dach begraben worden.

Vor dem Feuer hatte er so gut ausgesehen wie Drew. So gefestigt wie Drew, war er jedoch noch nie.

Drew war der Erstgeborene. Deren Mutter hatte immer gesagt, Drew sei gieriger gewesen und gab stets ihm die Schuld an Ellis' Zustand, als hätte ein ungeborenes Kind in dem Punkt die Wahl gehabt. Fakt war jedoch, dass es Ellis an Sauerstoff gefehlt hatte, und er war einfach nicht so ... klug. Oder ausgeglichen. Irgendetwas in seinem Gehirn stimmte nicht.

Aber Drew sorgte dafür, dass es seinem Bruder nie an etwas fehlte. Vielleicht schuldet er das seinem Zwilling.


**Als sein Bruder** aus dem Auto stieg, grinste Ellis, und die Vorfreude wuchs. Hatte Drew eine neue Sklavin für ihn?

Der Tillman-Job hatte ihm viel Spaß bereitet. Ellis hatte genau das getan, was sein Zwilling ihm aufgetragen hatte, und er hatte jede Minute davon genossen. Besonders viel Spaß hatte es ihm gemacht, Tillmans Schlampe direkt vor seinen Augen zu töten und die Wut und die Hilflosigkeit auf seinem Gesicht zu sehen. Danach hatte er das Haus um den Gesetzeshüter und seine Frau in Asche verwandelt – und hey, er hatte sogar Tillmans Schwiegermutter mit reingeworfen. *Oh ja, was für ein Spaß. Ja, ja.*

Aber die Leiche der Sklavin zurück zum Auto zu bringen, war ein Kraftakt gewesen. Möglich, dass er sich den Rücken ausgerenkt hatte. Drews verfluchter Profikiller war überhaupt keine Hilfe gewesen. Er hatte gemeint, dass es nur seine Aufgabe sei, zu überwachen, dass der Job zu Drews Zufriedenheit ausgeführt wurde.

Natürlich hatte Ellis die Regeln befolgt, da sein Zwillingsbruder stets darauf bestand, dass die Anzahl der Leichen korrekt war. Und nachdem er die tote Schlampe ins Auto bekommen hatte, war es nicht so schwer gewesen, sie in einem tiefen Gewässer zu entsorgen. Die Fische mussten schließlich auch fressen.

*Ha. Kluger Drew.* Immerhin war es seine Idee gewesen, sich mit einer verängstigten, blutenden Sklavin Zugang zu Häusern zu verschaffen.

Und Ellis genoss es, sicherzustellen, dass jede Frau wie ein gestochenes Schwein blutete. Auch ein oder zwei gebrochene Knochen durften nicht fehlen, damit die Tränen echt waren. Erst dann bettelten sie, um eingelassen zu werden.

Bisher hatte sich die Tür zum Haus immer weit geöffnet. Die Frau würde die Türschwelle übertreten und Ellis folgte. Er grinste. *Ein wahrer Spaß.*

Aber Drew hatte angeordnet, keine Zeugen zurückzulassen, was bedeutete, dass er bei jedem Feuer eine Sklavin verlor.

Drew brachte ihm jedoch immer einen Ersatz. Hatte er das auch diesmal getan?

„Hast du etwas für mich?" Aufgeregt eilte er nach vorn. Neue Sklaven waren stets ein Highlight.

Grinsend öffnete Drew den Kofferraum und zog eine junge Blondine heraus. Die Augen verbunden, in Handschellen, Ketten um die Beine. „Ein hübscher Leckerbissen für dich, Ell."

*Das kann er aber laut sagen.* „Ich mag die Blonden."

„Sorge dafür, dass du sie länger hast als sonst. Das FBI rückt uns gerade extrem auf die Pelle, also schalte ich ein paar der Dienste ab."

„Okay." Ellis blickte finster drein. Das bedeutete auch, dass er in nächster Zeit erstmal niemanden verbrennen würde. „Ich habe nur eine aus Versehen getötet."

„Stimmt. Du machst dich gut." Drew tätschelte seinen Arm. „Und du hast bei der Tillman-Sache hervorragende Arbeit geleistet."

---

**In einem geräumigen** Ballsaal eines Orlando Hotels bewegte sich Galen durch die Menschenmenge aus Absolventen und deren Familien und Freunden. Die Musik des Orchesters war sanft und leise, was den Leuten die Möglichkeit gab, zu tanzen oder ein Gespräch zu führen. An einem Ende des Raumes stand ein Buffettisch. Eine gut sortierte Bar war in einem anderen Abschnitt eingerichtet worden. Vance war bereits auf dem Weg, Drinks zu besorgen.

Galen drehte sich langsam im Kreis. Seine Aufgabe war es, inmitten all dieser Menschen eine kurvige Sub mit langen, braunen Haaren ausfindig zu machen. Eine kleine Frau. Eine Frau, die nicht länger humpelte – im Gegensatz zu ihm –, da ihr Knöchel sich in den vier Tagen seit der Attacke des Arschlochs erholt hatte. Da sie wusste, dass ihr Knöchel geschwächt war, hatte sie sich heute Abend für flache, statt für hohe Schuhe entschieden. Kluge Frau.

Das mochte er an ihr. Er mochte *sie*.

Sally war immer noch in seinem und Vances Haus, und er hatte sich bereits daran gewöhnt, dass sie sich in der Nacht auf ihm ausbreitete. Schmiegte sie sich an Vance, dann kam Galen in den Genuss ihres runden Arsches an seinem Schwanz. Sie hatte den schönsten herzförmigen Arsch, den er jemals gesehen hatte.

Und den verlockendsten. Jeden Tag nahm er einen größeren Analplug zur Hand, um sie zu dehnen. Mittlerweile war Sally bereit für ihn und Vance, und er konnte es nicht erwarten, zu sehen, wie sie die Kontrolle verlor. Der süße kleine Kobold gab sich großzügiger als jede Frau, die er jemals gekannt hatte.

Endlich erblickte er sie. In der Nähe der mit weißen Decken geschmückten Tische unterhielt sie sich mit einem Mann. Obwohl sie in ihrem feuerroten Kleid wunderschön aussah, war das Leuchten verschwunden, das sie während der Zeremonie gezeigt hatte. Im Moment trug sie einen angespannten und freudlosen Ausdruck. Mit wem zum Teufel redete sie? Jemand von ihrer Familie?

Galen machte einen Umweg, damit er sich Sally von hinten nähern konnte. Er wollte sehen, mit was er es zu tun hatte, bevor er sich einmischte. Der Mann sah Sally ähnlich. Sicher, er hatte männlichere Züge, aber das spitze Kinn, die dünne Nase und die breite Stirn waren unverkennbar bei beiden zu erkennen. Familie, alles klar. Das musste der haustierhassende Vater sein. Galen verabscheute ihn schon jetzt.

„Du hast also endlich deinen Abschluss gemacht", sagte der Mann zu Sally. „Suchst du dir jetzt einen richtigen Job?"

Galen blieb stehen. Nicht gerade der liebevollste Tonfall. Oder der stolzeste.

„Seit ich zwölf bin, hatte ich regelmäßig einen Job, Vater", sagte Sally gepresst.

„Und dann hast du das Geld für Klamotten ausgegeben. Man könnte denken, dass du mittlerweile gelernt hast, was im Leben wichtig ist – nachdem du deine Mutter getötet hast", sagte der ältere Mann in einem verbitterten Ton.

*Meine Fresse, was ist das für ein abgefuckter Scheiß?* Als Sally bei den grausamen Worten zusammenzuckte, ballte Galen die rechte Hand zu einer Faust.

Zittrig holte Sally Luft, bevor sie die Schultern durchdrückte.

Wie oft hatte Galen schon diese Reaktion bei ihr beobachtet? Sie war so verdammt mutig.

„Nun, danke, dass du gekommen bist, Vater", sagte sie höflich. „Es war schön, Familie hier zu haben."

Der Beschützerinstinkt erhob sich in Galens Herz. Er war es gewohnt, seine Frauen vor körperlichen Attacken zu schützen; wie es schien, brauchte diese auch einen emotionalen Schild. „Da bist du ja", sagte er laut und deutlich, sodass er gehört wurde. Er trat hinter sie, schlang einen Arm um ihre Taille und fühlte die Spannung in ihrem kleinen Körper, sah die Wachsamkeit in ihren Augen. In Meth-Häusern hatte er Kinder mit diesem Ausdruck gesehen.

Er hatte jahrelange Erfahrung mit derartigen Arschlöchern, also lächelte er und fragte: „Und wer ist das?"

„Ähm. Also, Vater, das ist Galen Kouros vom FBI. Galen, das ist mein Vater Hugh Hart."

*Hart ohne Herz.* „Freut mich." *Sally hat nichts als schlechte Dinge über dich zu sagen.* Er streckte seine Hand aus und ignorierte die Zurückhaltung des Vaters. Der Mann hatte die gleichen samtbraunen Augen wie Sally, aber die Linien um seinen mürrisch gekrümmten Mund zeigten eine saure Persönlichkeit. Seine Haut war ledrig, und er war – das musste Galen zugeben - noch immer gut in Form; er war muskulös und wies Schwielen an den Händen auf. Sie hatte von Katzen in einer Scheune gesprochen ... und sie war von Iowa. Wahrscheinlich war er ein Farmer.

„FBI?" Harts Blick wirkte abwägend. „Sind Sie ihr Freund oder sind Sie gekommen, um sie zu verhaften?"

„Freund", sagte Galen. *Liebhaber. Dom.* Er war versucht, auf Angriff zu gehen. Es gab bestimmte Menschen, die man treten sollte, um der Menschheit einen Gefallen zu tun. Ähnlich zum Zerquetschen einer Kakerlake. Aber dies war weder der richtige Zeitpunkt noch der richtige Ort. *Ihr Vater. Abschlussfeier. Bleib höflich, Kouros.* „Sie müssen sehr stolz auf Ihre Tochter sein. Sie macht sich sehr gut." *Gott weiß, dass ich sehr stolz auf sie bin.*

„Hhm."

Keine Begeisterung herauszuhören. Warum zum Teufel war dieser Bastard hier? „Weit weg von zuhause."

„Das stimmt." Der Vater zog eine Kamera aus seiner Sakkotasche. „Ich brauche Fotos. Die Leute in der Stadt bestehen darauf."

Sally setzte ein Lächeln auf, das nicht unechter sein konnte, und der Anblick schmerzte Galen. Hart schoss ein paar Fotos, und nach einer Weile trat Galen dazwischen. „Es reicht." *Schluss mit dem Scheiß. Hör auf damit, die Gefühle deiner Tochter zu verletzen.*

Der Mann funkelte ihn wütend an, packte die Kamera aber weg. „Ich schätze, ich habe sowieso genug Fotos."

„Grüß alle von mir." Sie blickte zu Galen. „Du würdest die Leute dort mögen. Iowaner sind super nett."

Nachdem er Sally nun besser kannte, könnte er dem zustimmen ... wenn er ihren Vater nicht getroffen hätte.

Der alte Kerl blickte Sally genervt an. „Da du jetzt deinen Abschluss hast, komm vorbei und hol den Rest von deinem Kram."

„Ähm, okay. Gibt es einen Grund zur Eile?"

„Nicht wirklich."

Was bedeutete, dass der Vater nur wollte, dass Sallys Sachen aus seinem Blickfeld verschwanden. Galen spürte regelrecht, wie das Mädchen bei diesem Schlag unter die Gürtellinie in sich zusammensackte.

„Okay. Sobald ich eine feste Adresse habe, werde ich das tun." Sie richtete ein offensichtlich erzwungenes Lächeln an ihren Vater.

„Stelle sicher, dass du das tust."

Konnte er einem alten Mann, der sich wie das größte Arschloch aller Zeiten aufführte, vor den Augen der anderen eine verpassen? Ein paar direkte Worte wären auch möglich. Er bezweifelte jedoch, dass Sally dies gefallen würde.

Vance trat an Sallys Seite. „Ich habe dir einen Drink mitgebracht, Süße."

**Als Sally das** Glas nahm, erkannte sie, dass die Männer wieder ihr Wachhundmanöver durchführten und sich zu beiden Seiten von ihr in Position brachten. Ihre überfürsorglichen Krieger.

Nach dem Ausdruck auf Galens Gesicht zu urteilen, war er ernsthaft wütend auf ihren Vater.

Und das aus gutem Grund. Warum hatte sie ihrem Vater jemals eine Einladung geschickt? Wann würde sie es endlich in ihren Kopf kriegen, dass nichts, was sie tat, seine Zuneigung gewinnen würde? Aber egal, wie oft sie sich das immer wieder vorsagte, die Worte blieben einfach nicht hängen. Sie würde es auch weiterhin versuchen, seine Liebe zu gewinnen.

Galens Arm lag starr um ihren Rücken. „Entschuldigen Sie uns, Hart, aber es warten andere Orte und nettere Menschen auf uns. Und Sie können uns am −"

Bevor er den Satz beenden konnte, stürzte sich eine Gruppe ihrer Kommilitonen auf sie. In der Flut aus Glückwünschen − und bewundernden Blicken zu den Agents − gewann sie ihre Gelassenheit zurück. Und wie gut fühlte es sich an, die beiden vorzuzeigen? Sie sahen in ihren maßgeschneiderten Anzügen umwerfend aus. Galen in dem dunkelsten Grau auf der Farbpalette, Vance in einem Stahlgrau mit einem Hauch von Blau. Sie konnte sehen, dass sich die Frauen fragten, mit welchem Mann Sally zusammen war.

*Hände weg − sie gehören beide mir.* Dann schüttelte sie den Kopf. *Sind wir wieder mal wahnhaft, Sally?*

Als die Menge sich auflöste, wandte sie sich wieder ihrem Vater zu. „Na ja, ich weiß, dass du gehen musst", sagte sie. „Danke fürs Kommen."

Ihr Vater öffnete den Mund, um etwas zu sagen, zweifellos

etwas Gemeines, doch er wurde von einem fröhlichen Quietschen unterbrochen.

*Jessica?*

Eine Sekunde später zerrte die Blondine sie von Galen weg, und Sally wurde von Menschen, Glückwünschen und Umarmungen überwältigt. Bei Master Cullens enthusiastischer Umarmung verlor sie sogar den Boden unter den Füßen. Nachdem er sie abgesetzt hatte, bekam sie die Chance, sich umzusehen. Es sah so aus, als wären alle Master und Mistresses – und deren Subs – den ganzen Weg nach Orlando gekommen.

Am Rande der Gruppe starrte ihr Vater sie an, bevor er ruckartig auf dem Absatz kehrtmachte und davonmarschierte. Ihre Brust schmerzte, in ihrem Herz hallte die Leere wider.

„Deswegen traurig zu sein, ist es nicht wert", flüsterte Galen in ihr Ohr. „Du hast Menschen in deinem Leben, die dich lieben."

So schien es. Die Flut aus Anrufen, SMS und Besuchen nach Franks Angriff hatte sie erstaunt. Sie war so gerührt gewesen, dass sie geweint hatte. Und jetzt … waren nicht nur ihre Sub-Freunde hier, sondern auch die Tops. Sie lächelte alle an und runzelte dann die Stirn. „Ich dachte, ich hätte den Club verlassen."

„Du hast falsch gedacht." Als Master Z sich näherte, gab Galen seinen Platz an ihrer Seite auf. Der Besitzer des Shadowlands nahm ihr Kinn zwischen Daumen und Zeigefinger und musterte ihr Gesicht. Sein Blick verharrte auf dem Bluterguss, von dem sie dachte, sie hätte ihn gut abgedeckt, und sie beobachtete, wie er die Lippen verstimmt zusammenpresste.

„Falsch gedacht?", flüsterte sie.

„Du bist keine Auszubildende mehr", sagte er leise. „Nicht, solange du mit Galen und Vance zusammen bist. Aber du wirst immer ein Mitglied des Shadowlands sein, Sally."

*Oh Gott*, wenn er so weitermachte, würde sie noch weinen! Schon wieder!

Sein Daumen streichelte ihre Wange; dann gab er sie mit einem Schmunzeln an Vance weiter.

Mit einem verschwommenen Blick sah sie zu dem Agent. Sanft schmiegte er ihren Kopf an seine Schulter und schlang die Arme um sie. „Nur zu, Süße; lass es raus."

Ein paar erstickte Schluchzer entkamen ihr, bevor sie es schaffte, wieder ihre Fassung zu erlangen. Party. Freunde. Sie hatte keine Zeit für einen Zusammenbruch. Als sie sich zurückzog, akzeptierte Vance ein Taschentuch von Gabi, sodass er Sallys Tränen und ihre zweifellos verschmierte Wimperntusche abtupfen konnte.

„Gute Arbeit, du Hengst." Mistress Olivia grinste ihn an. „Hast du das von den vielen Subs gelernt, die du in den Jahren zum Weinen gebracht hast?"

„Ich habe an meinen kleinen Schwestern geübt." Er zwinkerte Sally zu und fügte hinzu: „Indem ich Subs zum Weinen gebracht habe, konnte ich die Technik perfektionieren."

Galen gab ihr ihren Drink zurück und musterte sie mit seinen dunklen Augen. Sie erstarrte und erwartete, dass er sie wegen ihres Vaters verhören würde, doch er schüttelte den Kopf. „Entspann dich, Sub. Genieße deine Party."

Oje. Mit Sicherheit hatte sie später ein Verhör zu erwarten. *Verdammte Scheiße.* Aber für den Moment würde sie dem Rat von Master Agent folgen und sich amüsieren. Sie hatte endlich ihren Abschluss gemacht und hatte Freunde, mit denen sie feiern konnte. Ihre Stimmung hellte sich auf, als wäre sie aus einer Höhle ins morgendliche Sonnenlicht getreten.

Sie hob ihr Glas zu einem Toast. „Danke, dass ihr alle gekommen seid." Ihr erster Schluck fühlte sich großartig an. Der zweite ... vertraut. „Das ist ein Screaming Orgasm!"

Vance schmunzelte. „Wir haben gehört, dass du eine Vorliebe für den Drink hast. Da wir vielleicht später mit dir spielen wollen, sind zwei Gläser dein Limit."

„Pffft." Sally drehte sich zu den anderen Shadowkittens. „Was für ein Schlappschwanz sagt seinem Mädchen, dass es nur zwei Orgasmen gibt?"

Ihre Freundinnen brachen in Gelächter aus.

Trotz des lauten Lachens hörte sie Galens amüsiertes Gemurmel: „Das Gör ist zurück." Bevor sie etwas dazu sagen konnte, flüsterte er ihr ins Ohr: „Wir meinen es ernst, Sub. Nur zwei Drinks."

*Träumt weiter, Jungs!*

Zu Sallys Freude blieb die Shadowlands-Crew und mischte sich unter die Absolventen und ihre Familien. Anwalt Marcus, Brandermittler Cullen, Kopfgeldjägerin Anne und die Agents unterhielten sich mit den Professoren mit Strafverfolgungshintergrund. Ihre Stimmen blieben leise, im Gegensatz zu der anderen Gruppe: Da waren Linda, die einen Strandladen besaß, Jessica mit ihrer Steuerkanzlei, Beth mit einer Landschaftsgestaltungsfirma, Andrea mit ihrem Reinigungsunternehmen und einige der Mütter der Absolventen, die auch ihre eigenen Geschäfte führten. Anscheinend konnten Steuererklärungen das Schlimmste in einer Frau hervorbringen.

Z, Gabi und einer der Professoren aus dem Bereich Forensik sprachen über Serienmörder, sodass Sally schnell den Rückzug antrat. Sicherlich würde sie in diesem Raum eine Gruppe finden, die weniger ekelhafte Themen besprach.

Da Gabi wusste, was Sally über Blut und Tod dachte, zwinkerte sie ihr zu.

Als sie von einer Gruppe zur nächsten lief, trank Sally ihren ersten Drink aus und holte sich einen zweiten. Dieser schmeckte genauso gut wie der erste. In dem Moment sah sie, wie Kari den Raum durchquerte und direkt auf sie zukam.

„Du siehst so toll aus!" Kari strahlte sie an. „Tut mir leid, dass ich so spät komme, aber ich habe mich mit meiner Mutter am Telefon verquatscht. Zane macht ihr Ärger. Oh, und Rainie und Uzuri riefen an, um zu sagen, dass sie heute länger arbeiten müssen, und ich dich von ihnen drücken soll." Sofort setzte Kari ihre Worte in die Tat um. „Ich bin so froh, dass du deinen Abschluss geschafft hast."

„Ja, ich auch." Sally rollte mit den Augen. „Obwohl ich nicht jeden Tag Seminare oder Vorlesungen an der UCF hatte, hätte mich das Pendeln von Tampa nach Orlando fast umgebracht."

„Weißt du schon, was du jetzt machen willst?"

„Ich suche nach einem Job in einem Polizeirevier."

Kari verzog das Gesicht. „Das dürfte interessant werden."

„Die Arbeit ist das sehr wohl. Manchmal eben auch hässlich. Ich sah einen ermordeten Mann; danach hat sich mein Magen ein paar Tage angefühlt, als würde er nichts anderes tun als Achterbahn fahren." Wenn sie ehrlich war, vielleicht sogar länger, als sie zugeben wollte.

Kim stand bei Raoul und wandte sich ihnen zu, ein besorgter Blick auf ihrem Gesicht. „Diese Bilder werden nie wirklich verschwinden." Als ehemalige Sklavin hatte sie wahrscheinlich genug Schreckliches für drei Menschen gesehen.

„Ja, das ist mir auch schon aufgefallen." Und ja, sie hätte sich nie in die Datenbank der New Yorker Polizeistation hacken sollen. Die Bilder von diesem ermordeten New Yorker Polizisten ... *Gott!* Anstatt Schafe in der Nacht zu zählen, zählte sie nun Leichen. „Aber ich verlasse die Wache nicht oft, also sollte es nicht zu einem Problem werden." *Sie würde nicht zulassen, dass es zu einem Problem wird.*

„Das ist gut." Kari sah zu der Gruppe aus Strafverfolgern, der sich ihr Mann angeschlossen hatte. „Dan meinte, dass du jetzt bei den beiden heißen Agents wohnst. Wie läuft es da?"

„Sie sind netter, als ich dachte", gab Sally zu. „Es ist nichts Ernstes. Schließlich sind sie Frauenhelden. Zwei von der Sorte. Ich denke also, langfristig wäre es keine gute Idee. Aber für den Moment genieße ich die beiden wie einen Eimer voller Halloween-Süßigkeiten. Das werde ich tun, bis mir die Süßigkeiten ausgehen."

„Das klingt nach einem klugen Plan." Nach einem Schluck von ihrem Getränk runzelte Kim die Stirn. „Ich mag Wein, aber auf einer Party ist das eine langweilige Wahl. Vielleicht sollte ich dein Orgasmus-Getränk probieren. Was ist mit dir, Kari?"

Sie zögerte und schüttelte dann den Kopf. „Wahrscheinlich keine gute Idee. Aber ich könnte etwas Wasser vertragen."

„In dem Fall, meine Damen, folgt mir." Sally führte den Weg zur Bar.

Der schlaksige Barkeeper grinste die drei Frauen an. „Was kann ich euch bringen?"

Kim stellte ihr Weinglas ab und warf einen Blick über ihre Schulter auf ihren Master, der etwas für Nolan und Sam auf einer Serviette illustrierte.

„Er ist zu beschäftigt, um sich darüber Gedanken zu machen, was du trinkst", sagte Sally. „Außerdem sind Orgasmen doch gesund, oder?" Vielleicht nicht nach Master Raouls Maßstäben.

Sally sah sich um und grinste. *Oh nein! Auch meine Agents sind beschäftigt.* Wirklich zu dumm. Sie leerte ihr Glas in zwei Zügen und stellte das Glas mit einem dumpfen Schlag vor den Barkeeper. „Ich brauche auch noch einen."

„Du wirst dir mit deinen Doms noch Ärger einhandeln, das ist dir doch klar, oder? Aber ich bin dabei." Kim sagte zu dem hochgewachsenen Barkeeper: „Zwei Screaming Orgasms, bitte."

„Wird nicht lange dauern."

Sally grinste Kari an. „Und du?"

Kari schüttelte den Kopf. „Nein. Ich habe seit Jessicas Junggesellinnenparty nichts Stärkeres als ein Glas Wein getrunken."

Dann wäre es wohl nicht besonders klug, einen für sie zu bestellen. „Mit einem Baby zuhause bekommst du wahrscheinlich nicht oft die Gelegenheit."

„Eigentlich hat meine Mutter Zane für die Nacht mit zu sich genommen." Kari beobachtete wehmütig, wie der Barkeeper die Getränke zubereitete.

„Also könnt du und Dan heute Abend die Sau rauslassen?" Kim legte ihren Arm um ihre Freundin.

„Das bezweifle ich doch stark", murmelte Kari.

177

Sally runzelte die Stirn. Neues Baby. Dan machte ständig Überstunden. Unglücklicher Blick in Karis Augen. Klang ganz danach, als würde der Haussegen bei den Sawyers schiefhängen. „Mach auch einen Drink für meine Freundin hier", sagte sie zu dem Barkeeper.

„Hey!", antwortete Kari. „Nein."

„Wenn wir heute Abend Ärger bekommen, dann auch du." Sally schmunzelte. „Ich wette, Dan hatte seit Ewigkeiten keinen guten Grund mehr, dir ein Spanking zu verpassen."

Der Barkeeper starrte die Frauen mit offenem Mund an.

Kari wurde feuerrot. „Ich gehe zurück zu den anderen." Sie ging zwei Schritte, bevor sie sich zu Sally umdrehte. „Und bring mir den Drink, wenn er fertig ist." Mit einem Blick zum Barkeeper fügte sie hinzu: „Wenn er es jemals schafft, unsere Cocktails zuzubereiten."

„Was?" Der Barkeeper schaute nach unten. „Oh, scheiße!" Fast das ganze Glas war mit Kahlua gefüllt.

*Oh Gott!* Sally legte ihre Hand in dem Versuch auf den Mund, ihr Kichern zu dämpfen.

Kim, die Trulla, hielt sich jedoch nicht zurück und lachte wie eine Hyäne.

Der Barkeeper schob das Glas beiseite, fing von vorne an und achtete darauf, nicht zu den beiden zu schauen.

Mit jeder Sekunde wurde das Gesicht des Barkeepers röter, sodass Sally es einfach nicht schaffte, sich zu entspannen. Ihr Lachen hatte ein Niveau erreicht, bei dem sie sich den Bauch halten musste. Und als sie bemerkte, dass Galen sie beobachtete, wäre ihr Gehirn bei dem Versuch, sich zu beruhigen, beinahe explodiert. Statt dem Lachen entrang ihr ein recht unsexy Grunzen.

„Gott, hör auf. Ich pinkel mich sonst noch voll!" Mit ihrem vibrierenden Körper lehnte sich Kim an sie.

„Scheiße", murmelte der Barkeeper, sodass die beiden erneut jegliche Kontrolle über sich verloren.

Als Sally endlich ihre Fassung zurückerlangte, musste sie sich Tränen von den Augen wischen.

Kims Lippen bebten noch immer, als sie ihren Drink von der Bar nahm, ihn probierte und sich bei dem Barkeeper bedankte. „Sehr lecker."

„Freut mich zu hören." Er reichte Sally ihren Drink.

Als Sally danach griff, ließ er nicht sofort los. „Also ... du magst Spankings?", sagte er so beiläufig wie möglich.

„Ah –"

„Das tut sie." Galens dunkle Stimme ertönte wie aus dem Nichts, bevor sich sein Arm um ihre Taille schlang und er sie an seinen steinharten Körper zog. „Aber nur meine Hand kommt in den Genuss ihres hübschen Arsches."

Der Barkeeper ließ ihr Glas so schnell los, dass sie es fast hätte fallen lassen.

Galen drehte sie herum und führte sie zurück zur Gruppe. „Genieße deinen dritten Drink, Sub. Im Gegenzug werde ich es später genießen, dich dafür zu bestrafen." Er rieb ihr mit einer Hand über den Hintern und sie spürte seine kraftvolle Handfläche durch ihr Seidenkleid, bevor er sie bei Kim und Kari zurückließ und sich unter die Menge mischte.

---

**Vance war mit** Sally vorgelaufen, während Galen zum Briefkasten am Ende der Einfahrt ging.

Er hielt ihr die Haustür auf.

Im Eingangsbereich lag Glock ausgebreitet wie ein überfahrenes Tier auf dem Fliesenboden. Er öffnete die Augen und entschied offensichtlich, dass seine Menschen nicht mehr Anstrengung als ein Ohrenzucken verdienten.

Sally lief um den Kater herum, Vance trat über ihn hinweg.

Der Empfang hatte bis nach Mitternacht angedauert, und Sally war nun etwas nüchterner, was ihrer Stimmung allerdings keinen Abbruch tat. Als sie nach ein paar Schritten herumwirbelte, folgten ihre langen Haare der Bewegung. „Ich hatte so viel Spaß!"

*Fuck*, sie war entzückend.

Glock ging aus dem Weg und zog sich mit einem empörten Schwanzwedeln in den Gameroom zurück.

„Vielen, vielen Dank, dass ihr zu meiner Party gekommen seid." Sally wirbelte erneut herum. Diesmal gab ihr Knöchel nach, sodass sie taumelte.

Grinsend fing Vance sie auf, bevor sie auf ihrem Arsch landete. Er zog sie an seine Brust, lehnte sich vor und küsste sie. Volle Brüste, saftiger Hintern, ihre dicken Haare, die sich wie Seide über seinen Arm ergossen. *Atemberaubend.*

Und sie schmolz an ihm dahin, erwiderte enthusiastisch seinen Kuss.

„Du lebst bei uns. Warum sollten wir also nicht zu deiner Party kommen?" Er trat zurück und befahl seinem Schwanz, er sollte sich beruhigen.

„Ich −" Als sie mit den Schultern zuckte, verstand er. Ihr eigener Vater hatte nicht kommen wollen, warum also sollten ihre zeitlich begrenzten Liebhaber an ihrer Abschlussfeier Interesse zeigen?

„Wir hatten eine gute Zeit." Er hätte noch viel mehr getan, um sie so glücklich zu sehen. Lächelnd tätschelte er ihren Arsch. „Wie wäre es, wenn du in etwas Bequemes schlüpfst? Geh duschen, wenn du willst. Anschließend komm zu uns in die Küche."

„Okay." Sie tanzte durch das Foyer und die gewundene Treppe hoch, mit einer Hand auf dem schmiedeeisernen Geländer.

„Fühlt sich nett an, sie so gut gelaunt zu sehen, oder?" Galen stand auf der Türschwelle und blickte zur Treppe.

„Oh ja. Ich wette, ihre Stimmung würde noch mehr aufhellen, wenn wir sie dazu bringen könnten, sich zu öffnen. Ihr Vater ... am liebsten hätte ich ihn mit meinen Fäusten bekannt gemacht."

„Ich fühle mit dir." Galen kam herein und lehnte sich schwer auf seinen Stock. Der hartnäckige Narr hatte sein Hilfsmittel beim Empfang nicht benutzt. „Bevor du zu uns gestoßen bist, hat ihr Vater etwas darüber gesagt, dass Sally ihre Mutter getötet haben soll."

„Was zum Teufel? Ist das dein Ernst?" Vance starrte ihn schockiert an.

„Wie ein kleiner Welpe, der einen Tritt abbekommen hat, ist sie zusammengezuckt."

So hätte der kleine Hitzkopf nicht reagiert, wäre sie nicht der gleichen Meinung wie der Schwachkopf. Nicht gut. „Sie duscht gerade. Wie wäre es, wenn wir uns eine saubere kleine Sub schnappen und nach ein paar Antworten graben?"

Galen seufzte. „So kann man eine Party auch beenden."

„Früher oder später müssen wir es tun."

Vance bekam ein gedehntes Nicken von seinem Partner. „Ayuh. Aber wo? Nicht im Schlafzimmer. Ich will kein Verhör, wo wir schlafen."

„Der Mond steht am Himmel. Lass uns die Cabana benutzen." Vance schätzte, wie lange Sally bereits im Badezimmer war. „Ich sollte genug Zeit für eine Dusche haben."

„Ich denke, es wäre am besten, wenn du heute die Rolle des guten Polizisten annimmst."

„Klingt gut." Er würde einen lausigen emotionalen Chirurgen abgeben; er hatte nicht das Herz, tief genug zu graben, um vergangene Traumata aus ihrem Unterbewusstsein zu holen. Aber er war ausgezeichnet in der Genesungsphase – einer der Gründe, warum er und Galen so gut zusammenarbeiteten. „In dem Fall möchte ich ohnehin nicht der Bösewicht sein."

Nicht mit Sally. Sie hatte bereits sein Herz erreicht. Sie wirklich zu verletzen, würde ihn linksherum drehen.

Galen presste die Lippen fest aufeinander. „Schön wird es nicht. Nicht nach dem, was ich heute Abend gesehen habe."

„Ich weiß."

Galen wagte ein Grinsen. „Wie wäre es, wenn du den Abend damit einleitest, mit unserer Sub zu duschen? Mach sie ein bisschen heiß. Bereite sie auf unser Verhör vor. Dann werden wir sie höher treiben."

Vances Stimmung hob sich. Großartiger könnte er den Plan nicht finden.

Er überlegte kurz. Vielleicht konnte er das doch. „Sie hat unseren Befehl missachtet. Ich denke, es wäre besser, wenn wir unsere Regeln durchsetzen würden – auch wenn sie im Scherz ausgesprochen wurden."

„Vielleicht." Galen rieb sich das Kinn, wo sein dichter Bart wuchs. „Ja. Es würde sie offener für Fragen machen – und ich hätte wirklich nichts dagegen, ihren süßen Arsch zu versohlen."

„Ja, das dachte ich mir."

---

**Nachdem sie sich** die Haare hochgebunden hatte, trat Sally in die Duschkabine und ließ das heiße Wasser über ihren Körper fließen. Sie genoss das Gefühl und entspannte sich langsam. Sie liebte es, zu duschen – und diese Dusche war fast so wundervoll wie die in Master Zs und Jessicas Wohnung.

Mit der Hand strich sie über die marmorierten Fliesenwände und lächelte. Der Bereich bot locker Platz für drei Leute. Die Dusche war größer als die in den Räumen der Männer.

Apropos, Männer ... sie sollte wahrscheinlich zum Ende kommen und den Jungs eine *Gute Nacht* wünschen. Was für einen wundervollen Abend sie hatte. Endlich den Abschluss in der Tasche zu haben, war zufriedenstellend, aber als noch großartiger empfand sie es, dass sie diesen Meilenstein mit allen hatte teilen können. Ein verbittertes Gefühl durchströmte sie bei der Erinnerung an ihren Vater, das doch schnell ausgelöscht wurde, da ihr im nächsten Moment Galen und Vance den Rücken gestärkt hatten.

Und dann waren ihre Freunde aus dem Shadowlands aufgetaucht. Sie entließ einen glücklichen Seufzer.

Die Duschtür öffnete sich.

Sally schnappte nach Luft und erkannte eine Sekunde später, um wen es sich bei dem Eindringling handelte. „Vance! Das ist meine Dusche!"

„Und dies ist mein Haus." Sein träges Lächeln führte zu einem Grübchen in seiner Wange, als er sie weit genug zurückschob, sodass er eintreten konnte. „Ich brauche jemanden, der mir den Rücken wäscht."

*Gott*, für diesen absolut selbstbewussten Ausdruck würde sie einfach alles tun. Aber das musste sie ihm ja nicht sagen. „Oh bitte, als ob du nicht −"

„Sally." Er wirkte stets so unbeschwert, dass sie manchmal vergaß, wie er ihr mit einem Wort die Kontrolle entreißen konnte.

Sie wurde feucht. Noch beunruhigender war die Art und Weise, wie sich ihr Herz zu Brei verwandelte. *Nein. Nein, nein, nein! Cool bleiben, Mädchen.*

„Na gut." Sie klatschte in die Hände und lächelte ihn an. „Soll ich dir den Rücken waschen, Master Buchanan, Sir?"

„Ich bitte darum, Sally. Das wäre wirklich nett von dir." Sein freundlicher Tonfall schaffte es nicht, den abschätzenden Blick in seinen Augen zu negieren.

Oje, sie steckte in Schwierigkeiten − denn dieser Blick weckte in ihr das Bedürfnis, auf die Knie zu gehen. Sie schüttete etwas von seinem würzig duftenden Duschgel auf einen Waschlappen und machte sich daran, seinen Rücken zu schrubben. Seinen sehr definierten Rücken mit breiten Schultern und Muskeln, die bei jeder Bewegung vor ihren Augen tanzten.

„Das fühlt sich gut an." Er drehte sich um, packte ihre Handgelenke und legte ihre Hände auf seine Brust. *Christus auf einem rutschigen Abhang*, niemals würde sie es leid sein, ihn zu berühren.

Ihm zu dienen. Ihn zu lie – Sie löschte diesen Gedanken, noch bevor er sich vollends formen konnte.

*Neustart.*

*Zurück zum Unterprogramm für Sex, bitte. Danke.*

Er legte einen Finger unter ihr Kinn und seine Augen verengten sich.

Sie schüttelte den Kopf. *Nein, halt dich aus meinem Kopf fern.*

Seine Hände pressten die ihre flach auf seine Brust. Sie konnte fühlen, wie sein Herz unter ihren Handflächen schlug, sehen, wie sein Gesicht an Härte verlor und sich der Ausdruck in seinen Augen ... veränderte.

Sein tiefblauer Blick hielt sie fest, zog sie in den Bann, füllte ihre ganze Welt.

Dann küsste er sie, gemächlich und tief und wundervoller als jemals zuvor. In einer sanften Liebkosung rieb er seine Nase an ihrer und lächelte.

„Hast du noch vor, mich zu waschen, kleine Sub?", murmelte er.

„Alles, was du willst", flüsterte sie und ... blinzelte. *Bitte was?*

Er lachte und legte ihre Hände wieder auf seine Brust.

*Okay. Schau ihm nicht in die Augen. Oder sein Gesicht.*

Stattdessen konzentrierte sie sich darauf, seine Brust einzuseifen, fasziniert davon, dass sich über seinen soliden Brustmuskeln genau die richtige Menge an Haaren verstreut hatte. Das umgedrehte Dreieck ging in eine schmale Linie über und führte direkt zu seinem wunderschönen Schwanz. Seinem harten Schwanz.

Nun, das war in der Lage, sie zu beschäftigen und ihren Verstand von anderen Dingen abzulenken.

Er gluckste und legte ihre Finger um seine Erektion. Dick. Lang. Venen, die sich über die Länge schlängelten. Jetzt hatte sie die Zeit, ihn sich genauer anzusehen und den Anblick zu genießen. Sie schob ihre Hand auf und ab, neckte mit abwechselndem Druck und fügte ihre andere Hand hinzu. Sie lehnte sich vor, sodass ihre Brüste über seine Haut rieben. Oh, sie wollte ihn. Daran gab es keinen Zweifel. *Aber nur seinen Körper. Mehr nicht.*

Und sie würde damit anfangen, ihn verrückt zu machen. Das wäre ein ausgezeichneter Abschluss für den Abend.

Bevor sie seinen Schwanz jedoch in den Mund nehmen konnte, stoppte er sie, nahm die Seife und fing an, ihre Brüste einzuschäumen. *Oh, heilige Scheiße.* Ein fieses Zwicken in ihren linken Nippel brachte sie auf die Zehenspitzen. „Konzentriere dich auf deine Aufgabe, Süße", sagte er. „Halte deine Hände in Bewegung."

---

**Nachdem auch Galen** schnell geduscht hatte, trug er seine Spielzeugtasche über den Pfad, der von der Rückseite des Hauses führte. Je näher er dem See kam, desto dichter wurden das Gestrüpp. Die Cabana stand nicht weit vom Wasser. Der Bereich war perfekt für Gäste, die Privatsphäre wünschten – jedenfalls war das der Plan für die Renovierungsphase. Da das Gebäude eine winzige Küchenzeile und ein Badezimmer enthielt, hatten er und Vance in der ersten Zeit hier geschlafen. Die einzige Veränderung, die bisher durchgeführt wurde, war, dass sie anstatt des kleinen Fensters mit Blick auf das Wasser ein deckenhohes eingebaut hatten, das die ganze Wand einnahm.

Er trat ein und sah sich um. In einer Ecke standen ein kleiner Kühlschrank, ein Hochschrank und ein Ofen mit Hängeschränken. Zwei Einzelbetten waren gegen zwei Wände geschoben worden. Ein stabiler quadratischer Tisch und zwei Stühle waren in der Nähe der Eingangstür zu finden. An der Wand links zeigte das Fenster den Mond über dem See, der sein silbernes Licht über das schwarze Wasser schickte.

Ja, dieser Bereich war perfekt für ihre Zwecke geeignet. Er nahm Seile aus seiner Tasche. Der Tisch wies für Sessions genau die richtige Höhe auf.

Als Galen damit fertig war, verschiedene Spielzeuge im Raum zu platzieren, vernahm er Sallys Stimme. Nicht gut, wie sie es regelmäßig schaffte, sein Herz zum Taumeln zu bringen.

Gefolgt von Vance trat Sally ein. Ihr Körper war von einem Fleece-Bademantel umhüllt.

Ihre geröteten Wangen und geschwollenen Lippen bewiesen, dass Vance gute Arbeit geleistet hatte. Sie war erregt. Galen nickte seinem Partner zu und versuchte, ein Grinsen zu unterdrücken. Mit Sicherheit war es ihm schwergefallen, die Jeans über seinem Ständer zu schließen.

„Wunderschön habt ihr es hier." Sally drehte sich im Kreis und kam plötzlich zum Stillstand. Sie hatte das Paddel auf dem Tisch entdeckt, die Gerte auf dem Bett. „Ihr wollt mich bestrafen? Aber ... ich habe gerade meinen Abschluss gemacht."

„Ja, das ist mir zu Ohren gekommen." Galen trat näher und öffnete den Gürtel ihres Bademantels. Als sich die Seiten teilten, wehte der Duft von erregter Frau, Seife und Lotion zu ihm. „Du riechst gut, Sub."

„Ich trage kein Parfum."

„Das brauchst du auch nicht." Er schob den Bademantel aus dem Weg, sodass er ihre weichen Brüste streicheln konnte. Als er mit dem Daumennagel über einen harten Nippel kratzte, wurde er damit belohnt, dass sie scharf den Atem einsog. Und wie er erwartet hatte, versuchte sie instinktiv, auf Abstand zu gehen. Vance stand bereits hinter ihr und blockierte diesen Rückzug.

„Läufst du weg, weil dir das deine Instinkte raten, oder willst du nicht, dass ich dich berühre?", fragte Galen. Er umfasste eine Brust und wog das Gewicht in seiner Handfläche. Ihr aufgerichteter Nippel, ihre Reaktion auf seine Berührung waren Antwort genug, aber sie musste es sich selbst eingestehen.

„Ich schätze, ich mache es instinktiv."

Sogar verbal wich sie ihm aus. „Magst du es, wenn ich dich berühre?", fragte er sie direkt.

Ihr Blick senkte sich. „Ja."

Obwohl er ihre Antwort bereits kannte, gab sie ihm doch das Gefühl, einen Berggipfel erklommen zu haben. Er räusperte sich. „Okay. Magst du es, wenn Vance dich berührt?"

Als würde sie ein Verbrechen gestehen, kam ihre Stimme flüsternd über ihre Lippen. „Ja."

„Das ist gut, Sub. Wir planen, dich heute Abend sehr viel zu berühren." Es war an der Zeit, sie ein wenig nervös zu machen. „Einige Berührungen davon werden dir gefallen. Andere eher nicht."

Seine Finger an ihrer Brust registrierten, wie sich ihr Puls beschleunigte.

Sehr schön. „Bevor wir richtig loslegen, müssen wir die Bestrafung hinter uns bringen." Damit beginnen wir die Reise in eine andere Dimension.

Sie zuckte kaum merklich zusammen. „Ich werde bestraft, weil ich meinen Abschluss gemacht habe?"

„Sally, du wirst bestraft, weil du einen zusätzlichen Drink hattest, nachdem ich dir gesagt habe, dass du es nicht tun sollst", sagte Vance.

„A-Aber es war eine Party. *Meine* Party."

„Wir wollten nach der Party mit dir spielen", antwortete Galen.

Vance fügte hinzu: „Was wir vermeiden wollten, ist, dass du dir das Genick brichst, weil du angetrunken bist und dein Knöchel noch nicht vollkommen verheilt ist." Als ihre Wangen rot anliefen, sprach er weiter: „Alkohol und Verletzungen am Bein sind nicht die beste Kombination."

Das konnte Vance aber laut sagen, dachte Galen genervt. Doch seine Stimmung erhellte sich, als er den Blick des kleinen Kobolds fand. Selbst gebändigt, verlor sie nicht ihre Lebensfreude. *Mein Gott*, sie war wirklich etwas Besonderes. Er lächelte und berührte ihre Wange. „Bist du bereit, Kobold?"

Als sie ihre großen braunen Augen zu seinen hob, schenkte

Vance ihm ein Grinsen und zog ihr den Bademantel vollständig aus.

Galen bezweifelte, dass er es jemals satthaben würde, sie ohne Kleidung zu sehen. Das schwache Mondlicht tanzte wie die Finger eines Geliebten über ihre nackte Haut, hob Körperstellen hervor und schaffte Schatten dort, wo der Duft einer Frau am stärksten auftrat.

Vance legte seine Hand um ihren Oberarm. Nachdem er sich auf den Stuhl neben dem Tisch gesetzt hatte, zog er sie zu sich und drapierte sie über seinem Schoß.

Durch das Mondlicht erinnerte ihr voller Arsch an weißen Marmor.

Ihre Haut bettelte geradezu um ein Spanking.


**Sally spreizte ihre** Hände auf dem Boden und versuchte, nicht von Vances muskulösen Oberschenkeln zu rutschen. Ihr Puls hatte sich beschleunigt; ihre Haut fühlte sich überempfindlich an, sodass sogar die Luft sie zu attackieren schien.

Als sie zappelte, positionierte Vance sie rücksichtslos so, wie er sie haben wollte. Nun ragte ihr Hintern in die Höhe, bereit für die Bestrafung. „Du weißt, warum du bestraft wirst. Hast du Fragen?"

Hatte sie die Männer jemals bei einer Bestrafungssession gesehen? Wie schlimm würde es werden? Sie drehte den Kopf, sodass sie Galen ins Gesicht sehen konnte. „Was habt ihr mit mir vor?"

Sein Gesichtsausdruck zeigte nun Missbilligung. „Zs Training für seine Auszubildenden beeindruckt mich gerade nicht."

*Gott*, kein Auszubildender würde so eine Frage stellen. Warum vergaß sie bei diesen Männern immer wieder ihre Selbstdisziplin? „Tut mir leid, Sir."

Galen lehnte sich mit der Hüfte an den Tisch und betrachtete sie mit einem ernsten Gesichtsausdruck. „Ist Gehorsam zu viel verlangt?"

Die Frage raubte ihr den Atem. „Nein, Sir." Zu wissen, dass sie die Doms enttäuscht hatte, schuf ein hässliches Gefühl in ihrer Brust. Sie waren nett zu ihr, und schließlich hatte Sally die Männer gebeten, ihre Doms zu sein, und was machte sie? Sie war frech zu ihnen. Und hatte absichtlich einen direkten Befehl missachtet.

Mochten Vance und Galen sie überhaupt noch? Sie schluckte schwer.

Nach einer Minute legte Vance seine Hand auf ihren Hintern. Die Wärme sickerte in ihre kalte Haut. „Hübscher kleiner Arsch, meinst du nicht auch, Galen?"

„Ayuh." Galen zog den leeren Stuhl unter dem Tisch hervor und positionierte ihn so, dass er sein verletztes Bein auf das Bett legen konnte. Offensichtlich machte er es sich für die Show bequem.

Sie knirschte mit den Zähnen und bereitete sich auf das Schlimmste vor. Früher hatte sie immer angenommen, dass Vance der Gelassenere war. Nun musste sie annehmen, dass sie sich geirrt hatte.

Er streichelte und massierte, bevor er sanfte Schläge auf ihren Hintern austeilte. Sie schloss die Augen und in ihr wuchs Besorgnis heran. Die Sorgfalt, mit der er vorging, bedeutete, dass er eine längere Sitzung plante.

*Schlag, Schlag, Schlag.* Er arbeitete mit Sets aus drei Schlägen – auf und ab. Dann hielt er kurz inne, bevor er härter zuschlug. Als er seinen Rhythmus fand, verwandelte sich das sanfte Kribbeln in ein Brennen und … der Schmerz folgte. Nach einer Weile stoppte er und streichelte erneut über ihren Hintern.

Sie lächelte. Okay, das war nicht so schlimm. Regelrecht erotisch. Sie behielt also Recht; Vance gefiel es nicht, Schmerz auszuteilen. Sie entspannte sich und genoss das leichte Kratzen seiner schwieligen Handfläche auf ihrem empfindlichen Fleisch.

Er lehnte sich vor und streckte die Hand zum Tisch aus. Die Oberfläche war leer gewesen, bis auf … ein schmales Holzpaddel.

*Nein!*

Das Paddel landete direkt auf ihrem empfindlichsten Punkt, dem unteren Teil ihres Pos zusammen mit dem Bereich, der zu ihren Oberschenkeln führte. Das Geräusch war erschreckend, das beißende Gefühl ernüchternd.

Sie schnappte nach Luft, und ihre Finger spannten sich an, fanden jedoch nur kaltes Holz, das keinen Halt bot.

*Schlag, Schlag, Schlag.* „Du hast unseren Befehl missachtet, Sally." *Schlag. Schlag. Schlag.* „Warst es nicht du, die uns gebeten hat, dir zu helfen?" Er machte eine Pause.

*Oh Gott*, er hatte wirklich vor, sie zu bestrafen. Zittrig atmete sie ein, als sich seine Worte registrierten. Sie war es gewesen, die sie um Hilfe gebeten hatte. „J-Ja, Sir. Das habe ich."

*Schlag, Schlag, Schlag.* „Wo wir herkommen, gehorchen die Subs ihren Doms. Ist es in Florida anders?"

Der Schmerz nahm zu; die Schläge verschwammen und ließen nur ein qualvolles Inferno zurück. Er hatte eine Pause eingelegt, damit sie antworten konnte. Was sollte sie sagen? Sie hatte nicht mal versucht, ihnen zu gehorchen. Sie fühlte sich wie eine Versagerin und schloss die Augen. *Es tut mir leid. Seid nicht böse auf mich ... bitte. Ich wollte euch nicht wütend machen.* „Nein, Sir. Ich hätte euch gehorchen sollen."

*Schlag, Schlag, Schlag.* „Da wir uns gerade erst kennenlernen, hält sich meine Wut und meine Enttäuschung in Grenzen."

Ihre Erleichterung schwappte so plötzlich über sie hinweg, dass sie für einen Moment sogar die Schmerzen ausblenden konnte. *Hasst mich nicht! Bitte hasst mich nicht!*

„Wir versuchen, nicht viele Befehle zu erteilen. Aber du wirst lernen, wie ernst wir Gehorsam nehmen."

*Schlag, Schlag, Schlag.*

Tränen brannten in ihren Augen. Er war so gut zu ihr. Er hatte sich um sie gekümmert, nachdem sie verletzt worden war. *„Na komm, ich helfe dir vom Boden hoch, Süße."* Er hatte sie nach den

Albträumen in den Armen gehalten. So geduldig und sanft war er mit ihr umgegangen. Und wie hatte sie es ihm gedankt?

*Schlag, Schlag, Schlag.*

„Wenn du nicht gehorchst, wirst du bestraft. Und nicht auf eine sexy, spaßige Art und Weise. Ist das klar?"

Feuer brutzelte über ihre Haut. Sie versuchte, die Tränen wegzublinzeln; der Schmerz kam sowohl von ihrem Herz als auch von ihrer Haut. „Ja, Sir."

Nachdem er das Paddel wieder auf den Tisch gelegt hatte, rieb er über ihren Hintern. Seine Hand kühlte ihre in Flammen stehende Haut.

Mit einem langen Seufzer entspannte sie sich. Das war's. Nicht so schlimm – außer der Scham, die tief in ihr brodelte. Der Sorge, dass sie ihm zu viel Arbeit machen würde.

Mit Leichtigkeit könnte er jemanden für sich finden, der alles geben würde, um ihm zu gefallen. Eine gute Sub, eine brave Sub.

Sie entließ zittrig den Atem. Sie sollte erleichtert sein, dass die Bestrafung nicht so schlimm gewesen war. Überhaupt nicht abschreckend. War das gut? Einige Subs machten sich Sorgen, ihre Doms zu verärgern, da sie wussten, dass sie den Arsch voll bekommen würden. Mit einem Spanking, das so fies war, dass sie es sich zweimal überlegten, ob –

„Hoch mit dir, Süße." Vance half ihr auf die Beine. Anstatt sie für einige Zeit in seine Arme zu ziehen und sie zu trösten, erhob er sich. Mit dem Griff eines Polizisten packte er ihren Arm und führte sie durch den Raum zu Galen.

„Aufwärmen ist beendet. Jetzt gehört sie ganz dir." Es dauerte einen Moment, bis Vances Worte bei ihr ankamen. Dann stand Galen auf.

Aufwärmen? Das war ein Aufwärmen? Und Galen würde ... Sie trat zurück und presste sich an Vance.

Galens Mundwinkel zuckte. „Das ist der Unterschied zwischen den Sessions in einem Club und wenn man zu einem Dom gehört. Deine eigenen Doms werden Ungehorsam etwas ernster nehmen. Weil sie dich so gern haben, dass es ihnen wichtig ist, dass du aus deinen Fehlern lernst."

*Deine eigenen Doms.* Der Satz traf wie flüssiger Sonnenschein auf Sallys Seele, bevor sich ihr Verstand hinter ihrem Verteidigungswall zurückzog. „Willst du damit sagen, dass du mich auspeitschen wirst, weil du mich magst?"

Galens schwarzer Blick wurde sanft. „Ja." Er streichelte ihre Wange mit seinen Fingerspitzen und hielt ihre Augen mit seinen gefangen.

Ihr Atem stockte. Sie war ihm ... wichtig. *Er mag mich?*

Und dann trat er einen Schritt zurück. „Beuge dich über das Bett. Stütze dich auf deinen Unterarmen ab."

*Oh fuck, fuck, fuck.* Sie gehorchte und platzierte ihre Arme auf der blauen Steppdecke. Das Bett war niedrig, sodass ihr Hintern weit nach oben ragte.

„Füße weiter auseinander."

Sie kam dem Befehl nach. Die Position senkte ihren Hintern leicht, legte aber mehr Gewicht auf ihre Arme und erschwerte das Stehen. Hilfloser.

Er nahm einen dünnen Rattanstock zur Hand. „Dann mal los, Sub. Ich werde nicht zählen. Ich werde so lange weitermachen, bis ich denke, dass du deine Lektion gelernt hast."

„Aber ich ... Ich –"

Sein Seufzer war laut. „Mach dir nicht die Mühe, mit mir zu reden. Weißt du überhaupt, was wahre Reue bedeutet?"

Der erste Schlag des Stocks traf ihren Hintern. Es tat weh und Feuer zündete auf ihrer Haut.

*Nein!* Sie versuchte, aufzustehen und erkannte, dass Vance am Fußende des Bettes saß. Seine Hand legte sich auf ihren Nacken und er hielt sie aufs Bett gedrückt.

Schlag für Schlag malträtierte Galen ihr Fleisch. Und plötzlich, unerwartet, weinte sie. Qualvolle, brutale Schluchzer brachen aus ihrer Kehle. „Es tut mir leid. Es tut mir leid. Ich wollte – wollte euch nicht enttäuschen. Es tut mir so leid."

„Na bitte." Galens Stimme war rauer als normal, so roh wie ihr misshandelter Arsch. „Das klang reumütig."

Vance ließ sie los.

Gnadenlose Hände zogen sie auf einen Schoß. Ihr Hintern kratzte über das raue Material der Jeans, und sie sprang quietschend nach oben. In der nächsten Sekunde wurde sie wieder nach unten gedrückt und es schlangen sich zwei muskulöse, unnachgiebige Arme um sie. Seine Hand – Galens – schmiegte ihren Kopf an seine Schulter und er hielt sie, als sie ihren Tränen freien Lauf ließ.

Ihr Gesicht fand seine Brust und benetzte diese mit Tränen. „Es tut mir leid", wiederholte sie flüsternd.

„Ich glaube dir, Sub." Sie spürte, wie seine Lippen ihr einen Kuss auf den Kopf gaben, und der zerklüftete Zaun aus Eis, der ihr Herz abschirmte, schmolz dahin.

Sein Duft, männlich und reichhaltig, umhüllte sie und bestätigte seine Anwesenheit mit jedem Atemzug, den sie nahm. Als das Brennen nachließ, konnte sie, noch mehr als seine Stärke, die kontrollierte Sanftheit spüren, mit der er sie hielt. Seine Hand stützte ihren Hinterkopf. Seine Atmung war langsam und besänftigend. Seine Geduld – heilsam.

Allmählich reduzierte sich ihr Weinen zu zittrigen Schluchzern.

Vance setzte sich auf das Bett und nahm ihre Hand. „Alles erledigt, Sally." Er streichelte ihren Kopf und versuchte, ihre Hand loszulassen, doch ihre Finger schlossen sich fester um seine.

*Bleib.* Sie konnte es nicht erklären, aber sie brauchte ihn bei sich – sie beide. Die Anwesenheit der Männer war so besänftigend, wie jemanden zu haben, der abends auf einen wartete. Sie würden sie vor den Monstern der Nacht beschützen.

**Galen spürte die** Enge in seiner Brust, als Sally sich an ihn klammerte. Als wahre Sub war sie nicht wütend über ihre Bestrafung, sondern hatte die Scham mit ihren Tränen weggespült und sich so von ihren Schuldgefühlen befreit.

Er sah zu Vance, der seine Schultern einmal rollte. Galen hatte keine Schwierigkeiten, diese angespannte Bewegung zu interpretieren.

Auch Galen war überrascht gewesen, wie lange es gedauert hatte, ihre Verteidigung zu durchbrechen. Er hielt eine Sub in den Armen, die sich ihren erlösenden Tränen nicht sehr schnell hingab. Die letzten Schläge hatten ihm wirklich keinen Spaß bereitet, doch sie waren nötig gewesen, um sie an diesen Punkt zu treiben. Er mochte erotische Schmerzen – und ging auch gerne einen Schritt darüber hinaus –, aber heute hatte er seine eigene Grenze überschritten.

Es schien jedoch, dass sie ihnen beiden vergeben hatte, und *verdammt*, sie fühlte sich so gut in seinen Armen an.

Während sich Sallys Atmung normalisierte, stöberte Vance durch den Kühlschrank und holte drei Flaschen Wasser heraus. Er trank eine und stellte für Galen eine Flasche auf den Tisch. Nachdem er Sally die dritte gereicht hatte, hob er sie von Galens Schoß und setzte sie auf seinen.

Galen nickte zustimmend und erhob sich. Für die nächste Phase würde sie Vances Arme um sich haben wollen. In der Zwischenzeit lief er durch den Raum, trank von seinem Wasser, streckte sein Bein aus ... und überlegte sich eine Strategie.

Sie hatte die Flasche bereits geleert, als Galen sie ihr abnahm. Sie warf ihm einen misstrauischen Blick zu. Kluge kleine Sub.

Galen schob den Stuhl zum Bett, setzte sich rittlings drauf und legte die Arme auf die Rückenlehne. „Interessanter Mann, dein Vater."

Sie errötete.

„Weißt du, meine Eltern sind fast so gefühllos wie er", sagte Galen leichtfertig. Schon als Teenager hatte er seine Eltern mit einem Eisblock verglichen. Vances Familie hatte ihm gezeigt, was er zuhause vermisst hatte.

Sally runzelte die Stirn. Ihre Farbe war in ihre Wangen zurückgekehrt, obwohl ihre Augen immer noch gerötet waren. „Mein Vater ist nicht –"

Vance schlang die Arme fester um sie – eine Warnung.

Sie schloss für eine Sekunde die Augen. „Ja, mein Vater ist gefühlskalt." Sie streckte die Hand aus und legte sie auf Galens. „Es tut mir leid, wenn deine Eltern es auch sind."

Da war dieses mitfühlende Herz, das immer wieder zum Vorschein kam. Das kleine Gör hatte eine fürsorgliche Natur. „Wie hat dein Vater dich bestraft, wenn du etwas falsch gemacht hast?" Der Bastard hatte ihr keine Haustiere erlaubt. Heute Abend hatte ihr Erzeuger ein Niveau erreicht, das Galen nur als verbalen Missbrauch beschreiben konnte. Wie weit war er mit einem Kind gegangen?

Als sie erstarrte, kämmte ihr Vance mit den Fingern durch die Haare und sagte: „Mein Vater war der Überzeugung, dass es Wunder bewirkt, einem Kind den Arsch zu versohlen, während meine Mutter eher auf Auszeiten gesetzt hat. Persönlich bevorzugte ich ein Spanking anstatt den ganzen Nachmittag drinnen festzusitzen."

Guter Kerl, böser Kerl. Wenn es Galen nicht schaffte, einen Verdächtigen zum Reden zu bringen, lockte Vances Aufrichtigkeit oft die Antworten heraus.

„Meistens hat er mich auf mein Zimmer geschickt." Ihr Gesichtsausdruck verfinsterte sich wie Wasser, in das Tinte geschüttet wurde.

Galen spürte, wie sich seine Instinkte verknoteten.

„Ohne Abendessen?", fragte Vance sanft. Über ihrem Kopf traf sein besorgter Blick auf Galens.

„Hmm. Minimum." Sie drehte ihren Kopf und vergrub ihr Gesicht an Vances Brust.

*Minimum?* Galen kontrollierte seine Stimme und hielt sie gleichmäßig. „Wie lange hat er dich normalerweise dort gelassen, Sally?"

„Oh, nur bis zum nächsten Tag." Trotz ihrer Bemühung, die Worte leichtfertig klingen zu lassen, war die Anspannung – und der Schmerz – klar und deutlich herauszuhören. „Zum Frühstück durfte ich runterkommen."

Und wenn sie beim Frühstück wieder etwas tat, was ihm missfiel? „Was war die längste Zeit, die du jemals als Strafe in deinem Zimmer verbringen musstest?"

„Äh. Nicht lange –"

„Sei ehrlich, Süße", sagte Vance. Sie erstarrte, denn ihr entging die Warnung in seinem Ton nicht.

„Drei Tage", flüsterte sie an Vances Brust. Ihr Lachen klang dünn und voller Schmerz. „Ich habe mich oft gefragt, ob ich noch immer in diesem Zimmer säße, wenn die Schule nicht angerufen hätte, um zu fragen, wo ich bin."

Warum hatte bisher noch niemand diesen Bastard in die Hölle geschickt? Galens Kiefermuskeln spannten sich an und raubten ihm so seine Fähigkeit, zu sprechen.

Vance machte sich besser als Galen, wenn es darum ging, die Fragen kommen zu lassen. „Wie alt warst du?"

„Ich glaube, ich war zwölf. Meine Mutter war gerade erst ..." Ihre Lippen pressten sich fest aufeinander.

*Da haben wir es.* Wie in seinem liebsten Spiel aus der Kindheit kamen die Hinweise schließlich zusammen und er konnte das Verbrechen aufklären. Oberst Günther von Gatow in der Bibliothek mit dem Kerzenleuchter. Er hatte nicht geplant, diese Frage so bald zu stellen, aber sie hatte ihm gerade das perfekte Opening gegeben. „Sally, warum hat dein Vater gesagt, dass du deine Mutter getötet hast?"

Ihr Gesicht verlor jegliche Farbe.

**„Du –"** ***Mama. Oh,*** *Mama.* Sally konnte nicht ... konnte nicht glauben, dass er so eine unaussprechliche Frage gestellt hatte. Ihre Gedanken flohen, verschwanden und zogen ihren Verstand in einen tiefen Abgrund. Wie bei einem zu engen Halsband für einen Hund schnürte es ihr die Kehle zu, bis sie nur noch ein keuchendes Würgen entließ. Unfähig, die grausame Person anzusehen, die so etwas fragen würde, presste sie ihr Gesicht härter gegen Vances Brust.

„Beantworte die Frage, Sally." Mit einem entschlossenen Griff drehte Vance sie zu seinem Partner.

*Nein! Das werde ich nicht!*

Galens Blick traf auf ihren, hielt sie gefangen. Die Geduld, die sie in seinen entschlossenen Tiefen sah, konnte sie nicht ignorieren. Nach einem Moment warf er ihr eine Frage vor die Füße, die etwas leichter zu beantworten war: „Wie alt warst du, als sie starb?"

„Elf." Samstagnachmittag. Ihre Haare waren mit Stroh gespickt, weil sie in der Scheune mit den Kätzchen gespielt hatte. Ihre Hausaufgaben hatte sie bereits den Abend zuvor erledigt, da sie eine Streberin war. Sie war ins Haus gekommen, um einen Anruf entgegenzunehmen. Lauren hatte an diesem Abend eine Geburtstagsüberraschungsparty angesetzt, die nicht wirklich eine Überraschung war, und hatte Sally eingeladen. Ein *beliebtes* Mädchen hatte sie, den pummeligen Nerd, zu einer Party eingeladen. Sie war so aufgeregt gewesen, dass sie sich wie ein Ballon gefühlt hatte, der kurz vorm Bersten stand. Von da an lief alles schief. „Ich habe ein neues Kleid bekommen."

Sie schloss ihren dummen Mund, wusste jedoch, dass es zu spät war.

Galens Gesichtsausdruck hatte an Härte gewonnen. „Warum war ein neues Kleid ein Problem?"

*„Bitte, Mama. Bitte, bitte, bitte! Ich werde meine Hausarbeiten erledigen und die Scheune putzen und ..."* Sie hatte gebettelt, weil sie die Hoffnung hatte, mit dem richtigen Kleid vielleicht Anschluss zu finden – nicht zu der Clique mit den wirklich beliebten Mädchen, aber möglicherweise zu einer normalen Gruppe. Dann hätte sie nicht länger bei den Losern am Tisch sitzen müssen. Bei den wirklich Dicken, den Verpi-

ckelten, den viel zu Armen und denen, die sich nie duschten. *Gott, wie oberflächlich sie alle gewesen waren. Sie* war oberflächlich gewesen. „Mein Vater hat *Nein* gesagt. Kein Geld mehr für Kleidung."

„Wie bist du also zu einem neuen Kleid gekommen?", fragte Vance sanft.

„Mama hat mich in die Stadt gefahren. Es schneite. Ein regelrechter Sturm." *Bei Verlassen des Ladens peitschten ihr die Haare ins Gesicht. Das Auto war schwer zu kontrollieren gewesen. Der Schnee, der auf die Windschutzscheibe prallte, klang wie brutzelnder Bacon. Ein Sturm, der sich in einen Blizzard verwandelte.*

Galens durchdringende Augen füllten sich mit Verständnis. Die alten Griechen liebten tragische Stücke; bedeutete seine Herkunft, dass er verstand, worauf sie hinauswollte? „Ein Unfall?", flüsterte er die Frage.

„Die Brücke war alt. Unter dem Schnee versteckte sich das Eis." *Ins Rutschen gekommen.* Sie schluckte schwer und schmeckte Metall. „Das Auto ... Das Geländer brach." *Schreie, fallen, Schreie.* Erschütternde Geräusche, der schreckliche Aufprall, der es noch immer schaffte, sie aus ihren Albträumen zu reißen. „Wir sind von der Brücke geschliddert." *So viel Schmerz, überall Blut – wie eine umgeworfene Dose roter Farbe. Mom! Mama! Antwortet nicht. Ich schüttle sie, schreie und weine und –*

„Ganz ruhig." Vance streichelte ihre Haare.

Als Sally endlich die Haare ihrer Mutter gestreichelt hatte, war ... Weiches Haar. Hübsch. *Hatte ihre Mama ihren Versuch, sie zu trösten, selbst im Himmel gespürt?*

„Und dein Vater gibt dir die Schuld, weil sie gestorben ist?", fragte Vance.

Ihre Stimme kam harsch heraus: „Ja."

„Weil du ..." Galen ließ seine Worte verebben, eine Einladung für sie fortzufahren.

Sie versuchte wegzuschauen. Er fing ihr Kinn ein. Sein Daumen und sein Zeigefinger hielten sie fest. Er drehte sie zu sich. *Verflucht soll er sein.* „Weil ich sie angefleht habe. Sie wollte nichts kaufen, wollte kein Geld ausgeben. Ich habe nur an mich gedacht und nicht nachgelassen, bis sie mich endlich in die Stadt gefahren hat." Ihre Stimme wurde lauter. „Weil ich selbstsüchtig und dumm bin und immer materielle Dinge will!"

Dass sie die Worte brüllte, hätte ihn verschrecken sollen. Ihr Ausbruch hätte Vance dazu bringen sollen, sie freizulassen, anstatt sie fester an sich zu ziehen.

Galens Lippen formten sich zu einem Lächeln, seine Augen füllten sich mit Anerkennung, die sie ... die sie bis ins Mark spürte. „So ein gutes Mädchen", murmelte er. Sein Mund berührte für eine Sekunde ihre weichen Lippen. „Danke, dass du das mit mir geteilt hast."

Als sie Salz schmeckte, wurde ihr bewusst, dass Tränen über ihre Wangen liefen.

Vance wischte die Nässe weg. „Du bist nicht egoistisch. Oder dumm. Dein Vater ist der Dumme."

„So ist es." Galen drückte ihre Schulter, bevor er aufstand und den Raum ohne Gehstock durchquerte.

Erschöpft lag sie in Vances Armen und beobachtete Galens langsamen, hinkenden Gang.

Schließlich kam er vor ihr zum Stehen. „Hausaufgaben für dich. Wir erwarten, dass du sie bis morgen erledigst."

Hausaufgaben? War sie in ein alternatives Universum gerutscht, in dem Schule einem tränenreichen Moment folgte? „Bitte was?"

Sein rechter Mundwinkel zuckte. „Hausaufgaben. Du kannst eines deiner Hefte von der Uni benutzen. Ich möchte einen Aufsatz darüber, was Eltern von einem Teenager erwarten können. Geh ins Detail. Füge Zitate von Menschen hinzu, die über Jammern und Betteln und jugendliches Temperament geschrieben haben. Nutze das Internet und dokumentiere deine Quellen."

„Was?" Ihr Gehirn hatte keine Ahnung, wie es Schritt halten sollte.

„Es gibt eine ganze Reihe von Webseiten für Eltern", sagte Vance hilfsbereit, der anscheinend mit dem Plan einverstanden war. „Die solltest du dir zuerst ansehen."

„Aber ich trage die Schuld an dem Tod meiner Mutter."

„Babygirl", sagte Galen. „Das tust du nicht. Du warst ein typischer, nerviger Teenager, der etwas wollte und jammerte, bis er es bekam. Wenn wir jeden Teenager, der dieses Verhalten zeigt, ins Gefängnis steckten, würden wir die Welt entvölkern."

„Mit meinen Nichten und Neffen müssten wir anfangen." Vance gluckste. *„Ich will, ich will, ich will* wechselt sich nur mit *Ich brauche, ich brauche, ich brauche* ab. Süße, du warst ein normales junges Mädchen. Nicht der Teufel in Person."

Als sie Vance und Galen betrachtete, füllten sich ihre Augen erneut mit Tränen und es dauerte nicht lange, bis ihr Sichtfeld verschwamm. Vance machte ein leises Geräusch, schmiegte sie wieder unter sein Kinn und schaukelte sie leicht.

„Ich denke, du hast für heute genug, Sub", sagte Galen. Die Lachfältchen neben seinen Augen vertieften sich. „Aber erledige deine Hausaufgaben bis morgen Abend vor dem Schlafengehen, sonst werde ich dir erneut befehlen, dich über das Bett zu beugen."

Plötzlich spürte sie wieder, wie wund ihr Hintern war. *Autschi.*

Kein Wunder, dass es sich Kim genau überlegte, bevor sie Master Raouls Befehle missachtete.

# KAPITEL NEUN

**N**ach einem Zwischenstopp in der Küche trat Vance aus der Hintertür. Selbst nach dem Footballtraining im College war er nicht so erschöpft gewesen. Hoch am Himmel stand der Mond, beleuchtete seinen Fortschritt über die Terrasse und den Pfad zum See. Die schwüle Nachtluft umhüllte ihn und er schüttelte den Kopf. In Ohio würde er zu dieser Jahreszeit immer noch ein Sweatshirt tragen.

Der Froschchor am Seeufer brach durch seine Schritte auf dem Holzdock ab.

Galen saß in einem der beiden Stühle am Ende des Docks und stützte sein schmerzendes Bein auf das umgedrehte, alte Kanu. Vance reichte seinem Partner einen Whisky und ließ sich auf den anderen verwitterten Stuhl fallen.

Glock hatte sich auf Galens Schoß zusammengerollt, und er schaute auf, um zu beurteilen, ob Vance einen besseren Schlafplatz abgeben würde. Aber nein, der Kater blieb bei Galen. Sein Partner streichelte den weichen Katzenkopf und fragte: „Schläft sie?"

Als das Wasser leise gegen die Stützpfeiler plätscherte, wagte ein mutiger Frosch ein Quaken, dem sich bald der Rest anschloss.

„Wie ein Baby – nach einer weiteren Tränenflut." Der Anblick hatte ihm das Herz gebrochen.

„Die Tränen hatten sich angestaut." Galen legte den Kopf in den Nacken. „Ich wette, ihr Vater hat ihr für jede Bitte, die sie geäußert hat, den Tod ihrer Mutter vorgehalten. Und wann immer sie eine Emotion zeigte."

„Kein Wunder, dass sie nun nie um etwas bittet." Vance unterdrückte seine Wut und erinnerte sich an den Schmerz in ihren großen Augen. Das Unverständnis. Eine Person mochte reifen, aber das verletzliche Kind im Inneren würde niemals ganz verschwinden. „Sie hat mir erzählt, ihr Vater habe sie nicht gewollt. Dass ihre Mutter ein Kind wollte, er jedoch nicht. Vor allem kein Mädchen."

„Zur Hölle nochmal."

Ungewollt. Aktiv fertiggemacht. „Es wäre mir wirklich eine Freude, ihrem Vater eine Lektion zu erteilen. Mit meinen Fäusten."

„Wir wechseln uns ab." Galens leise ausgesprochene Worte schafften es nicht, die glühende Wut in seinem Inneren zu verbergen.

Vances Mundwinkel hoben sich. Er mochte Gerechtigkeit. Richtig und falsch. Hilfe und Schutz. Die Strafverfolgung erfüllte ein Bedürfnis in ihm. Aber in Galen war das Bedürfnis zu beschützen ... noch stärker ausgeprägt. Tiefer verwurzelt. Es war dieser brennende Antrieb, der zuerst Vances Aufmerksamkeit erregt hatte. So waren sie Freunde geworden. Es war traurig, dass genau diese Qualität die Seele seines Freundes mit Narben bedeckte.

Aber der Wunsch, Hart zu Brei zu schlagen? Nach Vances Meinung klang das nach einer guten Idee.

Und Sally dabei zuzusehen, wie sie ihr freches Mundwerk bei seinem Partner einsetzte, während sie ihm das Herz stahl, war ein wahres Vergnügen.

Vance streckte seine Beine aus und trank von seinem Whiskey.

Die Reflexion des Mondes war wie eine Decke auf dem See, bis sie von einer Brise in Fragmente zerbrochen wurde. Wie im wahren Leben – geschmeidiger Segeltripp, schließlich raues Gewässer. Aufregung und Katastrophe, dann ruhige See. „Sie ist verletzlicher, als wir dachten."

„Ayuh." Stille.

Der Alkohol brannte in Vances Kehle. Sie hatten immer darauf geachtet, mit Frauen zu spielen, die die gleichen Erwartungen hatten, die zustimmten, dass Sessions nur zur Freude am Spaß waren und sie an etwas Langfristigem kein Interesse hatten. Sie ließen sich nur auf Subs ein, die abgesehen von ein paar intensiven Orgasmen keine Ansprüche stellten. „Wir haben zugestimmt, ihr zu helfen, aber ..."

Jedoch war ihnen nicht klar gewesen, dass ihre Barriere von einem derartigen Schaden herrührte. Einer verwundeten Seele zu helfen, war keine kurzfristige Verpflichtung.

„Sie vertraut uns." Galen streichelte den Kater, sein Blick auf die Dunkelheit des fernen Ufers gerichtet. „Ich mag es nicht, jemanden langfristig hier zu haben, besonders nicht, während wir noch mit Ermittlungen zur *Harvest Association* beschäftigt sind. Leider denke ich, dass sie eine weitere Ablehnung nicht überleben würde."

„Ja, das denke ich auch." Der Duft der am Ufer wachsenden Gardenien wehte an seine Nase und vermischte sich mit dem frischen Duft der grünen Vegetation rund um den See. Süß, sauber und lebendig. So wie die junge Frau, die ihm ihre Tränen anvertraut hatte.

In der Cabana hatte Sally so perfekt in seine Arme gepasst – wie für ihn gemacht. Sie hatte eine großzügige und temperamentvolle Persönlichkeit, braune Augen, die selbst das verschlossenste Herz erweichen konnten, und einen brillanten Verstand. Es war mehr als ihr hinreißender Körper, den er anziehend fand.

Aber das Timing war scheiße. Warum mussten sie Sally jetzt finden? Ausgerechnet jetzt? Er wollte eine Frau – eine Sub –, die er behalten und mit Galen teilen konnte. Irgendwann wollte er eine Familie, sobald sie wussten, wie sie das unter sich dreien regeln sollten. Dafür war jedoch noch Zeit. Bis dahin wollte er eine ruhigere Karriere für sich wählen. Auf keinen Fall wollte er eine Familie, während er einem rachsüchtigen Haufen Bastarde hinterherjagte.

Galen klopfte mit dem Finger auf den Arm seines Stuhls. „Wir dürfen nicht zulassen, dass sie sich zu sehr an uns gewöhnt, Vance. Eine Beziehung steht für uns nicht in den Sternen."

In dem Punkt unterschieden sie sich. Galen wollte keine Beziehung. Nie wieder.

Vance hatte geplant, diese Hartnäckigkeit bei Bedarf aus ihm herauszuprügeln. Heute war nicht dieser Tag. Aber er war erfahren genug, um zu wissen, wie selten und einzigartig Sally war. Persönlichkeit, Intelligenz, Stärke ... sie war perfekt für ihn und Galen.

Und wie viele Frauen waren schon dazu bereit, zwei Männer zu akzeptieren und zu lieben?

Vielleicht war Sally nicht die Richtige, aber verdammt, diesmal würde er Galen nicht blind folgen. Für eine Weile würden sie beobachten, wo die Sache hinführte – vielleicht wäre Sally nicht glücklich mit Männern mit gefährlichen Jobs; vielleicht würde sie es nicht aushalten, dass sie beruflich oft außer Haus waren. Wenn sie aber ... Gefühle entwickelte, müsste er sich mit seinem Partner zusammensetzen und mit ihm ein ernsthaftes Gespräch führen.

„Seltsam." Galen schwenkte sein Getränk und nahm einen bedächtigen Schluck. „Nachdem ich schon so lange beim FBI bin, habe ich vergessen, dass eine Frau von mehr als nur Fäusten und Kugeln zerstört werden kann."

Vance glitt zurück in die Gegenwart und schob seine Gedanken für einen späteren Zeitpunkt beiseite. „Es ist erstaunlich, dass sie ihre Kindheit überlebt hat – und wie wundervoll sie sich entwickelt hat." Er grinste und erinnerte sich an ihren lebhaften Geist. „Sie ist wirklich ein wahres Vergnügen, wenn sie sich sicher fühlt."

„Ayuh. Sie wird uns für eine Weile beschäftigen."

„Glaubst du, sie wird ihre Hausaufgaben machen?"

Ein Lächeln erhellte die Schatten auf Galens Gesicht. „Wenn sie es nicht tut, muss sie für uns laut rezitieren."

„Nackt. Nackte Vorträge mag ich am liebsten." Vielleicht sollte er ihr Notizbuch verstecken.

---

**Sally erwachte, umgeben** von Dunkelheit, geweckt von den Stimmen der Männer, die von draußen an ihre Ohren traten.

Wow, sie war tatsächlich eingeschlafen.

Sie lag immer noch zusammengerollt, so wie Vance sie in das Kingsize-Bett gesteckt hatte. Sie entließ ein sanftes Lachen. Im Laufe des Abends hatte sie sowohl auf Galens als auch auf Vances Schultern Tränen hinterlassen.

Arme Kerle. Sie hatten nicht den blassesten Schimmer, was für Konsequenzen es nach sich ziehen würde, sie bei ihnen wohnen zu lassen. Wie es schien, waren Vance und Galen wie die anderen Shadowlands-Master. Tränen störten sie nicht.

Bei ihrem Versuch, sich zu entschuldigen, hatte Galen gegrunzt und gesagt, sie hatte die Tränen angesammelt. *„Lass es raus, Sub."*

Schon komisch, wie wohl sie sich gefühlt hatte, als sie vor ihnen zusammengebrochen war. Sicher, es war ein bisschen peinlich gewesen, dass sie nicht aufhören konnte, aber die Männer hatten ihr nicht das Gefühl gegeben, wertlos oder dumm zu sein. Sie hatten eher den Anschein gemacht, als hätten sie erwartet, dass Sally weinen würde, und so war es in Ordnung, wenn sie es tat.

Gruselige Kerle.

Und nervig. Sie hatte in dieser Cabana mit Sex gerechnet, aber stattdessen hatte sie ihren Hintern versohlt bekommen und vollkommen ihre Fassung verloren.

Und sie schlief allein.

Nicht fair. Dies war die Nacht ihrer Abschlussfeier und das sollte gebührend gefeiert werden. Sie sollte ihre Rechte einfordern.

Ein Lustschauer jagte durch sie, als sie darüber nachdachte, wie die Männer auf ihren Plan reagieren würden. Bei einem gewöhnlichen Dom würde sie sich keine Sorgen machen. Aber Galen und Vance waren Master, und es gab zwei von ihnen.

Dennoch hatte sie Rechte. *Oder?*

Sie rutschte aus dem Bett und versuchte, das nervöse Flattern in ihrem Bauch zu ignorieren. *Das könnte sich als schrecklicher Fehler herausstellen, aber zum Teufel, was war schon einer mehr oder weniger, richtig?*

Ihr seidiges Nachthemd flatterte um sie und ihre Zehen wackelten im weichen Teppich, als sie Kondome aus dem gut bestückten Nachttisch nahm. Die anderen Subs hatten die Vorliebe der Agents angepriesen – ein Schwanz in der Vagina, ein Schwanz im Anus.

*Gott!* Einmal hatte sie die Doppelpenetration bisher probiert und nein, es war nicht gut ausgegangen. Eine besonders unangenehme Erfahrung. Die beiden Doms waren es nicht gewohnt, zusammen zu spielen – zumindest nicht auf diese Weise. Sie grinste. Der Mann mit dem kürzeren Schwanz war immer wieder herausgerutscht. Überhaupt nicht sexy.

*Will ich, dass Galen und Vance das mit mir tun?*

Hitze erhob sich in ihrer Mitte und breitete sich bis in ihre Fingerspitzen aus. *Zum Teufel*, sie hatte diese Frage bereits für sich geklärt, als Galen ihr befohlen hatte, sich vorzubeugen und ihr dann einen Analplug in den Arsch geschoben hatte. *Also gut.* Sie nahm das Gleitgel und flüsterte: „Ein Hoch auf einen erfolgreichen Abschluss, Sally. Hoffe ich."

Sie wanderte durch die Zimmer im Erdgeschoss. Alle leer.

Sie wusste bereits, dass Vance und Galen draußen saßen. Sally stand auf der Schwelle der Hintertür und ihre Nerven meldeten sich. Könnte sie die Männer ins Haus locken? Was, wenn die Doms sie nicht wollten? Oder sie auslachten? Oder ... Sie schloss die Augen und zwang ihre Füße über die Terrasse zum Dock.

Im Freien in einem Nachthemd, das nicht mal ihre Oberschenkel verbarg. Wie dekadent war das bitte?

Beim ersten Knarren verzogener Bretter drehten sie sich um. Der Mond ging bereits wieder unter, und im abnehmenden Licht sah sie Vance lächeln. Warum musste er so ein überwältigendes Lächeln haben?

„Was ist los, Süße?" Vance streckte die Hand nach ihrer aus und zog sie auf seinen Schoß.

*Autsch. Wunder Hintern!* Bei dem brennenden Gefühl atmete sie zittrig aus. „Ich bin aufgewacht und ..." *Und ich wollte Sex.* „Und ..." Ihre Stimme brach ab.

Galen lehnte sich vor, stützte sich mit den Ellbogen auf seinen Knien ab und musterte die kleine Sub vor sich. *Ich bin die kleine Sub.* „Und, was?"

Wie ein Frosch, der einen Käfer schluckte, spürte sie, wie ihre Kehle arbeitete und es ihr so erschwert wurde, ihre Bitte auszusprechen. Nichts kam heraus. Mit einer zittrigen Hand reichte sie ihm die Kondome und das Gleitgel.

Sie konnte regelrecht sehen, wie ihm das Licht aufging, als er ihre Gaben entgegennahm. Sofort nahm sein Gesicht einen sanften Ausdruck an. „Ich werde dich nicht dazu bringen, zu fragen, Sub. Sag einfach nur *Bitte*, so wie das eine höfliche kleine Sub tun würde."

Dämonischer Dom. Immer noch entschlossen, sie aus ihrer Komfortzone zu schubsen. Sicher, er erwartete nicht das Unmögliche von ihr – nur das unerträglich Schwierige. Sie schluckte die Angst herunter, spitzte die Lippen und drückte das Wort gewaltsam heraus. *Bitte.*

Nichts war zu hören. *Verdammt.* Für ihr zweites *Bitte* brauchte sie gefühlt ein Jahrzehnt, um es über die Lippen zu bringen. „B-Bitte?" Eine geflüsterte Frage und nicht die durchsetzungsfähige Forderung, die sie sich erhofft hatte.

Galen küsste sie sanft auf den Mund. „Gutes Mädchen."

Vance umarmte sie fester, wiederholte das Kompliment seines Partners und traf sie damit direkt ins Herz. Und dann zog er ihr das Nachthemd über den Kopf. Hier draußen. Auf dem Dock.

„Hey!" Sie schob seine Hände von ihren Brüsten. „Nein. Nicht hier draußen."

Vance zwickte ihr in einen Nippel und knurrte in ihr Ohr: „Hast du *Nein* zu mir gesagt?"

Sie schluckte schwer. Wie konnte es sein, dass sie Vances und Galens Dominanz wollte, sich danach sehnte, und doch panische Angst davor hatte? Es fühlte sich wie der Gang zu einer Super-Achterbahn an, der Gedanke an eine Fahrt so erschreckend und doch … bezahlte sie für das Ticket. Sie wollte mitfahren. So wie auch die Angst. „Tut mir leid, Sir. Aber wir sind im Freien." *Und ich bin nackt.*

„Unsere Nachbarn sind uns nicht besonders nah, Sally", sagte Galen. „Nicht mal Tarzan wäre in der Lage, sich durch den Dschungel um uns herum zu schlagen." Er bewegte seinen Stuhl nah genug, um seine warmen Hände über ihre Schenkelaußenseiten zu gleiten.

Vance positionierte sie um, sodass sie ihm mit dem Rücken zugewandt war, und schob sie dann nach vorn, bis sie fast von seinem Schoß gefallen wäre. Bei der Art, in der er ihre Brüste umfasste – zurückhaltend und doch erregend – spannte sie die Zehen an.

„Öffne dich, Sub." Galen hob ihr linkes Bein über Vances Oberschenkel und ließ ihren Fuß baumeln. Er tat dasselbe mit ihrem rechten Bein und stellte sicher, dass sie weit gespreizt war. Damit hatte er sich einen ungehinderten Zugang zu ihren intimsten Stellen verschafft.

Die schwüle Luft wehte über ihre Pussy, und oh wow, sie wurde bereits feucht, bereitete sich auf die beiden Männer vor.

Sie legte ihre Handflächen auf Vances harte Oberschenkel und wollte nach oben rutschen, wollte ihre Beine schließen ... irgendwie. Oder wollte sie hier bleiben und abwarten, was passierte?

Vance packte ihre Handgelenke und hob ihre Arme hoch, sodass sich ihre Finger in seinem Nacken wiederfanden. „Lass sie dort, Süße. Ich mag keine Hindernisse auf meiner Erkundungstour."

Sogar sein Nacken fühlte sich muskulös an, und sein schulterlanges Haar strich neckisch über ihre Handrücken.

Galen wanderte zu ihren Schenkelinnenseiten und ihre Nerven prickelten. Ihre Klitoris schmerzte, als hoffte sie, dass er sich weiter nach oben bewegen würde.

Anstatt sie dort zu berühren, legte Galen seine Hände auf ihren Arsch. Und drückte zu.

Elektrisierende Funken des Schmerzes tanzten über ihre empfindliche, misshandelte Haut. „Christus in der Höhle!"

Vances tiefes Lachen ließ sie erkennen, dass sie an seinen Haaren riss. *Oh Gott!*

Als sich der schockierende Schmerz zu einem erregenden Brennen herunterschraubte, hatte sie das Gefühl, sich in Vances einschränkendem Griff aufzulösen.

„Ich mag die Art und Weise, wie du reagierst." Galens aufmerksamer Blick konzentrierte sich auf ihr Gesicht, als er über ihren schmerzenden Hintern rieb, die Empfindungen am Leben hielt, ihre Nervenenden mit Wein abfüllte und sie in die Ekstase schickte.

Als Galen mit den Fingern durch ihre zunehmend feuchte Spalte glitt, positionierte Vance seine Hände um und spielte stattdessen mit ihren Brüsten. Zwei Paar Hände legten zwischen ihren Brüsten und ihrer Pussy einen vierspurigen Highway der Erregung.

Galen beobachtete sie genau und drang mit einem Finger in

sie. Zwei Fingern. Das Gefühl seiner gleitenden Knöchel über die Wände ihres Geschlechts ließ sie wimmern.

Vance rollte ihre Nippel zwischen seinen Fingern und schickte erregende Blitze zu ihrer Klitoris.

„Das hat ihrer Pussy gefallen", kommentierte Galen.

„Na dann." Vance zwickte härter in ihre Knospen, zog an ihnen, bis ihre Nippel vor den beiden Doms salutierten. Ihre Brüste schwollen unter seiner Aufmerksamkeit an und wurden immer empfindlicher. Er wusste genau, wie er sie zum Winden bringen konnte.

Galens Grinsen zeigte seine Wertschätzung. Das Gefühl seiner Finger tief in ihr und Vances entschlossene Erkundungstour an ihren Brüsten war so erotisch, dass sie stöhnte.

Galen schob einen weiteren Finger in ihre Hitze und dehnte ihre Pussy, sodass es nicht lange dauerte, bis sich ihr Becken ihm entgegenhob. Die Intensität seines Blicks und die langsame Bewegung seiner Finger, als er über verschiedene Stellen in ihr rieb, zogen sie aus dem Fluss der Begierde und warfen sie in eine raue Strömung. Er grinste. „Vielleicht sollte ich versuchen, dich mit der Faust zu ficken, Sub."

Sie schüttelte den Kopf und erschauerte. Seine ganze Hand wollte er in sie schieben? *Gott, nein!*

Vance schlang seine Arme um sie und hielt sie völlig unbeweglich, und doch war seine Kraft tröstlich. Sie fühlte sich sicher und behütet. „Nicht heute Abend, Süße", flüsterte er ihr ins Ohr. „Heute haben wir andere Dinge mit deinem Körper vor."

Ihr Lustschauer erfasste ihren ganzen Leib.

Während Galens Finger langsam rein und raus glitten, knabberte Vance an ihrem Ohr. „Du wirst uns beide in dir haben und wir werden dafür sorgen, dass du den Verstand abschaltest. Du wirst keine Kontrolle haben, Süße. Wir werden dir auch den letzten Rest entreißen."

*Oh Gott!*

. . .

**Galen genoss den** benommenen Blick auf dem Gesicht der kleinen Sub, schob seinen Stuhl nach vorne und platzierte die Spitze seines Zeigefingers direkt auf ihrer Klitoris.

Ein befriedigendes Keuchen entrang ihr. Mit der anderen Hand bog er seinen Finger nach oben und presste ihn direkt auf ihren G-Punkt. Die rauen Wölbungen waren ausgeprägt, jedoch war die Stelle noch nicht geschwollen genug, um sie in den Wahnsinn zu treiben. Nicht mehr lange.

Er umkreiste ihre Klitoris und spürte, wie sich ihre süße Pussy um seinen Finger zusammenzog. *Gott*, er liebte es, wie sie auf seine Berührungen reagierte. Er hob den Kopf, fand Vances Blick und nickte. Es war an der Zeit, die Sache auf die nächste Ebene zu bringen.

Vance grinste und änderte seine Position. Seine Hände bedeckten ihre Brüste, die nun stärker geschwollen waren als noch vor ein paar Minuten. Ihre rosa-braunen Brustwarzen leuchteten von der erotischen Folter nun in einem dekadenten Rot.

Selbst im Mondlicht konnte Galen sehen, wie sich Vances Augen vor Erregung verdunkelten, während er mit ihr spielte. Der Mann liebte Brüste.

Und Sallys waren nicht nur wunderschön, sondern auch wahnsinnig empfindlich. Er lächelte und erfreute sich an dem Schauer, der durch ihren Körper und ihre Pussy jagte, als Vance sie neckte. Sein Partner würde viel Spaß mit ihr haben.

Galen hielt eine leichte Stimulation ihres G-Punktes aufrecht. Indessen genoss es Vance einfach, mit ihr zu spielen, und schon bald war Galens Hand von ihrem Nektar bedeckt. Ihre Atmung flachte ab, bis sie keuchte. Wie sie sich ihnen hingab, konnte nur als besonders beschrieben werden. So offen. Sie hielt nichts zurück. Sie mochte einen Schutzwall um ihre Emotionen errichtet haben, aber die Reaktionen ihres Körpers waren ehrlich.

Ihre Schamlippen waren geschwollen und ihre Pussy saugte an seinem Finger. Als er seine andere Hand hob, konnte er sehen, dass ihre Klitoris hervorragte. Mit der Vorhaut aus dem Weg war ihre glitzernde Perle nun vollkommen freigelegt. Einmal glitt er um das Nervenbündel und hörte ihren Atem stocken. Entzückend.

Ihre Augen waren geschlossen, ihr Körper spannte sich allmählich an, als sich ihre ganze Aufmerksamkeit auf ihre Pussy richtete. Fast alles würde sie jetzt zu einem Höhepunkt bringen.

Also zog er seinen Finger heraus, nahm die Hand weg und tauschte ein Grinsen mit Vance aus, da sie ein bemitleidenswertes Wimmern entließ. Hübscher Klang.

Nachdem er sich ein Kondom geschnappt hatte, richtete Galen seine Lehne nach hinten aus und öffnete seine Jeans. Sein Schwanz sprang heraus. Jeanshosen konnten ein unangenehmes Gefängnis für eine Erektion sein. Schnell rollte er sich das Verhütungsmittel über seine Länge.

Vance stand auf, packte Sally an den Hüften und positionierte sie über Galen auf ihren Händen und Knien.

Galen bewegte ihre Beine zu beiden Seiten seiner Hüften, legte seine Hände an ihre Oberschenkel und fixierte sie. Ihre Pussy rieb über seinen Schwanz und entlockte ihr ein Stöhnen. Das feuchte, heiße Gefühl von ihr war unbeschreiblich.

„Hände hier hoch, Süße." Vance wickelte ihre Finger um die hölzerne Rückenlehne. Mit Klettverschlussfesseln, die am oberen Ende befestigt waren, fesselte er ihre Handgelenke.

Sie erstarrte.

Galen legte seine Handfläche auf ihre Wange. „Sally. Egal, wo wir spielen, dein Safeword bleibt bestehen. Verstanden?"

Ihre wunderschönen Augen, noch größer als sonst, starrten in seine. Einen Herzschlag später atmete sie tief ein. Ein Teil der Anspannung floss aus ihr heraus. Sie nickte und flüsterte dann: „Ja, Sir."

Ängstlich, gefesselt und doch erinnerte sie sich an seine Vorlieben. Diese Frau war etwas Besonderes.

Sie setzte sich rittlings auf ihn und ihre Brüste schwangen erregend. Er hatte vor, ein bisschen mit ihnen zu spielen. Zuerst griff er jedoch mit einer Hand nach ihrer Hüfte und führte mit der anderen seinen Schwanz zu ihrer Pussy. Er drückte sie nach unten, bis er zwei Zentimeter in sie eingedrungen war. *Verdammt.* Die feuchte Hitze stellte seine Kontrolle auf die Probe und flehte ihn an, sie hart auf seinen Schwanz zu ziehen. Zähneknirschend stoppte er sich.

Als sie ein leises, undeutliches Geräusch machte und versuchte, sich auf ihn abzusenken, nickte er Vance zu und fand dann mit seinen Händen ihre Titten.

Vance packte sie rücksichtslos an den Hüften. Ja, sie saß auf ihm, aber die Kontrolle hatte sie nicht.

**Ihr Körper bebte,** nicht aus Angst, sondern von den Wellen der Begierde, die durch sie schwappten. Galen streichelte ihre pochenden Brüste, ihre geschwollenen Brüste.

Vances Finger legten sich auf ihre Hüften und schränkten sie erfolgreich ein. Sie konnte sich nicht bewegen, konnte nicht entkommen. Unfreiwillig riss sie an ihren Armen, und obwohl die Fesseln mit Klettverschluss befestigt worden, konnte sie sich nicht befreien.

„Sieh mich an, Sub." Galens Befehl drang tief und fordernd an ihre Ohren, sodass ihr Blick zu seinem flog. Seine Augen schienen dunkler als der Nachthimmel.

Hinter ihr drückte Vance sie langsam nach unten. Galens Schwanz füllte sie, dehnte sie. Vance ließ nicht nach, ignorierte ihr Gezappel, bis sie vollständig aufgespießt war und die krausen Haare von Galens Schenkeln ihre Haut kitzelten.

Mit der Rückenlehne seines Stuhls in einer nahezu horizontalen Position lehnte sie sich weit nach vorn, sodass sich ihr Hintern leicht zugänglich zeigte. Die Wände ihres Geschlechts pulsierten; ihre Klitoris brannte. Sie brauchte ... mehr. Ihr Versuch, die Hüften auf Galens Schoß zu rotieren, führte dazu, dass Vance seinen Griff an ihr festigte.

„Nicht erlaubt, Baby." Als Strafe zwickte Galen sie in die Brustwarzen und bei dem Gefühl zog sich ihre Pussy hart um ihn zusammen. Er gluckste.

Galens Blick war fest auf ihr Gesicht gerichtet, als Vance sie übernahm und sie an der Hüfte über Galens Schwanz bewegte. Auf und ab. Hoch und runter. Es fühlte sich so gut an, was ihre Begierde noch höher trieb.

Ein Schauer durchlief sie bei der Erkenntnis, dass sie genau das bekommen würde, was die beiden ihr geben wollten. Ihre Beinmuskeln entspannten sich, als sie sich dem Moment hingab und ihre Kontrolle an Vance weiterreichte.

„So ein braves Mädchen", murmelte Vance.

Galen nickte ihm zu, bevor seine Hände Vances auf ihren Hüften ersetzten.

Sie hörte das Knistern eines Kondoms.

Die Erkenntnis, was vor sich ging, kam zu spät, denn sie spürte bereits, wie sich ihr Arsch um ihn herum teilte. Kaltes Gleitgel träufelte zwischen ihre Pobacken und Vance umkreiste mit einem Finger den Ring ihres Arschlochs.

Galen unterbrach ihren instinktiven Versuch, sich der Berührung zu entziehen.

So viele verschiedene Nerven. Ihre Pussy war mit Galen gefüllt, doch ihre ganze Aufmerksamkeit richtete sich auf Vances Finger – wie er kreiste und erkundete. Er drückte sich an dem Ring vorbei und drang mit einem Finger in sie. Zwei Fingern. Bei dem sanften Brennen von seinem dehnenden Fortschritt zog sich ihre Pussy um Galens Schaft zusammen.

Sie schluckte und schloss die Augen.

„Augen zu mir", wiederholte Galen.

Ihr Blick traf auf seinen, als Vances Schwanz seine Finger ersetzte und langsam in sie stieß. Trotz des Gleitgels an seiner Länge, brauchte es viel, um ihr Arschloch seiner Größe anzupassen, und die Empfindung war alles, an was sie noch denken konnte.

Er drückte in sie, immer weiter. „Du kannst mich aufnehmen, Süße. Entspann dich und atme."

Der Klang von Vances Stimme – seine tiefe, beruhigende Stimme – ermutigte sie, seinen Rat zu befolgen. Denn sie wollte ihm gefallen. Ihre Hände packten die Lehne, als er sich in ihr vergrub. *Zu viel!* Ihre Vagina war bereits mit Galens Schwanz gefüllt. Es gab keinen Platz für mehr! Sie begann zu zittern und hatte das Gefühl, entzweigerissen zu werden.

Galens Hände packten ihre Hüften härter und hielten sie unbeweglich.

„Fast geschafft, Süße. Du fühlst dich so gut an", sagte Vance, knetete ihre noch immer empfindlichen Pobacken und fügte eine andere Art von Schmerz hinzu.

*Gott, Gott, Gott!* Ihre Augenlider senkten sich, öffneten sich wieder bei einem Laut von Galen. Er starrte ihr in die Augen und blickte tiefer, als es jemals jemand zuvor getan hatte. Selbst als ihr Körper penetriert wurde, kontrolliert und dominiert, schaffte es sein unerbittlicher Blick bis zu ihrer Seele vorzudringen.

Als sie wimmerte, bewegte er seine Hand nach oben und legte sie auf ihre Wange. „Ganz ruhig. Lass uns rein, Baby. Tief Luft holen."

Sie schaffte es, Sauerstoff in ihre Lungen zu bekommen und spürte, wie Vances Schambereich mit ihrem misshandelten Hintern in Kontakt trat. Alles in dem Bereich schien in Flammen zu stehen, und ihr Körper erstarrte, unfähig, sich zu bewegen.

Vance stützte sich mit der rechten Hand auf der Rückenlehne des Stuhls neben ihr ab.

Galen vergrub seine Finger in ihren Hüften. „Sieh mich an", erinnerte er sie. Als sie ihren Kopf hob, bewegte er sie, hoch und runter über seine Länge, gnadenlos, das Gefühl ... atemberaubend und erschreckend zugleich.

So voll; alles in ihrer unteren Hälfte war gedehnt und pochte. Sogar ihre Klitoris pulsierte und rieb bei jeder Auf- und Abwärtsbewegung über sein Schambein. Sie wimmerte. *Großer Gott!*

Er unterbrach den Blickkontakt mit ihr lange genug, um seinem Partner über ihre Schulter hinweg zuzunicken. „Sie ist bereit. Lass es uns tun."

„Atme, Süße", erinnerte Vance sie und ihr wurde plötzlich bewusst, dass sie den Atem angehalten hatte. Als sie verzweifelt nach Luft schnappte, lachten die Männer.

Vance legte einen Arm um sie und zwickte in ihre empfindlichen Brustwarzen. Unwillkürlich zog sie sich um ihn zusammen, und er stöhnte. Dann richtete er sich leicht auf, packte ihre Hüfte und glitt mit seinem dicken Schwanz aus ihrem Arschloch.

Das verheerende, wundervolle, unmögliche Gefühl ließ sie erschauern. „Oh Gott!"

Galen stieß in sie und zog sich zurück, sodass Vance in sie dringen konnte. Gleiten, dehnen. Das leichte Brennen – sowohl von ihrem Arschloch als auch von ihren Pobacken – war wie ein Gewitter bestehend aus Nervenenden, das über ihr einbrach. Sie hatte keine Kontrolle. Sie fühlte sich zu voll.

Sie wurde genommen, gefickt.

Die Männer erhöhten das Tempo, und doch fühlte es sich wie ein Tanz an, synchronisiert, um ihnen Erlösung zu verschaffen. Ihr Verstand überwältigte ihren Körper und sie wurde von Lustschauern durchgeschüttelt. Die bloße Empfindung zentrierte alles in dieser Region, als ob ein Blitz eingeschlagen wäre, der ihre Welt in grelles Licht tauchte.

Jede kleine Bewegung drängte sie höher, der Ekstase entgegen, und sie wehrte das Gefühl ab. Es wäre ... zu viel. Der herannahende Orgasmus, das wusste sie, würde ihr jegliche Vernunft rauben. Sie schüttelte den Kopf. *Nein.*

„Dickköpfige, kleine Sub." Vance klang nahezu mitleidig. Dennoch bewegte er seine Hand von ihrer Brust, strich über ihren Bauch, tiefer, bis seine Finger ihre Nässe und ihre Klitoris fanden.

„Aaah!" Alles in ihr zog sich zusammen und sie wurde in einen Wirbelsturm, in einen Hurrikan geworfen. Die Empfindungen wirbelten und wirbelten, jede Zelle in ihrem Körper explodierte, eine nie gekannte Ekstase schoss durch sie. Sie wand und wölbte sich auf ihnen und hatte Probleme, genug Sauerstoff in ihre Lungen zu bekommen.

Ein gedehnter Schrei entrang ihr, als eine weitere Welle über ihr einbrach. Ihr Rücken wölbte sich, und jedes pulsierende Zucken ihrer Pussy schickte sie in einen neuen Strom der Empfindungen.

Vance packte ihre Hüfte, blieb tief in ihr vergraben.

Gleichzeitig hämmerte Galen kraftvoll und schnell in sie, bis er einen kehligen Laut entließ und sie spürte, wie er sich ergoss.

Im nächsten Moment glitt Vance aus ihr heraus. Dann riss er sie wieder auf seinen Schaft und löste bei der Brutalität neue Lustwellen in ihr aus. Lange, gnadenlose Stöße folgten, rein und raus. Mit einer Hand packte er noch immer ihre Hüfte, aber als er mit einem lauten Brüllen kam, sein Mund nur wenige Millimeter von ihrem Ohr entfernt, zwickte er in ihre Klitoris. Hart.

Sally schrie, als sich ihr hinteres Loch um den erregenden Eindringling zusammenzog. Sie explodierte in einen weiteren Orgasmus. Ihr Körper wurde durchgeschüttelt, unfähig, den Fesseln und den zwei Schwänzen zu entkommen.

Eine gefühlte Ewigkeit später blinzelte sie, das Rauschen in ihren Ohren nun verebbt. Ihr Kopf senkte sich; ihre Arme zitterten. Jemand – sie – schnappte nach Luft, sog den Sauerstoff in ihre Lungen, als wäre es der Trank der Götter.

Nach einer weiteren Minute erkannte sie, dass Galen ihr über die Haare streichelte, ihr gut zu sprach, seine Stimme sanfter, als sie es jemals zuvor gehört hatte. „Hübsche Sub, süße Sally. Vielen Dank fürs Teilen."

Ihr Körper fühlte sich wunderbar gesättigt an, aber seine Worte füllten einen Brunnen tief in ihr, der schon länger ausgetrocknet war, als sie zugeben wollte.

Vance fuhr mit einer Hand über ihren Rücken, legte den

anderen Arm um ihre Taille und hielt sie so aufrecht. „So ein gutes Mädchen", murmelte er. „Tapferes Mädchen."

Beide streichelten sie. Beide waren nur auf sie konzentriert.

Vance zog sich behutsam aus ihr zurück und sie hörte ihn lachen, als ihr Körper um ihn herum erschauerte. Nachdem er ihre Hände losgemacht hatte, legte er sie auf Galen und ließ sie auf der Brust seines Partners liegen. Er wuschelte durch ihre Haare und dann ... entfernte er sich von ihnen.

Mit all der Kraft, die sie aufbringen konnte, hob sie den Kopf und sah zu Galen. „E-Er geht? Ist er wütend?"

„Kein bisschen, Sally." Galen legte eine Hand auf ihren Hinterkopf und schmiegte ihr Gesicht an seine Schulter. Sein Hemd war offen und ihre Brüste kamen in Kontakt mit seiner stahlharten Brust. Langsam erschlaffte er in ihr, aber sie blieben auf die intimste, wunderbarste Weise miteinander verbunden, die es gab. Er streichelte wieder ihre Haare, fuhr gedankenverloren mit den Händen über ihren Körper. „Da wir es beide genießen, dich zu halten, wechseln wir uns ab. Er war am frühen Abend bei dir."

„Oh."

„Da du wach genug bist, um Fragen zu stellen, kannst du mich auch küssen."

Sie hob das Gesicht und fand seinen Blick. Seine schwarzen Augen zeigten Belustigung und wirkten heute besonders sanft. Sie loderten nicht länger wie ein Lagerfeuer, sondern zeichneten sich mit einer Hitze aus, die es vermochte, die kalten Orte in ihr mit Wärme zu füllen.

Und er lockte sie in einen Kuss, wie sie ihn noch nie erlebt hatte.

Oh, sie steckte in Schwierigkeiten.

# KAPITEL ZEHN

Als **Vance am** Montag von der Arbeit zurückkam, lief er durch das ruhige Haus. Galen befand sich immer noch in einer Besprechung, das wusste er, aber Sallys Auto stand in der Einfahrt. Niemand in der Küche oder im Wohnzimmer – abgesehen von Glock, der ihn mit einem gleichgültigen Schwanzwedeln begrüßte. Offensichtlich nicht hungrig. Vorbei waren die Zeiten mit seinem bemitleidenswerten Miauen und dem Herumstreichen um die Beine. Wie es schien, half die kleine Sub, sein Gemüt zu besänftigen.

Vance hob den grauen Kater auf. „Ich glaube, du hast schon ein paar Kilo zugenommen, Katerchen."

Ein schlitzäugiges Grinsen war seine einzige Antwort.

Er nahm die Katze mit sich und fand Sally im Büro, wo sie an ihrem Computer arbeitete. Mit einem Lächeln fragte er sich, in welcher Stimmung sie heute war.

Letzten Samstag war sie süß gewesen. Sie hatte ihn und Galen willkommen geheißen, hatte Sex mit ihnen gehabt. Danach hatte sie in deren Armen geschlafen und sich an sie gekuschelt. Sally hatte keinen Favoriten. Soweit er das beurteilen konnte, mochte sie beide Männer. Ja, Sally und Galen gerieten oft aneinander. Die beiden waren sich einfach sehr ähnlich, aber generell tat Sallys zärtliche Zuneigung seinem Partner gut.

Auch Vance bekam nicht genug davon, *verdammt*.

Und er mochte ihr freches Mundwerk, das görenhafte Verhalten, das sie wie eine Uniform überstreifen konnte. Bei ihren Gesprächen mit Glock fragte er sich manchmal, ob die Katze wirklich kommunizieren konnte.

Sie hatte am Sonntagmorgen eine lange, besinnliche Stunde mit ihm geangelt, und er hatte sie noch nie so entspannt gesehen.

Letzte Nacht hatte er ein Quietschen gehört und war ins Büro gerannt. Der Raum war leer gewesen, bis auf sie, eine wütende junge Frau mit weit aufgerissenen Augen, die über Heiltränke, Monster und Gamer schimpfte, die ihre Kameraden dem Tod überließen.

Was für ein Mundwerk sie doch hatte.

Und heute hatte sie eine andere Persönlichkeit angenommen, tippte so schnell auf ihren Tasten herum, dass sie ihn nicht mal hatte hereinkommen hören.

„Verschickst du Bewerbungen?", fragte er.

Sie zuckte zusammen, als hätte er sie mit einem Rinderstößel über den Kopf geschlagen. „Vance!" Ihre Hände bewegten sich über die Tastatur. Der Bildschirm wechselte von einem E-Mail-Programm zu einem Dokument. „Ich habe dich nicht so früh zurück erwartet."

Sie drehte sich auf dem Stuhl und wandte sich ihm zu. Gekleidet war sie in eine helle Jeans und ein Darth-Vader-T-Shirt, das las: *Die Dunkle Seite hat mich dazu gebracht!* Ihr Haar wurde mit einem Band zurückgehalten. Kein Make-up. Sie wollte niemanden beeindrucken, und das hatte sie auch nicht nötig.

„Es ist schon ziemlich spät, Süße." War lange her, dass er einen so schuldigen Gesichtsausdruck gesehen hatte. Sie hatten ihr jedoch zu keinem Zeitpunkt verboten, mit Freunden zu kommunizieren. „Du hast den Code für das WLAN, oder?"

Ihr Ausdruck entspannte sich. „Ja. Vielen Dank, dass ich das WLAN benutzen darf."

Das war es also nicht. Sie hatte Zugang. Nun, wenn sie nicht gerade einen E-Mail-Betrug durchführte und die Empfänger bat, ihr ein paar tausend Dollar zu schicken, um ihr Baby vor dem Verhungern zu bewahren, gab es keinen Grund, sich einzumischen. Weder er noch Galen schränkten die Kommunikation einer Sub mit ihrer Familie und ihren Freunden ein. Ganz im Gegenteil; er wollte, dass sie soziale Kontakte pflegte. „Wie gut kennst du dich mit Renovierungsarbeiten aus?"

„Na ja, mit den grundlegenden Sachen habe ich Erfahrung, aber ich kann keine Baupläne lesen und sie dann umsetzen."

Er lächelte und zog sanft an einer ihrer Haarsträhnen. „Klassenbester, aber das wird euch nicht beigebracht?"

„Hey, Flussdiagramme sind eine Sache, räumliches Verständnis eine andere. Ich hab mich mal in einem Maisfeld verlaufen." Sie rümpfte ihre niedliche Nase. „Ich wette, sie lassen niemanden in die Agents-Schule, dem das passiert ist."

„Das stimmt. Nimmt den ganzen Spaß aus einer Verfolgungsjagd." Er streckte seine Hand aus. Dass sie nicht zögerte und ihre Hand in seine legte, freute ihn ungemein.

Als er sie auf die Füße zog, sah er in ihren Augen Neugierde aber auch einen Hauch von Beklommenheit. Gut. Sie war die Art Sub, die sich besser machte, wenn sie auf Trab gehalten wurde. Jedoch wollte er sich bei einer Sache sicher sein: Sie musste wissen, dass sie geschätzt wurde.

„Was ist los?", fragte sie.

„Wir hatten geplant, die Cabana für Gäste zu nutzen, aber wir werden sie stattdessen in einen Kerker umwandeln."

„Oh, der Bereich ist perfekt für einen Kerker. Und eine nette Abwechslung zu den typischen unechten Steinmauern. Wie kann ich helfen?"

Er schenkte ihr ein zufriedenes Lächeln. „Ich dachte, ich würde dich als Zimmermannslehrling an meine Seite holen."

Sie sah ihn verwirrt an.

„Jedes Schulmädchen sollte ein Handwerk lernen, auf das es zurückgreifen kann." Lehrer-Schulmädchen war als eines ihrer liebsten Rollenspiele aufgeführt, und er hatte eine Vorliebe für diese Art von Machtaustausch. Er ließ den Blick über sie schweifen. „Auf meinem Bett findest du einen Overall für dich. Dazu Schulmädchensocken und Sneaker. Und ich will geflochtene Zöpfe sehen."

Sie strahlte ihn an. Wenn sie glücklich war, glühte sie regelrecht.

Er fügte hinzu: „Wir treffen uns in zehn Minuten in der Cabana."

„Ja, Sir!"

**Sally hatte sich** Sorgen gemacht, dass er sie in einen hässlichen, unförmigen Farmeroverall zwingen würde. Sie grinste bei dem Kleidungsstück, das er auf seinem Bett hinterlassen hatte. Ja, das Material war aus Denim mit Vorderlatz und Hosenträgern. Ohne ein T-Shirt bedeckte das Lätzchen kaum ihre Brustwarzen. Die Schnürung zu beiden Seiten ihrer Hüfte bedeutete, dass es sich dem Körper anpassen ließ. Und statt langer Hosenbeine zeichnete sich der untere Teil als Rock aus, bei dem der Saum ihren Po nicht zu hundert Prozent bedecken würde. Sie zog Kniestrümpfe und Denim-Sneaker an. Ihr Haar hing in zwei langen Zöpfen. Kein Make-up. Nur um sich ein wenig aufzulehnen, zog sie sich ein neonpinkes Höschen an.

Wer hätte gedacht, dass einer der strengen Agents an Rollenspielen interessiert sein könnte? Ein Blick in den Spiegel zeigte ihr Grinsen. Der Ärmste. Er hatte sie noch nie in ihrer Rolle als Schulmädchen erlebt, sonst wüsste er es besser.

Sie hielt auf der Treppe inne, als sie sich an Vances wirklich große, wirklich starke Hand erinnerte, die ihr den Hintern versohlt hatte. Das hatte wehgetan.

Sie entließ bei ihren Gedanken ein genervtes Schnauben. Bei einem Rollenspiel würde er keine echte Strafe verhängen. Der einzige Grund in die Rolle eines Schulmädchens zu schlüpfen, war, dass sie so die Erlaubnis hatte, frech zu sein. Vielleicht fand sie deshalb auch so viel Gefallen daran.

Sie runzelte die Stirn. Wenn sie es so sehr genoss, warum hatte sie dieses Verhalten dann nicht zuhause an den Tag gelegt? Oder hatte sie das? Im Kindergarten hatte sie ihrer Mutter beigebracht, Glas zu recyceln. Auch hatte sie sich immer auf den Heuboden zurückgezogen und von dort ihren Bruder genervt, weil sie wusste, dass er zu viel Angst hatte, die Leiter zu benutzen, und so keine Vergeltung üben konnte. Und beim Abendessen hatte sie ihren Vater darüber unterrichtet, dass Unternehmen, die von Frauen geleitet werden, mehr Geld einbrachten. Sally grinste und erinnerte sich an den entsetzten Gesichtsausdruck ihres Vaters. Wie alt war sie damals gewesen? Neun?

Ihr Lächeln verblasste. Das war, bevor er angefangen hatte, sie zu hassen. Nach dem Tod ihrer Mutter brachte seine Missbilligung – und gelegentlich seine Rückhand – schließlich ihre Beschwerden, ihre Bitten ... ihre Stimme zum Schweigen.

Vorlaut zu sein, war etwas, das sie mit dem Tod ihrer Mutter verloren hatte. Erst im College hatte sie es wieder gelernt, ihre Meinung zu äußern.

Die feuchte Seeluft wickelte sich um sie, als sie aus der Hintertür trat und den schmalen Pfad zur Cabana nahm. Auf dem See wirbelten zwei neonorange Kajaks das Wasser auf. In der rauen Vegetation des Seeufers hob ein Alligator den Kopf, musterte sie und kehrte dann wieder zu seinem Nickerchen zurück. Sie erschauerte. Niemand zögerte in Iowa, bevor er in einen See sprang, aber hier? Keine Chance.

In der Cabana stand Vance in der Mitte des Raumes, klopfte mit einem Maßstab auf seine Handfläche und begutachtete die potenzielle Baustelle. Das uralte weiße T-Shirt, das sich über seine breiten Schultern erstreckte, war so dünn, dass sie seine Schultermuskeln sehen konnte, als er sich umdrehte.

„Da bist du ja", sagte er.

Sie hielt still, als er sie abschätzend umkreiste.

„Sehr hübsch."

Als er mit der Hand unter ihren Rock fuhr, schob sie ihn von sich. „Sir! Was machen Sie denn da?"

„In unserem Unternehmen tragen Lehrlinge keine Unterwäsche. Es ist aus Sicherheitsgründen verboten." Seine Stimme war streng, seine Augen jedoch tanzten vor Belustigung. „Der Stoff kann hängen bleiben." Er hakte einen Finger in den Bund und zog ihr Höschen nach unten. „Ausziehen."

Sie schnaufte und glitt aus dem Höschen, ohne etwas von sich zu entblößen. „Ist ja gut." Grummelnd fügte sie hinzu: „Ich glaube nicht, dass mir dieser Job gefallen wird."

„Wirklich eine Schande, dass du für die nächsten fünf Jahre vertraglich an uns gebunden bist. Du kannst deinem Onkel dafür danken."

*Christus im Alligatorland*, aber das war ein beängstigender Gedanke.

„Natürlich hätte er das vielleicht nicht getan, wenn du ein braves Mädchen gewesen wärst." Vance schlug ihr mit dem Maßstab auf den Hintern. Gott sei Dank dämpfte der Rock den Schlag – nur nicht genug. Schließlich war ihr Po noch immer wund.

Mit den Händen auf dem Hintern sagte sie in einem finsteren Ton: „Ich bin ein braves Mädchen. Ich werde es Ihnen beweisen." *Oder ich trete eine Farbdose um, wenn ... Sie mir erneut auf den Arsch hauen.* „Wie soll ich Sie anreden?"

„Boss klingt gut." Er reichte ihr einen Pinsel. „Du kannst die Zierleiste streichen."

Er hatte ein hübsches Beige für die Leisten gewählt, und die Wände wollte er in einem dunklen, aber reichhaltigen Kakaobraun streichen. Ähnlich den Persönlichkeiten der Agents. Sie konzentrierte sich darauf, leise ihrer Aufgabe nachzugehen. Er hatte Country-Western-Musik angemacht, und sie musste zugeben, dass das Malern irgendwie beruhigend war. Es fühlte sich gut an, aus etwas Hässlichem etwas Schönes zu kreieren.

Nach einer Weile bemerkte sie, dass er über ihr stand und ihre Arbeit prüfte. Der lichtdurchflutete Raum ließ seine Augen heller erscheinen und zeigte die hellblauen Akzente in der Iris. Sie hatte diese Augenfarbe schon immer geliebt.

Seine Hand strich über ihr Haar. „Sehr gute Arbeit, Miss Hart. Du kannst jetzt eine Pause machen. Deckel auf die Farbe, Pinsel in einen der Beutel."

Nachdem sie die Dinge in Ordnung gebracht hatte, ging sie zu ihm. Er saß auf einem der Einzelbetten und blätterte durch einen Katalog.

Er klopfte neben sich auf die Matratze. „Setz dich."

Sie pflanzte sich hin und sah in den Katalog. BDSM-Ausrüstung. „Wow. Das ist sehr cool. Ich habe noch nie einen gesehen."

„Z hat ihn uns geliehen. Er meinte, dass dieses Unternehmen dafür bekannt ist, solide und bequeme Gerätschaften zu bauen." Er blätterte die Seite um und tippte auf ein Bild eines Andreaskreuzes. Es war mit Leder gepolstert. Glänzende Augenschrauben fanden sich an den Armen. „Magst du Kreuze?"

Sie zuckte mit den Schultern. „Was gibt's daran nicht zu mögen?"

„Was ist damit?" Er öffnete die Seite zu einem Vakuumbett mit einer Pumpe, um die Luft aus einem Latexbeutel zu ziehen und den Bottom durch einen Schlauch atmen zu lassen.

Sie erschauderte. „Niemals. Nicht für mich. Oh nein." Allein der Gedanke, eingeschlossen zu sein – auf eine Weise mumifiziert –, könnte ihr Albträume bescheren.

Er nickte und öffnete die Seite auf eine Auswahl von Bondage-Tischen. „Wir werden uns wahrscheinlich einen davon holen."

Einer der Tische hatte ein hübsches Einschränkungssystem, das – Plötzlich wurde ihr bewusst, dass er sie aufmerksam beobachtete. „Äh. Ja. Jeder Kerker sollte einen Bondage-Tisch haben."

Sein rechter Mundwinkel zuckte, bevor er die Seite wieder umblätterte. „Oder zumindest einen Strafbock."

*Gott*, ihr Favorit. Wie ein Hybrid zwischen einem Picknicktisch und einem Sägebock auf Steroiden. Auf einem dieser Teile in der Hundestellung festgeschnallt zu werden, war verdammt erregend.

Er fuhr mit einem Finger über ihre Wange. „Auf jeden Fall einen davon." Er legte das Magazin neben sich. „Ich habe mir im Club deine Akte durchgelesen. Du hast deinen Bachelor gemacht und eine Zeit in einer Softwarefirma gearbeitet, bevor du dein Masterstudium begonnen hast. Gab es in der Zeit keine Ehen oder Verlobungen?"

Sie schüttelte den Kopf. Und jetzt wusste sie auch, warum. Sie hatte niemandem genug vertraut, um ihren Verteidigungswall zu senken. „Was ist mit dir, Sir? Verlobt? Verheiratet?" Sie schenkte ihm ein Lächeln. „Die Auszubildenden haben keine Akten über die Master, in denen sie nachsehen können."

„Ein wahrer Segen." Er presste die Lippen fest aufeinander. „Ich habe im College geheiratet – und mich auch scheiden lassen."

„Reden wir hier von der Frau, die die ganze Zeit gelogen hat?" Sally hasste es, dass er sie einmal mit dieser furchtbaren Frau verglichen hatte. Der Gedanke, angelogen zu werden, hatte ihn so wütend gemacht.

„Stimmt, das habe ich dir erzählt." Er lehnte sich gegen das hölzerne Kopfteil und musterte sie. „Und du? Bist du eine Lügnerin, Sally?"

Ihr Kinn hob sich. „Nein!"

Er zog eine Augenbraue hoch.

*Verdammt.* „Okay, Orgasmen vorzutäuschen, könnte vielleicht als Lüge angesehen werden. Und ich schätze, wenn ich sage, dass es mir gut geht, obwohl das nicht der Wahrheit entspricht, kann auch in die Kategorie eingeordnet werden. Aber ..." Sie biss sich auf die Lippe.

Seine Augen kühlten ab, und er verschränkte die Arme vor der Brust. Wie konnte er so entspannt und gleichzeitig so bedrohlich aussehen? „Aber?"

„Aber ich tue es, weil ... weil ich meine – Gefühle – nur – schwer – teilen – kann." *Bitte hass mich nicht! Ich will nicht, dass du mich hasst.*

„Das weiß ich." Seine Stimme war so neutral, dass sie nicht deuten konnte, was ihm durch den Kopf ging.

„Aber ich betrüge nicht. Betrug ist anders. Ich stehle nicht, würde niemals meine Freunde verraten. Und wenn du mich fragst, ob deine Hüften in einem Kleid fett aussehen, sage ich dir die Wahrheit. Und –"

Als er grinste, erkannte sie, was sie gesagt hatte. Hitze stieg ihr in die Wangen.

„Wenn ich das nächste Mal auf der Suche nach einem hübschen, vorteilhaften Kleid bin, weiß ich ja nun, wen ich mitnehmen sollte", sagte er.

*Mein Gott!* Sie senkte den Blick und murmelte: „Du weißt, was ich meine."

Er legte einen Finger unter ihr Kinn und hob ihren Kopf. „Ich weiß, was du meinst." Seine Augen hatten die Farbe eines sonnenbeschienenen Sees in Iowa. „Ich möchte dich an einen Punkt bringen, an dem du dazu in der Lage bist. Diese Zeit wird kommen."

Dass er ihr mit Verständnis begegnete, erleichterte sie so sehr, dass sich Tränen in ihren Augen formten.

Er entließ einen Laut, küsste ihre Wange, erhob sich und zog sie vom Bett hoch. „Zeit, dass du wieder an die Arbeit gehst, kleiner Lehrling. Du warst lange genug faul." Neben der Küchenzeile prangte ein hoher Schrank. Vance öffnete die Truhe, die direkt davor stand. Im Inneren befanden sich Riemen, Seile, Knebel, Spreizstangen, Augenbinden und Kapuzen – Dinge, die jeder gut ausgestattete Kerker haben sollte. „Ich möchte, dass du den Inhalt ordentlich in den Schrank einsortierst."

Noch immer etwas verunsichert, runzelte sie die Stirn. Als wahres Schulmädchen-Rollenspiel konnte man das langsam nicht mehr bezeichnen. Sie war eher sein Lehrling und er war ... furchtbar höflich. *Böser Dom.*

Nachdem sie einige wenige Artikel in das Regal gelegt hatte, fand sie die Nippelklemmen. Es waren so viele! Er war bereits wieder damit beschäftigt, die Wand zu malern. Also platzierte sie ein paar Klemmen ins Regal. Dann schleuderte sie eine in seine Richtung. Keine Reaktion. Sie räumte Klemmen beiseite. Warf eine mit dem Ziel, seinen Arsch zu treffen. Seinen hübschen, knackigen Arsch. Treffer. Keine Reaktion. Legte weitere weg, drehte sich um und –

„Ahh!" Klopfenden Herzens hob sie den Blick zu dem Mann, der über ihr ragte. Vances Gesicht war grimmig, und wie war er so groß geworden? Wie eine Maus fühlte sie sich. „Christus auf einem Pogo-Stick, wollen Sie mir einen Herzinfarkt geben, Boss?"

Er öffnete seine Hand und zeigte ihr die Nippelklemmen.

„Ähm. Ich schätze, ich habe ein paar fallen lassen. Mr. Boss, Sir." Sie grinste ihn an. „Ups."

„Ich verstehe. Nun, es scheint eine Verschwendung zu sein, sie nicht zu verwenden." Er öffnete die Hosenträger an ihrem Overall, ließ den Vorderlatz fallen und entblößte ihre Brüste. Er legte seine Hand auf ihre Unterbrust und neckte mit dem Daumen ihre Brustwarze. „Seltsam, dass du keinen BH trägst – ich dachte, Brüste bräuchten irgendeine Art von Stütze."

Sie starrte ihn an. Was war das denn für eine Aussage? „Ich ... Ich schätze, ich habe es einfach vergessen, einen anzuziehen ... Boss."

„Wir haben nicht die Zeit, dich nachhause laufen zu lassen, damit du dir einen anziehen kannst. Also müssen wir uns einfach damit begnügen. Schließlich möchte ich nicht, dass noch jemand denkt, dass wir an dem Wohl unserer Lehrlinge nicht interessiert sind." Er nahm zwei Kettenstücke aus der Truhe und befestigte an jedem Ende der Ketten eine Nippelklemme. Vier Nippelklemmen?

„Ich bin mir ziemlich sicher, dass ich keine vier Brüste habe, Boss", sagte sie höflich. *Ich versuche nur, zu helfen, Boss.*

„Danke für die Info." Er legte ihrer linken Brustwarze eine Klemme an und zog sie fest, bis Sally zu schwitzen begann. Nachdem er die Kette um ihren Nacken gelegt hatte, nahm er den Latz wieder hoch und befestigte die andere Seite am linken Rand des Overalls.

Als er losließ, zog das Gewicht des schweren Denims an der Kette und so auch an ihrem Nippel. „Au!"

Ein Lächeln huschte über seine Lippen. Die zweite Kette brachte er auf die gleiche Weise an ihrem rechten Nippel an und führte das andere Ende erneut zu dem Latz. Ihre Brustwarzen hielten jetzt den Latz hoch. *Au, au, au!*

Und die Ketten zogen ihre Brustwarzen nach oben.

Er grinste. „Na bitte. Eine Stütze für deine Brüste. Vielleicht sollte ich das System patentieren lassen." Er drehte sie um. Die Bewegung zog an ihren Brüsten und sie quietschte. „Arbeite weiter, kleiner Lehrling. In ein paar Stunden lasse ich dich eine Pause nehmen."

Was? Wütend und mit brennenden Nippeln beugte sie sich über die Kiste, und dachte darüber nach, etwas wirklich Schweres nach ihm zu werfen.

Hinzu kam, dass sie furchtbar dringend aufs Klo musste. Sie stand auf und sprang von einem Fuß auf den anderen, in der Hoffnung, dass er es bemerken würde.

Er drehte ihr den Rücken zu.

*Na gut.* Entschlossen ging sie zur Tür.

„Sally, du hast keine Erlaubnis, den Raum zu verlassen." Er hatte sich nicht einmal die Mühe gemacht, sie anzusehen.

*Oh Gott,* wenn sie hier nicht rauskam, würde ihre Blase explodieren. „Ähm." Sie konnte nicht fragen. *Verdammt.* Mit zusammengebissenen Zähnen steuerte sie wieder auf die Tür zu.

„Sally, brauchst du etwas?"

*Nein* zu sagen, war ... keine Option. „Ja, Sir." Vielleicht würde er sie einfach gehen lassen?

„Gute Antwort. Also frag." Sein Blick traf auf ihren. Geduldig. Verständnisvoll. Entschlossen.

Verdammter, dämonischer Dom. Sie würde ihn dafür bezahlen lassen, sie unter Druck zu setzen. Ihre Hände waren kalt, ihr Herz schlug ihr in den Ohren, als sie versuchte, die Worte herauszubringen. Warum war es heute so viel schwieriger? Zittrig atmete sie ein. „Darf ich auf die Toilette gehen, Sir?" Die Frage kam in Windeseile heraus.

Er lächelte sie mit strahlenden Augen an, und trotz ihres aufkeimenden Zorns war ihr noch nie so warm ums Herz gewesen. „Eine sehr nette Bitte, Süße. Benutze die Toilette im Haus und bring uns auf dem Rückweg zwei Eistees mit."

„Ja, Sir."

---

**Galen hielt auf** dem Rasen vor dem Haus an, streichelte Glock und fand anschließend Sally in der Küche mit zwei Eistees. Zuckersüß sah sie aus. Bereits im Shadowlands hatte er gedacht, dass die Schulmädchenaufmachung am besten zu ihrer sprudelnden Natur passte. Der Overall, den Vance gefunden hatte, stand ihr besser, als er erwartet hatte. „Interessante Art, deine Kleidung hochzuhalten, Kobold." Er zog sanft an einer Kette und sie zuckte zusammen ... und ihre Augen weiteten sich leicht.

Sie musste etwas Ungezogenes getan haben, um sich dies verdient zu haben. Gut. Er und Vance hatten gehofft, dass Rollenspiel ihr helfen könnte, ihre freche Art neu zu entdecken. „Was haben du und Vance bisher in der Cabana erreicht?"

Sie warf ihm einen leicht verärgerten Blick zu. „Wir haben nur gemalert."

Vermisste sie mehr Dominanz oder mehr Sex ... oder etwas anderes? Er könnte mit beidem beginnen und sehen, ob ihre Reaktionen ihm einen Hinweis gaben. „Nichts anstrengendes? Dann wirst du genug Energie hierfür haben." Er knöpfte seine Jeans auf. Er wusste um die Vorteile, die Unterhose wegzulassen, wenn eine Sub im Haus war.

Er sah den Funken der Freude in ihren Augen, sowie etwas, an das er sich erinnerte und von dem er bisher nicht genug gesehen hatte. Plante sie Unfug, neigten sich die Augenwinkel leicht nach oben, als müssten ihre Augen die Aufgabe von ihren Lippen übernehmen, da sie alles gab, um ein Lächeln zurückzuhalten. Der bezauberndste Ausdruck der Welt. Aber ... was hatte der Kobold vor?

Sie drehte ihm den Rücken zu und stellte die Eisteegläser auf der Arbeitsfläche ab. Sie wandte sich ihm wieder zu und fiel vor ihm auf die Knie. Nachdem sie ihre Zöpfe über ihre Schulter geschoben hatte, umhüllte sie ihn in sinnliche Hitze. Sie leckte und saugte energisch und bewegte den Kopf so enthusiastisch, dass seine Augen in den Kopf zurückrollten. Sie hatte ein Talent für Blowjobs.

Als sie ihren Mund von ihm nahm, streichelte sie seinen Hoden weiter und blickte zu ihm auf. Sie schmunzelte, rieb sich mit der freien Hand über den Mund, bevor sie den Kopf wieder senkte. Für eine Weile betörte sie seine Eier, ließ seine sexuelle Vorfreude wachsen und umschloss dann mit ihren Lippen erneut seinen Schaft.

Sein Herz hätte bei dem schockierenden Gefühl fast ausgesetzt. Sein Schwanz fühlte sich an, als hätte er ihn in einen Eisberg gesteckt. „Mein Gott!" Er packte ihre Haare und zog sie von sich herunter. Als sein Blutdruck sank und das Rauschen in seinen Ohren nachließ, konnte er ihr Kichern hören. Bezaubernder Klang, aber nicht aus den richtigen Gründen.

Einen Eiswürfel in ihrem Mund zu verstecken, um ihrem Dom während eines Blowjobs einen Herzinfarkt zu verschaffen, war nicht das, was er eine gut erzogene Sub nannte. *Nicht lachen, Kouros.* Er presste die Lippen zusammen. „Okay, Sally, du hattest deinen Spaß." An ihren Zöpfen hielt er sie an Ort und Stelle und schloss mit der anderen Hand seine Jeans. Vorsichtig. Verfing er sich im Reißverschluss, würde er wie ein Mädchen kreischen.

Sie sah zu ihm auf und wirkte mittlerweile doch etwas besorgt. Kluge Sub.

„Augen nach unten." Er blickte auf die beiden Getränke, die bis obenhin mit Eis gefüllt waren. „Mir war nicht klar, dass du Eis-Play magst, Sub. Da das der Fall zu sein scheint –" Er warf sie mit dem Gesicht nach unten auf die Arbeitsfläche und ließ ihre Beine baumeln. Bevor sie sich bewegen konnte, schob er ihren kurzen Rock hoch und sicherte ihn und die kleine Sub an ihrem Rücken. Als sie sich unter ihm wand, übte er mehr Druck aus.

Ein zylinderförmiger Keramikbehälter enthielt eine Vielzahl an Holzlöffeln. Er nahm sich einen und schlug ihr ein halbes Dutzend Mal auf den Arsch. Schnell und hart. Sein Schwanz zuckte bei dem befriedigenden Geräusch, als Holz auf ihr nacktes Fleisch traf.

Ihr kurzer Schrei bereitete ihm fast genauso viel Spaß.

„Ich schätze, du hast dich vernachlässigt gefühlt", sagte er und wartete lange genug, bis das Brennen abnahm. Schließlich fügte er weitere sechs Schläge hinzu. „Du wolltest Aufmerksamkeit?"

„Nein." Sie packte die Kante der Kücheninsel und krallte sich fest. Ein hübsches Rosa erblühte auf ihrem Arsch. Er mied die Stellen, die noch Spuren von ihrer letzten Bestrafung trugen, und machte sich eine mentale Notiz, mit dem Rohrstock das nächste Mal etwas sanfter vorzugehen. Und wenn man ihre Vorliebe für görenhaftes Verhalten bedachte, würde es zweifellos ein nächstes Mal geben.

„Deine Doms schenken dir gerne Aufmerksamkeit, Sally, aber denkst du nicht auch, dass dies der falsche Weg ist, danach zu fragen?" Er lächelte und tauchte seine Hand in ein Eisteeglas. „Ich lasse dich entscheiden." Er zog zwei Eiswürfel heraus – bereits gut abgerundet und von der Größe einer Fingerspitze – und schob einen in ihre Fotze und genoss für einen Moment ihren schrillen Schrei, bevor er den anderen in ihr Arschloch steckte.

Ihr empörter Ausruf ließ die Fenster klappern. Er und Sam hatten einmal ein Gespräch über herzerwärmende Schreie geführt. Dieser rangierte ganz weit oben. Er lehnte sich mit dem Becken an ihren Arsch, um sie davon abzuhalten, sich von der Arbeitsfläche zu stoßen.

Zum Abschluss der Lektion färbte er ihre Pobacken mit ein paar weiteren Schlägen des Holzlöffels in ein erregendes Rot, konzentrierte sich dabei auf den Übergang von Po zu Schenkel, immer darauf bedacht, ihre Reaktionen im Blick zu behalten. Er wollte, dass es stach – wollte nicht wirklich, dass sie weinte. Aber jedes Mal, wenn sie um sich trat, schlug er etwas härter zu. Das fiel ihr innerhalb von drei Schlägen auf. Kluges Mädchen.

Nachdem er aufgehört hatte, fuhr er mit den Fingern zwischen ihre Beine. Schön feucht. Sie mochte es, den Arsch versohlt zu bekommen. Sie mochte es, dominiert zu werden. Ihr Verhalten war zweifellos darauf abgezielt, mehr davon zu bekommen. Er hatte das Gefühl, dass es auch ihre Art war, zu testen, ob er und Vance sie immer noch mögen würden, wenn sie ihre freche Natur herausließ. Und vielleicht, ob es ihnen möglich war, die Kontrolle beizubehalten, ohne dass sie sich unsicher oder unwürdig fühlte. Er streichelte über ihren runden Arsch und spürte, wie ein Lustschauer durch sie jagte.

An diesem Kobold war nichts Unwürdiges, aber sie würde ihm nicht glauben. Nur Geduld und Beständigkeit würden sie überzeugen.

Die Frage war: Sollte er sie den Blowjob beenden lassen, um konsequent zu bleiben? Nein. Er grinste. Er wollte sein wertvolles Stück nicht in der Nähe eines rachsüchtigen Mundes haben. Es wäre eine Herausforderung, mit einem zwei Zentimeter kleinen Stummel zu pissen.

Stattdessen hob er sie von der Kücheninsel, stellte sie auf die Füße und zeigte auf den Boden.

Kleinlaut ließ sie sich auf die Knie herunter. „Es tut mir leid, Master Galen", flüsterte sie. „Ich werde es nicht wieder tun."

„Wahrscheinlich eine weise Entscheidung", sagte er in einem ernsten Ton. „Wir haben die Form für die Herstellung von Eisdildos, und nach deiner Reaktion auf einen winzigen Würfel denke ich, dass du die große Sorte nicht schätzen wirst."

Sie zuckte zusammen, und er musste sein Lachen mit einem vorgetäuschten Husten überspielen.

„Ich werde artig sein, Sir", versprach sie.

Oh, das bezweifelte er. Er zog sie auf die Füße, umarmte sie und gab ihr dann einen tiefen Kuss. Ihr angespannter kleiner Körper schmolz schon bald dahin, zweifellos wie das Eis in ihrer heißen Pussy, und sie schmiegte sich an ihn. „Ich mag dich, Sally", murmelte er in ihr Haar. „Du bist von Natur aus ein frecher Kobold und das gefällt mir an dir. Wir wollen dich nicht ändern, sondern dir nur ein paar Grenzen aufzeichnen."

Ihr Kopf bewegte sich an seiner Schulter auf und ab.

Er küsste sie auf die Stirn. „Ich bin jedoch in Maine aufgewachsen. Die Kälte ist nicht mein Freund."

Als er sie an seiner Schulter kichern hörte, musste er grinsen. Oh ja, sie war einzigartig.

---

**Drew schlug die** Tür des gemieteten Jeeps zu und lief zur Hütte seines Bruders. Verdammtes FBI! Verdammte Bullen!

Er sollte wahrscheinlich die ganze Operation beenden, aber der Gedanke, die Arschlöcher gewinnen zu lassen, drängte ihn dazu, etwas töten zu wollen. Jemanden. Viele davon. Und er wollte nicht etwas verlieren, das Millionen einbrachte.

Nichtsdestotrotz war er nicht bescheuert. Gleich nach dem Verkauf der ersten Frau hatte er Notfallpläne zurechtgelegt, falls die ganze Sache den Bach runterging. Heute hatte er die E-Mails an seine Handvoll Manager geschickt, um alles auf Eis zu legen. Hoffentlich würde so das FBI von ihrer Spur abkommen.

Seine dünnen Lippen spannten sich an. Er hatte beim Aufbau des Netzwerks Vorsichtsmaßnahmen getroffen. Kompartimentierung war das Schlüsselwort. Die unteren Ebenen waren vertraglich gebundene Tagelöhner, die nur den Aufseher kannten, der sie angeheuert hatte. Die Manager kannten nur die Aufseher ihres Bereiches. Im Gegenzug kontaktierte Somerfeld ausschließlich eine Handvoll Manager und dies nur per E-Mail.

Aber er hoffte, den Kern der Organisation intakt zu halten, und sobald das FBI ihre Aufmerksamkeit woanders hinlenkte, würden sie wieder aus der Versenkung erscheinen. Zudem hatte er den Managern einen großen Bonus als Anreiz gegeben, damit sie die Fresse hielten. Dies symbolisierte die Karotte; der Stock war das Wissen, wie die *Harvest Association* mit Verrätern umging.

Er grinste. Wer hätte gedacht, dass sich sein pyromanischer Bruder als so nützlich erweisen würde?

**Als Ellis hörte,** wie eine Autotür zugeschlagen wurde, schnappte er sich die Kette, die zur Sklavin führte. Drew musste hier sein. Vielleicht hatte er einen Auftrag für ihn. Ellis grinste und rieb sich über seinen mit jeder Sekunde härter werdenden Schwanz. Er genoss es wirklich, Rache für seinen Bruder zu üben. So sehr, dass er stets eine batteriebetriebene, drahtlose Videokamera im Raum zurückließ, damit er das Flehen, das Weinen und die Schreie aufnehmen konnte, während die Haut knusprig gebraten wurde. Eine Schande, dass die Kameras zumeist zur gleichen Zeit den Geist aufgaben.

Aber er hatte eine gute Sammlung zusammenbekommen.

Tatsächlich hatte er sich erst gestern Abend eines der Videos angeschaut. *Oh ja, das habe ich. Ja, ja.*

Er öffnete die Tür und atmete den Duft des Waldes ein, ergötzte sich an der Stille. Das Gesicht seines Zwillings war angespannt, die Augenbrauen zusammengezogen. „Stimmt etwas nicht?"

„Das FBI lässt einfach nicht nach. Ich habe das Netzwerk heruntergefahren." Drew schob sich an ihm vorbei und trat in die Hütte.

Ellis blickte finster drein. Das bedeutete keine schönen Brände in naher Zukunft. „So ein Scheißdreck." Er lehnte sich an die Tür und beobachtete, wie Drew seine Hose öffnete. „Was machst du da?"

„Ich habe mich meiner Sklavin entledigt. Nur für den Fall."

„Und du hast nicht mich angerufen, um sie zu töten?" Wut stieg in ihm auf.

„Du willst sie verbrennen, und dafür hatte ich keine Zeit. Sie befindet sich bereits auf dem Grund des Ozeans. Was bedeutet, dass ich kein Fucktoy mehr habe." Drew nickte zu der knienden Schlampe, ihre Stirn auf dem Boden, den Arsch in der Luft. „Ich bin gekommen, um deine zu benutzen."

„Dann mach."

„Danke. Und pass auf, dass du sie nicht zu früh kaputtmachst. Du wirst keine neuen bekommen, bis ich das Netzwerk wieder hochfahre."

Alles schlechte Nachrichten. Er wollte ein Feuer, wollte die Hitze spüren, die Schweißtropfen auf seiner Haut, wollte den Schmerzensschreien lauschen, wenn die Flammen höher und höher stiegen, und zusehen, wie sich die Augen der Opfer weiteten. Er wollte Zeuge des Überlebenskampfes werden. Unter seiner Haut juckte es; so sehr sehnte er sich danach.

# KAPITEL ELF

„Hey." **Sally trat** im Haus in das Büro der Männer. Ihre Kleidung war vom Regen durchnässt, ihr Rucksack tropfte und sie zog die Füße erschöpft hinter sich her. Manchmal war die Welt einfach nur beschissen. Und heute war so ein Tag.

„Du bist spät dran", sagte Vance, ohne von dem Zettel aufzuschauen, auf dem er sich Notizen machte. Der klassische Heavy Metal-Sound von Deep Purple spielte im Hintergrund, was zeigte, dass heute Galen die Musikauswahl getroffen hatte.

„Es ist schon fast sieben." Galen wandte sich von seinem Computer ab, sah zu ihr und kniff die Augen zusammen. „Was ist los, Kobold?"

Vance wirbelte in seinem Stuhl herum.

Sie sah die Männer an, sprang mit den Augen von einem Mann zum anderen. Ohne auch nur ein Zeichen eines Lächelns wurde sie gemustert, ihre Gesichter angespannt und mit Sorgenfalten durchzogen. Vance und Galen sahen so grimmig aus, wie sie sich fühlte. „Es war einfach ein furchtbarer Tag." Sie ließ ihren Rucksack auf den Boden fallen und schlang ihre Arme um sich. Konnte sie wirklich den Tod an ihren Kleidern riechen, oder bildete sie sich das nur ein? „Ich glaube nicht, dass ich die Realität besonders mag."

„Komm her." Vance öffnete seine Arme und sie lief direkt auf ihn zu. Er zog sie auf seinen Schoß und wog sie an seiner starken Brust. In den letzten Wochen war ihr klar geworden, wie toll seine Umarmungen waren. In seinen Armen fühlte sie sich behütet und umsorgt. Sie schmiegte sich enger an ihn und rieb ihre Wange an seinem weichen T-Shirt. Sein sauberer Duft löschte den schrecklichen Gestank aus ihrem Kopf ... zumindest für den Moment.

„Was ist passiert?" Galen lehnte sich vor und stützte die Ellbogen auf den Knien ab, seine Aufmerksamkeit gänzlich auf sie gerichtet. Die Art und Weise, wie er seine Arbeit so bereitwillig beiseite legte, um sich allein auf sie zu konzentrieren, war ein wenig beunruhigend. Er gab ihr das Gefühl, etwas Besonderes zu sein. „Sally?"

„Nichts wirklich Schlimmes." Sie seufzte. „Ich mag einfach keine Leichen. Oder Gewalt."

Galens Lächeln hielt Verständnis inne. „Ich habe gehört, dass Polizeistationen dazu neigen, dies hin und wieder zu haben."

„So hat es den Anschein." Das Problem war, dass ihr Herz gerne die Strafverfolgungsbehörden unterstützen wollte. „Vielleicht wird Illinois ruhiger. Ich habe bald ein Bewerbungsgespräch mit dem Sheriff außerhalb von Chicago."

Galens Mund spannte sich bei ihrer Antwort an.

„Wie laufen die Ermittlungen im Fall der *Harvest Association*?", fragte sie, in der Hoffnung, sein Stirnrunzeln auszulöschen.

Vance neigte ihren Kopf nach oben, sodass er ihr ins Gesicht sehen konnte. „Wieso weißt du davon?" Er warf einen Blick auf die Papiere auf seinem Schreibtisch. „Du kannst nicht durch die Akten –"

„Oh, ich bitte dich. Ich habe eure Schreibtische nie berührt." Auch hatte sie sich nie in die Computer der Männer gehackt. Ihrer Meinung nach berechtigte sie das für einen Heiligenschein.

„Dir muss doch klar sein, dass die Shadowlands-Subs immer genau wissen, was um sie herum passiert. Was bedeutet, dass es auch die Auszubildenden bald wissen."

Vances Lächeln wurde reumütig. „Ich hätte es wissen sollen. Tut mir leid, Süße, ich habe nicht nachgedacht. Du gehörst nicht zu dem Typ, der sich heimlich einen Blick erhascht."

Oh, das tat weh. Unter dem Vorwand, sich beleidigt zu fühlen, stand sie auf. *Gott möge ihr beistehen*, falls sie jemals herausfanden, dass sie Bilder von Dokumenten auf Dans Schreibtisch geschossen hatte. Aber das war schließlich etwas anderes gewesen. Ihr *Name* war darin verzeichnet gewesen. „Könnt ihr mir irgendetwas zu dem Thema verraten?"

„Obwohl der Fall nicht unter Verschluss gehalten wird, bitte ich dich doch, das Thema mit niemandem zu besprechen." Galen warf ihr einen strengen Blick zu.

„Kein Problem."

„Unsere Stimmung ist nicht die Beste, da die Aktivitäten im Nordosten eingestellt wurden. Konten, die wir überwacht haben, sind nun geschlossen."

„Sie haben aufgehört?", fragte sie. „Ist es nicht das, was ihr wolltet?"

Vance nahm ihre Hände in seine. „Wir wollten die Ringführer verhaften, und sie nicht wie Füchse in einem Bau verschwinden sehen. Die Chancen, sie zu finden, sind gesunken; die Suche wird länger dauern."

„Oh." Der Bastard, der diesen netten Polizisten getötet hatte, würde nicht dafür bezahlen? Und er würde wieder Auktionen planen. Wut flammte in ihr auf. „Das würde jeden wütend machen." Sie legte die Arme fest um Vances Taille, wollte ihm etwas Trost spenden, so wie er es bei ihr getan hatte. Ausgehend von der Art und Weise, in der er die Arme um sie festigte, bewies ihr, dass er eine Umarmung gebraucht hatte.

Als er sie losließ, warf sie einen Blick auf Galen und sah unter dem ungerührten Ausdruck einen Hauch von Sehnsucht aufblitzen. Er bot Zuneigung nicht so bereitwillig an, aber sie lernte langsam, dass er ihre Berührung brauchte, so wie sie die seine brauchte. Mit einem sanften Lächeln durchquerte sie den Raum, zog ihn auf die Füße und schlang ihre Arme um ihn.

Seine Umarmung dehnte sich lange hin und sie konnte spüren, wie dankbar er war. Ja, er hatte sich ihre Zuneigung herbeigewünscht. Beide Agents waren ehrgeizig, aber Galen schaffte es nicht immer, den Job mal seinen Job sein zu lassen. Vance war darin besser. Sie konnte die tiefen Wunden in Galens Seele regelrecht fühlen.

Seine Arme lockerten sich, aber bevor er sie losließ, murmelte er an ihren Haaren: „Danke, Sub."

Als sie zurücktrat, senkte er den Blick. Seine Hemdärmel waren nass, wo ihre Kleidung mit ihm in Kontakt gekommen war. „Du bist vollkommen durchnässt. Geh duschen und zieh dir etwas Trockenes an", befahl er.

„Es geht mir g –"

Er zuckte mit dem Kinn und kehrte in seine Rolle als Dom zurück. „Geh."

*Meine Güte.* Fast hätte sie etwas Gemeines gesagt, bis ... bis sie auf seinen finsteren Blick traf, sodass sich die Kraftausdrücke schnell in Rauch auflösten. Sie wirbelte herum und gab ihr Bestes, nicht wie ein verzogenes Kind mit den Füßen zu stampfen. Herrisch. Warum sie manchmal einen herrischen Dom verehrte und ihn an anderen Tagen hasste, hatte sie bisher noch nicht herausfinden können. Warum Galen es schaffte, eine Lustwelle nach der anderen durch ihren Körper zu jagen, während sie ihn - so wie heute - gerne treten würde, war einfach unverständlich.

Sie hob ihren Rucksack auf und warf einen flüchtigen Blick zu Vance. Er lachte.

Bastarde, sie beide.

Sie ging die geschwungene Treppe hoch und näherte sich dem Ende des Flurs. Galens Schlafzimmer. Er mochte Antiquitäten und dunkles Holz. Die cremefarbenen Wände zeigten Gemälde von Leuchttürmen an der Küste Neuenglands.

Sein Bett war mit einer weinroten Satindecke bedeckt und fühlte sich so weich an wie die Wolken am Himmel. Als sie ihm vor ein paar Tagen einen Schokoladen-Cookie frisch aus dem Ofen gebracht hatte, hatte er ihn sofort gegessen, sie dann aufs Bett geworfen und sich mit ... fleischlichen Sinnesfreuden bei ihr bedankt.

Sie holte tief Luft. Was dieser Mann mit seinem Mund machen konnte ...

*Konzentriere dich, Mädchen.*

Galen bewahrte seine Spielzeugtasche in einer geschnitzten Truhe am Fußende seines Bettes auf. Die Analplugs auf jeden Fall, da die Männer sie gelegentlich vorher ... dehnten.

Und, na ja ... Ihr Rucksack enthielt Textmarker in verschiedenen Farben. Auf dem schlankesten, violetten Analplug zeichnete sie mit ihrem silbernen Marker ein Smiley. Wie Happy aus Schneewittchen und die sieben Zwerge.

Für den schwarzen Analplug mit Noppen schien Schlafmütz eine gute Wahl zu sein. Ihr silberner Marker zeichnete ein schlaffes Gesicht mit halb geschlossenen Augen. Der durchsichtige, hellblaue Plug bekam Chefs große Nase und winzige Brillengläser. Der übergroße in Hautfarben und in der Form eines realistischen Schwanzes trug bald ein finsteres Gesicht für den Zwerg mit dem Namen Brummbär.

„Mal sehen, wie lange es dauert, bis er es bemerkt."

Würde er die Zwerge erkennen? Sie grinste. Wenn man bedachte, wie er sie stets für ihre Sammlung an Disney-Filmen neckte, war es nicht so abwegig.

Ihre Stimmung erhellte sich und so nahm sie eine heiße Dusche, schrubbte sich energisch und wusch sich die Haare, um die Erinnerung an die Gewalt von ihrer Haut zu entfernen.

Anschließend zog sie eine alte Jeans und ein weiches blassblaues Oberteil an – *heute kein Rot, vielen Dank auch*. Zudem verzichtete sie auf den BH. *Ich will es bequem haben.* Den Doms würde es nichts ausmachen. Sie mochten es, wenn sie sich wohlfühlte ... und sie hatten nie ein Problem damit, ihr die Anordnung zu geben, sich umzuziehen.

Sie lächelte. Es gefiel ihr, dass sich die Männer nicht zurückhielten und ihr einfach sagten, wenn sie etwas bestimmtes wollten. Wenn sie so darüber nachdachte, schien dieses Wissen, ihre Panik zu reduzieren. Aber sie spielten nicht die ganze Zeit die DOM-Karte aus – nicht wie Frank das stets getan hatte. Sie stellten sicher, dass Sally ihre Grenzen kannte, und schränkten sie doch nicht so sehr ein, dass sie das Gefühl bekam, eine Würgekette zu tragen.

Obwohl Vance und Galen durch den Arschgeigenverein aka den Menschenhändlerring extrem unter Stress standen, gingen sie mit ihr stets behutsam um. Süß und bedächtig.

Sally stand in ihrem hübschen hellblauen und elfenbeinfarbenen Schlafzimmer, das die Männer mit ihren Sachen aus ihrer Wohnung gefüllt hatten. Ihre bunten Kissen erhellten den Raum ... und trieben die Männer in den Wahnsinn, da das Abendprogramm daraus bestand, sie vom Bett zu entfernen.

Die beiden kauften ihr weiterhin Sachen. Wie den flauschigen, blauen Bademantel, den Vance ihr gekauft hatte, nachdem er ihren blutbefleckten Alten im Müll gefunden hatte. Auf den Nachttischen standen Buntglaslampen von Galen, weil sie vor ihm erwähnt hatte, dass sie gerne im Bett las.

Sally dachte an die Analplugs und biss sich auf die Unterlippe. Sie war wirklich eine undankbare Kuh, oder?

Sie brauchte eine Möglichkeit, ihre Dankbarkeit zu zeigen, und zog ihren Laptop heraus. Nachdem sie ihn hochgefahren hatte, überprüfte sie ihre E-Mails und ging langsam durch den Abschaum-Ordner.

Nach einer Weile lehnte sie sich zurück und schürzte die Lippen. *Okay.* G und V behielten Recht. In den letzten Wochen hatte sie nur drei Manager infiziert. Alle drei waren von jemand noch Höherem kontaktiert worden. Dieser hohe Wichtigtuer hatte ihnen befohlen, alles herunterzufahren und ihre Dateien zu löschen. Die *Harvest Association* hatte eine Pause eingelegt.

Sie starrte auf den Bildschirm. Wie scheiße war das bitte?

Was jetzt? Die infizierten Manager hatten auf die Mails des hohen Tieres geantwortet, und wenn die Firewall und das Antivirenprogramm des Bosses nicht brillant waren, war sein E-Mail-System nun der stolze Besitzer ihres Virus. Sie hatte die letzte Instanz erreicht und hatte keine Ahnung, was sie nun damit tun sollte. Seine Identität herauszufinden, war mehr, als sie geplant hatte. Aber ihre FBI-Agents waren unglücklich.

Eine Ex-Studentin wie sie, die nicht mehr mit Hausaufgaben überschwemmt wurde, hatte furchtbar viel Freizeit, oder?

Sie grinste. Und einfach, weil sie es konnte, schickte sie die E-Mail-Adressen der drei Manager an die New Yorker Polizei.

---

**Ihre kleine Sub** war besser gelaunt, dachte Vance, als sie die Küche betrat. In einem der weichen Oberteile, die er und Galen für sie gekauft hatten, sah sie unglaublich anschmiegsam und kuschelig aus. Die leichte Neigung ihrer Nase ließ sie jünger erscheinen, als sie es war, und ihr Haar fiel in sanften Wellen über ihre Schultern. Glock lag in ihren Armen, das pelzige Kinn ruhte in der Kurve ihres Ellbogens.

„Gerade siehst du aus, als wärst du etwa fünf Jahre alt, und Glock spielt seine Rolle als Teddybär", sagte er. Abgesehen von der Art und Weise, wie so manche Körperteile von ihr schwangen. Frei und uneingeschränkt. *Fuck*, er liebte ihre Brüste.

Mit einem Grübchen sichtbar schnaubte sie. Er freute sich, ihre Augen klar und von Schatten befreit zu sehen. „Was gibt's? Es riecht köstlich!"

Vance warf einen Blick auf die langen Fenster, die sich über der Spüle und dem Geschirrspüler befanden. Die Solarlichter rund um die überdachte Veranda und den Pfad hinunter zum Dock wurden durch den starken Regen gedimmt. Blitze erhellten die schaumgekrönten Wellen auf dem kleinen schwarzen See. „Schien ein guter Abend für Tomatensuppe und gegrillte Käse-sandwiches zu sein." Er begann, alles auf der Kücheninsel zu präsentieren.

Nachdem sie Glock heruntergelassen und sich die Hände gewaschen hatte, setzte sich Sally auf einen der Lederhocker. „Wie kann ich helfen?"

Vance lächelte. Ihre Frage befriedigte ihn. Es gab keinen faulen Knochen in ihrem kurvigen Körper, und er war erfahren genug, um das zu schätzen. Abgesehen von einigen Abwehrreak-tionen, die sich durch ihre Kindheit tief verwurzelt hatten, wich die kleine Sub vor nichts zurück – nicht vor Arbeit, nicht vor Streit, nicht vor Sex, nicht vor Lachen. „Wenn du die Sandwiches zusammenstellst, kann ich sie grillen."

„Okay." Sie machte sich daran, den Käse zu schneiden. „Was werdet du und Galen tun, wenn ihr die *Association*-Arschlöcher nicht findet?"

Er legte ein Stück Käse zwischen Glocks Pfoten. Nach einem Schnüffeln, das seine Bedenken über das unzureichende Angebot ausdrückte, nahm der Kater einen bedächtigen Bissen. *Pingelige Katze.* „Wir werden es noch eine Weile versuchen, aber bald müssen wir den Fall auf Eis legen und uns einer Ermittlung in Tampa zuwenden."

„Ist das gut?"

Das war eine schwierige Frage. Er nahm das Sandwich von ihr entgegen und legte es in die Pfanne. Die Butter brutzelte und der wohlschmeckende Duft vermischte sich mit dem von der Suppe. „Vielleicht. Galen könnte sich eine Auszeit nehmen und sich endlich einer Knieoperation unterziehen." Und irgendwann müssten sie sich entscheiden, in welche Richtung ihre Karriere gehen sollte.

„Ja zu der Operation." Galen humpelte durch die Küchentür

und setzte sich mit einem sanften Stöhnen neben Sally. „Ich bin bereit."

Vance schüttelte den Kopf und wandte sich wieder dem Herd zu. Seltsam, dass er den Idioten wie einen Bruder liebte, den er nie hatte. Es machte ihn verrückt, nicht in der Lage zu sein, seinen Schmerz zu beheben, die Angespanntheit in Galens Stimme zu entfernen.

Als ob sie seinen Gedanken gefolgt wäre, blickte Sally von ihm zu Galen und zurück. Wieder zeigten sich ihre Grübchen. „Wenn ich ehrlich bin, habe ich zu Beginn angenommen, dass ihr schwul seid."

„Das hören wir oft." Galen warf ihr einen sauren Blick zu und grinste Vance an.

Ja, das Gerücht war eine Überraschung gewesen. Vor Jahren hatten sie in einer alkoholreichen Nacht über den Klatsch gesprochen. Sie waren beide seit Jahren im Lifestyle aktiv und hatten Freunde in polyamorösen Beziehungen. Aber sie teilten die gleichen Grenzen. Mann-Mann-Action reizte ihn nicht. Eine Frau mit einem Bruder zu ficken, machte ihm jedoch Spaß. Den Bruder ficken? Nein, danke.

„Wie seid ihr zwei zu dem geworden, was ihr jetzt seid? Co-Doms?"

Vance lächelte. Sallys Neugier war eine ihrer nervigsten – und anziehendsten – Eigenschaften. „Wir haben uns während des Trainings in Quantico kennengelernt. Galen für das FBI; ich für die DEA. Ich habe ihn jahrelang nicht gesehen, bis wir uns plötzlich bei einem Drogendeal gegenüberstanden. Das war ein Schock, da wir beide verdeckt ermittelten – und auf gegnerischen Seiten."

Galen schnaubte. „Ich gehörte zu der Gang, die den Kauf getätigt hat."

„Und ich war als Vollstrecker für den Verkäufer tätig." Vance schüttelte den Kopf. „Die örtlichen Polizisten bekamen Wind von dem Treffen, und das Ganze verwandelte sich in ein Chaos."

Ihre Augen weiteten sich, und Vance erkannte, dass sein Tonfall düster geworden war.

Galen schenkte ihm ein ironisches Lächeln.

Im verlassenen Lagerhaus hatte sich die Situation zu einem albtraumhaften Eklat hochgeschaukelt. Wahllose Schüsse, überall Blut, Leichen, brüllende Männer ... vor Schmerz schreiende Männer. Vance hatte einen Polizisten zu Boden gerissen, um ihm vor dem Tod zu bewahren. Stattdessen hatte er selbst die Kugel abbekommen. Zunächst hatte er diese gar nicht bemerkt, aber dann folgte das Geräusch eines gebrochenen Armes und das hatte ihm den Magen umgedreht. Der nächste Schuss des Täters hatte den Polizisten getötet, von dem er dachte, ihn gerettet zu haben. Ihm wurde der Kopf regelrecht weggebla –

„Vance." Galens gleichmäßige Stimme riss ihn aus der Erinnerung.

Vance rieb sich die Hände über das Gesicht und spürte, wie ihm die Schweißtropfen auf der Stirn standen. Der Polizist hatte ein Neugeborenes zuhause. *Wenn ich nur schneller gewesen wäre ...* Mit viel Kraftaufwand schaffte es Vance, sich in der Gegenwart zu halten.

Sein Partner – Mama Kouros – beobachtete ihn für eine Sekunde, und erzählte die Geschichte weiter, womit er Sallys Aufmerksamkeit von ihm weglenkte. „Nach der OP landeten wir im selben Krankenhauszimmer. Ich hatte mir eine Kugel ins Bein eingefangen." Galen warf einen bedauernden Blick auf sein Knie. „Nachdem wir entlassen wurden, habe ich mich bei ihm einquartiert, bis ich wieder laufen und er seinen Arm benutzen konnte. Zusammen haben wir eine funktionierende Person gebildet."

Und Galen hatte ihn überredet, zum FBI zu wechseln. Vance wandte sich von allen ab und glitt das Käsesandwich auf einen Teller. Nur ein bisschen verbrannt. „Sally, kannst du die Suppe portionieren?"

„Sicher." Sie trat neben ihn an den Herd, ihr Gesicht blass, und legte einen Arm um seine Taille. Sie blieb und presste sich mit ihrem warmen Körper an seinen kühlen. Warmherzige kleine Sub. „Seid ihr zusammengeblieben?"

„Nein. Aber wir sind Freunde geblieben. Nachdem wir beide nach New York versetzt wurden, zog mich Galen in meinen ersten BDSM-Club. Er hat mir beigebracht, wie man toppt."

„Wirklich?" Sie stellte eine Schüssel Suppe vor Galen ab und warf ihm einen tadelnden Blick zu. „Du hast einen Unschuldigen korrumpiert?"

„Gar nicht. Ich habe ihn nur ein bisschen zurecht gebogen", sagte Galen mit trockener Stimme, als wäre er ein Jahrzehnt älter als Vance und nicht nur drei Jahre. „Er hatte die Lacher auf seiner Seite, denn mir wurde klar, wie viel Spaß es machen kann, gemeinsam kleine Subs zu foltern." Er packte ein Bündel von Sallys Haaren und gab ihr einen sanften Kuss, der schnell an Leidenschaft gewann.

*Fuck.* Nur vom Zusehen wurde Vance hart.

Sally sah vollkommen erregt aus, als Galen sie gehen ließ.

Vielleicht sollten sie das Essen auslassen. Dann fiel ihm wieder ein, dass heute Freitag war. „Iss auf, Kobold. Galen und ich sollen heute Abend als Kerkeraufseher antreten. Und Z meinte, dass er es vermisst, dich im Club zu haben." Er grinste bei ihrer überschäumenden Freude und sagte zu seinem Partner: „Wie wäre es, wenn du sie heute Abend für eine Weile auspeitschst?"

„Das kann ich machen."

Verlockende Angst erschien in ihren großen braunen Augen.

Galen fügte hinzu: „Das bedeutet, dass ich endlich den schweren Flogger einweihen kann, den ich im letzten Monat gekauft habe."

Die kleine Sub saugte an ihrer Unterlippe und schien ein Lachen zu unterdrücken, denn ihre Grübchen zeigten sich.

Galen griff nach einem Sandwich und bemerkte es nicht.

Vance tat das schon. Könnte ein interessanter Abend werden.

**In ihrem liebsten** Lederminirock und ihrem dunkelroten Bustier folgte Sally Galen in das Shadowlands, während Vance hinter ihr den Abschluss bildete.

Ben, der Türsteher, stand im Eingangsbereich hinter seinem Schreibtisch. Sein großknochiges Gesicht spaltete sich in ein einladendes Lächeln, als er Galen die Hand schüttelte. „Kleine Sally. Ich dachte, du wärst wieder bei uns, aber dann bist du plötzlich verschwunden."

Beim willkommenen Dröhnen seiner Stimme spürte sie, wie ihre Augen brannten, und sie beugte sich über den Schreibtisch und küsste ihn auf die Wange.

Sein Gesicht lief rot an. Er mochte wie ein böser Riese aus einer barbarischen Welt erscheinen, aber er war einer der nettesten Männer auf diesem Planeten.

„Schön, dich zu sehen, Ben." Vance schlug ihm zur Begrüßung auf die Schulter.

Die Jungs warteten darauf, dass Sally ihre Schuhe in ein Schließfach stopfte, bevor sie von ihnen in den Hauptraum des Clubs geführt wurde.

Oh, es fühlte sich gut an, zurück zu sein. Musik von Metallica vermischte sich mit den Klängen von Peitschen, Stöhnen und Händen, die auf Fleisch trafen. Quietschen. Schreie. Der berauschende Geruch von Leder. Sogar die Luft schien eine besondere Dichte zu haben und fühlte sich anders an als anderswo auf der Welt. Sie entließ einen glücklichen Seufzer und bemerkte, dass die Agents sie anlächelten.

„Na komm, Sub. Mal sehen, was Z für uns im Sinn hat." Galen legte seine Hand auf ihren Rücken und trieb sie an. Vance nahm ihre andere Seite ein.

Als sie die Tanzfläche passierten, wandten sich die Blicke ihnen zu, und Sally fühlte sich wie ein süßer Cockerspaniel, der von zwei massiven Wachhunden beschützt wurde.

Uzuri tanzte, und ihre schokoladenbraunen Augen weiteten

sich, als sie von den Männern zu Sally und wieder zurückschaute. Sie gab Sally ein Daumenhoch.

Vance lachte.

„Bin ich froh, dass wir ihre Zustimmung haben", sagte Galen mit trockener Stimme. Ein kurzer Blick zu ihm zeigte, dass er lächelte.

Sally grinste ihn an. Als sie nach Frank in das Shadowlands zurückgekehrt war, hatte sie die Hoffnung auf das wahre Glück aufgegeben – wie der Prinz in Dornröschen, der auf der Suche nach der wahren Liebe versucht hatte, durch den Dornenwald zu kommen.

Diesmal konnte sie regelrecht den gelben Ziegelsteinweg sehen. Sie sah zu den Männern. Was wäre, wenn sie die Arme bei ihnen einhaken und anfangen würde, *Löwen, Tiger und Bären* zu skandieren? *Oje.*

Galens scharfsinniger Blick traf auf ihren. Eine Augenbraue schoss in die Höhe, und seine Hand bewegte sich von ihrem Rücken zu ihrem Nacken. „Was auch immer du gerade denkst", sagte er, „du irrst dich."

Sie runzelte die Stirn. „Nur Master Z kann Gedanken lesen. Woher wusstest du, dass ich –"

Bei seinem Grinsen vollzog ihr Herz einen Salto. *Gott*, das machte er wirklich nicht genug. Er lehnte sich vor und flüsterte ihr ins Ohr: „Das ist ein Dom-Geheimnis."

„Okay, okay." Vielleicht würde sie auch seine Rohrstöcke und seine Paddel dekorieren. Sie sollte etwas Feminines zeichnen, hübsche rosa Blumen zum Beispiel.

*Oh ja, gute Idee.*

An der Bar hob Vance sie auf einen Barhocker und positionierte sich zu ihrer Rechten. Galen nahm die linke Seite ein.

Sie runzelte die Stirn. Machten sie das immer? Beschützten die Männer sie oder war das nur eine andere Art, sie zu fesseln? Und warum regten sich bei dem Anblick die Schmetterlinge in ihrem Bauch?

Cullen entdeckte das Dreiergespann, kam die Bar herunter und erfüllte auf dem Weg Getränkebestellungen. Er hielt inne, um Andrea einen Klaps auf den Arsch zu verpassen und ihr auf die Wange zu küssen. Sally lächelte, erfreut darüber, wie Andreas Gesicht bei seiner Zuneigung anlief. Obwohl sie seit über einem Jahr zusammen waren, verhielten sie sich immer noch wie Frischverliebte.

„Es ist schön, dich zu sehen, Liebes", sagte Cullen zu Sally. Er platzierte seine übergroße Pranke unter ihr Kinn und musterte ihr Gesicht. „Du siehst −"

Sie spürte, wie Vance seinen Arm um ihre Taille legte.

Cullens Hand senkte sich und er richtete sich auf. Er sah zu dem Agent. „Tut mir leid, meine Herren. Ich vergaß, dass sie keine Auszubildende mehr ist."

Sally erstarrte. Richtig, das war sie nicht. Sie erinnerte sich an den Nervenkitzel, als die Master ihr ans Herz gelegt hatten, ins Auszubildendenprogramm zu gehen. Es hatte sich besonders angefühlt, irgendwo dazuzugehören und die Master über sie wachen zu lassen. Der Verlust schmerzte − als wäre etwas in ihr gerissen.

Galen nickte; sein Gesicht war eine unlesbare Maske. Er legte eine Hand auf ihre Schulter, drückte und ein bisschen Wärme sickerte zurück in ihren Körper.

„Kein Problem", sagte Vance leichtfertig zu Cullen. Sein Arm blieb um sie und er zog sie enger an seine Seite, als wollte er ihr klarmachen, wo sie hingehörte. „Um wie viel Uhr wollte Z, dass wir unseren Dienst beginnen?"

Cullen sah auf einem Zettel nach, der hinter der Theke lag und zog zwei goldbesetzte schwarze Lederwesten aus den Regalen. „Sieht so aus, als wärt ihr jetzt dran. Kouros bekommt die Vorderseite des Raumes; du bist hinten eingeteilt."

„Verstanden", sagte Vance.

Sally schüttelte sich und versuchte, ihren Verstand auf frivolere Gedanken zu lenken.

Ihre Doms zu beobachten, sollte sie beschäftigen. Wie würden sie in den Aufseherwesten aussehen?

Vance zog die Weste über sein enges T-Shirt. *Sehr nett.* Nun sahen seine Schultern noch breiter aus, und sein Bizeps, der die Ärmel voll ausfüllte, war regelrecht zum Anknabbern.

Ja, frivole Gedanken waren überhaupt kein Problem. Das Problem war, ihn nicht anzuspringen. Mit unglaublicher Kontrolle schaffte sie es, ihre Hände auf dem Schoß zu halten.

Galen wandte sich zu Sally. Irgendwie hatte die Weste über seinem Hemd eine andere Wirkung auf sie, und doch fühlte es sich berauschend an. Sein Hemd war oben aufgeknöpft und zeigte nur einen Hauch der definierten Muskulatur. *Gott*, sie wollte sein Hemd aufknöpfen und den Pfad mit ihrer Zunge nachzeichnen.

„Wir sind nur eine Stunde beschäftigt", sagte er. „Danach haben wir Zeit zum Spielen. Kommst du bis dahin alleine klar?"

Sie schnaubte. „Natürlich."

„Gut." Galen tippte gegen ihre Nasenspitze. „Denk daran, dass du nicht länger ungebunden bist, Sub. Bleib hier an der Bar oder setz dich zu den anderen Subs."

Als er ihr den Rücken zuwandte und davonlief, formte ihr Mund sarkastische Worte, obwohl seine Aussage sie wahnsinnig glücklich machte. *Ich bin nicht länger ungebunden.*

An ihrem Kinn hob Vance ihren Kopf hoch und er gönnte sich einen eklatanten, besitzergreifenden Kuss. Dann hauchte er mit einem Lächeln auf den Lippen: „Sei jetzt ein braves Mädchen."

Er marschierte in den hinteren Bereich des Clubs, noch bevor sie ihren zufriedenen Seufzer beendet hatte. Als Kerkeraufseher schlenderten die beiden Männer durch den Raum, überprüften jede Session auf Sicherheit und achteten darauf, dass die Subs gut behandelt wurden. Master Z glaubte fest an das SSC-Prinzip, vor allem bei neuen Mitgliedern, da hier auf Sicherheit gesetzt wurde. Erfahrenere Hardcore-Spieler bevorzugten RACK, und obwohl *Risk Aware Consensual Kink* nicht gerade ungefährlich war, setzte das Prinzip dennoch besonders auf Einvernehmlichkeit und das Wissen, dass absehbare und unabsehbare Risiken bestehen.

„Willst du einen Drink, Sally?", fragte Master Cullen.

Sie fand den Blick des schroffen Barkeepers. Er und Ben sorgten dafür, dass sich eine Frau winzig klein fühlte. „Wie wäre es mit einer Col ..." Nein, jedes Getränk, das ihre Blase herausforderte, war eine schlechte Idee. Sie hatte immer noch Probleme, nach Dingen zu fragen, und im Gegensatz zu Vance würde Galen sie wahrscheinlich schmoren lassen, bis sie ihre Schenkel so fest zusammenpresste, dass sie nicht länger laufen konnte. „Ich hole mir etwas Wasser von den Tischen mit den Snacks."

„Dir wurde gesagt, an der Bar zu bl –"

„Hey, Cullen, ich brauche einen Erste-Hilfe-Kasten", rief eine Domina vom anderen Ende der Bar.

„Ich bin auf dem Weg." Cullen schnappte sich den weißen Kasten unter der Bar und lief zur Domina.

Galen hatte ihr befohlen, sich nicht von der Stelle zu bewegen. Für eine Sekunde saß Sally ganz ruhig und ... überlegte. Sie bezweifelte, dass die beiden es bemerken würden, wenn sie zu den Snacktischen ging.

Der vordere Tisch war mit Wasser, Erfrischungsgetränken und Fingerfood bestückt. Master Z bestand darauf, dass es nicht nur gesund war, Essen zugänglich zu haben, sondern zudem den Gemeinschaftsgeist förderte, weshalb die Ecke auch Tische und Stühle bereithielt. Die Sessions waren weit genug entfernt, sodass sich die Leute ungestört unterhalten konnten.

Sally nahm sich eine Flasche Wasser, ließ den Blick über die Tische schweifen und entschied sich für die mundgerechte Quiche. *Gott*, die kleinen Scheißer waren so gut! *Aber nur ein paar, Mädchen.* Aß oder trank sie zu viel, würde sie es bereuen, wenn die Jungs eine schwere Session geplant hatten.

Sie kaute die zweite Baby-Quiche, als sich zwei der jüngeren Doms näherten. Wahrscheinlich sollte sie die Männer nicht als jung bezeichnen; sie waren schließlich in ihrem Alter. Aber nachdem sie Zeit mit den Agents verbracht hatte, schienen diese beiden ... unvollendet zu sein.

„Hey, Sally. Lange nicht gesehen." Carter war groß und schlaksig. Seine Brille blitzte im Licht der Wandleuchter auf.

„Hallo, Carter."

Wie Vance zeichnete sich Donald in Größe und Breite aus, die an einen Footballspieler erinnerten. Er kam zu ihr – zu nah –, blickte auf sie herab und der spöttische Ausdruck auf seinem Gesicht gab ihr ein ungutes Gefühl. „Ich schätze, du wolltest dir nach deinen vorgetäuschten Performances eine Auszeit gönnen. Bist du zurückgekommen, um allen eine weitere Chance zu geben, einen Orgasmus aus dir herauszuwringen?"

Wut flammte durch ihre Adern und sie drückte die Schultern durch. Ja, sie hatte ihn getäuscht. Jetzt musste sie sich allerdings fragen, warum sie jemals zugestimmt hatte, mit ihm zu spielen. „Nein, niemand wird eine zweite Chance bekommen."

Sein Gesicht verzog sich zu einer hässlichen Grimasse. Anscheinend hatte er ihre Worte als Beleidigung interpretiert.

*Kluger Junge.*

„Ich wette, ich kann Cullen dazu bringen, mich mit dir spielen zu lassen, Auszubildende."

„Ich bin keine –"

„Diese Sub ist keine Auszubildende. Sie gehört mir." Eine Hand legte sich um ihren Arm und er zog sie von den beiden Männern weg. Sally schaute auf. Vance. Seine Augen zeigten sich in einem metallischen Blaugrau – hart und kalt und tödlich.

Der erschreckte Blick auf Donalds Gesicht war – Sally biss sich auf die Innenseite ihrer Wange, um nicht zu kichern – recht befriedigend anzusehen. „Äh. Tut mir leid. Das wussten wir nicht."

„Jetzt tut ihr das."

Sallys Moment der Freude dauerte nur ein paar Sekunden, denn Vance riss sie von den Quiche-Bissen weg. „Warte. Ich wollte –"

„Ungehorsame Subs bekommen ihre Wünsche nicht erfüllt.“ Er blieb neben der Bar stehen und sah, dass Dan Master Cullen als Barkeeper ersetzt hatte.

Dan lächelte Sally an, doch seine Augenbrauen hoben sich bei Vances Griff an ihrem Arm. „Hast du dir Ärger eingehandelt, Schätzchen?“

„Ich –“

„Das hat sie“, sagte Vance und unterbrach sie mit einem strengen Blick.

Er hatte ihr nicht erlaubt zu sprechen. *Verstanden.* Vielleicht würde sie ihn mit der Anweisung davonkommen lassen, wenn man bedachte, dass er sie gerade vor dem Arschloch Donald gerettet hatte.

Vance fragte Dan: „Hat Z immer noch Halsbänder im Ersatzteilkorb?“

„Ein Halsband? Für Sally?“ Master Dans Augenbrauen zogen sich zusammen, als hätte er etwas gegen Vances Pläne einzuwenden. Nach einer Pause lief er nach rechts und zog einen Korb aus dem unteren Regal. „Bitte sehr.“ Er stellte ihn auf die Theke.

Vance hielt Sally immer noch fest, als befürchtete er, dass sie die Flucht ergriff, und kramte durch den Inhalt, bis er ein dunkelrotes Halsband zu fassen bekam. „Das sollte funktionieren.“ Er legte es ihr um den Hals.

Und als er die Schnalle festzog und sie das Leder eng an ihrer Haut spürte, begann ihr Herz zu hämmern. Ein paar Doms hatten ihr bei Sessions Halsbänder angelegt, aber so hatte sie sich noch nie gefühlt. Das Halsband schien sich bei jedem Atemzug fester zu ziehen, und dazu gesellten sich auch diese durchdringenden, blauen Augen, die auf das Leder auf ihrer Haut gerichtet waren. Sein Blick fühlte sich an, als hätte er eine Leine an ihrer Seele befestigt. Sie konnte das Ziehen spüren, den Hinweis darauf, wie sehr sie sich ihm bereits verbunden fühlte. „Vance“, flüsterte sie, unfähig, von seinem harten Gesicht, seinen hohen Wangenknochen, seinem entschlossenen Kinn wegzusehen.

Er legte eine Hand auf ihre Wange. „Sieh dich nur an",
hauchte er, und das Gefühl, von ihm beansprucht zu werden,
umhüllte sie wie ein plötzlich auftretender Waldbrand.

Dann ließ er sie los. „Ich sehe dich gern in einem Halsband,
Süße. Ich denke, wir werden dir jedes Mal eins anlegen, wenn wir
hier sind. Galen und ich haben die alleinige Kontrolle über dich,
bis wir es dir wieder abnehmen."

Worte wie diese sollten ihr Herz nicht so fühlen lassen, als
würde es in ihrer Brust Breakdance performen.

Er schmunzelte. „Fehlen unserer kleinen Sub die Worte? Hast
du verstanden, Sally?"

Sie schluckte schwer. „Ich verstehe." Ihre Stimme kam so
heiser heraus, dass er mit dem Finger testete, dass das Halsband
nicht zu eng anlag. Aber es war nicht das Halsband, das sie
würgte. Es war die Art und Weise, wie ihr Herz bei jedem Schlag
gegen ihre Kehle drückte, als ob es heraus wollte – als wollte es
sich in seine Arme werfen.

Wann war er ihr so ... so wichtig geworden? So teuer. *Gott*, sie
war so ein Idiot. Er legte ihr für einen Abend ein Halsband an und
schon wollte sie alles von ihm.

„Sally, was ist los?" Er berührte ihre Wange und zog die Augenbrauen zusammen.

*Sei kein Dummkopf. Frauenhelden, sie beide.* Aber sie hatten sich
noch nie so lange mit einer Sub beschäftigt. Was bedeutete das?
„Ich – Nichts." Sie zwang ihren Mund zu einem Lächeln. „Danke,
dass du die anderen Doms von mir ferngehalten hast."

„Es war mir ein Vergnügen." Wieder betrachtete er sie, so
aufmerksam, dass sie am liebsten vor ihm auf die Knie gefallen
wäre, um ihn anzuflehen, sie zu behalten. Sie zu lieben.

*Sally, du bist eine Schande für dein Geschlecht.* „Es geht mir gut.
Ich komme klar."

„Lass uns dafür sorgen, dass es auch wirklich so ist." Er nahm
eine Leine – eine verdammte Leine! – aus dem Korb und hakte sie
am Halsband ein.

*Ihn lieben?* Sie würde ihn lieber in seine Weichteile treten!

Er führte sie um die Bar und zu dem Bereich der Subs. Sie sah ein paar bekannte Gesichter, darunter auch Gabi und eine der Auszubildenden – Maxie. Wenn Gabi im Sub-Bereich saß, konnte Master Marcus nicht weit sein. Er ließ sie nicht ohne ihn in den Club kommen. Maxie machte wahrscheinlich eine Pause und überlegte, mit wem sie spielen wollte. Die hübsche Blondine war total süß, wenn auch ein bisschen unsicher, denn sie versuchte immer, in ihren Worten, *ihren fetten Arsch*, zu verbergen.

„Meine Damen", begrüßte Vance sie höflich. „Setz dich, Sally."

Sie ließ sich nieder, und er hob neben dem Stuhl eine Kette vom Boden auf. Ein Ende der Kette war an einer Ringschraube im Boden befestigt; das andere fixierte er an ihrem Halsband. In der Grundschule hatte eine Freundin eine Hausziege besessen, die sie stets im Garten angekettet hatte. Hmm. Würde Vance es merken, wenn sie ihn anmähte? Anstatt dies zu riskieren, sah sie ihn finster an.

„Du hast so ein hübsches Gesicht, auch wenn du versuchst, verärgert auszusehen." Er schob einen Finger unter das Halsband, zog sie daran zu sich und küsste sie. Sanft, dann aggressiv. Er neigte den Kopf und vertiefte den Kuss. Er nahm und nahm, bis sich ihre finstere Stimmung in Luft auflöste, bis sie auf dem Stuhl regelrecht dahinschmolz. Bis ihr Herz jegliche Zurückhaltung verlor. Dämonischer Dom.

Dann entzog er ihr seine Lippen und küsste sie sanft auf die Nasenspitze. „Sitzen bleiben. Genau hier. Wenn du die Kette abmachst, werde ich deinen Arsch mit einem Paddel bearbeiten – und das nicht auf eine erregende Art und Weise."

Sie hatte das Zwiebeln nach der Behandlung mit dem Holz oder das furchtbare Gefühl, ihn enttäuscht zu haben, nicht vergessen. „Ja, Sir."

„Ja, das klang nett", murmelte er und fuhr mit dem Finger über ihre nassen Lippen, bevor er sie schließlich angekettet zurückließ. Während er sich seinen Pflichten als Kerkeraufseher zuwandte, ließ er sie im Sub-Land auf seine Rückkehr warten. Na ja, zumindest war die Gesellschaft gut.

„Sitzen bleiben?" Gabi kicherte. „Miss – Freches Mundwerk – Sally bekommt eine solche Anordnung und sagt: *Ja, Sir*? Oh. Mein. Gott!"

Maxie wedelte mit der Hand vor ihrem Gesicht herum. „Ich fand es mega heiß."

„Ihr habt beide Recht", murmelte Sally und konnte sich nicht davon abhalten, über ihre Schulter zu ihrem Dom zu schauen. Sie mochte sogar die Art und Weise, wie er ging. Nicht anmutig. Nicht aggressiv, aber ... einflussreich. Verdammter Footballspieler mit dem Selbstvertrauen eines Linebackers und dem Wissen, dass er jeden in seinem Weg platt machen konnte. Auch die Leute um ihn herum nahmen diese Aura wahr und gingen ihm aus dem Weg. Mit einem Seufzer wandte sie sich wieder den Frauen zu.

„Ich wünschte, ich könnte jemanden mit diesem Selbstvertrauen finden. Und Autorität. Etwas Autorität wäre wirklich toll." Maxie schmollte. „In meiner letzten Session fragte der Typ alle zwei Minuten, ob mir gefällt, was er tut. *Bist du sicher, dass das in Ordnung ist, Maxie? Nicht zu eng?* Mal ehrlich, er muss aus der Dom-Schule geflogen sein."

„Hasst du das nicht auch? Da gibst du ihnen schon die Erlaubnis, dich zu kontrollieren, und dann tun sie es nicht?" Ungläubig schüttelte Sally den Kopf. „Würdest du mir glauben, wenn ich dir sage, dass ein Mann mir Nippelklemmen angelegt hat und in der Sekunde, in der ich ein bisschen gequietscht habe, nahm er sie sofort wieder ab. Dafür verteile ich keine Dom-Sterne."

Aber ihre Agents – ihre verdammt dominanten Agents – hatten sich eine ganze Sammlung Sterne verdient.

„Oh, ich glaube, ich habe mit dem auch eine Session gespielt. Leicht zu vergessen." Maxie lehnte sich auf dem Ledersofa zurück. „Im letzten Monat hat Master Sam mir Klemmen angelegt. Als ich wimmerte, leuchteten seine Augen auf und dann zog er sie fester, bis ich mich auf die Zehenspitzen hob." Sie seufzte glücklich und zufrieden. „Niemand reicht an einen Master heran."

„Na ja, selbst die Master haben schwache Momente." Gabi spielte mit der blauen Strähne in ihrem zotteligen roten Haar. „Marcus hat mir letztes Wochenende tatsächlich Frühstück ans Bett gebracht."

Sally überlegte. „Das würde mich überhaupt nicht stören."

„Ich schätze." Gabi zuckte mit den Schultern. „Aber ich war in einer zickigen Stimmung, also habe ich ihm an den Kopf geworfen, dass er als Dom versagt hat. Dass er eine Schande für die Welt der männlichen Master ist!"

Maxies Augen fielen ihr fast aus dem Kopf. „Nein! Das hast du nicht!"

Ungläubig schüttelte Sally den Kopf. Da sie Master Marcus kannte, hatte er wahrscheinlich gelacht und –

„Das Spanking, was folgte, war so brutal, dass ich im Stehen frühstücken musste. Ich hätte fast die Eier nach ihm geworfen, aber" – Gabi grinste – „selbst Gören wissen, wann sie aufhören sollten. Und das ist das Wunderbare daran, oder?"

Sally biss sich auf die Lippe und erinnerte sich an die Cabana. An ihre Bestrafung. Oder wie Galen sie mit dem Gesicht nach unten auf die Kücheninsel geworfen und ihr beigebracht hatte, wie sich Eis in ihr anfühlte. Und wie ... tiefenentspannt sie sich danach gefühlt hatte. So hatte sie sich bei den zwanglosen Sessions hier im Club noch nie gefühlt. „Ja, das ist es."

Gabi lehnte sich zurück. „Da Marcus mit einer Suspension-Session hilft, hast du viel Zeit, mir zu sagen, was zwischen dir und den Agents läuft. Spuck es aus, Mädchen."

# KAPITEL ZWÖLF

Galen wartete neben einem freistehenden Andreaskreuz und lächelte, als Vance Sally in den Kerker brachte. Sie zeigte die Tapferkeit, die ihn ursprünglich angezogen hatte, aber jetzt konnte er die zugrunde liegende Verwundbarkeit sehen, die sie so gut verbarg.

Sie hatte ihre Hausaufgaben gemacht, die er ihr zugewiesen hatte. Den Aufsatz. Obwohl sie nicht alles dokumentiert hatte, was ihr Vater getan hatte, konnte er zwischen den Zeilen lesen, welche Wirkung der Bastard auf ihre Entwicklung hatte. Und weil sie es auf Papier gebracht hatte, hatte Sally erkannt, wie verdreht ihre Denkprozesse gewesen waren. Jetzt hatte sie erst nachgedacht, anstatt sofort zu reagieren. Sie war eine unglaublich intelligente Frau – aber selbst unter dem Licht ihres Intellekts würden die Probleme nicht über Nacht verschwinden.

Es war jedoch beeindruckend, wie viel Mühe sie sich gab. Sie hatte Mumm, das war mal klar.

Und sie hatte auch eine sprudelnde Persönlichkeit. Nur der Empfänger eines Lächelns von ihr zu sein, konnte seine Stimmung heben und ... er fand es ein wenig beunruhigend, wie viel sie ihm in so kurzer Zeit ans Herz gewachsen war. *Herrgott*, wie lautete der Plan?

Er wollte keine permanente Sub. Oder eine Geliebte. Er wollte niemanden in der Nähe haben, der durch seinen Job oder seine Handlungen zu Schaden kommen könnte. Und doch gab ihm der Gedanke, sie zu verlieren, das Gefühl, gegen eine Wand gerannt zu sein.

Er und Vance mussten reden. Bald.

Als sich die beiden näherten, verschränkte Galen die Arme vor der Brust. „Hübsches Halsband, Sub." Er fuhr mit dem Finger über das Leder, glitt über die seidenweiche Haut ihres Halses und lauschte, wie sie nach Luft schnappte. Ihre Unterlippe bebte leicht und er hielt inne. Das Halsband bedeutete ihr etwas, oder? Wollte sie in Besitz genommen werden? Von ihnen? Besitzanspruch strömte durch ihn wie die ansteigende Flut.

„Das Halsband steht ihr, oder?" Vance hatte seine Hand auf ihrer Schulter und zeigte den gleichen Besitzanspruch, den Galen fühlte.

Seltsam, dass sie noch nie ein Problem mit Territorialverhalten hatten. Aber für Galen war Vance der Bruder, den er niemals hatte. „Das tut es." Galen hob die Augenbrauen. „Gab es einen Grund, warum sie eines brauchte?"

Vance stand hinter Sally, zwinkerte und sagte in einem ernsten Tonfall: „Leider ja. Erzähl es ihm, Sally."

Sie schmollte. „So schrecklich war es gar nicht. Ich habe auf dem Weg zum Sub-Bereich nur einen kleinen Umweg gemacht, um mir etwas zu essen zu holen."

„Ich verstehe." Sie testete also ihre Grenzen. War dies nur eine normale Reaktion von jemandem, der es gewohnt war, ungebunden und unabhängig zu sein, und jetzt plötzlich Befehle erhielt? Oder gab es ein Bedürfnis, dass er und Vance nicht erfüllten, und sie versuchte auf diese Weise, deren Aufmerksamkeit zu erregen? Der Kobold war manchmal nicht leicht zu deuten; viele ihrer Emotionen verbarg sie. Von dem mürrischen Ausdruck auf ihrem Gesicht zu urteilen, hatte sie nicht vor, diese jetzt zu teilen.

Aber vielleicht könnten sie die kleine Sub an einen Ort bringen, an dem ihre Zurückhaltung aufgehoben wurde. Er öffnete den Mund, wollte etwas sagen, doch dann wurde ihm eine Sache bewusst. Vance hätte ihr für den Umweg kein Halsband angelegt. „Was ist bei dem Umweg passiert?"

Hitze schoss ihr in die Wangen und sie senkte ihren Blick.

Vance sagte: „Einige Doms sind noch nicht darüber hinweg, dass sie ihre Orgasmen vorgetäuscht hat. Zudem hat es sich noch nicht rumgesprochen, dass sie keine Auszubildende mehr ist."

„Unangenehme Situation, hmm, Sub?"

Ohne aufzuschauen, nickte sie, ihre Schutzmauern verschwunden.

Und sein Herz schmerzte für sie. Sicher, sie hatte sich ihr eigenes Grab geschaufelt, aber – „Sally, du hast deine Strafe bekommen. Was Vance und mich – und andere erfahrene Doms – betrifft, hast du eine reine Weste. Ein guter Dom wird dir keine Fehler der Vergangenheit vorhalten."

Ihr Blick hob sich, ihre Augen ein flüssiges Braun. „Danke, Sir."

„Du brauchst dich nicht zu bedanken." Er sah zu dem Kreuz. „Wir wollen ein bisschen mit dir spielen. Ich habe das Verlangen, ein Flogging auszuteilen. Vance wird dich aufwärmen und über deine Fesseln entscheiden."

Vance lächelte und drehte sie um. „Still halten." Er zog ihr das Oberteil aus und seine Augen strahlten, als ihre Brüste zum Vorschein kamen.

Galen schüttelte den Kopf und lehnte sich ihr zugewandt an die Wand, und sah seinem Partner zu, wie er sich an Sally erfreute. Er hatte die Wäscheklammern – richtige Wäscheklammern – in der Spielzeugtasche gesehen. Während Galen Impact-Spielzeuge genoss, hatten es Vance Brüste angetan und alles, was er dafür finden konnte.

Nachdem Vance eine Weile Sallys Brüste gestreichelt hatte, griff er nach der ersten Wäscheklammer. Er zwickte in die Haut nahe an ihrem Nippel und befestigte die erste, eine zweite folgte zwei Zentimeter darunter. Als er fertig war, wurden Sallys Brüste jeweils von einem Kreis aus Wäscheklammern dekoriert.

Tapfere Sub. Sie hatte nur einmal gewimmert und den Rest wie ein großes Mädchen ertragen. Ihre Augen waren etwas glasig, aber noch befand sie sich nicht im Subspace. Galen plante, sie dorthin zu bringen ... bald.

Vance öffnete ihren kurzen Lederrock und riss ihn ihr von der Hüfte. Sallys Augen weiteten sich bei der Aggressivität und Galen grinste. Offenbar erwartete sie dies nur von ihm, nicht aber von Vance. *Überraschung, Kobold.*

„Öffne deine Beine", befahl Vance ihr. Er trat hinter sie und griff um ihre Hüften. Seine Finger spreizten ihre Schamlippen und setzten sie Galens Blick aus. „Sie fühlt sich feucht und geschwollen an. Was denkst du?"

Ihre roten Wangen wiesen sowohl auf Verlegenheit als auch auf Erregung hin. Erfahrene Subs waren es gewohnt, nackt zu sein. Es gefiel ihm, ihr dieses entblößte Gefühl zurückbringen zu können. Und er liebte es, Sally aus dem Gleichgewicht zu bringen. Als er sie schweigend musterte, färbten sich ihre Wangen dunkler.

Aber er genoss die Aussicht. Ihre inneren Schamlippen waren geschwollen und glänzten mit ihrem Nektar. Ihre Klitoris war auch schon geschwollen, ein dunkles, glitzerndes Pink, das aus der Vorhaut ragte. *Sie wird schnell kommen.* Aber das war nicht der Plan. „Ich würde sagen, sie ist bereit für mich."

Ein offensichtlicher Lustschauer erschütterte ihren kleinen Körper. Ja, sie war definitiv bereit für ihn. Er wies mit dem Kinn zu dem Andreaskreuz.

„Warte noch, Süße. Ich will Zugang zu deinen Brüsten." Unter Berücksichtigung von Sallys Größe justierte Vance die Trittbretter – Bretter, die an der Unterseite des X-Rahmens angebracht waren, um die Sub höher zu positionieren. In diesem Fall, damit ihre Brüste nicht gegen den Mittelteil des Kreuzes gedrückt wurden.

„Hoch mit dir", sagte Vance und half ihr mit dem Gesicht zum Rahmen ausgerichtet auf die Bretter. Sie griff nach oben, schloss ihre Hände um die Augenschrauben und brachte so ihre obere Hälfte in eine V-Position. Mit der höheren Ebene rieb ihr Bauch gegen die Mitte des Kreuzes, und ihre Brüste zeigten sich zwischen den Holzarmen.

Vance lief vor sie und lächelte. „Du weißt, dass ich Einschränkungen mag. Ich betrachte sie als sichtbares Symbol für das Vertrauen zwischen einem Dom und seiner Sub. Aber heute Abend werde ich keine verwenden. Du wirst deine Position beibehalten, einfach weil wir wollen, dass du es tust. Kannst du das machen?"

Ihr Atmung hatte sich verlangsamt, als sich ihr Körper instinktiv vorbereitete und ihr Verstand den Pfad der Unterwerfung betrat. „Ja, Sir."

„Wir fangen langsam an, Kleine", sagte Galen. Er brachte sich hinter ihr in Position, fuhr mit seiner Hand durch ihr sattes braunes Haar und benutzte einen elastischen Haargummi aus seiner Tasche, um ihre Wellen auf ihrem Kopf zu fixieren und sich so einen besseren Zugang zu sichern.

Über ihre Schulter sah sie zu ihm. Ihre Augen hielten einen Hauch von Nervosität und –

Sein Herz schien sich zu einem glühenden Ball der Freude auszudehnen. „Du vertraust mir, oder?" Denn das war es, was er in ihren Augen sah. Unbändiges Vertrauen.

„Ja, Sir", antwortete sie, ohne nachzudenken.

Das war es, was es so wundervoll machte, ein Dom zu sein – dass ihm die Sub die Kontrolle über sich aushändigte, und sie vertraute ihm, dass er sich um sie kümmern würde. „Denk daran, dass du ein Safeword hast. Dieses Mal möchte ich, dass du *Gelb* verwendest, sobald ich mich deinen Grenzen nähere. Ist das klar?" Er fuhr mit der Hand über ihren Hals und gab ihr einen langen Kuss. Weiche, süße Lippen.

„Ja, Sir. Das werde ich."

„Also gut." Galen nahm seine leichte Hirschfellpeitsche und wärmte damit ihre Haut auf, lief hinter ihr auf und ab, schlug auf ihren oberen Rücken ein und ging gelegentlich auf die Knie, um auch ihrem Arsch Aufmerksamkeit zu schenken. Ihre goldene Haut färbte sich zu einem wunderschönen satten Rotton und zeigte nach und nach ein kieselartiges Muster. Ihre Atmung flachte ab, kam langsamer, als sie sich in der Empfindung verlor.

Er liebte es, den Abstieg zu beobachten, und wie die Anspannung sie verließ.

Sallys Kopf war immer noch oben. Galen wählte eine schwerere Peitsche und positionierte sich so, dass er ihr Profil im Blick hatte, als er das erste Mal mit dem Leder auf ihren Rücken schlug. Härter. Ihr Gesichtsausdruck spannte sich an und sie atmete bei der entstehenden Empfindung scharf aus. Kein echter Schmerz – noch nicht. Aber sie näherten sich. Es war ein erregender Anblick, sie dabei zu beobachten, wie sie nahm, was er ihr gab.

Er stellte sich wieder hinter sie und steigerte die Intensität.

*Christus im Niemandsland,* das fühlte sich an, als würden eine Million winziger Hämmer auf sie einschlagen. Er würde es ihr nicht leicht machen, oder? Sie schloss die Augen und atmete durch den provokanten Schmerz, die folgte. Die Erregung, die unter ihrer Haut brodelte, gewann an Intensität. Der letzte Schlag war stark genug gewesen, sodass sie mit der Vorderseite gegen das Kreuz krachte und die Wäscheklammern um ihre Brüste in Aufregung versetzt wurden, was den Empfindungen in ihr eine neue Ebene verlieh.

*Schlag. Schlag.*

Dazwischen blieb ihr keine Zeit zum Atmen. Jeder Schlag war nur ein wenig kraftvoller als der davor. Sie füllte ihre Lungen und öffnete die Augen. Galen stand neben ihr. Sein dunkler Blick fegte über sie, musterte sie, bevor er ihren Augen begegnete. „Du machst dich gut, Sub. Gib mir eine Zahl für die eingesteckten Hiebe."

Er wollte sehen, ob sich seine Einschätzung mit ihrer abglich. Wie hart waren die Schläge gewesen? „Vielleicht ... sechs?" *Gott steh ihr bei*, falls er auf der Skala jemals auf Zehn kam.

„Dachte ich mir. Kannst du mehr ertragen?"

Oh, das wollte sie; sie würde alles für ihn tun. Und sie hatte ihr Limit noch nicht erreicht. „Ja, Sir."

Das anerkennende Lächeln ließ sie innerlich dahinschmelzen, und sie beschloss, alles zu nehmen, was er ihr geben konnte. Entschlossen presste sie die Lippen aufeinander.

Anstatt zufrieden auszusehen, runzelte er die Stirn. „Ich erwarte, *Gelb* zu hören, wenn wir an diesen Punkt kommen, Sally. Enttäusche mich nicht."

„Okay. Ja, Sir." *Ja, Master. Mein Master.* Als er sie so ansah – wenn sie wusste, dass er nur sie sah –, dann war sie in der Lage, so viel mehr zu ertragen.

„Gut." Er knöpfte sein schwarzes Hemd auf und warf es zur Seite. Das Auspeitschen sorgte dafür, dass seine Muskeln extra stark hervorstachen, und so dehnte sich seine olivfarbene Haut erregend über seine definierte Muskulatur. Wie stromlinienförmiger Stahl. Das dunkle Dreieck aus Haaren auf seiner Brust zeigte nach unten auf seine schwarze Jeans. Beeindruckende Bauchmuskeln. *Gott*, er hatte einen großartigen Körper.

Bei der Achtertechnik bewegte er sich hinter ihr, schlug sie links oben auf den Rücken und wirbelte mit den Schwänzen. Dann fing er wieder links an, aber tiefer, und kam rechts an. Er hatte die Schlagkraft gesenkt, und der Flogger fühlte sich wundervoll an. Sie hatte das Gefühl, dass sich ihre Endorphine gerade der Party angeschlossen hatten und sie ihre Venen mit einem glückseligen Saft überfluteten. Sie lehnte ihre Stirn an ihren Arm und wartete auf den nächsten Hieb.

Ein brennendes Gefühl detonierte außen an ihrer Brust. „Au!"
Vance stand vor ihr und hielt die Wäscheklammer, die er
gerade entfernt hatte.

Der Flogger traf sie auf den Rücken und trieb sie mit der
Vorderseite gegen das Kreuz. Eine weitere Wäscheklammer löste
sich und sie quietschte bei dem beißenden Schmerz. Der Flogger
kollidierte eine Sekunde später.

„Atme, Sub." Galen rieb seine Wange an ihrer und überprüfte
so, ob mit ihr noch alles in Ordnung war. Seine Stimme war so
dunkel wie seine Augen.

Sie neigte den Kopf, musterte ihn gleichermaßen und sah
seine Freude an der Session, an der Auspeitschung, an ihrer
Unterwerfung. *Sie* bereitete ihm Freude.

Sie verlor sich in seinem Vergnügen und öffnete sich wie eine
nachtblühende Blume. Tief holte sie Luft.

„Gutes Mädchen." Als Galen einen Schritt zurücktrat,
schaffte sie es, ihr Gesicht nach vorne zu drehen und Vances
Blick einzufangen. In seinen blauen Tiefen zeigte sich das gleiche
Vergnügen.

Und der Boden schien sich unter ihren Füßen aufzulösen.
Alles in ihr wollte weitermachen, sehnte sich danach, von ihnen
an neue Orte getrieben zu werden, höher und höher.

Als hätte sie die Bitte laut ausgesprochen, nickte Vance. Er
griff nach der nächsten Wäscheklammer, ruckelte sie ein wenig,
neckte sie, und in dem Moment, als der Flogger auf ihre Haut
traf, entfernte Vance die Klammer. Ihr Rücken fühlte sich an, als
stände er in Flammen, und ihre Brüste ... das Gefühl war ... nicht
ganz Schmerz, sondern wie ein heißer Sirup aus Empfindungen.
Sie hatte langsam das Gefühl, das Lachgas vom Zahnarzt einge-
atmet zu haben. Wunderbarer, wunderbarer Ort.

Die Doms arbeiteten zusammen, Wäscheklammern lösten
sich, Flogger als Nachdruck. Die Hitze nahm zu, vorne und
hinten. Immer mehr.

Galen lief auf ihre andere Seite, holte Schwung und *verdammt,* es fühlte sich schmerzvoller an. Indessen hatte Vance alle Wäscheklammern entfernt.

Ihre Brüste waren geschwollen, und das Pochen passte sich dem Gefühl in ihrer Pussy an. Die Peitschenhiebe schickten sie höher und höher, und sie kicherte, selbst als sich Tränen aus ihren Augen lösten.

„Sie rutscht ins Subspace." Vance trat in ihr Sichtfeld, und er trug das schönste Lächeln aller Zeiten.

„Sie ist entzückend, findest du nicht auch?" Galens Stimme war wie das Samtkleid, das ihre Mutter ihr vor langer Zeit genäht hatte. „Dann können wir ja mit etwas Harscherem fortfahren."

Mit einem zufriedenen Seufzer lehnte sie ihr Gesicht an ihren Arm und wartete auf den nächsten pochenden Schlag.

„Was zum Teufel?" Galen klang so sauer, dass Sally blinzelte und den Kopf zu ihm drehte.

*Oh Mist.* Der bezaubernde Nebel in ihrem Kopf zog sich zurück.

Galen stand über seiner Spielzeugtasche und hielt seinen schwersten Flogger hoch. Die Stränge waren zu hübschen Schleifen gebunden, sodass die Enden an Blumen aus Leder erinnerten.

*Nicht lachen, nicht lachen.* Doch das Kichern ließ sich nicht unterdrücken, laut platzte es aus ihr heraus, bis ihre Ohren klingelten. Sie konnte nicht aufhören ... und dann brach sie in Lachen aus, sodass sie sich den Bauch halten musste. *Oh Gott, hör auf.* Der fassungslose Ausdruck auf Vances Gesicht schickte sie in den nächsten Lachanfall, und langsam schmerzten ihre Seiten mehr als ihr Rücken. Eine Welle des Lachens schwappte von einer Seite des Kerkers zur anderen. *Oje, dafür werden sie mich umbringen.* Tränen strömten über ihr Gesicht, als sie nach Luft schnappte.

Warme Hände legten sich auf ihre Brüste. „Du bist in großen Schwierigkeiten, Süße", murmelte Vance, spielte mit ihren Brüsten, rollte die eine und die andere Brustwarze zwischen seinen Fingern und schickte elektrisierende Empfindungen zu ihrer

Klitoris. Er fuhr mit den Fingern über die empfindlichen Bereiche, wo sich die Wäscheklammern befunden hatten, und ihr ganzer Körper fühlte sich wie ein Schneemann an einem heißen Tag.

Mit einem Glitzern in seinen scharfsinnigen Augen zerrte Vance an ihren Knospen, bis sie nach mehr stöhnte. Sein Duft wehte zu ihr, frisch und satt, wie ein Frühlingsmorgen in Iowa. Und als er sie küsste, wollte sie ihn so sehr, dass sie, wenn sie allein gewesen wären, versucht hätte, ihm die Kleider vom Leib zu reißen.

Seine Zunge drang in ihren Mund, duellierte, tanzte, spielte mit ihrer, und seine Lippen ließen ihrerseits nur Unterwerfung zu. Seine Hand umfasste ihren Hinterkopf und richtete sie aus, sodass er den Kuss vertiefen konnte, bis ihre Lippen geschwollen waren und ihr Körper vor unbändiger Begierde summte.

„Sie gehört dir", sagte er schließlich, und er sprach nicht mit ihr. Galen? *Oh Gott!*

Sie spürte Galens Wärme, bevor sich sein Körper von hinten an sie presste. Selbst durch seine dicke Jeans war seine Erektion an ihrem Hintern nicht zu verkennen. Er schloss eine Hand um ihre Brust und benutzte sie, um Sally zu fixieren. Seine andere Hand legte sich auf ihre Wange, drehte ihr Gesicht, sodass er ihr einen strafenden Kuss geben konnte. Obwohl ihre Brüste von Vance und den Wäscheklammern schmerzten und empfindlich waren, spürte sie nur Lust, als Galen in ihren Nippel zwickte. Sogar ihre Pussy fühlte sich geschwollen an, als sie ihren Hintern an seiner Erektion rieb.

Er ließ sie los und lächelte bei ihrem bedürftigen Wimmern. „Du brauchst ein Spanking, kleines Gör."

Nackt über seinen Knien? „Okay", hauchte sie.

Er lachte. „Nein. Stattdessen wirst du noch drei weitere Hiebe bekommen. Eine Acht auf der Skala. Schaffst du das?"

„Ist das meine Strafe?"

Sein Grinsen erreichte Stellen in ihr, die sie nicht für möglich gehalten hätte. „Nein, Sub. Einfach, weil es Spaß macht. Insbesondere mir. Und du wirst es hinnehmen, weil ich will, dass du es tust. Stimmt doch?"

Oh, wenn er sie so ansah, würde sie alles tun. Bei ihrer Reaktion nahmen seine Augen einen sanfteren Ausdruck an, und er streichelte mit dem Finger über ihre erhitzte Wange. „Das ist mein Mädchen."

*Ja. Bitte, ja!* Sie atmete aus und versuchte, sich trotz des wohligen Glücksgefühls, das durch ihre Venen floss, zu sammeln.

Er schüttelte den Flogger aus, den er zuvor benutzt hatte. Nicht den mit den hübschen Schleifen. Na gut. Zumindest würde er diesen schweren Scheißer heute nicht benutzen. Ihr Versuch, bei dieser Erkenntnis nicht zu grinsen, scheiterte kläglich.

Er musste es gesehen haben, denn er schüttelte den Kopf. „Ich kann mit jedem Flogger Level Acht erreichen, Sub. Es bedeutet nur, dass ich mehr Arbeit investieren muss." Er ließ den Blick über sie schweifen. „Neige deine Schultern nach innen."

Um sicherzugehen, dass er nicht auf ein Schulterblatt schlug. *Oje.*

„Sieh mich an, Süße." Vance stand noch immer vor ihr, wickelte seine großen Hände um ihre Handgelenke und drückte sie ans Kreuz. Er fesselte sie körperlich für seinen Partner. Einer hielt sie, der andere peitschte sie aus. *Gott*, sie liebte es. Genau hier wollte sie sein, wollte sich von ihnen überwältigen lassen und alles akzeptieren, was sie gaben. Ihr Inneres ging in Flammen auf. Vance lehnte sich etwas vor und war auf ihren Blick fokussiert. Sie holte tief Luft, atmete aus.

*Schlag!*

Der Schmerz explodierte in ihrem oberen Rücken, und sie wurde hart gegen das Kreuz gedrängt. Tränen formten sich und ihre Sicht verschwamm. Zittrig atmete sie ein, und dann, wie eine Rutsche in eine Badewanne, verwandelte sich der Schmerz in berauschende Hitze, die ihren Körper umhüllte. Niemand hatte sie jemals so hart ausgepeitscht.

Und doch wollte sie noch einen Schlag.

„Platziere die Unterarme auf das Kreuz", befahl Galen.

Vance half ihr, die Position einzunehmen, bevor er sie wieder mit seinen Händen sicherte.

„Atme", murmelte Vance.

Ein. Aus.

*Schlag!*

*Au, au, au!* Sie schüttelte den Kopf, als sich das Brennen verflüssigte und sich wundervoll anfühlte.

„Noch einen, Babygirl." Galens Stimme trat durch das Rauschen an ihre Ohren, durch die Endorphine, die in ihrem Verstand herumschwirrten, und dann fand sie ihren glücklichen Ort. *Glücklich, glücklich, glücklich!*

Vances Gesicht wirbelte vor ihren Augen und doch sah sie, wie aufmerksam er sie beobachtete. Auch Galens wachsamem Blick war sie sich bewusst. „Grün", flüsterte sie. „Ich bin grün."

Die Falten neben Vances Augen vertieften sich, und er verstärkte seinen Griff an ihren Handgelenken.

Sie holte tief Luft, atmete aus.

*Schlag!*

Alles verlor an Schärfe, als der Aufprall durch ihren ganzen Körper hallte. An der Oberfläche vorbei, tiefer und tiefer, bis in ihr Mark. Explosion, Brennen. Der süße Rausch strömte wie Sommerregen über ihre Haut. Sie rutschte ins Subspace und wieder raus, glücklich und warm und doch ... anwesend.

Etwas presste sich gegen ihren Rücken, verblüffend kühl, und so wundervoll. Es rollte über die brennende Haut an ihren Schultern und arbeitete sich hoch und runter. Es musste sich um die lange Metallkassette handeln, die sie in Galens Tasche gefunden hatte. Zu dem Zeitpunkt hatte sie nicht gewusst, was genau es war. Diese Verwendung jedoch sagte ihr zu. Mit einem Seufzer legte sie ihren Kopf wieder an ihren Arm und erlaubte ihm, sich um sie zu kümmern.

„Sally." Als sie in die Gegenwart zurückrutschte, küsste Vance sie sanft auf die Lippen und ließ dann von ihren Handgelenken ab. Galen legte einen Arm um ihre Taille, stützte sie.

Während Vance sich auf den Weg zu den Reinigungsmitteln begab, half Galen ihr auf eine Couch, die direkt vor der Steinmauer positioniert war. Er setzte sich und zog sie mit dem Gesicht nach unten zu seinen Oberschenkeln.

*Will er jetzt einen Blowjob?* Sie streckte die Hände nach seinem Reißverschluss aus, aber er stoppte ihr Vorgehen.

„Nicht bewegen, Sally." Eine kalte Flüssigkeit landete zwischen ihren Schulterblättern und sie schnappte nach Luft. Es fühlte sich so gut an, als er das herrlich kühlende Gel in ihre brennende Haut einmassierte.

Er traf eine besonders empfindliche Stelle.

„Au!" Sie versuchte, sich nach oben zu drücken, aber seine freie Hand hatte sich auf ihr Halsband gelegt und so hielt er sie an Ort und Stelle. *Gott*, sie liebte dieses Gefühl. „Ganz ruhig, Babygirl", murmelte er. „Das wird der Schwellung vorbeugen und deine Haut vor Blutergüssen bewahren."

Aber sie wollte ein paar blaue Flecken, um sich daran zu erinnern. Denn sie hatte es getan. Sie hatte es ertragen.

Sie hatte es gemocht.

Galen fuhr fort, bis sich ihr ganzer Rücken anfühlte, als hätte sich ein arktischer Nebel auf einem schlimmen Sonnenbrand niedergelassen.

„Ich bin stolz auf dich, Sally", sagte er in einem ernsten Ton, und sie konnte es nicht glauben, diese Worte zu hören. „Ich habe dich gebeten, etwas hinzunehmen, und du hast es getan. Für mich. Das gibt mir ein gutes Gefühl." Er massierte sanft ihre Kopfhaut.

Mit einem glücklichen Seufzer legte sie ihre Wange auf seinen muskulösen Oberschenkel und ließ sich auf seine Zärtlichkeit ein. „Ich dachte nicht, dass du ein Sadist bist", flüsterte sie.

Er streichelte ihre Wange, und sie konnte das Leder an seiner Haut sowie den Hauch von Rasierlotion riechen, die er vor wenigen Stunden aufgetragen hatte. Sein Bartwuchs war so stark, dass er sich oft zweimal am Tag rasierte. Für sie.

Sein entspanntes Glucksen gab ihr ein gutes Gefühl, als hätte ihre Session ihn an denselben glücklichen Ort gebracht, an dem sie sich befand. „Ich bin ein Dom, und ich mag es, eine Sub an ihre Grenzen zu bringen und einen Zentimeter darüber hinaus. Schmerz ist eine der einfachsten Möglichkeiten, dorthin zu gelangen."

Und wie sie dort hingelangt war. Niemand hatte sie jemals so angetrieben wie Galen, und verlangt, was er verlangt hatte. Und irgendwie hatte sich Vances körperliche Einschränkung wie die gleiche Forderung angefühlt, sodass sie noch weiter hatte gehen können. Sie hatte sich anderen Mastern unterworfen, aber nie ... auf diese Weise. Noch nie auf diesem Level. Alles in ihr fühlte sich so klar und funkelnd an.

Als sie ihre Wange an seinem Oberschenkel rieb, dachte sie an den Bach, der in Iowa durch die Weide hinter dem Haus floss. Gefroren bis zum Frühling. Dann würde der kleine Bach überlaufen und der Schmutz und die Trümmer des langen Winters wurden weggespült, bis das Wasser so klar war, dass selbst die winzigen Steine auf dem Grund zu sehen waren.

Sie spürte, wie sich Vance mit auf die Couch setzte. Er hob sie hoch und positionierte sie auf seinem Schoß. Ihre Knie und Waden ruhten auf Galens Oberschenkeln. Trotz des Unbehagens, Vances stahlharten Arm an ihrem empfindlichen Rücken zu haben, liebte sie es, in seinen Armen zu sein. Mit einem glücklichen Seufzer legte sie ihre Wange an seine breite Brust.

Er zog das Haargummi aus ihrem Haar und warf es zu Galen. Ihr Haar ergoss sich in weichen, kühlen Wellen über ihre Schultern.

Nachdem Galen das Haargummi weggepackt hatte, nahm er sich eine Decke – Vance musste sie auf die Couch geworfen haben – und breitete sie über ihren Beinen und ihrem Bauch aus. *Kuschelig, kuschelig, kuschelig.* Er glättete den Stoff und streichelte ihre

Beine. „Traue ich mich zu fragen, was du sonst noch mit dem Inhalt meiner Spielzeugtasche angestellt hast?", fragte er.

Sie öffnete den Mund, schloss ihn und biss sich auf die Lippe. *Christus in Zöpfen*, wenn sie ihm von den Analplugs erzählte, würde er sie wahrscheinlich für ein weiteres Auspeitschen zum Kreuz ziehen.

Vances Brust hüpfte vor Lachen. „Von ihrem Gesichtsausdruck zu urteilen, würde ich sagen, dass du besser den Rest deiner Ausrüstung prüfst."

Sie versuchte, nicht zu grinsen. Vance untersuchte gerne den Inhalt seiner Tasche vor einer Session, aber Galen reinigte seine Sachen direkt danach und bereitete sie auf den nächsten Gebrauch vor. Vor einer Session dachte er selten an den Inhalt seiner Tasche. Deshalb hatte sie sich entschieden, seine Sachen und nicht die von Vance zu sabotieren.

Na ja ... und weil sie sauer auf ihn gewesen war. Zu dem Zeitpunkt.

Galen entließ ein genervtes Grunzen. „Du machst es mir nicht einfach, Sub. Also, abgesehen von meiner Spielzeugtasche, hast du noch etwas anderes getan, was wir ablehnen würden?"

„Manchmal klingst du wirklich wie ein Harvard-Absolvent." Ihr Versuch, die Situation mit einem Scherz aufzuhellen, brachte nichts, und auch ihr Magen merkte das. Erführen sie von ihrem kleinen Hacking-Zeitvertreib, würden ihr die Agents den Kopf abreißen – oder schlimmer noch, sie würden sie verhaften. Sie wären so sauer. Niemals dürften sie es erfahren.

Das Schweigen der beiden Männer warnte sie, dass sie deren Verdacht geweckt hatte. Aber sie ... schaffte es nicht, zu lügen. Sie wollte nicht lügen. „Nichts, was euch betrifft."

Vance festigte seine Hand an ihrer Schulter, seine Augen direkt auf sie gerichtet. „Alles an dir ist für uns von Interesse, Süße." Seine Mundwinkel zuckten. „Vor allem, wenn uns deine Handlungen nicht gefallen."

Wie konnte sie so viel Freude empfinden, wenn sie die

Aufmerksamkeit der Männer hatte, und gleichzeitig besorgt sein? Als sie ihren Blick von seinem wegriss, stellte sie fest, dass Rainie in der Nähe stand und darauf wartete, bemerkt zu werden.

*Juhu, gerettet.* „Hey, wartest du auf einen von uns?", fragte Sally.

Gut erzogen, sprach Rainie nicht mit der Sub, sondern wartete, bis ein Dom ihr die Erlaubnis zum Reden erteilte.

„Sprich, Rainie", sagte Galen.

„Sir, wenn eure Session beendet ist, hofft Master Z, dass ihr euch ihm im Hauptraum anschließt. Sie haben sich mittig niedergelassen."

„Okay. Bitte sag ihm, dass wir in Kürze dazustoßen."

Rainie drehte sich um und warf beim Laufen einen besorgten Blick über ihre Schulter ... auf Sally.

Galen lehnte sich vor und tippte Sally gegen ihr Kinn. „Wir werden deine Zurückhaltung, unsere Frage zu beantworten, später besprechen. Für den Moment: Wie fühlt sich dein Rücken an?"

*Gott sei Dank!* Sie lehnte sich vor und wackelte mit den Schultern. „Es geht mir gut."

„Okay. Du darfst dir deinen Rock anziehen", sagte Vance. „Lass deine Brüste für meinen Genuss unbedeckt."

Als sie von seinem Schoß rutschte, spürte sie, wie ihr Gesicht errötete. Doch der erregende Nervenkitzel ließ nicht lange auf sich warten. Sie hatte Subs immer beneidet, die ihre eigenen Doms hatten.

Als Auszubildende wurde sie nach Beendigung einer Session und der Nachsorge wieder an die Arbeit geschickt. Aber die Agents betrachteten sie als ihr Eigentum, wenn auch nur vorübergehend, und anstatt sie wegzuschicken, wollten die Männer sie an ihrer Seite haben. Für mehr als nur eine Session. War sie jemals so glücklich gewesen?

„Trink das, Kobold." Galen reichte ihr eine Flasche Wasser, bevor er seine Hand auf ihren Rücken legte – auf eine Stelle, die nicht wund war –, um sicherzustellen, dass sie an seiner Seite blieb. Sie schaute auf und sah Vance auf ihrer anderen Seite ... und es fühlte sich einfach so richtig an, dass sich das Gefühl in ihrem Herz einnistete.

Die Master und Mistresses mit den offiziellen Titeln hatten sich in einem kreisrunden Sitzbereich eingefunden. Olivia und Anne saßen neben Cullen auf der Couch. Die meisten hatten es sich auf Sesseln und Stühlen bequem gemacht, während Sam, Nolan und Jake standen. Ja, sogar Jake war anwesend.

„Galen, Vance." Master Z wies auf eine leere Couch.

Nachdem Vance Sallys Wasser auf einen Beistelltisch gestellt hatte, setzte er sich mit Galen zu seiner Rechten mittig auf die Couch. Die beiden Doms zogen sie nach unten und positionierten sie so, dass sie mit dem Gesicht nach oben auf ihnen lag, ihr Kopf und ihre Schultern auf Galens Oberschenkeln.

Ihr Hintern rieb an Vances Jeans. *Autsch, autsch, autsch.*

„Ich sehe keine anderen Subs, Z. Stellt es ein Problem dar, wenn Sally bleibt?", fragte Galen.

Als Sally versuchte, den Kopf zu drehen, legte Galen seine Hand auf ihre Wange und hielt sie zurück. „Schließe deine Augen, Sub", sagte er leise. „Du bist zu unserem Vergnügen hier, nicht zu deiner Unterhaltung."

„Gerne dürft ihr euer Spielzeug behalten", sagte Master Z, und sie konnte die Belustigung in seiner Stimme hören. „Wir haben die anderen gehen lassen, sodass sie Zeit miteinander verbringen und etwas essen können."

Oh, das klang nach viel mehr Spaß! Sally machte Anstalten, sich aufzusetzen.

Galen legte seine Hand zwischen ihre Brüste und drückte sie mit genug Nachdruck nach unten, sodass er ihr die Luft aus den Lungen stahl. „Habe ich dir die Erlaubnis gegeben, dich zu bewegen?"

Aber – Sie sah zu Vance, der ein weicheres Herz hatte. Vielleicht ...

Er begegnete ihrem Blick und las die Frage in ihren Augen. „Nein."

*Okay, okay.* Vielleicht war sie sich doch nicht sicher, ob sie die beiden liebte, denn im Moment mochte sie die Männer nicht besonders.


**Jetzt standen sie** offiziell auf der schwarzen Liste der kleinen Sub. Vance erstickte sein Lachen und sah, wie sein Partner dasselbe tat. Der Kobold würde gleich eine Überraschung erleben. Sie hatten nicht vorgehabt, sie so öffentlich zu einem Orgasmus zu führen, aber wenn er ehrlich war, dann hatte ihn ein Publikum noch nie gestört. Das Verhalten anderer Doms – insbesondere anderer Master – empfand er mittlerweile als extrem nervig. Ja, sie war lange eine Auszubildende gewesen, also fühlten sich die Master dazu verpflichtet, auf ihr Wohl zu achten. Aber damit war jetzt Schluss.

Der Plan war mit dem Halsband und dem öffentlichen Spielen, eine unsichtbare Grenze zu setzen.

„Bevor wir anfangen, sagt mir: Was ist mit dem Mann passiert, der Sally angegriffen hat?", stellte Z die Frage an Dan.

„Borup hat einige Zeit in Haft verbracht und muss ein Antiaggressionstraining und ein Alkoholentzugsprogramm absolvieren. „Dan sah zu Galen und Vance und runzelte die Stirn. „Aus irgendeinem Grund – den ich auch nicht wissen möchte – schickte er Sallys Vermieter mehr als genug Geld, um Reinigung, Reparaturen und Ersatz für das, was er zerstört hat, zu bezahlen."

Dieser *Grund* war Anne. Die Kopfgeldjägerin zwinkerte Vance zu. Mistress Anne verachtete nicht nur aggressive Doms, sondern fand zudem Freude daran, sie zu verprügeln, und sie hatte Vance davon überzeugt, sie seinen Platz einnehmen zu lassen, um Borup eine Lektion zu erteilen.

„Muss ich andere Maßnahmen ergreifen?", fragte Z.

„Nein, Z, das glaube ich nicht." Annes Lächeln war zuckersüß. „Nicht nur seine Gesundheit hat in letzter Zeit gelitten, sondern es gibt auch Gerüchte, dass ein verärgerter Agent ihn glauben ließ, er könnte für Sklaverei verhaftet werden."

Sally öffnete ihre Augen und starrte Anne und Galen ungläubig an.

„In der Tat." Zs Lippen zuckten. „In dem Fall −"

„Nein, das werde ich nicht!"

Vance drehte sich bei den geschrienen Worten einer Frau um und entdeckte Uzuri.

Mit einer Hand in die Hüfte gestemmt, wedelte die Auszubildende ihren Finger vor einem der neueren Doms herum.

Ein paar Schattierungen dunkler als Uzuri wirkte der Dom vollkommen erstarrt. Der Mann war um die einen Meter neunzig groß und hatte mindestens ein Kampfgewicht von hundert Kilogramm − alles Muskeln. Rasierter Kopf, dunkelbraune Augen, klassisch gut aussehend. In Anbetracht seines Aussehens und der Art und Weise, wie er seine Augen verengte, war der Mann nicht daran gewöhnt, einen Korb zu bekommen. „Warum nicht?"

Sie warf trotzig ihren Kopf zurück und ließ die Perlen in ihrem krausen Haar klirren. „Du willst mich nur, weil ich schwarz bin."

„Ich habe gesehen, dass du Sessions mit weißen Doms spielst. Könnte es sein, dass du ein Problem mit schwarzer Haut hast, junges Fräulein?" Der Mann wies einen schwachen englischen Akzent auf. Er trat einen Schritt auf sie zu.

„Nein, Mister. Du bist derjenige mit dem Problem." Sie schubste ihn von sich weg, ein kleines Bärenjunges, das sich gegen einen ausgewachsenen Grizzly auflehnte. „Du bist so verwirrt, was die Rassenfrage angeht. Du siehst nicht mich − nur die Farbe meiner Haut." Sie wirbelte auf ihrem Absatz herum, marschierte davon und rief ihm über ihre Schulter zu: „Komm zu mir, wenn du es jemals schaffst, deine Komplexe in den Griff zu bekommen und entscheidest, dass du mich magst − *mich!* − und nicht das, was du siehst." Sie stampfte durch den Raum und direkt zum Ausgang.

Vances Blick landete auf Z. Er war neugierig, wie der Shadowlands-Besitzer mit der Dom-Sub-Auseinandersetzung umgehen würde.

„Nun", sagte Z nach einer langen Pause. „Normalerweise würde ich sie wegen ihres Temperaments zu einem Dom bringen, aber wenn das, was sie gesagt hat, wahr ist, kann ich ihren Schlussfolgerungen nicht widersprechen. Möchte jemand kommentieren?"

„Hm, das ist kein Problem, das mir aufgefallen wäre", sagte Anne. „Wie gut kennt Alastair sie?"

„Er hat im letzten Winter einmal eine Session mit ihr gespielt, die ich arrangiert habe. Ich dachte, sie würden gut zueinander passen, da er afroamerikanische Subs bevorzugt." Sam verschränkte die Arme vor der Brust. „Ich habe nicht darüber nachgedacht, was eine Frau davon halten könnte. Soll ich mit ihm reden?"

Z hob die Finger und legte sie vor seinem Mund zusammen. „Nein. Mal sehen, wie es weitergeht. Sie hat ihre Einwände ziemlich eloquent dargelegt."

Jake schnaubte. „Das kannst du aber laut sagen."

„Wenn sie so wütend ist, braucht der arme Bastard vielleicht einen Leibwächter." Anne grinste. „Ihre Vorstellung von Rache kann –"

„– verdammt verkorkst ausfallen." Cullen beendete den Satz für sie. „Erinnert ihr euch daran, als sie alle Seile von Nolan zusammengeklebt hat? Oder die Miniaturtasche von Sam? Mein Bauch ist vor Lachen fast geplatzt."

Die anderen Master brüllten vor Lachen und jeder gab eine Uzuri-Geschichte wieder.

Vance lehnte sich zu Sally und flüsterte die Frage: „Was ist eine Miniaturtasche?"

„Sie hat alle seine Instrumente mit Puppenspielzeug ausgetauscht. Seine Seile wurden durch Garn ersetzt. Sogar eine winzige Peitsche hat sie gebastelt, und auch kleine Wäscheklammern konnte sie finden."

Das Funkeln in den Augen des Kobolds war ein wenig beunruhigend, und Vance beschloss, seine Tasche von nun an zu verschließen. Vielleicht sogar die Tür zu seinem Zimmer.

„Sie bot einen hübschen Anblick, als du diese ganze Tüte winziger Wäscheklammern an ihr benutzt hast, Sam", sagte Raoul.

„Das Betteln war auch nicht so schlecht", fügte Olivia grinsend hinzu. „Wie viel Sinn für Humor hat Alastair?"

„Ich glaube, Uzuri hebt sich ihre Streiche für die Doms auf, die sie mag", sagte Master Marcus. „Hoffentlich mag sie Alastair nicht genug, um sich an ihm zu rächen."

„Wirklich eine Rolle spielt das ohnehin nicht. Er war den ganzen Frühling weg und kehrt für den Rest des Sommers nach Europa zurück", sagte Cullen.

„Perfekt." Z ließ den Blick über die Master im Kreis schweifen. „Ich denke, dass die Auseinandersetzung als gute Einführung für die Themen dient, die ich heute besprechen möchte."

Z sprach über die Zukunft des Shadowlands, wie sich die Mitgliedschaft verändert hatte und es nun einen größeren Anteil an erfahrenen Doms gab. Aber auch die Master-Gruppe hatte sich weiterentwickelt. Ursprünglich waren die meisten Single gewesen. Abgesehen von Jake, Anne und Olivia waren sie alle in Beziehungen, und − Z eingeschlossen − hatten Schwierigkeiten, Familien- und Clubverpflichtungen in Einklang zu bringen.

Unbehaglich rutschte Vance auf seinem Platz herum und traf auf Galens besorgten Blick. Anscheinend hatte nicht nur er bemerkt, dass sie nicht mehr als *ledige* Master galten. Eine ernsthafte Beziehung stand nicht in den Plänen ... und doch, als Vance Sally das Halsband angelegt hatte, hatte es sich so verdammt richtig angefühlt. Tatsächlich konnte er keine Zukunft ohne sie darin sehen. Er und Galen mussten sich dringend unterhalten.

„Hast du eine Lösung im Sinn, Z?", fragte Olivia.

„Ich habe ein paar Ideen, die ich gerne mit euch besprechen würde." Z lehnte sich vor. „Wir planen bereits, die Master-Gruppe um weitere Doms zu erweitern. Und wir brauchen mindestens einen Master, der männliche Subs bevorzugt."

Cullen nickte. „Es gibt ein paar, die passen könnten."

„In der Zwischenzeit möchte ich das Auszubildendenprogramm auslaufen lassen."

Unter Vances Händen erstarrte Sally. Da er wusste, dass sie sich bei allem Sorgen machte, musste er annehmen, dass sie vermutete, die Schuld an Zs Entscheidung zu tragen.

Z sah zu Sally und schenkte der kleinen Sub ein Lächeln, das sie nicht sehen konnte. „Nicht wegen Problemen mit der aktuellen Gruppe, sondern wegen des Mangels an ledigen Mastern. Die Azubis bekommen nicht genug Aufmerksamkeit. Ich möchte mich darauf konzentrieren, für sie Doms zu finden. Sobald das erledigt ist, werde ich das Programm pausieren."

„Wirst du Bardamen anheuern?", fragte Nolan.

„Wenn nötig." Z warf einen Blick auf eine Gruppe aus Subs, die sich unterhielt und die Doms an der Bar begutachtete. „Was haltet ihr von Freiwilligen? Getränke servieren ist immer noch eine hervorragende Möglichkeit für schüchterne Subs, die Mitglieder auf ungezwungene Weise kennenzulernen."

Cullen kratzte sich an der Wange und nickte. „Gefällt mir. Ich kann eine List dafür an der Bar auslegen."

„Könnte Spaß machen." Marcus knöpfte sein Sakko auf und streckte seine Beine aus. „Ich würde gerne mehr Subs dazu drängen, sich mit Mitgliedern zu unterhalten. Manchmal hilft eben nur ein Arschtritt."

Während die Diskussion fortgesetzt wurde, spürte Vance, wie sich Sallys Oberschenkelmuskulatur unter seiner Handfläche anspannte, und er warf einen Blick auf seinen Partner.

Galen fuhr mit den Fingern über ihre geschwollenen Brüste und neckte die roten Male, die von den Wäscheklammern zurückgelassen wurden. Er umkreiste ihre Nippel, zwickte in sie. Nach einer Minute rutschte er näher an Vance heran.

Ohne die Stütze, die seine Oberschenkel geboten hatte, neigte sich ihr Kopf nach hinten und verstärkte so das Gefühl der Hilflosigkeit. Sie hatte kein Mitspracherecht, wenn es darum ging, was er und Galen mit ihr tun wollten. Er spürte, wie ein Lustschauer durch ihren Körper jagte.

Vance lächelte. Sie mochte es, hilflos zu sein. Ja, sie wehrte sich gegen Galen und seine Kontrolle, aber sie liebte das Gefühl, überwältigt und von den Mastern kontrolliert zu werden.

Mit einem Ohr lauschte er weiter den Gesprächen, während er es genoss, wie sie auf Galens Liebkosungen reagierte. Ihre frühere Session hatte sie erregt – jetzt erhöhte Galen dieses Bedürfnis.

Er könnte genauso gut helfen. Vance schob seine Finger unter ihren Rock und fand die Innenseite ihres seidenweichen Schenkels. Dann erkundete er ihren Intimbereich. Feuchte Schamlippen, geschwollen genug, um aufzublühen, sodass ihr Eingang offen für seine Berührung war. Mit seiner freien Hand unter ihrem Arsch schob er sie höher auf seinen Schoß, bis ihr Hintern auf seinem linken Oberschenkel ruhte und er einen besseren Winkel zum Spielen hatte. Er drang mit einem Finger in sie und beobachtete, wie die Hitze in ihren Wangen intensivierte.

Mit einem Blick amüsierter Verärgerung wechselte Galen dazu, auch seine linke Hand zu benutzen und mit ihren Brüsten zu spielen.

Vance ließ seinen Finger in ihrer Pussy und erhob das Wort zu den anwesenden Mastern und Mistresses: „Wir müssen nächstes Wochenende nach New York reisen – hoffentlich nur für ein paar Tage. Sofern sie keine anderen Pläne hat, wird Sally in unserem Haus bleiben, aber wir würden es schätzen, wenn jeden Tag jemand nach ihr sehen würde. Die Shadowkittens sind herzlich eingeladen, sie im Haus zu besuchen."

„Solange sie sich von den Spielzeugtaschen fernhalten", grummelte Galen.

Raoul, der im Kerker gewesen war, als Galen seinen misshandelten Flogger fand, lachte.

Vance sah zu Sally, die ihren Kopf gehoben hatte und ihn mit einem Stirnrunzeln betrachtete.

*Gott, sie wünschte,* sie würden aufhören, mit ihr zu spielen. Jede Berührung machte sie bedürftiger. *Heilige Scheiße,* sie würden sie doch nicht hier vor allen Anwesenden zum Orgasmus führen? Sally konnte nicht fassen, dass sie so ... unverhohlen vorgingen.

Und bald wollten Vance und Galen in ein Flugzeug steigen und Sally in deren Haus allein lassen? Warum zum Teufel sollte sie ohne die Männer dort wohnen wollen? Sally bemerkte Vances Stirnrunzeln – oh, richtig, sie sollte die Augen geschlossen halten –, aber sie hatte schließlich Bedenken!

Vances Brauen zogen sich zusammen. *Oje.* Galen konnte einschüchtern, ohne die Stirn zu runzeln, und obwohl Vance eher locker war, konnte er sehr beängstigend sein, wenn er verärgert war.

Mit einem empörten Schnauben legte sie den Kopf zurück. Bevor sie jedoch die Augen schloss, sah sie ihn finster an. Vance und Galen wollten sie wie einen streunenden Welpen im Stich lassen? Okay, großartig.

„Dumme Idee Sub", hörte sie Galen sehr leise zu ihr sagen.

Als könnten sie in dem Punkt jetzt irgendetwas unternehmen. Hier vor all den Mastern und –

Vance rammte zwei Finger in sie, kraftvoll und schnell, und der unerwartete Ausbruch der Lust fühlte sich wie ein Stromschlag an. Sie sog scharf die Luft ein.

Er hörte nicht auf, drang immer wieder in sie, bis sich der Druck in ihr aufbaute, sich bündelte und sie auf einen Höhepunkt zuraste.

*Nein. Nein, auf keinen Fall!* Nicht vor all den Mastern und Mistresses. Nicht während einer Besprechung. Sie versuchte, sich zu bewegen, wollte ihn stoppen, und spürte dann Galens Hand an ihrer Kehle und wie er sie wieder nach unten drückte. Mit seiner linken Hand spielte Galen weiter mit ihren Brüsten, rollte die Nippel zwischen seinen Fingern und wandelte so den Druck in ihr zu Schmerz, bevor er sich zurückzog.

Sie öffnete die Augen und schüttelte den Kopf. *Ich werde nicht kommen.*

„Nicht deine Entscheidung, oder?", sagte Galen, immer noch so verdammt leise.

*Nicht hier. Ich will hier nicht kommen.* Sie drehte den Kopf. Raoul, Marcus und die Mistresses besprachen etwas. Master Z sah ... zufrieden aus. Aber Dan und Cullen starrten die Agents missbilligend an.

Sie erstarrte. Sie sollte nicht hier sein, sollte nicht erreg –

Vance hielt inne, seine Finger immer noch tief in ihr. „Gibt es ein Problem mit der Art und Weise, wie wir mit unserer Sub verfahren, *Master?*"

Bei Vances Betonung des letzten Wortes spannte Cullen den Mund an. Dann schüttelte er den Kopf und holte tief Luft. „Zur Hölle nochmal. Wir geben stets unser Bestes, dass sich die Auszubildenden nicht zu sehr an uns gewöhnen. Ich schätze, wir sollten diese Regel auch für uns selbst beachten. Wir sind alle ziemlich besitzergreifend."

Sally spürte, wie Tränen in ihren Augen brannten. Erst jetzt wurde ihr klar, dass die Master um sie besorgt waren. *Sie mögen mich.*

Dan verengte die Augen, betrachtete die beiden FBI-Agents, und lehnte sich schließlich in seinem Stuhl zurück, und die Anspannung verließ sichtlich seinen Körper. „Ich wusste, dass ihr gut für sie sein würdet. Das wollte ich für sie. Mir war nur nicht bewusst, wie schwer es sein würde, sie ziehen zu lassen. Sie war so lange eine Auszubildende." Er nickte Vance zu. „Tut mir leid."

„Kein Problem", sagte Vance.

„Als junger Kerl war ich mit einem Mädchen zusammen, dessen Vater ein Polizist war. Meine Eier schrumpften unter seinem Blick immer zusammen, denn ich wusste, er würde mich erwürgen, wenn ich sein Baby unglücklich mache." Cullen betrachtete die Agents mit einem warnenden Blick, der sehr untypisch für ihn war. „Ich fühle mich gerade ein bisschen wie dieser Vater."

„Verständlich. Warnung erhalten", sagte Galen und lenkte Sallys Aufmerksamkeit auf seinen sehr, sehr missbilligenden Blick.

*Missbilligend?* Sie sah, dass Vance den gleichen Ausdruck trug. *Sie sah es ... Oh, hoppla!* Hastig schloss sie die Augen. *Böse Sally.*

„Dein Mangel an Disziplin bedeutet, dass wir jetzt länger mit dir spielen werden", sagte Vance, seine Stimme leise genug, sodass die anderen es nicht hören würden. „Du kannst kommen – wenn du kannst. Andernfalls musst du um Hilfe bitten."

Na gut. Sie würde einfach einen Orgasmus haben – leise – und diese ganze Sache hinter sich bringen. Warum sie sich gerade schämte, wusste sie nicht. Sie hatte in diesem Club mit so vielen Doms gespielt und es war nicht selten vorgekommen, dass sie dabei Zuschauer hatte. Master Z und die anderen hatten sie regelmäßig für Demonstrationen benutzt.

Aber sie war nie ... war nie die einzige Sub unter Mastern und Mistresses gewesen, die ein ernsthaftes Gespräch führten.

Und sie war noch nie emotional mit einem Dom involviert gewesen. Jetzt fühlte es sich an, als wären ihre Gefühle in einer Waschmaschine und der Schleudergang hatte eingesetzt. Alles drehte und drehte und drehte sich.

Vielleicht würden sie ihr nach einem Orgasmus erlauben, sich den anderen Subs anzuschließen.

Als Vance langsam seine feuchten Finger aus ihr herauszog, bebte sie. Wie konnte sie sich schämen und gleichzeitig erregt sein? Die Tatsache, wie angetörnt sie dabei war, verschlimmerte die ganze Sache noch.

Seine Finger stießen wieder in sie, so verdammt langsam. Und er machte weiter, rein und raus, immer und immer wieder.

Galen zupfte an ihren Brustwarzen, zwickte in die Knospen, bis es an Schmerz grenzte.

Vances Daumen fand ihre Klitoris.

Jede Zelle in ihrem Körper wechselte in den Warp-Antrieb. Sie schaffte es, nicht zu stöhnen, aber *Gott, Gott, Gott*, sie musste kommen! Er wackelte leicht mit dem Finger, und der Druck wuchs, bündelte sich und rollte auf sie zu wie ein ...

Vance hob seine Hand; Galen stoppte.

*Nein! Nein, neinneinneinnein!* Es war ihr nicht möglich, den finstern Blick zurückzuhalten. *Scheiße!*

„Füge noch einen hinzu", sagte Galen zu Vance – nicht zu ihr – und dann schlug er sanft ihre Brust.

Bei dem entstehenden Schmerz und der Erkenntnis, was für eine Bestrafung sie für Sally ausgewählt hatten, spürte sie, wie ihre Erregung ins Stocken kam und starb. Ungläubig starrte sie Galen an.

Mit einem leichten Lächeln weitete er herausfordernd seine Augen.

*Christus mit einer Lederpeitsche.* Knurrend senkte sie den Kopf und schloss die Augen. Und sie könnte schwören, dass sie Master Dan lachen hörte.

Vance schob seine Finger in sie und sie spürte, wie sie über die vordere Wand ihrer Vagina glitten. Fest reiben, gelegentlich rein- und rausgleiten. Ihre Pussy zog sich um die Eindringlinge zusammen, liebte die Invasion.

Galen musste seinen Finger geleckt haben, bevor er ihre Nippel umkreiste. Die Luft, die auf ihre nasse Haut traf, führte dazu, dass ihre Brustwarzen qualvoll hart wurden.

Langsam erkannte sie, dass die Doms sie benutzen würden, wie sie das für richtig hielten. Auch vor anderen, wenn sie das entschieden, und das trotz ihrer Einwände, trotz allem, was als *anständig* gesehen wurde. Und diese Erkenntnis war es, die sie dahinschmelzen ließ, und ihre Willenskraft in Luft auflöste.

Und es erregte sie ungemein.

Dann betörte Vance mit dem Daumen ihre Klitoris, fuhr nur an einer Seite entlang, aber sie war so empfindlich, dass eine

Berührung ausreichte. Ihr Körper spannte sich an, als sie sich dem Orgasmus näherte. Sie hob das Becken.

Die Männer stoppten.

Ein bestürztes Quietschen entrang ihr. Ihre niederen Gefilde schmerzten und brannten in Frustration. Ihre Muskeln bebten. Woher wussten die beiden, dass sie einem Orgasmus nah war?

Sally erkannte, dass ihre Hände eine Faust gebildet hatten, als Galen seine schwieligen Finger um ihre rechte Hand legte und sie anhob. Er küsste ihre weißen Fingerknöchel, seine Lippen so weich. „Es tut mir leid, dass du leidest, Kobold, aber wir werden dich nicht mit Ungehorsam davonkommen lassen. Du kannst uns so oft testen, wie du willst, und du wirst immer mit dieser Antwort rechnen müssen."

*Sie testen?* Sie hatte sie doch gar nicht … aber, *oh Gott*, das hatte sie. Jedes Mal, wenn sie ihr befohlen hatten, etwas zu tun, war sie mindestens ein- oder zweimal ungehorsam gewesen. Nur um zu sehen … Um was zu sehen? Warum tat sie es?

In der gleichen tiefen Stimme sagte Vance: „Wir mögen dich, Sally. Du musst nicht frech sein, um unsere Aufmerksamkeit zu erregen. Es ist uns eine Freude, über dich zu wachen." Seine Worte fühlten sich wie eine tröstende Liebkosung an.

Und dann bewegten sie sich wieder. Gemeinsam trieben die Doms sie nach oben. Diesmal langsamer. Und als der Nebel der Erregung ihren Körper erfüllte, hörte sie Vance flüstern: „Ich mochte die hübschen Schleifen an dem Flogger."

„Es war ja auch nicht dein Flogger, Arschloch", erwiderte Galen. „Sally, irgendwann in dieser Woche werde ich dir mit diesem Flogger noch den Arsch versohlen." Er rollte ihre Brustwarzen zwischen Daumen und Zeigefinger, bis sie sich bei dem exquisiten Schmerz wölbte. „Und dann werde ich dich zu einem Orgasmus führen. Mit dem Flogger – als Belohnung dafür, dass du mich zum Lachen gebracht hast."

Er lachte gerne; das wusste sie.

Ihr Lächeln erlosch, als die beiden Doms sie mit sanften Liebkosungen hochtrieben, sie neckten und betörten. Ihre Beinmuskulatur war so angespannt, dass sie zitterte, als ihre Erregung die Grenze von Lust zu Schmerz übertrat.

„Willst du uns etwas fragen, Süße?", hakte Vance nach.

*Frag. Verdammt, frag.* „Bitte", flüsterte sie.

„Diesmal musst du es aussprechen", sagte Vance. „Sally, wenn du mich fragst, werde ich mich gut fühlen."

Ihre Worte stauchten sich in ihrer Kehle, aber es half, zu wissen, dass sie ihn damit zufriedenstellen würde – wenn sie doch nur ihre Vergangenheit überwinden könnte. Sie stotterte: „B-Bitte, könnt ihr" – *Gott*, warum zuckte sie zusammen? – „mich kommen lassen?"

„So ein braves Mädchen", murmelte Galen, und die Süße seiner tiefen Stimme überflutete sie wie ein Segen.

„Wunderschön hast du gefragt", stimmte Vance zu. „Ich bin stolz auf dich, Sally."

Galen streichelte ihre Brüste, bevor sich seine talentierten Finger um ihre empfindlichen Nippel schlossen. Sein Zwicken und Loslassen führten zu einer Explosion aus elektrisierendem Schmerz.

Vance stieß seine Finger in sie, zog sie heraus, drängte sie rein. Jedes Mal umkreiste sein Daumen ihre Klitoris, trieb sie höher und höher. Er rieb seine Finger über die Stelle nicht weit von ihrem Eingang und ihr G-Punkt erwachte wieder zum Leben.

*Oh Gott!* Ihr ganzer Körper erstarrte, während sie doch bebte. Nur noch ein kleines bisschen ... *Bitte.*

Vances Blick traf auf ihren, hielt sie gefangen, als er seinen Daumen auf ihre Klitoris legte und sie nach unten drückte, dann hart drüber schnellte.

Der Funke löste einen Brand aus. Ihr Körper zündete, ging in Flammen auf und explodierte. Eine Lustwelle nach der anderen peitschte durch sie. Ihr Hals streckte sich und sie schrie und fluchte und schrie.

Nach einer wunderbar langen Zeit spürte sie, wie die Wellen versiegten. *Gott*, das hatte sich gut angefühlt.

Dann hörte sie Vance murmeln: „Lass uns das nochmal versuchen." Seine Finger drangen in sie – drei Finger – und dehnten sie, während sein Daumen ihre Klitoris bearbeitete. Und wie eine riesige Sturmflut schlug ein weiterer Orgasmus ein, der alles mit sich riss.

Ihr eigenes Wimmern schien in ihren Ohren widerzuhallen, als sie keuchend und zitternd die nächste Abfolge von Wellen über sich hinwegschwappen fühlte.

„Hübsche Kleine", sagte Galen. Seine Hände waren sanft zu ihren Brüsten, umkreisten und streichelten ihre missbrauchten Nippel. Vance liebkoste ihre Schenkel.

Nach einer Minute, als sie tatsächlich wieder atmen konnte, nahm Vance sie in seine Arme. „Das hast du gut gemacht, Süße", flüsterte er. „Ich dachte, ich müsste dich noch eine halbe Stunde necken, bevor du endlich um Hilfe bittest."

Der Dom hatte seine eigene sadistische Natur, die geschickt unter einer fürsorglichen Persönlichkeit verborgen lag. Sie zwickte ihn in die Seite.

Seine Antwort bestand darin, seine große Hand schweigend wieder zwischen ihre Beine zu schieben, um sich auf ihrer überempfindlichen Pussy einzufinden. Sein heißer Blick sagte, dass er nichts dagegen hätte, die ganze Routine noch einmal von vorne zu beginnen, wenn es das war, was sie wollte.

„Tut mir leid", flüsterte sie.

Die Falten neben seinen Augen vertieften sich mit seinem Lächeln.

*Oh Gott*, sie liebte ihn. Ja, das tat sie wirklich.

# KAPITEL DREIZEHN

**I**n seinem Büro saß der stellvertretende Bezirksstaatsanwalt Drew Somerfeld hinter seinem Schreibtisch und besprach einen Fall mit seiner neuesten Praktikantin.

In der Metropole Manhattan war alles in Ordnung. Die Kriminalität ging weiter. Die Strafverfolgungsbehörden brachten die Kriminellen hinter Gitter. Die *Harvest Association* hatte eine Pause eingelegt, und natürlich hatte er daran gedacht, ein paar Millionen auf Bankkonten im Ausland zu bunkern. Noch ein paar Millionen und er wäre bereit, in Rente zu gehen. Er würde Ellis einpacken, eine Insel kaufen und wie ein Lord leben.

„Danke, Kathleen", sagte er. „Ich denke, das deckt alles ab."

Sie war eine kluge junge Frau. Ziemlich effizient. Somerfeld wollte gerade aufstehen, als ihm auffiel, dass die Praktikantin nervös mit den Fingern spielte, anstatt sein Büro zu verlassen. „Ist noch etwas?"

„Ich erinnere mich, wie wütend Sie über Leutnant Tillmans Tod waren."

„Das bin ich noch immer", sagte Somerfeld mit angespannter Stimme. Wütend war er vor allem, weil es dieser Bastard geschafft hatte, seine Krallen in die *Association* zu schlagen. Eine Schande, dass die Lektion bei den anderen Mitgliedern des Ermittlerteams nicht angekommen war.

„Dann wird es Sie freuen zu hören, dass einer der sogenannten Manager verhaftet wurde. Er plaudert aus dem Nähkästchen."

Somerfeld erstarrte für eine Sekunde und schloss dann den Ordner auf seinem Schreibtisch, während er ein Lächeln erzwang. „Ein Manager? Ausgezeichnete Arbeit. Wie ist es dazu gekommen?" Er musste es wissen. Schließlich sollten seine Manager ihre gesamte Kommunikation einstellen.

„Es war dieser Informant." Kathleens Lächeln war breit.

Er wollte ihr hart auf den Mund schlagen und ihr die Lippen von ihren Pferdezähnen abreißen. „Sprich weiter."

„Der Informant schickte dem Captain E-Mail-Adressen und Dateien für drei Manager. Einer wurde verhaftet. Die IT-Abteilung arbeitet daran, die anderen beiden aufzuspüren."

*Verdammter Hurensohn.* „Haben wir es geschafft, den Informanten zu identifizieren?"

„Nein. Die Computerexperten sagen, dass der Mann seine Anbieteradresse an mehreren Stellen abprallen lässt. Er ist vorsichtig."

„Is' wahrscheinlich besser so", presste Somerfeld heraus. „Die *Association* würde einen solchen Verrat nicht auf die leichte Schulter nehmen." Wahrere Worte wurden noch nie gesprochen. Bevor er sich aber um den Informanten kümmerte, musste er diesen Manager zum Schweigen bringen. Ja, er würde das Nähkästchen für immer schließen und dann verbrennen.

Somerfeld lächelte Kathleen zufrieden an. „Ich weiß es zu schätzen, dass Sie diese gute Nachricht weitergegeben haben."

Jetzt hatte er ein Heilmittel für Ellis' wachsende Unruhe. Den Manager und die Marshals zu verbrennen, würde ihn mit Sicherheit beruhigen.

Eine Schande, dass sie dafür die Sklavin seines Zwillings opfern müssten, denn im Moment wäre es nicht einfach, ihm eine neue Schlampe zu besorgen, aber diese wurde benötigt, um ins

Haus zu kommen. Ellis jedoch erwartete, *entschädigt* zu werden. Wenn er so darüber nachdachte: So wie die Dinge liefen, würde er vielleicht einen weiteren Ersatz bestellen. Immer gut, eine Reserve zu haben.

Sobald der Manager in Rauch aufgegangen war, konnte Drew seine Aufmerksamkeit darauf richten, den Informanten zu finden. Für diesen Bastard würde er seinen Bruder beiseite schieben und das erste Streichholz selbst zünden.

---

*Die Zeit vergeht wie im Fluge, wenn man Spaß hat.* Im zweiten Gästebad versuchte Sally, ihren lausigen Montag auf der Polizeistation zu vergessen, indem sie den Mörtel von dem blaugrauen Steinfliesenboden schrubbte. Ein Eimer Wasser stand neben ihr.

Sie grinste und erkannte, dass sie auf ihren Händen und Knien einen Boden putzte. Cinderella war zum Leben erwacht ...

Aber Cinderella hatte den Boden nicht selbst gefliest, oder? Lächelnd wischte sie einen weiteren Stein ab. Jetzt wusste sie, warum die Männer gerne ihre eigenen handwerklichen Arbeiten verrichteten. Es fühlte sich so gut an, etwas Nützliches und Hübsches zu schaffen.

Sally lehnte sich zurück und betrachtete ihr Werk. Gut zentriert. Um die Wände herum waren die Teilfliesen alle gleich groß. Keine angeknackten Ecken. *Verdammt*, sie war gut. Natürlich hatte sie am Wochenende viel üben können, während die Agents sie allein gelassen hatten.

Zwischen den Besuchen ihrer Freunde − ein Hoch auf die Shadowkittens − hatte sich das Haus viel zu ruhig angefühlt, und sie war einsam gewesen. Und hatte Langeweile gehabt.

Kein Vance, mit dem sie kochen konnte − oder Galen, mit dem sie nach dem Essen aufräumte. Keine stimulierenden Diskussionen oder Auseinandersetzungen am Esstisch.

Kari war eines Abends vorbeigekommen, musste aber früh

nachhause zurückkehren, um Zane ins Bett zu bringen. Wie immer war sie liebreizend und herzlich gewesen. Sally runzelte die Stirn. Als sie jedoch Dans Namen in den Mund genommen hatte, war ihre Freundin erstarrt und hatte ... unglücklich ausgesehen, und dann hatte sie schnell das Thema gewechselt. Was da wohl los war?

Am Abend war die Einsamkeit am stärksten gewesen. Sie hatte ihre Jungs furchtbar vermisst.

Vance mochte Sport und Filme, wobei er Weiberfilme oder Animationen wie Mulan ablehnte. Er war ein typischer Kerl und bevorzugte eben Actionfilme wie *Stirb langsam*. Aber nachdem sie ihn gezwungen hatte, *Alien* mit ihr zu schauen, war er zu einem Fan von Science-Fiction-Filmen geworden. *Er ist lehrbar.*

Und wie seltsam war es, dass Galen süchtig nach *World of Warcraft* war? Schlimmer noch, sein Schamane machte sie regelmäßig fertig. Als hätte er sich dafür entschuldigen wollen, hatte er ihr beigebracht, sein altes Holzkanu zu manövrieren.

Sie seufzte. Im Mondschein Küsse und Kanufahren auf dem See.

Es waren genau diese Momente, die dafür verantwortlich waren, dass sie die beiden so schrecklich vermisst hatte. Obwohl Glock sich ihr in ihrem riesigen Bett angeschlossen hatte, war das süße Fellbaby nicht mit den Männern zu vergleichen.

Gott sei Dank waren sie zurück ... obwohl die beiden sie die halbe Nacht wachgehalten hatten. Sie grinste. Anscheinend hatten sie Sally ebenfalls vermisst.

„Nun sieh dir das an. Du hast sie dazu gebracht, manuelle Arbeit zu verrichten." Die raue Stimme ließ sie zusammenzucken und sie drehte sich um.

Master Nolan stand mit verschränkten Armen auf der Türschwelle. Er war so groß und breit, dass er die gesamte Tür ausfüllte. Mit der Narbe in seinem dunkel gebräunten Gesicht, die ihm eine grausame Erscheinung verlieh, hatte er sie schon immer ein bisschen nervös gemacht, aber seine Frau bestand darauf, dass er herzallerliebst war.

Beth musste wahnsinnig sein. Also mal ehrlich.

„Wie geht es dir, Sir?", fragte Sally höflich. Sie hatte zu Ehren der Heimkehr ihrer Doms entschieden, sich besonders artig zu geben und die beste Sub auf der ganzen Welt zu sein.

Dazu war sie doch in der Lage, oder? Zumindest für heute?

„Bevor wir nach New York aufbrachen, half sie mir, die Waschküche zu fliesen", sagte Galen hinter Nolan. „Das Projekt hat sie in unserer Abwesenheit beendet, und dann selbstständig im Bad begonnen. Sie ist besser darin als ich." Bei dem Stolz auf Galens Gesicht kamen ihr die Tränen.

„Das ist gute Arbeit, Sally", sagte Nolan. „Wenn du keinen Computerjob findest, kannst du für mich arbeiten."

Der Bauunternehmer hielt nicht viel von unverdienten Komplimenten. Wenn er also sagte, sie hätte es gut gemacht, dann meinte er es auch so. Sie schaffte es nicht, ihr Lächeln zurückzuhalten. „Danke, Sir!"

„Wenn du an einem guten Punkt für eine Pause bist, wartet Beth unten auf dich", sagte Galen. „Ich bin mir sicher, sie würde die Gesellschaft begrüßen."

„Ja, Sir!" G und V hatten Nolan gebeten, ihnen beim Rausreißen einer Wand im Erdgeschoss zu helfen. Ihr war nicht bewusst gewesen, dass Beth auch kommen würde. „Ich gehe gleich zu ihr."

Sally wusch sich den Schmutz von den Händen und zog im Spiegel eine Grimasse. Sie hatte Besuch und wie sah sie aus? Ihre Jeansshorts war mit Mörtel bespritzt, ihr verblasstes T-Shirt hatte nicht länger Ärmel und ihre Haare trug sie in einem Pferdeschwanz, sodass sie bei der Arbeit nicht störten.

Als sie unten ankam, bereitete Sally ein Tablett mit einem Krug Eistee, Gläsern, kleinen Tellern und einer Schüssel Snacks vor, und trug es dann auf der Suche nach ihrem Gast durch das Haus.

Im Gameroom saß der Kater auf dem Kaminsims und imitierte eine Statue von Bastet, der Katzengöttin. Glock bestand darauf, dass – egal, was die Menschen glaubten – Bastet über das Universum herrschte. „Hey, Glock", sagte Sally. „Wie geht's, wie steht's?"

Glock belohnte sie mit einem Schwanzwedeln, das verriet, dass er die Welt im Moment zufriedenstellend fand.

Als Galen gehört hatte, wie sie eine theologische Diskussion mit einer Hauskatze führte, hatte er sich vor Lachen nicht mehr halten können. *Verfluchter Agent.*

Niemand außer Glock war im Gameroom, also ging Sally weiter. Das Büro war leer. Schließlich fand sie Vance und Beth im Wohnzimmer.

Sally fühlte sich besser, als sie sah, dass Beth noch ihre Arbeitskleidung trug – Cutoff-Overall und ein weißes Tanktop, ihre roten Haare in einem Pferdeschwanz.

„Da ist sie", sagte Vance, als Sally den Raum betrat. „Wenn du die Dame unterhältst, Süße, werde ich mit Nolan über Männerthemen sprechen." Er zog Sally zu sich und küsste sie auf die Haare, bevor er sich davonmachte.

„Hey, Beth." Sally stellte das Tablett auf den Couchtisch und zuckte zusammen, als sie das Durcheinander aus Kämmen und Bürsten, Nagellack und Wattebällchen entdeckte. Gestern Abend, als sie sehnsüchtig auf die Rückkehr ihrer Männer gewartet hatte, wollte sie nach den Renovierungsarbeiten ihre weibliche Seite verwöhnen. Also hatte sie mit neuen Frisurideen gespielt und sich eine Mani- und Pediküre gegönnt.

Sie sollte ein Schild um den Hals tragen, auf dem stand: Das Haus sauberhalten? Hoffnungslos. „Entschuldige das Chaos."

„Oh bitte, das kümmert mich kein bisschen." Beth umarmte sie und setzte sich auf die Couch. „Gerne nehme ich etwas von dem Eistee. Bei meinem derzeitigen Projekt bin ich den ganzen Tag der prallen Sonne ausgesetzt."

„Wo arbeitest du gerade?", fragte Sally und füllte zwei Gläser. Danach stellte sie die Snacks erreichbar auf den Tisch.

„Seminole Heights. Ein Paar aus Boston lässt ein altes viktorianisches Gebäude umgestalten, und sie wollen, dass ich das Grundstück aufhübsche." Nachdem sie die Hälfte ihres Eistees in einem Zug getrunken hatte, entließ Beth einen erleichterten Seufzer. „Wie läuft es bei der Jobsuche?"

„Na ja." Sally runzelte die Stirn. „Ich hatte einige Angebote aus dem Norden, aber nichts in unmittelbarer Umgebung. Und ich würde gerne in Tampa bleiben." Denn ihre Freunde waren hier. Das Shadowlands war hier.

Ihre Agents waren hier.

Seltsam, wie schnell sie ihre Meinung über das Verlassen der Stadt geändert hatte.

Beth tätschelte ihre Hand. „Du wirst etwas finden, das perfekt für dich ist. Du musst nur geduldig sein."

„Geduld ist nicht gerade Bestandteil meines Wortschatzes", murmelte Sally.

„Ich weiß", bemerkte Beth in einem trockenen Ton.

Sally bewarf ihre Freundin mit einer Bretzel. „Zumindest kann ich in Teilzeit und ohne Uni, Handwerker spielen, und euch besuchen und mit Karis Zane spielen."

„Zane ist so ein Süßer." Ein Schatten kreuzte Beths Gesicht. „Kari kann sich wirklich glücklich schätzen, ihn zu haben."

Was war denn los? Beth und Nolan waren seit etwa zwei Jahren zusammen und hatten letztes Jahr geheiratet. „Planst du, wie Dan und Kari ein Baby zu bekommen?"

Als Beth ihr Gesicht verzog und ihren Blick abwandte, wollte sich Sally einen Arschtritt geben. *Dämliche Frage, Dummkopf.* „Möchtest du fernsehen ... oder mit mir das Abendessen zubereiten?" *Oder etwas tun, um diesen unglücklichen Blick aus deinem Gesicht zu vertreiben?*

„Ich —" Beth biss sich auf die Lippe. „Es ist okay, Sal. Es ist nur so, dass ich keine Kinder bekommen kann. Der Schaden aus meiner früheren Ehe ist zu groß."

Ihr damaliger Ehemann war ein kranker Bastard gewesen, und Beth hatte Narben am ganzen Körper. Aber auch Schäden an ihren Reproduktionsorganen? „Christus in einem Sumpf, es ist nicht fair, dass dir dieser Widerling –" Unfähig, den Satz zu beenden, legte Sally den Arm um die schlanke Frau und tröstete ihre Freundin, während sie das starke Bedürfnis hatte, ihren Ex umzubringen.

Natürlich hatte sich Nolan bereits gekümmert.

Beth lehnte sich an Sallys Schulter. „An sich würde mir das gar nicht so viel ausmachen, wenn Nolan nicht ..." Eine Träne glitt über ihre sonnengeküsste Wange. „Er meinte, er hätte gerne Kinder, und ich kann ihm keine geben. Ich fühle mich so schuldig."

„Beth ..." Sally öffnete den Mund, suchte nach den richtigen Worten und es kam ... nichts. „Das solltest du nicht. Es ist nicht richtig –"

„Was nicht *richtig* ist, ist, dass du mir verschweigst, was zum Teufel dich in letzter Zeit so traurig gemacht hat." Nolan marschierte in den Raum. Seine Augen erinnerten an schwarzes Eis, und sein Mund verzog sich zu einem bedrohlichen Ausdruck.

Für einen Moment konnte Sally nur zusammenzucken. Aber dann sprang sie auf und positionierte sich beschützend vor Beth. Vielleicht konnte sie ihn aufhalten, bis ihre Agents kamen. „Fass sie nicht an."

Nolan blieb stehen. Direkt vor ihr.

Sally spürte, wie sich ihre Muskeln anspannten; die Erinnerung, von einem Dom geohrfeigt zu werden, war immer noch omnipräsent.

Nolans rechter Mundwinkel zuckte. „Das Häschen hat einen Chihuahua angeheuert, um sie zu beschützen?" Er packte Sally an den Oberarmen, hob sie hoch und stellte sie zur Seite.

„Hey!" Ihr Ausfallschritt nach vorne wurde durch einen stählernen Arm um ihre Taille gestoppt.

Vance gluckste. „Ganz ruhig. Er wird ihr nicht wehtun."

„Das sollte ich." Nolan fiel auf ein Knie, immer noch groß genug in dieser Position, dass er mit einer sitzenden Beth auf Augenhöhe war. Mit einer vernarbten Hand unter ihrem Kinn hob er ihr Gesicht zu seinem. „Ich hatte eine fiese Session für uns geplant, um an ein paar Antworten zu kommen. Um herauszufinden, was dich traurig macht."

Ihre Unterlippe bebte. „Es tut mir leid, Master. Ich hätte dich nicht geheiratet, wenn ich gewusst hä –"

„Ich hätte das sehr wohl."

Seine unverblümte Aussage ließ sie blinzeln. „Aber –"

„Meine Familie hat Kinder, um die Blutlinie weiterzuführen." Er ließ ihr Kinn los und schob eine entfleuchte rote Strähne hinter ihr Ohr. „Wenn du Kinder willst, adoptieren wir sie."

„Wirklich?", flüsterte sie. Ihre blauen Augen füllten sich mit Tränen.

„Süße, ich liebe dich. Ich würde alles tun, um dich glücklich zu machen." Er nahm Beth in die Arme, setzte sich mit ihr auf dem Schoß hin und zog sie an sich. Sie vergrub ihr Gesicht an seiner Brust und ihre Schultern bebten, als sie ihren Tränen freien Lauf ließ.

Mit einem überglücklichen Seufzer entspannte sich Sally und lehnte sich gegen Vance. Obwohl Nolan vielen Menschen Angst einjagte, war er genauso süß, wie Beth gesagt hatte.

Vance küsste Sally auf den Kopf, bevor er flüsterte: „Schau, was passiert, wenn eine Sub Geheimnisse bewahrt und diese nicht mit ihrem Dom teilt. Sie ist unglücklich, obwohl sie es nicht sein muss. Warum sagst du mir nicht, was du versteckst, Sally?"

Sie erstarrte. Würde der Special Agent sie liebevoll an sich kuscheln, nachdem er gehört hatte, dass sie sich in die E-Mails der *Harvest Association* gehackt hatte? Na bestimmt nicht. Dann könnte sie ihm auch gleich sagen, dass sie lediglich als moderner

Robin Hood agiert hatte. Er würde ihre Argumentation definitiv verstehen.

*Nicht ...*

Sie löste sich aus seinen Armen und lächelte ihn höflich an. „Möchtest du etwas von dem Eistee, Sir?"

Seine Augen verengten sich. „Ich schätze, ich sollte Nolan fragen, was sein Plan für die erwähnte fiese Session war."

*Oh, Mist.* Master Nolan mochte Flogger – und das würde ganz besonders Galen zusagen. *Rückzug!* „Vielleicht sollte ich nach meinem anderen Dom sehen."

„Ich bin schon hier." Galen zog sanft an einer ihrer Haarsträhnen, als er an ihr vorbeihumpelte und sich dann auf die Couch setzte. „Ich hätte gerne etwas von dem Eistee, Sub."

„Gerne, Sir." Ihre Antwort verdiente sich einen misstrauischen Blick. *Was denn?* Dachten sie nicht, dass sie eine süße Sub sein konnte? *Also wirklich.*

Zuerst servierte sie Vance ein Glas.

Er nickte dankbar und setzte sich auf den Sessel neben Galen.

Eine Sekunde später reichte sie auch Galen seinen Eistee. Als sie sich ohne Aufforderung neben ihn kniete, zog er argwöhnisch die Augenbrauen in die Höhe.

Master Nolan und Beth unterhielten sich leise, nicht bereit, gestört zu werden, also fragte Sally ihre Männer: „Was hat Master Nolan zu der Wand gesagt, die ihr einreißen wollt?"

„Es ist keine tragende Wand, also können wir loslegen." Vance nahm einen Schluck von seinem Eistee. „Wir brauchen jedoch einen Elektriker für eine Neuverkabelung."

„Wir könnten gleich eine Gegensprechanlage installieren lassen", schlug Galen vor.

Eine Gegensprechanlage? Wie altmodisch. Mehr Spaß würde eine sprachaktivierte Software machen und ...

*Sprachaktiviert. Oh, mein Gott!* Völlig außer Rand und Band sprang Sally auf die Füße, ihr Rücken den Jungs zugewandt, sodass sie nicht sahen, wie hart ihr Verstand gerade am Arbeiten war. *Die Funktion eines Lichtschalters verändern, um mit ihm das Programm zu aktivieren.*

Im Badezimmer schnappte sie sich ein Taschentuch für Beth, atmete durch ihre Aufregung und begab sich dann wieder in das Wohnzimmer. Sie dachte an die Verwüstung, die sie anrichten könnte, wenn sie ihren Laptop so manipulieren würde, dass sie auf Befehl vernetzte Lampen aus- und einschalten könnte.

Als Sally den Raum betrat, setzte sich Beth auf und wischte sich die Tränen von den Wangen. Ausgezeichnetes Timing. Sally reichte ihr ein Taschentuch, bevor sie ihren Platz zwischen den Männern wieder einnahm. Auf ihren Knien.

Sie ignorierte die beiden misstrauischen Augenpaare und sah zu ihren Gästen.

Beths Hand zitterte, als sie ihr Gesicht abwischte. Sie war viel zu blass.

Nolan hob seine Sub auf die Füße. „Vielleicht etwas zu trinken für mich, Süße?"

*Also ehrlich. Sie heult sich die Seele aus dem Leib, und er bittet sie, ihm zu dienen?* Sally verengte die Augen und wollte aufstehen, um dem herzlosen Idioten zu bewirten.

Galen legte eine Hand auf ihre Schulter und flüsterte: „Sie ist nicht wie du, Sub. Nolan weiß, dass es sie beruhigen wird, ihm zu dienen."

Am Couchtisch beschäftigte sich Beth damit, einen winzigen Teller mit Snacks zu füllen und ein Glas Eistee einzuschenken. Bis sie Nolan den Teller und das Glas reichte, zitterten ihre Hände nicht länger.

Er stellte das Getränk auf den Beistelltisch, spreizte die Beine und wies auf den Boden.

Sie lächelte ihn erfreut an und kniete sich mit dem Rücken zu ihm zwischen seine Füße.

Als Master Nolan auf sie herabblickte, hatte die Liebe in seinen Augen, seine dunklen Tiefen in ein sanftes Zobelbraun abgeschwächt. Er rieb mit einer Hand über ihren nackten Arm und bot ihr eine winzige Brezel an. Er fütterte sie.

Beth lehnte ihren Kopf mit einem Blick, der von geruhsamer Zufriedenheit sprach, an den Oberschenkel ihres Masters, als er ihr einen Leckerbissen nach dem anderen vor die Lippen hielt.

Sally war ein wenig neidisch und schenkte ihrem Glas die volle Aufmerksamkeit, schwenkte ihren Tee und beobachtete die Eiswürfel in der Flüssigkeit wippen.

„Ziemlich selten", sagte Nolan.

Sally schaute auf und erkannte, dass der Master sie mit Galen und Vance musterte. „Es kommt selten vor, dass zwei Doms eine Sub für mehr als eine Session teilen", kommentierte Nolan. „Zumal ihr nicht schwul seid."

„Wir sind eher wie Brüder", sagte Vance und schüttelte den Kopf. „Aber nein, oft sieht man es nicht."

Sally nickte. Es gab Poly-Beziehungen im Shadowlands, aber die meisten setzten sich aus einem Master und weiblichen Sklaven zusammen. Oder es handelte sich um eine Domina, die einen Partner hatte, der nicht im Lifestyle war, sodass sie sich eine unterwürfige Frau oder einen männlichen Sub suchte. Oder beides. Zwei männliche Doms mit einer weiblichen Sub waren nicht besonders oft zu finden.

„Also eigentlich ..." Beth blickte zu Nolan auf. „Sir?"

Er fuhr ihr mit den Fingerknöcheln über die Wange. „Ich erzwinge kein hohes Protokoll, Süße. Du kniest gerade vor mir, weil du es gebraucht hast, aber hier sind wir bei Freunden."

Sie drehte den Kopf und küsste seine Hand. Mit der Erlaubnis zu sprechen, sagte sie: „Ich war mal im Urlaub in einer Stadt in Colorado namens Happiness oder Joy oder so, und dort gab es einige männerdominierte Dreiecksbeziehungen."

„Und Jake hat mir erzählt", sagte Galen, „dass es in Wyoming einen Ort gibt – King's irgendetwas –, wo polyamoröse Beziehungen mit mehreren Männern üblich sind."

*Wirklich?* Sally drückte die Schultern durch. Sie hatte gedacht, dass ihre Zeit mit den Agents ein Ablaufdatum haben würde, nur für einen Monat oder so, bis sie einen Job fand. Aber jetzt ... Ihr Herz polterte in ihrer Brust.

Würden die Männer jemals etwas Langfristiges in Betracht ziehen? Und würde sie das wollen? Mit zwei Männern? Wie verrückt wäre das?

Sie blickte finster auf den Boden und merkte erst spät, dass Nolan und Beth gingen. Hastig stand sie auf, umarmte Beth und flüsterte: „Lass mich wissen, wie es mit der Adoptionsidee weitergeht."

Beths Lächeln war nun strahlender als bei ihrer Ankunft. „Das werde ich."

Nolan nickte Sally zu, schüttelte Vance die Hand und Galen führte das Paar zur Tür.

Sally schnappte sich die Schüssel mit den Snacks, stellte sie neben sich auf den Boden und schob sich eine Cashew in den Mund. „Glaubst du, sie werden versuchen, ein Neugeborenes zu bekommen, oder entscheiden sie sich vielleicht sogar für ein älteres Kind?"

Vance setzte sich neben sie, hob die Schüssel auf und verdiente sich damit von ihr ein Stirnrunzeln. „Ich kann mir gut vorstellen, dass Nolan einem älteren Kind eine Chance geben will."

„Wird es ihn stören, dass das Kind nicht sein eigenes ist?"

Wie Nolan es mit Beth getan hatte, fütterte Vance sie mit einer Brezel.

Ein kribbeliges, zufriedenes Gefühl breitete sich in ihrer Brust aus.

„Die meisten Eltern betrachten ihre Adoptivkinder als ihre eigenen", sagte Vance. „Meine Mutter neigt dazu, zu vergessen, dass sie mich und meine Schwestern nicht in ihrem Bauch getragen hat."

„D-Du wurdest adoptiert?" Sally starrte ihn an.

„Wurde ich. Kaue, bevor du noch erstickst, Süße."

*Adoptiert?* Er tippte auf ihre Lippen und sie gehorchte.

Er wählte ein paar Cashewnüsse aus und hielt sie ihr vor den Mund. „Mom konnte keine Kinder bekommen." Sein Blick verfinsterte sich. „Meine leibliche Mutter war erst dreizehn, als sie mit mir schwanger wurde. Sie war eine Cousine meines Vaters."

*Christus in den Blumen,* dreizehn? „Hast du sie jemals getroffen?"

„Als ich das Prinzip einer Adoption verstanden habe, bat ich darum, sie zu treffen. Es stellte sich heraus, dass sie bei meiner Geburt gestorben war." Er blickte aus dem Fenster, wo ein Reiher durch seichtes Wasser watete. „Jahrelang fühlte ich mich so verdammt schuldig. Als wäre ihr Tod meine Schuld – ich dachte, ich hätte sie umgebracht."

„Nein." Sally schlang ihre Arme um Vances Beine. „Nein, das hast du nicht. Du warst doch noch ein Baby."

„Ich weiß. Als meine Eltern erkannten, wie sehr es mich beschäftigt, haben sie lange mit mir gesprochen und es geschafft, mich zu besänftigen." Vance streichelte ihre Haare. „Kinder können sich für die dümmsten Dinge schuldig fühlen."

Sie hob den Kopf. Seine Augen waren verständnisvoll, hielten aber die Überzeugung inne, dass auch sie irgendwann ihre Schuldgefühle überwinden würde.

Vielleicht würde sie eines Tages aufhören, sich für den Tod ihrer Mutter verantwortlich zu fühlen.

Als sie ein Geräusch hörte, drehte sie den Kopf.

Galen hatte von der Tür aus dem Gespräch gelauscht.

Er kam herein, schob ihre Sachen auf dem Couchtisch zur Seite und setzte sich gegenüber von ihr hin. „In meinem Fall war es so, dass ich davon überzeugt war, dass mein beschissenes Verhalten der Grund dafür war, dass mein Vater sich von meiner Mutter scheiden ließ." Galens Lippen zeigte ein reumütiges Lächeln. „Kurz nach dem College traf ich ihn in einem Restaurant und wir unterhielten uns. Er erinnerte sich an nichts von dem, was ich immer für so schlimm gehalten hatte. Er hatte nicht um Besuchsrechte gebeten, weil er keinerlei Kontakt zu meiner Mutter pflegen wollte."

„Oh Gott!" Auf den Knien schob sie sich zwischen seine Beine, bis sie ihre Arme um seine Taille legen konnte. „Dein Vater klingt wie ein totales Arschloch."

„Du bist eine rabiate kleine Sub." Galen lachte, und die Dunkelheit löste sich von seiner Stimme. Dann erwiderte er ihre Umarmung.

Freude erfüllte sie. Sie blieb zwischen seinen Beinen und ließ sich mit dem Rücken zu ihm nieder, damit sie sich nach vorne lehnen und sich aus der Schüssel neben Vance eine Handvoll der Snacks nehmen konnte. Und wie eine pflichtbewusste Sub drehte sie sich um und bot Galen die Auswahl auf ihrer Handfläche an.

Anstatt sich zu bedienen, lachte er und fuhr mit dem Finger über ihre Wange. „Versuche nicht, zu etwas zu werden, das du nicht bist, Kobold. Vance und ich mögen dich so, wie du bist. Wir wollen keine Vollzeit-Sub. Wenn ich mich entscheide, die Kontrolle zu einem ungewöhnlichen Zeitpunkt zu übernehmen, wirst du es wissen; du wirst nicht verwirrt sein."

Okay. Sie erinnerte sich, wie er an ihrem ersten Tag mit ihnen ein Kissen auf den Boden geworfen und mit dem Finger drauf gezeigt hatte. „Aber –"

„Du bist bezaubernd, wenn du versuchst, eine Sklavin zu sein, aber das bist nicht du."

„Aber magst du es nicht, wenn –"

„Es macht mich nervös, von vorne bis hinten bedient zu werden", sagte Vance.

„Oh." Sie runzelte die Stirn. „I-Ich habe nicht das Gefühl, dass ich genug gebe."

„Mir reicht es, die Hausarbeit aufzuteilen. Im Schlafzimmer erwarte ich aber eine Sub." Vance grinste. „Du scheinst damit kein Problem zu haben."

Sie errötete und erinnerte sich an den Morgensex, den er

besonders mochte. Galen stand gerne vor Sonnenaufgang auf, aber sie und Vance schliefen, bis der Wecker klingelte. Und jeden Morgen riss Vance die Kontrolle an sich. Das Kopfteil zeigte wahrscheinlich Spuren von ihren Fingernägeln.

Hinter ihr zog Galen das Haargummi aus ihren Haaren, und zu ihrem Schock nahm er ihre Haarbürste vom Tisch und begann, ihre Haare zu kämmen.

Lange, gleichmäßige Züge. Er arbeitete sogar mit den Fingern die Knoten heraus, sodass er ihr nicht wehtat.

Mit einem Stöhnen ließ sich Sally auf das Vergnügen ein. „Gott, Galen."

Galen lachte leise, seine Stimme heiser. „Ich habe das früher für meine Mutter getan."

„Wirklich?", fragte Vance. „Schwer vorzustellen, dass deine Mutter sich von irgendjemandem berühren lässt."

„Nach der Scheidung ist es noch schlimmer geworden. Emotional hat sie sich vollkommen zurückgezogen."

„Ah." Aufgrund des fehlenden Ausdrucks auf Vances Gesicht musste Sally vermuten, dass er die Frau kein bisschen mochte. Was Sally davon überzeugte, dass sie eine furchtbare Person war.

Galen hatte gedacht, er hätte die Scheidung verursacht. Anschließend hatte seine Mutter ihn ausgeschlossen. Wie wirkte sich das auf ein Kind aus?

Sally runzelte die Stirn. Galen spielte gerne Computerspiele. Sensibel und reaktionsschnell und immer auf der Hut. Viel zu leicht zu brechen. Sie schlang ihren Arm um seine Wade und hielt ihn fest, als könnte sie ihm all die Zuneigung zurückgeben, die er in der Kindheit schmerzlich vermisst hatte.

„Seid ihr sicher, dass ihr nicht mehr von mir braucht?", fragte sie, denn sie wollte mehr geben, sehnte sich danach.

„Nein, Babygirl. Was du uns gibst, ist wertvoller als Hausarbeit. Das Haus hat sich durch dich mit Leben gefüllt. Mit Spaß und Freude." Galens Hand folgte dem Pfad der Bürste nach unten, eine doppelte Dosis Zärtlichkeit. „Kobold, wo auch immer du gerade bist, funkelt die Welt heller."

Ihre Augen füllten sich mit Tränen und ihr Sichtfeld verschwamm.

Und für eine Sekunde — nur eine Sekunde — konnte sie eine Zukunft mit den beiden Männern sehen. Eine Beziehung.

# KAPITEL VIERZEHN

E s war schön, *wieder zuhause zu sein.* In dem kurzen Flur, der im Haus ins Arbeitszimmer führte, streckte sich Galen. Seine Schultern und sein Nacken schmerzten, als wäre er bei einem Wettkampf in Gewichtheben gegen Vance angetreten, anstatt einen Tag mit Papierkram im Büro zu verbringen. Ein FBI-Agent zu sein, setzte sich nicht nur aus Verfolgungsjagden und Schießereien zusammen, wie er es sich als Kind erträumt hatte.

Je älter er wurde, desto dankbarer war er dafür – egal wie viele Berichte er auch schreiben musste.

Im Büro hatte Glock sich auf dem Tisch in der Mitte breitgemacht. Galen ging zu ihm und streichelte ihn. Das befriedigende Schnurren vermischte sich mit dem Country-Western-Mist, den Vance so sehr liebte. Zumindest war es diesmal eine Sängerin.

Vance schaute von seinem Schreibtisch auf. „Hey."

„Wo ist Sally?"

„Sie ist gerade erst gegangen. Ihre Jobsuche scheint nicht besonders gut zu laufen, da sie ziemlich elend aussah. Sie hat den Laptop zugeklappt und wollte eine Runde schwimmen."

Galen stellte die Aktentasche auf seinen Schreibtisch. Der

Gedanke, dass der Kobold wegzog, gefiel ihm gar nicht. Nichtsdestotrotz ... „Sie wird bald etwas finden, da bin ich mir sicher."

„Bestimmt."

Galen runzelte die Stirn bei der schroffen Antwort. Er wusste, dass Vance nicht wollte, dass sie ging. „Hattet ihr einen Streit?"

„Mit ihr? Nein. Ich nehme jedoch an, ich werde einen mit dir haben." Vance klang müde. Niedergeschlagen. „Ich habe eine E-Mail bekommen."

„Sprich weiter."

„Das Haus, in dem der festgenommene Manager der *Harvest Association* untergebracht war, brannte letzte Nacht ab. Der Manager hat nicht überlebt; die Marshals, die ihn bewachen sollten, sind auch tot."

„Fuck." Galen schlug seine Hand auf den Schreibtisch und begrüßte den Schmerz.

Glock warf ihm einen beleidigten Blick für sein Verhalten zu und schlenderte aus dem Raum.

„Verdammte Hölle nochmal." Brandstiftung. Was für eine beschissene Art zu sterben. Kälte breitete sich in seinem Bauch aus, als er seine Schlussfolgerungen zog. Wie lange noch, bevor die *Harvest Association* ihre Aufmerksamkeit auf das FBI richtete – und ihre Angehörigen? „Wir müssen sie gehen lassen."

Vance tat nicht mal so, als würde er seine Worte missverstehen. „Glaubst du wirklich, sie wäre ohne uns besser dran? Was sollen wir gegen das nächste Arschloch tun, das sie als Boxsack benutzt?"

Bei der Erinnerung an ihr blutiges Gesicht verfinsterte sich Galens Ausdruck. „Wir können sie nicht beschützen."

„Seit die anderen Quadranten geschlossen wurden, konzentrieren sich die Angriffe der *Association* auf New York." Vance schüttelte den Kopf. „Unsere Unterkunft ist nicht aufgeführt; Telefonnummern sind nirgendwo zu finden. Außer den Shadowlands-Mitgliedern weiß niemand, dass sie hier ist."

„Das stimmt." Die Enge in seiner Brust ließ nach. Vielleicht handelte er zu überstürzt. Schließlich könnte Sallys Wunsch, gebraucht zu werden, sie in größere Gefahr bringen als die entfernte Möglichkeit, dass die *Association* sie ins Visier nahm. Er trommelte mit den Fingerspitzen auf den Schreibtisch und dachte nach. „Keine Ausflüge. Lass sie uns aus der Öffentlichkcit raushalten, bis das alles vorbei ist."

Erleichterung erfüllte das Gesicht seines Partners. „Du wirst dich vernünftig zeigen?"

„Es war bestimmt nicht deine Logik, die mich überzeugt hat." Es lag daran, dass er es genauso mochte, sie hier zu haben, wie Vance. Es lag daran, dass sich seine Stimmung verschlechtert hatte, als er von ihrem Bewerbungsprozess gehört hatte. Es lag an dem simplen Fakt, dass er sie wollte.

Sehr bald mussten er und Vance über die Zukunft nachdenken. Bevor es zu spät war. Für den Moment jedoch ... „Es ist über einen Monat her, seit wir unsere erste Session mit Sally gespielt haben. Ich habe darüber nachgedacht, die Dinge auf die nächste Ebene zu bringen." Er lächelte plötzlich. „Es könnte eine Möglichkeit sein, herauszufinden, was sie vor uns verheimlicht."

---

**Sally tauchte hinter** Gs und Vs Haus in den Pool und schwamm eine Runde, eine weitere und noch eine. Außer Atem stoppte sie an einem Ende und warf ihr verheddertes Haar zurück. Trotz der späten Nachmittagssonne kühlte der auflebende Wind ihre nassen Schultern.

Mit dem Duft der üppigen grünen Vegetation rund um den See hielt die Brise so weit im Landesinneren nur einen Hauch des Ozeans inne, während aus dem Pool der schwache Geruch nach Chlor an ihre Nase drang.

Chlor sollte einer Person das Gefühl von Sauberkeit geben. Sie bezweifelte allerdings, ob das jemals wieder der Fall wäre.

Drei Männer waren gestorben. Der Manager der *Association* ...

Sie wusste nichts über ihn, jedoch hatte er sein Schicksal durch seine Entscheidung, mit Menschen zu handeln, selbst gewählt. Sein Tod war von ihm selbst verursacht worden. Aber ... *Gott,* diese anderen Männer. Marshals, die versucht hatten, den Manager – einen wichtigen Zeugen – zu beschützen. Tot. Ein Schluchzen schüttelte ihre Brust durch und sie tauchte schnell auf den Grund des Pools.

Ihre Schuld.

Und doch ... *Wenn ich den New Yorker Polizisten keine Informationen über die drei Manager geschickt hätte, wären vielleicht mehr Frauen versklavt – oder getötet – worden. Ich habe das Richtige getan.* Das sagte sie sich immer wieder, seit sie die Fortschritte mit dem Manager geprüft und von dem Feuer erfahren hatte. Wie lange würde es dauern, bevor sie aufhörte, sich schuldig zu fühlen?

Um es noch schlimmer zu machen: Sie wusste, dass Galen oder Vance in diesem Haus hätten sein können. Sie hatten darüber gesprochen, den Manager zu verhören. Hätten sie das getan, wären sie jetzt auch tot.

Sally schwamm an die Oberfläche und trat im Wasser auf der Stelle.

Wie sollte sie es ertragen, wenn Vance und Galen starben? Dann wären sie nicht mehr bei ihr, würden sie nie wieder berühren. Niemals wieder würde sie in den Genuss von Galens seltenem Lachen kommen, oder spüren, wie er ihr Haar streichelte und ihre Seele mit seinen dunklen Augen las. Nie wieder würde sie Vances Hände auf sich spüren, wenn er sie am Morgen auf den Rücken drehte und sich tief in ihr vergrub, sie so langsam nahm und ihr flüsternd befahl, was er von ihr erwartete.

Wie könnte sie ohne die beiden ihr Leben leben?

*Verdammt, du solltest dich nicht in sie verlieben, du dummes, dummes Mädchen. Ich bin so ein Klischee. Einfach erbärmlich. Lächerliche Sub verliebt sich in den Dom, der mit ihr an ihren Problemen arbeiten soll.*

Und in Sallys Fall? *Oh ja, ich habe mich gleich in zwei von der Sorte verliebt.*

Sie drehte sich auf den Bauch und trieb wie eine Tote im Wasser. Auf dem Boden des Pools tanzten die Schatten der nahegelegenen Bäume. Die sterbenden Sonnenstrahlen fielen auf ihren Rücken, und doch wusste sie, dass es nichts jemals wieder schaffen würde, sie aufzuwärmen.

„Sally." Obwohl das Wort vom Wasser gedämpft wurde, erregte es dennoch ihre Aufmerksamkeit. Natürlich würde es das. *Zur Hölle*, sogar lachend strahlte Galen Autorität aus.

Sie hob den Kopf und richtete sich auf. „Sir?"

„Geh duschen und warte im Kerker auf uns."

Ihr Atem stockte. Eine Session? Alles in ihr war begeistert von der Idee. Sie sehnte sich danach, sich vollkommen hinzugeben und im Mittelpunkt der intensiven Aufmerksamkeit der Männer zu stehen.

Aber ... ihre Emotionen waren ein Durcheinander. Sally wollte nicht, dass sie erfuhren, wie sie sich fühlte. Galen würde sie aus dem Haus werfen, wenn er merkte, dass sie Gefühle entwickelt hatte. *Gott*, was würde ...

„Hast du zufällig gehört, was ich gerade gesagt habe?"

*Scheiße!* „Ja, Sir. Duschen und warten. Sofort, Sir. Bitte verzeih mir, Sir. Es wird nicht noch einmal passieren, Sir."

Ein Schnauben. „Mach keine Versprechungen, die du nicht halten kannst, Sub."

Als er zurück ins Haus schlenderte, kletterte sie bereits aus dem Pool.


**Vance lief über** den überwucherten Pfad zur Cabana hinunter.

Sally war der Grund, warum er und Galen die Arbeit am Gameroom erst einmal eingestellt und sich der Cabana zugewandt hatten. Der Bereich würde einen verdammt netten Kerker abgeben.

Er – *und sein Lehrling* – hatten die Wände und die Decke gestrichen. Ein Kingsize-Bett hatte die Einzelbetten ersetzt. Ein

Teil der Ausrüstung war bereits angekommen und heute Abend würden sie die ersten Geräte einweihen.

Vor etwa fünfzehn Minuten war die Tür zugefallen, was bedeutete, dass Sally in der Cabana wartete. Hoffentlich hatte sie diese Zeit in Erwartung dessen verbracht, was kommen würde. Er grinste. Bei der kleinen braunäugigen Sub konnte sich jede Annahme als falsch herausstellen.

Tatsächlich hatte Galen seine Spielzeugtasche aus der Cabana entfernt – nur für den Fall.

Vance öffnete die Tür. Zu seiner Überraschung kniete sie pflichtbewusst in der Mitte des Raumes. Nackt. Ihre Haltung war perfekt: die Hände auf den Oberschenkeln geöffnet, der Rücken leicht gewölbt, um ihre Brüste zu präsentieren, die Augen nach unten gerichtet. Von der Art und Weise, wie ihr Haar über ihre Schultern fiel und sich über ihrem Rücken ergoss, wusste er, dass sie sich die Zeit genommen hatte, es zu waschen und zu föhnen.

Ja, hin und wieder machte sie ihn wahnsinnig, aber sie hatte es nie versäumt, ihren Körper für sein Vergnügen vorzubereiten.

Er legte den Schalter um, schaltete die Musik ein, und die Melodien von Enigma erfüllten den Raum. „Wunderschön siehst du aus, Süße."

Ein sichtbarer Schauer erschütterte sie.

„Spreize deine Beine. Für mich."

Sie verlagerte ihre Position und öffnete ihre Schenkel, als er vor ihr auf ein Knie sank. Ihre Pussy glitzerte bereits unter dem grellen Licht. Oh ja, sie konnte die Session kaum erwarten.

Mit der Hand auf ihrem Geschlecht lehnte er sich vor und flüsterte: „Galen und ich werden uns heute Abend an dir erfreuen – und wenn du besonders artig bist, werden wir dich für deine Geduld belohnen. Eine aufregende Belohnung wird das."

Er hörte ihr Schlucken. „Ja, Sir. Ich werde mich benehmen."

„Du wirst nicht die Chance bekommen, das Gegenteil zu tun." Mit seinen Fingern glitt er durch ihre Spalte und neckte ihre Klitoris mit seinem Daumen. Die Muskeln ihrer Schenkel spannten sich an. Ausgehend von ihrer weichen Haut hatte sie nach dem Duschen Lotion aufgetragen. Der Duft wehte zu ihm und erinnerte ihn an sonnenbeschienenen Honig. Lächelnd hob er die Hand zu seinem Mund, leckte die Finger sauber und gönnte sich damit den ersten Vorgeschmack auf das, was der Abend bringen würde.

Sie blieb beeindruckend ruhig, nur ihre Atmung und ihre rosa Wangen zeigten ihre sexuelle Vorfreude.

„Ich werde dich ein wenig aufwärmen, bevor Galen zu uns stößt." Er streichelte ihr über die Haare, so weich und lebhaft wie ihre Persönlichkeit. „Übrigens haben wir die Laborergebnisse erhalten. Außer bei Analsex werden wir keine Kondome mehr verwenden." Er freute sich darauf, nicht länger eine Barriere zwischen seinem Schwanz und ihrer engen, feuchten Pussy zu haben.

Er fuhr fort: „Heute Abend könnte alles, was du nicht als harte Grenze markiert hast, zur Anwendung kommen. Du hast dein Safeword. Verwende *Gelb*, wenn du überfordert bist. Ansonsten werden wir tun, was wir wollen."

Ihre Augen waren nicht mehr nach unten gerichtet. Sie sah zu ihm auf und flehte ihn praktisch an, weiterzureden. Der Wunsch einer Sub war es, so lange unter Druck gesetzt zu werden, sodass sie bis in die Tiefen ihrer Seele wusste, dass sie ihre ganze Kontrolle aufgegeben hatte. Heute Abend würde das passieren.

Er hob sie auf ihre Füße, zog sie an sich und erfreute sich an einem langsamen, berauschenden Kuss. Ihre Lippen waren weich und süß, ihre Zunge neugierig.

Er umfasste ihren Hintern und schmiegte sie enger an sich. Ihr langes Haar kitzelte seine Arme. Sehr nett.

Mit einem Lächeln zog er den Satz Nippelklemmen aus seiner Jeanstasche. „Dann lass uns mal schauen, wie diese Schmuckstücke an dir aussehen."

Ihre Brustwarzen waren an ihr die weichsten und empfindlichsten Körperstellen. In einem Dunkelrosa, das schnell zu einem Rot aufblühte, als er die erste Schraube festzog. Er konnte sehen, wie entschlossen sie war, sich nicht zu beschweren. Ihre Gesichts- und Halsmuskeln spannten sich an und sie kämpfte gegen den Schmerz an.

Rasch lockerte er die Klemme. „Noch einmal." Am Kinn hob er ihren Kopf und sah ihr tief in die Augen. „Ich weiß, dass einige Subs denken, dass ihre Doms personifizierte Götter sind – ich bin das nicht. Ich kann deine Gedanken nicht lesen." Gott sei Dank hatte sie so ausdrucksstarke Gesichtszüge. „Du musst mir sagen, wenn etwas zu sehr schmerzt." Er grinste. „Dann werde ich entscheiden, ob ich will, dass du es trotzdem erträgst. Ist das klar?"

Für eine Sekunde schmollte sie. „Ja, Sir."

„Gut." Behutsam zog er die Schraube fest. Und wartete. Nichts kam von ihr, also räusperte er sich. *Fuck*, aber er wollte ihren Vater töten, als er sah, wie sie darum kämpfte, sich zum Sprechen zu zwingen.

„Es tut weh", flüsterte sie.

„Gut. Sehr, sehr gut." Vance umarmte sie und spürte, wie ihr Herz an seiner Brust schlug. Aber sie hatte es getan. „Die Nächste." Er befestigte die rechte Klemme, und diesmal schaffte sie es, ohne Aufforderung zu sprechen.

Er trat zurück und bewunderte für einen Moment seine Arbeit. Die Metallklemmen glänzten an ihren hübschen, rötlichen Nippeln. *Sehr nett.* Das nächste Mal würde er eine Kette dazwischen anbringen. „Jetzt zieh mir mein Hemd aus, Kobold."

Sie machte ein bezauberndes Ritual daraus, ihn zu entkleiden; mit jedem Knopf verteilte sie samtweiche Küsse auf seiner Brust. Ihre Hand zog eine heiße Spur nach unten und ihr Mund folgte, bis sie seine Jeans nach unten schob. Er trat aus der Hose, und bevor er sich bewegen konnte, schloss sie ihre Lippen um seinen Schwanz. *Fuck.* Die Kleine hatte einen Mund, der für die Sünde gemacht war.

Sie ließ von seinem Schwanz ab und wies ihn an, die Beine zu spreizen. Neugierig folgte er ihrer unausgesprochenen Bitte. Sie packte seinen Hoden, senkte ihren Kopf und küsste sich über seine Schenkelinnenseiten zu seinen Eiern. Leckend und betörend. Das nasse Gefühl auf seiner überhitzten Haut war beunruhigend, und er musste ein Stöhnen unterdrücken, als sie erst ein Ei, dann das andere in ihren Mund saugte und ihn mit der Zunge verwöhnte.

Beinahe zu viel. Zu viel von allem.

*Schluss damit.* Mit einem seiner Meinung nach hervorragendem Maß an Kontrolle zog er an ihren Haaren und zwang sie, von ihm abzulassen. Anschließend half er ihr auf die Füße. „Danke, Sally." Er schüttelte den Kopf. „Morgen früh erwarte ich mehr davon."

Ihre Augen leuchteten vor Begeisterung – mit dem Wissen, dass sie ihn zufriedengestellt hatte.

„Jetzt wird es aber Zeit, dass wir dich für den nächsten Akt vorbereiten."

Sie hatte die schönsten braunen Augen, die er jemals gesehen hatte, in denen Vorfreude und Vertrauen schimmerte, sodass er gegen seine eigenen Triebe ankämpfen musste. *Fuck*, aber er wollte sich so tief wie möglich in ihr vergraben. Stattdessen küsste er sie erneut und genoss das Gefühl ihrer erhitzten Haut an seiner. In ihnen beiden baute sich eine fast greifbare Begierde auf.

Als Galen dazustieß, schenkte Vance ihm ein reumütiges Lächeln. Ja, er lag hinter ihrem ausgearbeiteten Zeitplan.

Sein Partner grinste. Gott sei Dank hatte Galen noch nie ein Problem damit gehabt, bei einer Session Anpassungen vorzunehmen.

Vance stieß Sally nach vorne. „Hilf Galen beim Ausziehen, Süße."

„Ja, Sir."

Schon bald landeten Galens Klamotten auf dem Boden. Seine Wangen füllten sich mit Farbe, als Sally ihn mit ihrem talentierten Mund verwöhnte.

Mit einem kehligen Knurren zog Galen sie von seinem

Schwanz und deutete auf den roten, lederbedeckten Strafbock, der am Tag zuvor geliefert worden war. Es war das Gerät, bei dem sie beim Anblick regelrecht gesabbert hatte. „Lass uns den Strafbock einweihen, Sub."

Sie hüpfte vor Vorfreude auf und ab.

Noch nie war ihm eine Sub untergekommen, die auf eine Session mit so viel Begeisterung reagierte. Grinsend legte Vance sie mit dem Bauch nach unten auf den Strafbock, damit ihre Knie und Unterarme auf den unteren gepolsterten Stützen ruhen konnten.

Er nahm sich einen Moment Zeit, um ihre Brüste zu beiden Seiten des Bocks zu justieren, und schnippte dann gegen die Nippelklemmen, sodass sie nach Luft schnappte und er der Reaktion lauschen konnte. *Mmmhmm.* Er schnallte sie fest und beobachtete, wie sich ihre Augen weiteten, als sie die Einschränkungen testete, die ihr mit jeder Sekunde mehr Freiheit raubten.

Während Vance arbeitete, streichelte Galen träge ihren Arsch und ihre Pussy und lächelte, da ihre wachsende Erregung an ihrer Reaktion zu erkennen war, denn sie wand sich unaufhörlich auf dem Strafbock.

„Lass uns dem ein Ende setzen." Vance zog einen Riemen über ihren unteren Rücken und sorgte dafür, dass ihr hinreißender, runder Arsch unbeweglich war und über den Bock hinausragte. „Kannst du dich bewegen, Sally?"

Sie schaffte es, den Kopf zu heben und versuchte es. „Nein, Sir."

„Gut. Jetzt hör mir gut zu, Sally: du hast *nicht* die Erlaubnis, zu kommen." Er grinste, als sich ihr Gesicht entzückend verzog. „Richtig gehört. Enttäusche mich nicht, Süße."

Vance wurde bei ihrer sofortigen Antwort warm ums Herz: „Das werde ich nicht, Sir."

*Verdammt*, wie schaffte sie es, dass er sie mit jeder Minute mehr wollte? „Gutes Mädchen. Sag etwas, wenn du dich einem

Orgasmus näherst, und wir werden uns zurückziehen. Verstanden?"

Sie sah tatsächlich erleichtert aus. „Ja, Sir. Danke."

„Also gut." Wie sie bereits besprochen hatten, nahm Vance seinen Platz an ihrem Kopf ein.

Ohne Vorwarnung positionierte Galen seinen harten Schwanz an ihrem Eingang und stieß hart in ihre Pussy.

Sie schnappte nach Luft und versuchte, ihren Rücken zu wölben.

Vance nutzte ihren offenen Mund und schob seinen Schwanz zwischen ihre Lippen. Augenblicklich saugte sie an ihm, und das Gefühl ihrer heißen, nassen Zunge, die um seine Eichel wirbelte, hätte ihn fast über die Klippe gestoßen.

Galen nahm sie hart. Seine linke Hand befand sich unter ihrem Becken, um ihre Klitoris zu necken, während seine rechte ihren Anus mit Gleitgel und seinen Fingern auf das Unvermeidliche vorbereitete. Bis er mit ihr fertig wäre, würde sie vor Erregung nicht mehr wissen, wo oben und unten war.

Der heutige Tag gehörte zu einer der seltenen Gelegenheiten, an denen die Doms vor ihrer Sub kamen.

Dementsprechend konzentrierte sich Vance auf sein eigenes Vergnügen.

*Fuck*, aber er schätzte es, wie Sally sich darauf konzentrierte, ihm Befriedigung zu verschaffen.

„Achtung", warnte Galen, und Vance zog sich zurück.

Galen rollte sich ein Kondom über und drückte seinen Schwanz gegen ihr winziges Arschloch. Als er langsam in sie drang, biss Sally die Zähne zusammen ... und Vance konnte für die Warnung nicht dankbarer sein.

„Bin drin", sagte Galen.

„Okay." Vance lächelte auf die kleine Sub herunter. Errötet, Schweiß an ihren Schläfen, Augen ein wenig wild. „Mach auf, Süße. Wenn du es schaffst, mich in den nächsten drei Minuten

317

zur Erlösung zu bringen, wird Galen nicht das Bedürfnis verspüren, dir den Arsch zu versohlen."

Sie versuchte es; das tat sie wirklich, aber trotz ihres Saugens und Leckens schaffte es Vance, lange genug durchzuhalten, damit sie ein halbes Dutzend Schläge auf ihren Arsch einkassieren musste.

Hätte er jedoch länger durchhalten müssen, hätte sein Herz wohl ausgesetzt. Sie war erstaunlich mit ihrem Mund.

Mit einem tiefen Stöhnen packte er ihr Haar und kam so hart, dass der Boden unter seinen Füßen zu beben schien. Sie schluckte, und jede Kontraktion ihrer Halsmuskeln motivierte seinen Schwanz, mehr Saft für sie zu produzieren. „Danke, Sally", murmelte er. Ihre kleine Zunge wirbelte um seine Eichel, als er träge ein paar weitere Male in ihren heißen Mund tauchte. Sie war wirklich ein Schatz.

Als Galen ihr Arschloch fickte und langsam sein Tempo anzog, fand sich Vance seitlich von ihr ein und neckte von dort ihre Brüste. Ihre süßen Knospen zeigten sich nun in Dunkelrot, und als er gegen die Klemmen schnippte und ihre Nippel umkreiste, versuchte sie immer wieder, sich von seiner Berührung zu entfernen. Erfolglos.

„Oh, nicht mehr lange ..." Ihr Wimmern war atemberaubend.

Galen nahm seine Hand von ihrer Klitoris und stoppte mit seinem Schwanz tief in ihr vergraben.

Auch Vance trat zurück ... und grinste, als sie sich keuchend gegen ihren Orgasmus auflehnte.

„So ein braves Mädchen", flüsterte Galen und fuhr mit den Händen an ihren Seiten auf und ab. Nach einer Minute setzte er fort, glitt aus ihr heraus und stieß hart in sie. Sally stöhnte, als er spürbar schneller wurde.

Vance legte eine Hand auf ihren Rücken und übte genügend Druck aus, um ihr Gefühl des Kontrollverlustes zu verstärken, während sein Partner mit einem tiefen Knurren zur Erlösung fand. Vance konnte die Zufriedenheit auf Sallys Gesicht sehen –

nicht, weil sie gekommen war, sondern weil sie Galen Ekstase bereitet hatte.

Vance streichelte ihre Haare. Sie war perfekt. Wie bei einem Bausatz konnten zwei vertikale Teile selbstständig stehen, aber irgendwann würden sie umfallen. Ein drittes Bauteil machte daraus ein stabiles Konstrukt.

Er und Galen brauchten sie ... und Sally brauchte ihn und Galen. „Das hast du sehr, sehr gut gemacht, Süße", lobte Vance leise und begegnete ihrem Blick. „Du warst wundervoll."

**Seine Worte machten** Sally so glücklich, selbst als sie ihre Augen schloss und versuchte, nicht zu keuchen. *Gott*, sie war so erregt, dass sie nicht wusste, wie sie diese Session überleben sollte. Als Galen ihren Arsch gefickt hatte, war sie dem Orgasmus extrem nah gekommen. Und er musste sich darüber im Klaren gewesen sein, da er nicht zu ihrer Klitoris zurückgekehrt war. Ihre Klitoris, die noch immer schmerzhaft pulsierte.

Vance fing an, die Riemen zu lösen.

Galen kam aus dem Badezimmer zurück und ließ sich neben ihrer rechten Schulter auf ein Knie herunter. Sie drehte den Kopf, um ihn anzusehen, und die Belustigung in seinen Augen machte sie misstrauisch. „Es ist an der Zeit, die hier abzunehmen, Sub."

*Die hier?* Sie erstarrte, als seine Finger ihre Brust berührten. Er löste die erste Klemme und entfernte sie.

Blut strömte qualvoll in ihr missbrauchtes Gewebe, und die Empfindung schoss zu ihrer Mitte, wo sie sich als Lust einfand. „Sadist", stöhnte sie.

„Das kann ich nicht gänzlich abstreiten." Grinsend rieb er sanft ihre Brustwarze.

Nur war er nicht wirklich einer. Jedenfalls nicht im Vergleich zu Master Sam. Nachdem er sie für eine magische Minute geküsst hatte, erhob er sich, lief auf ihre andere Seite und entfernte auch diese Klemme. Bei dem pulsierenden Schmerz spannte sie die

Zehen an, und irgendwie hatte sie das Gefühl, dass jemand ihre Klitoris betörte, was ihre Erregung in ungeahnte Höhen trieb. *Verdammt*, würden die Männer sie jemals kommen lassen?

Und doch, trotz der qualvollen Begierde, fühlte es sich ... richtig an, ihnen diese Macht über sie zu geben. Sie musste nur tun, was die Doms sagten. Nehmen, was sie ihr gaben.

*Gott*, sie liebte das Gefühl, sich hinzugeben.

„Geschafft, Süße." Vance hob sie vom Strafbock, legte sie auf das Kingsize-Bett und rollte sie auf den Rücken.

Dann kam nichts mehr. Keine Küsse, keine Berührungen, kein Sex.

*Ich will Sex.* Sie sah zu ihm auf und flehte ihn leise um Erlösung an.

„Du weißt genau, dass ich diesem Hundeblick nicht widerstehen kann", murmelte er und legte sich neben sie. „Du scheinst jedoch vergessen zu haben, dass du uns fragen musst, wenn du etwas von uns willst. Wenn du weitermachen willst, sag es, Kobold."

*Sag es, sag es, sag es.* Sie hatte es so satt, das zu hören. Wie konnte er so gemein zu ihr sein? *Ich will* ... Ihre Augen füllten sich mit Tränen, als sie versuchte, die Worte auszusprechen. Warum fiel es ihr so viel schwerer, wenn sie ... angetörnt war?

Er entließ einen kehligen Laut, zog sie zu sich und umarmte sie fest. „Frag einfach, Sally. Du weißt, dass ich dir geben will, was du brauchst."

Eine Träne tropfte auf seine Brust, als sie ihren Vater wie das Echo in einer Höhle flüstern hörte. „*... immer fragst du nach Dingen, die du nicht brauchst.*"

Ein Schauer erschütterte sie. Im gleichen Moment setzte sich Galen neben ihre Schulter und wandte sie seinem durchdringenden Blick zu. „Wen hörst du, Sally?"

„M-Meinen ... Vater."

„Ah. So ein gutes Mädchen, dass du es mir anvertraust", sagte er. Sein Daumen streichelte ihre Wange.

Vance festigte seine Arme um sie und sie lauschte seinem gleichmäßigen Herzschlag unter ihrem Ohr. „Er mochte es wirklich nicht, dass du um Dinge bittest. Was genau hat er zu dir gesagt, Sub? Du kannst es hören – sprich es laut aus."

Sie flüsterte: „Dummes, egoistisches Mädchen. Immer fragst du nach neuen Sachen. Wen wirst du diesmal töten?"

„Er ist wirklich ein Hurensohn", knurrte Vance. Die Worte rumpelten durch die beständige Muskelwand unter ihrer Wange. „Unfälle passieren, Süße", sagte Vance. Er schüttelte sie sanft, um seinen Worten Nachdruck zu verleihen. „Du bist nicht für das Universum verantwortlich. Und wenn du anfängst, das *Wenn doch nur*-Spiel zu spielen, wirst du niemals gewinnen. Hör zu: Wenn doch nur Sally nicht um ein Kleid gebeten hätte. Wenn doch nur dein Vater großzügig genug gewesen wäre, dir hin und wieder hübsche Kleidung zu kaufen, damit du nicht das Bedürfnis bekommst, nach mehr zu fragen. Wenn doch nur deine Mutter besser aufgepasst hätte. Wenn doch nur die Reifen nicht abgefahren gewesen wären."

Sie blinzelte. „Woher wusstest du von den Reifen?"

„Nur geraten. Er klingt wie ein geiziger Bastard."

Etwas in ihr entspannte sich. Nicht viel, aber ein bisschen. Die beiden gaben ihr nicht die Schuld. Und Vance hielt sie immer noch in den Armen.

Galens Augen waren sanft. Ehrlich. „Du bist eine wunderschöne, intelligente, herzliche Frau, Sally. Wenn dein Vater das nicht sehen kann, ist das sein Verlust, denn alle anderen können das sehr wohl. Wo auch immer deine Mutter ist, ich bin sicher, sie ist sehr, sehr stolz auf dich."

Tränen schwappten über und rannen über ihre Wangen. „I-Ich ..." Der Ausdruck auf Galens hartem Gesicht zeigte mehr als Zuneigung, und die Wärme, die von ihm ausging, umhüllte ihr Herz. Sie drehte den Kopf, sodass sie in Vances Augen schauen konnte, und seine blauen Tiefen hielten den gleichen fürsorglichen Blick bereit.

321

*Nicht Liebe. Darf sie nicht lieben.*

*Aber ... ich liebe sie.* Sie leckte sich über die Lippen und versuchte, die Worte zu finden.

Aus den Augenwinkeln nahm sie wahr, dass Galen vom Bett rutschte.

Moment verpasst. Ihre Arme knickten ein und sie machte es sich wieder auf Vances Brust bequem. Mit einem Seufzer rieb sie ihre Wange über seine krausen Brusthaare.

Er sprach nicht, streichelte lediglich ihren Rücken, seine Hände sicher und stark und tröstend. Was auch immer in der Welt geschah, dieser Mann war so beständig wie die Klippen über dem Ozean. Er würde sich jedem tosenden Sturm entgegenstellen, als wäre es nichts.

Galen kam mit einem Glas Wasser zurück. „Setz dich für eine Minute hin, Sub." Er hob sie von Vance hoch, half ihr in eine sitzende Position und legte ihre Finger um das Glas.

Sie nahm kleine Schlucke und fühlte sich langsam wieder wie sie selbst. Verflucht seien sie für ihre Hartnäckigkeit und dafür, dass sie ständig in ihren Emotionen herumstochern mussten.

Hinter ihr setzte sich Vance auf und legte eine Hand auf ihren Rücken. Er griff mit der anderen um sie herum und spielte mit ihren Brüsten.

Ihre wunden Knospen richteten sich sofort auf und schickten ein hungriges Summen direkt zu ihrer Klitoris. Sie wackelte und schob seine Hand weg.

Galen packte ihr Kinn. „Was war das denn bitte?"

*Oh Gott!* Ihre Knochen verwandelten sich unter seinem gnadenlosen Blick zu Pudding. „Tut mir leid, Sir."

„Gute Antwort", sagte Vance. Er nutzte ihre Unbeweglichkeit, indem er beide Hände auf ihre Brüste legte, sie sanft knetete, bevor er in ihre Nippel zwickte und sie unbarmherzig ins Tal der Erregung katapultierte.

Galen ließ nicht von ihr ab, und hielt sie schmunzelnd mit den Augen im Bann. Die Intensität seiner Aufmerksamkeit, die Art und Weise, wie er sie mit physischen und unsichtbaren Einschränkungen für seinen Partner fesselte, war das Erotischste, was sie jemals erlebt hatte.

Als Vance mit der Hand über ihren Bauch fuhr, wusste sie, dass er sie noch feuchter vorfinden würde als zuvor. Ihr Rücken wölbte sich in der Sekunde, in der er ihre pochende, geschwollene Klitoris berührte.

Eine winzige Berührung. Nochmal. *Gott*, wenn –

Er entfernte die Hand.

Sie entließ einen genervten Laut.

„Nicht vergessen: Du musst uns bitten, weiterzumachen. Ansonsten werden wir den Fernseher anmachen", sagte Galen sanft, wobei sie den unerbittlichen Ton hörte. Die Doms hatten kein Problem damit, sie zu halten und zu trösten ... aber sie zwangen Sally, zu tun, was sie wollten.

„Komm schon, Süße. Lass hören." Vances Brust drückte sich von hinten an sie, seine Stimme schnurrte in ihr Ohr.

„Ich brauche –" *Nein, nicht so.* „Würdest du ..." Die Stimme ihres Vaters hallte in ihr wider.

„Meine Stimme. Vances Stimme." Galen drückte ihr Kinn zwischen Daumen und Zeigefinger, und der leichte Schmerz trennte die Verbindung zu ihrer Vergangenheit. „Das ist alles, was du hörst. Nur uns. Verstanden?"

„Ja, Sir", sagte sie automatisch, und doch ... die Vergangenheit hatte sich verzogen. Vielleicht hatten all diese Hausaufgaben geholfen, denn als sie jetzt den Mund öffnete, kamen ihr die Worte so einfach über die Lippen: „Können wir weitermachen? Bitte?"

Galen lächelte sie an, seine tiefe Stimme war voller Anerkennung. „Das hast du sehr gut gemacht, Sally."

Und Vance wiederholte seine Worte in einem lieblichen Ton.

. . .

**Wut schwelte in** Galens Magen. Das nächste Mal, wenn er Sallys Vater traf, würde er dem Bastard schon zeigen, wie man eine Tochter behandelte. Und dann würde er ihn an einen ebenso wütenden Vance weiterreichen. Aber dies war weder der richtige Zeitpunkt noch der richtige Ort.

Im Moment bebte Sally vor Erregung, ihre Wangen gerötet. Sie war so wunderschön, und Galen wollte sie noch einen Schritt weiter in die Unterwerfung führen. Sie war bereit.

Er sah zu Vance. „Meine Anforderungen sind, dass sie auf dem Rücken liegt, Arsch auf einem Kissen, Beine aus dem Weg. Ansonsten gehört sie ganz allein dir."

Sein Partner grinste, musterte das Bett, dann Sally, und formulierte sich seinen Plan für Fesseln.

Die Augen des Kobolds weiteten sich.

Mit dem Zeigefinger fuhr er über ihre Wange. „Das könnte unangenehm werden, aber wenn es wirklich weh tut, werde ich aufhören."

Die Fragen – und Sorgen – in ihren Augen fügten der Session das gewisse Etwas hinzu.

Nachdem Vance ihre Handgelenksfesseln mit Seilen an dem stabilen Eisenkopfteil befestigt hatte, nahm er sich eine Minute Zeit, um an ihren Brustwarzen zu saugen, bis sie hart und feucht und dunkelrot vor ihm salutierten.

Ihr hinreißender runder Hintern rutschte bereits voller Erwartung auf dem Bett umher. *Bei Gott*, ihre Reaktionen waren wunderschön.

Während Vance an den Einschränkungen arbeitete, überprüfte Galen seine Fingernägel, die extra kurz geschnitten waren. Er wusch sich die Hände und zog sich über die linke einen Latexhandschuh.

In der Zwischenzeit hatte Vance einen breiten Ledergürtel um ihre Hüfte gelegt. Mit einem Seil sicherte er ihre Knie seitlich an dem Gürtel. „Bereit für dich, Partner."

Arsch hoch, Knie oben und weit gespreizt, Arme gefesselt.

„Perfekt." Er betrachtete Sally. „Dein Safeword ist *Rot*. Ich werde jedoch die ganze Zeit mit dir sprechen. *Nein* wird die gleiche Bedeutung wie *Gelb* haben. Demnach werde ich bei Gebrauch stoppen und prüfen, wie es dir geht. Verstanden?"

Er war Sadist genug, um die Art und Weise zu genießen, wie sie besorgt die Stirn runzelte.

Nachdem Galen eine Flasche Gleitgel mit Pumpspender gegen ihre Hüfte gelehnt hatte, stützte er sich zwischen ihren Beinen auf einem Ellbogen ab.

Langsam erkundete er ihren Eingang, bevor er einen Finger einführte. Ihre Pussy zog sich um ihn zusammen und entlockte ihm ein Lächeln. Er zog den Finger heraus und neckte ihre Klitoris, bis sie unter ihm zappelte. Zwei Finger. Zeit zum Spielen musste bleiben. Drei Finger.

Vance streichelte ihre Brüste, küsste ihren Mund, ihren Hals.

Und innerhalb weniger Minuten wand sie sich und stand kurz davor, zu betteln.

Vier Finger. Er hatte in der Vergangenheit bereits vier Finger in sie bekommen. Ihr Quietschen − Belohnung genug. Diesmal betörte er sie für eine Weile. Rein, raus, rein und raus. Er umkreiste ihr Nervenbündel, dehnte sie jedes Mal ein bisschen mehr und fügte Gleitgel hinzu. Der moschusartige Duft ihrer Erregung war berauschend, und er wurde wieder hart.

Abgestützt auf einem Ellbogen und neben ihr ausgestreckt, neckte Vance seine liebsten Körperteile und küsste sie immer wieder auf den Mund.

Nachdem Galen den Handschuh an seiner linken Hand und seinem Handgelenk mit noch mehr Gleitgel benetzt hatte, rieb er über ihre Klitoris und brachte sie an den Rand der Klippe. Und dieses Mal, als er seine Finger in ihre Pussy schob, stoppte er nicht. Sein Daumen legte sich eng an seine Hand und bildete die Form eines Entenschnabels.

„Galen!" Ihr Kopf zuckte hoch, als sie den Druck seiner Hand spürte. Panisch starrte sie ihn an.

„Gib ihr ein Kissen, damit sie zusehen kann", sagte er zu Vance. Sobald ihr Kopf angehoben war, sah er ihr direkt in die Augen. „Vertraust du mir, Sally?"

„Ja." Die sofortige Antwort wärmte ihm das Herz.

„Ich werde dich mit der Faust ficken, meine Hand in dich stecken. Kannst du mir vertrauen, dass ich dich dabei nicht verletzen werde – nicht mehr, als du ertragen kannst?"

Ihr Blick richtete sich direkt auf seine freie Hand und sein Gesicht, ihre Zweifel deutlich in ihren Augen zu lesen. Dann jagte ein Schauer durch sie. „Ich kann dich stoppen?"

„Ayuh, Sub. Du kannst die Sache jederzeit beenden."

Sie atmete aus und sagte etwas unsicher: „Ich werde es versuchen."

„Tapferes Baby." Galen lächelte sie an und traf auf Vances Blick.

Sogleich griff Vance nach unten und seine Hand fand ihre geschwollene Klitoris.


*Fisting. Oh Gott,* warum hatte sie Fisting nicht auf ihre Liste der harten Grenzen gesetzt?, fragte sich Sally. Als Vance ihre überempfindliche Klitoris berührte, zogen sich die Wände ihres Geschlechts um Galens Finger zusammen, und sie schnappte nach Luft.

„Atme, Sub", murmelte Galen, drückte vorwärts, hielt an, übte wieder Druck aus. „Das ist der schwierigste Teil –"

Es tat weh, fühlte sich überhaupt nicht gut an. Seine Knöchel waren hart. Riesig. „Du wirst nicht reinpassen."

Sein Grinsen blitzte weiß in seinem gebräunten Gesicht auf. „Der Körper von Frauen ist so konzipiert, dass er sich dehnt. Meine Hand wird passen." Er wies mit dem Kinn zu Vance. „Seine vielleicht nicht."

Sie stöhnte, als der Schmerz zunahm.

„Ganz ruhig, Babygirl. Ich werde langsam machen", sagte Galen, als er sich etwas zurückzog.

Vance küsste sie erneut, leckte über ihren Mund und hauchte an ihren Lippen, was für ein gutes Mädchen sie war. Zwischen den Küssen fuhr er mit einem Finger um ihre Klitoris, an einer Seite entlang, auf der anderen, dann schnellte er über das Nervenbündel hinweg.

Innerhalb weniger Minuten spürte sie trotz des Drucks von Galens vorrückender Hand, wie sich die Ranken ihrer Nervenenden verknoteten und auf einen Orgasmus zuritten.

„Sally", sagte Galen. „Ich möchte, dass du deine Pussy anspannst und hältst." Er wartete, bis sie es tat. „Jetzt atme tief ein. Atme aus und entspanne alles. Presse, wenn du kannst."

Als sie sich um ihn zusammenballte, fühlte sich seine Hand riesig an, verdammt riesig. Zittrig atmete sie ein, hielt die Luft an, atmete aus und dann entspannte sie ihren gesamten Körper.

Er drückte seine Hand in sie, und sie knirschte mit den Zähnen, arbeitete gegen den Schmerz an, riss an ihren Fesseln und hielt das *Nein* zurück, das ihr regelrecht auf der Zunge lag.

„Ich bin drin", murmelte Galen.

Sie keuchte. Der Schmerz war weg, aber das Gefühl – *oh Gott*, das Gefühl! Sie war auf erschreckende Weise gefüllt.

Kopf oben, bewegungsunfähig, von Galen aufmerksam beobachtet, sein dunkler Blick schweifte über ihr Gesicht, ihre Schultern, ihre Hände.

Als Vance seine Finger wieder in Bewegung brachte, sanft und bedächtig über ihre Klitoris glitt, landeten auch seine Augen auf ihr. Seine Lippen zeigten ein Lächeln. „Sieh dich nur an, gefüllt mit seiner Faust."

Sie hatte noch nie etwas so überwältigend Intimes empfunden. Noch nie hatte sie sich so verletzlich gefühlt. Galens Hand füllte sie bis zum Bersten aus; er könnte sie schwer verletzen. Und doch wusste sie, dass er nie etwas täte, um ihr wirklich Schaden zuzufügen. Ihr Vertrauen in ihn reichte knochentief – tiefer als seine Hand.

Auch er lächelte. „Ich wusste nicht, ob du es schaffen würdest, obwohl ich in den letzten Wochen darauf hingearbeitet habe."

Ihr Mund fiel auf. Das hatte er, oder? Hinterhältiger Bastard.

„Sag mir, was du fühlst, Sally", sagte Galen.

„Ich – Merkwürdig. Ein bisschen verängstigt. Voll. Sehr voll." Keiner der Doms bewegte sich. Beide warteten sie ab. Sie überlegte. Wie sollte sie die ... Intimität beschreiben? „Es fühlt sich an, als gäbe es eine ... eine Verbindung zwischen uns ... uns allen", sagte sie und sah zu Vance. „Mehr als ich sagen kann. Unbeschreiblich." Sie schüttelte den Kopf.

Galen nickte verständnisvoll. „Ich fühle es auch, Babygirl."

Vance lehnte sich vor und küsste sie, so zärtlich, und sie wusste, dass sie ohne ihn, ohne seine besänftigende Präsenz, nie dazu in der Lage gewesen wäre, Galen in sich aufzunehmen. „Ich auch."

Sie holte tief Luft. *Okay.*

Galen lächelte. „Ich werde meine Hand jetzt bewegen, Sub. Du sagst mir, wenn es zu viel wird."

Die riesige Hand öffnete sich leicht, nahm somit an Größe zu und bewegte sich so langsam auf ihren Gebärmutterhals zu, dann wieder nach unten.

Und plötzlich spürte sie jede kleine Liebkosung von Vances feuchten Fingern an ihrer Klitoris. Mit jeder Bewegung von Galens Hand und der Dehnung ihrer Mitte strömten weitere Empfindungen mit schier funkelnder Brillanz durch ihren Verstand. Wie ein Stern, der in ihr geboren wurde, begann die Materie zu wirbeln und zu verschmelzen und verwandelte sich in einen heißen Ball, als sich ihr ganzer Körper um Galens Faust anspannte. Die Welt und alles um sie herum explodierte. Die Nova des Vergnügens dehnte sich nach außen aus, füllte ihr Universum und schüttelte ihren Körper durch, bis sich ihre Knochen auflösten. „Aaahhhh!"

Weiter und weiter und weiter. Es hörte nicht auf.

Als sie stöhnte und versuchte, ihre Augen auf einen bestimmten Punkt zu fokussieren, öffnete Galen seine Hand in ihr und so wurde sie erneut von einem berauschenden Beben in eine Welt der Ekstase katapultiert.

Und nochmal.

Er würde lange genug warten, bis sie sich beruhigte – dann bewegte er seine Faust, nur ein oder zwei Zentimeter, und wieder wurde sie von einem Orgasmus mitgerissen. Hart und erbarmungslos. Noch nie hatte sie etwas Ähnliches erlebt. Schweiß tropfte über ihre Stirn, zwischen ihre Brüste. Ihr Atem kam schnell und heftig und unkontrolliert, ihr Herz schlug in ihrem Brustkorb wie eine Faust gegen einen Boxsack.

„Wenn du das nächste Mal kommst, werde ich die Hand rausziehen, Sub", sagte Galen und die Falten um seine Augen zeigten seine Belustigung.

Vance gluckste. Er schob seine Finger zurück zu ihrer Klitoris und leckte ihre Brust, während Galen seine Hand in ihr drehte.

Der Ansturm des Orgasmus war nicht zu bremsen ... einfach nicht zu bremsen! „Ooooh, nein!" Als ihre Hüfte versuchte zu bocken, drückte Vance sie rücksichtslos auf die Matratze zurück. Die rauschende Sonne in ihrem Kern spuckte flammende Empfindungen und erfüllte die Luft um sie herum mit funkelnden Lichtern. *Oh Gott, oh Gott, oh Gott!*

Schlaff und erschöpft brach sie auf dem Bett zusammen, und schließlich zog sich Galen langsam aus ihr zurück. Sie spürte einen Anflug von Schmerz, als seine Knöchel über die Wände ihrer Pussy kratzten und dann ... war sie leer.

Er erhob sich vom Bett und sie fühlte sich wie ein Ballon, aus dem die ganze Luft rausgelassen wurde.

Vance rutschte nach oben, küsste sie langsam und süß, und sein Arm über ihr hielt sie davon ab, in dem Nebel um sie herum verloren zu gehen.

Galen wusch sich die Hände und machte sich dann daran, ihre

Handgelenke von ihren Fesseln zu befreien. Anschließend senkte er ihre schmerzenden Arme, sodass sie sich an Vance festkrallen konnte. Er löste ihre Beine und entfernte den Gürtel. Als er sich auf ihrer anderen Seite ausstreckte, genoss sie das Gefühl von den beiden Doms umgeben zu sein.

*Meine Doms.*

Vance fuhr mit den Fingerspitzen über ihre feuchte Wange. „Süße?"

Sie sah in seine besorgten blauen Augen und flüsterte: „Ich liebe dich."

Sein Gesichtsausdruck verwandelte sich zu fassungsloser Begeisterung.

Sie drehte ihren Kopf nur ein paar Zentimeter und starrte in Galens durchdringende Tiefen. „Ich liebe dich."

Seine Augen zeigten eine Sanftheit, die sie so noch nie zuvor bei ihm gesehen hatte.

Der Bund zwischen ihnen war so real und lebendig wie das Blut, das durch ihre Adern strömte. So lebendig wie ihr schlagendes Herz. Als sie sich an die beiden kuschelte, sie in die Dunkelheit abtauchte, wurde ihr bewusst, dass sie sich noch nie so akzeptiert gefühlt hatte.

So geliebt.

Die Hände der Männer streichelten sie, *liebten* sie, auch wenn sie die Worte nicht laut ausgesprochen hatten.

# KAPITEL FÜNFZEHN

In der nächsten Stunde beobachtete Galen Sally beim Schlafen, eingeklemmt in ihrer liebsten Position zwischen ihm und Vance. Vance war vor einiger Zeit eingeschlafen, aber Galens Verstand wollte sich einfach nicht abschalten. Nicht nach dem, was sie gesagt hatte.

Wahrscheinlich war der Kobold nicht mehr voll bei Bewusstsein gewesen, als ihr die Worte herausgeplatzt waren. Und wahrscheinlich hatte sie es nicht ernst gemeint. Es musste die Folge von der intimen und intensiven Session gewesen sein.

Und doch war die Wärme, die er in ihren Worten gespürt hatte – immer noch spürte – beunruhigend. Unmöglich. Er wollte keine Frau lieben. Er würde es bevorzugen, niemanden zu lieben. Menschen waren viel zu zerbrechlich.

Männer, Frauen, alle konnten sie sterben.

*Zum Teufel*, er hatte sich immer Sorgen gemacht, dass sein Partner bei einer Aktion verletzt werden könnte. Aber jetzt ... Mit einem bohrenden Seufzer sah er den Mann an, der auf der anderen Seite von Sally schlief. *Mein Bruder.*

Es war doppelt so schwer, zwei Menschen zu haben, um die man fürchten musste.

Er entschied, sich abzulenken, und fuhr mit der Hand über Sallys weichen Bauch. Der reichhaltige Duft ihrer Lotion vermischte sich mit dem Beweis nach Sex. Ihre Lippen waren von seinen und Vances Küssen geschwollen. Ihre Brustwarzen waren wieder flach, blieben aber dunkelrot. Er tanzte mit dem Finger um einen Nippel und genoss den Anblick, wie die weiße Haut ihrer Brüste mit der samtigen Weichheit im Kontrast stand.

*Und zur Hölle*, er hatte sie geweckt. Mit halb gesenkten Lidern beobachtete sie ihn, zu erschöpft, um sich zu bewegen.

Das empfand er als äußerst befriedigend und so lächelte er, obwohl sie ihn beunruhigt hatte, als sie über den Bund zwischen ihnen gesprochen hatte, denn ... auch er spürte die Verbindung.

Das Fisting könnte ein Fehler gewesen sein. Der kleine Kobold hatte ihn und Vance vom ersten Moment des Kennenlernens in den Bann gezogen, und mit jeder Facette ihrer Persönlichkeit zog Sally sie weiter in ihr Netz.

Und er wusste, dass sie etwas beschäftigte. Es beschäftigte sie so sehr, dass sie sich schuldig fühlte. Er hielt das Malen von Gesichtern auf Analplugs nicht für ein ernstes Verbrechen ... wenn er nicht die Ähnlichkeit zu den Disney-Zwergen bemerkt hätte. *Herrgott, das ist einfach nicht richtig.*

War es das, was sie beschäftigte? Es könnte etwas anderes sein. Aber egal, was sie getan hatte, eine kleine Sub sollte vor ihren Doms keine Geheimnisse haben.

Argwöhnisch betrachtete er sie. Sie hatte gesagt, dass sie ihn liebte. Was würde sie sonst noch ausspucken?

Mit einer tieferen Stimmlage legte er mehr Nachdruck in seinen Befehl: „Und jetzt, Sub, sag mir, was du vor uns geheim hältst."

Vance erwachte mit einem Gähnen und warf ihm einen amüsierten Blick zu. Der Bastard hatte sich beim Anblick der Plugs halb totgelacht. „Ja, was hast du angestellt, Süße?"

Was wäre eine verdiente Strafe für das schwere Verbrechen,

Analplugs zu verunstalten? Oder hatte sie etwas anderes getan? So schlimm konnte es nicht …

„Hab mich in die E-Mails der *Association* … gehackt."

Jeder Muskel in Galens Körper versteinerte sich, sodass sich sogar seine Atmung einstellte. *Nein, das hat sie gerade nicht gesagt. Hat sie nicht. Nein.* „Du –"

Vance unterbrach ihn und fragte leise: „Du hast die E-Mails der *Harvest Association* gelesen?"

„Hhm." Das schläfrige Murmeln war eine Zustimmung.

*Verdammte scheiße nochmal,* er würde nicht …

Vance packte Galens Schulter in einem rücksichtslosen Griff. „Süße, was machst du mit den Informationen?"

„Schicke sie nach New York. Muss es meinen Agents sagen."

Eine Sorgenfalte erschien zwischen ihren Augenbrauen, die sich zu einem Stirnrunzeln verwandelte, bevor sich ihre schönen sanften, braunen Augen öffneten.

Die braunen Augen seiner Frau waren leblos gewesen. Ohne zu blinzeln und aus einem gebrochenen Körper hatte sie vorwurfsvoll zu ihm aufgestarrt. Hatten Schrecken und Qualen gezeigt, die selbst der Tod nicht auslöschen konnte.

Er hatte sie nicht gerettet. Er hatte ihren Tod verursacht.

Und dieser kleine Kobold wagte es … Er rollte auf die Knie. Die Wut, die sich in ihm ausbreitete, vermischte sich mit einer eisigen Angst, die jede Kontrolle, die er hatte, in Stücke riss. „Du hast *was* getan?"

Bei ihrem Keuchen erkannte er, dass er die Frage gebrüllt hatte. *Verdammte scheiße,* ja das hatte er! „Du hast dich in die tödlichste Organisation dieser Welt gehackt!" Auf dem Bett kniend packte er sie an den Schultern und schüttelte sie durch.

Vance schob ihn von Sally weg. „Verdammt, Galen, du musst dich beruhigen."

Sally kämpfte sich in eine sitzende Position und lehnte sich mit dem Rücken gegen das Kopfteil. Ihr Gesicht verlor jegliche

Farbe, hatte aber nicht das Grauweiß von einer Toten erreicht. Und so sollte es auch bleiben.

Galen warf Vance einen Blick zu. „Hast du gehört, was sie gesagt hat? Was denkst du denn bitte –" Seine Kehle schnürte sich zu und er bekam den Rest des Satzes nicht raus.

„Ich habe nicht ..." Sallys Augen waren weit aufgerissen. „Ich war vorsichtig."

„Vorsichtig!" Er sah, wie sie zusammenzuckte, schaffte es aber nicht, sich zurückzuhalten. „Du hast doch keine Ahn –"

Vance hatte das Bett umrundet, zog ihn mit aller Kraft zurück und erhob selbst das Wort: „Sally, die *Harvest Association* ist" – Vances Stimme klang harsch und erschüttert – „gefährlich. Du könntest –"

*Vergewaltigt, versklavt, ausgeweidet, bei lebendigem Leib verbrannt werden!* Galen riss seinen Arm aus Vances Griff und beugte sich über sie. „Mein Gott, du bist kein –"

Sie schubste ihn weg und kletterte aus dem Bett.

Mit der Schulter rammte er Vance von sich und marschierte hinter Sally her.

Sichtlich bebend zog sich Sally ihre Klamotten an.

*Fuck*, was machte er? Das war nicht der richtige Weg, um die Situation zu handhaben. Er zwang sich, nicht in ihren persönlichen Bereich einzudringen, und gab verdammt nochmal sein Bestes, seine Stimme ausgeglichen klingen zu lassen. „Wir müssen red –"

„Nein." Sie hatte ihr Gesicht von ihm abgewandt. „Müssen wir nicht."

„Nicht sofort", stimmte Vance zu und lief um Galen herum, sodass er den Arm um sie legen konnte. „Später setzen wir uns zusammen und –"

„Nur wenn ihr mir auch wirklich zuhört." Sie stieß Vance von sich.

„Hörst du dich selbst reden!" Galen starrte sie an. Niemand hatte Ursula zuhören können. Der Mund seiner Frau war offen

gewesen. Weil sie schreiend gestorben war. Er packte Sallys Arm.
„Ich werde verdammt nochmal nicht zusehen, wie −"

„Halt die Fresse, Galen", knurrte Vance. „Sally, lass uns ins
Haus gehen und darüber reden."

„Ich werde jetzt gehen." Sie riss ihren Arm aus Galens Griff.
Ihr Gesichtsausdruck war starr, genau wie ihre Körperhaltung.

Er erinnerte sich an die sanften Kurven ihres Körpers, und
wie sie ihn in sich aufgenommen hatte. Sie durfte nicht sterben.
Er würde sie nicht sterben lassen! „Du wirst nicht gehen. Du wirst
dich hinsetzen und mir zuhören."

Gott sei Dank hatte er in der Einfahrt hinter ihr geparkt. Sie
konnte nicht verschwinden, es sei denn, er bewegte sein Auto.

Als ob ihr die Erkenntnis ihres eingeparkten Autos auch
gerade kam, zog sie die Augenbrauen zusammen. „Fick dich,
Galen Kouros." Sie wirbelte herum und hastete zur Tür.

Galen stürzte sich auf sie.

Doch er erreichte sie nicht, denn wie aus dem nichts landete
eine Faust auf seinem Kiefer, und der Schmerz explodierte wie ein
Feuerwerk in seinem Gesicht. Er krachte gegen die Wand. Als er
sein Gleichgewicht wieder gefunden hatte, schüttelte er den
Kopf. Seine Sicht kam gerade rechtzeitig zurück, um den
nächsten Schlag abzuwehren. Seine Reflexe übernahmen. *Blocken
und Schlagen.* Er fuhr mit der Faust in den Bauch seines Partners.

Vance grunzte und schlug in Sets aus zwei Schlägen gegen
Galens Oberkörper. „Du. Verdammter. Idiot." *Links. Rechts.* „Du.
Musst. Dein. Temperament. In. Den. Griff. Bekommen."

Galen verlor jegliche Zurückhaltung. „Sie wird sterben!" Er
blockierte, drehte sich und trat Vance gegen die Wand. „Wie
blind kann man denn sein? Sie werden sie ins Visier nehmen!"

*Oh Gott, was* habe ich getan! Sally stand auf dem Balkon ihres
Schlafzimmers und hörte die Männer in der Cabana schreien.
Und kämpfen.

Die beiden liebten einander. Waren sich näher als Brüder. Jetzt ließen sie die Fäuste fliegen.

Das hatte sie verursacht.

Und Galen war so wütend. Sie hatte gewusst, dass er verärgert sein würde, aber das ...

Sie blinzelte Tränen zurück und trat in ihr Zimmer. Auf dem Bett saß Glock, die Ohren gespitzt. Der Streit zwischen den beiden Männern berührte auch ihn.

*Verdammt*, sie würde nicht darauf warten, dass Galen sie wieder anbrüllte. Ebenso wollte sie nicht hören, wie sie sich gegenseitig anschrien. Dafür war sie allein verantwortlich; sie hatte das Zerwürfnis heraufbeschworen, hatte ihre Agents dazu gebracht, sie zu hassen.

Das Beben in Sally nahm zu, als sie ihren Laptop und ihre Kleidung in ihren Rucksack stopfte. Dann befestigte sie an der Außenseite Kissen mit einem Gürtel. Die ganze Zeit über zitterten ihre Hände.

Wenn sie nur die Zeit zurückdrehen könnte, dann hätte sie sich davon abgehalten, die Wahrheit auszuplaudern. Warum hatte sie es ihnen erzählt?

Es spielte keine Rolle; sie hatte es getan. Sie holte tief Luft und starrte auf den Rucksack. Wollte sie wirklich gehen? Wegrennen?

Sie sollte bleiben. Sie sollte mit ihnen sprechen. Vielleicht, wenn sie sich beruhigt hatten ...?

Das Brüllen gewann an Lautstärke.

Was hatte sie nur angerichtet? *„Dummes, egoistisches Mädchen. Immer denkst du nur an dich.“* Die Worte ihres Vaters sickerten in ihren Verstand.

Sie hatte die Männer verletzt, die sie liebte. Weil sie egoistisch und dumm war.

*Nein. Nein, das bin ich nicht, verdammt. Ich habe versucht, Gutes zu tun. Ich wollte Menschen helfen.* Warum konnten Vance und Galen ihr Leben riskieren und Helden sein, sie aber nicht?

Ein Schluchzer baute sich in ihrer Kehle auf und sie entließ einen erstickten Laut. *Geh einfach. Du hast schon genug Schaden angerichtet.* Sie hob Glock in die Arme und küsste den hellen Streifen auf seinem weichen, grauen Köpfchen. „Dich liebe ich auch, weißt du", flüsterte sie.

Er rieb seine pelzige Wange an ihrem Kinn und markierte sie mit seinem Duft, beanspruchte sie für sich.

Wenn nur ihre Doms dasselbe getan hätten.

Nachdem sie den Kater vor ihrer Schlafzimmertür abgesetzt hatte, machte sie die Tür von innen zu, drehte den altmodischen Schlüssel, zog ihn ab und schob ein paar Haarklammern in das große Schlüsselloch. „Viel Spaß beim Öffnen, ihr I-Idioten." *Geliebte, idiotische Arschlöcher.*

Auf dem winzigen Balkon benutzte sie einen weiteren Gürtel, um ihren mit Kissen gepolsterten Rucksack über der Seite baumeln zu lassen, bevor sie losließ. Vorsichtig stieg sie über das Geländer, senkte die Beine und baumelte an den Armen. *Ich bin ein Nerd. Ich bin nicht dafür gemacht, derartige Stunts zu vollziehen.*

Mit einem kleinen Quietschen ließ sie los, fiel und landete auf dem Rasen.

Nachdem sie die Kissen hinter die Büsche geschleudert hatte, warf sie sich den Rucksack über die Schulter und rannte über die Einfahrt zur Straße.

In der Dunkelheit runzelte sie beim Blick auf ihr Handy die Stirn. Wer wohnte in der Nähe? Wer würde sie nicht verraten? Jessica oder Gabi.

Gabi wohnte näher, aber sie würde mit Ratschlägen um die Ecke kommen. Sie würde Sally dazu bringen, mit den Männern zu reden.

Sally presste die Lippen fest aufeinander. Das Geschreie von heute reichte ihr für den Rest ihres Lebens.

„Jessica, bist du gerade beschäftigt?"

**Vance beobachtete, wie** Galen im Gefrierschrank kramte und rieb sich indessen den schmerzenden Kiefer. Galen hatte ihn gut erwischt. Mehr als einmal. Seine Rippen wären morgen sicher grün und blau.

Galen warf ihm eine Tüte gefrorene Erbsen zu. „Brauchst du mehr als eine?"

„Gut möglich." Vance grinste kläglich. „Ich hatte vergessen, wie schmerzhaft eine Schlägerei sein kann."

„Wir werden alt." Galen legte einen Beutel mit gefrorenem Mais auf seinen linken Wangenknochen, der bereits anschwoll. „Ich bin ein Idiot."

Er war nicht der Einzige. Vance runzelte die Stirn. Warum zum Teufel hatte er die Situation verschlimmern müssen? *Zur Hölle nochmal.* „Sie hat jeden einzelnen deiner Trigger ausgelöst." Und das so kurz nach ihrem Liebesgeständnis. Die perfekte Vorlage für Galen. Ansonsten hätte er die Kontrolle vielleicht nicht verloren.

Nichtsdestotrotz hatte Galen überreagiert. „Die Situation hätte nicht schlimmer laufen können, Bruder."

Er fing Galens dunklen Blick ein und erkannte, was er gesagt hatte. *Bruder.*

An einem alkoholreichen Abend vor nicht allzu langer Zeit hatte Galen zugegeben, dass er Vance als den Bruder sah, den er nie gehabt hatte. Sie hatten allerdings nie wieder davon gesprochen.

Na ja, blöd für ihn. Heute Abend war Vance nicht in der Stimmung, sich Sorgen um Galens Aufreger zu machen. „Wenn ich den Kerl, den ich für einen Bruder halte, nicht verprügeln kann, wen kann ich dann als Boxsack benutzen?"

Galen erstarrte und schnaubte schließlich. „Ich habe die meisten Treffer erzielt, du Arschloch."

„Vielleicht. Aber meine waren effektiver."

„Da liegst du nicht falsch." Galen berührte vorsichtig seinen

Kiefer. „Glaubst du, dass sie mich genug bemitleidet, um den Drang zu überwinden, mich umbringen zu wollen?"

„Sie hat ein weiches Herz." Bedachte man allerdings, wie rasch sie in Flammen aufging ... „Jedoch hat sie ein hitziges Temperament. Ich schatze, die Chancen stehen bei fünfzig zu fünfzig, dass du die nächste Stunde überleben wirst."

„Danke." Galen holte tief Luft. „Ich kann nicht glauben, wie schnell ich die Fassung verloren habe. Ich bin wirklich ein toller Dom."

„Die Session war vorbei. Die Nachsorge wurde durchgeführt." Vance musterte seinen Partner. Unabhängig von der Provokation hätte Galen während einer Session nicht so reagiert – dafür war er zu kontrolliert. Aber danach? Ja, die Session hatte nicht nur Sallys Verteidigungswall gesenkt. „Du hast nicht als Dom reagiert, sondern als Liebhaber."

Als Reaktion verzog Galen das Gesicht. „Das macht es noch schlimmer."

„Nein, nein. Liebhaber dürfen explodieren, wenn eine kleine Frau ihren hübschen Arsch in Gefahr bringt." Vances Magen rebellierte, als seine eigene Wut zunahm.

„Steht das irgendwo im Regelbuch?"

„Zur Hölle, ja! Wenn du sie nicht angeschrien hättest, dann hätte ich es getan."

„Dann ist es besser, dass ich es war." Galen warf einen Blick auf den Spirituosenschrank, schüttelte aber den Kopf. Keiner von ihnen griff auf Alkohol zurück, um sich Mut anzutrinken oder Trost zu finden. „Ich schätze, jetzt müssen wir um Vergebung betteln."

Vance nickte und erhob sich.

„Warte. Gib mir eine Minute, um die Hauptlast ihres Zorns zu tragen – ich verdiene es. Wenn nötig, kannst du den guten Polizisten spielen."

„Verstanden." Vance hielt das gefrorene Gemüse an sein

Gesicht, als er Galens Schritten lauschte, die sich die Treppe nach oben bewegten.

Ein Klopfen. „Sally?"

Falls sie geantwortet hatte, war ihre Stimme zu leise, als dass Vance sie hören konnte.

„Sally, bitte öffne die Tür."

Stille.

„Danach lasse ich dich für eine Weile in Ruhe, wenn du willst, aber im Moment muss ich wissen, dass es dir gut geht."

Stille.

„Öffne die Tür. *Sofort.*"

Nichts geschah. Vance runzelte die Stirn. Wenn Galen diese Kraft in seine Stimme legte, reagierten alle Subs – und auch einige andere.

Stille.

Als sich Vance erhob, grunzte er vor Schmerzen. Wo zum Teufel hatten sie den zusätzlichen Schlüssel für dieses Zimmer verstaut?

Es dauerte nicht lange, bis Vance den Scheiß aus dem Schloss geholt hatte, den Sally reingeschoben hatte. Dann konnte er den Schlüssel einführen und die Tür aufschließen.

Galen ging zu dem gemachten Bett. „Sie hat das Bett nicht benutzt."

„Dusche und Wanne sind trocken." Vance warf einen Blick auf ihren Schreibtisch und die Sorge nagte an ihm. „Ihr Laptop ist weg."

Galen humpelte die Treppe hinunter.

Vance folgte und hielt beim Laufen seine schmerzenden Rippen.

Die Grasfläche unter ihrem Balkon zeigte, dass sie einen Sprung gewagt haben musste. Anschließend war sie über die Einfahrt gelaufen. Ihr alter roter Toyota stand noch immer da, wo sie ihn geparkt hatte, blockiert von Galens schwarzer Sportlimousine.

In der kalten Dämmerung wirkte Galens Gesicht vor Sorge regelrecht brutal. „Wo zum Teufel ist sie?"

---

**Früh am Morgen** am Flugterminal stieg Sally aus Jessicas Auto. *Nun, das war's. Ich verschwinde.* Ihr ganzer Körper pulsierte vor Schmerz. Sie schlang ihre Arme um sich selbst, als könnte der Schmerz durch ihren eigenen Komfort gelindert werden.

Wie hatte sie nur so dumm sein können? Sie hätte ihnen nie von ihrem Hacking erzählen sollen.

Niemals hätte sie sich verlieben dürfen.

Jessica zog den Rucksack aus dem Kofferraum und stellte ihn auf den Bordstein. „Ich werde das Auto parken, damit ich mich zu dir setzen kann."

„Das musst du nicht tun. Es ist nicht mehr lange bis zu meinem Flug, und ich muss noch durch die Sicherheitskontrolle." Sally sah auf ihre Uhr. Sechs Uhr morgens? „Ich … Gott, Jessica, du hast bestimmt noch geschlafen, oder? Du wirst Ärger mit Master Z bekommen. Das tut mir wirklich leid." Wie selbstsüchtig sie doch war. „Ich hätte ein Taxi rufen sollen."

Jessica zog die Augenbrauen zusammen. „Hättest du das gemacht, hätte ich dir höchstpersönlich ein Spanking verpasst. Shadowkittens halten zusammen, egal was passiert, aber vor allem gegen ihre Doms." Sie umarmte Sally mit einem Grinsen. „Ich habe Z nur gesagt, dass eine Freundin eine Mitfahrgelegenheit braucht. Wenn die Agents dahinterkommen, nun, Z versteht Loyalität. Er wird sanft mit meinem Arsch umgehen."

Tränen brannten in Sallys Augen und sie blinzelte sie zurück. „Danke, dass du mich gefahren hast – und dass du mein Flugticket mit deiner Karte bezahlt hast."

„Ach was. Du hast mir einen Scheck gegeben; ich habe keinen Verlust gemacht. Aber … ich erwarte, dass du mich anrufst, wenn du sicher angekommen bist. Wo auch immer das sein mag. Sonst mache ich mir Sorgen."

Sally nickte. „Das kann ich machen. Falls meine ... die Agents nach mir fragen, kannst du ihnen einfach nichts sagen?"

Jessica verschränkte die Arme vor der Brust. Kein BH. Barfuß. Sie war offensichtlich direkt aus dem Haus gerannt, um Sally zur Hilfe zu eilen. „Hast du mir denn gesagt, wo du hinfliegst?"

„Nein. Du meintest, dass ich das nicht tun soll."

Jessica schmunzelte. „So ist es. Ich werde Z nicht anlügen, aber ich kann ihm ehrlich sagen, dass du es mir nie gesagt hast."

Trotz des unguten Gefühls entlockte ihr Jessica ein Lächeln. „Du bist ein hinterhältiges kleines Gör."

„Ja, das bin ich. Aber deine Doms sind vom FBI. Sie werden dich finden."

„Sie gehören nicht mir." Nicht mehr. „Und sie werden es nicht lange versuchen." Nicht, nachdem sie einen Kampf zwischen ihnen verursacht hatte. *Lauf weg, bringe Abstand zwischen dich und die Männer.* „Wenn sie herausfinden, dass du mich gefahren hast, kannst du ihnen sagen, dass es mir leid tut, dass ich ihnen Ärger gemacht habe. Sag ihnen, dass ich in Sicherheit bin und dass ich für unsere gemeinsame Zeit sehr dankbar bin."

„Ja, tolle gemeinsame Zeit, wenn du ihnen so entfliehen musstest. Die Arschlöcher."

„Es war nicht ihre Schuld, sondern ganz allein meine." Sally spürte, dass sich Tränen ankündigten. „Ich muss los." Blinzelnd umarmte sie Jessica, schnappte sich ihren Rucksack und rannte in das Terminal.

---

**Sie liebte ihn.** Galen saß im Haus an seinem Schreibtisch und rieb sich mit den Händen über das Gesicht. Er bekam die Erinnerung an ihren sanften Ausdruck nicht aus seinem Kopf. Errötet und wunderschön hatte sie ihm direkt in die Augen geschaut und die drei kleinen Worte ausgesprochen. *„Ich liebe dich."*

Er hatte die Liebesbekundung nicht erwidert. Aber er empfand genauso.

Das wollte er nicht. *Sollte* er nicht. Und doch tat er das.

Strafverfolgung und Beziehungen waren keine gute Mischung. Vielleicht konnten einige Paare mit der Angst umgehen, dass ein Partner jung sterben und den anderen allein und voller Trauer zurücklassen könnte. Viele konnten das nicht. Was auch der Grund dafür war, dass die Scheidungsrate für Polizisten und Agents wie ihn so hoch war.

Die meisten hatten jedoch nicht das Leid und die Schuldgefühle erlebt, einen geliebten Menschen an rachsüchtige Kriminelle zu verlieren. Ursula hatte diese Art von Tod nicht gewählt.

Wie konnte Galen jemals riskieren, eine andere Frau in eine solche Gefahr zu bringen?

Aber hatte er das Recht, von jemandem auf Abstand zu gehen, der ihn liebte? Oder die Gefühle von zwei Menschen zu verletzen?

Sally liebte Vance – und Vance erwiderte ihre Liebe. *Fuck*, sein Partner hatte einen Schatz wie Sally verdient. Vance hatte sich immer eine Frau und Kinder gewünscht; vielleicht nicht so bald, aber ein Mensch konnte nicht diktieren, wann die Liebe ihn fand.

Was für ein Bastard wäre Galen, wenn er mit seinem verdammten Scheiß die Zukunft seines Partners ruinieren würde?

Er sollte sich zurückziehen. Er sollte Sally gehen lassen ... und Vance sagen, dass er sie für sich beanspruchen sollte. Vielleicht würde es weniger weh tun, wenn er wüsste, dass sie ein Paar waren.

So würde Galen sie beide verlieren. Der Schmerz war lähmend, bohrte sich in seine Brust, sodass er seine Hand auf sein Brustbein legte. *Zur Hölle nochmal.* Er hatte gewusst, dass es wehtun würde, Vance zu verlieren, aber der Gedanke, ohne den Kobold zu sein, war genauso niederschmetternd.

Nach einem weiteren Atemzug nickte er. Er würde tun, was getan werden musste.

Die Tür zum Büro öffnete sich, und Vance trat ein. Er starrte Galen an. „Fuck, Kumpel, entspann dich. Wir werden sie finden. Sie hat ihre Kreditkarte nicht benutzt, also ist sie wahrscheinlich noch in der Stadt."

„Das ist nicht das Problem." Galens Stimme klang so schwach, als würde er bereits in einem Pflegeheim leben. *Herrgott, reiß dich zusammen.* „Nachdem ich dir geholfen habe, sie zu finden, werde ich mich zurückziehen."

„Zurückziehen? Was meinst du damit?"

„Du und Sally seid gut zusammen." Galen zwang seinen Mund zu einem Lächeln. „Du kannst das erste Kind nach mir benennen."

Vances Nasenlöcher blähten sich auf, als er tief einatmete. „Du stures Arschloch."

„Wir haben nie darüber geredet –"

„Ich dachte nicht, dass wir das müssen." Vance verschränkte die Arme vor der Brust. „Aber das werden wir jetzt. Wir werden alle Karten auf den Tisch legen, damit ich dir in den Arsch treten kann."

Galen spürte den langsamen Anstieg der Wut. Konnte Vance nicht einfach *Danke* sagen und mit seinem Leben fortfahren? „Ich will keine Frau."

„Blödsinn. Was du nicht willst, ist, jemanden zu verlieren, der dir wichtig ist. Du kannst die Schuldgefühle nicht ertragen. Du Weichei." Vance marschierte durch den Raum und starrte ihn nieder. „Ich wette, wenn du deine Frau bei einem Autounfall verloren hättest, wärst du nie wieder gefahren."

„Du verstehst nicht –"

„Mein Gott, Bruder, ich habe einen Partner bei einer Verhaftung verloren. Auch ich bin durch die *Wenn doch nur*-Phase gegangen. Einen meiner Partner hat der Beruf zum Alkoholiker gemacht. Wenn ich ihn doch nur mehr unterstützt hätte. Auch diese Phase habe ich durch. Wir alle fühlen uns schuldig wegen Scheiße, die wir hätten besser machen können. Jeden Tag gibt es dort draußen Menschen, die so eine Zeit bewältigen."

Galen stand auf. Er überlegte wirklich, Vances sarkastisches Maul mit seiner Faust zu stopfen.

Vances Blick traf auf seinen. „Es wird Zeit, in die Zukunft zu blicken, Galen. Du hast zu lange an deiner Schuld festgehalten."

Möglich, aber die Vergangenheit verschwand nicht einfach. Genauso wenig wie die Sorgen, die er sich um eine geliebte Person machte. Galen schloss die Augen und atmete aus. Jedoch schafften es auch andere, alte Traumata zu überwinden. *Er muss endlich seinen Mann stehen.* „Gibt es noch etwas, das dir auf dem Herzen liegt?", fragte er mit trockener Stimme.

Vance grinste und lehnte seine Hüfte gegen den Schreibtisch. „Solange wir hier unseren Emotionen freien Lauf lassen, ja, da gibt es noch etwas." Er verschränkte wieder die Arme. „Wir leben zusammen, toppen zusammen, agieren als Co-Doms, wenn eine Sub im Haus ist. Ich dachte immer, wir würden auch den Job des Ehemanns teilen, wenn wir jemand passenden für uns finden."

*Fuck.* „Wenn du dich noch mehr auf deine weibliche Seite einlässt, wirst du bald Tampons brauchen."

Vance schmunzelte. „Ja, na ja ..." Seine Stimme verwandelte sich in den Ton, den er benutzte, um Informationen aus Verdächtigen und Subs herauszuholen. „Kannst du mir genug vertrauen, um mir von deiner Vorstellung von der Zukunft zu erzählen?" Er wartete.

Die Manipulationstechnik eines Doms war verdammt effektiv.

Galen ging durch den Raum und starrte aus dem Fenster. Der glänzende Hibiskusstrauch machte mit einer Fülle von roten Trompetenblüten auf sich aufmerksam ... und sie würden bis zum Spätnachmittag verblüht sein.

Keine dauerhafte Leuchtkraft.

Er blickte finster auf den Busch. Als er dem FBI beigetreten war, erwähnte niemand, dass zu seinen schlimmsten Feinden sein eigener Verstand zählen würde. Aber er war noch nie vor einem Kampf zurückgewichen. Jetzt würde er damit nicht anfangen. Und er hatte vor, diesen zu gewinnen.

Das bedeutete ... Obwohl er ihm immer noch gern eine verpassen würde, verdiente Vance eine Antwort.

Galen seufzte. Wenn er seine Sorgen und Schuldgefühle überwinden könnte, dann ... dann konnte er sich nichts Besseres vorstellen, als Sally in seinem Leben zu haben. Mit Vance an seiner Seite.

*Ayuh.*

Er drehte sich um und sah seinem Partner in die Augen. „Als älterer Ehemann erwarte ich, den Namen unseres ersten Kindes bestimmen zu können."

---

**Ein paar Stunden** später folgte Galen seinem Partner durch das Hintertor in Zs privaten Garten. Ein entferntes Rumpeln ließ ihn aufblicken. Die Luft war feucht und schwarze Wolken stapelten sich wie Wolkenkratzer am westlichen Horizont. Ja, es war fast Juni. Die nachmittägliche Gewittersaison hatte begonnen. Durchnässt zu werden, wäre ein passender Abschluss eines trostlosen Tages.

Sie hatten Sally immer noch nicht gefunden.

Da sie nicht viel Bargeld bei sich hatte, nahmen sie an, dass sie zu einer Freundin gegangen sein könnte, und so hatten sie sich bei den Auszubildenden durchgeklingelt. Kein Glück. Nun ging es mit den Shadowlands-Subs weiter, eine nach der anderen. Gut, dass ihr Uniabschluss die Liste verkürzt hatte, sonst hätten sie jede Frau an ihrer Universität kontaktiert.

Sie waren bei allen Shadowkittens gewesen. Ohne Erfolg.

Dann hatte Z angerufen, nachdem er von den anderen Mastern gehört hatte. Obwohl Jessica zuhause war, hatte sie nichts von der Voicemail erzählt, die er und Vance hinterlassen hatten.

Was nur eines bedeuten konnte: Sie wusste etwas.

„Glaubst du, Jessica wird uns sagen, wo Sally ist?", fragte Vance, als sie über die Veranda marschierten.

„Keine Chance." Die kleine Glucke hatte den Ruf, ihre Subs zu beschützen. Sie stand Z in nichts nach, wenn es um ihren Beschützerinstinkt ging, also könnte es schwierig werden, Informationen aus ihr herauszuholen.

Jessica lebte mit Z im zweiten Obergeschoss des Shadowlands-Anwesens, und als er oben ankam, knurrte Galen bei dem Schmerz in seinem Knie.

Z öffnete bei ihrem Klopfen die Tür. „Gentlemen." In einer schwarzen Jeans und einem lockeren ebenso farbenen Hemd führte er sie durch die Küche, das Esszimmer und ins Wohnzimmer. Das Licht strömte durch die Rundbogenfenster auf die cremeweißen Wände, den dunkelroten Teppich und ließ Jessicas lange Haare in einem Goldton leuchten. Eingerollt in der Ecke der Couch sah sie misstrauisch von Vance zu ihm und zurück. Die entschlossene Neigung ihres Kinns war besorgniserregend.

Vance sah zu Galen und zog eine Augenbraue hoch. Auch er schien zu erkennen, dass sie es mit einer feindlichen Haltung zu tun hatten.

Als Vance sich an den Steinkamin lehnte, nahm Galen einen Stuhl vom Essbereich und stellte ihn neben die Couch. Direkt in ihre Komfortzone.

Weise wie er war, hielt sich Z aus der Todeszone heraus, und setzte sich auf einen Sessel, auf dem er die Beine ausstreckte und die Hände vor dem Bauch verwob. Von seinem zurückhaltenden Gesichtsausdruck zu urteilen, würde er nur eingreifen, wenn er das Gefühl hatte, dass sie Jessicas Grenzen überschritten. Und während des Telefongesprächs hatte er diese Grenzen ziemlich deutlich festgelegt.

Galen setzte sich rittlings auf den Stuhl und ruhte seine

Unterarme auf der Rückenlehne. Nachdem er Jessica ein Lächeln geschenkt hatte, das nicht erwidert wurde, fragte er sanft: „Hat Sally dir erzählt, was passiert ist?"

Ihr Mund öffnete sich. Dann verengten sich ihre Augen, als sie die Falle erkannte. Dies war keine Sub, die ihren Dom anlog – oder vor ihm –, also konnte sie nicht sagen, dass sie Sally *nicht* gesehen hatte. Mit Ausflüchten hätte sie jedoch kein Problem. „Es tut mir leid, aber ich glaube, dass Gespräche zwischen Freunden privat sind."

„Jessica, wir machen uns Sorgen um sie", sagte Vance, womit er ihre Aufmerksamkeit zwischen ihnen aufteilte. „Unsere Einfahrt am Ufer ist kein sicherer Ort für eine Frau, die nachts zu Fuß unterwegs ist. Kannst du uns wenigstens sagen, ob du sie abgeholt hast?"

„Ich will nicht mit euch reden." Sie nahm einen sturen Ausdruck an.

„Ich denke, das war eine faire Frage, Kätzchen", murmelte Z.

„Verdammt", entgegnete sie murmelnd. Mit einem finsteren Blick sah sie zu Vance. „Ja, ich habe sie abgeholt. Aber sie ist nicht auf dem Shadowlands-Grundstück. Und sie ist in Sicherheit."

*Gott sei Dank.* Der Druck auf Galens Brust löste sich etwas. Jessica würde das nicht sagen, wenn sie nicht sicher wäre. „Danke, Sub."

„Das ist alles, was ihr von mir bekommt, auch wenn *er* mir dafür den Arsch versohlt. Ihr habt sie zum Weinen gebracht."

Der verbale Schlag schnitt wie ein Messer in Galens Herz. „Das habe ich. Und ich möchte mich bei ihr entschuldigen und Wiedergutmachung leisten. Willst du uns nicht helfen, sie zu finden?"

„Nein, das will ich nicht." Der Blick, den sie auf Z richtete, war antagonistisch. „Und mir ist auch egal, was *er* dann mit mir macht."

*Oh, zur Hölle.* Jetzt hatte er bei dem Paar für Ärger gesorgt,

und er mochte die beiden. Die Erschöpfung, die Galen nieder-
rang, wurde von Frustration und einer gehörigen Portion
Verzweiflung begleitet. Alles, was er in den letzten vierundzwanzig Stunden getan hatte, war schief gelaufen.

Aber er könnte damit beginnen, dies zu beheben. Hoffentlich.

Er warf Vance einen Blick zu und sah, dass sein Partner bereit
war, es ihn versuchen zu lassen. „Jessica. Es tut mir so leid. Es tut
uns leid, dass wir zwischen euch ein Problem verursachen. Z ist
unser Freund, und er hat versucht, uns zu helfen, so wie du Sally
geholfen hast. Ich habe noch nie einen loyaleren Mann getroffen."

Ihr Blick senkte sich.

„Du kannst wütend auf uns sein, weil wir Sally verletzt haben,
aber Z steht wie du zwischen den Fronten. Bitte sei nicht sauer
auf ihn."

Als ihre Lippen bebten, spürte Galen wie traurig sie seine
Worte machte, und es fühlte sich wie ein weiterer Schlag in die
Magengegend an. Er stand auf. „Wir werden gehen."

Vance ging zu ihr und hockte sich vor Jessica hin. „Du bist
eine gute Freundin, Kleine. Sally kann sich glücklich schätzen,
dich zu haben."

Sie sah von ihm zu Galen. „Ihr zwei wisst genau, was ihr tut,
oder? Kein Wunder, dass sie Schwierigkeiten hatte, euch zu
widerstehen."

Galens Stimmung hob sich leicht. Hoffentlich würde Sally
noch immer Schwierigkeiten damit haben.

Vance tätschelte Jessicas Knie. „Mit so guten Freunden überrascht es mich, dass sie nicht bei einem von euch untergekommen
ist."

„Na ja, sie hatte das Gefühl –" Jessica ertappte sich, und dieses
Mal erhielt Vance den Blick, der sagte: *Du bist eine Kakerlake, die
Bekanntschaft mit meinem Fuß machen sollte.*

Aber der Gute-Kerl-Trick hatte funktioniert. Wenn Sally bei
einer Freundin wäre, hätte Jessica wahrscheinlich nicht mit einer
Erklärung dafür eingeleitet.

Der Kobold könnte in der Stadt sein oder auch nicht, jedoch war sie auf jeden Fall nicht bei einer Freundin.

Galens Augen verengten sich. Wie weit würde Jessica gehen, um ihrer Freundin zu helfen? Er hatte lediglich Sallys Kreditkarte überprüft ... nicht von ihren Freunden.

*Hab ich dich, Kobold.*

Vance streckte Jessica die Hand entgegen und bewegte sich nicht, bis sie ihm ihre Finger gab. „Der Trick tut mir leid, Kleine, aber wir machen uns wirklich Sorgen. Ich weiß nicht, ob sie es dir gesagt hat, aber sie hat etwas getan, das der *Harvest Association* nicht gefallen wird. Das war der Grund für unseren Streit."

Jessicas Mund formte ein O. „Darüber hat Sally kein Wort verloren. Sie meinte nur, sie hätte Probleme verursacht, und es wäre an der Zeit, zu verschwinden."

*„An der Zeit, zu verschwinden?"*

*Das wollen wir doch mal sehen.*

# KAPITEL SECHZEHN

**U**nter dem blauen Himmel verloren sich die grünen Felder Iowas bis zum Horizont. Sally ließ sich Zeit und lächelte bei dem Anblick der verwitterten Farmhäuser und dem friedlich grasenden Vieh.

Ihr Flugzeug war gestern in Des Moines gelandet. Sie hatte geplant, direkt zur Farm zu fahren, aber musste zuerst ihre Tränen und ihre Wut in den Griff bekommen, bevor sie sich ihrem Vater stellte. Stattdessen hatte sie sich in einem Hotel verkrochen, um eine Nacht lang zu weinen und Dinge zu werfen.

Plastikbecher des Hotels durch den Raum schleudern? Sehr unbefriedigend. Und welcher Blödmann hatte bitte zerbrechliche Kaffeetassen durch Styropor ersetzt? *Zur Hölle mit ihnen!*

Und zur Hölle mit den Agents!

Sie waren es, die falschlagen. Und Galen hatte nicht das Recht, ihr zu sagen, was sie zu tun und zu lassen hatte.

Wenn sie wollte, dann würde sie eben die E-Mails der *Harvest Association* hacken. Zumal sie damit begonnen hatte, bevor sie bei den Männern eingezogen war. Und sie hatte Frauen davor bewahrt, entführt zu werden. Sie hatte Gutes getan. Sie war eine Heldin!

*Vance und Galen sind einfach total kurzsichtige Dödel.*

Aber warum hatte es auf diese schlimme Weise enden müssen? Sie festigte die Finger am Lenkrad und blinzelte Tränen zurück. *Besuche Vater nicht mit rot unterlaufenen Augen.*

Wirklich, sie machte daraus eine viel zu große Sache. Schließlich hatte sie nie vorgehabt, bei den Agents zu bleiben, oder? Sie wollte keine langfristige Dreiecksbeziehung. Das wäre verrückt. Sicher, für eine Weile war es ein Spaß gewesen, aber das war nun vorbei.

*Gott*, sie wollte nur mitten in einem dieser Maisfelder stehen und aus voller Kehle schreien: *Ich war für das Ende noch nicht bereit!*

Bei ihrem Glück würde sie einer der Farmer wahrscheinlich erschießen.

Kopfschüttelnd bog sie in die Einfahrt ihres Vaters. Als sie mit dem Mietwagen zu dem zweistöckigen Bauernhaus fuhr, sah sie, dass sich wenig verändert hatte.

Wie lange war sie nicht hier gewesen? Nach der Highschool war sie alle paar Jahre zurückgekehrt, um sich mit alten Freunden zu treffen. Jedes Mal hatte sie ihren Vater pflichtbewusst besucht ... immer in der Hoffnung, dass er eines Tages beschließen würde, eine Tochter zu wollen.

*In diesem Leben wird das nicht passieren, Dummkopf.*

Sie ging über den Hof und atmete den Duft von wachsendem Getreide ein, vermisste aber den Geruch des Meeres. Die Bepflanzung war beendet. Der Mais reichte ihr noch nicht mal bis zu den Knien. Sojabohnen waren in der Erde. Hohe Bäume markierten das Bachufer auf der Südweide. Umgeben von Hügeln. Iowa hatte keine atemberaubenden Bergketten oder Meerblicke, nein, aber es fühlte sich ... gemütlich an. Idyllisch.

Es hätte ein wunderbarer Ort zum Aufwachsen sein sollen.

*Okay, dann wollen wir mal.* Der Rücksitz war mit abgeflachten Umzugskisten gefüllt, die sie gekauft hatte, damit sie packen konnte, was noch hier war. Aber wohin würde sie ihre Sachen schicken? Zurück nach Tampa?

Es wäre am besten, nicht dorthin zurückzukehren. *Christus in einem Maisfeld*, gerne würde sie Galen eine verpassen – und auch Vance. Sie hatten Sally angeschrien, hatten sich geprügelt.

Sie seufzte. Würden Vance und Galen jetzt vor ihr stehen, würde sie wahrscheinlich weinend in ihre Arme fallen. Sie konnte so ein Mädchen sein. Nein, sie wollte nicht in deren Nähe sein. *Und verflucht sollen sie sein, dass sie mich in eine rührselige Kuh verwandelt haben.*

Sie hob ihr Kinn und holte die Kisten aus dem Auto. Es war an der Zeit, sich ihrem Vater zu stellen. Sie holte Luft und atmete langsam aus, bis sich die Gelassenheit wie eine zweite Haut um sie legte. *Zeige keine Emotionen. Frag nicht nach Dingen. Sei gehorsam und leise.*

Unerwartet spürte sie die Wut aufflackern, sodass sie fast auf der Treppe zur Veranda gestolpert wäre. Die meisten Eltern wollten gehorsame Kinder, aber zu erwarten, dass sie vierundzwanzig Stunden am Tag ruhig waren? Die ganze Zeit? *Das ist Blödsinn.*

*Beruhige dich, Sally. Ganz ruhig.*

Sie klopfte.

Ihr Vater öffnete die Tür.

Sie schaute in seine verdrossenen Augen und sah, wie sich seine Lippen in seine Wangen zurückzogen, wie bei einem Hund, der ein Knurren unterdrückte. *Es hatte sich also nichts geändert.*

Sie konnte sich kaum an eine Zeit erinnern, in der er ... anders gewesen war – als ihre Mutter noch gelebt hatte. Er war nie liebevoll zu seinen Kindern gewesen – besonders nicht zu Sally –, aber er hatte seine Frau geliebt. Regelrecht vergöttert hatte er sie. Und mit dem Tod seiner Frau hatte sich alles in ihm ... verdreht.

„Ich bin gekommen, um meine Sachen aus deinem Haus zu holen", sagte sie höflich. Sie sah ihn mit neuen Augen – dank Galen und seiner verdammten Hausaufgaben – und fragte sich plötzlich, ob ihr Vater eifersüchtig auf Sally gewesen war, eifer-

CHERISE SINCLAIR

süchtig auf die Zeit, die Sallys Mutter mit ihr verbracht hatte. „Ich werde alles packen und bis heute Abend weg sein."

„Na gut."

---

**Der Briefkasten las** Hugh Hart. Laut den Aufzeichnungen lebte Sallys Bruder auf der angrenzenden Farm. Als Vance den Mietwagen vor dem weißen Farmhaus des Vaters entdeckte, lockerten sich augenblicklich die Verspannungen in seinen Schultern.

Galen hatte herausgefunden, dass Sally Jessicas Kreditkarte benutzt hatte, um ihren Flug zu buchen. Aber sie hatte ihre eigene Kreditkarte vorzeigen müssen, um einen Mietwagen zu bekommen. „Sie hat direkt vor dem Haus geparkt. Sie glaubt anscheinend nicht, dass wir ihr folgen würden."

„Meine Schuld", sagte Galen. Er war unnatürlich ruhig gewesen, sogar für ihn.

„Erzähl nicht so einen Scheiß." Bei dem finsteren Blick fuhr Vance fort. „Ja, du hast es verkackt, indem du sie angeschrien hast. Aber sie muss gewusst haben, dass wir auf dieses Geständnis nicht gut reagieren würden, sonst hätte sie nicht geheim gehalten, was sie getrieben hat. Zudem hat sie das Gesetz gebrochen." Er stieg aus und warf einen Blick zurück. „Also zieh deinen Kopf aus dem Arsch."

Das wütende Rot auf den Wangen seines Partners war befriedigend anzusehen, und Vance schaffte es kaum, sein Lachen zu unterdrücken. Der Friedensstifter zu sein, konnte einem manchmal wirklich den Spaß rauben – vielleicht würde er stattdessen anfangen, seine Freunde zu piesacken.

Als Galen an die Tür klopfte, sah sich Vance um. Ein Geräteschuppen. Eine Scheune gleich hinter dem Stall. Hühner. Maisfelder. Keine bellenden Hunde. Vielleicht hatte Hart entschieden, dass sie zu viel Arbeit machten.

Die Tür öffnete sich und offenbarte Sallys stämmigen Vater. Wo Sallys braune Augen mit Süße gefüllt waren oder mit Unfug aufblitzten, erinnerten Harts an gefrorenen Schmutz in einem verwitterten Gesicht. Der Farmer bewegte sich und versperrte den Blick ins Innere. „Was wollt ihr?"

Tolle Begrüßung. „Wir sind hier, um Sally zu sehen", sagte Vance und benutzte seine nette Persona. „Ich sehe, dass ihr Auto hier ist", fügte er hinzu und kam so der Lüge zuvor, sie sei nicht zuhause.

„Sie hat mir nicht gesagt, dass Sie kommen." Hart trat einen Schritt zurück, als Galen in seinen persönlichen Bereich eintrat.

Mit seinem Gehstock als Requisit verschaffte sich Galen Zutritt in den Eingangsbereich.

„Hey, ich −"

„Ist sie in ihrem Zimmer?" Vance zog sich die Jeansjacke aus und legte sie sich über die Schulter. Nichts ging über eine Pistole in einem Schultergurt, um unnötiges Gebabbel zu beenden. Wahrscheinlich schadete es auch nicht, dass er und Galen aussahen, als wären sie die Gewinner in einer Schlägerei gewesen.

„Oben." Beim Klingeln eines altmodischen Festnetztelefons gab der Mann den Kampf auf und stampfte davon, um den Anruf anzunehmen.

Vance folgte Galen die Treppe hinauf und hörte den Mann sagen: „Sie ist hier."

Eine Pause. Ein Protest: „Das wird nicht gehen. Zwei Männer sind hier und besuchen sie."

Pause.

Vielleicht der Bruder? Machte er Ärger? Vance blieb auf den Stufen stehen und lauschte.

„Sie mitbringen? Verdammt, Junge, bist du verrückt geworden? Ich will nic −"

Pause.

„Fein. Um sechs. Ja, ich komme."

„Widerwilliger geht es gar nicht", sagte Galen leise. Sein Blick war kalt, als er die Treppe hinunterschaute. Eine Sekunde später setzte er den Aufstieg mit seinem Stock fort. Die Stunden in dem beengten Flugzeug hatten seinem Knie offensichtlich keinen Gefallen getan.

Der Flur führte in beide Richtungen, aber nur aus dem letzten Zimmer auf der rechten Seite traten Laute.

Als sein Partner seine Schultern durchdrückte, musste sich Vance fragen, ob der Kobold wusste, wie sehr Galen sie mochte und wie einfach sie ihn brechen könnte.

Nicht nur Galen. Vance schüttelte den Kopf. Der Gedanke, sie zu verlieren, traf ihn jedes Mal schmerzhaft ... bis tief ins Mark.

Galen klopfte an die Tür.

Sie öffnete sich. „Ja, Vat −" Sallys Augen weiteten sich. „Galen?", hauchte sie seinen Namen. „Vance?" Die Freude, die in ihren Augen aufblitzte, wurde schnell durch einen kalten, abweisenden Ausdruck ersetzt, der bedrohlicher war als Wut. Ihre Haare trug sie offen, kein Make-up, altes T-Shirt und Jeans. Rot unterlaufene Augen.

Sie hatten die kleine Sub zum Weinen gebracht. Vance fühlte diese Erkenntnis wie einen Messerstich direkt in sein Herz.

Ihr Mund spannte sich an, ihr Ausdruck stur wie ein Esel. „Geht nachhause, Jungs. Der Spaß ist vorbei."

Sie schob die Tür so schnell zu, dass nur Galens Gehstock sie daran hinderte, sie ihnen ins Gesicht zu schlagen. *Gute Reflexe, Partner.*

Und ohne eine Sekunde nachzudenken, stemmten er und Galen die Schultern gegen die Tür.

Der Kobold taumelte zurück in ein steriles Schlafzimmer. Drei Kisten saßen auf dem Bett, eine weitere auf dem Boden. Keine Bilder, kein Schnickschnack. Wände mit abblätternder Farbe. Splitternder Parkettboden. Kein Teppich. Die Vorhänge waren schmutzig und an den Rändern ausgefranst. Das Zimmer war so einladend wie das Arschloch im Erdgeschoss.

„Geht!", zischte Sally. Das Eis war weg, und sie sah gemeiner aus als Glock an seinen Impfterminen.

Galen hob die Hand. „Bitte gewähre mir zehn Minuten. Danach kannst du uns rausschmeißen, wenn du willst."

*Zehn Minuten.* **Wäre** sie in der Lage, so lange ihre Tränen zurückzuhalten? Sally war sich nicht sicher. Galen reden zu lassen, wäre der schnellste Weg, die Männer loszuwerden. Zweifellos würde er erklären, wie gefährlich es war, die *Harvest Association* zu hacken, und ihr mit Verhaftung drohen, wenn sie nicht aufhörte. Damit könnte sie umgehen. Sie würde *Okay* sagen und die beiden wegschicken. Sie verschränkte die Arme vor der Brust und zischte: „Also gut. Rede."

Galen zögerte. Er sah so müde aus. Obwohl sie ihn immer neckte, hielt sie ihn nicht für signifikant älter als sie – seine Energie und Leidenschaft platzierten ihn in ihre Altersgruppe –, aber die Linien um seinen Mund und die Augenwinkel wirkten heute ... tiefer. Sein rechter Wangenknochen zeigte einen Bluterguss und war geschwollen. Sein Kiefer bewies, dass er sich mindestens zwei Tage nicht rasiert hatte. Seit sie gegangen war?

„Ich habe die Beherrschung mit dir verloren", sagte er mit heiserer Stimme. „Du musst mir nicht vergeben, aber ich möchte, dass du weißt, warum ich auf diese Weise reagiert habe."

Sie öffnete den Mund, um etwas Leichtfertiges zu sagen, hielt sich jedoch zurück. Galen entschuldigte sich immer, wenn er etwas falsch machte, und das fand sie bewundernswert. Heute jedoch schien er seine Seele vor ihr zu entblößen. Alles, was sie tun konnte, war zu nicken.

„Vor ein paar Jahren war ich noch ... verheiratet."

Ja, er hatte erwähnt, dass er ein Witwer war, und sein Gesichtsausdruck war so verschlossen gewesen, dass sie sich nicht getraut hatte, weitere Fragen zu stellen.

„Ich war in einer Task Force für Gewaltverbrechen und

konzentrierte mich auf Gangs. Wir hatten gerade mehrere Mitglieder einer Gang verhaftet." Zittrig atmete er ein. „Drohungen gegen Agents sind keine Seltenheit, aber ich hätte nie gedacht ..."

Vance stand abseits und beobachtete ihn schweigend. Er hatte sich rasiert, und unter seiner dunklen Bräune verlief ein violetter Bluterguss über seinen rechten Kiefer, der ihr das Herz brach.

Galen stützte sich auf seinen Gehstock, was er selten tat, wenn er nur stand. Der taffe Kerl hasste es, Schwäche zu zeigen. Aber sie konnte sehen, dass er Schmerzen litt, und ihre Hand bebte bei dem Bedürfnis, seine zu halten und ihm Trost zu spenden.

Seine Stimme war rau, als er sagte: „Meine Frau war zuhause. Sie brachte die Dekoration für die Geburtstagsfeier ihrer Schwester an, die am nächsten Tag stattfinden sollte."

Er starrte mit einem gequälten Blick die Wand an. Seine dunklen Augen waren mit qualvollen Erinnerungen gefüllt.

*Gott, Galen.* Wie von einer Kette zu ihm gezogen, machte Sally einen Schritt nach vorne, zögerte für eine Millisekunde, bevor sie ihn umarmte. Sie hörte, wie der Gehstock auf den Boden fiel und dann schlang er seine Arme so fest um sie, dass ihr die Luft wegblieb.

Er hielt sie an sich gepresst, eine Sekunde, noch eine.

„Erzähl weiter", flüsterte sie an seiner Schulter.

Seine Stimme war von Emotionen durchzogen. „Sie plante, mich in einem Restaurant zu treffen, da ich lange arbeiten musste. Sie kam nicht, ging nicht ans Telefon." Seine Wange lag an ihren Haaren. „Ich bin nachhause gefahren. Zu spät. Viel zu spät. Einige Mitglieder der Gang waren durch die Hintertür ins Haus gekommen. Sie ... ließen ihre Wut an ihr aus und benutzten sie als Lektion für mich. Sie haben sie g-getötet."

„Oh, Galen." Sally rieb ihre Wange an seiner Brust, sehnte sich nur danach, ihn zu trösten. Wie konnte jemand, der so einen ausgeprägten Beschützerinstinkt hatte, damit leben?

„Bevor sie starb, musste sie so viel Angst gehabt haben, musste unerträgliche Schmerzen erfahren haben. Und ich war nicht da, Sally. Ich habe sie nicht beschützt. Stattdessen wurde sie wegen mir ermordet."

Und plötzlich, ganz und gar aus heiterem Himmel, konnte sie nachvollziehen, warum er in der Cabana so reagiert hatte, wie er reagiert hatte. Sally hatte ihm gesagt, dass sie ihn liebte, und was hatte sie gemacht? Sie reizte die *Harvest Association*? Wenn sie durch die Hände dieser Organisation ihr Ende fand, was würde das mit Galen anrichten?

Sie erschauderte. Sie drehte den Kopf und sah zu Vance. Kiefer angespannt, Augen gequält. Auch er litt. Sie streckte ihm die Hand entgegen, und er stieß sich von der Wand ab.

Als er nah genug war, schlang sie einen Arm um ihn. Da sie nicht länger von Wut geblendet war, erkannte sie, dass er sich genauso über ihr Hacken geärgert hatte wie Galen. Er hatte die Situation einfach besser gehandhabt.

Wenn Galen und Vance befürchteten, dass die *Association* sie ermorden würde, wie sie das mit Leutnant Tillman getan hatte, war es doch klar, dass die beiden Angst um sie hatten.

Sicher, Sally wusste, wie gut sie war, aber ihre Doms waren sich dessen nicht bewusst. Nicht, dass die Männer ihr die Chance gegeben hätten, es ihnen zu erklären, aber …

„Ich werde aufhören", sagte sie. Sie zog sich zurück, stellte sich ihnen und fühlte den Verlust, ihre Fertigkeiten für das Gute einzusetzen. Sie wollte eine Heldin sein. Sie wollte etwas Besonderes tun. Etwas Ehrenwertes. „Ich gebe euch meine Dateien. Und ich werde nicht mehr hacken."

Es hatte eine Zeit gegeben, in der Galen in der Lage gewesen war, seinen Ausdruck unlesbar zu machen. Entweder hatte er die Fähigkeit verloren oder ihr Blick war nun schärfer. Sie sah, wie seine Erleichterung etwas von dem Schmerz auslöschte, der in den Schatten seiner Augen lauerte.

Da sie jetzt wusste, was ihn zu schaffen machte, konnte sie vielleicht helfen.

„Bist du dir sicher, Süße?", fragte Vance.

Sie wollte ihn umarmen, nur weil er sein wunderbares vernünftiges Selbst war. Seine Standhaftigkeit balancierte Galen aus. Okay, auch für sie tat er das. Und gerade jetzt wollte sie ihn unbedingt lächeln sehen. Sally wollte sie beide lächeln sehen.

Sie rümpfte die Nase und gab ihnen ihren süßesten Schmollmund. „Wenn es nötig ist, aufzuhören, um euch beide in Sicherheit zu wissen, bleibt mir wohl keine andere Wahl."

Galen rieb sich mit den Händen über das Gesicht, als wollte er sein emotionales Geständnis hinter sich bringen und zum nächsten Tagesordnungspunkt übergehen. „*Uns* in Sicherheit wissen?", fragte er ungläubig. Als er zu Vance blickte, hielten seine blauen Augen die Belustigung, von der sie nicht genug bekam.

„Ich mag es, mich sicher zu fühlen." Vance berührte ihre Nasenspitze. „Ich denke, wir sollten ihr Angebot annehmen."

„Nun, okay ... Danke, Sub." Galen nickte zu den Kisten auf dem Bett. „Wie wäre es, wenn wir die Kisten in dein Auto laden? Wir haben in der Stadt ein Zimmer gebucht. In dem einzigen Hotel, das es hier gibt. Dort können wir hin und uns unterhalten."

„Aber –" Sie war fertig mit dem Packen. Es gab keinen Grund, länger zu bleiben. „Okay. Aber worüber wollt ihr reden?"

Vance legte die Hände auf ihre Schultern. „Willst du nicht bei uns bleiben?"

*Bleiben?*

Vance runzelte die Stirn, und der Ausdruck auf Galens Gesicht spiegelte wahrscheinlich ihren eigenen wider – Unentschlossenheit und Sorge. „Ich ... Lasst uns das Thema im Hotel besprechen."

Sie hörte die schweren Schritte ihres Vaters auf der Treppe und dann klopfte er an ihre Tür. „Sally, Tate lädt uns zum Abendessen ein. Auch die Männer sind eingeladen. In fünfzehn Minuten geht's los."

*Großartig.* Eine unangenehme Mahlzeit bei ihrem Bruder. Könnte sie ablehnen? Nein, es könnte – mit großer Wahrscheinlichkeit – das letzte Mal sein, dass sie ihre Familie sah. Warum ihr diese Erkenntnis das Herz brach, wusste sie nicht. Es war nicht so, als hätten sie Sally mit Liebe überhäuft. Sie sah zu Vance und Galen. „Würde euch das stören?"

Vances Mund formte eine gerade Linie. „Du gehst sicher nicht ohne uns dorthin."

Galen nickte. „Lass uns zuerst dein Auto vollladen, damit du nicht hierher zurückkehren musst."

*Gott,* sie liebte die beiden so sehr. Ein wirklich beängstigender Gedanke.

---

**Nachdem sie alle** aus ihren Fahrzeugen gestiegen waren – dem Mietwagen der Agents, ihrem eigenen Mietwagen und dem Pickup ihres Vaters –, folgte Sally den drei Männern zum Haus ihres Bruders. Eskortiert wurden sie dabei von einem goldenen Labrador und einem enthusiastischen Australian Shepard.

Bevor sie die Veranda erreichte, sah sich Sally um. Ihre Großeltern hatten auf diesem Grundstück gelebt, aber sie waren gestorben, als sie noch klein war, und obwohl ihr Vater die Felder danach bepflanzt hatte, ließ er das Farmhaus und die Scheune verfallen.

Tate hatte alles wieder hergerichtet, und das alte zweistöckige Schindelhaus erstrahlte nun in einem makellosen Weiß mit marineblauen Fensterläden und Zierleisten. Die Scheune war traditionell rotbraun gestrichen. Die zweieinhalb Meter hohen Spiersträucher, die die Schotterstraße säumten, um den Lärm und den Staub zu reduzieren, wurden regelmäßig beschnitten. Und zu ihrer Überraschung fanden sich rosa Petunien links und rechts des betonierten Pfades.

Seit wann pflanzte Tate hübsche Blumen? Seit wann hatte er

Hunde?

Wahrscheinlich von dem bellenden Shepard alarmiert, kam ihr Bruder die Veranda herunter und trat um die Hunde herum. Er war rasiert, braune Haare kurz geschnitten, trug eine Jeans und ein Willie-Nelson-T-Shirt. „Sally. Es ist schön, dich zu sehen."

Bei seinem willkommen heißenden Ton und seinem Lächeln klappte ihre Kinnlade herunter. „Äh. Ja, ich freu mich auch." Unsicher, wie sie reagieren sollte, drehte sie sich zu den Agents, um sie vorzustellen. „Vance Buchanan, Galen Kouros. Jungs, das ist mein Bruder Tate Hart."

Tates Augen verengten sich, als er zu ihren wenig vorzeigbaren Männern schaute. Mit Sicherheit konnte er Galens Waffe unter seiner offenen Lederjacke sehen.

Abseits stand ihr Vater, der wie immer ein Stirnrunzeln zur Schau stellte.

Nachdem die Männer Hände geschüttelt hatten, bemerkte Sally weitere Veränderungen. Ein kleines Fahrrad mit Trainingsrädern und ein knallrotes Dreirad standen vor der Veranda. Ein Football lag in der Nähe eines umgestürzten Puppenhauses, in dem Puppen wie die Opfer in einem Krieg verstreut lagen.

Tate hatte vor drei Jahren noch keine Kinder gehabt, oder?

„Sie sind hier!" Der kindliche Schrei kam von einem der beiden Kinder, die aus der Haustür rannten. Ein Junge, vielleicht um die acht, dem ein jüngeres Mädchen folgte. Beide waren sie blond und blauäugig. Wohl kaum Tates Kinder.

„Kommt her, ihr zwei." Tate winkte sie zu sich. Der Junge kam zu seiner Rechten.

Das Mädchen presste sich an sein linkes Bein und musterte Vance und Galen misstrauisch. Nach ein paar Sekunden richtete sich die Aufmerksamkeit der Kleinen auf Sally. Ein breites Lächeln formte sich. „Du bist Daddys Schwester."

Tate ein Daddy? Sally schüttelte ihren Gedanken ab, grinste und streckte ihre Hand aus. „Das stimmt. Ich bin Sally. Und ihr seid?"

Der Junge nahm ihre Hand. „Ich bin Dylan und das ist Emma. Lebst du wirklich in Florida?"

„Ja, das tue ich. Ich –" Sie wurde von der Stimme einer Frau unterbrochen.

„Tate, lass sie nicht da draußen stehen. Bring sie rein." Auf der Veranda stand eine Frau in einem roten Seidentop mit V-Ausschnitt und einer blauen Jeans. Ihre Haar- und Augenfarbe ähnelte den Kindern. Mit einem Stirnrunzeln zu Tate winkte sie die Gruppe rein. „Wir haben Bier und Wein und Limo. Kommt rein."

„Bier klingt gut", sagte Vance und hakte einen Arm bei Sally ein. „Es riecht köstlich."

„Leigh Anne ist eine großartige Köchin", sagte Tate. Er wies alle die Stufen hinauf, wich dem wilden Durcheinander aus Kindern und Hunden aus und folgte mit deren Vater.

Es war ein einladendes Haus. Im Wohnzimmer befanden sich bequem aussehende Sofas und Sessel in einem Dunkelgrün, ein Großbildfernseher und Spielzeug quoll über eine Holztruhe. Die Frau führte den Weg ins Esszimmer. „Das Essen ist fertig, also bitte nehmt Platz. Was möchtet ihr trinken?" Sie rollte mit den Augen. „Ganz vergessen – ich bin Leigh Anne."

Tate betrat den Raum rechtzeitig, um sie zu hören, und lachte.

*Er lacht!*

Sally schaffte es kaum, die Kinnlade hochzuklappen. Als er eine weitere Runde mit Begrüßungen startete, konnte sie ihn nur anstarren. Seit wann war Tate so ... entspannt? So nett? Sie wollte den Kerl anstupsen und fragen, was er mit ihrem echten Bruder gemacht hatte.

Es wurden Getränkebestellungen entgegengenommen, und die Männer entschieden sich für Bier, mit Ausnahme von Galen, der Wein bevorzugte.

Sally grinste ihn an und flüsterte: „Waschlappen."

„Ja, das bin ich." Er schob eine Hand in ihre Haare – die natürliche Leine eines Doms – und zog sie zu sich. „Ich habe deinen Mund vermisst", sagte er und lehnte sich vor, um an ihren Lippen zu flüstern: „Und ich habe vor, ihn heute Abend zu benutzen."

Der rücksichtslose Griff an ihrem Haar und das Versprechen in seinen dunklen Augen schickten Hitze durch ihre Adern. Sicher, sie neckte ihn, aber niemals würde sie seine Männlichkeit anzweifeln. Er hatte mehr Testosteron, als für einen Mann gut war. Sie schluckte hart und flüsterte die einzig mögliche Antwort: „Ja, Sir."

„Gut genug." Ein schwaches Lächeln zierte seinen Mund, als er sie losließ.

Der Idiot. Mit nur wenigen Worten hatte er es geschafft, dass ihr Körper vor Erregung summte. Als sie darüber nachdachte, ihn zu treten, fing sie ein Augenzwinkern von Vance ein und ein Stirnrunzeln von ihrem Bruder.

*Okay.* Sie drehte sich und folgte Leigh Anne in die Küche. Feminist oder nicht, eine Frau bot einer anderen Frau immer ihre Hilfe an – besonders, wenn sie vor den Männern fliehen wollte. „Hey, kann ich helfen?"

„Gerne. Könntest du das Bier aus dem Kühlschrank holen, während ich den Wein öffne?" Sie schenkte Sally ein schiefes Lächeln. „Dein Vater glaubt nicht an Gespräche vor dem Abendessen, also überspringen wir diesen Teil."

Auch gut. Sie wusste eh nicht, worüber sie in dieser Zusammensetzung sprechen sollte. Sally holte drei Bierflaschen für die Männer und eine für sich selbst heraus. „Deine Kinder sind entzückend."

Leigh Annes taubenblaue Augen tanzten vor Belustigung. Sie war wahrscheinlich ungefähr in Tates Alter, also mehrere Jahre älter als Sally, und strahlte mit Selbstvertrauen. Ihre Kleidung betonte ihren kurvigen Körper und ihr Make-up war natürlich gehalten. Sie trug eine Herrenuhr am Handgelenk und hatte sich nicht die Mühe gemacht, Schuhe anzuziehen. Wie konnte Sally sie nicht mögen? „Die Monster mögen bezaubernd sein, aber bereite dich darauf vor, heute Abend ausgefragt zu werden. Wenn es um dich geht, sind sie sehr neugierig."

„Ah, okay." *Das Gefühl beruht auf Gegenseitigkeit. Wo hat Tate so eine nette Frau gefunden?*

Leigh Anne stellte Gläser auf zwei Tabletts und schenkte ihr ein scharfsinniges Lächeln. „Tate hofft, dass du noch ein bisschen bleibst, nachdem Hugh gegangen ist. Um zu reden und Versäumtes nachzuholen."

„Äh ..." Mit Tate reden? *Mal was Neues.* Als hätte er jemals das Bedürfnis gehabt, sich mit ihr zu unterhalten ... „Ich glaube nicht –"

Aus ihrer vergrabenen Vergangenheit sprudelte eine Erinnerung an die Oberfläche. *„Schneller, Pferdchen. Schneller!"* Sally hatte auf Tates Schultern gesessen und benutzte sein zotteliges Haar als Zügel. *Sie quietschte vergnügt, als er sie auf und ab hüpfen ließ und im Kreis trabte.*

Etwas benommen holte sie langsam Luft. Wie hatte sie vergessen können, dass er einst ihr großer Bruder gewesen war, den sie über alles verehrt hatte? Bis ihre Mutter gestorben war. Ihre Ablehnung verblasste und sie nickte stattdessen.

Leigh Annes Lächeln konnte nicht heller strahlen. „Gut. Das ist gut. Jetzt müssen wir nur noch ein Abendessen mit deinem mürrischen Vater überleben." Sie zwinkerte Sally zu, nahm ihr Tablett und führte den Weg zum Esszimmer.

Ihr Bruder saß an einem Ende des Tisches. Ihr Vater hatte die Kinder auf der einen Seite neben sich, auf der anderen hatten sich Vance und Galen ausgebreitet und einen Stuhl zwischen ihnen frei gelassen.

Sally lief um den langen ovalen Tisch herum und verteilte die Getränke von ihrem Tablett.

„Danke." Vance nahm sein Bier und sagte leise: „Du bist eine wunderschöne Bardame. Z hat dich gut ausgebildet."

„Das Kompliment schätze ich sehr." Sie beugte sich vor und

flüsterte ihm ins Ohr: „Auszubildende dürfen nach ihrer Schicht spielen, oder? Bekomme ich später eine Session?"

„Oh ja, Süße, die bekommst du." Eine Falte erschien in seiner Wange, und sein sündhafter Blick schickte ihren Puls in die Höhe. Als er jedoch hinzufügte: „Du hast schließlich einiges wieder gutzumachen", hätte sie beinahe das Tablett fallen lassen.

Echt jetzt? Sie wollten sie bestrafen, nur weil sie dem Befehl, im Zimmer zu bleiben, nicht gefolgt war, sich stattdessen aus dem Staub gemacht hatte und Vance und Galen so gezwungen gewesen waren, sie aufzuspüren? Hatten die beiden überhaupt keinen Sinn für Humor?

Dummerweise reagierte ihre Libido bei der Drohung wie ein gut trainierter Pudel, der sich aufrichtete und um ein Leckerli bettelte. Mit Mühe schaffte sie es, einen genervten Ausdruck heraufzubeschwören, bevor sie zurück in die Küche flüchtete.

Nachdem sie und Leigh Anne Milch für die Kinder, Hackbraten, Kartoffelpüree, Brötchen, Mais und einen großen Salat herausgebracht hatten, nahmen sie Platz. Tate sprach ein stilles Gebet, und wieder wusste Sally nicht, was sie denken sollte. Als ihre Mutter gestorben war, hatte es ihr die Religion gleich getan.

Das Gespräch blieb im Bereich des Smalltalks; alle wurden auf den neuesten Stand gebracht. Leigh Anne erzählte, wie sie Tate am Vierten Juli kennengelernt hatte. Emma war bei dem lauten Feuerwerk hysterisch geworden, und Tate war zur Rettung geeilt. „Er war so süß zu ihr", sagte Leigh Anne und schenkte ihm ein liebevolles Lächeln.

Süß? Tate? Sally runzelte die Stirn. Nicht ihrer Erfahrung nach. Wenn sie jedoch länger darüber nachdachte, war er in der Schule sehr beliebt und ein guter Freund gewesen. Nur zu ihr nicht. Sie hatte noch nicht einmal eine Hochzeitseinladung erhalten. „Und dann habt ihr geheiratet?"

Tate toastete seiner Frau mit dem Bier zu. „Genau. Wir wurden von einem Friedensrichter getraut. Es kamen nur ein paar Freunde, die als Zeugen agierten. Keine Party."

„Ja, wir mussten es klein halten, da wir sonst die ganze Stadt hätten einladen müssen." Leigh Anne schenkte ihren Gästen ein verschmitztes Lächeln. „Meine erste Hochzeit war riesig und teuer und seht nur, was daraus geworden ist."

Sally biss sich auf die Lippe und fühlte, wie sich unwillkommene Tränen in ihre Augen stahlen. Warum war sie nicht erleichtert, dass Tate sie von seiner Einladungsliste gestrichen hatte? Schließlich hatten sie keinen Kontakt. Kontrolliert atmete sie ein und aus, drückte ihre Emotionen nieder, zurück an den Ort, wo sie hingehörten. Erst dann traute sie sich, den Kopf zu heben.

Er beobachtete sie mit einem besorgten Lächeln.

So auch Vance, der ihr tröstend das Knie streichelte.

Nach einem kühnen Blick zu ihr wechselte Galen das Thema zu den Gangs, die sich in den letzten Jahren in Des Moines eingefunden hatten.

Beim Nachtisch fragte Sally nach Neuigkeiten über ihre Klassenkameraden. Leigh Anne und Tate kannten wahrscheinlich den besten Klatsch der Stadt.

Mehrere hatten geheiratet. Ein paar der Jungs waren im Ausland aktiv.

„Im vergangenen Winter starb Clare bei einem Autounfall. Ich glaube, sie war ein Jahrgang unter dir", sagte Tate. „Sie hat zwei Kinder und einen Ehemann zurückgelassen."

Sallys Vater schaute von seinem Teller auf und warf ihr einen eiskalten Blick zu. „Clare hatte wahrscheinlich auch eine egoistische Göre, die etwas *unbedingt* haben wollte, sonst wäre sie nie auf der Straße gewesen." Seine unerwartete Attacke ließ den Tisch verstummen.

Schuldgefühle breiteten sich in Sally wie ein Winternebel aus.

Mit weit aufgerissenen Augen zog Emma die Hand von dem Brötchenkorb zurück.

Nein, das war einfach nicht richtig. Sally stand auf und reichte dem kleinen Mädchen ein Brötchen. „Es ist okay, Kleine. Er meinte nicht dich."

Ohne ein Wort zu sagen, schlang Vance seinen Arm um Sally und zog ihren Stuhl so nah zu sich, dass sie die tröstende Wärme seines Körpers an ihrer Seite spüren konnte.

Galen lehnte sich zurück und schwenkte den Wein in seinem Glas, als er mit seinem unverblümten New-England-Tonfall fragte: „Sie haben damit offensichtlich auf Ihre Tochter angesprochen. Um was hat Sally ihre Mutter gleich noch gebeten?"

„Ein neues Kleid." Der Mund ihres Vaters verzog sich. „War nie mit dem zufrieden, was sie hatte. Sie wollte etwas Besonderes für eine Party. Und obwohl ich ausdrücklich gesagt habe, dass es kein Geld mehr für Kleidung gibt, fuhr ihre Mutter sie in die Stadt."

„Nun, kein Wunder, dass Sie sie wie eine Kriminelle behandeln." Galens Stimme klang so hart wie ein Diamant. „Ein kleines Mädchen hat seine Mutter um ein Partykleid gebeten? Schnell, Vance, hol die Handschellen raus. Bring die Göre ins Gefängnis."

Ihr Vater zuckte zurück, als wäre er geschlagen worden. „Nun hören Sie mir mal –"

„Wir sollten einen Gesetzesvorschlag machen", sagte Galen. „Wir werden es zu einem Verbrechen machen, wenn ein Kind nach Kleidung fragt."

Da Sally gegen dunkle Erinnerungen und Selbstvorwürfe ankämpfte, dauerte es eine Weile, bis seine Worte bei ihr ankamen. Sie starrte ihn an. „Was?", hauchte sie.

Vance schnaubte. „Das wird nicht funktionieren, Partner. Ich habe Schwestern, Cousinen, Cousins, Nichten und Neffen, und sie haben jeden zweiten Tag von der Vorschule bis zum College nach neuen Klamotten gefragt. Oh, warte, einer meiner Neffen hat das nicht – er wollte Videospiele."

Galens Augenbrauen zogen sich zusammen. „Das ist ja noch schlimmer."

Sally schloss den Mund, als die kalte Logik der Doms zu ihr durchdrang. Die Schatten um sie herum verzogen sich, und sie erinnerte sich an den Aufsatz, den sie für Galen geschrieben hatte. Sie sah die Handlungen ihres Vaters durch die kritischen Augen der Männer.

*Mal ehrlich. Ein Kind wie einen Kriminellen behandeln, weil es ein Kleid haben will?* Sie dachte an die Kinder ihrer Freunde, wie sie nach Sachen fragten, wie sie bettelten, wenn sie nicht die Antwort bekamen, die sie wollten. *Normale* Kinder.

„Oje." Leigh Annes Augen weiteten sich. „Ich fürchte, Emma und Dylan wären die ersten, die verhaftet würden."

Sally sah, wie Tate gegen sein Lachen ankämpfte.

Nach einem kurzen Blick auf seinen Stiefvater kicherte Dylan und spielte mit: „Oh nein, Mama! Ich will nicht ins Gefängnis. Ich wollte doch nur ein Paar Laufschuhe. Nicht wie John − er wollte drei Paar."

„Kann ich neue Kleider für meine Puppen haben, Mami?" Kichernd hüpfte Emma auf ihrem Stuhl auf und ab. „Jetzt muss ich auch ins Gefängnis, oder? Wie Dylan?"

Sallys Vater schlug mit der Faust auf den Tisch, ließ das Geschirr klappern und die Kinder zuckten vor Schreck zusammen. „Es reicht! Darüber scherzt man nicht! Die Göre hat ihre Mutter getötet!"

Galen erhob sich und beugte sich vor, die Hände flach auf dem Tisch. „Ein Autounfall ist eine Tragödie. Ein Kind dafür zu beschuldigen, sich wie ein Kind zu verhalten, ist kriminell. Persönlich würde ich es Missbrauch nennen, und wenn jemand hier es verdient, ins Gefängnis zu gehen, dann Sie, Mr. Hart."

„Was wagen Sie sich, das zu mir zu sagen!"

„Das sollte er nicht." Sally stand auf. Zum ersten Mal sah sie ihren Vater klar und deutlich. Wut schwoll in ihr an. Wenn er Emma so behandelt hätte, wie er das bei ihr getan hatte, hätte sie das Kind aus seiner Obhut entfernt.

Als sie ihre Hand auf Galens Schulter legte, musterte er sie für eine Sekunde und zog sich dann zurück, indem er wieder Platz nahm. Vances Hand wärmte ihren unteren Rücken; er würde eingreifen, wenn sie ins Stocken geriet.

Ihr Vater zischte: „Das ist schon besser –"

„Er hätte es nicht sagen sollen, weil ich es schon vor Jahren hätte tun müssen." Ihre Lippen fühlten sich taub an, ihre Hände kühlten ab. Aber ... sie war bereit. „Ich habe mich von dir beschimpfen lassen. Du hast mich in der unbeleuchteten Scheune eingesperrt. Du hast mich drei Tage lang in meinem Zimmer gelassen, nur weil ich eine tote Katze betrauert habe."

Und Tate hatte ihr damals Essen im Baumhaus hinterlassen. Auch das hatte sie vergessen. „Du hast mir das Gefühl gegeben, dass ich den Autounfall verursacht habe – als wäre ich ein Monster." Die Schuld schwankte vor ihr wie ein schwarzer Vorhang, aber sie riss ihn herunter. Sie atmete tief ein und die Luft fühlte sich frischer an. „Dabei war ich nur ein normales Kind. Mama war eine normale Mutter. Das Auto kam an einer blöden Stelle ins Rutschen. Das einzige Verhalten, das einem Monster gleichkam, war deins. *Ist* deins!"

„Ich habe nicht –" Er zeigte auf sie, das Gesicht vor Hass zu einer Fratze verzogen.

Er würde sich nicht ändern. Die Trauer darüber erfüllte ihre Brust, aber sie wusste, was sie tun musste. Mit fester Stimme sagte sie: „Ich werde von nun an nicht mehr mit dir sprechen. Ich betrachte dich nicht länger als meinen Vater."

Sein Kiefer arbeitete, aber unter ihrem unerschütterlichen Ausdruck senkte er den Blick.

Sally trat einen steifen Schritt zurück. Vance drückte ihre Hüfte und nahm seine Hand weg, ließ sie frei, sodass sie ihren eigenen Kurs bestimmen konnte.

Ihre Knie fühlten sich schwach an, als sie sich abwandte und mit hocherhobenem Kopf aus der Hintertür in die stille Nacht trat. Ihre Brust schmerzte. Ihr ganzer Körper schmerzte, aber ... Der Himmel war mit Sternen gespickt. *Wow.* Sie hatte vergessen, wie schön Iowa sein konnte.

· · ·

**Galen war so** stolz auf Sally. Sie hatte gesagt, was gesagt werden musste. Und er fühlte mit ihr, denn er wusste, was es sie gekostet hatte. Weshalb er dem Bastard am liebsten die Faust ins Gesicht schlagen würde.

Er ballte die rechte Hand um seinen Gehstock und wusste, wenn er jetzt sprechen müsste, würde die Sache nicht zivilisiert ausgehen.

„Ich bin dran", flüsterte Vance. Er stand auf, stellte einen Fuß auf den Stuhl und legte seine Unterarme auf seinen Oberschenkel. „Mr. Hart, nach all dem, was ich hier gerade mit anhören musste, bin ich dazu geneigt, Sally zu einer Zivilklage zu überreden. Obwohl die Verjährungsfrist das Ergebnis behindern würde, wäre es doch sicher Ihr Ruf, der dabei zu Schaden käme."

Volltreffer. Dem Mann wich die Farbe aus dem Gesicht und hinterließ ein hässliches Gelb auf seiner gebräunten Haut. Er stand auf und ließ den Blick über alle Anwesenden schweifen, als erwartete er, dass jemand zu seiner Rettung kam. Seine Augen blieben auf Tate ruhen. „Erlaubst du ihnen wirklich, so mit mir zu reden?"

„Ja." Tate war kreidebleich, aber er drückte die Schultern durch. „Ich habe nichts gehört, was nicht der Wahrheit entspricht."

Mit einem Knurren stampfte der alte Mann aus dem Zimmer. Eine Minute später knallte die Haustür zu.

„Okay." Leigh Anne stieß den Atem aus. „Das war ziemlich stressig, oder?"

„Er war so gemein." Emma sah aus, als würde sie gleich weinen, und Galen bedauerte, dass sie Zeuge dieser Auseinandersetzung geworden war. „Geht es Sally gut?"

„Ich denke, das wird schon wieder." Leigh Anne zog ihre Tochter auf den Schoß und sah zu ihrem Ehemann. „Ich denke, das gilt für uns alle."

Galen folgte ihrem Blick.

Tate wirkte wie vom Blitz getroffen. Nach einer Sekunde

versuchte er zu lächeln. „Emma, Dylan, wenn ihr zwei euch fürs Bett fertigmacht, wird Sally vielleicht zu euch kommen und euch eine Gute Nacht wünschen, bevor sie geht."

Emmas Gesicht klarte auf. Sie rutschte vom Schoß ihrer Mutter und hüpfte zur Treppe. „Ich werde ihr meinen Delfin und meinen Oktopus zeigen! Sie wird sie mögen."

Dylan folgte ihr auf den Schritt. „Meine Bücher werden ihr besser gefallen. Ich wette, sie liest gerne."

Gott sei Dank waren Kinder belastbar. Galen drehte sich zu Leigh Anne. „Es tut mir leid, dass deine Kinder dem ausgesetzt waren. Wir hätten das Thema woanders ansprechen sollen."

Leigh Anne schüttelte den Kopf. „Obwohl er sie nie so behandelt hat, wie er das mit Sally getan hat, haben sie sicher genug von seiner Meinung mitbekommen. Heute Abend wurde es hässlich, ja, aber ich bin froh, dass sie gesehen haben, wie er endlich seine wohlverdiente Strafe erhalten hat."

„Ich auch", murmelte Tate.

Als Leigh Anne aufstand, taten es ihr die Männer gleich. Sie nickte Galen und Vance zu. „Ich werde nach den Kindern sehen, und ihr wollt wahrscheinlich bei Sally sein. Geht nur."

„Danke", sagte Vance. „Du warst eine großzügige Gastgeberin."

Als Galen zur Hintertür ging, hörte er Leigh Anne sagen: „Schatz, jetzt wäre ein guter Zeitpunkt."

„Ich hoffe es", antwortete Tate. „Ich kümmere mich um den Abwasch und werde dann mit ihr sprechen."

Galen hielt an der Tür inne. Von was redete Tate? Er überlegte, wieder hineinzugehen, doch in dem Moment fiel sein Blick auf Sally.

Sie saß auf den breiten Stufen, mit dem Kopf gegen das Geländer und blickte zu den Sternen auf. Sie schenkte ihm und Vance ein schwaches Lächeln. „Tut mir leid, dass ich euch zurückgelassen habe. Ich wollte da drin das letzte Wort haben."

„Hatte den gewünschten Effekt", sagte Vance. Er gab ihr einen kleinen Kuss.

Mithilfe des Geländers setzte sich Galen auf die Stufe direkt über ihr. Er spreizte die Beine und zog sie zu sich, bis sie seine Brust als Rückenlehne benutzte.

Sie zitterte.

„Dir ist kalt", sagte er. Wahrscheinlich war ihr Zittern auch auf einen Adrenalinrausch zurückzuführen.

Bevor sie antworten konnte, trat Vance auf die Stufe unter ihr und setzte sich mit dem Rücken an das Geländer, streckte die Beine aus, und hob ihre Beine über seine. Nachdem er seine Hände auf ihre Knie gelegt hatte, lächelte er sie an. „Betrachte uns einfach als tragbare Heizkörper."

„Ihr zwei." Sie seufzte und zog Vances Hand auf ihren Schoß.

In der Ferne heulte eine Eule. Der Mais raschelte in der Brise, die mit dem Duft von frisch gemähtem Gras durchzogen war. Ruhige Gegend. Als Sally ihren Kopf an ihn lehnte, spürte Galen, wie der Aufruhr des Abends durch Zufriedenheit ersetzt wurde. Sein Partner, seine Frau. Beide in Sicherheit.

Er schlang seine Arme um sie. Später würden sie besprechen, was passiert war, und ein wenig graben, da ihre kleine Sub heute ein paar Dinge enthüllt hatte, von denen sie zuvor nichts gewusst hatten. Für den Moment jedoch hatten sie alle eine Pause nötig.

Dass sie Trost von ihm akzeptierte, dass sie ihm wirklich vergeben hatte, war mehr, als er erwartet hatte ... und genau, was er brauchte.


**Als sich die** Besorgnis der Männer um Sally legte, nahm das schreckliche Beben in ihrem Inneren ab. Sie schwiegen und erlaubten ihr, dass sie allein zu sich zurückfand. Das ruhige Land hatte es immer geschafft, sie zu besänftigen, vor allem, wenn sie sich auf dem riesigen Ahornbaum hinter dem Haus versteckt hatte.

*Gott*, sie hatte diese winzige Plattform geliebt. Rückblickend schien es erstaunlich, dass eine schwächliche Zwölfjährige in der Lage gewesen war, dieses Ding zu bauen. Wie viel von ihrer Haut hatte sie einbüßen müssen, als sie Altholz den Baum hoch gezerrt hatte? Wie oft war sie aus dem Fenster ihres Schlafzimmergefängnisses geklettert, auf das Vordach und das Gitter hinunter? *Ob es die Plattform noch gibt?*

Als sie ihren kleinen Zufluchtsort gebaut hatte, hatte sie nicht über die Zukunft nachgedacht ... Es war ihr nicht mal in den Sinn gekommen, dass die Blätter von einem lebhaften Herbstwind davongetragen werden könnten und so ihr *Baumhaus* völlig entblößt wäre. Ihr Vater hatte es definitiv bemerkt. Aber er war amüsiert gewesen, wahrscheinlich in der Annahme, dass Tate es gebaut hatte.

Ihr Bruder hatte ihr Geheimnis nie preisgegeben. Seltsam, wie Tates späteres Verhalten sie dazu gebracht hatte, so viele seiner kleinen Freundlichkeiten zu vergessen.

Ein paar Minuten danach öffnete sich die Fliegengittertür. Tate trat heraus und nickte den beiden Männern zu. „Tut mir leid, dass ich störe, aber ich wollte mit meiner Schwester sprechen, bevor sie geht." *Meine Schwester.* Als sie klein waren, hatte er diese Worte mit so viel Stolz gesagt. Nachdem sich jedoch die Welt verändert hatte, hatte er dieses Possessivpronomen nicht länger benutzt.

Verachtung für ihn flammte auf ... und starb. „Setz dich", flüsterte sie.

Vance sagte: „Möchtest du, dass wir euch etwas Privatsphäre geben?"

Tate setzte sich neben Sally und lehnte sich an das Geländer. „Bleibt ruhig. Nach diesem Abendessen bezweifle ich, dass wir noch viele Geheimnisse haben."

Um ihrem Bruder ins Gesicht sehen zu können, drehte sich Sally in Galens Armen und legte ihre Unterarme auf sein Bein.

Das Sternenlicht verstärkte die Schatten und Linien in Tates

Gesicht. Er sah alt aus, und ihr wurde plötzlich bewusst, dass er mittlerweile über dreißig war. Seine Augen, in der Farbe ihres Vaters – und ihrer –, fanden ihren Blick. „Sally, es tut mir leid."

Der Abend? „Tate, ich bin es, der Vater angegangen ist, nicht –"

„Das meine ich nicht. Zum Teufel, er bekam, was er verdient hat. Zumal du nichts gesagt hast, was ich ihm nicht bereits an den Kopf geworfen habe, nachdem mir bewusst geworden war, dass ..."

Sally starrte ihn an. Er hatte mit Vater gestritten?

Er seufzte. „Die Tatsache, dass du mich so ansiehst, bedeutet, dass ich noch schlimmer war, als ich mich erinnere." Er zog an seinem Ohrläppchen. „Scheiße ... Ich wusste damals nicht, wie furchtbar ich war. Ich ... Alle Brüder ärgern ihre kleinen Schwestern, oder?"

„Ich schätze ...", sagte sie gedehnt.

„Nein!" Er schlug auf die Stufe und Sally zuckte zusammen.

Vance drückte ihr Bein.

„Nein", sagte Tate leiser. „Leigh Anne ist mit den Kindern hier eingezogen." Er lächelte. „Ich liebe die kleinen Racker, aber sie können anstrengend sein. Dylan neckt Emma, und ja, wie er es tut, ist das normal. Allerdings ist es normal, weil wir verhindern, dass es zu weit geht. Er bekommt Schwierigkeiten, wenn er sie verletzt oder zum Weinen bringt oder ihr Spielzeug kaputt macht. Als ich sie beobachtet habe, wurde mir klar, dass Kinder noch nicht wissen, wann sie zu weit gehen. Es müssen ihnen Grenzen gesetzt werden."

Sally wusste nicht, was sie sagen sollte, also übernahm Galen – Dom, der er war – die Führung. „Du bist mit Sally zu weit gegangen?", fragte er so leise, dass sie sich nicht sicher war, ob Tate überhaupt bemerkt hatte, dass jemand anderes gesprochen hatte.

„Ja. Dad hat keine Grenzen gesetzt. Verdammt, er hat mich angestachelt. Und ich habe ihm geglaubt und gab Sally die ganze Schuld für Moms Tod. Ich war wütend. Ich wusste nicht, wo ich mit meiner Trauer hinsollte. Sie war nicht meine richtige Mutter, aber ich habe sie geliebt."

In der Stille ertönte ein Wimmern, und der alte Labrador nahm die Stufen und lehnte sich mit einem lauten Seufzer an Tate.

Tate legte seinen Arm um den Hund und streichelte seine Ohren. „Es ist ironisch, denn sie hat mir beigebracht, dass Liebe dicker als Blut ist."

Sally nickte. Ihre Mutter hatte alles und jeden geliebt. Und damals hatte ihr Vater ... Okay, er hatte nie eine Tochter gewollt, aber er war nicht grausam gewesen. Nach dem Tod ihrer Mutter war das Licht in seinen Augen erloschen und er hatte sich verändert. „Du bist nach ihrem Tod so anders gewesen."

„Ich weiß. Dad gab dir die Schuld, also tat ich es auch. Ich habe ihren Verlust an dir ausgelassen." Er schüttelte den Kopf. „Als Kind fühlte ich mich irgendwie schuldig, wenn ich gemein zu dir war. Aber jetzt, wenn ich mir vorstelle, dass Dylan Emma auf diese Weise behandeln könnte, wird mir schlecht. Gott, Sally, es tut mir so leid."

Sie musterte sein Gesicht, und er öffnete sich für ihre Prüfung. Langsam begann sich ein Knoten in ihrer Brust zu lösen.

Es tat ihm leid. Ja, er war gemein zu ihr gewesen, aber es war ihr Vater, der den Kampf gegen sie eröffnet hatte. Tate war ein Teenager gewesen, der eine geliebte Mutter verloren hatte, und ihr Vater hatte mit dem Finger auf sie gezeigt. Hätte sie genauso reagiert, wären die Rollen vertauscht gewesen? Hoffentlich nicht, aber ... „Ich denke, ich verstehe. Ich vergebe dir."

„Wow, Süße, du nimmst den ganzen Spaß aus dem Abend. Erst verlässt dein Vater das Haus, und jetzt kann ich nicht mal deinem Bruder eine Tracht Prügel verpassen?", grummelte Vance. Sein Ton mochte unbekümmert klingen, aber ihr entging nicht die zugrunde liegende Frustration. Er hatte wirklich jemanden für sie verprügeln wollen. Sie legte ihre Hand über seine und drückte sie.

„Apropos ... Da ich jetzt wieder den Status eines großen

Bruders habe" – Tate starrte zuerst Vance, dann Galen nieder – „würdet ihr mir mal erklären, wer von euch beiden mit meiner Schwester zusammen ist?"

*Oh, mein Gott!* Sally hielt den Atem an.

„Das sind wir beide", sagte Galen. „Hast du ein Problem damit?"

Tate blinzelte. Anscheinend hatte er keine klare Antwort erwartet, oder in Verlegenheit gebracht zu werden. Er musterte die Männer, und sie erinnerte sich an diese Eigenschaft von ihm. Er hatte sich für Entscheidungen stets Zeit gelassen. Schließlich richtete er seine Worte an Sally: „Ich mochte die Art und Weise, wie sie sich für dich eingesetzt haben, auch nachdem du hier rausgekommen bist. Aber wenn sie dich zu etwas drängen, dass du nic –"

„Das tun sie nicht", sagte Sally entschlossen.

„Ich schätze, das ist in Ordnung." Er stand langsam auf und zögerte dann. „Ich möchte nur, dass du weißt, dass du hier einen Ort hast, an den du kommen kannst, wenn du in Schwierigkeiten gerätst. Oder wenn du dich nach deiner Heimat sehnst. Okay?"

*Zum Teufel*, wenn er so weitermachte, würde sie doch noch weinen. Als die ersten Tränen über ihre Wangen liefen, drückte sie die Hand gegen Galens Bein, der augenblicklich reagierte, seine Hände auf ihre Hüften legte und ihr auf die Füße half.

Sally machte einen Schritt nach vorne und umarmte ihren Bruder. „Danke", flüsterte sie.

„Danke, dass du mir verzeihst, Sal." Er küsste sie auf den Kopf und trat mit Tränen in den Augen zurück. „Ich werde kurz nach Leigh Anne sehen. Wenn du so weit bist, würden sich die Kinder freuen, wenn du ihnen eine Gute Nacht wünschst."

„Gerne." Als Tate im Haus verschwand, wischte sich Sally die Tränen von ihrem Gesicht. Und dann formte sich ein breites Lächeln auf ihren Lippen. Familie. Sie hatte eine *Familie*. „Mir ist gerade bewusst geworden, dass ich eine … Tante bin."

# KAPITEL SIEBZEHN

**I**m **Hotelzimmer lag** Vance auf dem Kingsize-Bett seines Partners. Er trug nur eine Jeans und spürte, wie sich seine Muskeln entspannten. Wie üblich, wenn er und Galen reisten, hatten sie zwei Zimmer gebucht, obwohl er sich absolut sicher war, die heutige Nacht in diesem zu verbringen.

Aber da das kleine Hotel ebenso kleine Duschen hatte, war es Galen, der sich Sally annahm, während Vance sein Zimmer in Ordnung gebracht hatte.

Von den Lauten zu urteilen, die jetzt aus dem Badezimmer drangen, klang der Abend vielversprechend. Galen würde nicht zulassen, dass der Kobold seinen Höhepunkt erreichte ... noch nicht.

Obwohl Tate und Leigh Anne ihr Gästezimmer angeboten hatten, hatte Sally abgelehnt. *Gott sei Dank.* Sie wollte mit ihren Doms zusammen sein. Und ihre Doms wollten mit ihr zusammen sein.

Jedoch hatten er und Galen keine Gelegenheit gehabt, den Abend zu planen ... abgesehen von dem Punkt, den Unmut über Sallys Flucht zum Ausdruck zu bringen.

Danach würden sie ihr zeigen, wie glücklich sie waren, sie

wieder bei sich zu haben. Guter Plan. Das musste für eine Session reichen.

Er grinste bei dem Laut ihres Kicherns und Galens tiefem Lachen. Sein Partner war schon lange nicht mehr so glücklich gewesen. Er hatte jemanden wie Sally gebraucht, um ihn daran zu erinnern, dass das Leben nicht nur aus Arbeit bestand.

Vance brauchte sie auch. Erst als sie ihn nach seiner Frau gefragt hatte, war ihm bewusst geworden, wie oft er in der Vergangenheit ernsthaften Auseinandersetzung mit Frauen aus dem Weg gegangen war. Ja, er war genauso ein Feigling wie Galen.

Und er vertraute Sally. Das tat er wirklich. Ja, sie hatte ihnen ihren kleinen Zeitvertreib vorenthalten und unterdrückte regelmäßig ihre Emotionen, aber sie würde niemals fremdgehen. Sie war loyal bis auf die Knochen.

Ihr Ehrgefühl verdiente sich seinen Respekt. Ein ziemlich interessantes Ehrgefühl, wenn er sich an ihre Aussage in der Cabana erinnerte. *„Und wenn du mich fragst, ob deine Hüften in einem Kleid fett aussehen, sage ich dir die Wahrheit."* Grinsend blickte er auf, als der Lärm im Badezimmer eskalierte.

„Aber ich will einen Bademantel", jammerte Sally, als sich die Tür öffnete.

„Wirst ihn eh nicht lange tragen." Galen schob sie ins Hotelzimmer, kehrte ins Badezimmer zurück und schloss die Tür hinter sich.

Ihr Haare hatte sie auf dem Kopf befestigt. Ihre Augen strahlten. Ihre vollen Brüste warteten auf Vances Hände. Ihre Nippel waren hart und aufgerichtet.

„Oh, das ist sehr nett", murmelte Vance.

Sie war bereits pink von der heißen Dusche – und ihrer Erregung –, aber bei seinem Blick verdunkelte sich der Ton ihrer Haut und sie versuchte, sich mit ihren Händen zu bedecken. „Äh, du bist schon hier."

Er grinste. „Süße, du hast unsere Schwänze gelutscht, hattest uns auf jede erdenkliche Weise in dir, hattest überall unseren

Mund – wie kannst du dich noch immer für deine Blöße schämen?"

„Gute Frage. Vielleicht, weil ich in Iowa bin?" Mit dem schönsten Lachen, das er jemals von einer Frau gehört hatte, sprang sie auf das Bett und warf sich auf ihn. Eine kurvenreiche Frau mit nasser Haut, die nach Lotion duftete.

Er war gestorben, von der Hölle abgeprallt und direkt im Paradies gelandet.

Mit den Händen fuhr er an ihrem saftigen Arsch vorbei, um ihre Beine zu öffnen. Dann packte er sie fest an den Schenkeln und riss sie nach oben, sodass sie rittlings auf ihm saß. Ihre Pussy ruhte auf seinem Schwanz, und er konnte die Hitze direkt durch seine Jeans spüren.

Als er über ihre Schenkel nach oben rieb, senkten sich ihre Lider auf halbmast. „Werden wir spielen?" Ihre Stimme kam belegt über ihre Lippen.

„Bald. Reden, bestrafen, reden, Sex. Ich denke, so wird es laufen."

Sie runzelte die Stirn. „Warum können wir nicht direkt zum Sex springen? Ist es nicht besser, die Versöhnung einzuleiten?"

Wo war Galen? Der rücksichtslose Bastard war noch immer im Badezimmer – wahrscheinlich rasierte er sich. Indessen überließ er Vance die Aufgabe, Fragen zu beantworten. Vielleicht, weil Vance der Idiot gewesen war, der das Gefühl hatte, dass Sally den Konsequenzen ihrer Handlungen nicht entkommen sollte. Nicht, wenn die Beziehung Bestand haben sollte. Und das wollte er mehr, als er sagen konnte.

„Es ist so, Sally." Mit Sally noch immer auf seinem Schoß rutschte er nach oben und lehnte sich gegen das Kopfteil. „Galen hat die Beherrschung verloren und dich angeschrien."

„Das hat er."

Bei ihrem Schmollmund grinste er. Er wusste, dass *sie* wusste, was sie mit diesem bezaubernden Gesicht anrichten konnte. Noch besser war, dass sie wusste, dass er es wusste, also tat sie es nicht, um ihn zu manipulieren ... sondern zum Spaß. „Danach haben Galen und ich uns gegenseitig angeschrien."

„Ihr habt mehr als nur geschrien. Ihr habt euch geschlagen." Sie berührte sanft die violette Prellung über seinen Rippen. Und die an seinem Kiefer.

„Das stimmt, aber das ist es, was" – *Brüder tun* – „wir tun, ob es nun als erwachsen eingeordnet wird oder nicht. Danach machen wir weiter mit dem Leben, als wäre nichts passiert." Würde er es jemals müde sein, in die Augen eines so satten Brauns zu schauen? Oder mit einem Finger über ihre volle Unterlippe zu fahren ... die immer noch leicht herausragte? „Leider ist es schwierig, mit dem Leben fortzufahren, wenn sich jemand aus dem Staub macht und dabei das halbe Land zwischen sich und uns bringt."

Ihr Blick senkte sich. „Du bist wütend, weil ihr mir nachjagen musstet?"

„Nein, Süße, wir sind unglücklich, weil du uns zu Tode erschreckt hast, als wir gemerkt haben, dass du verschwunden bist. Normalerweise gehst du Probleme direkt an. Warum hast du das dieses Mal nicht getan?" Sie wusste nicht, wie sie mit Emotionen dieser Art umgehen sollte. Es war nicht das erste Mal, dass sie vor ihnen die Flucht ergriffen hatte. *Rot, rot, rot!* Mit dem Safeword hatte sie sich einer Session im Shadowlands entzogen, da er und Galen zu nah an ihr Problem gekommen waren und sie sich verletzlich gefühlt hatte. Dieses Mal –

„Ich habe gesehen, wie du Galen geschlagen hast", gab sie zu. „Meine Schuld. Ihr seid schon seit Ewigkeiten befreundet, und ihr habt euch wegen dem, was ich getan habe, in die Haare bekommen."

Eine Bewegung aus den Augenwinkeln erregte seine Aufmerksamkeit. Nur in einer Jeans gekleidet, lehnte Galen an dem Türrahmen des Badezimmers. Ja, er hatte sich rasiert. Er zuckte mit dem Kinn, und ließ Vance somit wissen, dass er fortfahren sollte.

*Okay.* „Du hast dich schuldig gefühlt, weil du uns verärgert hast", fasste er zusammen. „Vielleicht hat Galen deine Gefühle verletzt, indem er dich angeschrien hat?"

Sie zuckte mit den Schultern, als wäre dieser Teil unwichtig.

*Blödsinn.* Wenn sie vergaß, sich zu verstecken, war ihr Gesicht so ausdrucksstark wie ihr Körper. „Du hast uns gesagt, dass du uns liebst, und bevor die Nacht vorbei war, schrie Galen dich an."

*Touchdown.* Ihre Augen füllten sich mit Tränen und sie wandte den Blick ab. „Ich weiß jetzt, warum er geschrien hat. Aber es tat weh."

„Es tut mir leid, Sally", sagte Galen. Er stieß sich vom Türrahmen ab und fand sich mit einem schmerzerfüllten Blick neben dem Bett ein.

„Ich weiß es jetzt. Ich verstehe es. Es ist okay." Ihr unbändiger Geist zeigte sich, und ein Grübchen erschien. „Heißt das, du wirst mich nie wieder anschreien?"

„Ich fürchte nicht. Wenn wir uns in einer Beziehung befinden, werde ich dich wahrscheinlich wieder anschreien – genauso werde ich sicher erneut Schläge mit Vance austauschen." Galen rieb mit den Fingerknöcheln über ihre Wange. „Aber Vance und ich wissen, dass wir einen Streit gut überstehen werden, da wir danach anwesend sind, um Frieden zu schließen. Das warst du nicht."

Sie zuckte zusammen.

„Du hast unseren Befehl missachtet", fuhr Galen fort. „Du hast dich in Gefahr gebracht, indem du aus einem Fenster geklettert und mitten in der Nacht allein umhergerannt bist. Du hast nicht angerufen, um uns mitzuteilen, dass es dir gut geht." Zittrig atmete er ein. „Du hattest das Recht, wütend zu sein, Sub. Auch, dass du nach Iowa geflohen bist, kann ich verstehen."

„Aber ich hätte es dir sagen müssen." Sallys Stimme senkte sich. „Wie ein kleines Mädchen habe ich reagiert."

Vance seufzte. Sie brach ihm das Herz. „Du hast dich wie eine Frau verhalten, die in einem Umfeld aufgewachsen ist, in dem du es gewohnt warst, deine Gefühle zu unterdrücken." Er griff nach ihren Händen und drückte sie, während Galen sie näher zu sich zog, sodass sie Halt an seinem Körper fand.

„Und ich muss an dieser Reaktion arbeiten. Ist es das, was du mir sagen willst?"

„Sehr gut." Galen küsste sie auf die Stirn, sein Gesichtsausdruck sanft. Sally war nicht die einzige Person, die lernte, ihre Gefühle zu zeigen.

Da Vances Rippen immer noch weh taten, behielt er diesen Gedanken für sich. Galen hatte schließlich kein Problem damit, seine Gefühle mit den Fäusten auszudrücken.

„Ich werde es versuchen."

„Danke, Süße", sagte Vance.

„Das war also der Teil der Show, bei dem wir reden." Sally atmete tief ein und sie schüttelte sich, sodass ihre Brüste auf eine Weise schwangen, bei der Vance das Wasser im Mund zusammenlief. Es war einfach nicht fair, dass eine Frau diese faszinierenden Körperteile bekam, und ein Mann nicht. Eine Frau könnte einfach ihr Oberteil herunterziehen oder den Ausschnitt besonders verlockend gestalten, und jeder Mann im Raum würde Anzeichen von einer Hypnose aufweisen. Öffnete jedoch ein Mann seine Jeans und holte seinen Schwanz heraus, würde jede Frau im Umkreis die Bullen rufen. Oder schlimmer noch: Sie würde *Igitt, eklig!* schreien.

Nun, da er keine eigenen Brüste geschenkt bekommen hatte, schien es nur fair, dass die Frauen ihre teilten. Er legte seine Hände auf ihre Titten, stoppte ihre Bewegung und umkreiste mit seinen Daumen ihre hübschen rosa Vorhöfe.

Galen schnaubte. „Da wir es gerade noch von Kontrollverlust hatten."

Grinsend sicherte Vance seinen Griff und zog an ihren Brüsten, sodass sie sich vorlehnte. Nach einer Weile gab sie auf und vergrub ihr Gesicht an seinem Hals. „Ich benutze diese hübschen Dinger nur, um sie einzuschränken, während sie sich der Konsequenzen bewusst wird, ihre Lords und Master nicht über ihren Aufenthaltsort informiert zu haben."

„Bitte was?" Sie versuchte, sich aufzusetzen, um den verletzlichen kleinen Arsch zu bedecken, der nun in der Luft ragte.

Das erlaubte ihr Vance jedoch nicht. Verdammt gute Idee für eine Einschränkung. Mit kleinen Brüsten würde diese Methode nicht funktionieren, aber Sallys waren so groß, dass ein Dom einen guten Halt bekam. *Einfach perfekt.*

„Was auch immer funktioniert." Galen schüttelte den Kopf. „Sally, das wird keine lange Bestrafung werden. Ich werde dir drei Schläge mit dem Zweig verpassen, hart genug, dass du für ein paar Tage an unsere Erwartungen an dich erinnert wirst." Er fuhr mit der Hand über ihren Rücken.

Vance spürte sie erschauern.

„Keine Beziehung kommt ohne Schlachten aus, also sind dies die Regeln für den Kampf", sagte Galen. „Die Kämpfer können sich während einer Schlacht jederzeit zurückziehen. Wenn jemand das Bedürfnis verspürt, das Haus zu verlassen, muss derjenige eine andere Person wissen lassen, wo er zu finden ist. Die Frist, sich wieder zu vertragen, beträgt vierundzwanzig Stunden, dann muss das Gespräch beginnen."

Stille. Sie drehte sich zu ihm und seufzte. „Das klingt fair."

„Gut." Galen hob ein schlankes Stück Holz auf und ließ es durch die Luft zischen. Das peitschende Geräusch zeigte, dass es grün und sehr flexibel war.

Vance grinste. Kein Wunder, dass Galen sich freiwillig gemeldet hatte, Sallys Mietwagen zurückzufahren. Er musste auf dem Weg angehalten haben, um den Zweig von einem Baum abzuschneiden, und hatte sich anschließend Zeit genommen, das Instrument vorzubereiten.

„Sally, es wird wehtun", warnte Galen. „Und wir sind in einem Hotel. Wenn du schreist, werde ich dich knebeln, und das will ich nicht. Wir sind so weit gekommen, um dich zum Reden zu bringen, sodass ich dich jetzt nicht zum Schweigen zwingen möchte. Kannst du leise sein?"

„Ja." Sie vergrub ihr Gesicht wieder an Vances Hals. Und er schlang seine Arme um ihre Schultern, hielt sie fest. Seine Belustigung war verblasst. *Fuck*, er hasste es, jemanden zu bestrafen – besonders Sally.

Der erste Schlag hallte unverwechselbar durch die Luft – ein Zweig, der auf nacktes Fleisch traf. Ihr Körper zuckte zusammen. Niemand im Nebenzimmer würde es hören, aber er konnte sich gut vorstellen, wie schmerzhaft es war.

*Heilige Scheiße.* **Sally** schmiegte ihr Gesicht an Vances sehnigen Hals, knirschte mit den Zähnen und atmete durch die eisige Hitze. Sie bebte von dem Drang, ihren Arsch vor dem nächsten Hieb zu bedecken.

*Schlag. Oh Gott!* Sie spürte, wie ihre Arme versuchten, sich zu bewegen, aber Vance hielt sie unbeweglich. Von einem Mann für den anderen gefesselt. Sie verlor sich an seiner nach Seife duftenden Haut und ...

*Schlag.*

Sie stand direkt in Galens Schusslinie und ihr Hintern war sein Ziel. Sie saugte Luft durch ihre Zähne und wartete darauf, dass das intensive Stechen nachließ.

„Wir sind fertig, Sub." Sie spürte, wie Galen seine Hand von ihrem Rücken über ihren Hintern strich. Erneut brach feuriger Schmerz aus, als seine Finger mit den misshandelten Stellen in Kontakt kamen. „Die wirst du definitiv für ein paar Tage spüren."

Langsam drückte sie sich nach oben.

Vance legte seine Hand auf ihren Nacken, hielt sie still und zwang sie, in seine durchdringenden Augen zu schauen. „Du hast mir Angst eingejagt, Sally", sagte er leise.

*Oh Gott*, sie hatte ihm nicht wehtun wollen. „Es tut mir leid."

Ihre Augen brannten, und sie blinzelte die Tränen zurück. „So sehr."

„Du wurdest genug bestraft, Süße. Aber tu es nie wieder."

Sie vergrub ihr Gesicht erneut an seinem Hals und spürte, wie seine Hand in süßer Vergebung über ihren Rücken streichelte. „Das werde ich nicht", versprach sie.

„Dann gib mir einen Kuss und wir machen weiter."

Nachdem sie sich aufgesetzt hatte, fuhr sie mit den Fingern in sein dickes Haar – einfach, weil sie wusste, dass ihm das gefiel. Schließlich presste sie die Lippen auf seine und versuchte, ihm ohne Worte zu sagen, wie sehr sie ihn liebte, und wie sehr sie es genoss, zu spüren, dass ihre Schuldgefühle bei seiner aufrichtigen Vergebung allmählich verblassten.

Sie hob den Kopf und musste eine erneute Liebesbekundung niederdrängen.

Dann hörte sie Galen sagen: „Hoch mit dir, Sub."

Sie lehnte sich zurück, achtete darauf, kein Gewicht auf ihren Hintern zu legen und zuckte zusammen, als sie sah, wie er Vance den Zweig gab. Würde Vance sie jetzt schlagen?

Er meinte doch, dass er ihr vergeben hatte.

Mit den Händen an ihren Hüften hob Galen sie vom Bett und stellte sie auf ihre Füße. Er legte seine Hände auf ihre Wangen und sah ihr tief in die Augen. „Tut es dir leid, dass du gerannt bist, anstatt mit mir zu reden?" Sein Gesichtsausdruck war offen und zeigte ihr, wie sehr ihr Mangel an Vertrauen ihn verletzt hatte.

Tränen stiegen ihr in die Augen. Sie hatte nicht beabsichtigt, ihn zu verletzen. *Gott*, sie hatte nicht gedacht, dass es ihn interessieren würde.

„Ja", flüsterte sie. „Ich werde es nicht wieder tun. Es tut mir leid."

Ein Lächeln huschte über seine Lippen. Dann küsste er sie – so unglaublich sanft! Es fühlte sich an, als würde er die Wut und den Schmerz mit dem Kuss wegspülen. Es fühlte sich an, als verzieh er ihr.

Er nahm den Zweig von Vance und reichte ihr das Instrument. „Ich trage an der Situation genauso viel Schuld wie du. Ja, Leute schreien sich an, aber ich habe überreagiert und das zu einem sehr schlechten Zeitpunkt. Ich hätte auf Abstand gehen und erst zurückkehren sollen, als ich die Kontrolle wiedererlangt hatte. Verabreiche mir drei Schläge."

„Nein!"

„Doch." Er tippte auf ihre Nase und schenkte ihr sein schiefes Lächeln. „Schau nicht so verärgert drein. Ich biete dir nicht meinen Arsch an. Ziele auf meine Schultern."

*Nein, bitte nicht.* „Ich will nicht."

„Ich habe nicht gefragt, was du willst, Sub." Er drehte sich um und ließ sich auf sein gutes Knie herunter.

Der Anblick seines schönen Rückens und der definierten Muskeln unter der olivgrünen Haut würde ihr auf ewig den Atem rauben. „Aber ..."

„Lass uns das hinter uns bringen", sagte Vance.

*Ist dieses schreckliche Gefühl, was Galen in sich trägt, wenn er sie bestrafen musste?* Wie schaffte er das?

Die Männer lenkten nicht ein, also musste sie es wohl tun. Sie versuchte, etwas Wut heraufzubeschwören, das Gefühl der Trostlosigkeit aus dieser Nacht oder des Verrats, als Galen ihr nicht die Möglichkeit gelassen hatte, sich zu erklären. Er hatte Vance geschlagen; dafür sollte er bezahlen.

Sie konnte es nicht tun.

„Sally", befahl Galen kehlig. „*Jetzt. Tu es.*"

Sie holte zittrig Luft und schlug zu. *Eins. Zwei. Drei.*

Jede letzte Spur von Wut erlosch, als sie sah, wie die roten Linien die Perfektion seines Rückens beeinträchtigten. Tränen sorgten für ein verschwommenes Sichtfeld und im nächsten Moment schleuderte sie den Stock so hart, sie konnte, durch den Raum. „Ich hasse dich!"

„Oh, Kobold." Galen erhob sich und versuchte, sie in seine Arme zu ziehen.

Wie konnte er ihr das antun? „Ich *verletze* keine Menschen." Schluchzend schlug sie ihn, ihre Fäuste prallten von seinem Kiefer und den Muskeln seines Bauches ab.

Er ignorierte die Schläge, hob sie in seine Arme, setzte sich auf das Bett und zog sie an seine Brust.

„Ich *hasse* dich." Er hatte sie angeschrien, hatte sie zum Weinen gebracht, hatte sie bestraft, hatte sie dazu gezwungen, ihm wehzutun. Mit ihrem Kopf an seiner Schulter, von seinen Armen umgeben, weinte sie bitterlich und schaffte es einfach nicht, aufzuhören.

„Lass es raus, Babygirl", flüsterte er.

Sie spürte, wie ihre Beine über die von Vance gelegt wurden und sich seine Finger um ihre wickelten. Sie wollte sich zurückzuziehen und kam nirgendwohin, also starrte sie durch Tränen auf die verschwommenen Züge seines Gesichts, die Intensität seines direkten Blicks. „Dich hasse ich auch."

„Nein, das tust du nicht, Süße." Seine Daumen rieben über ihre Handrücken. „Auf jemanden wütend zu sein, bedeutet nicht, dass du die Person hasst." Er schenkte Galen ein Lächeln. „Eine kleine Rauferei bedeutet nicht, dass du jemanden hasst. Jemanden zu bestrafen genauso wenig."

Ihr Schluchzen ließ nach, als sie keine Tränen mehr aufbringen konnte. „Ich weiß", flüsterte sie.

„Dein Kopf weiß es, aber tief im Inneren glaubst du, wenn dich jemand mag und er wütend auf dich ist, dass er sich zwangsläufig von dir zurückzieht, so wie es dein Vater stets getan hat", sagte Vance.

„Uns wirst du nicht so leicht los, Babygirl." Galen hob ihr Kinn, damit er ihr in die Augen sehen konnte. „Ich liebe dich, Sally."

*Was?* Ihr Mund öffnete sich und ihr Herz kam zusammen mit ihrer Atmung zum Stillstand.

„Nein."

Seine Lippen verzogen sich zu einem Schmunzeln. „Ja."

*Galen liebt mich? Mich?* Ihr Prozessor hatte gerade einen Komplettausfall erlitten, dachte sie, selbst als sie versuchte, alles abzuspeichern – inklusive einiger wichtigen Daten von heute –, damit sie nie die Erinnerung an den sanften Blick in seinen dunklen Augen verlieren würde. Das Gefühl seiner Finger an ihrem Kinn, den Klang seiner rauen Stimme.

Nachdem Galen sie losgelassen hatte, legte Vance seine große Hand auf ihre Wange und drehte sie zu sich. „Süße, ich liebe dich. So sehr."

„Aber ..." Ihr Atem stockte erneut. Es herrschte ein gravierender Sauerstoffmangel im Raum; sie sollte sich beim Management beschweren. Sie versuchte, den Kopf zu schütteln – er jedoch hielt sie still und musterte ihr Gesicht. „Aber das kannst du nicht, solltest du nicht", flüsterte sie.

„Tue ich aber." Vances rechter Mundwinkel zuckte.

*Sie lieben mich? Beide? Lieben* mich? „A-Aber ihr könntet jede haben." Subs waren ständig hinter ihnen her, flirteten mit ihnen und knieten sogar nieder, um die Aufmerksamkeit der Doms auf sich zu ziehen.

„Das ist wahr", stimmte Vance zu. Na gut, jetzt würde sie ihn am liebsten treten. „Aber wir wollen *dich*. Abgesehen davon, dass du wunderschön bist, bist du mitfühlend –"

„– temperamentvoll und lustig", sagte Galen.

„Intelligent und großzügig", beendete Vance. „Und aus irgendeinem unergründlichen Grund liebst du uns. Uns beide. Also werden wir dafür sorgen, dass du all die Liebe bekommst, die du dir vorstellen kannst."

„Und all die Kontrolle, die du brauchst", fügte Galen hinzu.

Das war es, was sie fühlte – diese wunderbare Verschmelzung von Kontrolle und Wertschätzung. Galens starke Arme hielten sie an Ort und Stelle; Vances sanfte Hand auf ihrem Gesicht festigte sie. Die Liebe der Männer strömte über sie wie die Wärme der Sonne.

Ja, Sally wollte sie. Sie beide. So sehr.

Vances Lippen zuckten. „Sag es, Süße."

Galen schüttelte sie sanft durch, als wollte er die Worte so aus ihr rausholen.

Mit dem Ellbogen fuhr sie ihm in die Rippen, nur um zu zeigen, dass sie kein kompletter Schwächling war – und als er grunzte, richtete sie ein überglückliches Grinsen an Vance. „Ich liebe dich."

Seine blauen Augen leuchteten wie sonnenbeschienenes Glas.

*Christus in einer Kutsche*, wie oft hatte sie heute schon geweint? Erneut verschwammen ihre Augen vor Tränen, und so fand sie Galens Blick und sah, dass sein strenges Gesicht seine tief verborgenen Emotionen nicht länger verbergen konnte. „Ich liebe dich", flüsterte sie.

„Danke", flüsterte er. Mit seiner Hand auf ihrem Hinterkopf gab er ihr den süßesten Kuss aller Zeiten. Dann setzte er sie auf Vances Schoß.

*Autsch.* Ihr Arsch brannte, und sie schaffte es, einen Atemzug zu nehmen, bevor Vance die Luft wieder aus ihr herausdrückte. Mit einem Kuss – zunächst sanft, schließlich fordernder. Feuchter. Tiefer. Er ließ sie nur lange genug los, um sie auf das Bett zu legen und ihr zu folgen.

Er küsste sie wieder, streichelte ihre Brüste mit einer Hand, und die Erregung, die sofort über sie hinwegschwappte, war überwältigend.

Sie hörte, wie Galen sich im Raum bewegte. Country-Western-Musik ertönte – *der arme Galen muss den Münzwurf verloren haben*. Es war ein Liebeslied. Eine Sekunde später gesellte er sich im Bett zu ihnen. Als er ihre Lippen für sich beanspruchte, rutschte Vance nach unten, küsste ihre Brüste, saugte und leckte und schickte die erregenden Funken zu ihrer Mitte, bis sie das Gefühl hatte, dass sie ohne Weiteres kommen könnte.

Ihre Lippen waren geschwollen, als Galen den Kopf hob. Er musterte ihr Gesicht mit einem sanften Lächeln. „Du bist so wunderschön."

Und unter seinem sengenden Blick fühlte sie sich auch wunderschön.

Nach einem weiteren gemächlichen Kuss bewegte er sich ebenfalls nach unten. Er jedoch fand sich zwischen ihren Schenkeln ein.

*Oh Gott!* „Das musst du nicht tun", sagte sie eiligst. „Ich bin nic –"

Er starrte sie an – ein Dom starrte seine impertinente Sub nieder. „Ich weiß, dass ich das nicht muss. Ich tue, was ich will – und ich habe deinen Geschmack vermisst." Er warf einen Blick zu seinem Partner. „Vance saugt gerne an deinen Brüsten; ich spiele gerne mit deiner süßen Pussy."

„Okay, direkter ging es wohl nicht?", murmelte sie und spürte, wie ihr Gesicht errötete, als beide Männer glucksten.

Galen senkte den Kopf. Seine Zungenspitze kam in Kontakt mit ihrer Klitoris, wahrscheinlich mit dem Ziel, ihr Nervenbündel aus ihrer Vorhaut zu locken. Als würde ihre geschwollene Klitoris nicht bereits pochen. Diese winzige Berührung reichte aus, um eine Lustwelle durch ihren Körper zu schicken.

Als sie sich unter ihm wand und sie die Hände nach ihm ausstreckte, sagte er: „Nein, nein, Sub. Hände über den Kopf. Nicht bewegen."

Sie schaffte es kaum, ein Wimmern zu ersticken. Gehorsam legte sie stattdessen ihre Hände über ihren Kopf und lauschte dem zufriedenen Laut, den Vance von sich gab, als die Position ihre Brüste nach oben drückte. Wieso hatte der Bettrahmen nichts, an dem sie sich festkrallen konnte? *Nicht bewegen, nicht bewegen, nicht bewegen.*

Galen warf Vance einen Blick zu. „Ich will nicht zu lange warten; ich muss in unserem Mädchen sein."

„Das Bedürfnis kann ich nachempfinden." Vance schob ihre Brüste zusammen, leckte über beide Nippel, knabberte an ihnen, und die Empfindung wirkte sich direkt auf ihre Klitoris aus ... um die Galen seine Lippen geschlossen hatte.

Galens Zunge neckte das sensibilisierte Nervenbündel auf der einen Seite, dann auf der anderen und passte sich Vances Rhythmus an. Nach einer Sekunde kämpfte sie sich lange genug in die Realität, sodass ihr bewusst wurde, dass die Männer sie passend zur Musik verwöhnten. „Ich dachte, weiße Männer hätten keinen Rhythmus", sagte sie mit kratziger Stimme.

„Das war frech, Süße." Vance biss sie hart in ihren Nippel.

„Aua!" Sie senkte ihre Hände, um ihre brennende Brustwarze zu bedecken.

Vance hob den Kopf, und die Warnung in seinen Augen stoppte sie, schickte ihre Arme zurück über ihren Kopf.

Galen lachte nur und schob zwei Finger in ihre Pussy. Das Gefühl, von ihm gefüllt zu werden, war unverschämt gut, und weckte Erinnerungen an seine Hand in ihr, sodass ihr Blut in Wallung geriet.

Zu ihrer Erleichterung – und ihrem Bedauern – erhöhte er nicht die Anzahl der Finger. Mit seinen Schultern drückte er ihre Beine weiter auseinander und krümmte seine Finger, bis er eine Stelle traf, die ihre empfindliche Klitoris auf die nächste Ebene katapultierte. Die geringste Berührung seiner Zunge ließ sie nun nach Luft schnappen. „Oh ja, das war ein Treffer", murmelte er.

Bevor sie sich stoppen konnte, hob sie ihre Hüfte und versuchte so, die Reibung zu erhöhen.

Er entließ einen missbilligenden Laut und schob seine Hand unter ihren Arsch. Seine schwielige Handfläche rieb über die empfindlichen Stellen ihrer Bestrafung.

„Verdammte Hölle!" Eine schmerzhafte Explosion verwandelte sich von einer Sekunde auf die andere in brennendes Vergnügen.

Als Galen ihr Fleisch packte und den glühenden Schmerz verstärkte, zwickte Vance in ihre Nippel und fügte so dem Pool aus Lust eine Sehnsucht nach mehr hinzu.

Galen ließ ihren Arsch los und schob seine Finger zurück in

ihre Vagina, stieß gnadenlos in sie und weckte die Nervenenden, bis sich ihre Mitte auf erotische Weise um ihn zusammenzog.

Und als sie beide saugten – einer an ihrer Klitoris, der andere an ihren Nippeln –, pulsierten die Wände ihres Geschlechts um Galens eindringende Finger. Sie wurde immer feuchter, sodass er bei jedem Stoß einfacher in ihre Hitze glitt. Der Druck wuchs und wuchs, hörte nicht auf, machte keine Pause. Ihr Atem verwandelte sich zu abgehacktem Keuchen. Ihr Rücken wölbte sich, als sich alles ... anspannte und löste. Der Damm brach. Ein Gefühlsrausch ohnegleichen, so intensiv, wie sie es noch nie erlebt hatte, riss sie mit und sie konnte den Schrei nicht zurückhalten. Welle um Welle trat das überwältigende Vergnügen nach außen.

Ihr ganzer Körper glühte und sie seufzte. Von wahrhaftiger Glückseligkeit erfüllt öffnete sie ihre Augen und entdeckte Vance über ihr, der sie anlächelte. Er zwinkerte Galen zu, bevor er ihre Lippen nahm, sie tief und nass küsste und sie mit seiner Zunge plünderte, während er noch immer gnadenlos ihre Nippel zwischen seinen Fingern rollte.

Galens Mund schloss sich erneut über ihrer Klitoris und er saugte lang und hart an dem pulsierenden Nervenbündel. Gleichzeitig stieß er mit seinen Fingern in sie, immer und immer wieder.

Bevor sie Einspruch erheben – oder sich bewegen – konnte, brach ein weiterer Orgasmus über sie herein. Sie stöhnte in Vances Mund. Sein Kuss wurde sanfter und er labte sich an ihrer Lust.

Als sie auf dem Bett erschlaffte, sie nach dem Orgasmus am ganzen Körper glühte, rieb er seine Nase an ihrer und murmelte an ihren Lippen: „Atme, solange du noch kannst, Süße."

„Was?", hauchte sie.

Ohne zu antworten, rutschte er vom Bett und zog sich seine Jeans aus. Sein Schwanz war hart, zeigte nach oben und sie rollte auf ihn zu, wollte ihn ... berühren.

An ihrem ausgestreckten Arm riss er sie aus dem Bett und presste sie mit dem Rücken voran gegen die Tür.

„Vance, was machst du?" Ihr Kopf drehte sich und ihre Knie drohten, wegzuknicken.

Er erwischte sie um die Taille und hielt sie aufrecht.

**Auch nachdem sie** ein paar Mal gekommen war, bekam Galen nicht genug von ihr. Einfach bezaubernd. Lächelnd zog er sich seine eigene Jeans aus, rollte ein Kondom über seinen harten Schaft und benetzte ihn mit Gleitgel.

Dann genoss er die Show.

„Hoch mit dir, Süße." Mit einem Grunzen hob Vance Sally von den Füßen. Als er ihre Schultern gegen die Tür drückte, legte sie instinktiv ihre Beine um seine Taille, sodass es ihm leichter fiel, in ihre feuchte Pussy zu tauchen.

„Oh Gott!" Ihre Augen schlossen sich, und ihr befriedigter Ausdruck war so bezaubernd, dass Galen den Moment abspeicherte, um ihn immer und immer wieder genießen zu können.

„Fuck, du fühlst dich so gut an, Sally. Jetzt halte dich an mir fest." Als Vance sie härter gegen die Tür presste, legte sie ihre Arme um seinen Hals. Nach ein paar hungrigen Stößen, die Galen ihm nicht übelnehmen konnte, festigte er den Griff an der Rückseite ihrer Oberschenkel, drehte sich mit ihr in seinen Armen zu ihm und präsentierte ihm ihr süßes kleines Arschloch. „Komm und hol es dir, Bruder."

Galen grinste, positionierte sich hinter ihr und küsste ihren Hals.

Ihr Kopf zuckte hoch, als er mit feuchten Fingern ihr süßes Loch umkreiste. Er glitt mit dem Finger in sie, fügte einen zweiten hinzu und dehnte sie, bereitete sie vor.

Vance zog sich aus ihr zurück, hielt sie ruhig und bewegte seine Hände zu ihren Arschbacken, um sie zum einen besser halten und zum anderen für Galen spreizen zu können. Sie quietschte, als Vance dabei ihre wunden Stellen berührte und er gluckste amüsiert.

Galen lachte über das verärgerte Knurren ihrer Sub und fand mit der Eichel ihr Arschloch. Er arbeitete sich langsam an dem engen Muskelring vorbei, bewegte sich vor und zurück.

Ihre Finger krallten sich in Vances Schultern, ihr Blick nach vorn gerichtet, der Nacken starr. Sie konnte einen Schwanz noch immer nicht ohne Probleme in sich aufnehmen, sodass ihm ihr nervöses Zittern nicht entging.

Mit einem nicht hörbaren Plopp schaffte es die Eichel seines Schwanzes an der Hürde vorbei. Stetig arbeitete er sich voran und er spürte, wie wundervoll sie ihn in sich aufnahm. Ihr Hintern war weniger eng als ihre Pussy, aber das Vergnügen, das er empfand, wenn der Muskelring über seinen Schaft glitt, war unvergleichlich.

Eine Sekunde später tauchte Vance mit seinem Schwanz wieder in sie, und der Druck war regelrecht überwältigend.

Nicht nur für ihn. Sally wimmerte und vergrub ihren Kopf in der Kurve von Vances Hals.

Vances Blick traf Galens, und so teilten sie die Lust, die die kleine Sub ihnen schenkte.

Als Galen sich langsam zurückzog, rutschte Vance tiefer.

Damit sich ihre kleine Sub nicht zu sehr an einen Rhythmus gewöhnen konnte, lauschte Galen eine Sekunde lang der Musik und hielt seine Hand hoch. *Zeigefinger, Zeigefinger, Daumen.*

Vances Grinsen zeigte, dass er verstand, und dass dieser Beat ihm doppelt so viel Lust bereiten würde. Fest packte er Sallys Arsch, hämmerte zweimal in sie und zog sich zurück, sodass Galen hart in sie stoßen konnte.

Sie fuhren fort und passten sich der Musik an. *Da-da-dum. Da-da-dum.*

Die zunehmende Lautstärke von Sallys Stöhnen zeigte ihre fleischliche Freude, und sie wurde sogar noch lauter, als Galen mit einem Arm um sie griff und mit ihren Brüsten spielte. *Fuck*, er liebte es, wie sie sich beim Sex bewegte.

Er schaffte es, seine andere Hand nach unten zu bringen, um

einen Finger gegen ihre Klitoris zu pressen, woraufhin ihr gesamter Körper erstarrte. „Oh, oh, oh!"

Galen fiel es schwer, nicht die Kontrolle zu verlieren, als sich die Wände ihres Anus wie ein Schraubstock um seinen Schwanz legten. Er sah, dass Vance mit den Zähnen knirschte und gleichermaßen die Erlösung zurückdrängte.

Ausgehend von Sallys geschwollener Klitoris, dem Pulsieren, das er um seinen Schwanz wahrnahm, würde es nicht lange dauern, bis Sally erneut kam.

*Da-da-dum. Da-da-dum.* Galen schnellte bei jedem Stoß seinen Finger über ihre geschwollene Perle. Schweiß sammelte sich auf seiner Stirn, als er um die Kontrolle kämpfte, als sein Körper verlangte, dass er härter in sie stieß und sich in ihr ergoss.

*Scheiße,* sie fühlte sich gut an.

Und er wollte ihren Orgasmus fühlen, während er in ihr war. Nichts war intimer oder lohnender.

Sein Hoden spannte sich an und forderte seine Erlösung ein. *Noch. Nicht.*

Und dann kam sie. Sallys Körper erstarrte von Kopf bis Fuß, und sie verwandelte sich in seinen Armen zu einer Steinstatue. Sogar ihre Atmung stoppte.

Sie brach ihre Starre mit einem schrillen Schrei, und er genoss die Massage ihrer Mitte um ihn herum.

Als sie gegen seinen Partner sackte, grinste Vance, obwohl die Muskeln in seinem Gesicht und Hals angespannt waren, sein Gesicht von Schweiß bedeckt.

*Los,* formte Galen mit dem Mund. Eine Minute sollte er noch ausharren können. Hoffte er.

Vances Finger packten den wunden Arsch des Kobolds fester, und dann stieß er hart und unerbittlich in sie. Sally stöhnte und rieb ihren Kopf an seiner Schulter, als er sich ein letztes Mal mit einem tiefen Stoß in ihr vergrub und kam. „Fuck, Süße, du wirst mich noch umbringen", flüsterte er.

Galen schaffte es nicht, sein Lächeln zurückzuhalten. Es

fühlte sich alles einfach zu gut an. Er liebte es, Vance und Sally sowohl verschwitzt als auch befriedigt zu sehen. *Gott*, er liebte sie beide.

Vance holte tief Luft und nickte Galen zu. *Los.*

*Verdammt, ja!* Galen holte tief Luft, stieß in Sallys enges kleines Arschloch, rein und raus, tiefer und immer tiefer, und genoss ihre pulsierenden Wände, als er über die Klippe sprang. Ein Knurren entrang ihm und er explodierte in ihrer heißen Enge.

„Versöhnungssex." Vance seufzte und küsste die Wange des Kobolds. „Fuck."

„Oh ja", stimmte Galen zu, als er aus ihr herausglitt. „Lasst uns unter die Bettdecke kriechen und die nächste Woche schlafend verbringen."

„Wirklich?" Sally schaute auf und rümpfte ihre entzückende Nase. „Ich schätze, in deinem Alter dauert es länger, bis man sich wieder erholt hat."

Galen hielt sein Grinsen zurück, und gab ihr für die Beleidigung einen Klaps auf den Arsch. Belohnt wurde er dafür mit einem befriedigenden Quietschen.

*Alt, von wegen.*

Der Kobold war eingeschlafen, bevor Vance sie auf das Bett legen konnte.

# KAPITEL ACHTZEHN

**A**uf der Rückbank des Taxis vom Flughafen kuschelte sich Sally an Vance und legte ihren Kopf auf seine Schulter. Vom Beifahrersitz lächelte Galen sie an, bevor er sein Gespräch mit dem Fahrer über einen Skandal in der Legislative wieder aufnahm.

Schade, dass die Fahrt zum Haus von Galens Mutter nicht länger dauerte. Ein Nickerchen wäre wirklich schön. Immerhin waren die letzten Tage ziemlich stressig gewesen. Trennung von zwei Doms, Verlust eines Vaters, Gewinn eines Bruders, Bestrafung mit einem *Gott steh mir bei*-Zweig und am Ende noch der bewusstseinserweiternde Versöhnungssex.

Sie seufzte. Für eine Weile nach der Trennung war sie der Überzeugung, sie könnte alles und jeden zurücklassen und einen Job in einer abgelegenen Ecke der Welt finden. Eine einfache Lösung, wenn auch mehr als einsam.

Mit der Entgleisung dieses Plans waren aus ihren Ja-Nein-Fragen plötzlich Multiple-Choice-Fragen geworden. Ein Beispiel: Okay, Galen und Vance sagten, dass sie sie liebten. Was bedeutete das aber für die Zukunft?

Und wie sollte sie eine Beziehung mit zwei Männern auf lange

Frist handhaben? *Zum Teufel*, sie war nicht einmal in der Lage gewesen, *einen* Dom glücklich zu machen.

Und selbst, wenn sie das könnte, was war mit Ehe und Babys? Und ihrer Arbeitssuche?

Sie rieb ihre Wange an Vances Schulter und fühlte sich durch seine Hand bestärkt, die über ihren Rücken streichelte. Irgendwann musste sie sich hinsetzen und über ihre Zukunft nachdenken. Bisher hatten sie nur beschlossen, dass sie mit ihnen zurückkommen würde.

*Meine Güte*, eine Frau musste aufpassen, was sie sich wünschte. Vor zwei Monaten hatte sie sich nach einem Dom gesehnt. Einem Dom, den sie lieben konnte, und Gott hatte beschlossen, ihr zwei zu schicken.

Vielleicht behielt Glock Recht. Vielleicht war Gott eine Katze, die nur mit der menschlichen Rasse spielte.

Aber ... ihre beiden Doms hatten gesagt, dass sie sie liebten.

Wenn das kein Wunder war, was dann? Als ihr warm ums Herz wurde, lehnte sie sich vor, um Vances markanten Kiefer zu küssen, und atmete den Duft seines sexy Aftershaves ein.

Er rieb seine Fingerknöchel über ihre Wange. „Alles okay, Süße?"

„Äh, sicher ..."

Als er seine Augen bei ihrer Nicht-Antwort verengte, blickte sie finster drein. „Du kannst so nervig sein, Mr. Buchanan, Sir."

„Du hast ja keine Ahnung, zu was ich noch fähig bin, Miss Hart", knurrte er. „Sag schon. Los."

„Is' ja gut." Sie übersprang ihr riesiges Problemfeld und pflückte etwas aus dem Garten, der nur kleine Sorgen bereithielt. „Ich schätze, ich habe etwas Panik vor dem Treffen mit Galens Mutter. Sie klingt nicht sehr nett."

„Sie wird nicht unhöflich sein, Sally. Sie ist nur ... Hmm. Weißt du, wie kalt Maine im Winter ist?" Seine Stimme blieb leise genug, sodass Galen ihn nicht hörte.

„Wahrscheinlich so kalt wie in Iowa."

„Richtig. Nun, Thea Kouros passt perfekt in das Klima, in dem sie lebt – kalt genug, dass es dir das Gesicht abfriert."

„Oh, reizend. Und warum genau besuchen wir diese Frau?"

Vance gluckste. „Wenn Galen in diesem Teil des Landes ist und Zeit hat, geht er auf einen Sprung bei ihr vorbei. Etwa einmal im Jahr passiert das."

Einmal im Jahr? Das bedeutete wohl, dass sie Galen nicht damit necken konnte, ein Muttersöhnchen zu sein.

Das Taxi hielt in einem Viertel mit eleganten Backsteinhäusern. Der Rasen vor den Häusern zeigte mehr Kleinlichkeit als Gabi bei ihren Nägeln.

Nachdem sie ausgestiegen war, sah sich Sally ungläubig um. Wer hätte jemals gedacht, dass ein Mann, der in einem solchen Haus aufgewachsen war, so gut auf den Stufen eines Farmhauses aussehen könnte?

Galen bezahlte den Fahrer und schlug die Autotür zu.

Als er sich ihr anschloss, umarmte ihn Sally.

„Wofür war die Umarmung?", fragte er. Sein Gesichtsausdruck wirkte distanziert, als er über ihren Kopf auf das Haus seiner Mutter schaute.

„Einfach weil ich dich mag. Vielleicht fast so sehr, wie ich dich liebe."

Die Art und Weise, wie seine Augen in diesem Moment an Sanftheit gewannen und sein Mund sich liebevoll zu einem Lächeln verzog, zeigte ihr, dass sie für diesen Mann wahrscheinlich ein ganzes Bataillon von gefühlskalten Müttern ertragen würde. Er zog sie zu sich und rieb sein Kinn über ihren Kopf. „Du bist ein Geschenk, das ich niemals erwartet hätte", sagte er leise.

*Oh, verdammt.* Als er sie schließlich losließ, musste sie sich abwenden, um ihre feuchten Augen zu trocknen.

Mit einem anerkennenden Augenzwinkern gab Vance ihr ein Taschentuch und zerwühlte dann mit der Hand ihre Haare ... nur um sich ein Lächeln und einen Schlag gegen seinen Arm von ihr zu gewinnen.

Bis sie Galen einholten, hatte er bereits geklingelt.

Die Tür öffnete sich. Galens Mutter war um die sechzig und regelrecht obsessiv dünn. Die Haare waren in einem satten Braunschwarz gefärbt, ihre Augen so dunkel wie die ihres Sohnes. „Galen, es war eine Überraschung, von dir zu hören."

Oh wow, Vance sollte Recht behalten. Sogar in seinen schlimmsten Phasen hatte Darth Vader mehr Wärme ausgestrahlt. Sally runzelte die Stirn. Mrs. Kouros schien nicht einmal die Blutergüsse an seiner Wange und seinem Kiefer zu bemerken. *Meine Güte*, die meisten Mütter wären stolz darauf, einen Sohn wie Galen zu haben.

Nicht, dass Sallys Vater jemals die Trophäe für den besten Vater des Jahres mit nachhause nehmen würde.

Mrs. Kouros sah zu Vance. „Vance, du siehst gut aus."

*Ja, total gut sieht er aus. Und der knöchelgroße violette Bluterguss auf seinem Gesicht stammt von der Rasur heute morgen, oder was?*

„Ebenso, Thea", sagte Vance leichtfertig. Sie konnte immer darauf bauen, dass es nichts gab, was Vance aus der Bahn warf.

Sally war überrascht, als Galen seinen Arm um sie legte. „Mutter, das ist Sally Hart. Sally, darf ich dir meine Mutter Thea Kouros vorstellen?"

„Hi, wie geht es ... Ihnen?", sagte Sally, da die Standardantwort, dass es schön war, sie kennenzulernen, einfach nicht wahr war.

„Mir geht es gut, danke." Theas Augen verengten sich, als ob sie abschätzte, wie eng Galen Sally an seinem Körper hielt. Ihre Lippen wurden noch dünner. „Wie schön, dass du mit meinem Sohn kommen konntest. Bitte kommt rein." Sie trat zurück, um alle hereinzulassen.

*Christus in einem Korsett*, wenn dies Galens Vorbild gewesen war, als er noch klein war, wunderte sie sich nicht, dass er Schwierigkeiten hatte, Zuneigung zu zeigen. Die Frau hatte ihren Sohn noch nicht einmal berührt. Als Sally an ihr vorbei ins Haus trat, das so formell war wie seine Besitzerin, traf sie für sich selbst zwei Entscheidungen.

Erstens: Von nun an würde sie Galen mit Liebe überhäufen – um das Angerichtete der *Eis am Stiel*-Mama auszugleichen.

Zweitens: Besuche in Maine würden sehr, sehr selten vorkommen.

---

**Ein anderer Tag,** ein anderes Elternpaar. Sally unterdrückte einen Seufzer, als Vance den Mietwagen durch Cleveland, Ohio, aus der Stadt und direkt in hübsche, von Bäumen gesäumte Straßen fuhr. Heute waren seine Eltern an der Reihe.

Bevor sie nach Tampa zurückkehrten, würde sie wahrscheinlich eine Neurose erleiden.

Die letzte Nacht hatten sie in Mrs. Kouros Haus in drei separaten Schlafzimmern verbracht. Und Galen hatte sich immer weiter distanziert.

Heute Morgen jedoch hatte sie dem entgegengewirkt, indem sie ihn in der Dusche angesprungen hatte. Es bräuchte einen stärkeren Mann als Galen, um bei dem Versprechen auf Sex in der Dusche unbeteiligt zu bleiben.

Beim Frühstück war er wieder zu seinem normalen Selbst zurückgekehrt – hatte sogar gelächelt –, und bei Vances Ausdruck hatte sie sich wie eine Heldin gefühlt.

Hoffentlich wären die Buchanans netter. Sie musste nur diesen Nachmittag überleben, und dann ging es nach New York.

Nachdem sie alle aus dem Mietwagen ausgestiegen waren, stoppte Galen Sally. „Bring deinen Laptop mit rein, Sub. Wenn wir einen Moment haben, möchte ich, dass du uns die Daten der *Harvest Association* zeigst."

„Ich meinte doch, dass ich das Hacken sein lasse." Seine Worte verletzten sie und sie trat instinktiv einen Schritt zurück. „Vertraust du mir nicht?"

„Oh, Babygirl, das hat nichts mit Vertrauen zu tun." Er legte seine Hand unter ihr Kinn und streichelte ihren Kiefer mit seinem Daumen. „Da das Verbrechen bereits begangen wurde, dachte ich, ich würde mir mal anschauen, ob du etwas Nützliches ausgegraben hast. Es wäre eine Schande, all diese illegalen Informationen zu verschwenden."

Sie schlug ihm gegen seinen Arm. „Du bist so böse."

„Ayuh." Er wartete, bis sie ihren Laptop vom Rücksitz geholt hatte.

Gemeinsam folgten sie Vance über den Bürgersteig.

*Dann mal los.* Als sie sich dem Haus näherten, wappnete sich Sally für ein weiteres Paar missbilligender Augen.

Die Tür öffnete sich und ein Schwarm Kinder stürmte heraus.

„Vance! Galen!"

„Onkel Vance!"

„Onjel Vance, heben!"

Die Kinder im Alter von drei bis zehn Jahren behandelten Vance und Galen wie die Geräte auf einem Spielplatz. Sally grinste, als sich Galens tiefes Lachen dem sanften von Vance anschloss.

„Oh, mein Gott, man könnte meinen, dass wir Barbaren großziehen." Die Frau auf der Türschwelle war wahrscheinlich im gleichen Alter wie Galens Mutter, aber dort endeten die Gemeinsamkeiten. Kinnlanges dunkelbraunes Haar, vermutlich gefärbt, um das Grau zu verbergen, kein Make-up, kein Schmuck. In Jeans und einem blau-karierten Top in der Farbe ihrer Augen schenkte sie Sally ein warmes und einladendes Lächeln. „Du bist bestimmt Sally." Sie streckte ihre Hand aus. „Ich bin Bonnie, Vances Mutter."

„Das bin ich, Ma'am." Sally schüttelte ihre Hand.

„Ma'am? Oje, welche Geschichten hat dir mein Junge erzählt? Ich habe vor Jahren aufgehört, ihm den Po zu versohlen. Das schwöre ich." Mit Sallys Hand noch immer in ihrer zog Vances Mutter – Bonnie – sie ins Haus. „Kommt rein."

Sally blinzelte, stieß ein Lachen aus und blieb lange genug stehen, um einen Dreijährigen in die Arme zu heben, der bei dem Spiel *Besteige einen Agent wie einen Berg* den Kürzeren gezogen hatte.

---

**Das Mittagessen war** eine Inszenierung mit einer überwältigenden Menge an Essen gewesen. Wie üblich hatten Vances Schwestern versucht, sich gegenseitig zu übertreffen. Nachdem Galen das Opfer von zu vielen *Oh, bitte probiere das noch*-Manövern geworden war, fühlte er sich so voll, dass er sich nach einem Nickerchen sehnte – was Sally sicher dazu motivieren würde, eine Spitze über sein Alter fallen zu lassen. Sally hatte mit großen Augen zugehört, als einer nach dem anderen von seinem Tag erzählt hatte. Vance und Galen hatten einiges über die Prellungen an ihren Gesichtern zu hören bekommen ... und Sally hatte ihr Kichern nicht besonders erfolgreich unterdrückt.

Für eine Weile verteilten sich alle in verschiedenen Räumen und führten unabhängige Gespräche. Galen hatte sich ein paar Schwagern von Vance angeschlossen, um sich im Garten ein wenig die Beine zu vertreten.

Aber die Arbeit rief. Nachdem sich Galen Sallys Laptop geschnappt hatte, machte er sich auf die Suche nach ihr.

Im mit Buchanans gefüllten Wohnzimmer fand er Sally und Vance. Im Schneidersitz saß sie auf dem Teppich und spielte mit einem Kleinkind *Backe, backe Kuchen*. Ihre gesamte Aufmerksamkeit war auf das Kind gerichtet.

Galens Brust verengte sich. Sie würde eine unglaubliche Mutter abgeben. Von der anderen Seite des Raumes begegnete Vance seinem Blick. Sie teilten die gleiche Vision.

Nachdem Galen eine Weile zugeschaut hatte, zog er Sally auf die Füße und lächelte über die lautstarken Beschwerden der

Anwesenden. Bei Alt und Jung war sie ein Hit. Er legte einen Arm um sie, als sie sich von Vances Familienmitgliedern entfernten.

Gemeinsam traten sie in einen der formellen Salons und sie fragte: „Was ist los?"

Bevor er antworten konnte, hörte er Schritte hinter ihnen. Er drehte sich um.

Bonnie eilte ihnen nach, mit Vances Vater William im Schlepptau.

„Bonnie, gibt es ein Problem?", fragte Galen.

„Galen, mein Lieber, ich mag dich sehr", sagte Bonnie. Sie senkte ihren Blick auf seinen Arm, der um Sallys Taille lag. „Aber ich dachte, Sally wäre mit Vance zusammen."

Er fühlte, wie Sally erstarrte. „Das ist sie", antwortete er leise.

In dem Moment betrat Vance den Raum, und es war offensichtlich, dass er die Frage gehört hatte. Er lief auf Sallys andere Seite und sagte: „Sie ist auch mit Galen zusammen. Und so wird es auch bleiben."

„Hmm." William musterte Galen und Vance, bevor er sich Sally zuwandte. „An sich überrascht mich das nicht, aber ich weiß, wie aufdringlich diese beiden sein können, besonders wenn sie etwas wollen. Bist du mit dieser Vereinbarung einverstanden, Schätzchen?"

*Gott*, er mochte Vances Vater, und dieses Gefühl verstärkte sich, als sich Sallys Augen mit Tränen füllten. *Ja, Sub, so sollte ein Vater sein.*

Sie schenkte William ein strahlendes Lächeln, das leicht schwankte, als sie sagte: „Danke, dass du dir Sorgen um mich gemacht hast." Bevor er antworten konnte, teilte sie ihre Gedanken mit dem Mut und der Aufrichtigkeit, mit denen sie Galens und Vances Herzen gewonnen hatte: „Aber ich bin mir sicher. Ich liebe sie beide."

„Oh wow." Bonnie schüttelte den Kopf. „Nun, ihr zwei malt über die Linien, seit ihr euch kennengelernt habt. Warum also jetzt aufhören, stimmt's?" Mit einem sanften Lachen kehrten sie und William zum Rest der Familie zurück. Ihre Stimme jedoch wehte – wahrscheinlich als Antwort auf eine Frage – ein weiteres Mal zu ihnen. „Ja, mit beiden. Tapferes Mädchen, denkst du nicht auch?"

Sally sah Vance mit weit aufgerissenen Augen an. „Ich liebe deine Familie."

„Ich habe dir ja gesagt, dass es kein Problem geben wird." Vance küsste ihre Stirn. „Lasst uns Dads Männerhöhle beschlagnahmen."

Galen grinste, als sie den Raum betraten. Bei jedem Besuch wirkte das Haus gemütlicher. Vor ein paar Sommern beschwerte sich William immer wieder über die Weiberfilme seiner Töchter, also hatten Galen und Vance ein freies Schlafzimmer in eine *Höhle* umgewandelt. Alle haben beim Einrichten geholfen.

Der Breitbildfernseher war ein Vatertagsgeschenk von ihm und Vance gewesen. Die Ledermöbel stammten von Williams Töchtern. Seine Frau hatte Kissen und Steppdecken und eine Wand aus Regalen für seine Bücher hinzugefügt.

Galen setzte sich auf die Couch und klopfte auf den Platz neben sich. „Setz dich, Sally. Dann schauen wir uns mal diese Dateien an."

Sie nahm Platz, und Vance setzte sich neben sie. Nachdem sie ihren Computer hochgefahren hatte, stellte sie den Laptop auf den Couchtisch, wo sie alle den Bildschirm sehen konnten.

„Okay, das ist alles, was ich habe. Ich sehe mich als einen streberhaften Robin Hood", sagte sie. „Ich nehme Informationen von reichen Kriminellen und gebe sie an arme Polizisten weiter." Sie klickte auf eine Datei.

Eine Tabelle erschien. Zeilen und Spalten, Namen und URLs der Absender. Datumsangaben der E-Mails waren mit informativen Dateien verlinkt. Weitere E-Mails kamen hinzu, sobald jemand antwortete.

„Heilige Scheiße", murmelte Vance.

Der Blick des Kobolds fiel. „Ich wollte nur helfen. Ich wollte Menschen retten."

Sie hatte ihre Mutter nicht retten können. Ihr Vater schätzte sie nicht. *Ich sehe mich als einen streberhaften Robin Hood.* Galen drehte sich ihr zu und betrachtete ihr niedergeschlagenes Gesicht. Trotz ihrer Abneigung zu Gewalt und Blut bestand sie darauf, in irgendeiner Form in der Strafverfolgung zu arbeiten.

Jemand wollte ein Held sein.

Galen legte einen Arm um sie und zog sie an sich. „Du hast einen großartigen Job gemacht, Sub. Illegal oder nicht, ich bin stolz auf dich."

„Wirklich?" Sie strahlte.

Auch Vance bemerkte das. Nachdem er Galen zugenickt hatte, schenkte er ihr ein Lächeln. „Wirklich. Damit hast du viele Frauen gerettet."

Sie lehnte sich an Galen und öffnete weitere Dateien. Und noch eine. Eine Reihe von Notizen zeigte ihre Bemühungen bei der ... Rückverfolgung von Standorten und personenbezogenen Daten.

Er und Vance runzelten beide die Stirn.

„Also das geht zu weit", sagte Vance.

„Hey, ich war eines der Ziele, erinnerst du dich?" Sie warf ihnen einen empörten Blick zu. „Das ist reine Selbstverteidigung. Ich schütze mich vor einer möglichen Entführung."

Galen spürte, wie ein Lachen in ihm aufstieg. „Das nenne ich mal eine einzigartige Rechtfertigung."

„Noch effektiver als die mit Robin Hood." Vance zog sanft an einer ihrer Haarsträhnen und grinste Galen an. „Wenn sie das Argument mit der Selbstverteidigung benutzt und dabei ihren Hundeblick zum Einsatz bringt, würde keine Jury der Welt sie verurteilen."

„Verdammt, ermutige sie nicht noch."

Zu spät. Sie grinste, als sie die nächsten Dateien öffnete.

Es war nicht fair, dass eine Frau sowohl bezaubernd als auch brillant war. „Zeig uns die originalen E-Mails, kleines Gör."

„Ja, Sir."

Galen durchflog die Dokumente und blieb bei einem stehen. Er vergrößerte die Notizen, in denen sie die E-Mail-Adressen zu den ursprünglichen Anbietern zurückverfolgt hatte. Dann sah er zu der Liste mit den Namen und den Adressen des Absenders, die bei der Anmeldung vermerkt wurden. Er presste die Lippen fest aufeinander. „Vance, sieh dir das an."

Vance lehnte sich vor. „Heilige Scheiße."

„Was ist?", fragte Sally.

„Na ja, Sub, es sieht so aus, als hättest du einen Stein bewegt, und ein stellvertretender Staatsanwalt ist herausgekrochen." Galen rieb sich mit den Händen über das Gesicht. Die nächsten Schritte mussten nach Vorschrift verlaufen, aber zumindest wussten sie jetzt, wo sie anfangen sollten ...

Er zog Sally auf seinen Schoß und küsste sie, tief und hart. So verdammt klug. Es war möglich, dass sie mit dieser Information der *Harvest Association* endgültig das Genick brechen würden. Mit der Begeisterung kam jedoch ein ernüchternder Gedanke.

*Sally wird danach unmöglich zu kontrollieren sein.*

# KAPITEL NEUNZEHN

I n seinem konservativsten grauen Anzug lehnte Drew an seiner Granitkücheninsel und trank seinen Kaffee. Seit die Putzhilfe gestern im Haus gewesen war, glänzten die Geräte und Einrichtungsgegenstände aus Chrom und Edelstahl wieder. Schwarz und Weiß beherrschten sein Dekor. Das fand er überaus amüsant, da das Gesetz dazu neigte, es sich in den Grautönen bequem zu machen.

Er warf einen Blick auf eine Metallskulptur, die die Uhrzeit anzeigte. Er musste bald los. Früh anfangen.

Etwas ging vor sich, und was auch immer es war, er gehörte nicht zu dem Kreis der Wissenden. Schlimmer noch: Bei der wöchentlichen Besprechung gestern hatte er eine gewisse Kälte wahrgenommen. Der Staatsanwalt hatte an ihm vorbei geschaut, als wäre er nicht am Tisch.

Aber warum? Er leistete gute Arbeit, hatte keine Fälle vermasselt, die ihn auf eine Abschussliste setzen könnten.

„Sieh dich nur an, du Anwalt." Gähnend kam Ellis aus dem Gästezimmer, seine kratzige Tenorstimme belegter als sonst. „Was gibt's zum Frühstück?"

„Deine Entscheidung. Ich muss zur Arbeit." Drew goss sich

noch eine halbe Tasse Kaffee ein. „Danke, dass du gekommen bist."

„Kein Ding. Aber ich fahre heute noch zurück. Die beiden Schlampen sind in der Hütte an die Wand gekettet. Essen und Trinken wird bald aufgebraucht sein." Ellis warf einen Blick aus dem Fenster, auf die anderen Sandsteinhäuser in der engen Straße. „Ich hasse es hier."

„Ich weiß." Eine Woche war Ellis' Limit. Dann musste er zu seinem Berg zurück. Tat er das nicht, verlor er die Kontrolle. Drew machte es nichts aus, wenn ein paar Frauen abgeschlachtet wurden, aber das Schlachtfeld aufzuräumen, war ein Albtraum. Es war besser, ihm eine Sklavin zu geben und ihn isoliert zu halten, bis seine Fähigkeiten benötigt wurden.

„Es hat Spaß gemacht, mit deinem schicken Computer zu spielen. Tut mir leid, dass ich nicht herausfinden konnte, um wen es sich bei dem Informanten handelt."

„Du bist weiter gekommen als ich." Schön, einen brillanten, wenn auch verdrehten Bruder zu haben, obwohl er zweifellos Snuff-Filme auf dem Laufwerk zurückgelassen hatte, die Drew nun löschen musste. „Fuck. Wenn er damit weitermacht, meine Leute auffliegen zu lassen, muss ich bei Null anfangen." Und der Anfang war knifflig gewesen.

Er trank seinen letzten Schluck, packte seine Aktentasche und klopfte seinem Bruder auf die Schulter. „Schließ ab, wenn du gehst."

„Mach ich." Ellis nahm eine Tasse aus dem Schrank. „Komm für eine Fick-Pause in die Berge, wenn du es brauchst. Ich werde versuchen, mindestens eine von ihnen für dich am Leben zu halten."

Grinsend nahm Drew die Treppe und nicht den Aufzug. Er hatte bemerkt, dass Ellis in besserer Form war – hässlicher, aber fitter. Es war an der Zeit, sich wieder im Fitnessstudio anzumelden. Vielleicht könnte er sich einen weiblichen Personal Trainer zulegen. Vorzugsweise eine Blondine mit großen Titten.

Beim ersten Treppenabsatz warf Drew einen Blick aus dem hohen Fenster. Der Regen hatte aufgehört. Sollte ein schöner Tag werden. Er runzelte die Stirn angesichts der ungewöhnlich hohen Anzahl an Autos, die auf der engen Straße geparkt waren.

Eins war ein Taxi mit zwei Männern auf dem Vordersitz. Drew kniff die Augen zusammen. Passagiere saßen nicht auf dem Vordersitz ... und hinter gelben Taxis verbargen sich oft Polizeiautos.

Zwei Männer stiegen aus einem unscheinbaren Auto. *Fuck*, selbst ein Schulkind würde sie als Bullen identifizieren, denn die lockeren Sakkos verbargen eindeutig Waffen. Sie betraten das Gebäude. Weitere Männer folgten.

Drew holte tief Luft, und erstarrte. Er hörte leise Befehle, die durch das Treppenhaus hallten. Sie positionierten Männer an allen Ausgängen. *Fuck.*

Drew wirbelte herum und rannte die Treppe wieder hoch.


**Ellis hob den** Kopf, als er hörte, wie sich die Tür öffnete. War sein Zwilling zurückgekehrt?

Drew platzte mit weißem Gesicht in die Wohnung. „Ich bin aufgeflogen. Wir müssen von hier verschwinden." Er rannte ins Schlafzimmer, wo das Fenster den Hinterhof überblickte.

Ellis schloss sich ihm an.

Im Innenhof befand sich eine kleine Betonterrasse mit vier schweren Adirondack-Holzstühlen und einem schmalen Rasenstreifen. Ein zwei Meter hoher Sichtschutzzaun trennte ihn und Drew von dem hoch aufragenden Wohnkomplex auf der anderen Seite.

Während sie sich umsahen, tauchten zwei Männer auf der Rückseite des Hauses auf und bewachten die Hintertür.

„Fuck." Drew rannte zurück in die Küche und öffnete den Metalltresor, der in die Insel eingebaut war. Er zog Bargeld und zwei Revolver heraus und reichte Ellis eine der Waffen.

Ellis überprüfte den Zylinder. Bereits geladen.

„Sobald die Bullen ausgeschaltet sind, springst du zuerst", befahl Drew und schloss den Safe. „Ich werde dir Rückendeckung geben. Nachdem du oben auf dem Zaun angekommen bist, hilfst du mir, während ich den Hof überquere. Befinden wir uns im Apartmentkomplex, trennen wir uns und treffen uns in der Hütte."

„Verstanden." Ellis grinste seinen Bruder an, wissend, dass die Narben seinen Mund zu einer abscheulichen Fratze verzogen. „Es ist eine Weile her, seit wir zusammen auf die Jagd gegangen sind."

„Das stimmt. Wir beginnen mit den Zweibeinern." Drew trat das Fliegengitter aus dem Fenster.

Ellis zielte und traf. Die Arme des Polizisten schossen in die Höhe, seine Pistole flog und er fiel zurück. Kein Blut? *Fuck*, die Arschlöcher trugen Schutzwesten.

Ellis' nächster Schuss traf denselben Polizisten direkt zwischen die Augen. Sein dritter blies ein Loch in das Bein des zweiten Mannes. Er würde in absehbarer Zeit nicht aufstehen. Und sein Schmerzensschrei war auch nicht schlecht.

*Fuck*, er liebte diese Laute. *Oh ja, so sehr. Ja, ja.*

Ellis stopfte seinen Revolver in seine Jeans und sprang aus dem Fenster, landete hart, wankte ein paar Schritte und stolperte zum Zaun.


**Bei dem Geräusch** von Schüssen − drei Schüssen − von der Rückseite des alten Sandsteingebäudes zog Vance seine Waffe und rannte los, wobei er seinen langsameren Partner schnell überholte.

*Willkommen in New York City!* Das NYPD befand sich bereits im Gebäude und marschierte direkt zu Drew Somerfelds Wohnung im ersten Obergeschoss. Damit machte das Department einen Standpunkt klar. Ihre Stadt. Ihr Revier.

Er umrundete die Ecke in den Innenhof. *Mein Gott.*

Ein Mann rannte über den Hof und sprang über den Körper eines uniformierten Polizisten, um zu dem zwei Meter hohen Holzzaun zu gelangen. Ein weiterer Polizist lag nicht unweit von ihm und stöhnte.

Der rennende Mann sprang, schaffte es, Halt zu finden und versuchte, sich hochzuziehen. Die Pistole, die er hinten in seine Jeans gesteckt hatte, fiel auf den Boden.

„Halt. FBI!", schrie Vance, als er zielte und – Etwas traf ihn am Rücken wie der Tritt eines Maultiers, der einer Explosion aus Schmerz nachfolgte. *Fuck*. Er packte seine Waffe fester, als er nach vorne fiel. Sein Kopf schlug auf die Betonterrasse, und er rollte zur Seite, wo er zum Liegen kam.

Seine Lungen schafften es nicht, genug Sauerstoff aufzunehmen, der Schmerz in seinem Rücken zu groß. Über ihm war ein offenes Fenster im Obergeschoss. Das Gesicht eines Mannes. *Somerfeld*. Und das Kaliber einer Pistole zeigte direkt auf ihn.

*Scheiße*. Vance unternahm den Versuch, seine Pistole zu bewegen ... schaffte es nicht.

Eine Flut aus Schüssen spaltete die Luft. Eine Kugel traf die Betonterrasse in einer Explosion aus Fragmenten. *Verfehlt. Danke, Gott!*

Im Fenster war niemand mehr zu sehen. Erst jetzt schafft es Vance, Luft zu holen. Unter der kugelsicheren Weste würde sich für eine Weile ein höllischer Bluterguss zeigen.

Er drehte den Kopf und sah, wie Galen seine Glock-Pistole senkte. Mit seinen Augen vor Wut dunkler als sonst richtete er den Blick schließlich auf Vance.

Vance nickte ihm zu – *danke, Bruder* – und dann konnte er beobachten, wie sich Galens angespannter Ausdruck löste.

Mit einem schmerzerfüllten Stöhnen – es fühlte sich an, als hätte sich sein Schulterblatt verschoben – rollte sich Vance von der Terrasse auf die Grasfläche und sah zum Zaun.

Der Mann, der den Zaun erklommen hatte, war weg.

*Verdammt nochmal.*

„Hey." Zwei Polizisten erschienen im Fenster, beide eine Waffe in der Hand. Ein rotgesichtiger Mann schrie Galen zu: „Somerfeld ist tot. Wo –"

Von der anderen Seite des Zauns kam der Schrei eines Mannes, schrill vor Wut und Angst: „Nein! Ihr Schweine! *Nein!*"

Als Befehle und Schreie die Luft erfüllten, taumelte Vance auf die Füße. Er versuchte, durch den Schmerz zu atmen. Er fühlte, wie warmes Blut von seiner Kopfhaut über seinen Hals lief und erinnerte sich, dass er sich den Kopf angeschlagen hatte.

Er taumelte auf die ausgeschalteten Polizisten zu.

Einer von ihnen blickte mit starren Augen in den Himmel. Nicht mehr zu retten. Der andere saß neben ihm und übte Druck auf die Wunde in seinem Bein aus. Es war zu viel Blut. „Ruft einen Krankenwagen!"

---

*Scheiß verdammtes Knie.* Als der Krankenhausaufzug durch die verschiedenen Stockwerke fuhr, setzten sich Galens Schuldgefühle wie Blei in seinem Blut und seinen Knochen fest. Wäre er nur ein paar Sekunden schneller gewesen, dann wäre Vance nicht angeschossen worden.

Ein Hoch auf Schutzwesten, aber verdammt. Sein Partner hätte sterben können, hätte den Kopf weggeblasen bekommen können, wie es bei einem der Polizisten passiert war.

Die Aufzugtüren glitten auf.

Sally versuchte, an ihm vorbeizukommen, aber Galen schlang einen Arm um ihre Taille. „Nicht rennen, Sub. Sonst werfen sie uns raus." Er wusste genau, wie sie sich fühlte – auch er wollte rennen.

„Ich muss ihn sehen." Sie wehrte sich gegen seinen Arm.

„Das wirst du. Er wird schon wieder." *Vance lebt.* Das musste sich Galen immer wieder vorsagen, als sie durch den Krankenhausflur eilten.

An seiner Seite leuchtete Sally so hell wie die Sonne. Sie war ein Trost gegen die Kälte in ihm. „Ich bin so ... so wütend", knurrte sie. „Ich will, dass sie alle dafür bezahlen."

„Somerfeld ist tot", erinnerte er sie. Galens Kugel hatte ihn in den Schädel getroffen, und die beiden Polizisten, die in die Wohnung eingebrochen waren, hatten ihm zwei Kugeln in den Rücken verpasst.

„Es gibt andere. Einer ist entkommen", murmelte Sally. Als sie einem Krankenhausmitarbeiter mit einem Speisewagen auswichen, fiel sein Blick auf Sallys Gesicht. Mund zu einer geraden Linie zusammengepresst, ihre Augen funkelten vor Entschlossenheit. Eine rachsüchtige Frau – eine, die sich mit Computern auskannte. Nicht gut.

Galen runzelte die Stirn. „Ich hatte das Versprechen von dir bekommen, dass du nicht mehr hacken wirst, richtig?"

Sie funkelte ihn genervt an, bevor sie widerwillig nickte. „Ja, Sir."

„Gut." Er entspannte sich. Sie mochte Fragen ausweichen, aber ihre Aufrichtigkeit war wirklich erfrischend. Sie würde ihr Versprechen nicht brechen.

Im Krankenzimmer am Fenster lag Vance in einem Bett. Der hintere Teil des Bettes war in eine sitzende Position gebracht worden. Blass, aber wach. *Am Leben.*

Mit einem erleichterten Atemzug ließ Galen Sally los.

Sie rannte zu ihm und stoppte abrupt vor dem Bett, offensichtlich aus Angst, ihn zu berühren.

Vance lächelte. „Komm her, Süße. Du siehst aus, als würdest du dich schlechter fühlen als ich." Unter Schmerzen hielt er ihr einen Arm hin und lächelte erneut, als Sally sich an ihn kuschelte. „Wie geht es dem Polizisten?", fragte er Galen.

„Immer noch im OP, aber die Chancen stehen gut." Galen zögerte einen Moment, um sich zu räuspern. Die Röntgenbilder zeigten, dass Vance von der Kugel keine gebrochenen Knochen davongetragen hatte. Dennoch würde ihn die Sache für eine

Weile ausbremsen. Er hatte sich den Kopf angestoßen. Und er *lebte*. Der Knoten in Galens Magen löste sich, als er die visuelle Bestätigung bekam. „Der andere ist entkommen."

„Fuck", knurrte Vance leise. „Wenn ich doch nur –"

„Hör auf", unterbrach ihn Sally. Sie schüttelte den Kopf. „Das hast du mir beigebracht. *Wenn doch nurs* machen dich nur verrückt."

Galen begegnete dem bedauernswerten Blick seines Partners. Sie hatten es geschafft, Sally die Lektion zu vermitteln; jetzt mussten sie ihren eigenen Rat befolgen. „Zumindest haben wir den Kopf der *Association* ausgeschaltet. Falls es dir niemand gesagt hat: Somerfeld ist tot. Das Cyber-Team hat genug gelöschte Dateien auf seinem Computer gefunden, um zu beweisen, dass er die Organisation geleitet hat. Und wir sind im Besitz der Adressen für den Rest der Manager. Sie werden heute noch verhaftet."

„Vielleicht ist einer von ihnen der gesuchte Flüchtige."

*Gott*, das hoffte er. Galen jedoch hatte ein ungutes Gefühl. Der Schrei von dem Mann hinter dem Zaun hatte nicht ... normal geklungen. Nicht zurechnungsfähig. „Ja, hoffentlich."

Trotz des vor Schmerz verzogenen Ausdrucks lächelte Vance. „Wir haben es geschafft, Partner. Somerfeld und seine Manager waren die letzten Bastarde der *Association*."

„Ja, du hast Recht." Galens Stimmung hob sich. „Dank unseres kleinen Kobolds, der niemals Anerkennung für seine Leistung bekommen wird."

„Kein Problem", sagte Sally. „Ich mag meine Handschellen nur zum Spaß, nicht in echt." Mit einer Hand auf Vances Wange drehte sie seinen Kopf zu sich. „Du siehst furchtbar aus, Sir." Sie runzelte die Stirn, als sie das Blut in seinen Haaren sah, und berührte eine Stelle an seinem Hinterkopf.

„Fuck!" Er riss seinen Kopf weg und warf ihr einen dunklen Blick zu. „Wenn du das nochmal machst, Sub, werde ich dir den Hintern versohlen."

Trotz ihrer offensichtlichen Erleichterung über die Drohung grinste sie. „Heute würde dir das wohl mehr wehtun als mir. Ist mal eine Abwechslung."

Er bewegte sich leicht und zuckte zusammen. „Auch wahr." Er schaute zu Galen. „Würde es dir etwas ausmachen, ihr von mir ein Spanking zu verpassen?"

„Es wäre mir ein Vergnügen, Bruder."

---

**Ellis schwor Rache.** An den Bastarden, die seinen Zwilling ermordet hatten. Seine einzige Familie. Er erschauderte, als vor seinem inneren Auge erneut das Loch in Drews Stirn aufblitzte, wie sich sein ganzes Gesicht veränderte, wie er gezuckt hatte, als die anderen Kugeln einschlugen. Dann fiel er.

*Ich hätte es sein müssen. Ich hätte ihn zuerst gehen lassen sollen.* Zurück in seiner Berghütte wütete Ellis, trat gegen die Wände, gegen die Möbel, gegen die Schlampen, die Drew nur wenige Tage zuvor geliefert hatte.

Ellis hatte ihre Halsbänder an die Bolzen im rauen Holzboden eingehakt. Grüne und blaue Flecken dekorierten ihre Körper. Eine von ihnen atmete schwer. Wahrscheinlich eine gebrochene Rippe.

Als würde ihn das interessieren.

Drew hatte ihm das Leben gerettet. Ellis war an dem Zaun ein leichtes Ziel gewesen, und dieser verdammte Polizist hätte ihn erschossen, wenn sein Zwilling nicht zuerst abgedrückt hätte.

*„Somerfeld ist tot."* Scheiß Bullen.

In Ellis' Kopf summte es. Er war so wütend – als hätte er die Kugeln eingesteckt und nun tobten sie wie Wespen in seinem Inneren. Gerade fühlte er sich, wie er das tat, wenn er zu viel Zeit unter Menschen verbracht hatte und der Lärm unerträglich wurde. Schlimmer. Heute war es so viel schlimmer.

Wie sollte er ohne Drew weitermachen? Seine Familie. Sein Bruder.

Ellis hob die Hände an seinen Kopf und erkannte in diesem Moment, wie schlimm es wirklich stand. Er war ruiniert. Er hatte kein Geld, keine Kreditkarten, keinen Job.

*Aber Drew hatte Geld.* Er bewahrte Ersatz-Kreditkarten in seinem Safe auf.

*Fuck!* Was sollte er tun? Er brauchte jemanden, der ihm sagte, was er tun sollte. Wen töten? Was abfackeln?

Aber Drew war tot. Ellis' Wut flammte höher und brannte durch sein Inneres wie das Feuer, das sein Gesicht entstellt hatte. Das Feuer, das er mit der Hilfe seines Zwillings gelegt hatte. Als sie im Schlafzimmer gestanden und das Feuer beobachtet hatten, lauschten sie den Schreien ihres Vaters. Dem Flehen und Betteln.

*Oh ja, gebettelt hat er. Ja, ja.* Er gluckste. Die Erinnerung war so allgegenwärtig, dass er die fettbeladene Asche regelrecht schmecken konnte. Sein Vater hatte sterben müssen.

Drews *Mörder* mussten sterben. Jeder einzelne. Einer von ihnen war im Hinterhof gewesen, und die beiden selbstgefälligen Polizisten im Fenster – er erinnerte sich an all ihre Gesichter.

Stille legte sich über ihn, als er erkannte, dass er genau wusste, was zu tun war. Was er in Brand stecken musste.

*Sie. Diese drei Männer.*

Sein Blick fiel auf die beiden Schlampen auf dem Boden; eine keuchte mit rosa Schaum vor dem Mund. Für seinen Plan brauchte er nur eine.

# KAPITEL ZWANZIG

„H a, siehst du, Glock? Gefechtsbereit." Sally sprach in dem ruhigen, leeren Haus mit der Katze, während sie die Lichtschalterabdeckungen im Gameroom anschraubte.

An den beiden oberen Schaltern hatte sich nichts geändert; sie kontrollierten noch immer die Decken- und Schienenbeleuchtung. Aber jetzt regelte der dritte Schalter die gut versteckten Audioempfänger für ihre individuell eingerichtete Sprachaktivierungssoftware.

Glock saß auf dem Kaminsims, beobachtete sie, nur um sich hin und wieder seiner Körperpflege zuzuwenden. Er hatte seinen Unmut über das Sägemehl klargemacht, das in diesem Raum, der noch immer renoviert wurde, überall verteilt lag.

Sally jedoch genoss es, Teil des Fortschritts zu sein. Der Parkettboden war drin. Die Wände wiesen eine strukturierte Sandfarbe auf. Es fehlte der Deckenventilator, wo schon bald der Billardtisch stehen würde. Irgendwann würde sich in einer Ecke eine Bar einfinden, aber bisher sah man nur das hölzerne Fundament.

„Dann wollen wir mal sehen, ob R2-D3 wach ist und auf Befehle hört." Alle Befehle mussten von ihr kommen – ihre

Stimme, die sagte: *Bitte, bitte, bitte.* Sie wandte sich dem Lautsprecher zu: „Bitte, bitte, bitte. Bist du wach?"

„Ich bin wach, Schatz", kam ihre eigene Stimme aus dem Lautsprecher der Gegensprechanlage.

*Und sie punktet!* Sally stieß einen Freudenschrei aus und tanzte den Gangnam-Style-Tanz. Leider hatte sie bisher nur zwei Befehle eingerichtet – diesen und die Aufnahme, die sie am Tag nach der Idee mit Gabi gemacht hatte. Alkohol konnte eine kreative Zeit nach sich ziehen.

Aber sobald sie die Sache in Gang gebracht hatte, würde es dem Haus das gewisse Etwas geben und es beleben.

Irgendetwas musste das schließlich tun. Ein depressiver Dom war kein schöner Anblick, und ihre beiden Jungs waren im Moment wirklich ausgesprochen mürrisch.

Sie hatten jedoch einen guten Grund. Im Krankenhaus hatten sie sich so gefreut, dass die *Association* endlich zerschlagen war.

Gleich am nächsten Tag war Drew Somerfelds Wohnung in Rauch aufgegangen. In der Asche hatten sie einen Metalltresor gefunden – offen. Der gruselige Brandstifter war immer noch auf freiem Fuß, und niemand hatte herausfinden können, um wen es sich dabei handelte.

Also hatten sie die Suche den New Yorkern überlassen und Vance nachhause gebracht, sodass er sich erholen konnte. Fast zwei Wochen später ging es ihm schon viel besser.

*Gott sei Dank.* Sally rollte mit den Augen. Jedes Mal, wenn Vance Schwierigkeiten hatte, sich zu bewegen, war Galen erstarrt. Wegen seines Knies hatte er seinem Partner nicht den Rücken stärken können. Nach seinen Worten nicht rechtzeitig, und so gab er sich die Schuld. Als hätte er verhindern können, dass Vance verletzt wird. Sie schnaubte. Dann wäre er vielleicht selbst in die Schusslinie geraten. *Christus in einem Computer,* aber ihre geliebten sturen Doms hatten wirklich einen Gott-Komplex, wenn es darum ging, andere Menschen zu beschützen – wahrscheinlich verursacht durch den Überschuss an Testosteron in ihren wunderschönen Körpern.

Als sie ihren kleinen Werkzeugkoffer in die Hand nahm, seufzte sie. Sie hatte versucht, zu helfen. Sie hatte sich um die Hausarbeit gekümmert, sodass sich Galen und Vance auf den Fall konzentrieren konnten. Sie stellte sicher, dass die beiden regelmäßig aßen. Sie spendete Trost. Nichts hatte funktioniert.

Sie konnte Galen nicht einmal dazu überreden, mit ihr *World of Warcraft* zu spielen, obwohl er normalerweise gewann. Vance hatte seit seiner Rückkehr kein Spiel mehr im Fernseher geschaut. Gestern Abend hatte sie einen beeindruckenden dreilagigen Schokoladenkuchen gebacken – Vances Favorit – und er hatte keinen Bissen gegessen. Und Galen? Er war ewig nicht mehr mit dem Kanu rausgefahren.

So konnte es nicht weitergehen.

Nachdem sie den Schalter umgelegt hatte, hob sie den Kater in ihre Arme und ging in ihr Zimmer, um die Werkzeugkiste wegzupacken. „Also, Master Glock, hast du eine brillante Idee, wie wir das System benutzen können, um die Agents ein bisschen zu ärgern?", fragte sie ihn auf dem Weg die Treppe hinauf.

Er zuckte mit den Ohren, was wohl hieß, dass es nicht so schwierig sein konnte, ihr Ziel zu erreichen. Schließlich waren Vance und Galen auch nur Menschen.

„Das ist wahr. Ich werde mir etwas Gutes überlegen." Bis dahin würde sie die Software nicht benutzen.

In der Zwischenzeit würde sie zu einem weniger genialen Streich greifen. Sie küsste Glocks weiches Köpfchen. „Das ist deine Warnung, Fusselgesicht: Bleibe heute Abend lieber auf Abstand."

Denn sie würde ihr Bestes geben, um ihre Doms aus ihrer Abwärtsspirale zu reißen. Bereit oder nicht, Master Griesgram und Master Sauertopf würden sich schon bald mit ihr auseinandersetzen müssen.

**Vance zog sich** aus und warf alles in die Ecke seines Schlafzimmers, wo die Klamotten von gestern auf dem dunkelblauen Teppich verstreut lagen. Ziemlich schlampig. Seine Ex hätte einen Anfall bekommen. Er runzelte die Stirn.

Nur die Kleidung von gestern? Er hatte seine Wäsche nicht mehr gewaschen, seit sie aus New York zurückgekehrt waren ... was bedeutete, dass Sally diese Aufgabe übernommen haben musste.

*Gott*, sie hatten die kleine Sub nicht in dieses Haus gebracht, um Magd zu spielen.

Er rieb sich müde über den Nacken und würde am liebsten laut fluchen. Konnte er nicht mal eine Sache richtig machen? Erst ließ er sich anschießen ... und schlimmer noch: Er hatte einen Kriminellen entkommen lassen. Sicher, er hatte sein Bestes gegeben, aber er fühlte sich immer noch verantwortlich.

Hinzu kam, dass Galen verdammt mürrisch war. Wahrscheinlich gab er sich die Schuld dafür, nicht Mr. Superagent zu sein.

Und keiner von ihnen kümmerte sich um die kleine Sub. *Zum Teufel*, sie hatten ihr versprochen, ihr zu helfen. Stattdessen ignorierten sie Sally. Ganz sicher wollte er diese wunderschöne, brillante Frau nicht zu deren Sklavin machen.

Sie war nicht glücklich.

Er seufzte. Er und Galen hatten die letzten Tage und Nächte damit verbracht, zu arbeiten, und waren nur aus der Höhle gekommen, um die Abendnachrichten zu schauen. Hatten sie auch nur ein Wort zu ihr gesagt?

Vor einer Stunde hatte Sally ihnen mitgeteilt, sie sei müde und bräuchte die Nacht für sich allein. Nicht gut. Normalerweise schliefen er und/oder Galen in ihrem Schlafzimmer. Selbst wenn sie ihre Periode hatte und nicht ficken wollte, mochte sie es, jemanden zum Kuscheln und eine warme Hand auf ihrem schmerzenden Unterleib liegen zu haben.

Sie hatte noch nie alleine schlafen wollen. Ja, etwas stimmte nicht. Und er hatte nicht die Zeit oder die Energie, innezuhalten und es herauszufinden.

*Fuck.* Sein Rücken fühlte sich so viel besser an. Es schmerzte nicht mehr, als wäre er von einem Zug überfahren worden. Er bräuchte nur eine gute Nacht ohne Albträume. Keine toten Polizisten, keine Schüsse, keine Schießereien und kein Blut. Ja, wenn er schlafen könnte, wäre er wieder in der Lage, die Zügel der D/s-Beziehung in die Hand zu nehmen.

Nach dem Zähneputzen hob er den Toilettendeckel an, um zu pissen. „Was zum Teufel?"

Worte standen auf dem Toilettenpapier, das über der Schüssel drapiert war. *Lieber Master Griesgram, schwimm weiter. Das Leben wird wieder besser.* Das hellblau getönte Wasser enthielt zwei Spielzeugfische, die in der Schüssel Kreise zogen.

*Mein Gott.* Er fing an zu lachen und wusste genau, wer sein Badezimmer sabotiert hatte – ein kleines, unverschämtes Gör.

**Galen zog sich** aus und sammelte seine Kleidung ein. Erschöpfung lastete auf seinen Schultern. Es schien, als spielte sein Leben schon seit einem Jahr immer dieselbe Melodie. *Zwei Schritte vor, einen Schritt zurück.*

Auf jede Pause folgte eine Katastrophe. Dass ausgerechnet der Brandstifter entkommen war ... *Gott*, so konnte er nicht leben.

Er hatte kein Auge zugemacht, seit sein Partner verletzt worden war. Vance hätte getötet werden können. Könnte immer noch getötet werden.

Galen öffnete die Schranktür und – „Was zum Teufel!"

Direkt im Schrank saß ein Miniaturbaum. Ein oranges Kätzchen baumelte an seinen kleinen Pfoten von einem Ast. *Eine Spielzeugkatze?* Er hob den Blick und las das Banner, das von der Decke des Schranks hing: *Nicht aufgeben, Master Sauertopf. Das Leben wird wieder besser.*

*Gott! Verdammt*, sein Blut fühlte sich wie ein reißender Strom in seinen Venen an. Überraschung gelungen. Er trat einen Schritt zurück und fing an zu lachen.

---

**Grinsend verließ Vance** sein Zimmer und sah sich seinem Partner gegenüber, dessen Gesicht gerötet war und ein breites Grinsen zierte.

Galen zog eine Augenbraue hoch. „Hat sie dich auch erwischt?"

„Master Griesgram." Vance schmunzelte. „Und du?"

„Master Sauertopf", sagte Galen kläglich.

*Sauertopf?* Vance brach in Lachen aus, sodass er langsam das Gefühl hatte, einen Darmbruch zu erleiden. „Fuck, sie ist wirklich durchgeknallt."

„Ich liebe dieses kleine Gör", sagte Galen atemlos.

Vance spürte die Wärme in seinem Herz. „Oh ja."

„Ich bin mir nicht sicher, ob ich ihr den Arsch versohlen oder sie ficken soll."

„Ich denke –" Ein eiskalter Wasserstrahl traf Vance auf die Brust und er schnappte schockiert nach Luft. „Fuck!"

Wasser spritzte von Galen. Sein Keuchen verwandelte sich in ein leises Knurren. „Versohlen. Definitiv versohlen."

„Dann mal los." Vance stürmte den Flur hinunter und schnappte nach Luft, als ihn die nächste Ladung Wasser traf. Abwehrend senkte er jedoch den Kopf und marschierte weiter. Eiskaltes Wasser traf seinen Bauch und durchtränkte seine Jeans. Sein Hoden schrumpfte auf die Größe von Murmeln zusammen.

„Sie hat eine Wasserpistole", zischte Vance. Und sie hatte das verdammte Ding mit Eiswasser gefüllt. *Mein Gott.* In der Hoffnung, Rückendeckung zu erhalten, sah er über seine Schulter.

Galen hatte sich seinen Gehstock geschnappt und war nur ein paar Schritte hinter ihm.

Ein Wasserstrahl schoss an Vance vorbei und traf Galen ... und dann wurde deutlich, dass die Waffe leer war.

Mit einem nervösen Quietschen floh die kleine Angreiferin die Treppe hinunter. Ihre Haut – inklusive eines kurvigen, saftigen Arsches – glänzte in der schwachen Treppenhausbeleuchtung in einem unschuldigen Weiß. *Von wegen.*

Trotz der eiskalten Jeans wurde Vance hart.

„Nackte Kriegsspiele?" Galen lachte. „Ich bin dabei!"

Sally verschwand in der Dunkelheit des Erdgeschosses.

Nachdem er das Ende der Treppe erreicht hatte, wartete Vance auf Galen. „Plan?"

„Warte kurz." Galen schaltete die Beleuchtung im Gameroom an, musterte den Boden und zeigte auf Wassertropfen, die in das Esszimmer führten. „Die Waffe des Übeltäters ist undicht."

Vance ging voran und folgte der nassen Spur in die Küche. Als er aus der Hintertür trat, wickelte sich die feuchte Nachtluft um ihn. Er lauschte und hörte nichts außer den Fröschen und den Grillen am Ufer und dem Heulen einer Eule.

Im Licht des Vollmonds sah er die glitzernden Wassertropfen. Sie führten in einer Linie zum Pool.

Aus den Augenwinkeln nahm er rechts eine Bewegung wahr. Vance wirbelte herum und sah zwei pelzige graue Ohren. Gelbe Augen.

Glock beobachtete den Wahnsinn von einem Terrassenstuhl in der Nähe des Pools. Gut, dass Vance keine Wasserpistole hatte, sonst wäre das Kätzchen jetzt beleidigt.

Gleich hinter Glocks Stuhl kniete Sally am Rande des Pools und füllte ihre Waffe.

„Haben wir sie", flüsterte Galen. „Kannst du sie tackeln, ohne dir den Rücken zu verletzen?"

Vance grinste. „Oh, aber bestimmt." Er stürmte über das Deck und, anstatt sie zu tackeln, packte er sie und sprang mit ihr ins Wasser.

Sie quietschte erschrocken, bevor sie eintauchten.

CHERISE SINCLAIR

*Oh ja.* Sie war nass, zappelte, und als er eine ihrer Brüste fand, schloss er die Finger um das erregende Fleisch. *Fuck*, er liebte es, sie zu berühren.

Gemeinsam durchbrachen sie die Wasseroberfläche und in dem Moment gingen die Unterwasserlichter an. Im nächsten sprang Galen in den Pool und verursachte einen Tsunami.

Vance hielt seine Gefangene fest mit dem Rücken an seine Brust gepresst, schwamm zum seichten Bereich und blieb in einer Tiefe stehen, in der er und Galen Fuß fassen konnten. War es nicht eine Schande, dass Sally klein war und ihre Füße den Boden nicht erreichen konnten?

Vance legte eine Hand um ihren Oberarm – für den Notfall –, während die andere auf ihrer wunderschönen prallen Brust blieb, wo sich ihr harter Nippel in seine Handfläche bohrte.

Ihr Arsch rieb sich an seinem Schwanz. *Gott!*

„Hast du Schwierigkeiten, die kleine Kriminelle zu bändigen?" Galen grinste ihn an. „Gerne helfe ich dir." Als er eine Hand zwischen ihre Beine schob, zuckte sie zusammen.

Galen packte ein Bündel ihrer Haare und riss ihren Kopf zurück, sodass sie beide in ihr Gesicht sehen konnten. „Du hast unsere Aufmerksamkeit, Sub. Wolltest du uns etwas sagen?"

„I-Ich ... nein –" Ihre Stimme zitterte so stark, dass Vance erstarrte. Weinte sie? *Scheiße*, hatte er sie verletzt?

Oder ... Augenblick mal, sie kicherte. Sie kicherte so heftig, dass sie keine Luft bekam.

Vance schüttelte den Kopf und grinste.

Galen brach in Lachen aus.

**Obwohl es einen** kurzen Moment gegeben hatte, in dem sie befürchten musste, dass die Doms wütend auf sie sein könnten, konnte Sally nicht aufhören zu kichern. Sie war noch damit beschäftigt, die letzten Minuten zu genießen. Wie den schockierten Ausdruck auf Vances Gesicht, als das Eiswasser ihn traf.

Und Galens Ausdruck, als er sie mit der Wasserpistole erblickt hatte.

Sie hatte die Männer in ihren Zimmern lachen hören – Galens Lachen tief und satt, Vances rau und ansteckend. Sie sahen wieder die lustige Seite am Leben und waren nicht mehr auf dem Weg ins Zombieland.

Es gab jedoch jemanden, der wütend war. Eine graue Form zeigte sich in der schwachen Beleuchtung. Nasses Fell, das zu einer empörten Katze gehörte, die von der Liege sprang und zum Haus stolzierte. *Verdammt*, sie hatte Glock gewarnt – seine Schuld, wenn er nicht hören wollte.

„Tut mir leid, Glock", rief Galen und erhielt im Gegenzug einen finsteren Blick. „Ich schätze, ich habe mit meinem Sprung einen Kollateralschaden verursacht. Zumindest konnten wir den Täter sicherstellen. Nicht wahr, Vance?" Galens Hand festigte sich in ihren Haaren. „Was sollen wir nun mit dieser kleinen Schurkin machen?" Seine Stimme klang jetzt tiefer und vibrierte über ihre Haut, weckte jede Zelle in ihrem Körper.

Vances große Hände an ihrem Oberarm und ihrer Brust brannten sich in ihre Haut. „Ich habe ein paar Ideen", flüsterte er ihr ins Ohr.

Galens Augen waren auf ihr Gesicht fixiert, als er eine Hand auf ihre Pussy legte und durch ihre Spalte zu ihrer Klitoris glitt.

*Oh, oh, oh!* Sie konnte sich nicht davon abhalten, sich an seiner Hand zu reiben. Er wusste genau, wo er sie berühren musste, um ihre Erregung anzuheizen.

„Jemand wird immer feuchter", murmelte er.

„Äh, ja klar. Dieser jemand ist im Wasser." Ihr Versuch, leichtfertig zu klingen, wurde durch ihre atemlosen Worte verdorben. Verärgert versuchte sie, von ihm wegzukommen, aber ihre Füße erreichten nicht den Boden, und schließlich hatte sie es mit zwei Männern zu tun, die sie mit ihren Armen einschränkten.

Auf eine höchst intime Weise.

Vances Brust wärmte ihren Rücken, und seine dicke Erektion

drückte sich gegen ihren Hintern. *Gott*, sie wollte ihn in sich haben.

Er ließ ihren Arm los und beanspruchte ihre andere Brust, neckte ihre aufgerichtete Brustwarze. „Ich liebe es, wenn sie winzig und hart sind."

Galen schnaubte. „Hast du jemals Sallys Brüste in einem Zustand gesehen, den du nicht geliebt hast?"

„Das muss ich wohl mit einem *Nein* beantworten." Vance knabberte an ihrer Schulter und schickte Lustschauer durch sie. „Wie sollen wir sie jetzt für die Spitznamen und das Eiswasser bestrafen?"

„Hmm", überlegte Galen, ohne jemals den Griff an ihren Haaren zu lockern. Er schob einen Finger in ihre Enge, raus und rein, so verdammt langsam. Und es fühlte sich wundervoll an. Sie zitterte, als ihre Erregung das nächste Level erreichte. Er grinste. „Ich war bereit fürs Bett, bevor mich diese kleine Sub unterbrach. Ich bin immer noch ziemlich müde. Und wie steht's mit dir, Bruder?"

Er nannte Vance jetzt immer öfter Bruder. Das war so cool!

Vance lenkte sie von dem Gedanken ab, indem er sagte: „So erschöpft. Wenn sie so viel Energie hat, sollten wir sie an die Arbeit schicken."

„Ayuh." Als sich Galens Augen zu reiner schwarzer Lava verdunkelten, wusste Sally, dass sie alles tun würde, was er wollte. „Renne zur Cabana und hol ein Kondom und Gleitgel für mich, Sub. Und wähle einen wasserdichten Bullet-Vibrator."

Mit offenem Mund und weit aufgerissenen Augen starrte sie ihn an. Sie hatten noch nie einen Vibrator an ihr benutzt. „Ich ... Ja, Sir."

Die Männer ließen sie los und sie zitterte, als das kühle Wasser über die Stellen schwappte, die von den großen Händen der beiden gerade noch gewärmt wurden. Vance hob sie aus dem Wasser und setzte sie auf den Poolrand.

Als sie von der Cabana zurückkehrte, stand Vance weiterhin im Wasser.

Galen saß auf den Pooltreppen und hatte es sich mit einem Kissen hinter seinem Rücken bequem gemacht. Das Wasser schwappte um seinen harten Schwanz.

Vor Galen stellte sie sich hin und sagte: „Ein Schwanz, der aus dem Wasser ragt? Das sieht so pervers aus." Sie reichte ihm das Gleitgel, das Kondom und den Vibrator.

Er grinste. „Dann solltest du ihn wohl besser verstecken." Er drehte seinen Finger im Kreis und wies sie damit an, sich umzudrehen.

„Bitte was?" Er wollte nicht, dass sie sich rittlings auf ihn setzte?

Galen rollte sich das Kondom über und bedeckte sich in eine dicke Schicht aus Gleitgel. „Keine Fragen. Setz dich auf mich, Sally."

Bedeutete das, dass er ihren Arsch ficken wollte ... jetzt? In dieser Position? Ihre Füße bewegten sich nicht.

Mit unnachgiebigen Händen auf ihren Schultern drehte Vance sie um und führte sie rückwärts eine Stufe hoch, sodass sie zwischen Galens Beinen stand. „Beuge deine Knie, Süße."

Warum fühlte sich das so viel weniger ... kontrolliert an? Als sie dem Befehl nachkam, zog Vance ihre Pobacken auseinander und sie spürte, wie sich Galens Eichel gegen ihr Arschloch drückte.

*Autsch!* Sie versuchte, sich aufzurichten, aber Vance lehnte über ihr. Keine Flucht möglich.

Galen glitt in sie, arbeitete sich am Muskelring vorbei. Langsam. Sie waren immer vorsichtig mit ihr, aber ... *Oh. Mein. Gott!*

Die Position war anders, und bei der jetzigen Session war sie nicht schon ein paar Mal gekommen. „Was machst du denn? Das gefällt mir nicht."

„Ah, aber uns gefällt es", sagte Vance. Sein Mundwinkel zuckte, aber sein Blick war der eines Doms und erinnerte sie daran, dass eine Sub manchmal verwöhnt wurde und manchmal eben ... nicht.

Die Welt geriet aus den Fugen und sie hörte auf, sich zu wehren.

Galens Schwanz drang vollständig in sie, dehnte sie, hüllte sie in Flammen. Doch das Wissen, kontrolliert, genommen, *aufgespießt* zu werden, war so dekadent sündhaft, dass sie fast gekommen wäre.

„Kobold, du fühlst dich so, so gut an." Er packte ihre Schultern und zog sie zu sich, bis sich ihr Rücken gegen seine Brust presste. Galen rieb seine Wange an ihrer, seine Bartstoppeln kratzten über ihre weiche Haut.

Das Wasser im Pool schwappte über ihren Po. Sie zuckte zusammen, als Vance ihre Schenkel spreizte und sich zwischen ihnen einfand. Er legte einen Arm unter jedes Knie und hob sie an. Das hatte zur Folge, dass sie sich weiter auf Galen absenkte. Sie erschauerte. So voll ...

Galen schlang einen Arm um ihren Ellbogen und ihre Taille, und machte sie so bewegungsunfähig. Sein anderer Arm legte sich außen an ihren linken Ellbogen und seine Hand fand ihre Brust. „Sie ist fixiert – bereit für dich, Bruder."

Er zwickte in ihre Brustwarze. Das Gefühl war fast zu viel, und sie wimmerte.

„*Gott*, ich mag es, wenn sie sich um mich zusammenzieht", murmelte Galen. „Hast du vor, die ganze Nacht dort zu stehen?"

„Ich möchte zuerst eine Kostprobe. Mal sehen, ob ich sie dazu bringen kann, sich auf deinem Schwanz zu winden", sagte Vance. Er legte ihre Beine über seine Schultern und senkte den Kopf.

Bei dem Gefühl seiner heißen Zunge auf ihrer geschwollenen Klitoris zog sich alles in ihr zusammen ... um Galens dicken Schaft. „Aaaaah!" Und sie konnte nicht aufhören zu zappeln, als Vance sie mit sanften Zungenschlägen neckte.

„Lange hast du dafür nicht gebraucht", bemerkte Galen. Er stöhnte und hielt sie fest genug, sodass sie nur ihre Hüfte bewegen konnte. Langsam rollte er ihren Nippel zwischen Daumen und Zeigefinger, und eine weitere Schicht aus Empfindungen kam hinzu. Sie fing an zu zittern.

Mit seinen Daumen teilte Vance ihre Schamlippen und legte seinen Mund auf ihr Nervenbündel. Heiß, so heiß und furchtbar nass. Er hielt inne, packte ihre Hüfte, hob sie an und zog sie fast von Galens Erektion herunter.

Die Reibung des dicken Schafts, der ihren Arsch verließ, kam einer exquisiten Folter gleich. Dann machte sich Vance an die Arbeit, wandte sich rücksichtslos ihrer Klitoris zu. Die Empfindung peitschte durch sie, verfing sich in ihr und baute sich auf. Sie stand kurz vor einem Orgasmus, war der Erlösung schockierend nah.

Mit einem tiefen Lachen presste Vance sie hart auf Galens Schwanz, und sie schnappte bei dem Gefühl verzweifelt nach Luft. Die Lustwelle, die folgte, schickte sie –

Vance hob den Kopf.

„Nein!"

Nach einem grausamen Zwicken in ihre Brustwarze zappelte und wehrte sie sich entschlossener gegen Galens Griff. Der stählerne Arm um ihre Taille zog sich jedoch fester um sie und sein Atem wehte über ihre Ohrmuschel: „Du bekommst nur das, was wir dir geben, Sub. Und du nimmst alles, was wir dir geben."

Ihre Klitoris pochte, gierte. Und doch hatte sie einen Moment Zeit, sich über dieses ominöse Wort aus seinem Mund zu sorgen. *Alles.*

Vance packte sie an den Fußknöcheln und schob ihre Beine in die Richtung ihres Kopfes. Aus Angst, sie könnte seiner Genesung im Weg stehen, kämpfte sie gegen sein Vorhaben nicht an.

Seine Hände waren groß genug, sodass er nur eine brauchte, um ihre Beine an ihren Knöcheln hochzuhalten. Das verschaffte ihm uneingeschränkten Zugang zu ihrer Mitte. Mit der anderen Hand führte er seinen Schwanz zu ihrer Pussy und drang in sie. Langsam. Und doch ohne Rücksicht. Er übte Druck auf ... alles aus, besonders an der Stelle, wo Galen sie bereits füllte. Jedes Nervenende im Umkreis stand in Flammen, als Vance fortfuhr, unaufhaltsam, bis beide Schwänze sie vollständig füllten.

*Gott*, mit den Beinen über dem Kopf war das Gefühl noch überwältigender. Sie konnte bei der unangenehmen, erstaunlich erregenden Empfindung nur wimmern.

Von hinten fixierte Galen immer noch ihre Arme an den Seiten, ihre Beine wurden hochgedrückt und ihr Arsch war ihnen völlig ausgeliefert. Sie konnte rein gar nichts tun.

Indem er seine Hüfte neigte, rutschte Galen in kurzen, schnellen Stößen in sie hinein und wieder raus. Vance versuchte nicht einmal, sich mit ihm abzustimmen, sondern zog sich langsam aus ihr zurück, nur um sich dann mit einem Stoß tief in ihr zu vergraben. Hart, so hart. Immer und immer wieder.

Die unberechenbare Kombination von Schwänzen spaltete ihren Verstand in zwei Teile und so konnte sie sich nur auf die Empfindungen konzentrieren, die auf sie einschlugen.

Sie spürte, wie Galens Hand nach unten wanderte, vorbei an der Stelle, an der Vance ihre Oberschenkel gegen ihren Bauch drückte, bis er in Kontakt mit ihrer Pussy kam. Es dauerte eine Sekunde, bis ihr klar wurde, dass seine Finger vibrierten.

Er hielt den Bullet-Vibrator.

*Zu viel.* Wenn er das Ding auf ihre Klitoris legte, würde sie sterben. Sie buckelte, sträubte sich gegen den Plan. „Ich kann nicht. Nein."

Die Männer stoppten. Aber nicht, um ihr zu helfen. Vance festigte den Griff an ihrer Hüfte, sodass er jegliche Bewegung ihrerseits unterband.

Galen hielt den Vibrator über ihrer Klitoris und legte seine andere Hand an ihre Kehle. Sanft. Vorsichtig. *Bestimmt.* „Lehn dich nach hinten und ... nicht bewegen", befahl er, und der leichte Druck, den er an ihrer Kehle ausübte, konnte nur als Warnung interpretiert werden.

Er würde ihr nicht die Luft abdrücken. Das wusste sie – und

doch, mit seiner Hand an dieser Stelle, mit der primitiven Angst ... ergab sich ihr Körper. Vollständige Unterwerfung. Ihr Kopf fiel zurück an seine Schulter; ihre Hände lagen schlaff im Wasser.

„Sehr nett", murmelte er. „Bleib so." Dann bewegte er den Vibrator die letzten zwei Zentimeter zu ihrem Nervenbündel. Die pulsierenden Vibrationen bewirkten eine Sekunde zunächst nichts; schließlich wusste ihre Klitoris nicht länger, was mit ihr passierte, und sie steuerte auf einen nervenaufreibenden Höhepunkt zu. Die Wände ihres Geschlechts zogen sich zusammen.

„Das gefällt mir." Mit einem grollenden Lachen glitt Vance aus ihr heraus und stieß hart, hart, hart in sie. Dehnend, hämmernd, selbst als sich Galens Schaft in ihrem Arschloch verlor.

Alles in ihr pulsierte um die Eindringlinge. Wie zwei Hände ballten sich die Muskeln um die beiden Schäfte zusammen. Der Vibrator trieb sie höher; jeder Stoß schickte sie näher an die Klippe, und selbst ohne dass Galens Hand an ihrer Kehle zudrückte, stockte ihr der Atem. Ihre Muskeln erstarrten. Jedes Nervenende in ihr kam zum Stillstand.

Sie hing an der Klippe ... und hing. Fast ... gleich. Und dann rotierte Vance seine Hüfte, sein Schwanz drang in kurzen, schnellen Stößen in sie und aktivierte einen anderen Bereich in ihr.

Gleichzeitig vergrub sich Galen kraftvoll in ihrem hinteren Loch, zog sich zurück, stieß erneut tief in sie.

Und dann war es so weit, die Wellen aus Empfindungen unberechenbar.

Sie kam. Sie schrie und buckelte und wand sich.

Sie kam, als die Männer lachten und sie von ihr nahmen und nahmen und nahmen.

# KAPITEL EINUNDZWANZIG

**D**as **Shadowlands erwachte** gerade erst zum Leben. Mit einem erschöpften Seufzer nahm Sally in einem ruhigeren Bereich des Raumes auf einem Stuhl Platz. *Gott,* nach der langen Nacht war sie müde – und ihr Körper summte immer noch vor Befriedigung. Dämonische Doms.

Erstaunliche Doms.

*Okay, konzentriere dich.* So unauffällig wie möglich kippte sie ihren Stuhl nach hinten, damit sie die Geschehnisse beobachten konnte.

Sie entdeckte Rainie. Die Auszubildende war an der Bar und hatte eine starre Schürze an. Da sie oben nichts trug, blitzten ihre prallen Brüste immer wieder neben den Rüschen auf, die seitlich an dem Latz entlangliefen.

In einem engen, dunkelroten Latexrock und einem Oberteil im Bandanna-Stil arrangierte Uzuri einen Tisch mit Snacks, der keiner Ordnung bedarf. Ihr Kopf drehte sich immer wieder zur Tür, die zwischen Haupteingang und Master Zs Büro lag. Es war die Tür zum Bereich der Master und Mistresses, wo Schließfächer mit ihrer Kleidung ... und ihrer Ausrüstung zu finden waren.

Master Z verschloss die Tür nicht, obwohl sich das wahrscheinlich schon bald ändern würde. Natürlich könnte er sich auch entscheiden, das Problem zu lösen, indem er eigensinnige Auszubildende an ein paar der Sadisten weiterreichte.

Sally verzog das Gesicht. Sie war keine Auszubildende mehr, also würde Master Z sie ohne die Erlaubnis der Agents nicht bestrafen. G und V wären sicher nicht begeistert, dass sie ihren Freunden ... assistiert hatte.

Aber *Gott*, sie und Rainie und Uzuri hatten diese Sache schon vor einer halben Ewigkeit geplant.

Vor ein paar Minuten hatte ihr Zielobjekt, Mistress Anne, die Umkleidekabine der Tops betreten. Sally neigte den Kopf und versuchte, sich vorzustellen, was gerade passierte.

Da die schlanke Brünette ziemlich schmuddelig ausgesehen hatte, duschte sie wahrscheinlich auf der weiblichen Seite des Raumes. Master Z hielt dort Bademäntel und Handtücher bereit, also würde sie sich wohl einen Bademantel überziehen. Dann würde sie ihr Schließfach öffnen und ...

Kein Laut zu hören.

Hmm. Okay, vielleicht hatte die Gummispinne sie nicht erschreckt, aber sauer hatte sie der Anblick auf jeden Fall gemacht. Es gab jedoch noch ein paar andere versteckte Überraschungen, die –

„Scheiße!" Die Stimme gehörte zu Anne. Ein hysterischer Schrei war es nicht. „Gott verdammte Gören!"

*Schon besser.*

In Sallys Kehle stieg ein Kichern wie die Champagnerblasen in einem Glas auf, und es war einfach nicht möglich, es zu unterdrücken. Im Snackbereich hatte Uzuri ihre Hände über den Mund gelegt. Rainie – schlau, wie sie war – hatte der Tür den Rücken zugewandt, aber ihre Schultern bebten sichtlich.

*Oh Gott, wir werden alle sterben.*

Etwas besorgt, bewegte Sally den Stuhl und stellte sicher, dass sie weniger auffällig daherkam, bevor sie es erneut wagte, um die Ecke zu blicken. Auf die Tür.

Mistress Anne marschierte in den Clubraum. Ein paar Sessions hatten bereits begonnen. Anne sah sich um, ihr Mund angespannt. Sie war zu erfahren, um mit einem Schreianfall die Sessions zu stören.

Stattdessen ging sie zur Bar und sprach mit Master Cullen.

Sowohl Master Cullen als auch Mistress Anne wandten sich sofort Rainie zu.

Die wunderschöne, kurvenreiche Frau schrumpfte unter ihren Blicken zu einem Häufchen Elend zusammen.

*Verdammt*, das ging viel zu schnell. Sally runzelte die Stirn. Nächstes Mal sollten sie sich besser an die neueren Doms halten, die die Körpersprache nicht so leicht deuten konnten – und denen es vielleicht peinlich wäre, vor anderen Doms einen Streich dieser Art zu erwähnen.

Mistress Anne schämte sich für rein gar nichts. „Scheiße", murmelte Sally.

*Gib dich unschuldig, Uzuri.* Mit Blick auf den Raum ließ Mistress Anne die Augen schweifen. Sie landete auf Uzuri.

Die kleine Auszubildende hatte ihr den Rücken zugekehrt und war dabei, ein Tablett zu entladen. Die roten Perlen, die ihr krauses, schwarzes Haar schmückten, schwangen auf ihrem Rücken von links nach rechts, als sie sich zur Musik bewegte. Ja, sie wirkte, als hätte sie keinerlei Sorgen.

*Sehr gut, Uzuri.* Wer hätte gedacht, dass sich ausgerechnet Rainie als talentfreie Schauspielerin herausstellen würde?

Mistress Anne schlenderte durch den Raum zum Snacktisch und erinnerte Sally doch stark an Glock, der einen Grashüpfer ins Visier genommen hatte. Die Mistress legte ihre Hand auf Uzuris Schulter.

Die Auszubildende zuckte zusammen. Sprach. Lächelte. Soweit Sally sehen konnte, sah alles gut aus.

Dann nahm Mistress Anne Uzuris Kinn zwischen Daumen und Zeigefinger, schloss die Finger fest genug um sie, sodass die Auszubildende zuckte, und erhob erneut das Wort.

Uzuri gab nach. Sie brach ein wie eine rückgratlose Amöbe.

*Meine Güte*, wohin hatte sich der Mut der Auszubildenden verzogen? Schließlich stand sie sich lediglich Mistress Anne gegenüber. Na gut, ja, sie galt in diesem Club als die sadistischste aller Tops.

Als Uzuri sich Rainie an der Bar anschloss, rutschte Sally auf ihrem Stuhl immer weiter nach unten. Die Mädchen würden sie nicht verraten. Niemals. Dann zeigte Master Cullen direkt auf sie und ... ihr wurde bange ums Herz.

Natürlich hatte er bemerkt, dass sie in den Club gekommen war. *Verdammt.* Und er wusste, dass sie schon in der Vergangenheit bei einem Streich nicht davor zurückgeschreckt war, als Komplizin zu agieren.

*Oookay. Sieh es positiv – zumindest habe ich keine Hoden zum Foltern.*

Wie Darth Vader stand Mistress Anne plötzlich vor ihr und starrte sie nieder. Ein kleiner Rohrstock hing von ihrem geflochtenen Ledergürtel.

*Großartig. Ich hasse Rohrstöcke.* Sally bemühte sich um ein Lächeln. „Guten Abend, Mistress."

Mit den Händen hinter dem Rücken gefaltet, hob Mistress Anne den Blick zur Decke. Stille.

Die Stille zog sich in die Länge.

Mehr Stille.

Sally spürte, wie sich Schweiß auf ihrer Oberlippe formte, auf ihrem unteren Rücken.

Mistress Anne senkte den Kopf. „Ich mag keine Käfer."

„Ja, Mistress", sagte Sally höflich. „Deswegen dachten wir, es sei unsere Pflicht als Auszubildende, dir bei der Bewältigung dieses Problems zu helfen." *Nicht lachen, nicht lachen, nicht lachen.*

„Ah ja", sagte Anne mit flacher Stimme.

Sallys Drang zu kichern verebbte und ließ Raum für Sorge.

Master Cullen würde nicht zulassen, dass sie zu Tode gepeitscht wurde ... oder?

Master Z wäre verärgert, wenn er tote Auszubildende vorfand. Der Papierkram allein.

Die Reinigungskräfte würden kündigen.

Annes Stimme war gleichmäßig. Gelassen und ruhig. „Ich hatte einen furchtbaren Tag. Mein permanenter Sub Joey ist letzte Woche ausgezogen. Meine Sekretärin ist im Urlaub, und der Papierkram stapelt sich. Ich habe von einem untreuen Ehemann eine Faust ins Gesicht bekommen, der die Bilder, die ich seiner Frau von ihm und seiner Zwanzigjährigen geschickt habe, nicht schätzte." Anne berührte vorsichtig eine sich verdunkelnde Prellung an ihrem Kiefer.

Dann fuhr sie fort, diesmal etwas lauter: „Aber als ich in den Club gekommen bin, dachte ich, der Tag kann noch gut werden. Ich hatte eine nette Dusche und fing an, mich zu entspannen, und schließlich finde ich, dass mein Schließfach, meine Klamotten, meine Schuhe und die Spielzeugtasche" – lauter und lauter wurde ihre Stimme – „mit Ungeziefer gefüllt sind!"

Sally starrte sie an. Mistress Anne hatte Joey verloren? Aber sie waren so gut zusammen, und obwohl Anne normalerweise immer mehr als einen Sub unter ihrem Kommando hatte, war Joey sehr lange bei ihr gewesen. „Ich … es tut mir leid, Mistress."

Mehr Stille.

*Warum benutzten Tops gerne Stille als Waffe?* Sallys Zähne knirschten, als sie zu zittern begann.

„Du bist keine Auszubildende mehr, Sally", sagte Mistress Anne schließlich. „Ich habe nicht das Recht, dich zu bestrafen … was im Gegenzug bedeutet, dass du mich nicht als Ziel hättest auswählen dürfen."

*Autsch.* Ihr zu erklären, dass sie diese Aktion bereits vor ihrer Beziehung mit den Agents geplant hatten, würde wahrscheinlich nicht helfen, oder? „Ja, Ma'am."

„Ich kann also nur darauf zurückgreifen, deine Master über dein Fehlverhalten zu informieren. Und wie ich mich dabei gefühlt habe." Mistress Anne richtete kalte Augen auf Sally. „Ich bin mir sicher, dass sie sich etwas für dich einfallen lassen werden."

*Oh Mist.* Oje, das war nicht gut. „Ja, Ma'am." Als die Mistress sich abwandte und ging, musste Sally sich zwingen, ihr nicht hinterherzulaufen. *Bitte erzähl es nicht Galen und Vance. Bitte nicht!*

Mistress Anne kehrte zurück an die Bar, an der Rainie und Uzuri warteten. Master Cullen machte eine Geste und reichte die beiden Auszubildenden an Anne weiter. Aber sie schüttelte den Kopf und sagte etwas.

Master Cullen sah auf die Uhr und nickte.

Richtig. Sie würde einen Unterwürfigen nicht bestrafen, wenn sie wütend war. Sally zuckte zusammen. Irgendwie bezweifelte sie, dass eine unterkühlte Mistress Anne sanfter sein würde als eine angepisste.

Sally holte ihr Handy heraus. Vielleicht − wenn sie sich genau zurechtlegte, was sie sagen sollte − könnte sie ihren Doms eine Erklärung liefern, bevor Anne mit ihnen sprach.

„Hey, Sally. Ich habe dich gesucht." Kari kam zu ihr. „Sind deine Jungs schon hier?"

„Nein. Ich werde sie anrufen und fragen, wo sie bleiben." *Soll ich süß oder niedlich klingen, oder vielleicht ...*

„Cool. Dan ist auch spät dran." Kari rutschte auf ihrem Stuhl herum. „Zu viel Limo − ich gehe schnell auf die Toilette. Nach deinem Anruf können wir Jessica oben besuchen."

„Klingt gut." Sally starrte auf ihr Handy, mental noch nicht bereit, die Männer anzurufen. *Vielleicht reumütig? Oder sexy ... mit ihnen zu flirten könnte funktionieren, besonders nach der letzten Nacht.*

---

**Die Tür zu** Vances Büro öffnete sich und ließ den Lärm aus dem Hauptraum herein. Am frühen Freitagabend summte das FBI-Quartier in der Innenstadt mit Aktivität und dem letzten chaotischen Tatendrang vor dem Wochenende.

Er kannte das Gefühl. Wenn er doch nur diesen Bericht endlich fertig bekommen würde, könnten er und Galen ins Shadowlands zu Sally.

Als Vance von seinem Schreibtisch aufblickte, trat Galen ein und sein Ausdruck verriet nichts Gutes.

„Was ist los?" Vance schob den Fall auf seinem Tisch zur Seite.

„Der Brandstifter." Galens Stimme klang belegt. Harsch. Er legte ein Memo auf den Schreibtisch. „Zwei Häuser sind letzte Nacht niedergebrannt. Polizisten – und ihre Familien."

„Warum sollte er jetzt Polizisten töten?" Vance warf einen Blick auf die Namen der Verstorbenen und wurde sofort von eisiger Kälte durchflutet. Das waren die beiden Polizisten, die mit Galen zusammen Somerfeld getötet hatten. *Fuck.* „Wurden noch andere Beamte getötet?"

„Nur sie."

Vances Kiefer spannte sich an, als er sich an den wütenden Schrei erinnerte, den sie bei der Bekanntgabe von Somerfelds Ableben gehört hatten.

„Hinweise?"

„Überraschenderweise ja." Galen blickte nun noch grimmiger drein. „Das Rechercheteam hat sich auf die Somerfelds konzentriert – obwohl es jemandem gelungen war, die Informationen ziemlich gut versteckt zu halten."

„Und?"

„Drew hat einen Zwillingsbruder namens Ellis, der das Haus der Familie in Brand gesteckt hatte – der Vater wurde bei lebendigem Leib verbrannt. Er selbst ist Opfer der Flammen geworden, überlebte aber. Er wurde als unzurechnungsfähig eingestuft. Geisteskrank. Eingewiesen. Mutter hat Selbstmord begangen."

„Verdammt, Chaos pur."

„Ayuh. Drew wurde Rechtsanwalt, dann stellvertretender Bezirksstaatsanwalt und hat die *Harvest Association* ins Leben gerufen."

443

„Der Bruder ist auf freiem Fuß?" Nachweislicher Brandstifter und verrückt. Super.

„Vor ein paar Jahren aus der psychiatrischen Anstalt entlassen. Budgetkürzungen, wie so oft, und Drew hat Beziehungen spielen lassen", sagte Galen mit trockener Stimme. „Einmal draußen ist Ellis untergetaucht. In New York durchsuchen sie Drews Unterlagen, um ihn zu finden."

„Verdammte scheiße." Das ungute Gefühl in Vances Bauch nahm zu. Ein wahnsinniger Bastard, der auf Rache aus war. Wenn Drew es gelungen war, ihn in Schach zu halten, hatten sie jetzt ein Problem.

„Ich habe einen Treffer gelandet." Annabel eilte mit einem Ordner herein, den sie von ihrem Körper weghielt, als wäre er kontaminiert. Nachdem sie ein paar Mal geschluckt hatte, sagte sie: „Drew gehört in den Adirondack Mountains eine Hütte. Wir haben eine Untersuchung durchgeführt ..." Ihre Stimme verstummte.

„Sag schon, Annabel", verlangte Galen und riss ihr den Ordner aus den Händen.

Vances Handy klingelte und er antwortete automatisch. „Buchanan."

„Wie offiziell von dir." Sallys lebhafte Stimme klang so hell und wunderschön, ein kompletter Kontrast zu der Atmosphäre im Büro. „Wo bleibt ihr denn? Kari und ich warten auf unsere Strafverfolgungs-Jungs."

Als Galen den Ordner öffnete, rutschten mehrere Fotos auf den Schreibtisch. Der Körper einer Frau. Ihre Beine und ihr Rumpf waren schwarz, verkohlt, ihr Gesicht so misshandelt, dass sie nicht wiederzuerkennen war. Ein rostiges Metallband lag um ihren Hals.

*Gott. Fuck.* Vances Mund trocknete aus.

Annabel sagte zu Galen: „... kam zu spät, um sie zu retten. Sie war bereits tot. Wenn doch nur ..."

„Vance, was ist los? Wer ist tot?", fragte Sally.

Er schaffte es nicht, den Blick von den Fotos zu nehmen. Sein Magen verkrampfte sich, als er das obere Foto bewegte und ein anderes zum Vorschein kam. Der Beweis von der unkontrollierten Anwendung einer Peitsche hatte ihren Rücken zerfetzt.

Eine Hand erschien in Vances Sichtfeld. Ein Ordner wurde über die Fotos gelegt und bedeckte sie, sodass er zurück in die Realität fand. Er hob den Blick.

Galens Augen begegneten seinen. „Wo ist Sally?" Seine Stimme war angespannt, aber kontrolliert.

„Im Club. Mit Kari."

„Sag ihr, sie soll dort bleiben. Dan kann sie mit zu seinem Haus nehmen."

„Vance, ich kann ihn hören", sagte Sally in sein Ohr. „Was ist passiert? Habe ich etwas falsch ge –"

„Du hast Galen gehört", sagte Vance. Seine Haut fühlte sich kalt an. Zwei Polizisten waren tot. Somerfeld war auf Rache aus, und Galen wäre der Nächste auf der Liste.

Was der Bastard dieser Frau angetan hatte ... Sally durfte ihnen im Moment nicht zu nah kommen. Vances Stimme klang unerbittlich, als er sagte: „Bleib bei Kari. Wir schicken dir deine Sachen nach."

**Sprach Vance mit** ihr? Sally starrte ihr Handy verwirrt an und legte es sich dann wieder an ihr Ohr. „Meine Sachen schicken? Aber warum? Wer ist tot?"

„Zwei Polizisten sind tot – wegen uns." Vance holte hörbar Luft. „Und eine Frau."

*Wegen uns.* Weil sie nicht rechtzeitig da waren. *Wegen mir.* „War sie ..." *Habe ich das verursacht?*

„Geh mit Kari. Ich will nicht, dass du zum Haus zurückkehrst. Ist das klar?"

Sie erstarrte und ihre Kinnlade klappte auf. „Aber du ... du –" *liebst mich. Das hast du gesagt.* Die Worte klangen in ihrem Inneren höher, schriller, so wie der Schrei eines hilflosen Kindes. „Ich will –" *bei dir sein. Bitte?* Ihre Bitte schrumpelte wie Mais in einer Dürre zusammen, ihr Mund so trocken, dass sie glaubte, Dreck zu schmecken.

Denn sie hatte diese Todesfälle verursacht. Wenn sie Galen und Vance nicht die ganze Nacht wachgehalten, nicht um Aufmerksamkeit gebettelt, sie nicht zu spät zur Arbeit geschickt hätte, wären sie vielleicht rechtzeitig vor Ort gewesen, um die Polizisten und die Frau zu retten.

*Meine Schuld.* Weil sie dumm und egoistisch war und immer nur verlangte. Sie starrte auf das unbenutzte Andreaskreuz, und Schuldgefühle schlichen sich wie eine Transfusion der Finsternis in ihr Blut. Weil Sally es sich zur Aufgabe gemacht hatte, die Stimmung ihrer Männer aufzuhellen, war eine Frau gestorben.

Und Vance war von ihr angewidert; sie konnte es in seiner leblosen, kalten Stimme hören. Vance war nicht kalt. Nicht gegenüber ihr.

Am Telefon hörte sie: „Buchanan, du musst –"

„Gib mir eine Minute", zischte Vance. „Sally, hast du mich gehört?" Jemand in Vances Büro versuchte, seine Aufmerksamkeit zu erregen. Wieder einmal kam sie ihm bei der Arbeit in die Quere.

„Ja, ich habe dich gehört", flüsterte sie. „Pass auf d –" Sie hatte nicht das Recht, ihm das zu sagen. Sie hatte überhaupt keine Rechte. „Bye."

Sie legte das Handy neben sich. Behutsam. Als ob das Telefon kaputt gehen würde, wenn sie grob damit umging.

Mit dem Blick auf das schwarze Display gerichtet, rollte sie sich auf dem Lederstuhl zu einer Kugel zusammen. Der Lederrock schob sich ihre Schenkel hoch. Wie eine Schlampe sah sie aus. Und das Oberteil mit Leopardenmuster, für das sie sich entschieden hatte, war dumm, überhaupt nicht verlockend.

Langsam zog sie das Stirnband mit den Katzenohren aus ihren Haaren. Sie hatte die Männer dazu überreden wollen, Jäger gegen die Wildkatzenfrau zu spielen. Ihre Augen schlossen sich, als die Demütigung ihr Herz in ihren Magen drängte.

Immer nur am Spielen interessiert. Kein Wunder, dass die Agents sie aus dem Haus haben wollten. Ihr kindliches Gejammer um Aufmerksamkeit hatte zur Folge gehabt, dass sie nicht vor Ort gewesen waren, um den Tod eines Menschen zu verhindern. Selbsthass nagte an den Rändern ihres Selbstvertrauens, und Teile von ihr zerbröckelten und fielen in den tiefen, schwarzen Abgrund. Verschwanden für immer.

Sie schaute auf und sah, dass Kari von der Toilette zurückkam, das Handy am Ohr. Als sie Sally erreichte, sagte sie: „Okay. Ich liebe dich", und schob dann das Handy in ihre Tasche. „Dan meinte, dass du unsere neue Mitbewohnerin bist."

„Hab ich gehört."

Kari setzte sich neben sie. „Ist mit dir alles okay?"

„Ja." *Nein. Wahrscheinlich nie wieder.* „Ich bin nur müde."

„Ich glaube dir nicht. Sag mir, was los ist."

Sie zwang sich zu einem Lächeln. „Nichts. Wirklich. Aber ich könnte einen Drink vertragen." Sally wollte aufstehen, blickte zur Bar und erstarrte.

Master Cullen stand hinter der Theke. Seine Sub Andrea hatte die Hände in die Hüften gestemmt, und ein lachender Cullen warf seinen Kopf ausgelassen in den Nacken.

*Ich will ihn nicht sehen.* Er war in der Nacht, in der sie das erste Mal ins Shadowlands gekommen war, noch der Ausbilder gewesen. Der Gedanke, ihn zu enttäuschen, zuerst mit ihrem unangebrachten Scherz auf Kosten von Mistress Anne und dann, weil sie Vance und Galen vertrieben hatte ... Sie könnte es nicht ertragen.

„Kari?" Sally biss sich auf die Lippe. „Könntest du mir vielleicht einen Drink holen? Alles ist in Ordnung. Ich möchte nur ... für eine Weile sitzen."

Mit einem Stirnrunzeln tätschelte Kari ihren Arm. „Natürlich kann ich das. Bleib hier und ich bin gleich wieder bei dir." Sie ging zur Bar und zog ihr Handy aus ihrer Rocktasche.

Ein paar Minuten später hob Sally den Kopf und sie entdeckte Kari an der Bar – geduldig in einer Schlange wartend. *Gut.* Sally stand auf und marschierte zum Ausgang. Zu Kari und Dans Haus zu gehen, war keine Option. Sie wollte niemanden um sich haben und vor allem keinen Shadowlands-Master. Schon gar nicht Dan. Er musste sie für erbärmlich halten. Sie hatte Orgasmen vorgetäuscht, sich selbst einen Dom gewählt, der mit Missbrauch und Gewalt ihre Unterwerfung eingefordert hatte – vor dem sie von Dan hatte gerettet werden müssen. Dann, als sie endlich nette Doms gefunden hatte, zeigte sie sich so bedürftig, dass sie ihnen bei ihren Jobs in die Quere kam.

Jemand wurde getötet.

Die Agents wollten sie nicht mehr. Galen hatte es nicht einmal für nötig gehalten, sich von ihr zu verabschieden.

Bevor sie jedoch in eine depressive Phase eintauchen konnte, spannte sie entschlossen die Lippen an. Sie war ein guter Mensch. Das war sie. Sie hatte gute Freunde. Gehörte zu der ehrlichen und fleißigen Sorte. Nur wenn es um Beziehungen ging, war sie eine Versagerin. Sie wollte zu viel. *Egoistisch, selbstbezogen. Dumm.*

In der Nähe der Tür, als sie anhielt, um drei Subs in voller Ponyaufmachung vorbeizulassen, sah sie, dass sich ihr Rainie mit einem leeren Tablett näherte.

„Hey, Sally. Mistress Anne ist außer sich." Rainie tätschelte ihre schweren Brüste und wirkte besorgt. „Es ist doch nicht möglich, dass sie ihre Schwanzbrechergerätschaften an meinen Titten benutzt, oder?"

„Äh, nein, das denke ich nicht." Sally machte einen weiteren Schritt zur Tür. „Rainie, ich denke, ich werde –"

„Gott sei Dank!" Rainie grinste, bevor sie die Stirn in Falten legte. „Sie wird mit deinen Doms reden und sie bitten, sich um deine Bestrafung zu kümmern. Wirst du Schwierigkeiten bekommen?"

Die unerwartete Frage bohrte sich wie eine Heugabel in Sallys Herz und hinterließ blutende Löcher. Galen und Vance wären nicht da, um sich ihr anzunehmen. „I-Ich ... Nein. Vance und G-Galen mögen mich nicht mehr, also schätze ich, dass es kein Problem sein wird." Sie blinzelte gegen die aufsteigenden Tränen an.

Für eine Sekunde starrte Rainie sie ausdruckslos an. Dann knurrte sie lautstark: „Diese verdammten Hurensöhne!" Sie knallte ihr Tablett auf den nächstgelegenen Tisch und erschreckte die beiden Doms, die dort saßen. Sie legte einen Arm um Sally und zog sie zu sich. „Was haben sie gemacht, Baby? Was ist passiert?"

*Baby.* Galen nannte sie gerne Babygirl. Sally atmete zittrig ein. „Ich bin mir nicht wirklich sicher." *Ich war selbstbezogen, wollte zu viel Aufmerksamkeit.*

Wie von Zauberhand erschienen Jessica und Gabi.

Jessica trug das schwere schwarze Halsband, auf das Master Z im Club bestand, und bei dem Anblick brach Sally das Herz. Vance hatte ihr ein Halsband angelegt. „.... *Galen und ich haben die alleinige Kontrolle über dich, bis wir es dir wieder abnehmen.*" Zu dem Zeitpunkt hatte er sie noch gewollt.

„Sally", sagte Gabi mit sanfter Stimme. „Du siehst elend aus. Wir sollten uns hinsetzen."

„Ich glaube nicht, dass ich –" Bevor sie den Satz beenden konnte, saß Sally mit Gabi neben ihr auf einer Couch.

„Was hat dich so traurig gemacht?", fragte Gabi und schob Sallys Haare aus ihrem Gesicht.

„Es sind diese verdammten FBI-Agents", knurrte Rainie.

„Die Agents? Was haben sie getan?", fragte Jessica. Wie ein Wachhund stand sie vor der Couch und verschränkte die Arme über ihrem Spitzenbustier. „Wenn sie dir wehgetan haben, werde ich –"

Gabi schnalzte mit der Zunge. „Lass uns erstmal die Fakten zusammentragen, bevor du sie an ihren Kronjuwelen aufhängst, okay?"

„Eigentlich würde ich sie lieber zuerst aufhängen und später nach Informationen fragen", sagte Rainie und nahm die gleiche aggressive Haltung ein wie Jessica.

Sally sah zu ihnen auf. Zwei Sub-Verfechter in einem Club? Master Z würde wohl schon bald mehr Falten aufweisen. Zu wissen, dass die beiden es für sie mit den Agents aufnehmen würden – dass sie nicht allein war –, führte dazu, dass ihr Kinn bebte, und sie musste sich auf die Unterlippe beißen, um nicht in Tränen auszubrechen.

„Kannst du mir sagen, was passiert ist?" Gabi legte eine warme Hand auf Sallys.

„Es ist nicht deren Schuld. Sondern meine." Sie starrte auf ihre verbundenen Hände. „Ich war einfach nicht –" *Bereit. Noch nicht bereit für eine Trennung.* „Vance meinte, ich solle mit Dan nach Hause gehen und dass sie meine Sachen nachschicken würden. Auf keinen Fall soll ich zum Haus zurückkehren." Nicht dorthin gehen, wo sie so glücklich gewesen war.

„Dieser hinkende, schleimige, verdammt nutzlose FBI-Furz!", knurrte Rainie. „Hol den Galgenstrick!"

Gabis Stirnrunzeln brachte die Auszubildenden zum Schweigen. „Warum, Sally?"

„Ich weiß es nicht. Ich weiß es nicht!" Als sie merkte, dass sie geschrien hatte, bedeckte Sally ihren Mund mit einer zitternden Hand. „Nein, ich weiß es", flüsterte sie und Kummer füllte ihre Brust. „Ich wollte – ich bin schuld, dass sie zu spät auf der Arbeit waren. Menschen sind gestorben." Reuevolle Tränen ergossen sich und verwandelten den Raum in verschwommene Finsternis. „Aber, Gabi, sie haben gesagt, dass sie mich lieben. Das haben sie."

Ein Schluchzer löste sich, und alles, was sie wollte, war, in eine Ecke zu kriechen und zu weinen und zu weinen und zu weinen. *Ich habe versucht, artig zu sein. Ich habe mich so sehr bemüht.*

„Hmm. Sally, ich kenne sie. Ich kann mir nicht vorstellen, dass sie das Wort *Liebe* verwenden, wenn sie es nicht so meinen. Du?"

Sally schüttelte den Kopf.

Mit einem tiefen Schnauben ließ sich Rainie auf der anderen Seite des Couchtisches auf einen Ledersessel fallen. Jessica setzte sich auf die Sessellehne neben Sally.

„Gut, du bist hier", sagte Kari zu Gabi, als sie mit einem Tablett in der Hand in den Bereich kam.

Sally holte langsam Luft – *reiß dich zusammen* –, und sie erkannte, was Kari gesagt hatte. „Du hast sie gebeten, mir Gesellschaft zu leisten?"

„Natürlich. Sie waren gerade oben und haben sich unterhalten."

Keine Lehrerin sollte so hinterhältig sein.

Kari lächelte sie besorgt an und stellte das Tablett auf den Tisch. „Ich habe Getränke für alle mitgebracht, aber nicht trinken, wenn ihr später spielen wollt, okay?" Sie nahm eine schwere Tasse und reichte sie Sally. „Selbst von der Bar aus konnte ich sehen, dass du zitterst. Du bekommst heiße Schokolade."

Etwas Warmes wäre gut. Eisiger Matsch schien ihr Blut ersetzt zu haben. Sie musste jedoch zugeben, dass ein Drink gerade sehr verlockend klang. Oder eine ganze Flasche. „Danke."

Sally trank von der heißen Schokolade und keuchte, als die Flüssigkeit mit weit mehr als nur Milch auf ihren Magen traf. „Was hast du da reingemacht?"

„Andrea wollte herkommen, aber Cullen meinte, er brauche sie an der Bar, also hat sie den Kakao mit Baileys und Frangelico anstelle von Wasser versetzt. Du sollst es als Umarmung von ihr sehen."

„Sie ist so süß." Sally war den Tränen erneut nah und konzentrierte sich auf jeden einzelnen Schluck, den sie nahm. Der Alkohol wärmte sie von innen heraus. Sie seufzte.

*Freunde und Alkohol und Schokolade. FAS. Die ultimative Unterstützung für Frauen nach einer Katastrophe wie dieser.*

Kari verteilte die restlichen Getränke und nahm ein Glas für sich.

Es war an der Zeit, das Thema zu wechseln. Sally sagte: „Du

hast mir nie gesagt, ob du nach dem Drink bei meiner Abschlussfeier bestraft wurdest. Wurdest du?"

Die anderen kicherten … bis sich Karis Mundwinkel nach
unten bewegten. „Nein. Das wurde ich nicht. Er hat mich nic –"
Sie seufzte. „Der Sex ist in Ordnung, aber ich vermisse unsere
D/s-Dynamik. I-Ich schätze, er ist auf diese Weise nicht mehr an
mir interessiert." Sie zuckte mit den Schultern. „Es ist, wie es ist."

Als alle sie anstarrten, nahm Kari einen kräftigen Schluck von
ihrem Getränk. „Zane übernachtet heute bei meiner Mutter,
damit ich mich betrinken kann."

„Das ist scheiße", murmelte Gabi. „Wenn ich mich betrinke
und frech werde, weiß Marcus, dass ich mich nach einem insze-
nierten Streit und einer Bestrafung sehne. Spanking vorpro-
grammiert."

Sally wusste, dass Gabi ihren Dom niemals absichtlich enttäuschen würde. Aber Master Marcus genoss es, dass sie ihm Gründe
gab, ihr den Arsch zu versohlen. Natürlich brauchte er als Dom
keine andere Ausrede als dem Bedürfnis, es tun zu wollen, jedoch
machte ein Bestrafungsrollenspiel einfach Spaß.

Sally schaffte es, zu lächeln, auch als der Herzschmerz erneut
drohte, sie einzuholen. Sie und Vance und Galen hatten kaum
damit begonnen, diese unausgesprochenen Vereinbarungen zu
besprechen. Sie schüttelte den Kopf, um den Gedanken zu
vertreiben, und konzentrierte sich dann auf Kari. Nach der
Geburt von Zane war sie lange depressiv und erschöpft gewesen,
aber das hatte sie überwunden. Und Zane musste etwa acht
Monate alt sein.

Es wäre schön, eines Tages ein Baby zu haben. Sally hatte sich
ein- oder zweimal gefragt, ob Galen und Vance Kinder wollten.

*Ich schätze, darüber muss ich mir wohl keine Gedanken mehr machen.*

Sie würde sich stattdessen auf Karis Wohlbefinden konzentrieren. Ab jetzt. Sally drehte sich zu Gabi. „Kann ich heute
Nacht bei dir schlafen? Ich denke, da Zane heute nicht bei ihnen

ist, muss Kari die Gunst der Stunde nutzen und mit Dan mal deutlich werden."

„Was?" Karis Getränk blieb auf halbem Weg zu ihren Lippen stehen.

Gabi lächelte und nickte. „Ich stimme zu. Er braucht einen Schlag auf den Hinterkopf, und ja, du kommst heute Abend mit zu mir."

Bei Gabis sofortiger Zustimmung spürte Sally die Nässe auf ihren Wangen. „Danke." Sie versuchte, ihre Tränen unauffällig wegzuwischen und erstarrte, als sich ein Riese in Leder der Sitzecke näherte. *Oh Mist.*

Seine Sub Andrea folgte ihm schweigend.

Master Cullen blickte auf Sally herunter. „Hast du wirklich gedacht, du könntest dich zum Weinen in einer Ecke verstecken?", fragte er ohne einen Hauch von seiner üblichen guten Laune.

Unfähig zu sprechen, schüttelte sie den Kopf und starrte auf ihre Füße.

Vor ihr fiel er auf ein Knie. „Sieh mich an, Kleine", sagte er. Mit einer Hand auf ihrer Wange hob er ihr Gesicht, bis sie ihn ansah. Als seine wahrnehmungsfähigen grünen Augen sie musterten, verhärtete Wut seine Gesichtszüge. „Sind diese Agents der Grund für deine Tränen?"

*Gott*, sie wollte keinen Master gegen einen anderen aufbringen. „Nein. Ich habe einfach einen schlechten Tag. Ich bin überhaupt nicht –"

„Du bist *überhaupt* keine gute Lügnerin." Cullen schüttelte den Kopf. „Waren sie verärgert darüber, was ihr mit Mistress Anne getan habt?"

„Nein. Davon wissen sie noch nichts." *Das müssen sie auch nicht.* „Master Cullen, bitte, das ist nicht notwendig."

„Sie weint sehr wohl wegen der Agents", meldete sich Rainie zu Wort. „Sie haben sie absurviert. Fuck, die Arschlöcher haben ihr gerade gesagt, sie würden ihre Sachen nachschicken und dass sie nicht zum Haus kommen soll. Und das alles übers Telefon."

Sally blickte ihre allzu hilfsbereite Freundin finster an.

Cullens Gesicht lief vor Wut rot an.

*Nein, nein, nein!* Sally hob die Hand und stammelte: „Es ist meine Schuld, alles meine Schuld. Ich habe es vermasselt. Du musst nichts –"

Andrea trat neben Cullen, ihre Augen funkelten vor Zorn. „*Cabrónes. Hijos de puta.*" Sie berührte Cullens Hand, die eine Faust gebildet hatte, und nickte zustimmend. „*Sí, Señor*, mach sie fertig."

Ein Grinsen brach auf seinem Gesicht aus. „Du bist definitiv die Frau, die ich liebe." Er gab Andrea einen Schmatzer auf die Lippen. „Finde Jake und übergebe ihm die Bar, und wenn ich nicht zurück bin, bevor du bereit bist zu gehen, schreib mir eine Nachricht."

Als er entschlossenen Schrittes zur Tür ging, starrte Sally ihm mit offenem Mund nach. „Er wird doch nicht –"

„Oh doch. Er wird die Knochen der beiden auf der Straße verstreuen."

Sallys Kinnlade klappte auf. Andrea passte wirklich perfekt zu Master Cullen.

Andrea umarmte sie. „Es wird einfacher. Jetzt muss ich tun, was *Señor* mir aufgetragen hat."

Als ihre Freundin zurück zur Bar ging, wurde Sally klar, dass sie von allen angestarrt wurde.

„Ich möchte dieses Thema gerne etwas mehr beleuchten", sagte Gabi.

Jessica nickte. „Das entzieht sich mir auch jeglicher Logik. Sie haben dich aus dem Haus geworfen, weil sie wegen dir zu spät auf der Arbeit waren?"

„Ich wollte ..." Sie wollte sich unter der Couch verstecken, anstatt ihre Selbstsucht zuzugeben. Mit einem Seufzer schob sie ihr Haar aus dem Gesicht. Sie sollte zugeben, was sie getan hatte.

„Sie waren so deprimiert und ich wollte, dass sie sich besser fühlen." Ihre Augen füllten sich wieder mit Tränen. „Es war nicht meine Absicht, dass es dabei nur um mich geht." Aber genau so war es gekommen.

„Sprich weiter." Rainie hakte nach. „Du hast sie angesprungen und ins Bett gezerrt? Oder sie gezwungen, Blowjobs von dir zu ertragen? Oder ihnen ein extra großes Frühstück zubereitet?"

„Gestern Abend habe ich sie mit einer Wasserpistole angegriffen und einen Kampf begonnen." Ihre Lippen formten sich für eine Sekunde zu einem Schmunzeln, bevor wieder ihr Kinn bebte.

„Sie waren wütend?", fragte Gabi leise.

„Ich habe Galen noch nie so laut lachen hören." Sally schaute auf ihre Hände. „Und ja, es gab Sex."

„Also hast du sie heute Morgen zurück ins Bett gezerrt und sie schluchzend und wimmernd angefleht, mehr Sex mit dir zu haben?", fragte Jessica.

„Nein!" Sally schüttelte den Kopf. „Das würde ich nie tun. Wir haben einfach zu lange geschlafen, und na ja, Galen entschied, dass er ... und Vance stimmte zu."

Rainie kicherte. „Ich kann mir vorstellen, wie das ausging. Aber das klingt doch stark danach, dass sie selbst daran schuld sind, zu spät zur Arbeit gekommen zu sein. Nicht du."

„Es ist meine Schuld. Ich habe sie ..." Sally hielt inne und spielte den Morgen in ihrer Erinnerung durch. „Nein. Nein, das habe ich nicht. Ich habe nicht gejammert. Oder gebettelt. Ich habe sie nicht mal gefragt, ob sie länger bleiben können." Die Erleichterung fühlte sich an wie der Auftrieb von klarem Wasser – so klar, dass sie bis auf den Grund ihrer Dummheit sehen konnte. „Aber trotzdem kamen sie zu spät zur Arbeit. Sie waren nicht da, und Menschen sind gestorben."

Kari runzelte die Stirn. „Gibst du dir selbst die Schuld dafür, dass die Polizisten gestorben sind? Meine Güte, Sally, das ist in New York passiert. Gestern Abend. Galen und Vance hätten das nicht verhindern können."

„New York?" Sally sank gegen die Lehne. „Ich ... Ich verstehe nicht. Und die Frau?"

„Gefunden in einem Wald im Bundesstaat New York. Vor ein paar Tagen. Jemand hat eine Hütte brennen sehen, aber die Feuerwehr kam zu spät."

Die Feuerwehr? Sie klappte den Mund zu. Nichts davon war ihre Schuld.

„Was weißt du noch?", stellte Jessica die Frage an Kari.

„Nur, dass Sally bei uns bleiben soll, weil Dan nicht offiziell an der Ermittlung zur *Association* beteiligt ist."

„Warum haben sie Sally aber rausgeworfen?", wollte Rainie wissen.

Sally holte tief Luft, als ihr ein Licht aufging, das die Dunkelheit erhellte.

„Die *Harvest Association*?", fragte Jessica. „Aber ich dachte, sie hätten den Anführer der Organisation erwischt. Er ist tot, oder?"

„Der Brandstifter läuft immer noch frei herum", sagte Sally.

„Dan meinte, dass die Polizisten an etwas gefesselt waren, damit sie nicht entkommen konnten", sagte Kari.

Gabi hatte die Farbe ihrer weißen Bauernbluse angenommen. „Gefesselt und Tod durch Feuer. Eindeutig die *Harvest Association*."

„Das ist einfach krank." Rainies Lippen verzogen sich, als ob sie spucken wollte.

„Aber wenn die Todesfälle in New York passiert sind, was hat das mit mir zu tun?", fragte Sally. „Ich ... Das verstehe ich nicht."

„Nun." Kari biss sich auf die Lippe. „Das bleibt unter uns, okay?"

Köpfe nickten.

„Es waren diese beiden Polizisten – und Galen –, die diesen Somerfeld erschossen haben."

Sallys Augen weiteten sich. „Sie denken, der Brandstifter ist auf Rache aus?" *Oh, das ist nicht gut.* „Dass der Kerl vielleicht hierher kommen könnte?" Die aufkommende Sorge in ihr fühlte sich wie ein Messer an, das zwischen ihre Rippen glitt. Galen war in weitaus größerer Gefahr als sie.

Gabi spitzte die Lippen. „Galen gehört auf jeden Fall zu der Sorte, die sich Worst-Case-Szenarien vorstellen."

Sally lief es kalt über den Rücken. Weil er diese Szenarien bereits durchlebt hatte. „Ich habe nichts falsch gemacht. Und sie lieben mich. Sie wollen nur nicht, dass ich verletzt werde."

Kari nickte. „Das klingt schon besser."

Sie lehnte sich zurück und konnte endlich wieder entspannt durchatmen. Nur hatte sich nichts geändert – das Haus musste sie trotzdem verlassen, die Männer, ihre geliebten Blödmänner – und doch war alles anders. „Also hat Vance mich weggeschickt – und Galen ließ ihn –, weil es eine Chance gibt, dass sich dieses Arschloch entscheidet, unser sonniges Florida zu besuchen?"

Sie brauchte keine Antwort. Ja, genau das war passiert. Denn Galen würde nicht das Risiko eingehen, dass sie wie seine Frau getötet werden könnte. Sie knurrte. „Diese verdammten schwanzlosen – okay, das vielleicht nicht –, hasenfüßigen, rückgratlosen, impotenten – okay, das auch nicht –, verängstigten, schwachsinnigen Doms!"

Gabi schnaubte. „Keine Bienchen für die Doms?"

„Da ist die Sally, die wir kennen und lieben." Jessica grinste. „Was wirst du jetzt tun?"

„Wäre nett, sie in den Arsch zu treten." Sie durchdachte dieses herrliche Szenario und seufzte. „Nur würde mir das auch wehtun."

Gabi tätschelte ihre Hand. „Ich kenne kurzsichtige Idioten, die das getan haben. Ich bin froh, dass du klüger bist."

Sally zog ihr Handy heraus und schaltete es aus. „Ich muss nachdenken, bevor ich mit ihnen rede." Dann brachte sie ihr Gehirn in Betriebsbereitschaft und überlegte, was ihr Ziel war.

*„Dies sind die Regeln für den Kampf",* hatte Galen gesagt. *„Die Frist, sich wieder zu vertragen, beträgt vierundzwanzig Stunden, dann muss das Gespräch beginnen."* Sicher, G und V dachten, sie handelten

457

zum Wohle von Sally, aber … darüber mit ihr zu sprechen, stand nicht auf dem Programm? *Hallo?*

„Sag einfach gar nichts zu ihnen. Benutze stattdessen Mistress Annes Schwanz-und-Hoden-Foltergeräte an ihnen", schlug Rainie vor.

„Gute Idee." Ein Lachen sprudelte in Sally hoch, gefüllt mit Erleichterung und Belustigung. „Angenommen, ich möchte, dass sie mir anschließend die Arme und die Beine abreißen."

Jessica grinste. „Und vielleicht hast du in der Zukunft noch eine Verwendung für diese männlichen Körperteile. Ohne sie macht Versöhnungssex keinen Spaß."

Die Agents hatten wirklich ein Händchen für tollen Versöhnungssex. Sally schlang die Arme um sich selbst. Mit etwas Glück würde sie bald all diese voll funktionsfähigen, männlichen Teile wieder in ihrem Bett haben. „Irgendwie muss ich die Männer dazu bringen, Vernunft anzunehmen."

„Hast du gerade das Wort *Vernunft* im selben Satz wie *Männer* verwendet? Du brauchst einen Realitätscheck." Grinsend schüttelte Rainie den Kopf – und erstarrte, ihr Blick auf etwas jenseits von Sally gerichtet.

„Was ist?", fragte Sally.

„Ich muss wieder an die Arbeit." Mit einem Grunzen drückte sich Rainie hoch, packte das Tablett vom Couchtisch und eilte davon.

„Was ist denn mit ih –" Gabi blickte über ihre Schulter und zuckte zusammen. „Oh, verdammt, er hat doch gesagt, dass er heute länger arbeiten muss."

Sally folgte Gabis Blick.

Master Z und Marcus standen im Clubraum und ihre Augen waren direkt auf die Frauengruppe gerichtet.

Mit einem Stöhnen setzte sich Jessica auf den Platz, den Rainie verlassen hatte. „Woher weiß er immer, wenn ich mich in den Club schleiche? Wer hat uns verpfiffen? Cullen kann es diesmal nicht gewesen sein – er hat sich nur auf Sally konzentrieren können."

Mit einem schlechten Gewissen sah sich Sally im Raum um. Rund um die Bar hatten sich zumeist neuere Doms und Dominas versammelt. Ein paar Subs unterhielten sich mit Andrea. Hinter der Bar stand ... der neue Master. *Jake.*

Sein Blick ging an Sally vorbei, zweifellos zu Master Z, und er hob die Finger in einem Gruß an seine Stirn.

„Es war Jake", sagte Sally zu den anderen.

„Das Sackgesicht." Jessica schäumte. „Unfassbar. Morgen kommt er zum Abendessen zu uns. Ich schwöre dir, ich werde ihm einen Schokoladenkuchen mit Abführmittel servieren."

Kari verschluckte sich an ihrem Drink. „Das würdest du nicht tun."

„Na ja, nein." Jessica blickte Jake finster an und sein Lächeln wurde breiter. Sie sah wieder in die Richtung der Männer und rutschte auf ihrem Stuhl nach unten.

Gabi hob ihr Glas auf. „Sie kommen zu uns, oder?", fragte sie Jessica.

„Oh ja."

Gabi leerte den Rest ihres Getränks.

„Vielleicht will ich die Agents gar nicht zurück", sagte Sally. „Nicht, wenn sie dieses Level an Dom annehmen, nur weil ich ohne sie in den Club gehe."

„Das ist es die Sache wert, Süße." Gabi drehte sich um.

Schulter an Schulter standen die beiden Master direkt hinter der Couch. Marcus verschränkte die Arme vor der Brust und sah auf seine Unterwürfige hinunter.

Gabi schenkte ihm ein strahlendes Lächeln. „Sir, wie schön, dass du schon hier bist. Ist dir klar, dass die Agents –"

Sally bemerkte, dass Master Marcus' stahlfarbener Anzug das Blau in seinen Augen hervorhob, die nur ein oder zwei Farbtöne heller waren als die von Vance. Und Vances Augen erlangten die gleiche Intensität, wenn er in seinen Dom-Modus fand.

„Kleine Gabi, ich glaube, wir müssen uns unterhalten." Master Marcus' Südstaatendialekt hatte irgendwie eine ominöse Note angenommen. Die Art und Weise, wie er seine Krawatte löste, war regelrecht bedrohlich.

Sally drehte sich komplett um. „Master Marcus, es ist alles meine –"

Lachend erhob sich Gabi, legte eine Hand auf Sallys Gesicht und schob sie auf der Couch auf den Rücken.

Sally starrte sie ungläubig an.

Gabi drehte sich auf eine Weise zu ihr, sodass Marcus ihr Gesicht nicht sehen konnte, und zwinkerte, bevor sie erneut ihren Dom mit einem strahlenden Lächeln blendete. „Sir, hast du wirklich vor, mich zu bestrafen, weil ich einer Freundin in der Not beigestanden habe? Das würde doch nur zeigen, dass du Loyalität nicht schätzt, oder?"

Das Lächeln, das auf seinem Gesicht aufblitzte, verriet, wie der Mann es schaffte, regelmäßig eine Jury zu hypnotisieren. „Das ist eine gute Verteidigung, Schätzchen. Komm mit, sodass wir das Thema vertiefen können."

Mit immenser Würde ging Gabi um die Couch zu ihrem Dom. Sie waren nicht weit gekommen, als Gabi schrie: „Ein Spanking! Das ist immer noch eine Strafe. Du aufgeblähte Eichel, du bist wirklich der Beweis dafür, dass die Evolution rückwärts vonstatten geht."

Er drehte sie zu sich, und Sally sah das Zucken seines Mundwinkels, bevor er seine Sub streng ansah und seine Stimme leicht anhob. „Master Cullen würde sich über eine Barverzierung freuen, wenn du denkst, dass dein Arsch an einem Spanking kein Interesse hat."

„Ich habe nichts falsch gemacht. *Sir.*" Sie verschränkte die Arme unter ihren Brüsten. Ihre Stimme war zuckersüß, als sie fragte: „Hast du dich jemals gefragt, wie das Leben wäre, wenn du bei der Geburt genug Sauerstoff bekommen hättest?"

Er lachte immer noch, als er sich auf einen Stuhl fallen ließ, sie über seinen Schoß riss und ihr den ersten Schlag auf den Hintern verpasste.

„Jessica." Master Z betrat den Sitzbereich.

Jessica drückte als Antwort die Schultern durch.

*Oje.* Sally setzte sich blitzschnell in eine aufrechte Position, so schnell, dass sie fast von der Couch gefallen wäre und sich nun ihr Kopf drehte. *Um Himmels willen*, wie viel Alkohol hatte Andrea in ihr Getränk gemischt? Sie schüttelte den Kopf und runzelte die Stirn. Wie könnte sie helfen? Jessica steckte wegen ihr in Schwierigkeiten.

In seinem üblichen schwarzen Seidenhemd und der ebenso farbenen maßgeschneiderten Hose blieb Master Z vor Jessicas Platz stehen und blickte auf sie herab. Das tiefe Timbre seiner Stimme war noch weicher als der teure schottische Whisky, den er so gerne trank. „Mir ist klar, dass du Sally helfen wolltest, aber wäre ein Anruf nicht angemessen gewesen?"

Jessica seufzte. „Ja, Master. Ich habe es einfach ... vergessen."

„Du hast in letzter Zeit einige Dinge vergessen", sagte er ernst. „Gibt es etwas – ein Bedürfnis –, das ich nicht erfülle? Oder fühlst du dich aus irgendeinem Grund unsicher?"

Als Jessica nicht antwortete, hockte er sich vor sie und nahm ihr Gesicht zwischen seine Hände. „Ich liebe dich, Kätzchen. Was auch immer dich beschäftigt, wir werden eine Lösung finden. Aber du musst mich reinlassen, bevor das passieren kann."

„Es ist nichts." Jessicas Flüstern war fast nicht zu hören. „Nur, dass ich –"

„Dass du ein Baby willst. Ich weiß, Sub." Er musterte sie für eine Weile. „Ist das alles?"

Jessica nickte.

„Dann werden wir weiter an deinem Wunsch arbeiten." Master Z schenkte ihr ein breites Lächeln. „Vielleicht wird es helfen, andere Positionen auszuprobieren. Während du also bestraft wirst, kannst du Vorschläge machen, bis ich das Gefühl habe, dass wir eine angemessene Vielfalt haben ... oder mein Arm müde wird."

Als sich Jessicas Mund öffnete, zeichnete er ihre Lippen mit dem Daumen nach. „Die Idee gefällt mir ausgesprochen gut, aber ich fürchte, sie wird dir nicht helfen, schwanger zu werden."

Bei dem Lachen, das ihr entrang, zog er sie auf die Füße. „Hol bitte meine Spielzeugtasche und warte an dem Kreuz hinten im Raum."

„Ja, Master." Sie hob sich auf ihre Zehenspitzen, küsste ihn auf die Wange und schenkte ihm ein Grinsen. „Ich hoffe, du bist gelenkig, Master."

Er gluckste und dann drehte er sich um.

Sally erkannte – zu spät –, dass sie hätte fliehen sollen, als sie noch die Chance hatte. *Idiotin.* Sie hätte inzwischen sicher auf dem Parkplatz sein können. In der Hoffnung, das Spielfeld auf eine Ebene zu bringen, stand sie auf. Das hatte natürlich nichts gebracht. Sie musste immer noch zu ihm aufblicken.

Er begegnete ihrem Blick und sein Lächeln verblasste. „Du hast geweint."

„Ja, Sir."

Als er seine Aufmerksamkeit voll und ganz auf sie richtete, fühlte sie sich, als würde jemand Wasser aus einem Feuerwehrschlauch auf sie abfeuern, sodass sie ihr Gleichgewicht verlor und sie einen Schritt nach hinten gedrückt wurde. Sein dunkel gebräuntes Gesicht nahm einen strengen Ausdruck an. „Ich dachte, Vance und Galen wären gut für dich, Sally. Es tut mir leid, dass ich mich geirrt habe."

„Sie waren gut – ich meine, ich denke, sie versuchen, mich zu beschützen."

Seine Augenbrauen zogen sich nach oben. „In der Tat. Heißt das, du bist immer noch mit ihnen zusammen?"

„Ähm, irgendwie?"

„Das musst du mir bitte erklären", sagte er leise, und sie hörte die Wut, die sich in seine Worte flocht.

Aber sie konnte nicht erlauben, dass er auf ihre Agents wütend war. Sie kaute für einen Moment auf ihrer Unterlippe. „Weil sie zu mir gesagt haben, ich solle wegbleiben, dachte ich, ich hätte etwas falsch gemacht, also habe ich" – wieder brannten ihre Augen – „nichts gesagt. Ich habe keine Einwände erhoben. Und sie waren auf der Arbeit, also ... vielleicht haben sie es deshalb nicht erklärt, und ich bin mir nicht sicher, aber ich denke, sie schicken mich weg, um mich in Sicherheit zu wissen."

„Ich verstehe." Seine Augen füllten sich mit Missbilligung, und er richtete diesen Ausdruck auf sie. „Du hast ihnen nicht gesagt, wie du dich fühlst. Schon wieder nicht."

„N-Nein." Sie holte tief Luft und gab zu: „Ich wäre einfach ... einfach gegangen." Ohne auf eine Erklärung von ihnen zu warten. Ohne zu kämpfen. „Ich bin eine Idiotin."

„Gute Beziehungen brauchen keinen Notausgang, Sub", murmelte Master Z und bestätigte damit ihre Aussage. Er legte seine Arme um sie, zog sie an sich und löschte so ihr Gefühl des Versagens aus. „Kleine, jetzt, wo du es verstehst, wirst du in der Lage sein, mit ihnen zu sprechen?"

„Ja", flüsterte sie in sein Hemd. Die starken Arme um sie definierten sich durch Sicherheit, Trost und alles, was sie niemals von ihrem Vater bekommen hatte. Im Leben zu stürzen war unvermeidlich, und sicher, ein taffes Mädchen stand auf und ging unbekümmert weiter, aber wer würde nach so vielen Prellungen und abgeschürften Knien nicht hin und wieder eine helfende Hand schätzen? „Ja, auf jeden Fall."

„Ausgezeichnet. Jedoch sorgen sie sich um deine Sicherheit, also solltest du nicht zu ihnen gehen. Ich werde für Morgen hier ein Treffen organisieren, damit ihr euch unterhalten könnt." Er schlang die Arme für eine Sekunde enger um sie. „Gutes Mädchen."

So schaffte er es, ihre Segel mit Wind zu füllen, und sie hatte das Gefühl, dass sie über das Wasser flog. Mit einem wohligen Seufzer wagte sie es, seine Umarmung zu erwidern.

**Galen wusste, dass** die Fotos der Polizisten, schwarz und in einer fötalen Haltung, und noch schlimmer, der misshandelten jungen Frau, seine Träume für immer heimsuchen würden. Seine Albträume.

Vielleicht würde er sich nicht einmal die Mühe machen, die Augen zu schließen.

In der Dunkelheit nahm er den Weg zum Seeufer und checkte das Grundstück auf Eindringlinge. Als grauer Schatten in der Nacht folgte ihm Glock für den Fall, dass ein böses Nagetier dem Blick des Menschen entging.

Galen schüttelte den Kopf. Glock war vorhin durch das Haus gestreunert, um die Frau ausfindig zu machen, die ihn verwöhnte, ihn trug und – nicht zu vergessen – ihn in Gespräche einbezog.

Als Galen sich dabei erwischt hatte, Sallys Abwesenheit einer Katze zu erklären, zuckte er mit den Schultern und gab seinem Partner ein bedauernswertes Grinsen. War sich Sally überhaupt bewusst, wie sehr sie zu einem Teil derer Leben geworden war? Dass sie ihre Doms verändert hatte?

Er seufzte und kämpfte gegen die Sehnsucht nach ihr an.

Sie war viel sicherer, wenn sie sich nicht in seiner und Vances Gegenwart aufhielt, aber jeder Instinkt in seinem Körper drängte ihn, sie in der Nähe zu halten, wo er sie beschützen konnte.

Sein Kiefer spannte sich an. Sobald er und Vance nachhause gekommen waren, hatten sie über sie gesprochen. Und sie hatten erkennen müssen, dass die kleine Sub ihnen nicht widersprochen hatte. Das sah ihr nicht ähnlich.

Und doch war er erleichtert, dass sie so schnell zugestimmt hatte. Sally brachte Dickköpfigkeit regelmäßig auf ein neues Level. Solange sie so wütend auf ihre Doms war, dass sie nicht mit ihnen sprach, befand sie sich zumindest nicht in der Todeszone, und konnte so weder ihn noch Vance von ihren Standpunkten abbringen.

Das Geräusch eines Fahrzeugs auf der Straße ließ ihn zum Haus zurückkehren. Nach dem Rumpeln des Motors zu urteilen, vermutete er, dass es ein Pick-up war.

„Lass uns nachsehen, wer uns besuchen kommt, Glock."

**Das Haus war** zu still. Vance versuchte zu arbeiten und erwartete immer wieder, Sallys schnelle Schritte zu hören. Die kleine Sub ging selten langsam. Manchmal fragte er sich, ob sie nicht anders konnte und einfach vor Energie vibrierte.

*Fuck*, er vermisste sie.

Bei einem Klopfen an der Haustür ging er zum Eingangsbereich. Sally konnte es nicht sein. Sie hatte noch einen Schlüssel. Aber seine Hoffnung, sie zu sehen, trieb ihn an und er öffnete die Tür, ohne vorher zu prüfen, wer auf der anderen Seite wartete.

Eine Faust kollidierte mit seinem Kiefer.

Bei dem kraftvollen Schlag – und dem Aufflackern des Schmerzes – stolperte er einige Schritte zurück. „Was zum Teufel?" Er schüttelte den Kopf, um die Wirkung abzuschütteln, und sah dann einen Mann, der den Türrahmen vollständig füllte. „Cullen?"

„Ich habe dich gewarnt, ihr nicht wehzutun." Cullen trat ins Haus.

„Schlag mich auch." Galen kam von draußen und stellte sich neben Vance. „Wir haben beide zugestimmt, sie wegzuschicken."

„Ihr verdammten Arschlöcher." Cullens Hände waren immer noch zu Fäusten geballt. Er machte einen Schritt nach vorn. „Sie ist wunderschön, temperamentvoll, intelligent. Und ihr habt ihre Gefühle verletzt."

„Gefühle verletzt?" Cullens Worte fühlten sich wie ein Schlag gegen Vances Brust an. „Vielleicht ist sie wütend, dass wir ihr gesagt haben, sie solle wegbleiben, aber –"

„Wegbleiben?" Cullen knurrte. „Ihr habt sie zum Teufel gejagt, und sie gibt sich die Schuld. Sie denkt, sie hat etwas falsch gemacht."

*Verdammt nochmal.* „Wir haben sie nicht –" Er drehte sich zu Galen und sah auch in seinen Augen die Panik aufsteigen. „Sie denkt, wir haben sie verlassen?"

„Herrgott, kein Wunder, dass sie nichts gesagt hat", murmelte Galen. Er zog sein Handy heraus.

Vance konnte es klingeln hören ... und klingeln ... und dann ertönte die automatisierte Stimme für die Voicemail. Seine Hände ballten sich. Sie hatte ihr Handy ausgeschaltet.

Galen sprach in sein Telefon. „Sally, wir haben nicht – ich wiederhole – *nicht* mit dir Schluss gemacht. Versuch es und ich versohle deinen Arsch mit meinem liebsten Paddel. Ruf mich sofort an, wenn du die Nachricht abgehört hast."

Cullen schnaubte, aber seine Lippen zierte ein Grinsen. „Das war diplomatisch."

*Fuck.* Vance starrte seinen Partner an. „Nächstes Mal lässt du mich reden, du Arschloch." Wenn er so darüber nachdachte, sollte er sie einfach anrufen und auch eine Nachricht hinterlassen.

„Warum zum Teufel habt ihr diesen Stein ins Rollen gebracht?", fragte Cullen. Er lehnte sich gegen den Türrahmen und verschränkte die Arme – ein unbewegliches Objekt, das nicht vorhatte, sich auch nur einen Millimeter zu bewegen, bevor es nicht an ein paar Antworten gekommen war. Er sah zu Galen. „Ernsthaft, Kumpel, sie leidet."

„Mir ist es lieber, sie leidet, anstatt tot in einem Graben zu liegen", zischte Galen.

„Tot." Cullen stieß sich von der Tür weg. „Das musst du mir erklären."

Trotz der Schmerzen in seiner Brust lachte Vance. *Großer Fehler, Freund. Gib Galen niemals eine solche Einladung.* Ein anderer Special Agent hatte einmal gemeint, dass Vance in der Lage wäre, mit Charme die Himmelspforte zu betreten. Galen jedoch schaffte es sogar, sich aus der Hölle herauszureden.

Kopfschüttelnd ging Vance in die Küche. Er brauchte ein Bier. Wenn ihm und Galen nicht befohlen worden wäre, zuhause zu bleiben, würde er sich bereits auf dem Weg zu Dans Haus befinden, um persönlich mit Sally zu sprechen. Um ihr zu versichern, dass alles gut war ... um sie zu trösten.

Um sie zu halten. *Verdammte scheiße*, er wollte sie in den Armen halten. Kurzerhand zog er sein Handy heraus und wählte Dans Nummer.

# KAPITEL ZWEIUNDZWANZIG

**D**an Sawyer lief durch die stille Nacht, das Geräusch seiner Schritte und die von Princes Krallen lauter als die Ruderfrösche und das ferne Summen des Straßenverkehrs. Der Deutsche Schäferhund übernahm die Führung, hinterließ seine Markierung an Laternen, erschreckte Katzen und inspizierte die dunklen Höfe. Eine Hundeversion eines Polizisten, der in der Nachbarschaft eine Runde drehte.

Dan und Kari lebten in einer Sackgasse aus älteren Häusern, und sie kannte jede einzelne Person. *Zum Teufel*, sie hatte wahrscheinlich das eine oder andere Mal Cookies für jeden von ihnen gebacken. Er lächelte. Seine Frau hatte die großzügigste Natur von allen, die er jemals die Ehre hatte, kennenzulernen.

An der Ecke pfiff er nach dem Hund und kehrte um. Am Ende des Blocks zeigte ihr zweistöckiges Haus nur ein Licht auf der Veranda und im Wohnzimmer. Oben war es dunkel. Sie war bereits ins Bett gegangen.

Enttäuschung verlangsamte seinen Gang. Da Zane für die Nacht woanders schlief, hatte Dan mit ihr sprechen wollen. Über deren Beziehung. Über etwas, das fehlte.

Aber nein, das wäre nicht fair. Sie hatte ihm sehr deutlich zu verstehen gegeben, dass sie einen Vanilla-Lifestyle wollte. Keine D/s-Beziehung.

Und er würde tun, was auch immer sie wollte. Schließlich hatte er ihr Leben schon genug ruiniert. Seine Unachtsamkeit hatte sie Jahre zu früh zur Mutter gemacht.

Natürlich – er lächelte – schien sie ihm das verziehen zu haben. Zane war einfach unwiderstehlich.

Wie Zane jedoch in diese Welt gekommen war ... *Scheiße*, er hatte Leute über Geburten sprechen hören. Aber nie hatten sie von einer zierlichen Frau gesprochen, die versuchte, ein großes Baby herauszupressen. *Mein Gott*, die Geburt war so brutal gewesen, dass ihre Scheide gerissen war. Und er hatte nichts – rein gar nichts – tun können.

Danach war es einige Zeit sehr schlimm gewesen. Nähte – echte Nähte in ihrer Vagina. Sie hatte Schmerzen gelitten. Konnte nicht einmal bequem sitzen. Erschöpft. Depressionen. Die ersten paar Male hatte sie beim Sex geweint – keine Freudentränen. Tapfere Frau, die sie war, hatte sie darauf bestanden, nicht aufzugeben und das Problem mit Geduld anzugehen.

Gemeinsam hatten sie diese Zeit überwunden, aber er vermisste das zusätzliche Element, das die D/s-Dynamik in ihr Leben gebracht hatte.

Er war ein egoistischer Bastard, denn, ja, er wollte alles mit ihr. Wenn es jedoch Vanilla war, was sie brauchte, würde er ihre Wünsche respektieren. Denn er liebte sie. So sehr.

Nachdem er die Tür für den Hund aufgehalten hatte, schloss er und verriegelte sie, drehte sich um und blieb abrupt stehen.

Kari stand im Wohnzimmer. Sie hatte einen entschlossenen Ausdruck angenommen, ihr Kinn stolz in die Höhe gestreckt und ihr Mund fest zusammengepresst.

„Was ist los?", fragte er. „Ich dachte, du bist schon im Bett."

Ihre Unterlippe bebte. Sie bohrte ihre Zähne in das pinke Fleisch – *verdammt*, er wollte derjenige sein, der sie biss. „Ich bin lieber hier."

„Bist du noch nicht müde? Hättest du gerne etwas Wein od –"

„Nein!" Die Härte in ihrer Stimme fühlte sich wie ein Schlag ins Gesicht an. Er hatte diesen Ton nur einmal von ihr gehört – im Shadowlands in der Nacht, in der sie ihn aufgegeben hatte. Sie hatte ihre Handfesseln nach ihm geworfen und ihm gesagt, dass sie etwas Besseres als ihn verdient hätte. *„Ich werde jemanden finden, der mich zu schätzen weiß."*

Sein Magen rebellierte bei dem Gedanken. „Etwas stört dich. An unserer Beziehung. Stimmt doch, oder?" *Bitte, Gott, lass sie meine Frage verneinen.* Es stimmte, er fühlte sich wie ein Arschloch, weil er sie schwanger gemacht hatte, aber er war noch nie so glücklich gewesen. Noch nie hatte ihn jemand so sehr geliebt. Sein Leben war erfüllt mit Zanes fröhlichem Gurgeln und Karis süßem Lachen. „Lass uns –" Er zwang sich, die Worte auszusprechen. „Sag mir, was dich beschäftigt, Schatz."

Ihr Blick senkte sich. Sie rang ihre Hände. „Als wir uns kennenlernten – erinnerst du dich an den Tag?"

Nachdem er sie zu einem BDSM-Anfängerkurs überredet hatte, war der Kerl, mit dem sie gekommen war, so unmöglich gewesen, dass sie sofort mit ihm Schluss gemacht hatte. Dan war mehr als glücklich gewesen, seinen Platz einzunehmen und ihr die Freuden der Unterwerfung näherzubringen. Der kleine Neuling hatte sich als aufregende, sexy Unschuldige gezeigt.

Er hatte sie gefragt, was für eine Art Sub sie sei, und sie hatte geantwortet: *„Es gibt verschiedene Subs? Ehrlich gesagt weiß ich nicht, was du meinst. Können wir es mit Multiple-Choice-Fragen versuchen?"* Sie war die entzückendste kleine Lehrerin gewesen, die er je getroffen hatte. Das war sie noch immer.

„Ich bezweifle, dass ich den Tag jemals vergessen werde." Allein die Erinnerung an ihre großen blauen Augen, als er sie zum ersten Mal gefesselt hatte, brachte ihn zum Lächeln. Machte ihn steinhart.

„Damals hast du mich noch gemocht. Ich … Was muss ich tun, damit du mich wieder magst?"

Der Schmerz in ihrer Stimme schnitt durch seine Erinnerungen wie ein Filetmesser. *„Dich mögen?* Kari, ich liebe dich. Wie kannst du nur –"

„Ich weiß, dass du mich liebst." Tränen formten sich in ihren Augen. „Aber magst ..." Sie deutete auf ihren Körper. *„Findest du mich anziehend?* Muss ich abnehmen oder –"

„Fuck." Er riss sie in seine Arme. „Warum zum Teufel solltest du abnehmen wollen? Bleib so, wie du bist, verdammt. Rund und weich und – Du bist wunderschön. Warum sagst du so etwas?"

„Aber du willst mich nicht mehr."

Und der Ständer in seiner Jeans kam woher? „Kari, jedes Mal, wenn ich mich dir auf zwei Meter nähere, springt mein Schwanz zum Leben." Er rieb seine Erektion gegen sie. „Wir haben uns erst letzte Nacht geliebt."

„Richtig." Sie klang noch immer so unglücklich. „Ich schätze. Es ist ... alles gut." Sie wollte ihm nicht anvertrauen, was sie beschäftigte.

*Aber, oh, das wird sie.* Als ob sich in ihm ein Schalter umlegte, rutschte er in den Dom-Modus, den er seit Zanes Geburt zurückgedrängt hatte. „Verkauf mich nicht für dumm, Süße. Sag mir, was das Problem ist. *Sofort.*" Ihr Kinn passte immer noch in seine Handfläche. Als er seine Finger festigte, um ihr Gesicht hochzuhalten, konnte er ihre Hingabe spüren. Eine Sub bis ins Mark.

„Das will ich." Bei seinem verwirrten Stirnrunzeln sprach sie weiter: „Ich möchte dir dienen. Ich will, dass du mir Befehle gibst ... mich zu Sachen zwingst ... Warum hast du damit aufgeh –?" Sie holte tief Luft und sagte deutlich: „Wir gehen ins Shadowlands, aber nur, weil du dann deinen Dienst als Aufseher wahrnehmen kannst. Niemals gehen wir, um zu spielen."

Er starrte sie ungläubig an. „Du willst spielen?" *Nein, sie will mehr als das.* „Du willst die D/s-Seite unserer Beziehung zurück?"

. . .

**Kari wusste, dass** sie mittlerweile die Farbe einer Erdbeere angenommen hatte. Aber sie sammelte ihren Mut und rang die Verlegenheit nieder. „Ja. Ja zu beidem."

„Verdammt." Seine schwielige Hand war hart und unnachgiebig und erregte sie so sehr, dass sie das Gefühl hatte, selbst äußerlich zu beben. Hervorgerufen nicht nur durch seine Berührung, sondern auch seine Unerbittlichkeit. Seine Autorität.

Sie schaffte es, die Worte herauszubekommen: „Warum hast du aufgehört, mich als deine Sub zu wollen?"

„Kari – hast du es vergessen? Du wolltest nicht mehr meine Sub sein. Ich mache dir keine Vorwürfe." Sein Kiefer spannte sich an. „Ich habe deine Tasche für ein Bondage-Wochenende gepackt – ein Wochenende, das *ich* wollte – und habe deine Antibabypille vergessen. Du wurdest schwanger, bevor du bereit warst. Und dann die Geburt – Gott, du bist während und danach durch die Hölle gegangen. Durch die verdammte Hölle. Was für ein Dom bin ich eigentlich? Ich habe versagt."

„Du fühlst dich schuldig? Weil ich schwanger wurde?" Sie sah seine Antwort auf seinem Gesicht. „Dan, ich bin alt genug, um selbst den Inhalt meines Gepäcks zu prüfen. Ich bereue es nicht im Geringsten, Zane bekommen zu haben. Er kam also ein paar Jahre früher als geplant, na und? Er ist perfekt."

Er wollte etwas sagen, doch sie hob die Hand und stoppte ihn. „Gib mir eine Sekunde."

Sie durchquerte den Raum und taumelte, als hätte sie eines von Sallys verrückten Getränken getrunken. *Schuldgefühle? Dan?*

*Betrachte die ganze Sache logisch.*

Zum einen fühlte sich Dan immer für alles verantwortlich. Vielleicht war es ein Nebeneffekt seines Bedürfnisses, stets die Kontrolle zu haben. Wenn etwas schief ging, gab er sich die Schuld. Also, ja, seine Reaktion ergab Sinn.

Und in seinem Dom-Modus war er unglaublich. Als normaler Mann jedoch konnte er wirklich ein Volltrottel sein, wenn ihn seine Emotionen in einen Wirbel führten.

Und dann … *„Du wolltest nicht mehr meine Sub sein.“* Das war einfach dämlich. Sie hielt an. „Warum in aller Welt denkst du, dass ich nicht mehr deine Sub sein will?“

„Weil du es gesagt hast.“

„Habe ich nicht.“

Er sah sie an, als würde sie vor seinen Augen den Verstand verlieren. „Kari, du hast gesagt: *Nein, ich glaube nicht, dass ich jemals wieder spielen will.* Das klingt für mich eindeutig. Zudem hast du es mehr als einmal gesagt.“

Sie runzelte die Stirn und hatte eine vage Erinnerung daran, diese Worte ausgesprochen zu haben. Damals, als …

*Oh, echt jetzt?*

„Nachdem ich Zane bekommen habe, wussten meine Hormone nicht, wo oben und unten ist.“ Sie legte ihre Hände auf ihre Hüften und blickte ihn finster an. *Wie konnte ein Mann so ein Idiot sein?* „Ich sagte auch, dass ich nie wieder mit meiner Mutter sprechen wolle. Dass ich im Schlafzimmer bleiben und nie wieder rauskommen würde. Dass du Zane mitnehmen und einen Monat lang im Hinterhof leben sollest … mit dem Hund. Hast du mich in den Fällen auch ernst genommen?“

„Äh. Nein.“ Die kleine Delle in seiner Wange zeigte die Anfänge eines Lächelns. „Verdammte scheiße.“ Er schüttelte den Kopf und presste seine Lippen verärgert zusammen. „Ich bin ein Idiot.“

Ihm jetzt zuzustimmen, wäre wohl nicht die beste Idee, aber … „Ja. Das warst und bist du.“

„Du willst also mehr als ein Vanilla-Liebesleben“, sagte er leise. Sein Ausdruck veränderte sich und verwandelte sich in einen intensiven Fokus, der in ihrer Brust Windmühlen in Bewegung setzte. „Aber du hast nichts gesagt, weil … weil du dachtest, ich würde dich nicht wollen. Kari, warum sollte ich dich nicht wollen?“

Der Raum schien plötzlich furchtbar winzig. Sie trat einen Schritt zurück.

Als wäre sie eine Kriminelle, packte er die Vorderseite ihrer Bluse und zog sie zu sich, bis ihr Gesicht nur noch wenige Zentimeter von seinem entfernt war. „Erklär mir das."

Ein Teil von ihr tanzte vor Aufregung. Der andere wimmerte: *Oje. Nicht antworten.* „Da um."

„Darum ist keine Antwort." Sein Griff an ihrem Oberteil festigte sich, und er hob sie an, bis sie nur noch auf ihren Zehenspitzen stand. „Das kriegst du besser hin, kleine Lehrerin."

„Ich weiß es nicht. Weil ich jetzt Mutter und langweilig bin? Nicht sexy oder hübsch." Ihre Augen schlossen sich, als sie ihre schlimmste Angst flüsterte: „Ich bin fett."

„Fett." Er spie das Wort, als würde er etwas unglaublich Fauliges schmecken. Er erlaubte ihr nicht, dieses Wort zu sagen. Einmal hatte er sie mit einem Lineal versohlt, weil sie während der Schwangerschaft gejammert hatte, zugenommen zu haben.

Eine Sekunde später ließ er von ihr ab und trat zurück, und sie wusste – sie *wusste*, dass er so enttäuscht war, dass er sie hier einfach stehen lassen würde.

Er zog sein Handy aus seiner Jeans und schaltete es aus. Dann holte er ihr Handy vom Couchtisch und tat dasselbe. Seine dunkelbraunen Augen hielten die ihren, als er entschlossenen Schrittes auf sie zumarschierte.

Und dann riss er ihre Bluse auf.

Knöpfe landeten auf dem Couchtisch. Auf dem Boden. „Dan!"

„Versuch es noch einmal, kleine Sub." Seine Stimme war nun tiefer, so unbeschreiblich männlich, dass sie augenblicklich feucht wurde. Er zog ihr die Bluse von den Schultern und benutzte in einem geheimnisvollen Dom-Manöver die langen Ärmel, um ihre Handgelenke hinter ihrem Rücken zu fesseln.

Alles in ihr wurde heiß. „Sir. Sir, ich –"

„Ich werde dich wissen lassen, wenn ich möchte, dass du sprichst." Er öffnete den Verschluss an der Vorderseite ihres BHs und befreite ihre Brüste. Immer noch riesige Brüste, obwohl sie Zane mittlerweile entwöhnte.

Aber die Hitze in seinen Augen wuchs, als er die Hände auf ihre Hügel legte. „Gott, du hast wunderschöne Brüste, Kari."

Er war von sanft zu hart übergegangen, knetete und massierte mit seinen schwieligen Händen ihre Brüste und rollte die empfindlichen Nippel zwischen seinen Fingern, bis sie nach Luft schnappte. Sein Blick blieb auf ihrem Gesicht, die Falte in seiner Wange zeigte nun ein Grübchen.

Er öffnete den Reißverschluss ihrer Jeans und zog diese und ihr Höschen bis auf ihre Knöchel.

Seine mächtigen Hände packten ihren nackten Hintern, bevor er sie zwischen ihren Schenkeln berührte. Sein Grinsen zeigte seine Freude, sie völlig durchtränkt vorzufinden. „Unsere Kommunikationsfähigkeit ist das Letzte, Süße", murmelte er. „Das hört jetzt auf."

Mund zu trocken, um zu sprechen, nickte sie.

Nachdem er den Beistelltisch mit seinem Fuß aus dem Weg geschoben hatte, riss er sie zum Sofa. Mit fester Hand beugte er sie über die gepolsterte Armlehne, bis ihr Oberkörper auf dem Sitzkissen ruhte. Ihre Zehen berührten kaum den Boden, sodass ihr keine Bewegungsmöglichkeit blieb. Ihre Hände waren immer noch hinter ihrem Rücken gefesselt, und ein gnadenloser Griff an ihrem Nacken hielt sie an Ort und Stelle.

Die Art und Weise, wie er mühelos ihre Bewegungsversuche unterband, sandte ein wohliges Gefühl durch sie.

Dann schlug er ihr auf den Hintern, hart genug, sodass die Haut zwiebelte.

*Oh Gott! Au!* Sie zuckte zusammen und knirschte mit den Zähnen. Heute schien er nicht vorzuhaben, nett zu sein.

Das Spanking ging weiter – entschlossen und intensiv –, als er jeden Schlag mit einem Knurren unterstrich. „Du. Bist. Nicht. Fett."

Die schmerzhaften Hiebe breiteten sich auf ihrem gesamten Gesäß aus. *Au!* Ihre Hände ballten sich zu Fäusten.

„Du bist wunderschön. Üppig und weiblich. Und du gehörst

mir." Schlag um Schlag folgte, bis sie als ein Echo durch ihr Becken jagten und jede Zelle in ihrer Pussy aufleuchtete.

Seine Hand glitt wieder zwischen ihre Beine, und er summte befriedigt, während er seine Finger auf eine Weise benutzte, wie er es seit der Geburt von Zane nicht mehr getan hatte. Er erkundete ihre Pussy, als hätte nur er das Recht dazu, und egal, was sie tat, wie stark sie sich auch wand, er würde sich nicht zurückhalten. Er rieb über ihre Klitoris, bis sie bebte, umkreiste ihren Eingang und drang mit dem Finger in sie.

Ein zweiter Finger kam hinzu.

Sie stöhnte und wollte mehr. Sie wollte *ihn*.

Anstatt sie zu nehmen, öffnete er die Schublade des Beistelltisches, wo er seine Vorräte aufbewahrte.

Sie streckte ihren Hals, um etwas zu sehen und … er bedeckte einen Analplug mit Gleitgel. *Ach, herrje.* Zumindest war es ein kleiner. *Gott sei Dank.*

Mit einer Hand auf einer Pobacke, teilte er sie und drängte das fiese Ding in sie. Schaltete es ein. Und dann vibrierte es in ihrem Hintern.

„Warte. Dan –" Das brachte ihr einen harten Klaps auf ihren bereits misshandelten Arsch ein.

„Hattest du die Erlaubnis zu sprechen?"

„Nein, Sir."

„Das Safeword ist *Rot*. Willst du dein Safeword benutzen?"

*Gott*, ihr Hintern schmerzte und brannte, und der vibrierende Plug entfachte jedes Nervenende in einen Zustand intensiver Erregung, so wie sie es seit Monaten nicht mehr erlebt hatte. „Oh Gott", stöhnte sie.

Sein Glucksen war schroff. Zufrieden. „Ich habe es vermisst, deinen süßen Körper zu Orgasmen zu quälen."

Sie hörte das Geräusch des Reißverschlusses seiner Jeans und dann drückte sich sein Schwanz gegen ihren Eingang. Tief und rücksichtslos füllte er ihre Pussy mit einem Stoß.

Ihre gefesselten Handgelenke zuckten – *kann mich nicht*

*bewegen* –, und schließlich gab sie sich hin, tauchte in die Unter-würfigkeit. Sie konnte nichts mehr tun. Konnte nur nehmen und nehmen.

Und, oh, er gab. Langsam und stetig, so kontrolliert benutzte er seine Beine, um ihre Schenkel gegen das Sofa zu pressen. Er griff um sie herum und fuhr mit einem Finger über ihre feuchte Klitoris.

„Oh, oh, oh!" Sie war bereit. *Nicht mehr lange.*

„Gib's mir, kleine Sub", murmelte er und schnellte nachdrück-lich über das Nervenbündel. Links entlang, rechts, erneut darüber hinweg, und dann explodierte sie, der Orgasmus so wundervoll, sodass die Empfindungen sie in einen intensiven Strudel rissen, bis sie unter seinen Händen zitterte und stöhnte.

Sein Lachen war tief und zufrieden. „Oh ja, das hat deinem Körper gefallen. Du hast dich nicht verändert, Sub." Er packte sie an den Hüften und fuhr kraftvoll und schnell und rau in sie hinein, bis sie nur noch das Klatschen, Klatschen, Klatschen ihrer Körper hörte. Er trieb sie erneut an die Klippe. Es dauerte nicht lange und sie wand sich wieder unter ihm. Verzweifelt. Gierig.

Mit einem tiefen Stöhnen stieß er ein letztes Mal in sie und fand seine Erlösung, ergoss sich in ihr.

Trotz der anhaltenden Erregung, die noch immer in ihr summte, sank sie auf die Couch, glücklicher als jemals zuvor. Der Bund – dieser schwer fassbare Bund zwischen ihnen – war zurück. Sein maskuliner Duft umgab sie; seine Arme schützten sie vor allem, was die Welt zu bieten hatte.

„Du bist wunderschön. Meine wundervolle kleine Sub", flüs-terte er ihr ins Ohr. „Steh auf, Süße." Er zog sie hoch und half ihr aus ihrer Jeans und ihrem Höschen. Anschließend schaltete er den Analplug aus.

Er entfernte ihn jedoch nicht.

Genauso wenig wie die Blusenärmel, mit denen er sie gefesselt hatte.

„Sir?"

Seine Lippen formten sich zu einem Grinsen, als er sie zu sich umdrehte. „Wir werden jetzt duschen. Dann hole ich meine Tasche aus dem Schrank und wir fangen von vorne an." Er schnippte ihre linke Brustwarze in eine harte Knospe zurück. „Wir haben die ganze Nacht."

Das Beben, das ihren Körper erschütterte, fühlte sich himmlisch an. *Oh ja. Sally, ich schulde dir eine Umarmung.*

Als er einen Arm um sie legte und sie die Treppe hoch führte, fragte sie sich, ob sie morgen Früh noch in der Lage wäre, zu laufen.

# KAPITEL DREIUNDZWANZIG

**S**ally **ließ sich** am Tisch in Gabis Küche nieder und tippte mit den Fingern auf ihren geschlossenen Laptop. Auf einem anderen Stuhl saßen die beiden schwarzen Katzen von Gabi und beobachteten sie. Hamlet und Horatio. Eine mit kurzem Fell, die andere flauschig. Das Haus war ruhig, seit Master Marcus und Gabi zu einem Karateturnier aufgebrochen waren, um einige Teenager anzufeuern.

Sally hatte im Haus bleiben wollen. Sie brauchte Zeit zum Nachdenken. Bis spät in die Nacht hatte sie sich mit Gabi und Marcus unterhalten. Sie haben sich wunderbar verständnisvoll gezeigt.

Und sie hatte ein paar Entscheidungen für sich getroffen.

Es war dämlich, sich selbst die Schuld dafür zu geben, was mit ihr und den Agents passiert war. Wenn sie nicht so bereit gewesen wäre, zu glauben, dass sie eine egoistische Person sei – *danke, Vater* –, hätte sie schon längst am Telefon eine Erklärung von ihnen verlangt.

Sobald das alles geklärt war, würde sie Gabis Rat befolgen und sich um einen Therapieplatz kümmern. Durch die Hilfe der Männer war sie auf diesem Pfad schon weit gekommen, aber den nächsten Schritt zu machen – sich professionelle Hilfe zu holen –, lag allein in ihrer Hand.

Und *verdammt*, es war falsch gewesen, die überfürsorglichen Männer zu beschuldigen, die sie liebte. Vance und Galen versuchten, sie zu beschützen, und wahrscheinlich hätte sie an deren Stelle genauso gehandelt.

Es gab nur eine Person, die dafür verantwortlich war, ihre Beziehung zu ihren Doms durcheinandergebracht zu haben. Dieser Brandstifter.

Er hatte Tillman, die Polizisten und diese arme Frau getötet. Sein Bruder hatte Vance angeschossen. Die Wut darüber mischte sich mit ihrer Entschlossenheit. Sie hatte sich damit begnügt, zu versprechen, das Hacken aufzugeben, da sie selbst das Gefühl hatte, dass sie mit ihrem Wissen am Ende angelangt war und dass die *Association* keine Chance mehr hatte.

An sich hatte sie nicht falsch gelegen. Aber es war noch einer übrig, und er war der Grund, warum sie heute Morgen nicht zwischen zwei muskulösen, männlichen Körpern aufgewacht war.

Da der Bastard ihre Beziehung mit den Agents auf Eis gelegt hatte, war es doch nur logisch, dass er damit auch ihre Versprechungen zu den Agents ausgelöscht hatte.

*Logik ist eine ausgezeichnete Waffe, wenn sie richtig eingesetzt wird.*

Sie öffnete ihren Laptop. Seit sie ihre Dateien an Galen und Vance übergeben hatte, hatte sie ihre Hacking-Software immer wieder ihren Namen rufen hören – *Sally, Sally, Sally, benutze mich.*

Und nun ... beantwortete sie diesen Ruf. Mit den Lippen fest zusammengepresst, loggte sie sich ein.

In New York hatte Galen, vorsichtig, wie er war – sie würde ihn sogar als paranoid bezeichnen –, ihr dabei zugesehen, wie sie das Computerwurmprogramm und ihre Dateien über die *Association* gelöscht hatte. Und er hatte sogar verlangt, dass sie ihm die Flash-Laufwerke aushändigte. Sie grinste, als ihre Finger über die Tastatur tanzten.

War es nicht eine Schande, dass er es verpasst hatte, das

winzige Symbol zu sehen, das ihr Online-Backup markierte? Und dass er nicht gemerkt hatte, dass die E-Mails von einem Online-Mail-Programm kamen und somit nicht gelöscht wurden?

„Ich habe mein Versprechen nie gebrochen. Ich habe mich nicht einmal in die Software oder die E-Mails eingeloggt", sagte sie tugendhaft zu den Katzen. „Ich war ein gutes Mädchen."

Sie schaute sich im Zimmer um. Sogar unter dem Tisch checkte sie. „Nun, ich sehe hier heute keine guten Mädchen. Ihr?"

Hamlet zuckte einmal zustimmend mit dem Schwanz.

„Das dachte ich mir." Sie klickte auf den Browser und lächelte, als sich ihre Dateien wie Kanonenfeuer öffneten. *Meinen Galen ins Visier nehmen? Dumme Idee.*

*Mach dich bereit.* Wenn Krieg das war, was der Brandstifter wollte, würde er eben Krieg bekommen.

---

**Vance saß vor** seinem Computer, trank Kaffee, tippte einen Bericht ab und versuchte, zu ignorieren, wie leer sich das Haus ohne Sally anfühlte. Der Morgen verging mit der Geschwindigkeit von kaltem Melasse-Sirup.

Zu hibbelig, um sitzen zu bleiben, hatte Galen die letzten Stunden damit verbracht, an dem Kerker in der Cabana zu arbeiten. Anschließend war er ins Büro zurückgekommen und hatte den Tisch in der Mitte mit Waffen beladen.

Ein Alarm ertönte mit einem leisen *Piep-Piep-Piep*.

Vance blickte über seine Schulter. „Was ist das?"

Galen runzelte die Stirn. Sein Gewehr und drei automatische Handfeuerwaffen hatte Galen demontiert und auf geöffneten Zeitungen über den Tisch verstreut, um sie zu reinigen. Das war sein Ritual, bevor es in eine Schlacht ging.

Auf der anderen Seite des Tisches wachte Glock aus sicherer Entfernung.

Jeder reagierte auf drohende Gefahr auf unterschiedliche Weise. Galen putzte gerne seine Waffen; Vance wandte sich dem Gewichtheben zu.

„Das war der Alarm für die Cabana. Der Mörtel ist fest; er kann geschliffen und poliert werden." Galen wischte sich die Hände an einem Tuch ab. „Ich werde mich jetzt darum kümmern und komme dann zurück, um hier alles vorzubereiten." Sein sanftes Lächeln erreichte nicht seine Augen. „Lass nicht zu, dass jemand das Haus abfackelt, bevor ich meine Waffen nicht wieder zusammengebaut habe."

„Ich werde mein Bestes geben." Vance nahm einen Schluck von seinem Kaffee. „Obwohl ich lieber in New York wäre, um diesen Bastard ein für alle Mal zu erledigen."

Gestern Abend war Drew Somerfelds Kreditkarte auf dem FBI-Radar aufgetaucht. Anscheinend hatte sich Ellis heute Nachmittag einen Flug nach Florida gebucht. Wahrscheinlich hatte er den Ausweis und die Karten seines Bruders aus dem Safe genommen. Da er und Drew Zwillinge waren, würde er als sein Bruder durchgehen.

Aber das Arschloch würde diesen Flug nie antreten. Das NYPD plante, seinen Arsch in der Minute festzunageln, in der er eincheckte. Eine halbe Stunde noch.

Wenn er sie nicht verarschte.

Spielte keine Rolle. Da zwei Polizisten tot waren und Galen als Zielobjekt galt, wollte die Polizei in Tampa, dass sie beide an Ort und Stelle blieben. Um sie in Sicherheit zu wissen, ja, aber auch um bei Bedarf als Köder zu dienen. Die zwei Zugangsmöglichkeiten zum Grundstück – die Einfahrt vom Seeufer und der See selbst – wurden bewacht.

Eigentlich hatte Vance absolut kein Problem mit diesem hohen Maß an Vorsicht.

„Lange müssen wir nicht mehr ausharren", sagte Galen bei einem Blick auf die Uhr. „Wenn er nicht im Flughafen auftaucht, dann ... Scheiße."

„Der Bastard ist definitiv wahnsinnig. Wäre also wirklich nervig, wenn er auch noch schlau ist."

„Das stimmt." Galen runzelte die Stirn und rollte seine angespannten Schultern. „Vielleicht fühlt es sich deshalb falsch an, unbewaffnet zu sein. Ich denke, ich werde das Chaos hier erst beseitigen und –"

„Wenn du den Mörtel zu lange auf den Fliesen lässt, bekommst du den Scheiß nicht mehr runter."

„Is' ja gut. Sei ein guter Wachhund, bis ich zurückkomme." Mit einem verärgerten Grunzen verließ Galen das Büro.

Ein paar Minuten später klingelte Vances Handy. „Ein alter roter Toyota Camry ist im Anmarsch." Der Anruf kam von einem Special Agent, der eine halbe Meile entfernt Stellung bezogen hatte und die Abzweigung zum Seeufer im Blick hielt. Ziemlich praktisch, dass er und Galen an einem isolierten See mit nur einer Zufahrtsstraße lebten. „Am Steuer sitzt eine hübsche kleine Brünette. Sieht aus wie die Frau von dem Foto auf deinem Schreibtisch."

„Verstanden. Danke." *Sally kommt.*

*Verdammt*, aber er wollte sie sehen. *Nur, bitte Gott, lass sie nicht weinen.* Er hatte die Sache mit ihr so schlecht gehandhabt; sie hatte alles, was er gesagt hatte, falsch interpretiert.

Er hatte sie verletzt.

*Fuck.* Das Wissen nagte an ihm. Er hatte letzte Nacht versucht, sie anzurufen. Galen auch. Er hatte ihr geschrieben. Keine Antwort. Sie hatten Voicemails hinterlassen.

*Um Gottes willen*, Dan sollte ihr die Situation erklären, bevor er sie mit nachhause nahm. Als sie ihn heute Morgen endlich erreicht hatten, mussten sie feststellen, dass Sally mit Marcus und Gabi nach Hause gegangen war.

Sie wusste es also nicht ...

Aber er kannte Sally, kannte ihre Stärke. Ihre Intelligenz. Auch ohne Dans oder Galens oder Vances Erklärungen würde Sally herausfinden, was los war. Sie würde entweder nach den

Informationen hacken oder jemanden verhören, bis diese Person alle wichtigen Informationen herausgab. Inzwischen wusste sie bestimmt, warum sie weggeschickt worden war.

Er hatte gedacht, sie würde anrufen.

Er hätte es besser wissen sollen. Sally würde ihre Männer persönlich anschreien wollen. *Fuck*, er liebte sie.

Sein Lächeln wurde breiter. Obwohl er sie immer noch zu ihrer eigenen Sicherheit wegschicken musste, summte die Vorfreude durch seinen Körper. Nachdem er sich entschuldigt hatte – und vielleicht ihren Hintern versohlt hatte, da sie ihren Hals riskierte, wenn sie zum Haus kam –, würde er ihren süßen Körper für ein paar Minuten in seinen Armen halten. Er wollte ihrer melodischen Stimme lauschen, ihrem Lachen ... und, was wahrscheinlicher war, ihrem wütenden Brüllen.

*Lass sie bitte nicht weinen.*

Er ging zur Haustür hinaus und schaute sich um. Undurchdringliche Vegetation war zu beiden Seiten des Grundstücks zu finden – Floridas Version eines Maschendrahtzaunes. Nur mit einer Machete würde man durchkommen.

Ihr Auto fuhr vor. Und für den Fall, dass Somerfeld sie zwang, zu ihnen zu fahren und er sich im Auto versteckte, hatte Vance seine Waffe schussbereit.

Aber sie rutschte heraus, schlug die Tür zu und sah ihn mit einem leicht lesbaren Gesichtsausdruck an. Ihr Kinn stolz nach oben, ihre Schultern durchgedrückt. Ein Entführungsopfer war sie sicher nicht.

Sie war auf einen Kampf eingestellt. *Verdammt*, sie machte ihn stolz. Sie würde zweifellos einiges zu sagen haben – dass die Chancen, ins Visier genommen zu werden, gering waren oder sogar gen Null gingen. Dass all die Todesfälle in New York passiert waren. Dass sie zu ihnen gehörte.

Aber nein. Er schob die Waffe in sein Holster, bewegte sich keinen Millimeter vom Fleck und ... wartete.

Als sie auf ihn zuging, wankte ihre Kontrolle, und er grinste, als sie losrannte.

Sie krachte gegen ihn, umarmte ihn und hielt ihn so fest, dass sie vor Anstrengung bebte.

Unfähig, sich selbst zu helfen, zog er sie enger an seine Brust. Er atmete ihren sauberen, süßen Duft ein, als hätte er unerwartet Cookies in der Küche gefunden. So verdammt süß. „Ist ja gut, Süße", murmelte er. „Wir werden das irgendwie klären."

„Du hast mir gesagt, ich solle ausziehen." Der Satz kam gedämpft bei ihm an, da sie die Worte an seinem T-Shirt flüsterte. „Ich bin wirklich sauer auf dich." Ihre Arme lockerten sich kein bisschen.

*Nicht lachen.* „Ich weiß."

„Ich bin hinter den Grund gekommen, aber musstest du so gemein sein?"

*Zur Hölle*, genau, was sie befürchtet hatten. „Ich hätte es dir erklären sollen." Er rieb sein Kinn an ihrem seidigen Haar. „Das Problem war, dass wir gerade die Bilder der getöteten Polizisten gesehen haben. Und dann hast du angerufen, und während des Anrufs wurden mir Bilder von der Frau vorgelegt, die er ermordet hat. Es war ein hässlicher Anblick, Sally."

„Kari hat mir davon erzählt."

„Nachdem wir das gesehen haben, konnten wir nur daran denken, dich in Sicherheit zu bringen. Wenn der Bastard aus Rache hinter Galen her ist, wollen wir dich aus der Schusslinie haben."

Das letzte bisschen Anspannung löste sich bei ihr auf, und sie lehnte sich mit ihren hinreißenden Kurven voll und ganz an ihn. „Ich denke nicht, dass es die richtige Lösung war, mich wegzu-schicken."

Und wegen ihres bösartigen Vaters war seine Anweisung noch schlimmer zu ertragen gewesen. Er runzelte die Stirn. Was, wenn das Arschloch in der nächsten Stunde nicht festgesetzt wurde?

Wenn sich diese Sache endlos in die Länge zog? „Vielleicht können wir an Kompromissen arbeiten." Gemeinsam und an einem sicheren Ort. Sie könnten umziehen. Oder von zuhause arbeiten? Dann wäre Sally nie wieder allein, sondern hätte immer zwei Leibwächter an ihrer Seite. Sie könnten ihr den Umgang mit der Waffe beibringen. Ein Hund wäre gut. Einen großen, wie der Deutsche Schäferhund, den Raoul für Kim gekauft hatte, von einer Firma, die sich auf den Schutz von Frauen spezialisiert hatte. Nach Mexiko zu ziehen, wäre eine Option. Er schnaubte amüsiert. Ja, er verlor den Verstand. Sie musste gehen. „Ich werde das Thema mit Galen besprechen."

„Auf keinen Fall."

„Sally, er wird dich nicht lange genug bleiben lassen, um einen Streit beginnen zu können."

Sie schnaubte. „Weil er weiß, dass ich gewinnen würde. Wenn er in Gefahr ist, möchte ich hier sein. Ich kann dir helfen, Wache zu halten. Immerhin sind drei Augenpaare besser als zwei."

Galen gegen Sally. *Ich sollte Tickets verkaufen.* Vance hatte jedoch genauso wenig vor, sie bleiben zu lassen. „Wir werden uns etwas überlegen. Ich werde mit –"

„Vance, i-ich muss ihn sehen. Ich muss wissen, dass es ihm gut geht." Sie legte den Kopf in den Nacken und lächelte. Ihre braunen Augen hatten goldene Flecken, die im Sonnenlicht funkelten. Stur und schelmisch – eine erschreckende Kombination. „Aber ich bin froh, dass ich dich zuerst gesehen habe. Ich wollte mich auch davon überzeugen, dass es dir gut geht."

Ihre fürsorgliche Natur war noch stärker ausgeprägt, als er gedacht hatte. Und er musste sagen, dass er diese Eigenschaft schätzte. Wenn er ehrlich war, dann wurde das Bedürfnis, sie zur Mutter zu machen, mit jeder Minute größer.

Er senkte den Kopf und stahl sich einen weiteren Kuss. Ihre Lippen waren süß, weich, großzügig. Hätte er die Wahl, würde er sie jetzt zu einem Bett zerren. „Bist du sicher, dass ich nicht den Weg für dich ebnen soll?"

„Nein, ich komme klar." Als sie ihre Schultern durchdrückte, spannten ihre vollen Brüste das leuchtend rote Neckholder-Top, für das sie sich entschieden hatte. Aus gutem Grund, wie es schien.

Sein Mund trocknete aus. „Du hast deine Waffen nicht vergessen, wie ich sehe."

„Ich glaube fest daran, einen Mann mit meinen Waffen zu überbieten − und ihn nochmals zu treten, sobald er am Boden liegt." Sie fuhr mit den Fingern durch ihre Haare.

Obwohl sie ihn angrinste, konnte er in ihren großen braunen Augen immer noch sehen, dass er sie verletzt hatte. Er drückte ihre Schulter, hielt sie zurück, sodass er sagen konnte: „Ich liebe dich, Sally."

Sie lehnte sich einen Moment an ihn. „Ich liebe dich auch − obwohl du ein Idiot bist."

Er wollte ihr beistehen, sie zumindest begleiten und die Hauptlast von Galens Wut tragen. Aber manchmal mussten sich zwei Menschen allein vertragen und alles rauslassen, was ihnen auf der Seele brannte, und wenn man dazwischen ging, wurde oftmals der Friedensstifter von beiden abgeschlachtet. „Er ist in der Cabana."

*Vance liebt mich noch.* Sally folgte ihm durch das Haus, aus der Hintertür raus und über die Terrasse. Dort blieb er stehen und blickte auf den See. In einem Boot nicht weit vom Ufer angelten zwei Männer in einem Motorboot. Er hob seine Hand, winkte ihnen zu, bevor er sich wieder Sally zuwandte. „Viel Glück, Süße."

Nach einem letzten Kuss schob er sie in die richtige Richtung und ließ sie allein weiter gehen. Wahrscheinlich stellte er sicher, dass sie es zur Cabana schaffte, bevor er sich aus der Hörweite der kommenden Schlacht zurückzog.

Kluger Kerl. Und sie war froh darüber. Wenn sie und Galen stritten, neigte Vance dazu, einzugreifen, was nicht gut war, wenn die Gemüter hitzig waren. Sie würde den Faustkampf der Männer nie vergessen ... und all die Prellungen.

Zumindest würde er, egal wie wütend Galen wurde, niemals eine Frau schlagen. Und er hatte einmal gesagt, dass er in dem Zustand auch keine Strafen verhängte. Ihr Arsch war für den Moment sicher − obwohl sie vorhatte, ihn verdammt wütend zu machen.

Sie drehte sich nach rechts und ging den überwucherten Weg zur versteckten Cabana hinunter.

Als sie eintrat, entdeckte sie Galen im Küchenbereich, wie er neu platzierte Fliesen polierte.

Auch er sah sie. Für einen Moment leuchteten seine Augen vor Freude auf, und alles in ihr strahlte bei dem Anblick.

Eine Sekunde später kühlte sein verwittertes Gesicht ab. „Was zur *Hölle* machst du hier?"

Mit dem Gefühl, gerade in einen Schneesturm geraten zu sein, wandte sie den Blick ab und gab ihr Bestes, ihren Mut wiederzufinden. Ein neuer Bondage-Tisch stand auf der anderen Seite des Raumes. Hübsch, aus dunklem Holz und mit Lederpolsterung. Es war das Gerät, das sie im Katalog gesehen hatte. Ihr Kiefer spannte sich bei dem Gedanken an, dass die Männer die Ausrüstung mit anderen Frauen benutzten. *Niemals.*

Und Mr. Sauertopf würde sie nicht einschüchtern. Sie stemmte die Hände in die Hüften. „Versteckst du dich?", fragte sie. Ihr Ton war kalt genug, um zu ihrem Inneren zu passen.

Er blinzelte nicht mal. „Dir wurde gesagt, nicht hierher zu kommen. Ich will, dass du gehst. Sofort."

*Ja, das würde dir gefallen, nicht wahr, Kumpel?* „Ich bin gekommen, um mit dir zu reden."

„Nein." Er ging auf sie zu, und sie hatte keinen Zweifel daran, dass er sie an den Haaren packen und zu ihrem Auto schleifen würde.

Nicht besonders leise sagte sie: „Verflucht seist du." Schnell trat sie hinter die Strafbank und wich ihm so erfolgreich aus.

„Wenn du nicht reden willst, kannst du zuhören." *Du geliebtes Arschloch.* „Das ist jetzt mein Zuhause. Du und Vance habt darauf bestanden. Meine ganzen Sachen habt ihr hergebracht. Ihr habt dieses Haus zu meinem Zuhause gemacht. Und jetzt, nur weil Gefahr besteht, schmeißt du mich raus."

Seine Finger festigten sich um das Poliertuch, als er ihr um die Bank folgte. „Weil du getötet werden könntest."

„Du hast mir die Situation nicht mal erklärt. Einfach ein: *Verschwinde, Sally.*" Ihre Stimme schwankte, als sie sich an den Schmerz erinnerte.

Unter dem dünnen weißen T-Shirt waren Galens kräftige Schultern starr. Sein eckiger Kiefer war angespannt. „Vance ist nicht gerade behutsam vorgegangen, Sally, und das tut mir leid."

Ein Hoffnungsschimmer zeigte sich. „Das ist in Ordnung, aber –"

„Da ich mich jetzt entschuldigt habe, beweg deinen hübschen Arsch und fahre wieder zu Gabi."

„Nein." Hey, wenn er Ein-Wort-Sätze verwendete, konnte sie das erst recht. Nur um den Punkt nachhause zu bringen, fügte sie hinzu: „Ich lebe hier. Ich gehe jetzt in mein Zimmer."

Selbst als sie sich umdrehte, sah sie, wie sich seine Augenbrauen zu einer geraden schwarzen Linie zusammenzogen.

Sie schaffte zwei Schritte aus der Tür, bevor sie zurück in die Cabana gezogen wurde. „Du wirst zu Gabi zurückkehren." Seine Hände packten ihre Schultern und er schüttelte sie. „Es ist hier nicht sicher für dich."

„Es ist auch nicht sicher für dich, Mr. Teufelskerl FBI-Agent." Sie erkannte, dass ihre Stimme an Lautstärke gewonnen hatte. „Ich gehe nirgendwohin, wenn du es nicht auch tust."

„Das hier ist mein Beruf."

„Nein, Dummkopf, hier wohnst du!" Von dem erschrockenen Blick auf seinem Gesicht zu urteilen, musste sie das geschrien haben. Sie wies mit der Hand auf den Raum. „Sieht das für dich wie ein Büro in der Innenstadt aus? Nein, das tut es nicht."

Ein Muskel zuckte in seiner Wange, und sein Griff an ihren Schultern wurde schmerzhaft. „Sally, Somerfelds Bruder will sich rächen. Er hat zwei Polizisten getötet – und ihre Familien. Er –"

„Das *weiß* ich, Galen. Insgesamt sechs Personen, wenn man die Frau aus der Hütte mitzählt." Sie spitzte die Lippen. „Eigentlich denke ich, dass er für jede Tragödie dieser Art verantwortlich war. Obwohl die *Association* landesweit tätig war, konzentrierten sich alle Brände auf den Nordosten. Wenn du dir die Karte ansiehst, die ich angefertigt habe, wirst du sehen –"

„Welche Karte?"

„Oh, ich bitte dich. Glaubst du wirklich, dass ich nicht auf alle Informationen zugreifen kann, die ich will?"

„Zur Hölle nochmal, ich hatte vergessen, mit wem ich rede." Seine Hände lockerten sich leicht. „Dann weißt du ja –"

„Ich weiß, dass er den Nordosten nie verlassen hat. Er ist brillant, aber hat den größten Sprung aller Zeiten in der Schüssel. Auch weiß ich, dass es immer noch nicht hundertprozentig sicher ist." Sie legte ihre Finger um sein Handgelenk. „Und, dass ich dich liebe, weiß ich. Hier gehöre ich hin."

„Fuck!" Er ging von ihr auf Abstand und schlug mit der Faust gegen die Wand.

*Echt jetzt?* Sie dachte, das passierte nur in Filmen. Er hatte tatsächlich ein Loch in die Wand geschlagen, an der sie so viel Zeit mit Malern verbracht hatte.

Er schlug ein weiteres Loch und drehte sich um. „Ich werde nicht zulassen, dass wegen mir noch eine Frau stirbt. Wegen dem, was ich beruflich tue."

Seine Wut drohte, sie wie einen ausgetrockneten Maisstängel an einem stürmischen Tag umzuhauen. Im nächsten Moment spürte sie die Tür an ihrem Rücken.

„Du wirst sofort von hier verschwinden, und du wirst wegbleiben."

„Für immer?", flüsterte sie. Als der Kummer seine Augen verdunkelte, erkannte sie, dass diese Sache einen wahrgewordenen Albtraum für ihn darstellte ... und der Idiot plante, sie ganz aus seinem Leben zu drängen. „Aber du liebst mich", hauchte sie.

„Das. Ist. Irrelevant."

„Das ist *nicht* irrelevant." Sie stampfte auf ihn zu, trat seinen Werkzeugkasten aus dem Weg und schlug ihm mit aller Kraft gegen die Brust. Sie zog Befriedigung aus seinem Grunzen. Aber ... *autsch!* Hatte sie sich den Daumen gebrochen? „Du hast nur Angst."

Er biss eine automatische Verleugnung zurück – *Männer* – und nickte. „Ja, das habe ich. Ich könnte es nicht ertragen, dich verletzt zu sehen."

„Stattdessen reißt du mir mein Herz direkt aus der Brust?" Sie schlug ihn erneut und schnappte bei dem schmerzhaften Gefühl nach Luft.

Er packte ihr Handgelenk und zog sie näher zu sich. „Zumindest wärst du dann am Leben."

„Wenn ich lebe, dann will ich mein Leben auch leben. Ich kann es nicht in einem Kokon verbringen, Galen." Sie starrte in seine Augen. „Glaubst du, du bist die einzige Person, die fürchtet, einen geliebten Menschen zu verlieren? Der Einzige, der jemanden verloren hat, den er liebt? Wegen etwas, das er getan hat?"

Der Schock breitete sich auf seinem Gesicht aus, als er erkannte, dass sie von ihrer Mutter sprach. „Sally ..."

„Du kannst in deinem Kokon bleiben, alles eng eingewickelt, bis du zu einem Nichts verkümmerst." Sie öffnete ihre Handfläche. „Aber ich möchte meine Flügel ausbreiten – und lieben. Du hast mit mir zusammengearbeitet, um sicherzugehen, dass Schuld nicht mein Leben bestimmt. Nun musst du dir selbst helfen."

Sein Kiefer blieb angespannt.

„Ich liebe dich so sehr, du dummer Arsch." Sie machte den letzten Schritt – und dank ihm kamen die Worte einfach über ihre Lippen. Ja, mittlerweile hatte sie kein Problem mehr damit, zu fragen. „Lass mich bleiben. Bitte?"

„Verdammt nochmal", knurrte er und zog sie in seine Arme. Und es fühlte sich an, als wäre sie zuhause angekommen.

Nach einer Minute sagte er: „Aber würdest du –"

„Nein."

„Vielleicht nur für –"

„Nein."

„Vance und ich versohlen Subs den Arsch, die *Nein* zu uns sagen", murmelte er.

„Okay." Denn um ihr ein Spanking zu geben, musste sie in Reichweite bleiben. Und genau dort wollte sie auch sein.

Er zog sie hoch und küsste ihren Hals, bevor er seinen Kopf schüttelte. „Ich liebe dich, aber nicht einmal du kannst dich mitten in eine FBI-Ermittlung einbringen. Du wirst noch dafür sorgen, dass wir gefeuert werden, Sub."

Oh, daran hatte sie nicht gedacht. „Vielleicht wäre das eine gute Sache." Ja, vielleicht.

„Ich würde es bevorzugen, wenn das meine Entscheidung bleibt", sagte er mit trockener Stimme. „Wir werden uns unterhalten, und wenn es dem NYPD nicht gelingt, Somerfeld in der nächsten Stunde festzunehmen, kehrst du in das sichere Haus zurück."

Sie musterte ihn. Nein, in dem Punkt würde er nicht nachgeben, aber zumindest klang er nicht länger unvernünftig. Er operierte nicht aus alten Ängsten, sondern aus Vernunft. Damit konnte sie leben. „Abgemacht."

**Vance lauschte von** der Hintertür. Er und Galen hatten eine hervorragende Schalldämmung in der Cabana installiert – er hatte das Schreien kaum gehört.

Und jetzt ... Stille.

Hoffentlich fickten sie gerade. Versöhnungssex. Er grinste und spürte, dass er hart wurde. Mit etwas Glück bekamen sie in ein oder zwei Minuten einen Anruf, dass New York Somerfeld in

Gewahrsam genommen hatte. Wenn ja, wäre für die nähere Zukunft ein Siegesfick geplant.

Wenn das NYPD nicht anrief, wäre die Zeit für den Kobold abgelaufen. Dann musste er Sally zu ihrem Auto zerren.

In der Zwischenzeit – er schnaubte – agierte er als Wachhund.

Sein Alarm klingelte, was ihn daran erinnerte, den geplanten Anruf für einen Lagebericht zu tätigen. Vance drückte die Nummer für das Büro. „Wir leben noch. Wie geht es den Jungs an der Abzweigung?"

„Denen geht es gut, Vance." Hazel war etwa siebzig Jahre alt und hatte zweifellos die Trophäe für Mutter des Jahres gewonnen, als ihre Kinder noch klein waren. „Wie geht's deinem Rücken?"

„Alles geheilt. Ich muss aber sagen, dass es mich wahnsinnig macht, eingesperrt zu sein."

Sie schnaubte unbeeindruckt, als würde er sich bei ihr über einen verschneiten Tag beschweren. „Entspann dich ein wenig. Und sag auch dem Jungen, dass er auf sich aufpassen soll."

Er unterdrückte ein Lachen und versicherte ihr, dass er es dem *Jungen* ausrichten würde. Wenn Galen das hörte ... Andererseits verehrte sein Partner die alte Frau. *Verdammt*, sie verhielt sich mehr wie eine Mutter, als Galens biologische das tat.

Ein paar Minuten später klingelte sein Handy. Das Observierungsteam berichtete, dass eine ältere Frau über die Straße am See fuhr. Eine Nachbarin.

Um dem Drang entgegenzuwirken, sich Galen und Sally anzuschließen, lief er zum Eingangsbereich. Sie hatten den Briefkasten heute noch nicht überprüft. Also zog er sich einen Mantel über, um sein Schulterholster zu bedecken, und ging auf die Veranda. Nichts. Er konnte durch die dicht bewachsenen Hecken nicht einmal die Häuser der Nachbarn sehen. Keine Autos. Keine Menschen. Alles ruhig.

Er warf einen Blick auf seine Uhr. *Somerfeld, mach deinen Flughafen-Check-in. Ich will, dass dieser Scheiß vorbei ist.*

Seine Haut fühlte sich an, als wäre die Luft mit Sand gefüllt. Er war nervlich komplett durch.

Es war ein schöner Tag; er sollte versuchen, ihn zu genießen. Als er am Ende der U-förmigen Einfahrt zum Briefkasten schlenderte, beobachtete er die flauschigen, weißen Wolken am Himmel. Noch keine Gewitterwolken. Die Chancen standen gut, dass sie später am Tag auftauchen würden. Die nachmittäglichen Sommergewitter hatten begonnen.

Er schloss den Metallbriefkasten auf und grinste bei der Erinnerung an Sallys Bemerkungen über paranoide FBI-Agents. Er holte eine Auswahl an Briefen und Flugblättern heraus.

Ein Auto erschien und bewegte sich langsam die Straße hinunter. Die grauhaarige Fahrerin schenkte ihm ein breites Lächeln. Es war seine nächste Nachbarin. Mrs. Childress.

Er näherte sich ihrem Auto und warf einen Blick auf den Rücksitz – nur für den Fall. „Ma'am, wie geht es dir heute?"

„Mir geht es gut, Liebes. Ich wollte dich später anrufen. Wie schön, dich persönlich zu sehen. Wir wollen nächste Woche Samstag grillen. Ich hoffe, du und Galen und Sally kommt auch." Das ältere Paar hatte Sally kennengelernt, als sie am See mit Galen geangelt hatte. Wie alle anderen hatten auch sie sich sofort in den Kobold verliebt.

„Das klingt sehr nett." Somerfeld sollte sich bis dahin besser hinter Gittern befinden.

„Wundervoll. Gegen vier." Mit einem süßen Lächeln gab die alte Dame Gas und fuhr weiter.

Vance schlenderte zurück zum Haus. Bevor er die Haustür mehr als einen Spalt öffnen konnte, sprang Glock auf die Veranda.

„Hab einen schönen Tag, Kumpel." Ein dringendes Katzengeschäft, wie Vance annehmen musste. Er blätterte durch die Werbung, trat ins Haus … und die Welt ging unter.

**Warum lag er** auf dem Boden? Auf seiner Seite?, fragte sich Vance. Hatte er einen Kater? *Zur Hölle*, sein Kopf fühlte sich an wie ein Ballon, der kurz vorm Bersten stand.

Sein Kiefer spannte sich an, als Erinnerungen in einer langsam zurückkehrenden Flut in seinen Verstand tröpfelten. Briefkasten. Katze. Brief. Nichts. *Nicht gut, gar nicht gut.*

Sein Herzschlag beschleunigte sich und verstärkte das Pochen in seinem Schädel. Er schluckte und kämpfte lautlos gegen seine Übelkeit an, blockierte seinen Drang, nach Hilfe zu rufen. Er bewegte sich nicht, stöhnte nicht, berührte nicht seinen Kopf. Mit geöffneten Augen versuchte er, die Situation zu erfassen, während er sein langsames Gehirn verfluchte. Hoffnungslos langsam, wie Blasen, die darum kämpften, durch einen dichten Sumpf aufzusteigen.

Er erkannte den Bodenbelag des Gamerooms. Gott wusste, er hatte genug Zeit damit verbracht, ihn zu verlegen.

Er lauschte und hörte nichts außer dem schmerzhaften Rauschen in seinem Kopf.

Seine Finger fühlten sich taub an. Ah, *verdammt*, seine Handgelenke waren hinter seinem Rücken gefesselt.

Panik jagte bei dem Anblick der schweren Eisenfesseln an seinen Knöcheln durch seinen Körper. *Fußschellen.* Die Kette, die die Schellen verband, war um die Konstruktion der Bar geschlungen, mit der Galen in einer Ecke des Raumes begonnen hatte.

Die schreckliche Erkenntnis schaffte es in Vances Kopf durch den Nebel. *Verdammt*, er hatte es vermasselt.

Somerfeld war nicht in New York; er war hier. Aber wie zum Teufel war er an den Einsatzteams vorbeigekommen?

*Bitte lass Sally oder Galen nicht ahnungslos ins Haus kommen.*

Schritte. In seinem begrenzten Sichtfeld entdeckte er die Beine, die den Raum betraten. Ein Zwanzig-Liter-Behälter mit Benzin wurde abgestellt. Der Bastard war beständig, das musste er schon sagen.

Vance spürte, wie sich sein Magen verkrampfte. Verbrennen

stand auf seiner Liste für ein bevorzugtes Ableben sicher nicht an erster Stelle.

Der Mann ging erneut raus und kehrte ins Zimmer zurück. Als Somerfeld die Treppe hochging, trat Vance gegen die Holzlatte, an die er gefesselt war. Und nochmal. Und nochmal. Die verdammte Kette hielt ihn davon ab, mehr Kraft auszuüben.

Und *Gott*, es war wahrscheinlicher, dass sein Kopf zuerst zerbrach. Halb blind vor Schmerzen stoppte er, als er Schritte auf der Treppe hörte.

Somerfeld warf Bettwäsche in eine Ecke des Zimmers und ging wieder nach oben.

*Tritt. Tritt. Tritt.*

Diesmal kam Somerfeld mit einem vollen Wäschekorb in den Gameroom. Nachdem er den Inhalt in eine andere Ecke geworfen hatte, betrat er den Flur, der zum Büro führte.

Als Somerfeld verschwunden war, holte Vance erneut mit den Beinen aus und trat zu. Diesmal spürte er, dass die Schrauben nachgaben. Oder vielleicht brach auch sein Knie.

*Schritte.* Somerfeld summte vor sich hin, stellte eine Dose Farbverdünner auf den Boden und warf zerknittertes Papier gegen die Wände. Er sammelte genug brennbares Material, um sicherzustellen, dass das Gebäude vollständig abbrannte. Wundervoll.

Die Beine näherten sich ihm. Vance machte die Augen zu.

Schmerz explodierte in seinem unteren Rücken; der Bastard hatte ihn getreten.

„Wach auf, Arschloch, oder ich schieße dir eine Kugel ins Bein." Die Stimme war kratzig mit einem New-Yorker-Akzent.

Es lohnte sich nicht, vorzutäuschen, dass er noch ohnmächtig war. Vance stöhnte und blinzelte – und wurde ins Gesicht geschlagen.

Sein Kopf pochte und Lichter tanzten vor seinen Augen. Wirklich nicht die beste Behandlung, wenn er bereits eine Gehirnerschütterung hatte.

*Verdammt*, er würde wahrscheinlich nicht lange genug leben, um diagnostiziert zu werden.

Als er Somerfelds Blick begegnete, zeigte sich der Wahnsinn in seinen Augen wie das Feuerwerk zum Unabhängigkeitstag. „Scheiß Agents. Ich sollte einfach –" Ein Pistolenlauf bohrte sich in Vances Wangenknochen. „Nein. Nein, ich will dich schreien hören. Und brennen sehen. Drew würde wollen, dass ich alles abfackele. Und nichts zurücklasse."

Somerfeld trat zurück und Vance entließ den Atem, den er angehalten hatte. Wie es aussah, hatte er noch ein paar Minuten. Als sich sein Sichtfeld aufklarte, starrte Vance den Brandstifter an. *Was zum Teufel?*

Eine lange blonde Perücke ergoss sich über die Schultern und den Rücken des Mannes. Er trug ein gerüschtes, langärmeliges Oberteil – etwas, das Sally über ihrem Badeanzug tragen würde. Sonst war nichts Weibliches an ihm.

Seine Gesichtszüge waren wie die seines Zwillings, aber dickes weißes Narbengewebe zog sich wie ein Wasserfall über sein Gesicht. Ein Augenlid war schrumpelig, der Teil unter dem Auge hing.

„Wie bist du hier reingekommen?" Vance setzte sich langsam auf.

„Segelboot."

Aber sie hatten zwei Agents, die nicht weit vom Dock angelten.

Die Narben machten aus dem Lächeln des Bastards etwas Hässliches. „Deine Wachhunde haben uns direkt an ihr Boot kommen lassen. Sie sahen nur eine hübsche Brünette im Bikini, die mit ihrer schwangeren blonden Freundin segelte." Nachdem er seinen mit Rüschen bedeckten Bauch getätschelt hatte, zog er die Perücke ab und enthüllte einen rasierten Schädel.

„Zu langsam." Somerfeld ahmte das Schießen mit seinem Finger nach – eins, zwei – und blies den Rauch aus dem imaginären Lauf.

*Zwei Frauen?* Eine war Somerfeld gewesen. „Du hast noch jemanden hier?"

Somerfeld wies mit dem Daumen in die Ecke hinter Vance.

Geknebelt und gefesselt lag eine junge Frau auf einem brennbaren Haufen. Ihr leerer Blick zeigte, dass sie die Todesangst hinter sich gelassen und ihr Schicksal akzeptiert hatte. Sie wusste, dass sie heute sterben würde.

„Kouros ist bei der Arbeit?", fragte Somerfeld.

Der Bastard hatte sich im Haus umgesehen ... aber von der isolierten Cabana schien er nichts zu wissen. „Ja."

„Gib mir seine Telefonnummer."

Vance zögerte. Sollte er? *Denk nach, Buchanan.* Aber seine Gedanken drehten sich im Kreis, als hätte sich sein Verstand im Wald verirrt.

Somerfeld richtete die Pistole auf die Frau. „Willst du Zeuge werden, wie ich ihr die Kniescheiben wegschieße?" Ein krankhafter Hunger zeigte sich auf seinem Gesicht.

„Nein." *Gott, nein.* Aber jemand würde sterben. *Lass es mich sein, nicht Galen. Nicht Sally.* Könnte er eine Warnung schreien? Oder – „Die Nummer ist 555-8023."

„Gut. Wenn er antwortet, sagst du ihm, dass ich hier bin." Somerfeld warf das Telefon in die Luft und fing es auf. „Oh ja, das wirst du tun. Ja, ja."

---

**Galen saß auf** der Bettkante und fluchte, als sein Handy klingelte. Sally befand sich auf seinem Schoß. Ihr Neckholder-Oberteil lag um ihre Taille, und er hatte eine pralle Brust in seiner Hand. Alles war in Ordnung in seiner Welt und es versprach, noch besser zu werden. Vance tat ihm ein bisschen leid, da er weiter Wache halten musste.

Sally knabberte an seinem Kinn. „Da solltest du besser rangehen."

„Ayuh." Er setzte sie neben sich, zog sein Handy aus der Tasche und sah auf das Display. Das Festnetz vom Haus? Vielleicht hatte Vance alles aus dem Büro mitangehört. „Dir ist schon klar, dass ich hier beschäftigt bin", sagte er in das Telefon und glitt mit den Fingerknöcheln über die schönsten Nippel der Welt.

Sally entließ einen hungrigen Laut.

„Galen, ich kann nicht zu dir ins Büro kommen. Ich bin noch zuhause. Ich wurde von Somerfeld überrumpelt." Es war Vances Stimme. Dünn und angespannt, unterlegt mit Schmerzen und einer Warnung. „Er hat mich an die Bar im Gameroom gefesselt, Pistole an meinem Kopf – wenn er nicht gerade Benzin verschüttet. Seine Sklavin hat er auch mitgebracht. Hände und Füße gefesselt."

*Verdammt.* „Vance –"

Er hörte, wie sein Partner leise und schmerzhaft grunzte.

„Gott verdammte Scheiße nochmal." Galen stand auf und verankerte das Telefon an seinem Ohr. „Vance."

„Du hast meinen Zwilling getötet, Arschloch." Das raue Ächzen der unbekannten Stimme klang wie eine Fliesensäge. „Also werde ich deinen Partner töten. Ich werde ihn *verbrennen*."

Galen ging zwei Schritte auf die Tür zu und blieb stehen. *Nicht ohne einen Plan in die Todeszone marschieren. Brauche mehr Informationen.* „Du bist in meinem Haus?"

Somerfelds Stimme hatte ... recht kontrolliert geklungen. Sein Lachen jedoch übertrat die Grenze in den Wahnsinn.

Da Sally ihm nah genug war, konnte auch sie es hören, und sie wurde kreidebleich.

„Buchanan hat noch fünf Minuten, bevor ich von hier verschwinde und beim Gehen ein Streichholz über meine Schulter werfe. Wenn du hier ankommst, wird dein guter Kumpel schwarz und knusprig sein. Und tot."

Dann legte er auf.

Galens Verstand war wie leergefegt, als Angst durch ihn

strömte und jede Zelle durchdrang. *Gott, Vance. Nein.* Und dann legte sein Gehirn wieder los.

Sally hatte ihr eigenes Handy rausgeholt und tippte Neun und Eins ein. Sie hielt das Gerät hoch und wartete auf sein Nicken, bevor sie die finale Eins eingab. Eine Sekunde später erklärte sie bereits die Situation: „Ich brauche die Feuerwehr und die Polizei. Ein FBI-Agent wird von einem Brandstifter als Geisel gehalten."

Sie blieb in einer Krise gelassen, bemerkte Galen, als er die Tür der Cabana einen spaltbreit öffnete. Er hörte, wie sie Vances Namen ins Telefon sagte und die Hausadresse durchgab, während er sich draußen umsah. Er sah nur das dichte Gestrüpp der Uferpflanzen.

Vance hatte ihm die wesentlichen Fakten geliefert: Ein verrückter Mann. Bewaffnet. Im Gameroom. Zwei Geiseln. Vance wäre ihm also keine große Hilfe. Benzin. Und weniger als fünf Minuten?

Er gab die Nummer für die Agents auf dem See ein.

Keine Antwort. Sein Kiefer spannte sich an. Er hatte diese Männer gekannt.

Die Fahrt neben dem See zog sich hin. Die Agents, die dort ausharrten, könnten den Weg nicht in unter fünf Minuten bewältigen.

*Denk nach, Kouros.*

Somerfeld dachte, Galen sei im Büro.

„Nein, tut mir leid, aber ich kann nicht am Telefon bleiben", sagte Sally zum Rettungsdienst und wischte über das Display, um aufzulegen. „Was jetzt?"

„Meine Waffen sind im Büro. Dort komme ich nicht hin. Ich kann das Esszimmer nicht durchqueren, ohne entdeckt zu werden. Fenster sind alle dicht. Vance kann nicht helfen", spulte er ab. Galen rieb sich über das Gesicht und dachte mit einem Schnauben an die Handschellen in seiner Tasche. Er wünschte, er hätte etwas mit mehr Schlagkraft eingesteckt. Sogar Pfefferspray wäre besser. „Gib Somerfeld Zeit zu reagieren, und er wird das Haus abfackeln. Ich brauche ein Ablenkungsmanöver."

„Nun, du hast mich." Ihre Finger befestigten bereits die Bänder ihres Oberteils im Nacken.

„Nein."

„Uns bleibt keine andere Wahl." Sie rannte zum Schrank, zog ihr Halsband heraus und legte es sich um. „Er steht offensichtlich auf Sklaven. Er wird mich nicht erschießen."

„Dann hat er drei Geiseln."

„Es wird uns mehr Zeit verschaffen. Selbst, wenn es nur ein oder zwei Minuten sind – und, ähm" – sie betrachtete ihn etwas schuldig – „ich habe mit der Verkabelung gespielt. Wenn ich den unteren Schalter im Gameroom umlege, kann ich es so klingen lassen, als wäre jemand im Obergeschoss eingesperrt. Eine andere Frau."

Er starrte sie an. Ein IT-Streber mit Humor. Ja, das könnte sie tun. Doch er würde sie nicht lassen. „Nein."

„Galen, doch", flüsterte sie.

Ihr Plan ergab Sinn. *Bei Gott*, es ergab Sinn, und Galen wollte die Vernunft in sie reinschütteln. Er wollte sie irgendwo in einen sicheren Raum schieben, die Tür abschließen und sie erst wieder rauslassen, sobald alles vorbei war.

*Aber sieh sie dir an.* Wie sie ihm gegenüber stand. Die Arme unter ihren Brüsten verschränkt. Bereit zu sterben. Er liebte sie mehr als das Leben selbst, und der Gedanke, sie sterben zu sehen ... „Ich kann nicht." Erinnerungen an Ursula. Zu Tode geprügelt. Mit jedem Herzschlag breitete sich mehr Eis in seinem Blutkreislauf aus. „Ich kann dich nicht riskieren."

Ihr hartnäckiges kleines Kinn senkte sich, als Verständnis ihre Augen erfüllte. „Ich bin nicht deine Frau." Sie umarmte ihn, wollte ihn trösten, aber er konnte fühlen, dass sie zitterte. „Wenn ich gehe, gibt es eine Chance. Tue ich das nicht, werden Vance und diese Frau sterben."

„*Du* könntest sterben." Er hob ihr Kinn und sah sowohl Panik als auch Entschlossenheit in ihren braunen Tiefen. Sie wusste es. Sie war bereit, das Risiko einzugehen.

„Gott hat uns niemals Sicherheit versprochen; nur eine Chance zu leben. *Zu lieben.*" Sie legte ihre Handfläche auf seine Wange und flüsterte ihm ins Ohr: „Du weißt es besser, als jemandem die Fesseln zu fest anzulegen. Löse die Einschränkung, Sir."

Er schmeckte den bitteren Geschmack auf seiner Zunge, der von Trauer und Kummer sprach, von Asche und einem tiefen, tiefen Abgrund. Sowohl Sally als auch Vance zu verlieren, war seine Version der Hölle. Aber sie hatte das Recht, ihre eigenen Entscheidungen zu treffen. Er zwang das nächste Wort über seine Lippen: „Okay."

Sie atmete tief ein und nickte ihm zu, obwohl ihre Finger an seinem Gesicht zitterten.

Für sich selbst holte er sich einen Kuss von ihr ab, ihre Lippen süßer als alles, was er davor in seinem Leben gekostet hatte. „Wenn du stirbst, dann schwöre ich –" Er konnte sich nichts vorstellen, dass als Strafe ausreichen würde.

„Das werde ich nicht." Sie küsste ihn auf den Kiefer. „Und wenn du verletzt wirst, Sir, werde ich dir höchstpersönlich in den Arsch treten." Bevor Sally ins Freie trat, formte sie mit den Lippen: *Ich liebe dich.* Dann rannte sie den Pfad zum Haus hoch.

Er schloss für einen Moment die Augen und betete, dass er sie wiedersehen würde, damit er die drei Worte erwidern konnte. Und er betete, dass der Bruder seines Herzens überlebte.

Anschließend wählte er die Nummer der Agents auf der Straße. „Somerfeld ist hier. Geiselnahme. Haus soll angezündet werden." Ohne auf eine Antwort zu warten, stellte er sein Telefon auf lautlos, legte aber nicht auf. Wenn sie rechtzeitig kamen, hätten sie eine Vorstellung davon, was los war.

Nachdem sich Galen einen Hammer aus dem Werkzeugkasten genommen hatte, folgte er Sally den Pfad hoch.

*Schau nicht verängstigt aus. Du musst wie jemand aussehen, der sich auf Sex freut. Glücklich.*

Als Sally durch die Hintertür trat, versuchte sie, nach Vance zu rufen.

Ihre Stimme arbeitete nicht mit. *Tief einatmen.*

Sie sah, wie Galen über die Terrasse rannte und sich neben der Tür an die Wand presste. Außer Sichtweite. So typisch, dass ihm genau heute seine Waffen fehlten. Was für ein FBI-Agent betätigte handwerkliche Arbeiten so ganz ohne Waffen?

*Tief einatmen.* Sie räusperte sich und erinnerte sich daran, zu lächeln. *Ich bin ein fröhliches, notgeiles Mädchen.* „Oh Vaaance! Bist du zuhause, Hübscher?" Sie durchquerte die Küche und konnte nichts als das Klopfen ihres Herzens hören. Es dauerte eine halbe Ewigkeit, um ins Esszimmer zu gelangen.

Würde Somerfeld sie einfach erschießen? Innerlich zuckte sie zusammen, als wollte sie bereits jetzt einer Kugel ausweichen. *Nein. Wir werden Vance retten.* „Süüüüüßer, ich möchte eine Session spielen! Du hast versprochen, mir den Arsch zu versohlen, weil ich in letzter Zeit so ein böses Mädchen war! Master!"

Sie kam in den Gameroom und entdeckte Vance.

Mit den Armen hinter seinem Rücken gefesselt saß er mit einer Schulter gegen die Wand gelehnt. Seine Knöchel waren mit schweren Eisenfesseln an der zukünftigen Bar befestigt. Blut lief über seine Schläfe, und seine Augen waren glasig.

„Vance." Wo war Somerfeld?

Bei einem Geräusch wirbelte sie herum. Er stand direkt hinter ihr.

Der Mann schlug ihr ins Gesicht und sie fiel. Der Schmerz explodierte in ihrer Wange. Tränen füllten ihre Augen und ihre Sicht verschwamm, während sie ihn weiterhin anstarrte. *Himmel Herrgott.*

Sein Schädel war rasiert. Ein Auge war größer als das andere, da die Narben von seiner Stirn seitlich über sein Gesicht bis zu seinem Mund verliefen. Das Bikini-Cover-up, das er trug, sah an ihm so verkehrt aus, dass es beängstigend war.

Mit der Pistole zeigte er auf sie und ein Grinsen formte sich auf seinen Lippen. Sein Blick hing an ihren Brüsten und was sie in seinen schlammigen Augen sah, löste einen Juckreiz bei ihr aus. „Ich habe kein Auto gehört. Wo kommst du her, Schlampe?"

Ihr Gesicht brannte noch immer von seinem Schlag. Sie schluckte schwer. „Vom See. In einem Kanu."

Grunzend akzeptierte er ihre Antwort. „Dort drüben hinsetzen." Mit der Pistole wies er neben Vance.

Sie rannte quer durch den Raum zu ihrem Dom ... und zum Lichtschalter. *Kann mich nicht hinknien, muss auf meinen Füßen bleiben, muss mobil bleiben, muss schnell zur Tür kommen.* „Oh, sieh dich nur an, Master." Sie drehte sich zu Somerfeld und blickte ihn finster an. Gleichzeitig nahm sie zwei Schritte zu der Tür, die ins Foyer führte. „Was hast du mit ihm gemacht? Wer bist du überhaupt?"

Die Narben – und der Wahnsinn – verzogen sein Lächeln zu etwas Schrecklichem. „Ich bin der Mann, der dir beim Verbrennen zuhören wird, Schlampe. Ich werde lauschen, wenn deine Haut knusprig wird und du dir die Seele aus dem Leib schreist."

Der grässliche Ansturm der Angst kühlte ihren Körper ab. *Nein. Beweg dich.* Rückwärts näherte sie sich weiter der Tür. „Aber warum? Ich kenne dich doch gar nicht!" Noch ein Schritt. Fast geschafft.

Er deutete mit dem schwarzen Lauf seiner Pistole, und ihr Mund trocknete aus. Er würde sie erschießen. „Beweg dich dorthin", befahl er.

„Nein. Ich will nicht." All ihre trotzigen Jahre kamen ihr nun zugute, und die Worte traten ihr mit Leichtigkeit über die Lippen.

Selbst als er die Pistole auf sie richtete, näherte sie sich mit dem Rücken gegen die Wand gepresst weiter ihrem Ziel. Die Lichtschalter bohrten sich in ihre Schulter und sie legte den unteren Schalter um. „Okay, okay, ich mach ja schon." Sie eilte zurück zu Vance.

„Zu spät." Er bewegte die Waffe, zielte auf Vance und drückte ab.

---

**Als Galen durch** die Küche schlich, hörte er den Schuss, gefolgt von Sallys angsterfülltem Schrei: „Nein!"

*Vance.* Er hatte auf Vance geschossen. Galens Kehle schnürte sich zu und er musste kurz an der Esszimmertür innehalten. Er müsste diesen Bereich durchqueren, um den Gameroom zu erreichen. *Beginne mit dem Ablenkungsmanöver, Sally. Tu es.*

Alles, was er hören konnte, war ihr Schluchzen … und das plätschernde Geräusch von Benzin.

*Fuck.*

Er würde ihr eine Minute geben und dann so oder so die nächste Phase einleiten.

Eine Sekunde später erkannte er, dass die Obszönitäten, die er hörte, von Vance stammten. Der Hurensohn lebte.

Für eine Sekunde überwältigte in das Wissen so sehr, das sein Sichtfeld vor seinen Augen verschwamm.

---

**„Verdammte scheiße nochmal."** Vance presste die Worte bei dem sengenden Schmerz in seinem Oberschenkel heraus. Ein Loch im äußeren Muskel. Blutete, aber nichts spritzte. Der Bastard hatte keine Arterie getroffen. Keinen Knochen. Tat jedoch höllisch weh.

Neben ihm ließ sich Sally wie eine Stoffpuppe fallen, ihre Knie prallten mit einem unschönen Laut auf den Hartholzboden.

Vance drehte sich zu ihr, um ihr zu helfen. *Kann nicht.*

Somerfelds Lachen klang wie das raue Wimmern einer Kettensäge. Völlig außer sich genoss er es, Vance bluten zu sehen. Er grinste Sally an. „Siehst du, wozu du mich getrieben hast, Schlampe?"

„Wach auf, Mommy." Die geflüsterten Worte des Kobolds ergaben keinen Sinn, und es besorgte ihn, dass sie auf den Knien vor und zurück schaukelte, die Arme schlaff an ihren Seiten. Ihr Blick war auf das Blut gerichtet, das sich auf dem Boden ausbreitete – das dunkle Rot auf dem hellen Holz. „Mommy. Wach auf. Wach auf."

„Verrückter als ich. Oh ja, das ist sie. Ja, ja." Somerfeld leckte sich über die Lippen. „Nette Titten. Ich könnte eine neue Schlampe gebrauchen."

Vance konnte sich nicht zurückhalten und knurrte.

„Magst sie, was?" Somerfeld stieß ihn mit einem Fuß an. „Wie klingt das: Ich werde die Aufnahme deiner Todesschreie abspielen, wenn ich sie ficke." Er rieb sich über die eindeutige Beule in seiner Hose. „Ich werde sicherstellen, dass sie dich nicht vergisst."

Vances Magen rebellierte bei der schrecklichen Vorstellung. *Nein. Das wird nicht passieren.* Das konnte er nicht zulassen.

Somerfeld summte wieder und hob den halbvollen Benzinkanister auf. Mit der Pistole in der einen Hand verteilte er entlang der Wände achtlos die Flüssigkeit.

„Sally", sagte Vance leise. Sein Partner musste sie aus einem bestimmten Grund ins Haus geschickt haben. Wenn sie etwas tun musste, sollte sie sich besser beeilen, sonst würde Galen mit einer Kugel in seinem Bauch enden.

Sie sah ihn nicht mal an.

Vance senkte seine Stimme zu einem Befehl. „Sally."

*Überall Blut.* „**Wach** auf, Mommy." Blut tropfte die Windschutzscheibe herunter, auf ihr Gesicht, ihre Kleidung. Auf

Mommy. „Nein, nein, nein." Sie versuchte, sich zu ihrer Mutter zu drehen, aber ihr Arm bewegte sich nicht. Sie riss und zog und zerrte. Schmerz folgte. Nichts bewegte sich außer dem stetigen Blutfluss. Rot, so rot auf dem weißen Schnee vor dem Auto. „Mommy."

„Sally. Sieh mich an." Die Härte in der dunklen männlichen Stimme schnitt durch ihren Albtraum und zog an ihr. Ihr Körper gehorchte, nicht länger unter ihrer Kontrolle. Sie drehte den Blick von dem Blut weg und wandte sich der Stimme zu.

„Das ist mein gutes Mädchen. Augen zu mir. Sofort."

Ihr Kopf hob sich, ihr Blick traf auf blaues Feuer, und die Wut – und die Liebe – in Vances Augen verbannte die Vergangenheit. *Mein Vance.* Ihre Haut fühlte sich feucht an, und kalter Schweiß lief über ihr Gesicht. Was war ... passiert?

Als der Gestank von Benzin sie traf, war sie plötzlich wieder in der Gegenwart. *Somerfeld. Brennendes Haus.* Vance war angeschossen worden.

Er blutete. Panisch presste sie ihre Hände auf die schreckliche Wunde. Er stöhnte. Wie lange war sie ... weggetreten?

*Gott*, sie sollte doch für eine Ablenkung sorgen.

„Fertig. Kann jetzt gehen. Oh ja, das kann ich. Ja, ja." Somerfeld warf den Kanister beiseite.

*Reiß dich zusammen, Sally.* Der Audiompfänger für das sprach-aktivierte Programm war sehr empfindlich. Sie musste nicht besonders laut sprechen. Sally versuchte, Worte zu formen. Ein schreckliches Geräusch entrang ihr. *Passe den Tonfall an, Mädchen.* Tief einatmen. Sie drehte sich zu Ellis und hielt ihre Hände in flehender Position hoch. „Bitte, bitte, bitte, tu mir nicht weh. Es tut mir leid, dass ich sie hergebracht habe."

Der Wichser blickte sie finster an. „Sprichst du mit mir, Schlampe?"

Vance starrte sie an. „Wen hast du hergebracht?", flüsterte er. Sein Gesicht war blass, der Kiefer vor Schmerzen angespannt.

*Ich liebe dich, mein Vance.* Ihre Hand schloss sich über seiner. *Bitte, bitte, bitte, es muss funktionieren.*

Ein hoher Schrei kam vom Obergeschoss. „Master, hilf mir. Master!" Es folgte ein gedehnter Schrei, ein Wimmern.

Somerfeld nahm drei Stufen, drehte sich zu ihr um und richtete die Pistole auf Vance. „Wenn du abhaust, Schlampe, schieße ich ihm die Eier ab. Du wirst ihn schreien hören, egal wie weit du bis dahin gekommen bist." Er hastete die Treppe hinauf, um der schreienden Frau auf den Grund zu gehen.

„Lauf", knirschte Vance. „Wer auch immer das da oben ist, Sally, ich möchte, dass du rennst."

Erkannte er die Stimme nicht? Natürlich war Gabi an dem Abend dieser Aufnahme mächtig betrunken gewesen. „Ich gehe nicht ohne dich, Dummkopf."

„Verdammte scheiße." Er hob sein unverletztes Bein, trat erneut gegen das Holz, an das er gekettet war und stöhnte. An seinem anderen Bein war die Jeans blutgetränkt.

Sie drückte ihre Hände auf die Wunde und ließ nicht los, während er weiterhin mit dem Stiefel versuchte, das Holz zu brechen. *Beeil dich, Galen.*

Von oben waren Schreie zu hören, als Somerfeld nach der Frau suchte, die nicht existierte. *Fick dich, Bastard.* Sie entdeckte einen Hammer in dem Haufen aus Werkzeugen. *Ja!*

Sie schnappte sich den Hammer und schlug so hart, wie sie konnte, gegen die Holzlatte, die Vance in ihrer Gewalt hatte. Aber es machte so viel – zu viel – Lärm.

Dennoch schlug sie ein weiteres Mal zu.

Die Latte bewegte sich.

Bevor sie erneut ausholen konnte, trat Vance mit dem Fuß dagegen. Mit einem Knacken lösten sich die Schrauben.

---

**Galen trat mit** einem flüchtigen Blick auf Vance und Sally in den Raum. Am Leben und am Leben. Obwohl die Blutmenge nicht gut war. Eine an den Beinen und Armen gefesselte Frau lag in der Ecke. Geknebelt. Am Leben.

Das Weinen und Schreien einer Frau ertönte im ersten Obergeschoss – war das Gabi? Zudem waren schwere Schritte zu hören.

Galen lief hinter die Treppe und duckte sich. Nicht das beste Versteck, aber der Raum enthielt noch keine Möbel, in denen man sich verstecken konnte.

Von oben schrie Somerfeld: „Du verdammte Schlampe. Glaubst also, du könntest mich verarschen? Ja, ja?" Ausgehend von der Sorge auf Sallys Gesicht hatte der Bastard herausgefunden, dass er seine Zeit mit einer Aufnahme verschwendet hatte.

Stiefel stampften die Treppe hinunter. Sobald Somerfeld das Erdgeschoss erreicht hatte, konnte Galen ihn von hinten angreifen.

Der Mann hielt mitten auf der Treppe an. „Du verdammte Fotze!"

Eine Waffe wurde entsichert.

Entschlossen trat Galen aus seinem Versteck unter der Treppe hervor und warf seinen Hammer. Das Werkzeug kollidierte mit Somerfelds Schulter und stieß ihn einen Schritt zur Seite. Die Pistole feuerte.

Galen packte das Geländer, schwang sich darüber hinweg und traf Somerfeld mit einem halbherzigen Tackle. Der Bastard verlor sein Gleichgewicht, fand es aber schnell wieder; Galen tat das nicht.

Ineinander verkeilt rollten sie die Treppe hinunter.

Galens Rücken, Bein und Kopf krachten schmerzhaft gegen die Stufen. Er landete ungünstig, rollte aber auf seine Hände und Knie. Neben ihm stöhnte Somerfeld.

Galen versuchte aufzustehen. Sein Bein gab nach. Seine Hüfte und Schulter stießen auf den Boden, der Aufprall raubte ihm den Atem.

Knurrend griff Somerfeld nach der Pistole, die er hatte fallen lassen.

Galen streckte sich und es gelang ihm, die Waffe in Vances Richtung zu treten und jagte Somerfeld anschließend das Knie gegen das Kinn. Bei dem Kontakt flammte der Schmerz in seinem Bein auf.

Der Bastard spuckte Blut und schaffte es auf die Beine.


**Galen war am** Ende. Somerfeld stand über ihm. Vance hatte die Kette unter dem zersplitterten Holzpfosten herausgerissen und versuchte nun, auf die Beine zu kommen. Erfolgreich.

Er wollte rennen und stolperte über die Kette zwischen seinen gefesselten Knöcheln. „Verdammt." Beeinträchtigt hüpfte und stolperte er durch den Raum und auf den Zweikampf zu.

Aus dem Augenwinkel sah er Sally in die andere Richtung hasten. Ihr Ziel war die Waffe, die in einen Haufen aus Bettwäsche gerutscht war.

„Somerfeld", schrie Vance.

Der Bastard hörte ihn nicht.

Galen war auf seinen Händen und Knien und versuchte wiederholt, aufzustehen. Somerfeld trat ihn so hart in den Bauch, dass Galen auf die Seite fiel, wo er würgte, und verzweifelt nach Luft schnappte.

„Du Arschloch!" Sally richtete die Pistole auf Somerfeld. Die Waffe zitterte so stark in ihrer Hand, dass sie wahrscheinlich Galen erschießen würde.

Somerfeld zog sich unwillkürlich zurück, und in diesem Moment der Stille schlich sich das Heulen der Sirenen. Sie näherten sich dem Haus.

Die Augen des Bastards weiteten sich, ängstlich, dann wütend. Wahnsinnig. „Verbrennen! Alles verbrennen!" Er zog ein Streichholz aus seiner Tasche, schnippte mit seinem Daumennagel dagegen und es zündete.

*Heilige Scheiße*, dachte Vance. Wenn Sally auf ihn schoss ... Benzin überall.

Galen schrie: „Sally, warte!"

Aber Somerfeld war verrückt genug, das Haus mit sich selbst darin abzufackeln. Es gab keine Möglichkeit, in dieser Situation als der Gewinner herauszukommen.

*Scheiß drauf.* Vance stürzte sich auf den Bastard, rammte in seine Brust und drängte ihn erfolgreich nach hinten. Glas zersplitterte, als sie durch das Erkerfenster brachen.

Somerfeld schlug mit einem Grunzen auf den Boden.

Vance landete neben ihm und der Aufprall riss an seinen gefesselten Armen. Der Schmerz, der durch sein verwundetes Bein jagte, raubte ihm den Atem. Sein Verstand drehte sich.

Er stöhnte, öffnete die Augen und sah ... Feuer. Sein T-Shirt brannte.

„Fuck!" Unfähig, seine Hände zu benutzen, rollte sich Vance und erstickte so die Flamme im feuchten Gras.

Keuchend und schmerzerfüllt rollte er sich auf den Rücken, versuchte, sich aufzusetzen ... und erstarrte.

Auch Somerfelds benzinbespritzte Kleidung hatte Feuer gefangen. Von Flammen umzingelt. Er schrie und schlug um sich, bevor er plötzlich losrannte, geradewegs die Einfahrt hinunter.

„Lass dich fallen und rolle dich über den Boden!", brüllte Vance und versuchte erneut, auf die Beine zu kommen. Die Kette klirrte und erinnerte ihn daran, dass er gefesselt war. Er würde den armen Bastard nie rechtzeitig erreichen.

Nicht mal die Sirenen der sich nähernden Einsatzfahrzeuge übertönten sein Geschrei. Somerfeld stürzte, landete direkt vor einem Polizeiauto – das erste Fahrzeug, das auf die Einfahrt gebogen war.

Aus dem Löschfahrzeug dahinter sprangen Feuerwehrleute. Sie umzingelten Somerfeld und schalteten das Wasser an.

Mehr Fahrzeuge. Polizisten und FBI-Agents rannten auf das Haus zu.

Vances Bein meldete sich plötzlich aufs Schmerzlichste. *Scheiße!* Er zuckte herum. „Was zum –?"

Galen legte ihm einen provisorischen Verband um seinen Oberschenkel. „Nettes Tackling, Bruder. Du hast es noch drauf."

Vance sog scharf den Atem ein und begann zu zittern. Heute hatte wirklich nicht mehr viel gefehlt. „Netter Schlachtplan angesichts der kurzfristigen Ankündigung, Bruder", erwiderte er.

Galen lenkte seine Aufmerksamkeit auf die Handschellen um Vances Arme, öffnete sie und fluchte bei der abgeschürften Haut.

Als Vance seine Arme nach vorne nahm, schmerzten seine Schultergelenke fast so sehr wie das Gefühl des Blutes, das in seine Hände zurückflutete. „Ich bin zu alt für diesen Scheiß", murmelte er. Ihn überkam das starke Bedürfnis, wie ein kleiner Junge zu weinen. *Gott*, alles tat weh.

„Das kannst du aber laut sagen." Galen drehte sich um.

Vance folgte seinem Blick. Die Sanitäter luden Somerfeld mit einer Infusion in den Krankenwagen. Er lebte also noch.

„Halt!", rief ein Polizist von der Einfahrt.

*Was jetzt?*

Sally, auf halbem Weg um das Haus herum, stoppte abrupt. Sie hob die Hände und erkannte in dem Moment, dass sie immer noch die Pistole hielt. „Scheiße! Hey, ich gehöre zu den guten Jungs. Zu den guten Mädchen!", schrie sie. Vorsichtig legte sie die Waffe auf den Boden.

Als sich der Polizist ihr näherte, trabte einer der FBI-Agents zur Haustür.

„Es ist noch eine Frau im Haus", rief Vance. „Und gib acht! Es würde nicht viel fehlen, um das Haus in Brand zu stecken." Vance nickte zufrieden, als ein Feuerwehrmann die FBI-Agents zurückzog und als erster die Türschwelle übertrat.

Vance warf Galen einen Blick zu und fragte: „Wie bist du vor Sally hierher gekommen?"

„Durchs Fenster."

Vance sah die blutigen Stellen, wo zerbrochenes Glas seine Kleidung und das Fleisch darunter zerrissen hatte. Wenn Somerfeld nicht zuerst durch das Fenster geflogen wäre, würde Vance wahrscheinlich auch Schnitte aufweisen. „Dir scheint das Loch entgangen zu sein, das der Sack und ich hinterlassen haben."

„Hab mein Zielwasser vergessen."

„Vance!"

Er schaute rechtzeitig auf, bevor ein hysterischer Wirbelsturm auf ihn zu flog und ihn mit Küssen bedeckte. „Ich liebe dich, ich liebe dich, ich liebe dich", sagte sie zwischen den Küssen. Dann wandte sie sich Galen zu und wiederholte das Ganze bei ihm.

Als sie sich langsam beruhigte, packte Galen sie und küsste sie hart genug, um sie zum Schweigen zu bringen. Was auch immer er ihr ins Ohr murmelte, führte bei ihr zu Tränen. Dann reichte er sie an Vance weiter.

Vance zog sie in seine Arme. Warme Frau voller Liebe. Sie hatte ihr Leben riskiert, um ihm zur Hilfe zu kommen. Sie hatte einen klaren Kopf bewahrt. Er ignorierte die Schmerzen in seinem Bein, als die Sanitäter versuchten, seine Jeans durchzuschneiden. Er hielt Sally, küsste ihre Haare, nahm ihr Kinn zwischen Daumen und Zeigefinger, und in dem Moment wusste er genau, was sein Partner zu ihr gesagt hatte.

„Ich liebe dich, Sally."

# KAPITEL VIERUNDZWANZIG

**W**ir sind alle *noch am Leben*. Sally stand im Zimmer der Notaufnahme neben der Liege, auf der Galen lag. *Galen lebt.* Immer wieder wiederholte sie diesen Satz. *Vance lebt.* Es half nicht. Ihr bebender Körper wollte sich einfach nicht beruhigen. Ihr war so furchtbar kalt.

Sein Hemd hatte er bereits abgestreift, und Galen sprach mit dem schlanken Arzt, der alles zum Nähen der Wunde vorbereitete. Neben Sally zog eine Krankenschwester in rosa geblümter Pflegekleidung sterile Handschuhe an.

Vance befand sich in einem anderen abgetrennten Bereich, aber sein Arzt hatte Sally nicht zu ihm gelassen.

Dieser Arzt war netter.

Mit einem Mulltupfer begann die Krankenschwester, das Blut von den schrecklichen Schnitten in Galens Haut zu entfernen. Überall auf seiner wunderschönen Brust. Die weiße Gaze färbte sich rot und die Krankenschwester nahm eine zweite zur Hand. So viele lange, klaffende Wunden.

Sallys Sichtfeld wurde an den Rändern plötzlich tiefschwarz. Blut tropfte. Auf ihrer Zunge schmeckte sie Metall und −

„Verdammt!" Galens Stimme erreichte sie durch den Nebel. Jemand fluchte. Metall klirrte, als es auf den Boden fiel.

Harte Hände packten sie, bevor ihre Beine nachgaben und schwarze Wolken in ihren Verstand einzogen.

„So schnell geht es, Babygirl." Galen war auf den Füßen – wie auch immer er das schaffte –, setzte sie auf einen Stuhl und drückte unerbittlich ihren Kopf nach unten, bis ihre Stirn zwischen ihren Knien ruhte.

Sie konnte regelrecht spüren, wie Blut in ihr Gehirn zurückfloss. Nach einer Minute murmelte sie: „Besser." Er ließ sie los, legte eine Hand auf ihre Schulter und half ihr so, sich aufzusetzen. „Es geht mir gut." Abgesehen davon, wie peinlich ihr die Sache war.

Seine dunklen Augen wirkten belustigt. „Es geht dir viel besser als nur gut, Kobold", sagte er leise. „Aber ich will, dass du das Zimmer verlässt. Ich werde dich finden, nachdem ich zusammengenäht wurde." Er wandte sich an die Krankenschwester, und selbst ohne Hemd und mit blutüberströmter Brust war er eine Naturgewalt, mit der man rechnen musste. „Bitte holen Sie ihr etwas zu trinken, Miss. Und helfen Sie ihr ins Wartezimmer."

„Natürlich."

Ein paar Minuten später wurde sie in der hässlichen Sitzecke abgeladen. Plastikstühle standen im Raum verteilt. Der Fernseher an der Wand zeigte eine Sitcom. Eine Frau hielt ein Handtuch gegen eine Schnittwunde an ihrem Gesicht. Kinder husteten und weinten.

Sally versuchte, nicht an die letzten Stunden zu denken, und richtete ihre Konzentration auf etwas weniger ... Traumatisches. Wie ihre Zukunft. Sie dachte daran, wie sie erstarrt war, als Vance angeschossen wurde. Wegen des Blutes. Bei dem Anblick von Galens Blut wäre sie fast in Ohnmacht gefallen.

*Und ich möchte in der Strafverfolgung arbeiten?*

Sally schüttelte den Kopf. Selbst wenn sie sich auf Computer konzentrierte, war sie immer noch mit Blut und Tod konfrontiert, sei es in den Fluren oder beim Abholen von Geräten.

Wollte sie wirklich so einen Job? *Nein.* Mit einem Seufzer des Bedauerns und der Erleichterung strich sie die Strafverfolgung mental von ihrer Liste potenzieller Arbeitgeber. Sie würde einen Job finden, bei dem sie nicht mit toten Menschen konfrontiert war. Oder mit Blut.

Aber ...

Aber was, wenn Galen oder Vance so nachhause kämen wie heute? Kälte fand sich in ihrem Magen ein und breitete sich aus. Das war es, was sie taten. Tag für Tag. Wie konnte sie die Männer das Haus verlassen lassen, wenn sie wusste, was ihnen bevorstand?

Ein Schauer jagte durch ihren Körper, als sie vor ihrem inneren Auge wieder das spritzende Blut sah, das schmerzhafte Grunzen von Vance hörte, als die Kugel sein Ziel getroffen hatte. Er war verletzt worden, und sie war nicht in der Lage gewesen, ihm zu helfen. Was, wenn sie beim nächsten Mal nicht bei ihm war? Mit einem Stöhnen vergrub sie ihr Gesicht in ihren Händen.

„Sally."

Master Zs tiefe, geschmeidige Stimme zog sie aus der Dunkelheit.

Sally schüttelte sich zurück in die Realität und atmete den Duft von Reinigungsmitteln ein, die über den Gerüchen von Exkrementen und Infektionen schwebten. Sie rieb die Finger aneinander und spürte, wie klebrig ihre Hände von dem Blut waren. Der Fernseher plärrte. Aber sie war wieder in der Gegenwart. Sie hob den Kopf.

Master Z stand in der Tür des Wartezimmers und hielt eine braune Papiertüte in der Hand.

Sie runzelte die Stirn. „Was machst du denn hier?"

„Dan hat angerufen." Nachdem er die Tüte auf einen Stuhl gestellt hatte, hob er Sally auf ihre Füße und hielt sie fest, da sich ihre Beine noch immer wie Wackelpudding anfühlten. „Galen muss noch ein paar Sachen ausfüllen, bevor er das Krankenhaus verlassen kann. Vance jedoch wird die Nacht hier bleiben. Sollen wir zu ihm gehen?"

„Bitte." Und als hätte sie das Recht, schmiegte sie sich an ihn. Er zog sie eng an seine Seite, hielt sie fest – verankerte sie – und sie wusste, dass sie, egal was auch passieren mochte, immer zu ihm gehen konnte. Ein Ort der Sicherheit, den ihr Vater ihr nie bieten konnte.

Als sie schließlich zurücktrat, hatte sie das Gefühl, dass ihre Beine wieder zu ihrem Körper gehörten. „Danke", flüsterte sie.

Sein Blick gewann an Sanftheit. „Du bist eine von meinen, Kleine. Vergiss das nicht noch einmal."

Als sich Tränen in ihren Augen sammelten, berührte er sanft ihre Wange, bevor er sich die Tüte schnappte und Sally aus dem Wartezimmer begleitete.

Endlose Korridore später öffnete er eine Krankenhaustür und führte sie hinein.

Vance lag im Bett. Unter seiner dunklen Bräune sah sie das kränkliche Grau.

Ihre Füße erstarrten auf dem hässlichen Linoleumboden. Aber nach einer halben Ewigkeit hob und senkte sich seine Brust. Er schlief. Sie ballte ihre Hände, als sie gegen das Bedürfnis ankämpfte, ihn aufzuwecken und sicherzustellen, dass er wirklich am Leben war.

„Setz dich hier hin", murmelte Master Z und drückte sie sanft auf den Stuhl neben dem Bett. „Galen sollte in einer Minute hier sein."

„Er ist auf dem Weg." Dan und Kari kamen in den Raum. „Er ließ nicht zu, dass sie ihn für die Nacht einweisen", grummelte Dan. „Nicht mal einen Rollstuhl wollte er akzeptieren. Sturer Bastard."

Schließlich kam Galen in den Raum und lehnte sich schwer auf eine Metallkrücke. Sofort eilte Sally zu ihm. Sie streckte die Hände nach ihm aus, erinnerte sich aber an die Schnitte und schlang – super behutsam – ihre Arme um ihn.

Er schnaubte. „So zerbrechlich bin ich nun auch nicht, Sub."
Nachdem er seine Krücke gegen das Fußende des Bettes gelehnt
hatte, zog er sie an sich. Seine Arme waren die gleichen Eisen-
stangen wie in ihrer Erinnerung, seine Brust muskulös, sein
Körper so beständig. Z mochte ihr Zufluchtsort sein, aber hier
war sie zuhause. „Sally?"

Sie war nicht in der Lage, ihn loszulassen oder zu sprechen.
Jedes Wort blieb in ihrer Kehle stecken. Ihr Zittern kehrte
zurück, begann in ihrem Bauch und bewegte sich nach außen. Er
hätte *sterben* können.

„Ist ja gut." Seine Wange ruhte auf ihrem Kopf.

„Willst du dich setzen?", fragte ihn Dan.

Galens Arme festigten sich um sie. „Nein. Ich muss sie nur
halten. Es hat nicht viel gefehlt und ich hätte sie verloren.
Beinahe hätte ich sie beide verloren."

Oh, das wusste sie. Sie wusste es. Er roch nach Antiseptikum,
nach Schweiß und Blut, nach Gefahr und Tod und ... Leben, und
sie beabsichtigte voll und ganz, ihren Griff zu lockern – in ein
oder zwei Jahren.

„Wenn ihr eine Party in meinem Zimmer veranstalten wollt,
erwarte ich Alkohol." Vances Stimme klang, als hätte er seine
Stimmbänder über die Schotterstraße zu ihrem Haus gezogen.

„Ich glaube, den Punkt habe ich abgedeckt", sagte Z. Alle im
Raum sahen ihn an. „Dan erwähnte deine Abneigung gegen
Schmerzmittel, also habe ich eine andere Art von Beruhigungs-
mittel mitgebracht. Obwohl ich sagen muss, dass die Pillen effektiver sind."

Galen zuckte mit den Schultern. „Ich bin nicht so schwer
verletzt, und ich habe Berichte auszufüllen und Kobolde in
meinen Armen zu halten."

„Wir reden hier besser nur von einem Kobold, Sir", murmelte
Sally an seiner Brust und lauschte dann seinem Lachen.

„Ich mag es nicht, nach einer derartigen Aktion einen
verschleierten Verstand zu haben", sagte Vance zu Master Z und

CHERISE SINCLAIR

klang so gereizt, dass er sich damit den Titel Master Sauertopf von Galen verdient hatte. „Sie geben mir immer zu viel."

Galen küsste sie auf den Kopf. „Noch jemand braucht eine Umarmung von dir, Sub", flüsterte er ihr ins Ohr.

Genau das, wonach sie sich sehnte ... wenn sie denn eine unversehrte Stelle an seinem Körper fand. „Nur wenn du dich hinsetzt", antwortete Sally und er nickte.

Sie ging zum Bett, senkte das Gitter und setzte sich neben Vance. Dann wartete sie auf seine Erlaubnis.

„Gott, ja", knurrte er und griff nach ihr.

Seine großen Hände schlossen sich um ihre Schultern und dann zog er sie auf seine Brust. Ein Arm schlang sich um sie, als hätte sie bereits ihr ganzes Leben so verbracht, und sie schmiegte ihr Gesicht in die Kurve seiner Schulter und seufzte zufrieden.

Sie konnte das fast lautlose Geräusch seines ebenfalls zufriedenen Seufzers regelrecht fühlen.

Galen hinkte zum Stuhl, schob ihn näher an das Bett und setzte sich. „Alles in Ordnung bei dir, Bruder?", fragte er Vance.

„Tut scheiße verdammt weh, aber jede Schießerei, die du überlebst, ist eine gute."

„Ayuh."

Sally wollte sie beide schlagen. Ihre Stimme kam heiser heraus, als sie sagte: „Wie wäre es, wenn ihr euch in Zukunft aus Schießereien heraushaltet, okay?"

Es herrschte Schweigen, nicht die sofortige Zustimmung, auf die sie gehofft hatte. Stattdessen fragte Vance: „Die Frau, die Somerfeld bei sich hatte – wie steht es um sie?"

„Sie wird wieder. Mit der Zeit."

Sally hob den Kopf und sah, wie sich Galens Kiefer anspannte, als er fortfuhr: „Eine lange Zeit. Aber ihr Ehemann und ihre Eltern sind auf dem Weg hierher."

Sally erinnerte sich an den leeren Blick der Frau und schickte ein Gebet gen Himmel. *Bitte hilf ihr, zu heilen.*

„Gib mir das bitte?", sagte Master Z zu jemandem. Eine

Sekunde später kam der unverwechselbare Klang eines Champagnerkorkens. „Galen. Vance. Da eure Ärzte meinten, dass ihr Schmerzmittel abgelehnt habt, nehmen wir das stattdessen. Jedenfalls wenn wir es schaffen, den Ersatz von den Krankenschwestern geheimzuhalten. Kätzchen, kannst du die Becher rausholen?"

Jessica war hier? Sally hob den Kopf und sah, dass mehr Shadowlands-Mitglieder eingetreten waren. In einer blassgrünen Stoffhose und einem Oberteil, das Farbe in den hässlichen Raum brachte, kramte Jessica in einer Tasche und reichte dann etwas an Z weiter. Master Cullen lehnte gegen eine Wand, und Andrea an ihm. Marcus und Gabi mussten direkt von dem Karateturnier zum Krankenhaus gekommen sein. Nolan hatte einen Arm um Beth geschlungen, und sie presste sich eng an ihn. Kari stand vor Dan, der seine Arme vor ihrer Brust gekreuzt hatte.

Alle lächelten und nahmen einen Becher entgegen.

Z reichte Vance einen Becher und Sally setzte sich auf, sodass sie ihren von Jessica akzeptieren konnte. „Was feiern wir?", fragte sie.

Master Z hielt seinen Plastikbecher hoch. „Ein Hoch auf den Untergang der *Harvest Association*. Hervorragende Arbeit, Gentlemen."

Als der herzliche Chor der Zustimmung im Raum widerhallte, ließ Vance den Blick über alle schweifen.

Galens Gesicht hielt den gleichen fassungslosen Ausdruck. „Ja." Seine Mundwinkel hoben sich. „Du hast Recht. Das war wirklich der Letzte." Er hob seinen Becher und nahm einen Schluck. Blinzelte. „Also das ist Champagner." Er gönnte sich einen weiteren Schluck und riss Z die Flasche aus der Hand, um das Etikett zu lesen. „Blanc des Millénaires? Du ehrst uns."

„Ihr habt es euch verdient." Z nahm die Flasche wieder an sich und füllte Galens Becher auf. „Genießt es. Ihr übernachtet heute bei Dan und Kari – und Dan fährt."

„Du hast schon alles geplant, oder?" Galen musterte Z. „Danke, *Mama*."

Während bei den Subs fassungslose Stille vorherrschte, zeigte sich auf Zs Lippen ein Lächeln und er antwortete: „Gern geschehen, meine Jungs."

Der Raum brach in Gelächter aus, aber Sally schloss sich nicht an. „Ich will nachhause", flüsterte sie. Sie wollte ihr eigenes Zimmer, ihr eigenes Bett, ihren ... Kram.

Vance hatte sie gehört. „Abgesehen davon, dass das Haus ein Tatort ist, wird überall Blut sein. Und Scherben. Und es muss auslüften. Du und Galen müsst heute Nacht woanders übernachten."

Die Hoffnung, nachhause zu gehen, aufzugeben, fühlte sich an, als würde man ein Pflaster abreißen. Mit einem unglücklichen Seufzer nahm sie einen Schluck von ihrem Getränk. *Okay, das ist wirklich guter Champagner.*

Galen runzelte die Stirn. „Wir müssen das Haus in Ordnung bringen, bevor –"

„Ich habe bereits eine Crew geschickt", unterbrach Nolan in seiner üblichen No-Bullshit-Manier. „Sie werden das Fenster reparieren."

Galen sagte: „Aber –"

„Andrea empfahl einen Tatortreinigungsdienst", warf Cullen ein. Er umarmte seine Sub, die eine normale Reinigungsfirma betrieb. „Sie werden rausfahren, sobald die Polizei das Haus freigibt."

Vance starrte ihn fassungslos an. „Du –"

Als sie die Überraschung auf den Gesichtern der Agents sah, versteckte Sally ihr Grinsen an Vances Schulter. Ihre armen Doms hatten keine Ahnung, was passierte, wenn ein Shadowlands-Master – oder eine Sub – Hilfe brauchte.

„Gabi und ich sind hingefahren und haben es vollbracht, Glock in eine Transportbox zu locken", sagte Marcus.

„Junge, ich benutze Beleidigungen, aber gegen diesen Kater in schlechter Stimmung bin ich eine Anfängerin." Gabi rollte mit den Augen. „Es ist eine gute Sache, dass Marcus nicht Katze spricht, da euer Glock begonnen hat mit *Rattengesichtiger Mensch, wenn ich einen Stock werfe, wirst du dann verschwinden?* und die Jagd nach ihm mit *Mensch, dein Hühnerpo ist so hässlich, sogar Hello Kitty hat höhere Ansprüche* beendet hat."

Sally sah Glock regelrecht vor sich, wie er fauchend und mit zuckendem Schwanz Beleidigungen von sich gab. Sie kicherte und dann fegte ein Lachen durch den Raum.

Galens ausgelassenes Lachen verwandelte sich in ein Stöhnen, und er drückte seine Hand über seine Rippen, wo dieser Bastard Somerfeld ihn mit dem Stiefel getroffen hatte.

Sally blickte Gabi finster an.

„Tut mir leid, Galen", sagte Gabi und grinste reuelos.

„Wir haben Glock zu der Tierpension gebracht, die wir für Urlaube benutzen." Marcus reichte Galen eine Visitenkarte. Er warf einen Blick auf Vance und klopfte auf das Gitter des Krankenbettes. „Ich muss schon sagen, ich bevorzuge diese Seite des Krankenbettes."

Vance grinste. „Schon morgen bin ich wieder draußen. Und danke, dass ihr Glock gefunden habt." Er streckte seinen Arm aus, um Marcus die Hand zu schütteln, und zuckte zusammen.

„Beweg dich nicht", zischte Sally, bevor sie Marcus einen Blick zuwarf, der töten könnte.

Der Anwalt gluckste. „Krallen einziehen, kleiner Hitzkopf. Ich weiß, wie sehr Einschusslöcher wehtun. Zumindest war ich schlau genug, Schmerzmittel zu akzeptieren."

Ja, er war letztes Jahr angeschossen worden – und Gabi hatte danach wirklich zu knabbern gehabt. Als Sally ihren Kopf wieder auf Vances Schulter legte, erinnerte sie sich, wie Raoul mit einem Messer angegriffen worden war – wie aufgelöst Kim gewesen war. Aber zumindest waren die Doms ihrer Freunde nicht in der Strafverfolgung tätig.

Ihre waren das. Es war also gut möglich, dass dies keine

einmalige Sache blieb. Ihre Agents hatten die *Harvest Association* vielleicht zerschlagen, aber es würden neue Verbrecher nachkommen.

Kriminelle hatten Waffen. Und Messer. Und Benzin.

---

**Sally war auf** der Fahrt zu Dans Haus ungewöhnlich still, was in Galen ein ungutes Gefühl heraufbeschwor. Als sie mit Kari im Kinderzimmer verschwunden war, ohne ihm vor Verlassen des Raumes ein Lächeln zu schenken, musste er sich eingestehen, dass es Grund zur Sorge gab.

„Problem?" Mit zwei Bierflaschen in den Händen wies Dan auf die Hintertür.

„Ich bin mir nicht sicher." Galen ignorierte die Hollywood-schaukel auf der Terrasse und ließ sich mit einem erleichterten Grunzen in einem dunklen Korbstuhl nieder. In Zukunft würde er es vermeiden, dem Verbrecher das Knie in den Kiefer zu jagen. Nachdem er seinen Gehstock gegen den Stuhl gelehnt hatte, streckte er sein Bein aus. „Sie ist aus irgendeinem Grund verärgert."

Dan setzte sich gegenüber von ihm hin und gab ihm ein Bier. „Ihr drei wärt fast drauf gegangen. Das Haus hätte explodieren können. Sie hat einen Mann brennen sehen. Erwartest du ernsthaft, dass sie vor Lebensfreude sprüht?"

„Nein. Aber es gibt verschiedene Arten von Verärgerung. Diese fühlt sich anders an." Galen nahm einen langen Zug eiskalter Flüssigkeit.

Aus dem Fenster im ersten Obergeschoss drang Karis leises Lachen zu ihnen. Jedoch fehlte Sallys ansteckendes Kichern, und Galen spürte den Verlust bis tief ins Mark.

„Du bist ein guter Dom, und wirst wissen, wann etwas nicht stimmt." Dans Augen verengten sich. „Wenn ich zurückdenke, scheint etwas passiert zu sein, nachdem sie sich an Vance gekuschelt hatte. Ich hatte jedoch nicht das Gefühl, dass sie ein Problem damit hat, zwei Männer zu haben. Schließlich teilt ihr sie ja jetzt schon länger."

„Nein, das hat nichts mit der Dreierbeziehung zu tun. Ich denke, der Auslöser war, als Marcus sie daran erinnert hat, dass er mal angeschossen wurde." Galen runzelte die Stirn. Wenn sie sich daran erinnerte, würde sie sich auch an Raouls Aufenthalt im Krankenhaus erinnern. Und Vance war in kürzester Zeit zweimal angeschossen worden. *Und meine Brust sieht aus, als wäre ich kopfüber in einen Aktenvernichter gesprungen.* Viel zu viel Gewalt für eine junge Frau, die auf einem Bauernhof und nicht in einer Großstadt aufgewachsen war. „Wahrscheinlich ist ihr bewusst geworden, wie gefährlich unsere Arbeit sein kann."

„Das wusste sie auch schon davor. Verdammt, sie arbeitet in meiner Wache."

„Und der Job sagt ihr nicht gerade zu. Der Anblick von Blut stört sie noch mehr als die Gewalt. Ich werde versuchen, sie davon abzuhalten, eine Position im Strafverfolgungsbereich anzunehmen."

„Du verdammtes Arschloch. Ich habe gerade erst den Boss überzeugen können, ihr einen Job anzubieten."

„Eine Schande." Galen grinste, wurde aber schnell wieder ernst. „Hatte Kari Probleme mit deiner Berufswahl?"

„Oh ja, für ein paar Monate. Jetzt geht es ihr gut damit. Aber nach dem, was du gesagt hast, hat Sally mehr Verluste erlitten als Kari. Und sie hat nicht so eine große Familie." Er stand auf und schaute auf Galen herab. „Wenn sie mit euch zusammen sein will, hat sie jeden Tag zwei Männer, um die sie sich Sorgen machen muss. Wirst du das von ihr verlangen?"

„Fuck."

„Ich weiß. Denk mal darüber nach. Besser noch: Redet mit ihr darüber. Verdammt, ich habe kürzlich gelernt, dass wir Männer – Dom oder nicht – nie ganz verstehen werden, was im Kopf einer Frau vor sich geht." Dan stieß mit Galen an. „Ich werde sehen, was Kari für morgen geplant hat. Es ist Vatertag – mein erster."

Als Dan das Haus betrat, positionierte Galen sein verletztes Bein neu und unterdrückte den Neid, den er gerade empfand. Glücklicher Bastard. Ja, es war an der Zeit, in die Zukunft zu blicken.

Im Westen verblassten die letzten Sonnenstrahlen und es zeigten sich nur noch die rosanen Luftschlangen wie die traurigen Überreste einer Party.

---

**Sally hielt Zane** in ihren Armen, schaukelte ihn und küsste ihn auf die Wange. Er roch nach Seife und Babypuder – und nach Liebe. Etwas daran, ihn zu halten, besänftigte sie. Mit einem entzückenden Grinsen schlug er sie mit seiner Rassel auf die Nase.

„Meine Güte. Ich schätze, Jungs werden einfach gewalttätig geboren", murmelte sie.

Kari faltete die letzte Babykleidung von dem riesigen Haufen und lachte. „Nein, nein. Die Tochter meiner Cousine zog ihr so oft an den Haaren, dass sie anfing, sie immer hochzumachen." Sie zeigte auf den Schaukelstuhl in der Ecke. „Setz dich. Er wird mit jeder Minute, die du ihn hältst, schwerer."

Sally grinste und ließ Zane hüpfen, sodass er vor Lachen quietschte. „Ja, er wird definitiv schwerer." Nachdem sie sich auf den Stuhl gesetzt hatte, schaute sie zu ihrer Freundin. „Kari?"

„Mmmhmm?" Ein weiterer Stapel Kleidung fand seinen Platz.

„Dans Arbeit ... stört es dich, was er beruflich macht? Dass er verletzt werden könnte?"

Kari drehte sich zu ihr, sah Sallys Gesichtsausdruck und sank auf die Ottomane. „Oh, du hast das Polizistenfrauensyndrom. Nach dem heutigen Tag wundert mich das nicht."

„Ja, na ja." Sie küsste Zanes weiche Wange und versuchte, die Erinnerungen in Schach zu halten.

„Ja, es hat mich gestört. Sehr sogar. Das tut es immer noch, wenn ich ehrlich bin." Sie schenkte Sally ein schiefes Lächeln. „Obwohl wir darüber gesprochen haben, konnte er nur versprechen, dass er vorsichtig sein würde. Die Sache ist: Ein Polizist zu sein, ist, wer er ist. Bis auf die Knochen. Und ich kann ihn nicht lieben und ihn dann bitten, jemand anderes zu sein."

„Ich schätze." Sally schaukelte etwas schneller, gestaltete es aufregend für Zane, der beschloss, auf ihrem Schoß zu stehen und auf- und abzuspringen. Es schien keine befriedigende Antwort zu geben. Zumindest verstand sie nun, wie Galen sich gefühlt hatte, als er um ihre Sicherheit besorgt gewesen war. *Gott*, wie hielt er das aus? Sie schenkte Kari ein strahlendes Lächeln. „Du und Dan seht ... glücklicher aus."

„Letzte Nacht war ..." Kari entließ einen glücklichen Seufzer und lächelte. „Wie vor Zane." Sie rieb einen Finger über die Lippen. „Vielleicht sogar noch schöner."

„Was genau meinst du damit?"

„Wir kennen uns viel besser. Ich vertraue ihm noch mehr, weil ich ihn mit Zane gesehen habe. Dan ist so fürsorglich und lieb und stark, wie ich am Anfang vermutet hatte. Und wenn er mit unserem Sohn kuschelt, schmelze ich einfach dahin." Sie warf Sally einen schelmischen Blick zu. „Auf eine gänzlich andere Weise als in den Momenten, in denen er in Leder vor mir steht."

„Wow, okay, gib nur an." Sally hob Zanes Bauch zu ihren Lippen und prustete mit dem Mund gegen die weiche Haut.

„Sally, ich schulde dir etwas. Du warst es, die mich zu einem Gespräch mit Dan gedrängt hat", sagte Kari leise. „Und deshalb werde ich dir den gleichen Gefallen tun: Sprich mit deinen Jungs. Es ist so einfach, davon auszugehen, was jemandem durch den Kopf geht, wenn in Wirklichkeit das Problem ein ganz anderes ist."

Hmm. *Und worum ging es in dem Gespräch zwischen Dan und*

*Kari?*, fragte sich Sally. Das würde sie wahrscheinlich nie erfahren. Einige Frauen teilten alles. Andere nicht. Sally nickte. „Das werde ich. Wäre es okay, wenn ich hier eine Weile sitzen bleibe, Zane ein Schlaflied vorsinge und dabei etwas grüble?"

„Das kannst du gerne machen."

---

**Galen rieb sich** über das Gesicht. Erschöpfung, schmerzende Knochen, Schnittwunden – *Gott*, er fühlte sich alt. Und frustriert. Er war immer um Sally besorgt und hatte sich bemüht, sie in Sicherheit zu wissen, und stattdessen war sie in ein Blutbad geraten. Sie hatte sogar darauf beharrt, dort zu sein. Sie war verdammt mutig.

Die Tür zum Haus knarrte und Sally trat auf die Terrasse. Allein ihr Anblick sorgte dafür, dass sich seine Muskeln entspannten und seine Seele Behaglichkeit einatmete. Sie lebte. Nicht länger in Gefahr.

Sie warf ihm einen unsicheren Blick zu. Das war neu. „Kann ich mich dir anschließen oder –"

„Mir fällt nichts ein, was mir besser gefallen würde." Er streckte die Hand aus.

Sie legte ihre kalten Finger in seine. Sie widerstand seinem Versuch, sie auf seinen Schoß zu ziehen und kniete sich stattdessen zwischen seine Beine.

Er sah ihren unglücklichen Gesichtsausdruck und wusste, dass er sich von ihrer provokativen Position nicht verführen lassen durfte. Stattdessen fuhr er mit der Hand über ihr seidiges Haar. „Erzähl mir, was dich bedrückt."

Sie senkte ihren Blick. Für einen Moment erlaubte er ihr das. „Ähm", sagte sie und hielt kurz inne. „Ich wusste, dass dein Job gefährlich ist, aber mir war nicht klar – hätte mir niemals vorstellen können –, wie gefährlich er tatsächlich ist. Und das, obwohl du mir erzählt hast, wie du und Vance in eine Schießerei geraten seid. Ich habe Tillmans Beerdigung geschaut, habe seine Kinder gesehen."

*Sieh sie dir nur an, wie sie gleich den Kern der Sache anspricht.* Bevor er sie gekannt hatte – als er sie nur im Club beobachtet hatte –, war er davon ausgegangen, dass sie einfach nur eine herrische kleine Sub war. Herauszufinden, dass sie zu der Zeit ihre Gefühle unter Verschluss gehalten hatte, war für ihn überraschend gekommen. Herrisch war sie dennoch. Das Gute war jedoch, dass sie sich nicht länger versteckte. Er war so stolz auf sie. „Sprich weiter."

„Ich ... ich wollte nur, dass du weißt, dass ich damit zu kämpfen habe. Ich weiß, dass ich dich nicht bitten kann, deine Karriere für eine sicherere aufzugeben, aber ...."

Er gluckste. „Anscheinend sind wir nicht die Einzigen, die sich darüber Gedanken gemacht haben. Vance und ich hatten vor, dich zu bitten, das Jobangebot in der Polizeistation abzulehnen, weil wir denken, dass dir der Bereich nicht zusagt."

„Ihr würdet meine Arbeitsstelle für mich wählen?" Zorn zündete in ihren Augen.

Galen schüttelte den Kopf. Nein, sie würde ihren Traum, in der Strafverfolgung zu arbeiten, nicht aufgeben wollen. Sie wollte ein Held sein.

„Nicht wegen der potenziellen Gefahr." Als sie herausfordernd ihr Kinn hob, gab er zu: „Jedenfalls nicht ganz. Ich glaube aber, Sub, dass du selbst weißt, dass du nicht gut schläfst, nachdem du Tatorte besuchen musstest."

„Es ist ja nicht so, dass du besonders gut schläfst, Mr. Teufelskerl Special Agent."

„Ich habe kein Probl –" Er stoppte seine automatische – seine idiotische – Reaktion, denn sie hatte Recht. Wie viele Jahre war es her, seit er das letzte Mal am Morgen erholt aufgewacht war? Wann hatte er das letzte Mal keine Albträume gehabt?

Jeder neue Fall zog ihn weiter in eine Richtung – er streichelte ihr Haar und lächelte –, die der Kobold als die Dunkle Seite bezeichnen würde. Wenn er so weitermachte, wäre er dann auch bei der nächsten Extremsituation in der Lage, lebend heraus-zukommen?

Vor ein paar Stunden hatte Z erklärt, dass die *Association* erle-digt war, und Galen war glücklich gewesen und hatte das Gefühl gehabt, ins Sonnenlicht getreten zu sein.

Langsam, aber sicher war sein Leben ... eingeschränkter geworden. Weniger ausgeglichen. Selbst mit Sally, die er liebte, konnte er sich nicht vorstellen, dass sich das bald ändern würde.

Was brachte er also in die Beziehung ein? Was tat er für Sally?

Als er auf die Sub zu seinen Füßen blickte, auf seinen süßen Kobold, wusste er, dass er sein Leben nicht länger in der Dunkel-heit verbringen wollte. Vor allem wollte er sie nicht mit sich ziehen, denn so wie er Sally kannte, würde sie ihm nachspringen und ihm helfen wollen.

Und sie würde sich Sorgen machen, sobald er einen neuen Fall bekam. Sie lag nicht falsch. Er war unfähig, sich von den Fällen zu distanzieren, die er bearbeitete. Das konnte er noch nie.

Offenbar war sie nicht die einzige Person, die ein Held sein wollte.

# KAPITEL FÜNFUNDZWANZIG

**E**inige Tage später folgte Vance Galen auf das Dock. Obwohl sein Partner seinen Gehstock jetzt mehr benutzte, war sein Humpeln wieder zu seinem *normalen* Zustand zurückgekehrt.

Im Gegensatz dazu spürte Vance bei jedem Schritt Schmerzen in seinem Bein. *Fuck*, er wurde allmählich alt.

Aber es fühlte sich verdammt gut an, aus dem Haus zu kommen. Im Freien zu sein. Und am Leben. Unter seinen nackten Füßen war das Holz feucht und rau. Ein Gewitter war zuvor durchgezogen und ließ die nächtliche Luft regelrecht kühl erscheinen. Reflexionen der Hauslichter tanzten auf dem dunklen Wasser.

Galen drehte sich zu Vance, lehnte sich mit der Hüfte gegen einen Pfosten, schüttelte den Kopf und zeigte auf einen Stuhl. „Setz dich, bevor du auf deinen Arsch fällst."

Vance ignorierte den Drang, stehen zu bleiben, um ihm das Gegenteil zu beweisen, und setzte sich behutsam auf einen Stuhl. „Du wolltest mich hier draußen haben – weg von Sally. Was ist los?"

„Ich verlasse das FBI."

Ungläubig blickte Vance zu Galen, der immer noch redete. Er wollte ihre Partnerschaft auflösen? Nach allem, was sie durchgemacht hatten? Nach den vielen gemeinsamen Jahren?

Als Galen verstummte, erkannte Vance, dass er keine Ahnung hatte, was er ihm gesagt hatte. „Fang nochmal von vorne an; ich habe einiges verpasst." Alles, um genau zu sein.

Nach einem Stirnrunzeln nickte Galen und begann unbehelligt von vorne.

Diesmal schaffte es Vance, zuzuhören. Zu verarbeiten. Jedenfalls zum Großteil.

Galen sprach über Sallys Sorgen um deren Sicherheit. Über sein Bedürfnis, sie zu beschützen – und sie nicht traurig zu sehen, weil sie den falschen Job akzeptierte. Dass es nur gerecht sei. Dass er müde war. Dass er nur die Fälle sah und nicht mehr an sein Leben dachte. Besessenheit traf es wohl eher, dachte Vance. Zu guter Letzt: Dass es Zeit für eine Veränderung war.

Galen stoppte, sah Vance eine Minute lang an und drehte sich dann dem Wasser zu. Er gab ihm Raum und Zeit zum Nachdenken.

Vance erkannte, dass er die juckende Wunde an seinem Bein rieb, und zwang sich, damit aufzuhören. Eine weitere Narbe für seine Sammlung, mit der Sally spielen konnte. Einige Agents gingen in Rente, ohne dass ihre Körper wie ein Schlachtfeld aussahen. Sally hatte allen Grund, sich um ihre Doms zu sorgen.

Und wenn sie starben, würde Sally um sie trauern. Sie liebte leidenschaftlich. Erbittert. Von einem Verlust wie diesem würde sie sich nicht so schnell erholen. Der Gedanke, sie auf diese Weise zu verletzen, war unerträglich.

Noch unerträglicher war der Gedanke, sie oder Galen an dieses gewalttätige Leben zu verlieren. Und genau dort war Galen mit seiner Logik offensichtlich gelandet. Sie konnten es nicht ertragen, Sally in Gefahr zu sehen; ihr ging es genauso mit ihren Doms.

Galen wollte also kündigen.

Vance räusperte sich, der Laut beunruhigend. Sein Partner drehte sich mit finsteren Zügen zu ihm. Der Ausdruck in seinen Augen wirkte distanziert, aber Vance war schon immer dazu fähig gewesen, seinen Partner zu deuten. Von Anfang an. Ja, er liebte das Arschloch, wahrscheinlich mehr, als er einen echten Bruder geliebt hätte. „Ich bin noch nicht bereit, das FBI zu verlassen."

Galens Lippen pressten sich noch fester zusammen, und Vance wusste, dass sich seine Reaktion für seinen Partner wie ein Messerstich angefühlt haben musste.

Galen holte tief Luft. „Ich verstehe. Ich dachte mir schon, dass du –"

„Du hast bereits deine Meinung geäußert", unterbrach Vance. „Lass mich also ausreden, du aufdringlicher Bastard."

Galen blinzelte. Sein rechter Mundwinkel zuckte. Er drückte die Schultern durch und verschränkte die Arme vor der Brust – in einer einschüchternden Alphamännchen-Haltung.

Vance streckte seine Beine aus und machte es sich auf eine Weise bequem, die sagte: *Ich fühle mich wohl, auch wenn du stehst und über mir ragst.*

Galen lachte.

Ja, wie viele Leute würden die unausgesprochenen Manöver verstehen und sie auch noch lustig finden?

Vance konnte sich ein Leben ohne Galen nicht vorstellen. Und er wollte nicht, dass seine Liebsten jeden Tag, an dem er zur Arbeit ging, um ihn bangten. Es gab jedoch einen Kompromiss. „Ich bin nicht bereit zu gehen, aber wir haben beide die Beförderung für die leitenden Positionen abgelehnt. Ich möchte sehen, ob ich vielleicht eine davon füllen kann. Mir ist nur wichtig, dass ich in dieser Stadt bleibe."

„Wirklich?"

„Du hast schon Recht, Bruder. Es wird Zeit, dass wir uns aus der Schusslinie zurückziehen. Ich bin vielleicht drei Jahre jünger als du, aber ich habe es satt, in einem Krankenhaus aufzuwachen."

Galen ließ sich auf einen Stuhl nieder. „Ich hätte nicht gedacht, dass du das so gut aufnehmen würdest."

„Ich bin schließlich der Flexible von uns beiden, erinnerst du dich?" Vance neigte den Kopf zurück. Der Mond ging auf; die abnehmende Lichtkugel leuchtete über den Baumwipfeln. Der See war ruhig. Friedlich. Ja, er hatte die kalten Winter satt. Schnee war furchtbar. Er konnte sich gut vorstellen, am Abend, nachdem die Kinder zu Bett gegangen waren, hier draußen mit einem Bier die Seele baumeln zu lassen. „Was willst du tun? Willst du wirklich schon in Rente gehen? Kann ich mir nicht vorstellen." Er glaubte einfach nicht, dass Galen auf den Nervenkitzel einer Jagd verzichten konnte.

„Ich möchte ein Ermittlungsunternehmen gründen, das sich darauf spezialisiert, zu finden, was verloren gegangen ist – Geld, Informationen, Menschen. Ich habe genug Kontakte, um es zum Laufen zu bringen."

Würde wahrscheinlich funktionieren, dachte Vance. Der kluge Bastard hatte einen Master in Betriebswirtschaft und Kriminologie. Seine Anfänge hatte er sogar in der Abteilung für Wirtschaftskriminalität.

„Das bekomme ich hin. Wir werden Leute für den Außendienst einstellen. Für Fälle, die es nötig machen, zu reisen. Sally kann von hier aus ihre Magie am Computer zeigen."

Vances Mund krümmte sich zu einem Lächeln. „Clever. Sehr clever. Damit lockst du sie weg von Leichen und blutverschmierten Wohnungen."

Galen öffnete seine Hand. „Willst du einstiegen?"

Vance überlegte. Er würde die Arbeit genießen, und es war reizvoll, die Partnerschaft beizubehalten. Aber ... nein. „Ich möchte noch ein paar Jahre mit dem FBI verbringen. Aber danach, gerne." Er schüttelte den Kopf. „Könnte uns gut tun, ein bisschen mehr Abstand zu haben, wenn wir ... diese Sache zwischen uns dreien zu einer offiziellen Beziehung machen wollen."

„Ich bin mir nicht sicher, wie wir das anstellen sollen", gab Galen zu. „Sally verdient eine ausgefallene Hochzeit sowie rechtlichen Schutz."

„Nun, dann kann ich getrost sagen, dass ich mir zu dem Thema so einige Gedanken gemacht habe."

---

**Im Haus beendete** Sally einen Anruf mit gemischten Gefühlen.

Tate rief mittlerweile jede Woche an – um sie wieder kennenzulernen. Heute Abend, nachdem er sie mit Anekdoten über Emma und Dylan verwöhnt hatte, hatte er deren Vater ins Gespräch gebracht. Anscheinend hatten die Kinder ihren Freunden von dem Fiasko beim Abendessen erzählt ... und was Sally gesagt hatte. Die Stadtbewohner mochten Sally. Was bedeutete, dass ihr Vater nun von allen gemieden wurde.

Sie seufzte und versuchte, entweder Wut, Befriedigung oder Mitleid hervorzurufen, stellte aber fest, dass sie einfach keine dieser Emotionen aufbringen konnte. Durch den Anruf wurde ihr nur extrem bewusst, dass ihr Vater nicht länger Teil ihres Lebens war.

Sie hatte eine neue Familie.

Sie machte einen Umweg zur Küche und warf einen Blick aus der Hintertür. Zwei Männer saßen am Ende des Docks. Immer noch, *verdammt*.

Sally knurrte vor sich hin und ging ins Wohnzimmer. Zumindest Glock leistete ihr Gesellschaft. Sie nahm auf der Couch Platz und zog Glock auf ihren Schoß. Nach einem entrüsteten Blick stand der Kater auf und suchte sich eine bequeme Position, was auf die Gleiche von zuvor hinauslief.

„Meine Güte, du und Galen seid echte Kontrollfreaks, oder?" Sie kraulte ihn unter dem Kinn.

Sein rumpelndes Schnurren war sowohl Zustimmung als auch Freude.

Zumindest war einer von ihnen zufrieden mit der Welt. Nun, anscheinend waren das alle außer ihr. Ihre beiden Männer hatten schon vor einigen Minuten ihr Bier geleert und saßen nun einfach am Wasser. Sie unterhielten sich und lachten miteinander – ein gelöstes Lachen, das sie viel zu lange nicht mehr gehört hatte.

*Na gut.*

Obwohl drei Tage vergangen waren, hatte Galen das Gespräch in Karis Haus und ihre Bedenken nicht wieder erwähnt. Das schien nicht gerade fair zu sein. Er bestand stets darauf, dass sie ihre Gefühle aussprach, und jetzt ignorierte er sie?

Natürlich waren sie mit Papierkram überhäuft worden. Und sie hatten sich erholen müssen.

Dennoch musste sie entscheiden, wie es weitergehen sollte. Sie hatte Galen etwas mehr Zeit zum Nachdenken geben wollen, aber jetzt sollte sie mit Vance sprechen und ihn zumindest über ihre Sorgen aufklären. Andererseits war es gut möglich, dass Galen es ihm bereits erzählt hatte.

Würde sie bei ihnen bleiben, obwohl sie wusste, wie gefährlich deren Arbeit war? Sie seufzte. *Ja.* Kari hatte Recht. Wenn die Arbeit das war, was sie brauchten, um sich erfüllt zu fühlen, hatte sie nicht das Recht, von ihnen zu verlangen, dass sie etwas änderten. Sie liebte deren Hingabe und die Art und Weise, wie sich die Schutzbereitschaft der beiden auf die ganze Welt ausdehnte.

Jedoch wäre es schrecklich, sie jeden Tag zur Arbeit gehen zu lassen. Sicher, niemand wusste, wann es so weit war, diese Welt zu verlassen, aber die Wahrscheinlichkeit, verletzt oder getötet zu werden, war in diesem Beruf doch um einiges höher. Hoffentlich würde sie es mit ihrer Besorgnis um die beiden nicht so übertreiben wie Galen.

Aber ... was auch immer in der Zukunft auf sie wartete, Sally liebte ihre Doms. *Hier gehöre ich hin. In ihr Haus. Ihr Bett. In Vances und Galens Arme.*

Jedenfalls wenn Sally sie nicht vor Ende der Woche selbst um die Ecke brachte. Worüber sprachen sie? Sie streichelte Glocks langen grauen Körper. „Also, Fusselgesicht, es macht mich nicht wirklich glücklich, hier nur mit einer Katze als Gesellschaft zurückgelassen zu werden. Wenn du die Sub von Galen und Vance wärst, was würdest du tun?"

Ein gleichgültiges Zucken des Schwanzes war die einzige Antwort, die sie bekam.

„Nein, sie in Ruhe und ihren Abend genießen zu lassen, ist nicht die Antwort. So nett bin ich nicht."

Das katzenhafte Grinsen zeigte, was Glock über Nettigkeit dachte. Katzen hatten kein Interesse an nett. Katzen waren hinterhältig.

„Hinterhältig. Ich kann hinterhältig sein." Sie überlegte. „Vielleicht sollte ich eine bezaubernde Sub imitieren und meinen Männern frische Getränke bringen. Ausgezeichneter Plan, Glock."

Als sie ihn auf die Couch warf, konnte sie schwören, dass der genervte Kater sie mit einem der Ausdrücke betitelte, mit denen Gabi im Krankenhaus aufgewartet hatte.

Nachdem sie sich Bier aus dem Kühlschrank geschnappt hatte, ging Sally nach draußen. Leise. *Lauschen? Ich? Natürlich nicht. Das würde ich nie tun.*

Ihre Stimmen kamen nur als Flüstern bei ihr an, getragen von der Brise, die durch das Baumkronendach wehte und dem sanften Rauschen der Wellen gegen das Dock.

*Dämonische Doms.*

Sie stolperte auf dem Dock und die beiden Flaschen klirrten gegeneinander. Als sich die Männer ihr zuwandten, lächelte sie. „Ich dachte, ihr wärt vielleicht bereit für Nachschub."

„Ist das so, Sub?" Galens Lächeln war zu verdammt wissend. „Wie rücksichtsvoll von dir."

*Okay.* Sie drehte ihm den Rücken zu.

Als Vance sein Bier nahm, unterzog er sie einer ausgedehnten Musterung. „Hast du dich ausgeschlossen gefühlt, Süße?"

Ja, vielleicht hatte sie sich ausgeschlossen gefühlt, aber das bedeutete nicht, dass sie jetzt verhört werden wollte. Doofe Agents. Sie schenkte ihm ein Lächeln, das zu neunzig Prozent aus Zucker bestand. „Zerbrich dir nicht deinen hübschen Kopf. Ich habe euch nur Bier bringen wollen."

Sie stellte Galens Bier auf seine Armlehne und ging drei Schritte auf das Haus zu, bevor einer von ihnen sie am Bund ihrer Shorts packte und sie nach hinten zog.

„Verdammt, lass mich los!" Sie versuchte, sich windend aus dem Griff zu befreien. Vance hielt sie.

„Nein, das werde ich nicht. Hier, Bruder. Fang." Vance riss sie zur Seite und schleuderte sie auf Galen zu.

Galen lehnte sich vor, packte sie an den Hüften und zog sie auf seinen Schoß.

„Dämonenfickender Dom, ich bin nicht hier rausgekommen, um –" Sie stieß seine Hände von sich, bis er ihre Handgelenke mit einer Hand umschloss und sie erfolgreich einschränkte. „Lass los, du Arschloch!"

„Die Kleine macht mir immer besonders viel Spaß, wenn sie zappelt", sagte Galen in einem gelassenen Ton.

„Dem muss ich zustimmen." Vance stellte sein Bier auf das Dock und zog seinen Stuhl näher heran, während ihn Sally finster anfunkelte. „Ich muss schon sagen: Ich finde keinerlei gefallen an diesen Ausdrücken – oder dem Verhalten, das du gerade an den Tag legst." Er betrachtete sie. „Es ist eine Weile her, seit wir unserem kleinen Kobold den Arsch versohlt haben."

Sally erstarrte.

Beide Männer lachten, und es wäre nur gerecht, wenn ihr Blick die zwei in Stein verwandeln könnte. Oder zumindest ihr Bier zum Kochen bringen könnte. *Aber nein, nichts passierte.*

Galen festigte seinen Griff um ihre Handgelenke, bevor er seine freie Hand unter ihr Oberteil schob.

„Kein BH. Sehr nett." Ein schwieliger Finger umkreiste eine Brustwarze, spielte mit ihr, bevor sich die Hand auf ihre Brust legte. Er küsste entlang der Kurve, die von ihrer Schulter zu ihrem

Hals führte und löste Gänsehaut auf ihrer Haut aus. „Sie riecht nach Vanille."

Weil sie angefangen hatte, den undankbaren Bastarden einen Kuchen zu backen.

„Ja? Lass mich mal schnuppern." Vance zog seinen Stuhl neben Galens, und seine Hand glitt unter ihr Oberteil, fand ihre andere Brust und verteilte Küsse auf ihrem Hals. Zwei Männer berührten und küssten sie. Ihr Inneres begann zu kochen, was dazu führte, dass sich ihr Widerstand, ihre Wut, ihre verletzten Gefühle allmählich in Luft auflösten.

Vance beanspruchte ihren Mund in einem langen, tiefen, feuchten Kuss. „Habe ich erwähnt, wie sehr ich dich liebe, Süße?"

„Ich –"

„Ich liebe dich, Kobold", flüsterte Galen ihr ins Ohr, knabberte an ihrem Ohrläppchen und sandte ein dunkles Verlangen zu ihrer Mitte.

„Hhm." Ein Summen hatte unter ihrer Haut begonnen. Unter dem Mondlicht lagen ihre Gesichter im Schatten, aber ihre Hände kannten ihren Körper. Sie legte eine Hand auf jeweils eine Wange ihrer Männer. Galens harte Bartstoppeln, Vances glattrasierte Haut.

Galen bedeckte ihre Hand mit seiner und drehte sein Gesicht weit genug, sodass er einen Kuss auf ihre Handfläche drücken konnte. „Möchtest du wissen, worüber wir gesprochen haben, Miss Neugierde?"

„Ja, sehr gerne, Master Sauertopf."

Galens Grinsen blitzte auf, bevor er mit den Fingern über die Brust glitt und in ihre Knospe zwickte.

Ein winziger Funke sprang direkt zu ihrer Pussy. Er zog am gesamten Warzenhof, und bei der brodelnden, sexuellen Erwartung, die durch sie strömte, wand sie sich auf seinem Schoß.

Vance legte eine Hand auf ihren Oberschenkel, stoppte damit ihr Gezappel, während seine Finger sanft ihre Pussy erkundeten. „Wir haben natürlich über dich gesprochen."

„Oh." Okay. Ihre Neugier stieg und wetteiferte mit ihrer Erregung. „Gibt es etwas, dass ihr mir mitteilen wollt?"

„So eine höfliche Sub", kommentierte Galen. Sein Ton wurde ernst. „Ja, du solltest unsere Entscheidung kennen."

Ihr Herz stoppte, und ihr wurde trotz der erregenden Hitze, die sich eben noch in ihrem Körper ausgebreitet hatte, plötzlich so kalt. Hatten sie vor, sie wegzuschicken? Sie schluckte ihre Ängste runter und hob das Kinn. Vance und Galen liebten Sally, und falls sie sich dazu entschieden haben sollten, nicht mit ihr zusammenleben zu wollen, dann würden sie bei ihr auf Gegenwehr treffen. „Spuck es aus."

„Ich mag es, wenn sie sauer wird." Vance grinste Galen an, bevor sein Blick wieder auf ihren traf. „Galen hat mir von eurem Gespräch erzählt. Von der Sorge, die du in Bezug auf unsere Jobs hast."

*Oh nein. Nein, nein, nein.* Sie wollten Schluss machen. Eis drang in ihren Blutkreislauf ein, und sie musste ihre Hände zusammenbringen, um ihr Beben zu unterbinden. „Aber i-ich habe Galen kein Ultimatum gestellt. Ich meinte nur, dass ich besorgt bin."

„Ah, jedoch stellen wir dir ein Ultimatum, Sub", sagte Galen sanft.

Vance drehte ihr Gesicht zu sich. „Wir werden zu weniger riskanten Jobs wechseln ..."

Weniger riskant? Dann wären sie sicher? Die Welle der Erleichterung zeigte sich als massives Dröhnen in ihren Ohren. *Sicher.*

Galen fuhr fort: „Aber im Gegenzug wirst du uns heiraten. Uns beide."

Das Dröhnen stoppte, als das Wort in ihrem Verstand ankam. Das H-Wort. *Heiraten?* Ihr Herz blieb stehen. Die Welt quietschte zu einem Halt.

Sie starrte Vance an, und sah die Gewissheit in seinem Grinsen. Galen strahlte Ruhe aus, und sein glückliches Lächeln machte die Antwort einfach: „Ja."

Sie schoss vom Stuhl, schlang ihre Arme um Vances Hals und küsste ihn. „Ja. Ja, ich werde dich heiraten." Der Kuss war besitzergreifend. Heiß. „Ich liebe dich so sehr."

Als Vance sich zurückzog, drehte er sie zu Galen.

Sie legte ihre Hände auf Galens Wangen, küsste ihn und versuchte, ihm ohne Worte zu sagen, wie sehr sie ihn liebte.

Vance und Galen hatten verlangt, dass sie sich von ihrer Vergangenheit befreite. Die Männer mochten sie so sehr, dass sie ihren Lebensstil für Sally ändern wollten. Sie hob den Kopf, sah in Galens durchdringende schwarze Augen und wiederholte: „Ja. Ja, ich werde dich heiraten."

Sie lehnte sich zurück, legte jeweils einen Arm um die beiden Männer, bevor sich ein Runzeln auf ihrer Stirn formte. „Es wäre besser, wenn ihr mich nicht nochmal ignoriert und hier wie depressive Zombies herumlauft, sonst ziele ich das nächste Mal mit der Wasserpistole auf eure Eier."

„Verdammt, sie ist eine gemeine, kleine Sub", murmelte Vance, bevor er ihre Brust zurückeroberte, als hätte er das Recht dazu. Und das hatte er.

„Ayuh." Galen schob seine Hand zwischen ihre Beine. „Aber sie ist unsere gemeine Sub."

# EPILOG

*Zwei Monate später*

**Galen hing ein** Schild an die Haustür, das die Leute zum Seitentor führen sollte, und machte sich dann auf den Weg durch das Haus und nach hinten zur Terrasse.

Die Melodie von ungezwungenen Gesprächen und Lachen drang zu ihm, als er die Terrasse überquerte. Plätschern war vom Pool zu hören, wo Jessica und Beth Runden drehten und an jedem Ende stoppten, um sich zu unterhalten und zu kichern.

Das Zischen der Steaks kam vom Grill, wo Raoul und Kim sich Vance angeschlossen hatten.

Als Galen hier und da anhielt, um mit verschiedenen Gruppen von Gästen zu sprechen, bemerkte er, dass Sally ihn besorgt beobachtete. *Die kleine Glucke.* Die Operation an seinem Knie war lange vorbei, der Schnitt verheilt. Trotz Sallys Verärgerung in dem Punkt hatte er seinen Gehstock vor ein paar Tagen stehen lassen.

Seltsam, wie verwirrend – und erstaunlich – es war, so geliebt zu werden.

Aber er wollte nicht, dass sie sich auf ihrer Verlobungsparty sorgte – obwohl sie keine Ahnung hatte, wofür die Feier war –, also nahm er ein Bier und setzte sich zu Z und Nolan.

„Hast du mit deiner neuen Geschäftsidee schon gestartet?",
fragte Z und streichelte Glock untätig. Nachdem der Kater
mehrere Gäste abgelehnt hatte, schien er entschieden zu haben,
dass nur Zs Schoß dem Katzenstandard entsprach.

„Noch nicht offiziell, obwohl ich einen frühen Vertrag für
Sally aushandeln konnte, bei dem jemand ein Vermögen von einer
Kreditgenossenschaft unterschlagen hat. Seit sie ihren Job in der
Polizeiwache aufgegeben hat, befürchte ich jeden Tag, dass sie vor
Langeweile eingeht." Sie freute sich darauf, endlich an die Arbeit
zu gehen. Völlig zufrieden mit der Jagd durch Computercodes.
Der Kobold war verrückt.

„Offiziell geht das Unternehmen in einem Monat an den
Start", fuhr Galen mit einem Lächeln fort. „Ich kann es nicht
erwarten, lediglich Berichte auszufüllen und niemanden verhaften
zu müssen." Zudem erleichterte es ihn, dass nicht länger die
Gefahr bestand, dass ihm jemand mit Messern oder Schusswaffen
zuhause auflauerte.

„Das glaube ich dir sofort." Nolan lehnte sich zurück, streckte
seine langen Beine aus und balancierte sein Bier auf dem Bauch.
„Gibt es noch irgendwelche Probleme mit der *Harvest
Association*?"

„Der Papierkram zu dem Fall ist erledigt. Die Gerichtsver-
fahren werden weitergehen." Er seufzte. „Wahrscheinlich für
immer. Ellis Somerfeld ist letzten Monat gestorben."

Nolan grunzte. „Ein Segen, wenn du mich fragst."

In Anbetracht der Verbrennungen war seine Prognose von
Anfang an schlecht gewesen. Alles, was Galen fühlte, war Erleichterung, die sich mit Mitleid mischte. „Ayuh."

Jake setzte sich neben Nolan auf einen Stuhl, nachdem er sich
eine Schüssel mit Nachochips sichern konnte.

Mit einem erschöpften Seufzer zog Dan einen weiteren Stuhl
heran.

„Alles okay?", fragte Galen.

„Ich habe das Haus babysicher gemacht. Ist dir klar, wie viele

Schränke und Regale sich in Reichweite einer krabbelnden Teppichratte befinden?"

„Ich weiß es. Warte, bis er ein Teenager ist und sich aus den Fenstern schleicht", sagte Z.

„Scheiße", murmelte Dan. „Und Kari will noch eins."

Sam kam gerade rechtzeitig, um Dans Worte zu hören. Lachend nahm er Platz. „Genieße das Leben, solange du kannst. Sobald sie im College sind, bleiben sie lange auf – und du wirst herausfinden, wie schwierig es ist, leise zu ficken."

„Zur Hölle nochmal." Dan runzelte die Stirn und wandte sich schließlich zu Galen. „Du hast erwähnt, dass dein Kerker fertig ist. Würde es dich stören, wenn ich Kari nachher in die Cabana zerre? Damit wir das Leben ein wenig genießen können, bevor zwei Kinder um uns herumhüpfen?"

Der Detective war schnell von Begriff. Galen grinste. „Warte, bis Vance und ich unsere Ankündigung gemacht haben, dann kannst du während des Trubels die Flucht ergreifen. Benutze die Cabana so lange, wie du willst."

„Danke." Dan drehte sich um. Seine Frau war am Pool und unterhielt sich mit Jessica. Als ob sie seine Augen auf sich spürte, sah sie über ihre Schulter ... und der Blick, den sie austauschten, war sengend.

*Nett.* Er nahm dies als Ansporn und erhob sich, um seine eigene Familie um ihn zu versammeln.

Vance sah von seinem Gespräch mit Marcus und Raoul auf, als Galen sich bewegte. Er entschuldigte sich und ging auf Galen zu.

In der Nähe des Docks, umgeben von den Auszubildenden, lachte Sally so ausgelassen, dass ihr Gesicht ganz rot war. *Bei Gott,* sie war reizend. Natürlich ließ sie die Augen über ihre Doms schweifen, um zu sehen, ob sie etwas brauchten – eine Gewohnheit von Subs, die er schon immer geschätzt hatte.

Als ihre Augen auf Galens trafen, ließ die Liebe, die er sah, sein Herz strahlen.

*Reiß dich zusammen, Kouros.* Er krümmte einen Finger und lockte sie zu sich.

Augenblicklich folgte sie seinem Befehl – bei Sally keine Selbstverständlichkeit – und eilte zu ihm. Er ergriff ihre Hand.

Auf ihrer anderen Seite tat Vance dasselbe und grinste Galen über ihren Kopf an.

**Vance übernahm, so** wie er es normalerweise tat, wenn eine Situation eine Stimme erforderte, die laut genug war, um über Geschrei oder Schüsse gehört zu werden. Immer ein Spaß. Er holte tief Luft und rief: „Leute, darf ich um eure Aufmerksamkeit bitten?"

Gespräche kamen zum Erliegen.

Vance schaute nach unten und bemerkte Sallys verwirrten Gesichtsausdruck. Er konnte nicht widerstehen und folgte mit den Fingern der Kurve ihres Kiefers. Feine Knochen unter glatter Haut. Stures kleines Kinn.

*Bleib bei der Sache, Buchanan.* „Ich möchte die Verlobung von Sally Hart mit Galen Kouros bekannt geben. *Und* mit Vance Buchanan." Er fügte grinsend hinzu: „Das wäre dann ich."

Sallys überraschtes nach Luft schnappen wurde von Lachen und Jubel und Glückwünschen übertönt. Die Begeisterung wärmte ihm das Herz. Er mochte es, Freunde außerhalb der kleinen FBI-Gemeinschaft zu haben, die sicher auch noch nach seinem Ausstieg in der Nähe sein würden. Freunde, die für die Hochzeit, zukünftige Kinder, vielleicht sogar im Alter da wären.

„Du hast mir nichts davon erzählt, sondern es einfach angekündigt." Mit funkelnden Augen schlug ihm Sally mit der Rückhand gegen den Bauch.

*Fuck.* Natürlich war es möglich, dass er niemals ein hohes Alter erreichen würde. Diese winzige Faust hatte eine konzentrierte Wirkung. Als sein Partner lachte, warf Vance ihn der Wölfin zum Fraß vor. „Es war Galens Idee."

Sie wirbelte herum.

Vorgewarnt fing Galen ihre Faust in seiner Hand ein. „Willst du passend zu deiner öffentlichen Verlobung ein öffentliches Spanking, Sub?"

„Ihr hättet es mir sagen müssen."

„Na ja, ich dachte, dass du uns was schuldig warst, nachdem die Lichter bei der letzten Session plötzlich ausgegangen sind", sagte Vance trocken. Das nächste Mal, wenn er ihr *Bitte, bitte* hörte, würde er sie knebeln, bevor sie das dritte aussprechen konnte.

Galen lachte. „Vance hat für Gnade gestimmt; ich wollte dich nackt und geknebelt für die Bekanntgabe."

Vance konnte regelrecht sehen, wie ihr Blut zu kochen begann.

Galen legte einen Arm um ihre Taille, öffnete ihre Faust und streckte Vance ihre Hand entgegen.

Er zog den Ring heraus, den er und Galen gewählt hatten, und schob ihn auf ihren Finger. „Du gehörst uns, Süße", sagte er in einem sanften Tonfall.

Vollkommen sprachlos starrte sie auf ihre Hand, und so wie er es liebte, kam ihr Stimmungswechsel so plötzlich wie ein Sommergewitter. Ihr bezauberndes Kichern folgte, von dem er niemals genug bekommen würde. Sie warf sich Galen in die Arme, überhäufte ihn mit Küssen und Umarmungen und Liebe – bevor sie dasselbe mit Vance tat.

Er hob sie in seine Arme, bis sie auf Augenhöhe waren, und gönnte sich einen langen Kuss.

Als sie wieder auf den Beinen war, verkündete sie lautstark: „Wartet nur. Ich werde meine Doms für ihre Hinterhältigkeit ja mal sowas von bestrafen."

Begleitet von den Lachern näherte sich Z und umarmte sie. „Glückwünsche, Kleines. Ich freue mich sehr für dich."

Sie hatte Tränen in den Augen und ihr Kinn bebte, als er sie losließ. Z drehte sich, um Galen und Vance die Hand zu geben.

„Glückwunsch, meine Herren. Sie wird euer Zuhause mit Leben und Liebe füllen."

„Danke." Vance lächelte. „Das wird sie."

Und so ging es weiter.

Cullen schlug Vance auf die Schulter. „Ich bin froh, dass es zwischen euch geklappt hat."

„Das bin ich auch." Vance rieb sich mit schmerzhafter Erinnerung den Kiefer. Der Bastard hatte einen bösen rechten Haken.

Cullen lachte laut und ausgelassen. „Ich habe gehört, dass du dich von nun an in eine leitende Position begibst, und den Außendienst sein lässt. Wie läuft es damit?"

Vance strich mit der Hand über Sallys samtweiches nerzbraunes Haar. „Sicherer. Ich muss jedoch sagen, dass es schwieriger ist, Menschen in eine Gefahrensituation zu schicken, als sich selbst um die Probleme zu kümmern."

Cullen nickte. „Das kommt mir bekannt vor." Er legte seinen Arm um Andrea. „Jemanden zu haben, mit dem man reden kann, hilft."

„Ja, das ist mir auch schon aufgefallen. Und ich habe zwei jemande. Galen versteht; Sally tröstet."

Als Sally ihren Namen hörte, hob sie sich auf die Zehenspitzen und küsste ihn auf die Wange, ihre braunen Augen voller Liebe.

Wie zuvor geplant, näherte sich nun Marcus, mit Gabi einen Schritt hinter ihm. Marcus grinste wissend.

Vance machte eine Geste, die die Bühne für Marcus freigab. „Jetzt du."

„Ich freue mich darauf, zu hören, wie meine Sub klingt, wenn sie überrascht wird." Marcus packte Gabis Schulter, zog sie zu sich und erhob seine Stimme, die darauf trainiert war, im gesamten Gerichtssaal Gehör zu finden. „Meine Damen und Herren, um den Grund zum Feiern noch zu vergrößern, möchte ich die Verlobung von Gabrielle Renard mit Marcus Atherton bekannt geben." Er schenkte Vance ein Lächeln. „Das wäre dann ich."

Das Lachen und die erneuten Jubelschreie schafften es nicht mal annähernd, Gabis Quietschen zu ersticken.

Marcus' kleine Rothaarige wirbelte so schnell herum, dass sie fast gestürzt wäre. „Du ... du Trottel. Wir wollten bis zum Winter warten. Das hast du gesagt."

„Ich habe gelogen, Liebling."

Galen murmelte zu Vance: „Gib ihm besser die Warnung, Sally niemals in die Nähe seines Computers zu lassen."

„Besser wäre es." Am vergangenen Freitagabend, als er sich eingeloggt hatte, um etwas zu erledigen, war der Bildschirm eingefroren, während die Lautsprecher Alan Jacksons *Good Time* zum Besten gaben – ein nicht so subtiler Hinweis darauf, dass seine Arbeitswoche vorbei war. Zumindest war es nur ein Country-Western-Lied gewesen, im Gegensatz zu dem, was sie seinem Partner angetan hatte.

Nach der OP hatte Galen sie fast in den Wahnsinn getrieben, da er nie seine Pillen genommen hatte, und so hatte sie seinen Laptop regelmäßig *Wenn ein Löffelchen voll Zucker* aus dem Disney-Film Mary Poppins spielen lassen. Es war jedes Mal ertönt, wenn er seine Medikamente nicht nehmen wollte ... was oft der Fall gewesen war.

Unfähig zu widerstehen, summte Vance das Lied.

Sally kicherte.

Galens Blick war schneidend.

Da sich alle in der Nähe versammelten, stieg der Lärmpegel weiter an. Das bloße Räuspern aus Zs Richtung schaffte es jedoch, die Gruppe zum Schweigen zu bringen. Er zog Jessica vor sich und schlang seine Arme von hinten um sie. „Da heute eine Ankündigung nach der anderen folgt, möchte ich gerne mit allen teilen, dass Jessica Randall Grayson ihr erstes Kind erwartet. Der Vater ist entzückt." Er warf Vance einen amüsierten Blick zu. „Das wäre dann ich."

Jessicas empörtes Quietschen war höher als Gabis. „Du, du, du! Ich habe den Test doch erst heute Morgen gemacht! Und ich möchte betonen, dass ich es dir noch gar nicht erzählt habe!"

Z fing die Fäuste ein, die auf seine Brust einschlugen, lächelte auf seine Sub hinunter und fragte sanft: „Dachtest du wirklich, ich würde es nicht wissen?"

„Ich –" Sie stotterte einen Moment, bevor sie den Kopf schüttelte. „Bist du wirklich entzückt?"

„Oh ja. Über alle Maßen."

Seine Antwort ließ sie strahlen und offenbarte eine Schönheit, die Vance aufmalte, wie es Jessica gelungen war, Z in ihren Bann zu ziehen. „Okay." Sie kuschelte sich murrend an ihren Mann. „Aber trotzdem ..."

Jessica spähte um Z herum und flüsterte Gabi und Sally zu: „Das werden wir ihnen heimzahlen."


**Sallys Körper summte** wie eine betrunkene Hummel. Vor Freude. Zwischen Galen und Vance hüpfte sie aufgeregt auf und ab. Am liebsten würde sie sich im Kreis drehen, tanzen und singen. Ihre Freunde und ihre Familie umgaben sie. Sie hatte ein Zuhause. Eine Katze. Und *zwei* Doms.

Als sie seufzte, festigte Galen den Arm an ihrer Taille und musterte ihr Gesicht. „Du bist glücklich."

„Oh ja."

Zu ihrer Begeisterung stahl er sich einen schnellen Kuss. Er hatte sich in den letzten Monaten verändert. Er war nicht nur entspannter und glücklicher, sondern auch offener mit seiner Zuneigung.

„Ich liebe dich", flüsterte sie.

Vance grinste sie an und sah nach der unerwarteten Überraschung extrem zufrieden mit sich aus.

Also sagte sie ihm widerwillig: „Ich nehme an, dass ich ... vielleicht ... auch bald dir sage, dass ich dich liebe. Schließlich hast du mich erst heute vor dieser ekligen Schabe gerettet."

„Bald?" Die Muskeln in Vances quadratischem Kiefer spannten sich an und erinnerten sie daran, dass er immer noch in der Strafverfolgung tätig war. „Wenn ich oder Galen von ihrer Sub nicht oft genug *Ich liebe dich* gesagt bekommen, muss sie mit Strafen rechnen." Er sah zu Galen. „Stimmt doch, Bruder?"

„Ayuh." Galen schmunzelte. „So oder so, ich gewinne."

Lustige Bestrafung oder gemeine Bestrafung? Sally musterte ihre Männer misstrauisch. „Ich denke, wir sollten besser darüber reden –"

„Mir gefällt diese Regel", unterbrach sie Master Sams raue Stimme. Mit dem Arm um Linda geschlungen, schaute er mit eisblauen Augen auf seine Rothaarige hinunter. „Wenn du es mir nicht mindestens einmal am Tag sagst, gibst du mir damit die Erlaubnis, dir den Arsch zu versohlen."

„Is' das so? Ach du meine Güte." Linda schmunzelte. „Ich glaube nicht, dass ich die drei kleinen Worte heute schon zu dir gesagt habe. Oder gestern. Du schlägst mich besser extra hart."

Galen schnaubte. „Hast du dir eine S.A.M. angelacht, Sam?"

Sally kicherte. Egal wie mütterlich sie zu den Shadowkittens war, Linda war definitiv eine Masochistin, die genau wusste, wie sie mit ihrem sadistischen Dom umgehen musste.

„Wenn du es vorziehst, die Bestrafung nicht hinauszuzögern" – Vance zeigte auf den nahe gelegenen Pfad – „die Cabana ist jetzt ein Kerker. Der Schrank hält Spielzeuge für Gäste bereit."

Sams Hand legte sich auf Lindas Nacken.

Ihre Augen weiteten sich und sie protestierte: „Warte. Wir sind hier auf einer Party. Du kannst nicht einfach –"

„Doch, kann ich." Sams Stimme klang flach. Kompromisslos. Hinter ihrem Rücken zwinkerte er Galen und Vance zu und führte Linda über die Terrasse.

In der Nähe grinste Dan. „*Nutze den Tag* – bevor mehr Babys kommen, richtig?" Eine Sekunde später fegte er Kari von den

Füßen. Sie stieß einen lauten Schrei aus, als er sie über seine Schulter warf und den Pfad zur Cabana betrat.

Es dauerte eine Weile, bis Sally es schaffte, die Kinnlade wieder vom Boden aufzuheben. Sicher, Kari hatte gesagt, dass es zuhause gut lief, aber ... wow.

Einige Zeit später ging Sally auf das Dock.

Jessica, Beth, Kim und Andrea waren schwimmen gegangen und lagen nun auf Handtüchern ausgestreckt, um in der Sonne zu trocknen.

Auf halbem Weg den Holzsteg runter saß Gabi auf einem der alten Stühle mit ihren Füßen auf dem Geländer.

„Gabi." Sally nahm den anderen Stuhl. „Marcus holt dir etwas zu trinken und zu essen."

„Gott, ich liebe diesen Mann." Gabi warf einen Blick auf die Terrasse und lächelte dann Sally an. „Tolle Party, Sally."

Als sich die anderen der Aussage anschlossen, errötete Sally. „Ich habe noch nie etwas so Großes geplant. Es hat Spaß gemacht – obwohl ich bessere Dekorationen gehabt hätte, wenn mir bewusst gewesen wäre, dass es eine Feier zur Bekanntgabe der Verlobung wird."

„Kann ich deinen Ring sehen?", fragte Jessica und erhob sich auf ihrem Handtuch in eine sitzende Position.

Sally lehnte sich vor und streckte ihre Hand aus. In der strahlenden Sonne Floridas waren die Juwelen geradezu blendend.

Jessica überlegte. „Dieser große blaue Stein ist ein Saphir. Was ist das hinter dem riesigen Diamanten? Der Gelbe?"

„Ein Citrin." Sally lächelte und erinnerte sich, wann ihre Männer damit angefangen hatten, im Büro über einen Ring zu sprechen. Nachdem sie ihnen ein wenig gelauscht hatte, war sie stets auf Zehenspitzen weggeschlichen. „Geburtssteine. Vances ist ein Saphir, ich bin der Diamant und Galens ist der Citrin."

„Sie haben dich zwischen ihnen positioniert", sagte Kim mit einem Grinsen.

Andrea runzelte die Stirn über das Goldband, das so viele

Diamanten zeigte, dass das Metall fast nicht mehr auszumachen war. „Bitte sag mir, dass all die kleinen Diamanten keine Babys sein sollen?"

„Nein, nein. Galen meinte, dass sie den Ring gekauft haben, weil die Diamanten strahlen, so wie ich das tue", flüsterte sie. Tränen brannten ihr in den Augen. So empfanden ihre Doms.

Auch Andreas Augen füllten sich mit Tränen. „Oh, fang gar nicht erst an, sonst heulen wir gleich alle."

Kim blinzelte hastig. Jessica schniefte.

„Er ist perfekt, Sally." Gabi lehnte sich vor, küsste Sallys Wange und holte tief Luft. „Okay, anderes Thema, oder die Jungs marschieren zum See runter und verlangen, zu erfahren, warum wir alle heulen. Ich bin neugierig genug, dass ich einfach fragen muss: Wie willst du zwei Männer heiraten? Gibt es dazu keine Gesetze?"

„Gibt's. Kannst du dir die Schlagzeilen vorstellen? *FBI-Agents wegen Polyandrie verhaftet.*" Sally lachte und erinnerte sich an die Nacht, in der sie ihr den Antrag gemacht hatten. „Zuerst boten sie an, mich offiziell *einen* von ihnen heiraten zu lassen – und Vance meinte, es sollte Galen sein, weil er älter ist."

Jessica runzelte die Stirn. „Nun, das klingt –"

„Eigentlich" – Sally kicherte – „nannte Vance ihn einen *alten Mann.*" Was einfach falsch war, da sie die Einzige sein sollte, die Witze über sein Alter machte.

„Galen ließ ihn?"

„Nein, er hat Vance vom Dock gestoßen." Sally schüttelte den Kopf. „Wir mussten ihn rausholen, bevor der Alligator zuschnappen konnte."

„Du hast definitiv Galens Sinn für Humor verbessert", bemerkte Gabi. „Welchen willst du heiraten?"

„Keinen. Oh, da sie wahnsinnig überfürsorglich sind, werden unzählige Treuhands und rechtliche Dinge für mich und alle Kinder, die wir zusammen haben werden, eingerichtet." *Kinder.* Sallys Herz schwoll an, als sie sich Galens Gesicht vorstellte, wenn er das erste Mal sein eigenes Baby in den Armen hielt. Und Vance würde einem kleinen Jungen Football beibringen – oder, so wie sie Vance kannte, auch den Mädchen.

„Ja, das klingt nach den Männern." Jessica zog die Augenbrauen zusammen. „Und das ist alles? Nur rechtliche Angelegenheiten?"

„Nein." Sally lächelte. „Sie denken, wir sollten eine Zeremonie abhalten." Sie blickte zurück zu den Menschen auf der Terrasse und flüsterte: „Eigentlich glaube ich, dass sie sich das mehr wünschen als ich."

Kim nickte. „Ja, ich fand schon immer, dass Männer romantischer sein können als Frauen."

„Aber wie?", fragte Andrea.

„Die Jungs haben mit den Mastern über die Gesetze hier gesprochen. Sie meinten, Master Z habe schon einmal Menschen getraut und Zeremonien abgehalten, und so hat er sich dafür bereiterklärt." Und wie perfekt war das für Master – Partnervermittler – Z? Sally strahlte. *Ich werde von Master Z verheiratet. Das fühlt sich so richtig an.*

Jessica blinzelte. „Daran hatte ich nicht gedacht. Er hat erwähnt, Trauungen vorgenommen zu haben."

„Oh." Kim lächelte. „Das ist ziemlich clever."

„Das fand ich auch", sagte Vance, der plötzlich hinter Sally auftauchte. Er beugte sich vor, küsste ihre Wange und reichte ihr eine kalte Limonade.

Ihre andere Wange erhielt einen Kuss von Galen, der ihr einen Teller mit Snacks auf den Schoß stellte.

Sie drehte sich und lächelte die beiden an; ihre großen Doms standen Schulter an Schulter.

„Was ist los?" Kim sah Gabi verwirrt an. „Du überlegst so angestrengt, dass ich Dampf aus deinen Ohren kommen sehen kann."

„Ich habe da eine Idee." Mit leuchtenden Augen packte Gabi Sallys Hand. „Wenn sie dir nicht gefällt, sag einfach *Nein*, okay?"

Gabi hatte immer gute Ideen, also grinste Sally. „Sag schon."

„Okay, lass mich erklären: Marcus' Familie ist wunderbar, meine hingegen sind spießig. Und sie werden versuchen, mit meiner Hochzeit bei ihren Kunden Pluspunkte zu sammeln. Ich bin nicht gut darin, mich ihnen zu widersetzen."

„Oh Gott, im Ernst? Das ist ätzend." Sally schüttelte mitfühlend den Kopf und erinnerte sich an eine Kommilitonin, die ihre Fassung verloren hatte, weil ihre zukünftige Schwiegermutter alle ihre Pläne durcheinander gebracht hatte.

„Leider."

*Familien.* Sally erstarrte. „Oh, mein Gott, Galen und Vance haben Familien. An sie habe ich nicht mal gedacht. Oh nein!" Sie drehte sich zu ihren Doms. „Wir fliegen nach Vegas. Elvis wird uns bestimmt verheiraten."

„Süße", sagte Vance, offensichtlich nicht weit von einem Lachanfall entfernt. „Ich habe Gerüchte gehört, dass Elvis das Gebäude verlassen hat."

Bevor Sally antworten konnte, sprang Gabi dazwischen: „Siehst du? Du verstehst es. Du verstehst es total. Warum glaubst du, habe ich Marcus immer wieder hingehalten?"

Hinter Gabi streckte Master Marcus die Hände nach ihr aus. Bevor er sie jedoch berührte, stoppte er sich und trat mit verengten Augen einen Schritt zurück.

Ja, er hatte alles mit angehört. Sally wollte ihre Freundin warnen. „Gabi, du hast −"

„Nein, Sub", bot Galen Einhalt, und verlieh seinen Worten Nachdruck, indem er den Griff an ihrer Schulter festigte. „Nicht deine Angelegenheit."

Nichtsahnend fuhr Gabi fort: „Klingt, als hättest du Verwandte wie ich. Erzähl mir mehr."

In welche Richtung wollte Gabi mit diesem Thema? „Mein Bruder ist nett, und er hat bereits gesagt, dass er zur Zeremonie kommen will, und Vance hat eine fantastische Familie. Aber, oh Gott, Galens Mutter ist kälter als jeder Eiszapfen."

Hinter ihr gluckste Vance und Galen schnaufte amüsiert.

„Ja, genau." Gabi hüpfte in ihrem Stuhl auf und ab. „Töchter und potenzielle Schwiegertöchter sind verpflichtet, höflich zu sein. Aber Galens Mutter ist nicht mit mir verwandt, also müsste ich nicht nett zu ihr sein. Und du ... du könntest meine Eltern plattmachen." Gabis Lächeln wuchs. „Also ... willst du?"

„Gabi, was soll ich wollen?"

„Meine Güte, diese spießigen Agents verlangsamen deinen Verstand, Freundin." Gabi schob sich die blau gefärbte Haarsträhne aus den Augen und grinste. „Möchtest du eine Doppelhochzeit veranstalten?"

„Oh. Mein. Gott!" Sally setzte sich aufrecht hin. „Oh, Christus in einem Gefängniswagen, das würde nicht nur Spaß machen, sondern an ... Grandiosität grenzen!"

„Ich bin voll deiner Meinung. Denke an die Verwüstung, die wir anrichten könnten."

Master Marcus machte einen Schritt nach vorne und packte ihre Schultern. „Gabi ..."

Gabi erstarrte und ihre Aufregung verblasste. Sie seufzte resigniert. „Richtig. War nur so ein Gedanke. Ich würde mich gerne mit Galens Mutter anlegen. Und Sally ist so hinterhältig, dass sie es mit meinem Vater aufnehmen könnte. Aber ... alles gut."

Seine klugen Augen gewannen an Sanftheit. „Atme tief durch, Schatz", murmelte er und fuhr mit dem Finger über das unechte blaue Tattoo auf ihrer Schulter. „Am liebsten würde ich dir den Arsch versohlen, weil du deine Gefühle nicht mit mir geteilt hast – dass du denkst, dass ich dich nicht vor ihnen beschützen kann."

„In dem Punkt kannst du das auch nicht, Hübscher. Nicht, wenn es um Hochzeitsangelegenheiten geht. Das findet im Mädchenland statt."

Sein überraschter Ausdruck war fast lachhaft. Nicht einmal ein Anwalt konnte das bestreiten, dachte Sally. Er schaute zu Galen und Vance hinüber und schüttelte den Kopf, bevor er sich wieder Gabi zuwandte. „Solange ich meinen Ring rechtzeitig an deinen Finger bekomme, habt ihr meinen Segen, so viel Verwüstung anzurichten, wie ihr wollt."

Unter dem Laut von Gabis beschwingtem Schrei hörte Sally Vance murmeln: „Verdammt, erschieß mich. Schnell."

Sie drehte sich zu ihren Doms. „Äh, Jungs?"

„Süße", sagte Vance. „Hast du Gabis Eltern mal kennengelernt?"

Überraschenderweise war es Galen, der lachte. „Gegen unseren Kobold? Sie wissen ja nicht, mit wem sie es zu tun bekommen. Er lehnte sich vor und küsste ihre Wange. „Mach nur, Sub. Ich weiß, dass du alles tun kannst, was du dir in den Kopf setzt."

Ihre Augen füllten sich mit Tränen über das Vertrauen, das er in sie legte.

„Ja, genau das macht mir Sorgen. Sie wird Hackfleisch aus ihnen machen." Nach einer Sekunde grinste Vance. „Zumindest wird die Zeremonie nicht langweilig werden."

*Gott*, könnten die beiden noch perfekter sein? Sie blinzelte die Tränen weg und erinnerte sich, dass sie erst im Frühjahr die Liebe aufgegeben hatte. Sie hatte ihre Suche nach einem eigenen Dom aufgegeben. Jegliche Hoffnung galt als verloren.

Jetzt hatte sie Liebe im Überfluss, Hoffnung für die Zukunft ... und *zwei* Doms.

Sie richtete ihr Lächeln auf die funkelnden Steine ihres Rings, als sie Vance zu Galen sagen hörte: „Aber ihren Laptop und diese Sprachaktivierungssoftware bringt sie nicht mit zur Hochzeit."

# LESEPROBE AUS BUCH 9

## in der Reihe Die Master der Shadowlands

**Erschöpfung lastete schwer** auf Jake Sheffields Schultern, als er auf den unmöglichen Zeitplan starrte ... und über die Vorzüge des Mordens nachdachte. Mit seinem Partner Saxon würde er anfangen. Schließlich hatte er es gewagt, einen Tauchurlaub auf der Insel Cozumel zu machen.

Nachdem er den Körper seines besten Freundes entsorgt hatte, müsste er die sogenannte Sekretärin der Tierklinik exekutieren. Ja, auf jeden Fall – Lynette musste sterben. Er studierte den Zeitplan eine Sekunde länger.

Oder vielleicht sollte er sich einfach selbst umbringen.

„Seit einem Monat weißt du von Saxs Urlaub und trotzdem hast du ihm noch OPs reingelegt?", fragte Jake leise. Er war einunddreißig, ein Tierarzt und seit dem ersten Unijahr auch ein Dom; er hatte also reichlich Übung darin, seine Wut zu drosseln. „Ich habe eine ganze Reihe von Terminen. Sax ist nicht hier. Wer genau soll diese Operationen durchführen, Lynette?" Die ersten Termine würden in wenigen Minuten eintreffen.

„Ich ... schätze, ich habe es vermasselt, was?" Lynettes blaue Augen schimmerten vor Tränen.

Das hatte auf ihn keine Wirkung. Im Kerker weinten Frauen

jedes Wochenende. Er hatte mehr als ein paar Subs zum Schluchzen gebracht. Mit Absicht.

Lynette könnte sich die Mühe sparen, das Salzwasser aus ihren Augen zu pressen.

Jetzt verstand er allerdings, warum Saxon das Gefühl gehabt hatte, Lynette einen Job geben zu müssen – und warum ihr einziges Arbeitszeugnis so unverbindlich gewesen war. Weil sie nicht buchstabieren konnte, Anordnungen vergaß und Nachrichten nur zerstückelt weitergab. Selbst grundlegende Aufgaben an der Rezeption waren zu viel für sie. Die schlanke Blondine war ungefähr so nützlich wie Daumenkrallen an einem Chihuahua.

Das war das letzte Mal, dass er Saxon Stellen ausfüllen ließ.

„Ja. Du hast es vermasselt", sagte Jake gleichmäßig. „Setz dich ans Telefon und verschiebe einige der Termine auf Ende der Woche." Sie arbeiteten mit einem Ersatztierarzt, der hoffentlich bereit war, so kurzfristig einzuspringen. Oder vielleicht könnte er –

Die Eingangstür zur Praxis zischte auf.

Jake hob den Blick und seine Stimmung hellte sich auf. Die Frau auf der Türschwelle war Rainie, eine Sub aus seinem und Saxons liebsten BDSM-Club, dem Shadowlands. „Komm rein."

Als er und Saxon vor über zwei Jahren die Klinik eröffnet hatten, waren sie überrascht und erfreut gewesen, dass der Besitzer des Clubs ihnen seine Katze anvertraut hatte. Seitdem hatten viele der Shadowlands-Mitglieder ihre Haustiere in die Praxis gebracht.

Wenn man bedachte, wie die Auszubildende ihm im Club aus dem Weg ging, war ihre Anwesenheit hier auch eine Überraschung.

Und er hatte sie noch nie in Straßenkleidung gesehen, geschweige denn in einem maßgeschneiderten Kostüm. Ihr braunes Haar war in einer komplizierten Spirale in ihrem Nacken festgesteckt. Selbst durchnässt und mit Schlamm beschmutzt sah sie fantastisch aus. Saxon hatte einmal gesagt, sie könnte als Model für Curvy-Mode arbeiten. Sie war kurvenreich und wunderschön. Und das war nur ein kleiner Teil dessen, was ihren Reiz ausmachte.

„Ich weiß nicht, was ich machen soll." Ihre Stimme, die gezwungen vorsichtig klang, konnte die zugrunde liegende Panik nicht verbergen. Die um das Tier gewickelte Decke zeigte einen größer werdenden Blutfleck.

„Sie hat keinen Termin", zischte die Sekretärin. Er ignorierte sie und wies Rainie zu einem Untersuchungsraum.

Nachdem Rainie das Tier auf den Edelstahltisch gelegt hatte, packte Jake das Bündel vorsichtig aus.

Dunkelbraune Augen, gewelltes schmutziges Fell. Ein kleiner Hund mit einem ebenso kleinen Knurren.

„Beißt er?", fragte Jake.

„Ähm ..."

„Schon gut." Sie wusste es vielleicht nicht, vor allem, wenn ihr Haustier vorher nicht ernsthaft verletzt worden war. Jake würde einfach vorsichtig sein – so wie immer. Nichts schien gebrochen zu sein. Wachsam, Augen leicht glasig – wahrscheinlich hatte er Schmerzen. Schnelle Atmung. Woher kam das Blut? „Was ist passiert?"

„Ein Auto. In der Nähe von Highway 19." Ihre großen, haselnussbraunen Augen funkelten vor Wut. „Der Fahrer hat nicht einmal angehalten."

„Passiert öfter, als man denkt." Jake bewegte sich langsam und erlaubte dem Hund, sich an seinen Geruch zu gewöhnen. Ein kurzer Blick und er ermittelte das Geschlecht. „Ganz ruhig, Junge. Ich sehe, dass es dir nicht gut geht, also werden wir es vorsichtig angehen. Du bist ein guter Hund. Deine Mama kann sehr stolz sein."

**Unter dem kontrollierten** Rhythmus seiner Worte entspannte sich Rainie. Dr. Jake Sheffields sanfter Bariton projizierte völliges

Selbstvertrauen. Dass er da war, um zu helfen. Dass er helfen *konnte*.

Sie beobachtete ihn einen Moment lang. Einige der Shadowlands-Master hatten die sperrige Muskulatur von Powerliftern. Nicht Master Jake. Er war über einen Meter achtzig groß, mit einem schlanken, muskulösen Körperbau. Aber nicht zu schlank. Die Schultern unter seinem weißen Poloshirt waren breit und die Ärmel legten sich eng um seinen steinharten Bizeps. Der Mann war umwerfend schön, mit den gemeißelten Gesichtszügen eines Models. Stoppeln bedeckten seinen Kiefer, was ihn gefährlich aussehen ließ.

Jeder Instinkt sagte ihr, die Flucht zu ergreifen.

Mit einem heißen Kerl konnte sie umgehen. Nur nicht mit diesem. Das erste Mal, als sie Jake gesehen hatte, war vor über einem Jahrzehnt gewesen, und sie hatte ihn so lange angestarrt, dass sich ihre Schulkameraden über sie lustig gemacht hatten. Und ... ihr ganzes Leben war an diesem Tag wegen ihm den Bach runtergegangen.

Sicherlich nicht seine Schuld; schließlich hatte er damals keine Ahnung gehabt, dass sie überhaupt existierte.

Ehrlich gesagt, war er auch nicht ihre erste Wahl für einen Tierarzt gewesen. Aber am Telefon hatte Linda darauf bestanden, dass Jake der beste Tierarzt in der Gegend sei. Master Sam, Master Marcus und auch Master Z brachten ihre Haustiere in seine Klinik.

Vielleicht hatte Linda Recht. Dr. Sheffield schien sehr kompetent zu sein und überprüfte sorgfältig jeden Zentimeter des kleinen Hundes, während er beruhigend auf ihn einredete. Das Fellknäuel zitterte mittlerweile auch nicht mehr so stark.

Dann berührte Jake eine schmerzhafte Stelle und der Hund wimmerte.

„Verdammt." Rainie funkelte ihn wütend an. „Wenn du ihm noch einmal weh tust, werde ich dich treten."

Die Lachfalten neben seinen Augen vertieften sich. Seine

LESEPROBE AUS BUCH 9

warme Hand schloss sich um ihre. „Lass mich dort nachsehen. Nur für eine Minute."

Rainie erkannte, dass ihre Finger auf dem Nacken des Hundes lagen. Sie hatte versucht, das arme Ding zu trösten, auch wenn sie keine Ahnung hatte, was sie tat. „Richtig, okay, tut mir leid." Sie trat zurück.

Der Hund kratzte mit den Pfoten über den Metalltisch und versuchte, auf die Beine zu kommen.

„Komm wieder her." Jakes Stimme hatte den Tonfall eines Befehls angenommen. Zu dem Hund sagte er sanft: „Ganz ruhig, Junge. Sie geht nirgendwo hin. Siehst du? Alles gut."

Überrascht nahm Rainie wieder ihren Platz ein. Als Jake ihre Hand auf die Schulter des Hundes legte, entspannte sich der kleine Körper. Augen in der Farbe dunkler Schokolade beobachteten sie ängstlich. Hatte der winzige Hund Angst, dass sie verschwinden könnte?

Sie konnte den Ruck spüren, als ob sich zwischen ihren Herzen eine Schnur strammzog.

„Na siehst du, kleiner Kerl. Sie liebt dich." Als Jake den Bauch des Hundes abtastete, zogen sich seine Augenbrauen zusammen. „Hat er in letzter Zeit genug gegessen? Er ist besorgniserregend untergewichtig. Und voller Läuse. Lebst du auf dem Land?"

„Was?" Sie massierte das nasse Fell und spürte, wie verkrustet es von dem Schlamm und dem Blut war. „Er gehört nicht mir – ich meine, ich habe ihn aufgehoben, nachdem er von dem Boston-Arschloch angefahren wurde."

„Ist Boston dein fester Freund?"

„Nein. Ein Auto vor mir mit Bostoner Kennzeichen. Ich bin nur die Person, die danach entschieden hat, Schadensbegrenzung zu betreiben." Und apropos Schadensbegrenzung, sie war total am Arsch. „Oh Gott, ich muss zur Arbeit."

Als sie auf ihre Uhr schaute, sank ihr Herz. Sie war verdammt spät dran. Und ihr schickes Kostüm war nass und schmutzig und mit Hundefell bedeckt. „Ich muss los. Sonst werde ich gefeuert."

„Ich verstehe." Jakes dunkelbraunes Haar fiel ihm über die Stirn, als er sie mit grünen Augen in der Farbe von Blättern im Hochsommer beobachtete. „Ich glaube nicht, dass irgendwelche Knochen gebrochen sind, aber ich würde gerne ein paar Röntgenaufnahmen machen und nach inneren Verletzungen suchen. Du kannst ihn heute Abend auf dem Weg nachhause abholen."

„Ihn abholen? Aber er ist nicht mein Hund."

„Das ist gut möglich. Unser Tierarzthelfer wird prüfen, ob jemand nach ihm sucht." Er streichelte seine Hand über die Seite des Hundes und glättete das lockige Fell. Rainie konnte die Aushöhlung unter den Rippen sehen. „Ich würde sagen, er lebt auf der Straße. Möglich, dass er irgendwann ausgesetzt wurde."

„Wirklich? Ein kleiner Hund?" Das war furchtbar. Wieder fühlte sie zu dem Tier eine Verbindung. Sie wusste, wie es sich anfühlte, verlassen zu werden. Allein und ungewollt. Auf der Straße. „Armes Baby." Sanft kraulte sie ihm hinter den Ohren und hörte sein leises ... dankbares Wimmern. Und sie dächte, auch Sehnsucht herauszuhören.

*Oh Gott*, was dachte sie sich nur dabei? Sie zog die Augenbrauen zusammen und sah Jake finster an. „Du wirst mich nicht dazu bringen, diesen Hund zu behalten. Haustiere sind nicht mein Ding."

„Dinge ändern sich, Sub", sagte er so leise, dass nur sie ihn hören konnte. Einen selbstbewussten Dom belustigt zu sehen, ließ sie erschauern. Seine Stimme kehrte auf ein normales Niveau zurück. „Du holst den Hund heute Abend ab, und ich werde dir nichts für seine Behandlung in Rechnung stellen."

Ihre Kinnlade klappte herunter. *In Rechnung stellen?* Aber ... aber... Dieser Tag wurde immer schlimmer. Sie hatte nicht einmal über eine Tierarztrechnung nachgedacht, und vom professionellen Erscheinungsbild der Praxis wäre es sicherlich kein billiger Besuch.

Aber um fair zu bleiben: So verdiente Jake seinen Lebensunterhalt.

Leider hatte sie nicht das Geld für einen Tierarztbesuch. Wenn er sich kostenlos um den kleinen Hund kümmern würde ...

Im Gegenzug müsste sie sich darum kümmern, dem kleinen Kerl ein gutes Zuhause zu finden. Sie drückte die Schultern durch und warf ihm den eisigsten Blick zu, den sie meistern konnte. „Okay. Ich werde gegen halb fünf zurückkommen."

„Mmmhmm." Seine ernsten Lippen formten sich zu einem schiefen Grinsen. „Abgemacht."

# ÜBER DIE AUTORIN

*Autoren sagen oft, dass ihre Protagonisten mit ihnen argumentieren.*

*Dummerweise sind Cherise Sinclairs Helden allesamt Doms. Was bedeutet, dass sie keine Chance hat, jemals ein Argument für sich zu entscheiden.*

Als USA-Today-Bestsellerautorin ist Cherise dafür bekannt, herzzerreißende Liebesromane mit hinreißenden Doms, amüsanten Dialogen und heißem Sex zu schreiben. BDSM, Leute. BDSM! Wer kann dazu schon ‚Nein' sagen?

Mit den Kindern aus dem Haus lebt Cherise mit ihrem geliebten Ehemann und ihren Katzen am pazifischen Nordwesten, wo nichts gemütlicher ist als ein regnerischer Tag, den sie damit verbringt, neue Bücher zu schreiben.

**Rezensionen:**

Ich hoffe, Dir hat das Buch gefallen! Ich würde mich freuen, wenn Du für Sally und ihre Agents eine Rezension verfasst. Das hilft mir als Autor und auch anderen Lesern, die auf der Suche nach neuem Lesestoff sind.